米山文存

MISHAN WENCUN

宁希元 著

甘肃人民出版社
甘肃·兰州

图书在版编目（CIP）数据

米山文存 / 宁希元著. -- 兰州 ： 甘肃人民出版社，
2024.2
ISBN 978-7-226-06045-2

Ⅰ. ①米… Ⅱ. ①宁… Ⅲ. ①古代戏曲－古典文学研究－中国－金代－文集②古代戏曲－古典文学研究－中国－元代－文集 Ⅳ. ①I207.37-53

中国国家版本馆CIP数据核字(2024)第019177号

责任编辑：李青立

助理编辑：李舒琴

封面设计：雷们起

米山文存

MISHAN WENCUN

宁希元 著

甘肃人民出版社出版发行

(730030 兰州市读者大道568号)

上海中华印刷有限公司印刷

开本720毫米×1000毫米 1/16 印张29 插页6 字数431千

2024年2月第1版 2024年2月第1次印刷

印数:1~1000

ISBN 978-7-226-06045-2 定 价:118.00元

小序

寒居陇上，土山环抱，形若米堆，其貌不扬，其名不彰，然此地乃华夏先民繁衍之乐土，文明之摇篮。余家本河东，寄食此土，七十余年矣，学于斯，长于斯，执教于斯，安家于斯，日与群山相见，益感其朴质无华之美，故以“米山”为号，以自勉。笔耕所作，粗加整理，勒为一编，名之曰《米山文存》，想诸山之灵，陇民之贤，亦不我拒也。

2023 年 10 月于兰州大学

目录

《五代史平话》为金人所作考

清末，吴县曹元忠于杭州得《新编五代史平话》一种，武进董氏诵芬室据以影刊，遂显于世。此书，元明以来公私书目皆未著录，实为话本小说中之惊人秘籍。曹元忠断为宋刊，跋曰："或出南渡小说家所为，而书贾刻之，故目录及每卷首尾辄大书'新编五代某史平话'也。惟刊自坊肆，每于宋讳不能尽避……要亦当时习惯使然。"由于未能尽避宋讳，宋本之说不太为人们所接受。比较通行的看法是：宋人旧本而为元人所增益者，就是说，今见《五代史平话》当为元刊本，这似乎已经成为定论。

古书版本的鉴别，是一项比较专门的学问，牵涉问题很多，需要从各方面加以综合性的考虑，单从版式、避讳上，是很难论定的。何况曹氏所说的《五代史平话》原本，已不可得见。这样，现在所见的刊本，是否忠实于原书，也就无法进行比勘。至于避讳，诚如曹氏所说，历代民间刊本于此多不大讲求，故亦不可据此一点判定其写刻年代。但是，《五代史平话》一书究竟成于何年，行于何地，它所反映的是哪个时期的"讲史"风貌，以及它在古代小说发展史上有何意义，确实是值得我们认真加以研究和讨论的。

"讲史"，有其悠久的历史传统。最早，唐人俗讲中就出现过《伍子胥变文》《李陵变文》《王昭君变文》《韩擒虎话本》等讲述古人古事的小说，不过所讲多为民间野史，和历史出入较大，只可以看作是它的萌芽。正格的“讲史”，即讲说史书，讲说一个朝代的兴亡，是两宋的事情。孟元老《东京梦华录》卷五“京瓦伎艺”条，记崇宁、大观间（1102—1110）东京开封府说话艺人中，已经出现了霍四究、尹常卖这样的“讲史”专家，分别以说《三分》和《五代史》而名闻都下，可见那时的“讲史”已有相当的水平。进入南宋以后，“讲史”更和“小说”分庭抗礼，成为说话中最有势力的两家。讲史名家更如雨后春笋，纷纷而出，仅周密《武林旧事》卷六“诸色伎艺人”条所记，就有乔万卷、许贡士、张解元、陈进士、林宣教、武书生等二十三人之多。以“万卷”为号，自然是取杜诗“读书破万卷”的意思。至于“贡士”“解元”“进士”“宣教”诸名，都是当时人们对知识分子的美称。讲史家以此标榜，同样是以含经咀史、记问渊源来动人听闻的，所谓“破尽诗书泣鬼神”是也。

和讲史家所好者不同，当日小说家的名号就没有这股书卷气。试看《武林旧事》同卷所记三十九位小说家，名字都很本色。甚至如“故衣毛二”“枣儿徐荣”“爊肝朱”“粥张二”“酒李一郎”等，还特意标明其原本出身不是儒林，而是地地道道的市井小民。盖小说家虽然同样也要博览多闻，“幼习《太平广记》，长攻历代史书”，但他们的长处并不在于“破尽诗书”，而在于即景生情，编撰离奇动人的故事以吸引听众，即善于“捏合”和“提破”。比起讲史家之依墙傍壁，敷演史书，显然富有更多的创造性。他们的艺术成就，自然也要略高一些。

两宋讲史的繁荣，对于中国古典小说的发展，特别是章回小说的兴起，无疑是起了关键的作用。他们讲说《通鉴》，讲说历代书史文传，从开天辟地一直说到残唐五代。甚至如王六大夫者，于咸淳年间（1265—1274），还为度宗讲说过《复华篇》和《中兴名将录》，则更是南渡以后的新事。单从普及历史知识，总结历史经验来说，两宋讲史家的功绩也是不可磨灭的。但是，我们也应该看到，这一时期的讲史由于过分地依附史书，在叙述历史事变、评论历史人物的时候，就不可避免地要接受更多的统治阶级思想的影响。原始史书的种种缺陷，包括思想的和艺术的，自会反映到讲史平话中来。特别是早期的讲史平话，如《五代史平话》，表现得就更为突出。

《五代史平话》，旧说出自“南渡小说家”之手，或者说是宋人旧本而为元人所增益者，这可能是一种误会。因为我们现在所看到的几种有关说话资料的著作，如《都城纪胜》《西湖老人繁胜录》《梦粱录》《武林旧事》等，都是宋人或宋之遗民所作，所叙都是杭州一个地区的事情，因而人们很容易把现存的几种早期平话，都和宋人或杭州联系起来，这是不太科学的。最近，笔者根据几种有关史书，将《五代史平话》点勘一过，发现此书实为金人所作，其成书年代，当在金亡前后。

要证明《五代史平话》为金人所作，必须从它的题材来源，即由史书和话本小说谈起。

先说史书。讲史，“讲说前代书史文传、兴废争战之事”，自不能拒绝有关史书的引用。特别是司马光的《资治通鉴》，由于按年叙事，上起周秦，下至五代，前后一千三百余年，无形中为讲史家组织史料，敷演一朝兴亡，提供了不少有利条件，更为平话艺人所看重。直到入明以后，《通鉴》一书仍为讲史家所称引。今见明刊早期讲史演义各书，如《开辟衍绎通俗志传》等，仍以“按鉴演义”“按鉴编纂”的口号相标榜，可见其影响。《五代史平话》的编纂也是这样，书中所叙历史大事，都由《通鉴》五代部分剪辑而成，有些地方虽易为口语，但更多的却是原文的直录或节抄。总计全书十之八九的篇幅，都由《通鉴》而出，实际上这是一个不太高明的《通鉴》（五代部分）的缩编本。《醉翁谈录·小说引子》说到当日讲史家之演说史书，是“得其兴废，谨按史书；夸此功名，总依故事”，《五代史平话》就为我们提供了一个典型的例子。根据这个情况，我们可以用《资治通鉴》来改正、校补今本《五代史平话》的若干错误。如《晋史平话》卷下叙契丹人大梁，宣桑维翰一段：

> 维翰知不〔免，愿谓崧曰：“侍中当国，今日国亡〕，□□反令维翰就死，何邪？”〔崧有愧色。彦泽踞坐见维翰，维翰责之。〕□□曰：“今日事已至此，公有何〔言？”维翰责之曰：“去年拔公于罪人

之中，〕复领大镇，授以兵权，何为负恩至此？”

文中加〔 〕号内各字原缺，都是根据《资治通鉴·后晋纪六》校补的。

除《资治通鉴》外，欧阳修的《新五代史》，是《五代史平话》的作者间或采用的史书，以补充《通鉴》叙事之不足，但仍是整段整段地节录。如《唐史平话》开首“论沙陀本末”，就节自《新五代史·庄宗本纪》。全书类此之例不止一处，读者可以复按。这里，引起我们注意的是，《平话》的作者没有直接引用过薛居正的《旧五代史》，尽管书中有不少段落确为薛史原文，但仔细考察，这些文字都没有超越《资治通鉴》引用的范围。我们知道，从叙事的详赡上，史料的丰富上，《旧五代史》显然都胜过《新五代史》。司马光作《资治通鉴》，胡三省为之作注，之所以专据薛史，不取欧史，原因就在这里。在一般情况下，敷演五代兴亡，《旧五代史》更应该多所取资，而当日的讲史家们竟然摒而不取，岂非数典忘祖！最合理的解释是，《平话》的作者，根本没有机会见到薛史。由此，我们想起一重公案，即金章宗泰和七年（1207 年），曾明令“削去薛居正《五代史》，止用欧阳修所撰”。自此以后，薛史不行于中原，不为一般人所知。但当时的南宋地区，仍是新旧两史并用的，沈括、洪迈诸人著述，兼采新、旧二史，即为明证。《五代史平话》没有直接采用薛史，只能说明它确是金人所作，而不可能出自“南渡小说家”之手。

再说话本。讲史、小说，虽各有体，但在互相竞争之中，又互有影响，互有渗透。而话本小说中的历史人物故事，对讲史的影响尤为明显。如《三国志平话》卷首之“司马断狱”故事，即取自话本小说《闹阴司司马貌断狱》(《古今小说》卷三〇)，《前汉书平话》卷中之“张良辞汉”，袭取话本小说《张子房慕道记》(见《清平山堂话本》)的痕迹也是至为清楚的。《五代史平话》中，叙朱温、石敬瑭、刘知远、郭威等人的出身故事，纯用口语，描写亦多生动，富有生活气息，与平话中节略史书部分风格迥异，亦自当取之于当日的话本小说。小说家虽然也讲历史故事，但和讲史家不同，他们不迷信于史传，所讲多为民间野史，即由历史上的一点事迹生发，驰骋想象，编撰有趣的故事。比如《史弘肇龙虎君臣会》(《古今小说》卷十五)，叙史弘肇、郭威两人由无赖泼皮而发迹变泰，即纯为民间传说。说话人于小说收场时郑重交代：“这话本是京师老郎流传，若按欧阳文忠公所编的《五代史》正传上，载道梁末调兵七户出一兵。”可见，欧阳修的《五代史》他们是读过的，但所讲的仍是不见史传的野史。这里只提到欧史而不及薛史，可能这篇话本也是金代后期的作品。

正是由于话本小说中的历史故事，不拘泥于史书，这样就为说话人的临场发挥，提供了自由想象的天地。小说家在演述这类故事的时候，往往结合自己的现实生活体验，加以提炼概括，讲得栩栩如生，如在眼前，较之讲史平话，话本小说显然富有更多的现实色彩。在考定作品产生的具体年代上，应该估计到这样的因素。我们说《五代史平话》为金人所作，同样可以从它所引用的话本小说中找到有力的旁证。比如，《周史平话》中叙郭威“乃山东路邢州唐山县地名尧山人氏”。请注意，只有金人，才有这样的说法。“山东路”的前身为北宋的“京东路”，包括首都开封以东、黄河以南地区，后分东、西两路。直到金初天会年间(1123—1137)，金人奄有中原以后，以其首都在上京，才改“京东路”为“山东路”，仍分东、西两路。至于“邢州”，晚唐五代，皆属昭义节度；北宋时升为“信德府”，属河北东路。入金后复为“邢州”，始属山东西路。而“唐山县”，本名“尧山县”，亦金时所改。再如《汉史平话》中，叙刘知远欲往“太原路”投军，这个地名的出现，年代更晚。据《元史·地理志》：太祖十三年(1218年)，始立太原路总管府。在此以前，自唐至宋、金，皆为太原府。元太祖十三年，为金宣宗兴定二年，下距蒙古灭金(太宗六年、1234年)还有十六年；灭宋(世祖至元十六年，1279年)更有六十一年之久。《五代史平话》就产生在金亡前后这个动乱的年代里。

《五代史平话》成书于金亡前后，这个结论，还可以从它所采用的《资治通鉴》一书的版本上，加以论证。

现在我们常见的《资治通鉴》，为元初胡三省的注本。据胡氏自序，此书之作，始于宝祐四年(1256年)，中更丧乱，至元世祖至元二十二年(1285年)始成定本，前后约三十年。这个注本的刊刻，当更在后。用《五代史平话》所引《通鉴》各节，与胡注本比勘多有出入，而这些出入又多暗合于宋本。可见平话作者所用的《通鉴》实为宋本，而胡三省注本不及见焉。近人章钰，曾以清代胡克家翻刻元刊胡三省注本为底本，校勘宋刊《通鉴》九种。其间，“十二行本”与“乙十一行本”皆存五代部分。今取章氏所校与《五代史平话》所引，其情况如下：

①卷二百五十二《唐纪》六十八：“蕲州刺史裴偓，王铎知举时所擢进士也。”章校：“十二行本‘偓’作‘渥’，下同；乙十一行本同。”

按：《五代史平话》梁史卷上作“刺史裴渥”，与二本合。

②卷二百五十三《唐纪》六十九：“六月，宰相请除巢府率，从之。”章校：“十二行本‘府’上有‘率’字；乙十一行本同。”

按：《五代史平话》梁史上作“请除黄巢率府”，“府”下脱一“率”字。

③卷二百六十《唐纪》七十六：“朱瑄遣其将贺瑰、柳存及河东将薛怀宝，将兵万余人袭曹州。”章校：“十二行本‘薛’作‘何’；乙十一行本同。”

按：《五代史平话》梁史上作“何怀宝”，与二本合。

④卷二百七十一《后梁纪》六：“（张承业）即归晋王邑，成疾，不复起。”章校：“十二行本‘王’作‘阳’；乙十一行本同。”又：“十二行本重‘邑’字；乙十一行本同。”

按：《五代史平话》唐史上作“即日归太原，邑邑成疾。”

⑤卷二百七十二《后唐纪》一：“可求笑曰：‘吾卑辞厚礼，保境安民，以待之耳。’”章校：“十二行本‘卑’上有‘但当’二字；乙十一行本同。”

按：《五代史平话》唐史下正作“但当卑辞厚礼”云云，与二本合。

⑥卷二百七十三《后唐纪》二：“诚惠安坐不起，群臣莫敢不拜。”章校：“十二行本‘拜’下有‘独郭崇韬不拜’六

字；乙十一行本同。”

按:《五代史平话》唐史下有“惟郭崇韬不拜”六字，由二本出。

⑦卷二百八十《后晋纪》一:“契丹素与明宗约为兄弟。”章校:“十二行本‘丹’下有‘主’字；乙十一行本同。”

按:《五代史平话》晋史上作“契丹主”，与二本合。

⑧卷二百八十五《后晋纪》六:“以威为北面行营都指挥使。”章校:“‘都指挥使’，十二行本作‘招讨使’；乙十一行本同。”

按:《五代史平话》晋史下作“都招讨使”，可补二本之失。

⑨卷二百九十一《后周纪》二:“民有诉讼，必先历县州及观察使处决；不直，乃听诉于台省。”章校:“十二行本‘讼’作‘诣’，无‘于’字；乙十一行本同。”

按:《五代史平话》周史上作“乃听诣台省”，与二本合。

⑩卷二百九十三《后周纪》四:“唐诸将请据险以邀周师，宋齐丘曰:‘如此，则怨益深。’”章校:“十二行本‘深’下有‘不如纵之以德于敌，则兵易解’十三字，乙十一行本同。”

按:《五代史平话》周史下作“不如纵之，使敌人怀德，则兵易解也。”由二本出。

总计全书类此之例，凡二十有七，兹从略。

章氏所说的“十二行本”，现存176卷，避讳至“构”字止，为绍兴二年（1132年）浙东茶盐公使库刊本，年代较早。章氏所说的“乙十一行本”，首尾俱全，为涵芬楼影印之宋本。此书版匡字样，与章氏所见之第六种宋本，即“甲十一行本”相似。“甲十一行本”中，“郭”“敦”诸字皆缺笔，当为宁宗（1195—1224）以后刊本。而“乙十一行本”复对“甲十一行本”中的错误多所匡正，显为两刻，则其刊行年代当更加在后，估计当在理宗（1225—1264）、度宗（1265—1274）之间。

以上诸例都有力地说明，《五代史平话》所采用之《资治通鉴》，实为宋本。问题是作者所见，究为何种宋本？是南宋初年的“十二行本”？还是宋末的“乙十一行本”？尚难确指。因为，现在所见之二十七例，除个别出入外，基本上同时见于两本，文字相同，无法作出判断。比如，卷二91《后周纪》二："丁未，谷以病臂久未愈，三表辞位。"胡三省注："'谷'上须有'李'字，文乃明。《五代史平话》周史上与"十二行本"同。"谷"上正有"李"字，似可说明《平话》所用者为"十二行本"。但是，卷二93《后周纪》四："终不负永陵一培土。"胡三省注："欧史作'一抔土'。"《五代史平话》周史下与"乙十一行本"同，均作"一抔土"。又，卷二94《后周纪》五："愿得海陵监南属以赡军。"《五代史平话》周史下与"乙十一行本"，都作"海陵盐监"。后面这两条，似又说明《平话》所用者为"乙十一行本"。但也有可能，作者所用者为今日失传之另一宋本。这个问题，一时不易解决，姑且存而不论。好的一点是，作者所用《通鉴》，已有仅见于"乙十一行本"之文字，结合书中所出现的"山东路""太原路"等地名的确切年代《五代史平话》为金人所作，成书于金亡前后的论断，还是可以成立的。

从北宋末年尹常卖在东京开封府说《五代史》，到金亡前后《五代史平话》的刊行，一百五十年中虽历经动乱，中原地区的说话，始终在不断地发展着。北宋灭亡以后，原先活动在东京的说话人，固然有一部分人随赵宋政权南下，但仍有相当一部分艺人依然留居北方。这样，在南北两个王朝的长期对立中，逐渐形成杭州、燕京（后期又转向开封）这样的民间文化中心。以诸宫调而论，我们今天所见的几种，如《董解元西厢记》《刘知远》（残本）、《天宝遗事》（有佚曲）等，都是北方的作品。以说话而论，《三朝北盟会编》记金熙宗时，说话人刘敏讲说《五代史》；《金史》卷一百二十九记金海陵时，有张仲轲"说传奇小说，杂以俳优诙谐语为业"；又，卷一〇四记金宣宗时，有"贾耐儿者，本歧路小说人，俚语诙嘲以取衣食"。元初，周密《志雅堂杂抄》卷一自云，于友人处借到"北本小说"《四和香》等数种。这些材料，都足以说明与南宋王朝相对立的金代，说话艺术的繁荣景象。以往，文学史家论话本时，只讲"宋元语本"，忘记了金代，这是不够确切的。我深信，现在学术界所公认的所谓宋元小说中，必有相当的金人作品在，《五代史平话》就是一个例子。另外,《前汉书平话》中，叙蒯通为“燕京东柳管村人氏”。燕京即今北京，古幽州地，五代石晋时入辽，始号燕京，金仍之，海陵贞元元年(1153年)改称中都。这本平话虽刊于元至治间，其产生年代很可能也在金代，因为宋人是不可能有这样的称呼的。自宋、金联盟破辽，金人以燕京归宋，改燕山府，前后不及三年，又为金人所得。时间虽短，宋代公私文书中，仍多称燕京为燕山。甚至民间说话，如《杨思温燕山遇故人》，虽产生于南宋后期，仍是这样的称呼。这里，不仅仅是一个地名的问题，实有深厚的民族情感在内。

多少年来，金代文学的研究始终是一个薄弱环节。正如吴梅先生在《词学概论》中所慨叹的那样:“前为宋所掩，后为元所压，遂使豪俊无闻，学术未显，识者惜之!”期望能通过我们的努力，早日填补这个缺陷。

1985年9月初稿，1988年8月再订

【附】《五代史平话》成书年表

公元1102—1110年(宋徽宗崇宁、大观间):

《东京梦华录》卷五:“崇、观以来，在京瓦肆伎艺，霍四究说《三分》，尹常卖《五代史》。”

按:此为今日所见之最早《五代史》讲史资料。

公元1126年(宋钦宗靖康元年、金太宗天会四年):

金兵破汴京，北宋亡，金人改“京东路”为“山东路”，“信德府”为“邢州”，“尧山县”为“唐山县”，并以“邢州”改属“山东西路”。

按:今《五代史平话》周史上引郭威话本故事，称威“乃山东路邢州唐山县地名尧山人氏”，可见此话本当起于金初以后。

公元1132年(宋高宗绍兴二年、金太宗天会十年):

浙东茶盐公使库刊《资治通鉴》于余姚，即章钰所称之“十二行本”。

按:《五代史平话》作者当见此本。

公元1141—1148年(宋高宗绍兴、金熙宗皇统间):

《三朝北盟会编》卷二百四十三引苗耀《神麓记》:

“有说使（史）人刘敏讲演书籍，至五代梁末帝‘以诛友珪’句，充拍案厉声曰：‘有如是乎！’”

按：金宗室完颜充皇统间封代王，九年卒，见《金史》本传。

此条可见金地说话人仍有讲说《五代史》者。

公元 1190 年（宋光宗绍熙元年、金章宗明昌元年）：

《刘知远诸官调》当刊于此年前后。西夏刊本《番汉合时掌中珠》刊于此年，此书与《刘知远诸官调》残卷清末同时发现于河西黑水城，估计二书刊刻年代相去未远。

按：今《五代史平话》汉史上叙刘知远、李三娘故事，即出自诸官调。

公元 1207 年（宋宁宗开禧三年、金章宗泰和七年）：

《金史·章宗本纪》：“削去薛居正《五代史》，止用欧阳修所撰。”

按：今《五代史平话》不取薛史，当与此禁令有关。

公元 1218 年（宋宁宗嘉定十一年、金宣宗兴定二年、元太祖十三年）：

《元史·太祖本纪》：“十三年戊寅秋八月……木华黎自西京入河东，克太原、平阳及忻、代、泽、潞、汾、霍等州。”立太原路总管府，治太原府。

按：今《五代史平话》汉史上刘知远出身故事，已有“太原路”之地名，可见《平话》当作于此年之后。

公元 1220 年（宋宁宗嘉定十三年、金宣宗兴定四年、元太祖十五年）：

《元史·地理志》：“元太祖十五年，严实以彰德、大名……等户三十万来归，以实行台东平。”置东平路，山东西路之名始废。

公元 1234 年（宋理宗端平元年、金末帝天兴三年、元太宗六年）：

是年金亡。涵芬楼影印宋本《资治通鉴》，即章钰所云之“乙十一行本”，避“郭”“敦”诸字，当为理宗至度宗间（1225—1274）刊本。

按：今《五代史平话》作者犹见此本，当作于金亡后不久。

（原刊《文献》1989 年第 1 期［4 月］，第 16~27 页）

《三国志平话》成书于金代考

《五代史平话》为金人所作。[1]使我所感到惊异的是，宋元以来一直与《五代史平话》齐名的《三国志平话》，经过再三的考校，同样出于金人之手。于此可见到金代的讲史应该是很繁荣的。

现在我们所看到的《三国志平话》，是元英宗至治年间（1321—1323）建安虞氏所刊“全相平话五种”中的一种。原刊本均为蝴蝶装，每种封面均有“建安虞氏新刊”的题识。其中，《三国志平话》上并标有“至治新刊”的字样，说明这些平话翻刻的时间和地点。

“至治”既为新刊，其初刻的年代，必当更先。考虑到小说戏曲一类的民间通俗文学作品，由基本定型到正式写刻，往往需要一段长久的时间，这些平话的成书年代，还应该更早一些，起码，《三国志平话》应该是金代的作品。

三国故事，早在北宋仁宗年间，即已进入讲史之林，而且在民间有着相当深厚的影响。《东坡志林》记当时市井小儿，听艺人演说古话，至说三国事，“闻刘玄德败，颦蹙有出涕者；闻曹操败，即喜唱快”。可见其精彩动人处。

---

① 原文题为《〈五代史平话〉为金人所作考》。见本书第 1~10 页。

到了北宋末年，即徽宗崇宁、大观（1102—1110）间，在东京开封府，更出现了霍四究那样的讲史专家，以说“三分”而名闻都下（见《东京梦华录》卷五）。然今存《三国志平话》一书，绝非昔日霍四究所说之本，因为平话中所引用的关羽、张飞诸人从祀武庙之庙赞，尚作于其后十余年，是霍四究等人所不及见到的。

考武成王庙之立，始于唐肃宗上元元年，祀姜太公，以历代名将配享，关羽、张飞皆在其列。然北宋开国未久，这个情况就发生了变化。太祖建隆四年（963 年），命吏部尚书张昭等人重加详定，新入灌婴、耿纯、王霸、祭遵等历代功臣二十三人，而旧日配享之孙膑、廉颇、邓艾，以及关羽、张飞等二十二人，却被迁出了武庙（详见《宋会要辑稿·礼》十六之五）。直到北宋末年，即徽宗宣和五年（1123 年），再次详定武庙从祀诸将，凡七十二人，关羽、张飞始得再次升堂入室，得与国家祀典（见《宋史·礼志》八）。照例，从祀诸将之庙赞，皆由在朝大臣分撰。今平话中所引关羽、张飞庙赞，亦当作于此时。不过，由于传抄转刻，平话所引赞语已有不少讹误，兹据《事林广记》《关圣帝君圣迹图志》诸书所录，校正其文如下。关羽《庙赞》曰：

> 勇（剑）气凌云，实曰虎臣。勇如（加）一国，敌号万人。蜀昊（展）其翼，吴折其麟（鳞）。惜乎英（忠）勇，前后绝伦。

至于张飞之《庙赞》，虽异文较多，然因袭宋臣旧赞的痕迹，仍可看出。平话云：

> 先生（主）图王，三分鼎沸。拒桥退卒，威声断水。诸侯恐惧，兵行九地。凛凛如神，霸者之气（器）。

宋臣赞曰：

> 汉失其鹿，三分鼎峙。爰佐昭烈，实惟车骑。敌号万人，兵行九地。曦是雄材，霸王之器。

不难看出，讲史家为了突出张飞拒水断桥，喝退曹军三十余里的英雄事迹，对宋臣旧赞进行了有意的修改。关羽、张飞之庙赞，作于宣和五年再次详定从祀诸将之时，下距靖康之变（1126年）即北宋之亡，不过三载。在山河破碎，神州陆沉的情况下，当日汴京的讲史家们，是不可能马上把关、张《庙赞》融入自己的话本中的。根据这一有力的内证，可以肯定，今本《三国志平话》，绝非霍四究诸人所说之本。

然今本《三国志平话》亦非出自南渡后杭州讲史家之手。尽管南宋地区的讲史也很繁荣，有乔万卷、许贡士、张解元诸名家在活动（见《梦粱录》诸书），甚至《醉翁谈录·小说开辟》还说到"《三国志》诸葛亮雄材，《收西夏》说狄青大略"，证明杭州讲史中确有"三分"一目，尽管如此，也依然不能改变这个推论。关于这点，平话本身所反映的地理情况就是最好的证明。

《三国志平话》敷演汉末三国斗争分合的历史，牵涉南北地名至多，然作者对南宋统治地区的地理沿革，实在不甚了了，除了从史书中搬用的几个古地名，如荆州、金陵、豫章、长沙、桂阳、武陵外，所叙南方各地之区域位置，道里远近，往往多有谬误。其最显者，如赤壁之战以后，周瑜请刘备过江赴会，其地当在武昌。《平话》却说："南岸有黄鹤楼，有金山寺，西王母阁，醉翁亭，乃吴地绝景也。"黄鹤楼在武昌是不错的，金山寺却远在千里之外的镇江大江中。西王母阁则不知所云，可能出于杜撰。至于欧阳修所记之醉翁亭，根本不在大江之南，而在安徽之滁县（今滁州市）。这几个地名，除西王母阁待考外，都是天下闻名的胜迹所在，说话人却随意牵合，聚数景于一地，岂非天下之笑柄！如果作者确为南宋地区的讲史家，以宋人说宋地事，是不该有这样的疏忽的。再如周瑜死于巴丘，本在湖南岳阳，《平话》却误为蜀地。一说周瑜收川，"到西川境界，见者官员，不降而即杀。……前到巴丘城，周瑜伏病不起"云云；又说张飞入川，"前到巴丘县，百姓走了。张飞西至巴州，离州四十里下寨"云云。四川古为巴蜀之地，可能由于巴蜀、巴州、巴丘几个地名相近，才引起这样的误会。还有，古荆州之北虽有荆山，但考之史志，历代均未设县。平话却叙庞统为历阳县令，错断了公事，玄德问曰："军师何往？"张飞答曰："荆州正北，在荆山县。"又说张松替刘璋游说曹操失败后，自长安"东南行，见旺气，远去荆州，数日到荆山县"。言之凿凿，似有根据，其实都出于作者之附会。类似的错误，全书不一而足，于此可见作者南方地理知识之疏陋，其非南渡后杭州讲史家所说之本，也是可以判定的。

反之，《三国志平话》的作者，于当时金王朝统治地区的地理形势，则比较熟悉。尤其是大河两岸，即今山东、河北、河南、河东一带，所说多详而有据，且大半合于《金史》。作者很可能为山东人，故于鲁地叙述特详。平话中所叙刘、关、张破黄巾，其主要战场即在鲁南兖州一带。如云“贼军五十万，在于两处：兖州有贼军三十万；离兖州三十里杏林庄，有二头目，一名张宝，一名张表，领兵二十万”。刘、关、张三人则自任城县东出，前至班村，复行十五里，至杏林庄，大破张表，“贼军一发奔兖州走，汉军追赶到五十余里”（参看下图）。

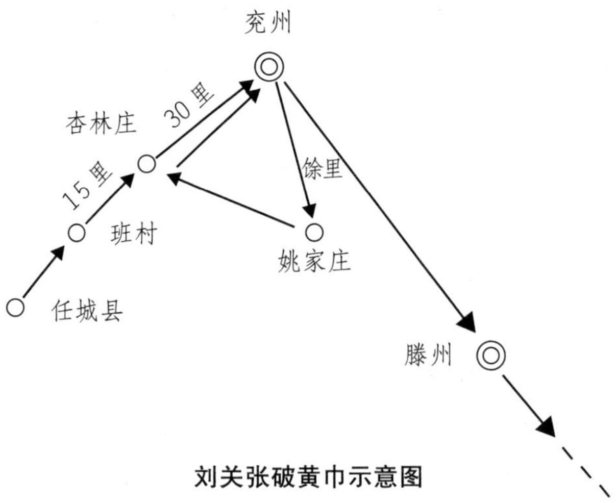

刘关张破黄巾示意图

自任城县至兖州五十余里，与万历《兖州府志》所载兖州“西六十里为济宁州”合。明代的济宁州，即金代之任城县，海陵天德二年（1150年）始移济州治此。可见平话所叙兖州附近之道里位置，是基本正确的。可能早期破黄巾的故事就起于山东，是山东的民间传说。

特别引起我们注意的是，《三国志平话》中所出现的大量金代新起的地名，即金人独有的说法。这些地名的集中出现，不能不导出这样的结论，即今本《三国志平话》当为金人所作。为了说明问题，先看以下诸例。

①平话介绍关羽籍贯，“乃平阳蒲州解良人也”（10页[①]）又，关羽自云“念某河东解州人氏”（11页）。

按：金天会七年（1129年），分北宋之河东路为南北二路，南路辖平阳、河中两府，治所在平阳。平话所叙，与此全合。宋代的河中府，则属陕西路（后改永兴路），自与“河东”无涉；元初，平阳虽辖上述两府，却又无“河东”之名，故平话所说之“平阳”“河东”，只能是金代的事情。特别是蒲州、解良（梁）两地名，独见于《金史·地理志》，尤为铁证。金初，河中府以残破之故，曾于天会六年（1128年）降为蒲州，为防御州，直到海陵天德元年（1149年），才复升为府。解梁，本古地名，历代皆置解县，五代汉乾祐中升州，入金后，曾置解梁军于此。可见“蒲州解良人也”，也只能是金代特有的说法。

②平话叙黄巾起义后，兵势盛大，“兖州昔庆府最多”（15页）。

按：宋徽宗政和八年（1118年），升兖州为袭庆府。金人据有河南、山东后，立刘豫为伪齐，仍为袭庆府，直至天会十五年（1137年），刘豫废，才复降为兖州。平话中“兖州昔（袭）庆府”二名并举，当为宋金易代后民间习惯的说法，其意为“兖州即旧日的袭庆府”。如果已入元代，兖州之名行世已久，人们印象已深，是不需要作这样解释的。

③平话叙刘、关、张自兖州破黄巾后，乘胜追击，“取胜州路，过海州，并涟水，渡淮河，过泰州，西至扬州”（19页）。

按：“胜州”，当为“滕州”之误，即今山东滕州市。唐宋皆于此置县，金大定二十二年升滕阳州，二十四年（1184年）改名滕州。又，宋金时海州，入元后改名海宁州；宋涟水军，金皇统二年（1142年）降为县。金亡后复为宋有，升安东州，入元因之。泰州、扬州，时为宋地，姑不具论。综观以上地名之变化，平话所叙，皆

① 本文所标页码，均为1955年上海古典文学出版社《三国志平话》排印本。

为金代建置，自与宋元无涉。

④平话叙刘备破黄巾后，以军功“赴定州附郭安喜县尉”（22 页）。

按：定州，宋徽宗政和三年（1113 年），升为中山府，治安喜县。入金后，天会七年（1129 年）降为定州，至金末卫绍王大安元年（1209 年），复升中山府，入元因之。平话称“中山府”为“定州”，自为大安前金人之语。

⑤平话中貂蝉对王允说：“家长是吕布，自临洮府相失，至今不曾见面”（33 页）。

按：宋熙州临洮郡，金皇统二年（1142 年），改为临洮府，置熙秦路总管府；大定二十七年（1187 年），改临洮路，仍领临洮府，入元后废路存府。观此，“临洮府”之名，金人习用已近百年之久，宜为人们所熟悉。

⑥平话叙吕布长安败后，东出潼关，睢阳太守郭潜私纵吕布徐州（35 页）。

按：北宋南京应天府，治宋城县，入金后改名归德府，承安五年（1200 年），复宋城之古名曰“睢阳”。

⑦平话叙吕布命侯成前往燕京买马，钱物为张飞所夺（39 页）。

按：唐幽州范阳郡，五代石晋时沦为辽有，改名燕京。宋宣和五年，约金攻辽，改名燕山府，旋为金人所据，仍名燕京。海陵贞元元年（1153 年）迁都于此，以燕为列国之名，不当为京师号，改曰中都。元世祖至元九年，又改大都。

⑧平话叙刘备在徐州为曹操所败，“往西投信都，今冀州是也”（54 页）。

按：北宋冀州郡号为“信都”。入金后，去郡号，存州名，故云。

⑨平话中介绍马腾，原为“西魏州平凉府节度使”

（103 页）。

按："西魏州"，当为"陕西渭州"之误。北宋时渭州陇西郡平凉军节度，统五州三军，治平凉县，属陕西路。金初，改渭州为平凉府，领平凉等五县，陕西西路转运司、陕西东西路提刑司，并置司于此。平话云"陕西渭州平凉府"者，亦合宋金两代建置而说，自为渭州易手后金人之语。

⑩平话叙曹丕代汉后，"封汉献帝为山阳郡公，今时怀州修武县有迹"（126 页）。

按：《三国志·魏志·文帝纪》："黄初元年十一月癸酉，以河内之山阳邑万户奉汉帝为山阳公。"汉代的山阳县，废于北齐，直至金末宣宗兴定四年（1220 年），才复置山阳县于修武之重泉村，入元复废。又怀州，天会六年（1128 年），以与临潢府之怀州同名，称"南怀州"，天德三年（1151 年）始去"南"字。据此，平话所说"今时怀州修武县有迹"者，实指汉代山阳古县遗址而说，当为兴定山阳复县前时人语。

以上各地名，若燕京（1123—1153）、河东南路（1129—1234）、蒲州（1128—1149）、解梁军（1128—1204）、定州（1129—1209）、涟水县（1142—1234），都是金代新起的地名。有些地名，则合新旧二名而说，如"兖州袭庆府""（陕）西渭州平凉府"，反映了宋金易代后的语言现象。有些地名，如临洮府、滕州、睢阳县，虽然也见于《元史·地理志》，但溯其建置，确始于金，结合平话上下文中有关金代地名的使用，自然也应该看作同一历史时期的地名来处理。

历史总是在一定的时空内向前演进的。三国讲史，历经宋、金、元三代，前后一百五十余年，其间郡县之省并，治所之迁移，地名之改易，实在不可胜举。这些地名的变化，无一不在显示着封建王朝的兴替。结合三国史地理志，考察《三国志平话》中地名使用情况，可以看出，作者对当日全国之地理形势，多详于北而略于南，明于金而暗于宋。在"元刊平话五种"中，像《三国志平话》这样集中使用金代地名的现象，实为罕见，这种情况，只能说明它的成书时期当为金代。

除地名外，我们还可以从《三国志平话》中找到一些别的旁证，说明它的成书年代。

其一，平话叙刘备自破黄巾后，由于十常侍从中作梗，一月有余不得面君。一日，于朝门外，“见一辆四马银铎车，金浮图（浮屠）茶褐伞，乃皇亲国舅董成”（21 页）。“浮图”，伞顶装饰的金属部件，以其形如宝塔，故名。以浮图装饰伞顶，实为金制，太子、亲王、大臣，各从品级用之。据《金史 · 仪卫下》：皇太子，“伞用梅红罗，坐麒麟金浮图”；亲王，“伞用青表紫里，金镀银浮图”；百官正一品，“伞用青罗紫里，银浮图”；正二品“伞用朱浮图”等等。其余诸命妇，各从本夫。董成以国舅之亲，用金浮图，亦基本符合金制。

其二，平话叙刘备从曹操见献帝，自云本祖十七代孙，中山靖王之后。“帝惊，宣宗正府宰相，检祖宗部”，乃知刘备为汉之宗室（47 页）。宗正府，掌皇族宗派属籍诸事，历代名称，多有不同，唯金代职官与此全合。唐设宗正寺，为九寺之一；宋初，仍为宗正寺，景祐三年（1036 年）改名大宗正司。金国初立，始称大宗正府，至泰和六年（1206 年），以避睿宗讳（世宗之父名宗辅）改称大睦亲府。元初数十年间，未设宗正之官，而以扎鲁忽赤（断事官）会决庶务，凡诸王驸马投下蒙古、色目人等应犯一切公事，及汉人轻重罪囚，每岁从驾分司上都存留住冬诸事，悉掌之。至元十七年（1280 年），从阿合马之请，虽复立“大宗正府”之官，然元代文书，仍多以“扎鲁忽赤”或“也可扎鲁忽赤”称之，是以有元一代，“宗正府”之名，不显于世（参见《续通典》及金元二史《百官志》）。综观以上职官名称变化，“宗正府”一词，独行于金代前期约 80 年，宜为时人所习知。其称“宗正府宰相”者，亦合金制，盖金时宗正府例以皇族兼领，称“判大宗正事”，其人非亲王即丞相也。

其三，平话叙三国的出现，“江东吴土蜀地川，曹操英勇占中原。不是三人分天下，来报高祖斩首冤”，说的是一个因果报应故事，叙刘邦、吕后，屈斩了功臣韩信、彭越、英布三人，天帝命司马仲相断狱，使他们分别投生为刘备、曹操、孙权三分汉家天下，以报宿冤。这个故事，亦略见于《五代史平话·梁史卷上》，所不同者仅英布改作陈豨而已。两书所叙，当出一源，都应该是同一历史时期的民间传说。根据这一点，郑振铎先生早在《〈三国志演义〉的演化》一文中，就曾提出《三国志平话》“颇有很早产生的可能”，并且认为“我们既有了宋人传下的《五代史平话》，难保同时不有一种宋本的《三国志平话》”。应该说，郑振铎先生的推论是有道理的。稍须补正的是，二书均出于金代，因为我们已经考定《五代史平话》是金人的作品。

以上三事，若“金浮图”，若“宗正府”，涉及金代的名物制度；若“三分报冤”之说，出自金代民间传说故事，皆有资于考定。结合前面所举金代地名在《三国志平话》中集中出现的情况，其成书于金代，似可论定矣。

1989 年 7 月初稿，1990 年 7 月改定

（原刊《文献》，1991 年第 2 期［4 月］，第 29~37 页）

毛本《三国演义》指谬

一

今日所见《三国演义》的最早刊本为“嘉靖本”，它比较接近罗贯中的原本，在考定《三国演义》的成书年代，研究罗贯中的生平思想，探索早期章回小说的特点上，都有其不可忽视的价值。

嘉靖本问世以后，陆续出现的许多明刊本《三国演义》，都以嘉靖本为底，除了插增一些李卓吾式的批评和周静轩式的诗赞以外，在文字上都没有什么大的改动。直到清代初年，茂苑毛纶、毛宗岗父子出，模仿金圣叹之批改《水浒》，伪托“古本”，诋毁嘉靖本为“俗本”，并进行了较大的窜改，这就是我们现在看到的“毛本”。

毛氏父子对《三国演义》的修订，见于该本《凡例》。一曰“增”，所增事实，有“关羽秉烛”“管宁割席”“曹操分香”“于禁见画”诸琐事共九条；

所增文字，有孔融《荐祢衡表》、陈琳《讨曹操檄》、孔明《后出师表》三篇。二曰“改”，改写的事实，有“曹后骂曹丕篡汉”“孙夫人投江”等五事。三曰“削”，有“孔明欲烧魏延于上方谷”“诸葛瞻见邓艾劝降书后犹豫不决”等二事。另外，他们又整齐了回目，将原本文字繁复拖沓的地方加以简练，并投合当时文坛风气，逐回加上了批语。此本一出，很快地压倒了一切嘉靖本系统的《三国演义》。

拿嘉靖本和毛本比勘，毛氏父子所改，固然有其可取之处，但在很多的情况下往往改错。新中国成立以后，人民文学出版社刊行的《三国演义》仍是毛本。编者虽曾先后两次根据嘉靖本和《三国志》等史书，对毛本中的错误作了一些订正，但是很不彻底。正如编者所说，校改的范围“只是在不损伤毛本的故事原貌，充分尊重小说艺术虚构的原则下，所作的点滴文字修补”（见该社 1973 年三版《三国演义》卷首《关于本书的整理情况》一文）。这样的处理，对毛宗岗来说是够尊重的了，对罗贯中来说，却未免有些不敬。

整理《三国演义》是否要完全保存“毛本的故事原貌”，这是一个值得认真考虑的问题。毛氏父子所加于《三国演义》的污秽不去，则罗贯中真实的思想面貌终难呈现于读者面前。1959 年“为曹操翻案”中，有些同志之所以把毛氏父子的思想和罗贯中的思想混为一谈，就是上了毛本的当。事到今天，这样的历史误会，是不应该让其重演的。

为了说明问题，我们不妨对毛氏父子在《三国演义》修订中特别标举的几件事情，作一个简单的分析。先看其所“增”，其间最不足为训的，是“关羽秉烛达旦”与“曹操分香卖履”二事。前者说曹操“欲乱其上下内外之礼”，反映了毛氏思想境界的低下。关于后者，他在《总批》中写了一段特长的考语，大意是说曹操“平生无真，至死犹假”，甚至“死后犹假”（第七十八回），极尽攻击诬蔑之能事，这才是十足的对曹操的“谤书”。这种无聊的人身攻击，究竟有无必要保存下来，实在使人怀疑。

再看其所“改”，若“曹后骂曹丕篡汉”（第八十回），嘉靖本原文是这样的：

曹后大怒曰："汝言吾兄为篡国之贼，汝高祖只是丰沛一嗜酒匹夫，无籍小辈，尚且劫夺秦朝天下。吾父扫清海内，吾兄累有大功，有何不可为帝？汝即位三十余年。若不得吾父兄，汝为齑粉矣！"

应该承认，罗贯中的这段文字，是比较合于情理的。献帝在当时，不过是曹氏父子手中的一个政治性的玩具，当天下大乱、群雄并起的时候，曹氏要借他以令诸侯，奉之为帝；当群雄渐灭，海内将平之时，曹氏自然要取而代之。但是，还要让他参加演出"禅让"这样一出闹剧，对于献帝这样一个可怜虫，曹后自不会有什么特殊的好感。毛氏父子出于封建正统观念，硬要作翻案文章，让曹后大骂曹丕，实在无味得很。至于"孙夫人投江"一事（第八十四回），本属齐东野人之语。毛氏偏要假托"古本"，谎称信史，只能说明他们脑子里的封建节义思想是多么根深蒂固！

再论其所"削"。"孔明欲烧魏延于上方谷"，本小说家言，这就为以后魏延的造反，以及为马岱所杀作了合理的安排。毛氏父子可能感到这样的描写有损于孔明的"忠厚"，把"前面魏延勒马横刀而立"一句，改为"前面魏延已不见了"。细心的读者自会提出这样的疑问：上方谷前口已被孔明用火烧断，后口又被木石垒绝，魏延能逃向何处？如果魏延可以逃出，司马父子又何至号啕向天无路可走？在在都是破绽，而且这样的改动，又与魏延以后造反失去了照应。这从小说的艺术构思来讲，也是不太合理的。

二

从上面的分析里可以看出，毛氏父子对《三国演义》故事的修订，基本上是失败的。这之中，固然也有艺术修养方面的因素，但主要还是思想上的差距。罗贯中的《三国演义》写于元末农民大起义的高潮中，他虽然也有封建意识，但绝不像毛氏父子那样的强烈。以正统思想而论，在罗贯中的《三国演义》里也是存在的，但这决不是写作的主导思想。他的拥刘反曹，主要还是接受了宋元以来民间三国故事的传统影响，其间还包含着广大人民反抗黑暗暴政，拥护圣君贤相的封建政治理想。罗贯中实在不愧为一个伟大的现实主义作家，他是忠于生活的，他的思想，主要是通过鲜明的人物形象表现出来的，给人以统一、和谐之感。反之，毛氏父子对《三国演义》的修订，其指导思想是封建“正统论”，这从他们所写的《三国志读法》，以及所加的批语中都可以看出，“蜀汉正统”是他们褒贬人物、论定是非、取舍予夺的唯一标准。而且，他们毕竟只是一些平庸的评点家，没有罗贯中那样的大手笔，他们似乎没有考虑到，作家的思想倾向，只有通过合理的生活逻辑，真实的人物性格的表现，才是具有说服力的。仅仅从“蜀汉正统”这样一个概念出发，凭着自己感情的驱使，任意拔高或贬低小说中的人物，这是“骂杀”与“捧杀”，绝不是真正的艺术。

“骂杀”和“捧杀”，集中地表现在魏、蜀两个集团的领袖人物身上。比如“毛本”中关于刘备和曹操两个人物的出场的描写，和“嘉靖本”就大有出入。

先看刘备，嘉靖本是这样介绍的：

> 那人平生不甚乐读书，喜犬马，爱音乐，美衣服，少言语，礼下于人，喜怒不形于色。

罗贯中的这段话，完全出于史传。他并没有因为拥护刘备而掩饰其对“犬马”“音乐”“衣服”的追求和爱好。作为一个英雄，特别是作为一个封建阶级的英雄，刘备有其平凡的，有时甚至是庸俗的一面，因为他也要像凡人一样生活，这是很自然的事情。可是到了毛氏父子的笔下，这些不太美妙的说法通通不见了。嘉靖本中还提到刘备自幼常得同宗刘元起的资助，元起妻曰：“各自一家，何能常耳！”此事亦见于史传，本不足为病，毛本同样也讳而不书，这是为刘备掩饰进而讳及其宗族，真可以说是“爱屋及乌”了。

再看曹操，“嘉靖本”是这样介绍的：

身长七尺，细眼长髯。胆量过人，机谋出众，笑齐桓、晋文无匡扶之才，论赵高、王莽少纵横之策。用兵仿佛孙吴，胸内熟谙韬略。官拜骑都尉。

可见，罗贯中并没有因为反对曹操，而抹杀他的英雄过人之处。毛氏父子根本不敢正视事实，大加删削，只剩下了“身长七尺，细眼长髯，官拜骑都尉”十三个字。不仅如此，嘉靖本中还根据《三国志》注引《后汉书》，说到曹操是汉代名相曹参之后；曾祖曹节，“仁慈宽厚”；其父曹嵩，“忠孝纯雅”。毛氏父子因为要“骂杀”曹操，也一概删去。由憎恶其人进而抹杀其先祖，这恐怕只有无聊的封建文人才想得到，做得出！

为了节省篇幅，再举有关曹操数事，看看毛本对嘉靖本是如何删改的。

第二十回献帝认刘备为皇叔，曹操手下的谋士们认为此举将不利于曹操，在嘉靖本中曹操是这样回答的：“好亦交三十年，恶亦交三十年。好恶吾自有主意。”自此以后，“操与玄德出则同舆，坐则同席，美食相分，恩若兄弟”。对于刘备，曹操自然是有戒心的，但是他确实又是爱贤的，所以能以自己的实际行动，对刘备做耐心的争取，表现了一个封建社会大政治家应有的风度和气魄。毛本于此不满，改写为“操曰：彼既认为皇叔，吾以天子之诏令之，彼愈不敢不服矣。况吾留彼在许都，名虽近君，实在吾掌握之内，吾何惧哉！”这样一改，曹操之于刘备，完全是以势压人了。

第三十一回曹操困袁绍于冀州，众将劝操急攻，“嘉靖本”这样描写：“操曰：‘……见今禾稼在田，功又不成，枉废民业。姑待秋成，取之未晚。’众曰：‘若恤其民，必误大事。’操曰：‘民为邦本，本固邦宁。若废其民，纵得空城，有何用哉？’”一再强调曹操爱民，表现了他远大的政治眼光。“毛本”自加着重点号以下各句全删，尽量减少曹操的影响。

如此粗暴的删改，在毛本《三国演义》里并不罕见。这根本不是修改文章，不是什么文辞的繁简问题，而是有意的窜改。这里涉及文艺创作过程中，如何反映生活、塑造人物的美学问题。爱而能知其丑，憎而不掩其善，是罗贯中的高明之处，是忠实于历史，忠实于生活的表现。所以他笔下行动着的人物，虎虎然多有生气。而毛氏父子纯粹从封建道德观念出发，把曹操出生前骂到死后，由攻击本人而侮辱先祖，对于艺术，对于罗贯中的原作来说，都只能是一种莫大的亵渎！

三

除了故事情节的增删，人物形象的歪曲以外，毛氏父子对嘉靖本的窜改，更多地表现在全书的词语上，这方面值得推敲的问题就更多了。其间，有有意窜改之误，也有不明元人语汇之误。

所谓有意窜改之误，主要指对嘉靖本中原有的“夷、夏”一类字眼的删改而说。毛本刊行于康熙年间，写定的时间可能在康熙二年以后（该书卷首金圣叹顺治甲申一序显系伪托，不足考信）。在满清入关之初，因干戈未息，征战不止，清廷对于汉族知识分子主要还是采取笼络或收买的办法，等到武力平定各地以后，就慢慢地加强了思想统治，于是大兴文字之狱。康熙二年，震动大江南北的庄廷鑨《明史》案，就是一个严酷的信号。此案株连二百余人，编纂者及其家属十五岁以上者都被斩决，许多吴越名士都死于此案。毛宗岗父子对于此案，不可能无所知闻，他们的反应如何？因文献无征，不敢深说。但是，从他们对嘉靖本的窜改上，可以看出他们是相当敏感的。于是，原本中出自史传的夷虏、胡、越一类的字眼，或删或改，几乎扫荡无余了。

姑以“虏”字为例。孙坚曾封“破虏将军”，原本中叙及孙坚，多以此称之。如《周瑜定计破曹操》一节曰：“江东自破虏将军开国以来，今历三世，安可一旦而废之？”毛本第四十回删“破虏将军”四字。又《黄盖献计破曹操》一节，叙黄盖夜访周瑜，愿行苦肉之计：“某自破虏将军重用到今，虽肝胆涂地，心亦无怨。”毛本第四十六回改“破虏将军”为“孙氏”。还有，孙策死后，曹操为结好江东，“遂封孙权为讨虏将军”，毛本第二十九回删去“讨虏”两字，改为“乃即奏封孙权为将军”。这样一改，不知孙权究系何等官爵？最可笑者，周瑜死后，嘉靖本诸葛亮祭文中有“吊君壮力，远镇巴丘；景升怀虑，讨虏无忧。”是赞美周瑜在巴丘一带镇守，可以威慑刘表，使孙权高枕无忧。毛本五十七回却改“讨虏”为“讨逆”，孙权遂变为孙策矣（按：曹操封孙策为“讨逆将军”）。后文中凡遇“讨虏将军”字样，“毛本”或删，或改称“孙将军”“我主”“东吴”等等，不一而足。其他如甘宁为“平虏将军”，孙皎为“征虏将军”，当然都在删改之列了。

不仅“破虏”“讨虏”“平虏”“征虏”一类的官名不能存在，甚至连“俘虏”之“虏”，也不敢使用，可见忌讳之深。如官渡之战，许攸力劝袁绍掩袭许昌，说“今若不取，必为虏矣”，毛本第三十四回改为“后将反受其害”；又，乌巢烧粮，郭图欲使张郃去劫曹营，郃曰：“今若攻曹营不破……吾属皆为虏矣。”毛本“虏”改为“擒”。“虏”这个字眼，在当时就意味着灾难临头，意味着家破人亡，所以毛氏父子避之唯恐不及。

准此，“山越”被改作“山野”，“南夷”被改作“敌军”，“戎狄”被改作“沙漠”，“羌胡”被改作“羌人”。甚至有时连孔夫子说过的某些话也须改削。如嘉靖本中诸葛亮自比管乐，关羽议论说：“某闻管仲一匡天下，九合诸侯。孔子称之曰：‘微管仲，吾其被发左衽矣。’乐毅克齐七十余城。二人皆春秋名人，功盖寰宇之士，孔明自比，岂不太过耶？”这段话，“毛本”删作“某闻管仲、乐毅乃春秋战国名人”云云。既然连孔夫子的话都不敢引用，那么，“嘉靖本’中叙蔡琰“曾被北番韃靼掳去，于北土生二子”的话，被改为“被北方掳去，于北方生二子”，也就可以理解了。

凡此种种，皆属有意窜改之误，联系清代文字狱的严酷，是可以取得人们的谅解的。但是，为了避免混乱，为了尊重历史，仍以按照嘉靖本原文改回为好。

所谓不明元人语汇之误，是指嘉靖本《三国志通俗演义》里，保存了很多宋元以来的特有的词汇，它在一定程度上可以帮助我们判定《三国演义》的产生年代。这些词汇到了毛氏父子手里，因为不了解它们的含义，随意乱改，多有改错之处。

如“呼噪”，欢呼舞蹈的意思，是臣子进见君王的礼节仪式，屡见于元曲。脉抄本《金凤钗》二折粉蝶儿曲：“立丹墀，未呼噪，恰待扬尘舞蹈，谢君恩展脚舒腰。”又元刊《周公摄政》二折普天乐曲：“百官每听处分一齐的呼噪，扶持着有德的君王谁敢违拗。”其见于嘉靖本者，如汉灵帝死后，大臣扶太子辩即皇帝位，“百官呼噪已毕”。又许田射鹿，众臣高呼“万岁”，曹操遮于天子之前受之，献帝对伏后泣曰：“……（曹操）今在围场上，自迎呼噪，早晚图谋，必夺天下。”毛氏父子误以“呼噪”为骚动乱嚷之意，改前者为“呼拜”，后者为“呼贺”，不知何所而出。

又如“点汤”，送客之意。张相先生《诗词曲语辞汇释》曰：“旧时主客会晤，有端茶送客之习惯，客濒行，主人必端茶敬客，以为礼节。其有恶客不愿与之久谈者。主人亦往往端茶示意以速其行。”元曲中多有点汤送客之事。此语亦见于嘉靖本，据说的卢马不利于主人，徐庶（单福）初见刘备，劝以此马赐人，刘备不悦，即“唤从者点汤”，原本已于“点汤”二字下，注明“逐客之意”。毛氏父子不知何故，改作“玄德闻言变色曰”云云。

其他，“如躁暴”改作“造次”，“送路”改作“送之”，“无徒”改作“无赖徒”，“摘离”改作“檀离”，“节次”改作“屡次”，“歹心”改作“异心”，“推转”改作“推出”，“明甫”改作“监酒”，“作用”改作“作法”，“请佃”改作“强争”，“骗马”改作“跃上马背”，“被论人”改作“被告人”，“生受”改作“劳苦”，“断送”改作“急赶”，“夜来”改作“昨日”，“烧埋”改作“烧化”，“土平”改作“削平”，“起发”改作“进发”，“爪寻”改作“寻探”，“博易”改作“转易”“拜见”改作“拜问”，“文字人”改作“文人”，“老小”改作“妻小”或“家小”，“结构”改作“往结”或“结好”，“即目”改作“即日”“目下”“而今”等等。不仅多半改错，而且更主要的是这样乱改的结果，小说语言的时代特色，也就不复存在了。

特别值得我们注意的是，元代汉语中某些语词词序的倒置，既不见于元代以前，也未保持于元代以后。这是由于元代打通了欧亚，各民族交往频繁，在各种语言不断地辗转翻译的过程中，影响到汉语语词的结构。如“故乡”之作“乡故”，“本钱”之作“钱本”，“圣贤”之作“贤圣”，“二三”之作“三二”等等。语词的倒置，可以说是元代汉语的一个特异现象，应该予以重视。嘉靖本中就有一些例子，可惜全部为毛氏父子所抹改。如“子母”改作“母子”，“爱敬”改作“敬爱”，“紧要”改作“要紧”，“怒发”改作“发怒”等等。这样的乱改，也是不妥当的。

四

作为一部历史小说，虽然不排斥艺术上的虚构，但在某些细节的真实上，如职官、人名、地名等各方面，远较一般的小说要严格得多。罗贯中的原本，不少地方直接出于史传，比较有根有据，毛本《三国演义》则往往搞错。

第一回叙刘备出身，罗贯中根据《三国志·先主传》说刘备的祖上刘贞，于“汉武帝元狩六年为涿郡陆城亭侯，坐酎金失侯，因此这一枝在涿郡”。毛氏父子以“郡”为衍文，“陆”为误字，改为“涿鹿亭侯”。汉陆城县，属涿郡，在今河北保定南蠡县境内，涿鹿县属上谷郡，则在今涿鹿县境内，地居北京之西北，一南一北，相距数百里。

第二十六回官渡之战，关羽斩颜良、文丑，“绍令退军于阳武结营，连络数十里，按兵不动。操亦令夏侯惇总兵守官渡隘口”。“退”当依《武帝纪》及《袁绍传》作“进”，是说袁绍打败仗后，复又迫近官渡，向曹军挑战。毛本除“退”字沿误外，复又误“阳武”为“武阳”，遂使绍军转而向东，进入山东境内（汉末东郡治武阳），两军既不相接，何来官渡之战！

第二十九回孙策怒斩于吉，吉自称“得神书于曲阳泉水上，皆白素朱书，号曰《太平清领道》”。见《三国志》注引虞喜《志林》，汉侯国“曲阳”，在今安徽凤台县东北，“毛本”误为“阳曲”，则远在山西太原之北。

第八十三回，甘宁死后，“后人有诗叹曰：巴郡甘兴霸，长江锦幔舟。关公不敢渡，曹操镇常忧”。隐括其一生事迹。甘宁，“巴郡临江人”，事见《三国志》本传。毛本误改“巴郡”为“吴郡”，又改三四句为“酬君重知己，报友化仇雠”。

第九十四回诸葛亮首次兵出祁山，因街亭之败，上表自贬三等，费祎深恐孔明不安，乃贺曰：“蜀中之民皆知丞相拔西县入川，深以为喜”，此事亦见于《三国志·诸葛亮传》。西县，在今甘肃天水市西南一百二十里。毛本为了张皇诸葛亮的业绩，妄改“西县”为“四县”。

五

上面通过与嘉靖本的比勘，举出毛本错误若干，目的在于引起读者的重视。如能有人，发此宏愿，对《三国演义》一书进行新的校理，俾使此书，早成定本，其将有利于后之学者，自不待言。

关于《三国演义》的校理，我的设想两个本子都应整理：毛本比较适宜于一般读者的阅读，应该以此为基础，尽量恢复罗贯中旧本的原貌。凡毛氏父子所附加者，能删者删，能改者改；其不便于删改者，如第一回开首“话说天下大事，分久必合，合久必分”一段，可于校勘记中加注说明，以便读者识别。至于毛本中的其他错误，当然也须一一订正。

嘉靖本的校理，主要在原本文字错误的订正上。1980年，上海古籍出版社新刊本仅据原书排印一过，没有进行这方面的工作。实际上，嘉靖本中的错误也是很多的，毛本中的一些错误即由此而来。如该书卷首题署：“晋平阳侯陈寿史传后学罗本贯中编次”，“平阳侯”下偶脱“相”字。陈寿任“平阳侯相”，见《三国志·诸葛亮传》中陈寿《进诸葛亮集表》所具名衔。又如《董卓议立陈留王》一节叙董卓任“前将军鳌乡侯”，当作“斄乡侯”；《李傕郭汜杀樊稠》一节中“李傕之侄李别”当作“李利”；《曹操兴兵报父仇》一节中“击贼于寿阳”，当作“寿张”；《陶恭祖三让徐州》一节中“令舒及虑，遗爱于民”，“虑”，当作“庐”。这些，都属于职官、人名、地名等专名，史籍具在，可以覆按。前贤有云：日读误书而不知，不可谓善读书。故读书必先校书。只有由此入手，我们的研究工作才能建立在一个比较坚实的基础上。

（原刊《社会科学研究》1983年第4期，第41~46、40页）

补《全金元词》二十九首

1979年，唐圭璋先生于《全宋词》之后，续又编就《全金元词》一书，由中华书局出版。是书共收金元词282家7200余首，以数百年散佚之余，而所得如是之可观，其勤其苦，可想而知。至此，金元词始有比较理想之总集和读者见面，一编在手，可省去不少翻检的时间，其有利于词学之研究，自不殆言。唯一代诗文总集之编纂，势难一举而尽归于美善，盖资料散在群书，搜检不易也。该书出版以后，先生又续有发现，如周晴川之【十六字令】“眠”，张景云之【减兰】“华鬘如雪”，赵顺甫之【满江红】“凭眺江山”，杨维桢之【江城子】“一门三相两封王”，四家四词，皆《全金元词》所未收者。[①]1992年，张绍靖同志复又辑得该书失收之词十三首，新补词人三家。[②]可见，《全金元词》之补遗，仍有一些工作可做。而先生今已故世，此项工作也只有寄望于后之来者。由于教学关系，《全金元词》是我们经常参考、检阅的书籍，近年以来，在教读之余，于上述所见者外，复又发现此书失收词

① 唐圭璋：《读词续记》，《文学遗产》1981年第2期（3月），第81~90页。

② 张绍靖：《〈全金元词〉补辑》，《苏州大学学报》1992年第2期（4月），第64~65、52页。

二十九首，并新增词人五家。其间，颇有一些可读可诵之佳作。今依时代前后，略加说明，排比于下，以供学者参考。

【南乡子】九日同燕中诸名胜登琼口故基

金·元好问

楼观郁嵯峨，琼岛烟光太乙波。真见铜驼荆棘里，摩挲，前度青衫泪更多！　胜日小婆娑，欲赋《芜城》奈老何。千古兴废浑一梦，从他！且放云山入浩歌。

（据姚奠中等《元好问全集》卷四十二补）

【南乡子】饮东原王□章郎中家

金·元好问

促坐烛花红，春到梅边蜡蒂融。南去北来何限客，谁同？酒令歌筹醉不供。　聚落散花风，恨煞陵台望眼中。人世只除开口笑，难逢！莫教金杯到手空。

（同上）

又

金·元好问

花谱得新名，一尺红云赛洛京。旧说采莲张静琬，难凭，楚润元来更有情。　株上艳歌声。亏煞司空自教成。前日绿窗今夜梦，分明，宿酒残妆未五更。

（同上）

【望江南】

金·元好问

如雪貌，绰约最堪夸。疑是八仙乘皎月，羽衣摇曳上云车，来此会仙家。

（同上卷四十四，原注据《唐宋金元词钩沉》补）

按：《全金元词》共收元好问词483首，以上4首词未录。

【木兰花】

金·无名氏

淮山隐隐，千里云峰千里恨。淮水悠悠，万顷烟波万顷愁。山长水远，遮断行人东望眼。恨旧愁新，有泪无言对晚春。

（据《续夷坚志》卷四《泗州题壁词》补）

按:《续夷坚志》四卷，元好问晚年所作。《泗州题壁词》云:“兴定末（1220 年），四都尉南征，军士掠淮上良家女北归，有题【木兰花】词逆旅间”云云，可略知其本事。《全金元词》失收。

【青门引】

金 · 无名氏

（上片阙）半纸虚名，白发知多少。一棹武陵归计，不如闻早。怕桃花，笑人老。

（据《续夷坚志》卷三“张子云祈仙”条补）

【秦楼月】

元 · 刘秉中

琼花坞，卢沟残月西山晓。西山晓，龙蟠（盘）虎踞，水围山绕。

昭王一去音尘杳，遥怜弓箭行人老。黄金台上，几番秋草。

（据《析津志辑佚 · 河闸桥梁》引补）

【鹊桥仙】崇仙台

元 · 耶律铸

崇仙台外，明霞馆里，著处蟠桃栽遍。花开动是一千年，知阅了春风几面。丁宁休把，玉鸾金凤，也比云间鸡犬。且倾灵液莫留残，恨说道蓬莱路远。

（《永乐大典》卷二 604“台字韵”引耶律铸词）

【摸鱼子】送李元谦南行

元 · 张之翰

怅交游晓星堪数，今朝君又南去。独留倥偬奔忙里，尽耐风波尘土。私自言也自笑，一毫于世曾何补。欲归未许，谩缩首随人。强颜苟禄，此意亦良苦。

扬州路，总是曾经行处，梦中淮安江浦。年来事事多更变，犹有旧时乌府。君莫往，说正赖两三，吾辈相撑拄。恨自无羽，趁万里秋风，云间孤鹤，落日下平楚。

（据《永乐大典》卷八千六百二十八“行字韵”引《张西岩集》）

【水调歌头】蛾眉亭

元·卢挚

亭榭踞雄胜，杖屦踏烟霏。山灵听足春雨，忙遣暮云归。我欲天门平步，消尽江涛余怨。尝试问冯夷：何物儿女子，刚道似蛾眉。　雁行斜，松影碧，橹声微。一齐约下风景，莫是为湘累。政有玉台温峤，未暇燃犀下照，贪著芰荷衣。好在初明观，重与故人期。

（据康熙《太平府志》卷三十九“艺文”引补）

【临江仙】

元·阎宏

九月七日舟行送牧庵先生过樵舍，至吴城山，与静得赋【临江仙】，取吴城山三字为韵，留山字邀时中作。

去岁迎公樵舍驿，今年送别重湖，青山知我往来无。揆材惭杞梓，闻道觊桑榆。　胜日黄华重九日，喜浮五老眉须。清尊何惜驻樯乌。分风行咫尺，千里异荆吴。

（据“四库本”《牧庵集》后附刘致《姚燧年谱》引补）

按：阎宏，字子济，河南洧川人。江西行省检校。大德十一年（1306年）卒，年五十二。此词作于上年九月，时江西行省参政姚燧以疾北归，阎宏等赋【临江仙】以送之。《全金元词》其人其词并失收。

【临江仙】送牧庵分韵得城字

元·祝静得

一代文章千载事，区区外物虚名了，知此老去难留。衔舟携二客，幞被送兼程。　渺渺望湖楼下水，连朝无此秋晴。

新霜红叶锦如城。重阳谁共醉，五老定相迎。

（同上）

按：祝静得，名里未详，大德九年任江西儒学副提举。此词，为与阎宏同送姚燧时所赋。《全金元词》其人其词并失收。

【天香引】游嘉禾南湖

元·乔吉

三月三，花雾吹晴。见麟凤沧州，鸳鹭沙汀。华鼓清箫，红云兰棹，青纻旗亭。　细看来，春风世情。都分在、流水歌声。剪燕娇莺，冷笑诗仙，击楫扬舲。

（《文湖州词》）

拜和靖墓

元·乔吉

正当时，处士山祠，渐次南枝。春事些儿，枫渍殷脂。蕉撕故纸，柳死荒丝。　自寒涩，雌雄鹭鸶，翅参差，母子鸬鹚。再四嗟咨，捻此吟髭，弹指歌诗。

按：以上二词，旧版《全宋词》误为宋人文同所作，唐圭璋先生修订时，已于书中《误题撰人姓名词》一文中予以辨正，惜未及时收入《全金元词》中，今据以补入。

【富春乐】岁时风纪十二首[①]

元·熊梦祥

正月皇宫元夕节，瑶灯炯炯珠垂结。七宝漏灯旋曲折。龙香爇，律吹大簇龙颜悦。　综理王纲多傅说，盐梅鼎鼐劳调燮。灯月交辉云翳绝。尊休彻，天街是处笙歌咽。

其二

二月天都初八日，京西镇国迎牌出。鼓乐铿鍧侪觱篥。金身佛，善男信女期元吉。　白伞帝师尊帝释，皇城望日游宫室。圣主后

① 原词六月重一首，实为十三首。

妃宸览毕。劳宣力，金银缎匹君恩锡。

其三

三月京师寒食早，苑墙柳色摇宫草。太室荐新皇祖考。培街道，元勋衔命歌天保。　　紫燕游丝穿翠葆，桃花和饭清明到。追远松楸和泪扫。莺花晓，人面莫逐东风老。

其四

四月吾皇天寿旦（诞），丹墀华盖朝仪粲。警跸三声严外办。听呼赞，千官虎拜咸欢忭。　　礼毕相君擎玉盏，云和致语昌宫宴。十六天魔呈舞旋。大明殿，齐称万寿祈请宴。

其五

五月天都庆端午，艾叶天师符带虎。玉扇刻（缂）丝金线缕。怀荆楚，珠钿彩索呈宫御。　　进上凉糕并角黍，宫娥彩索缠鸜鹆。玉屑蒲香浮绿醑。葵榴吐，銮舆岁岁先清暑。

其六

六月京师日逢六，五更汲水劳僮仆。豆曲油盐香馥馥。经三伏，晨昏鼎鼐调和足。　　垂舌狮庞伸复缩，榴花喷火蒲翻绿。雨过籍田苗秀育。皇家福，更期四海俱丰熟。

又

六月滦京天使速，恭迎御酒干羊肉。原庙宗禋分太祝。包茅缩。百五十年调玉烛。　　史馆宸仪天日煜，油然臣子羹墙肃。释乐祼将从国俗。天威瞩，不遐皇祖贻多福。

其七

七月皇朝祠巧夕，化生庭院罗金璧。彩线金针心咫尺。堪怜惜，星前月下遥相忆。　　钿盒蛛丝觇顺逆，觚棱萤度凉生腋。天巧不如人巧怿。年光掷，长生殿里空尘迹。

其八

八月两京秋恰半，金闺胜赏冰轮碾。玉琯南宫音乍转。霓裳宴，穆清一曲云中按。　　宝钏生凉侵玉腕，瑶觞九酝瓜新荐。月色人心同缱绻。深宫晚，一声促织瑶阶畔。

其九

九月登高簪紫菊，金莲红叶迷秋目。万乘时还劳万福。麾幢矗，云和乐奏归朝曲。　　三后銮舆车碌碌，宝驼象轿香云簇。玉斧内仪催雅卜。天威肃，御人早已笼银烛。

其十

十月天都扫红叶，酒浆出城相杂还。爇送寒衣单共袷。愁盈颊，追思泪雨灰飞蝶。　　太室迎寒应祭祫，黄钟中管应钟协。鬯祼神来诚敬浃。音容勰，常仪太尉应当摄。

其十一

冬月京中号朔吹，南郊驾幸迎长至。绣线早添鸾凤翅。争相试，辟寒犀进宫娥喜。　　龙里中官多宠贵，银貂青鼠裘新制。白马宝鞍衔玉辔。藏阄戏，驾衾十酒人贪睡。

其十二

腊月皇都飞腊雪，铜盘冻折寒威冽。八日朱砂香粥啜。宫娥说，毡帏窣下休教揭。　　鼎馔豪家儿女悦，丰充羊醴劳烹切。九九梅花填未彻。严宫阙，宰臣准备朝元节。

（据《析津志辑佚·风纪》引补，原署松云撰）

按：熊自得，字梦祥，以字行，别号松云道人。江西丰城人。后至元间，以茂材举为白鹿洞书院山长，历大都路儒学提举、崇文监丞，以老疾告归，年九十余卒，著有《析津志》等书。【富春乐】词十三首，纪元末大都及宫廷风习甚详，为元词所少见。《全金元词》其人其词均失收。

【渔家傲】次韵答凌彦翀

元·杨复初

当时承望求仙道，那知薄命如郊岛。留得残生犹自好。多懊恼，尘缘俗虑何时扫？　　子已成童无用抱，醉眠任使和衣倒。今岁砧声秋未捣。凉气早，看来只恐中年老。

（据《西湖游览志余》卷十二补）

按：杨复初，名里未详。此词为答凌彦翀题其村居之作，当同为由元入明之词人。《全金元词》既已录凌词，杨词亦当并入。

【巫山一段云】

元 · 卓津

流水小湾西，晚坐孤亭静。不见高人跨鹤归，风水摇清影。　　古往与今来，休用重重省。十里梅花雪正清，月下瑶山冷。

（据《湖海新闻夷坚志续志》后集卷一“神仙门”补）

按：卓津，字里不详。《湖海新闻夷坚续志》为元人所编志怪小说，云平乡县丞卓津题于县郭西山之徐仙亭，兹补。

《全金元词》意在网罗散失，保存全部有关资料，故“有词尽录，即零篇断句亦在所不遗”。准此，如蔡松年之“风头梦，吹无迹”（《滹南诗话》卷三引萧闲词）；完颜璹之“咫尺又还，秋也不成，长似云闲”（元好问《如庵诗文序》引）；以及姚燧之【水调歌头】《寿文献公》“相公奉朝请，京辇已三年”（《牧庵集》附刘致所撰年谱引）诸残句，也应一一补入，以略现金元词之概貌。这些工作比较琐细，需要付出多年的时间和精力，才可能有比较理想的结果。如能有人，发此宏愿，完成《全金元词》的补遗工作，将是一件很有意义的事情。维此之故，敢献拙见如上。

（原刊《文献》1998 年第 1 期［1 月］，第 42~49 页）

早期诸宫调歌词的重大发现

一

《中华戏曲》第二十九辑发表的侯马金墓所见之诸宫调歌词，实为自二十世纪初《刘知远诸宫调》后的有关诸宫调文献的又一重大发现。[①]尽管只有几支曲子，其意义却非同凡响。因为，这些歌词的发现，为学术界提供了一个宋、金早期诸宫调的实例，拓宽了人们的视野，使诸宫调的研究得以深入地开展下去，所以特别感到欣慰和激动。

据侯马文物局局长杨及耘、高青山二先生之发掘报告，墓主张氏卒于金代大定二十二年（1182 年），承安五年（1200 年）改造仿木砖墓。诸宫调

① 杨及耘、高青山：《侯马二水 M4 发现墨笔题书的墓志和三篇诸宫调词曲》，《中华戏曲》第 29 辑，2003 年 6 月，第 1~5 页。

【南吕宫·瑶台月】【般涉调·沁园春】【道宫·解红】三曲，分别见于北、东、南各壁，西壁为七律一首，均为墨书。由此可见，墓室的女主人生前酷爱诸宫调，以致死后十九年，她的子孙们在为其改建新墓时，本着古人事死如生的习惯，仍然把其喜欢的歌词，书写在其墓室里。这些自然是士大夫文人所不入眼的“下里巴人”之曲，如果不是出于这种特殊的机遇，恐怕将永远湮没于人世，所以特别值得珍视。

这里有一个问题，既然女主人如此热爱诸宫调，则墓室四壁所书，应该都是同类歌词，西壁之七律自不能外。当我第一次读完杨、高二先生的发掘报告后，就有这样的疑问，怀疑它是宋、金以来流行的入乐歌词。首先想到的是词牌【玉楼春】，同样是七言八句。但比勘结果，于律不切。最明显的是【玉楼春】前后两迭，金墓之七律却浑不可分。于是转而求之于诸宫调，终于在《董西厢》中找到了它的答案。该书卷五张生接莺莺私会的偷情诗，本五律一首，张喜之欲狂，曰：“吾能唱之而无和者，奈何！”红娘曰：“妾和之，可乎？”张曰：“可。”于是歌以【仙吕调·乔和笙】，歌曰：

休将闲事苦萦怀，（和）哩哩啰，哩哩啰，哩哩来也。取次摧残天赋才。（和）不意当初完妾命，（和）岂防今日作君灾。（和）仰酬厚德难从礼，（和）谨奉新诗可当媒。（和）寄语高唐休咏赋，（和）今宵端的云雨来。（和）[①]

我们知道，“哩哩啰”一类由他人帮腔的打和之词，本是乐曲中轻弹缓奏的虚声，在乐句中间起过渡的作用，是歌词以外附加的衬词，可以略去不计。这里，如果删去每句句尾的红娘的打和，张生所唱的就是七律一首，与金墓西壁之题诗毫无二致。由此我们可以判定其为诸宫调歌词无疑，所用宫调即为【仙吕调·乔和笙】。

为了说明问题，我们还可以举一个宋人的例子。洪迈《夷坚志》支乙卷六“合生诗词”条云：

① 凌景埏校注：《董解元西厢记》（北京：人民文学出版社，1962 年），第 107 页。

江浙间路岐伶女，有慧黠知文墨，能于席上指物题咏应命辄成者，谓之合生。其滑稽含玩讽者，谓之乔合生。张安国守临川，王宣子解庐陵郡印归，次抚。安国置酒郡斋，招郡士陈汉卿参会。适散乐一伎言学作诗，汉卿语之曰："太守俗呼五马。今日两州使君对席，遂成十马。汝体此意作八句。"伎凝立良久，即高吟曰：

同是天边侍从臣，江头相遇转情亲。莹如临汝无瑕玉，暖作庐陵有脚春。五马今朝成十马，两人前日压千人。便看飞诏催归去，共坐中书秉化钧。

安国为之嗟赏竟日，赏以万钱。[①]

这里的"十马诗"，洪迈称之为"合生诗"，虽然没有"哩哩啰"一类的衬词，其为合生之本格，是灼然无疑的。诸宫调里的【乔和笙】曲，即由此出。这也是我们判定金墓西壁之七律为诸宫调歌词的有力旁证。

二

既然金墓四壁所书均为诸宫调，那么，这四首歌诗的顺序应该如何排列？其间有无内在的联系？这就是我们要讨论的第二个问题。

按照古人的方位观念，以北、东为上方，南、西为下方。又墓室为阴宅，阴宅之造，亦如阳宅之理。此墓室以北为上，其他依次当为南，为东，为西，故四首歌词的顺序应该为【南吕宫・瑶台月】【道宫・解红】【般涉调・沁园春】【仙吕调・乔和笙】。从内容上看，四曲皆可独立，是一支又一支的散曲；但从整体上看，有引子，有正曲，有尾曲，作用又有所不同，似可看出书写者特意的安排。这样的组合，似乎正在为死者准备一场井然有序的诸宫调的演出。这样，我们又有理由把它看作是一套有机的诸宫调组曲。

---

① 洪迈著：《夷坚志》（北京：中华书局，2006 年），第 841 页。

今先就各曲所咏分说如下：

（1）【南吕宫·瑶台月】“闲思古话”，自古代的楚汉相争、三国鼎立，说到眼前的新话狄青征南、杨家将归隐。下片笔锋一转，以“漫夸”一语领起，特别点出诸葛亮、子路、张飞三个英雄人物，尽管生前声名显赫，却一个个“归空永化”，自然转到“利名场都是假”的慨叹。这样末尾归结到劝看官们“不如闲中取性，全无系挂”，就不感到突然了。此篇实有引子的作用。凡引子一类的歌词，说唱时略加改变，皆可通用。《醉翁谈录》卷一“小说引子”注曰：“演史、讲经，并可通用。”就是最好的说明。

值得我们注意的是：“闲思古话”作为引子，涉及不少的古代小说、戏曲名目，楚汉、三国为人们所熟知，姑且不论。其中如狄青征南、杨家将归隐，约略可见早期此类故事在民间的影响。金院本有《说狄青》一目，内容不详。《水浒全传》第82回叙宋江等人受招安后，优人演戏，就有《狄青夜夺昆仑关》，扮演的就是狄青征南。狄青为北宋名将，出阵时披发戴铜面具，敌人惊为“天神”，本来就有传奇色彩，加上说话艺人的渲染，自然为人们所熟知。至于杨家将的故事，大概早期只敷演到杨令公之孙杨重立的举家归隐太行。入明以后，杨重立才变成有名的杨宗保，又添枝长叶，加上杨文广、杨怀玉诸人故事，并保留了太行归隐的结尾（见万历刊本《杨家府演义》）。以上，皆有资于研究者考证之用。

（2）【道宫·解红】《叹骷髅》与【般涉调·沁园春】《叹老》二曲，为本场演出之正曲，犹杂剧中之正杂剧。两曲均有挽歌的意味，与古代《薤露》《蒿里》之章相近。这是由于本场演唱是为亡魂安排的，才有这样的选择。

自《庄子·至乐篇》借骷髅以发人生慨叹后，历代道家多有此类歌词以警世。如金王喆【摸鱼儿】词：“叹骷髅、卧斯荒野，伶仃白骨潇洒。不知何处游荡子，难辨女男真假，抛弃也。是前世无修，只放猿儿傻。今生堕下，被风吹雨浥日晒，更遭无绪牧童打……”[①]又如元无名氏【月上海棠】词：“昨夜因打北邙山过，见个骷体儿道边卧。雨洒风吹，骷体被牧童打破。知他是，李四张三王大……”[②]金墓诸宫调【道宫·解红】所叙，与以上二词不仅意境相近，而且词句亦多有相似处，所以我很怀疑它出于金代全真道士之手。

同样，日薄西山，气息奄奄，借老境之凄凉无归以耸动世情者，也是道家之常谈。试看元姬翼的【恣逍遥】词：“昨日婴孩，今朝老大，百年间电光石火。”[③]与金墓【般涉调·沁园春】之“口口相催，百年一向。纵思倚娇，似拂然石内流星火”，何其相似乃尔！于此可见全真教歌词对世俗文学之影响。

（3）【仙吕调·乔和笙】《孟尝君》，此篇为本场诸宫调演出之打散词，实有套数尾曲的作用。前面说过，本场正曲为【道宫·解红】和【般涉调·沁园春】，或咏骷髅，或叹老，皆凄楚悲苦之音，虽感人动人，却非常情所能堪，所以特在收场之际，安排【乔和笙】这样一个欢快的曲子，所咏又是像孟尝君那样的富贵奢丽之事，借此以冲淡饱和全场的悲凉气氛，也是曲终奏雅的意思。我想，这样的处理，可能更加符合主人的心理愿望的。

《孟尝君》合笙曲，在金元曲中虽非上乘之作，但在当日歌坛却盛行一时。甚至入元以后，为关汉卿、马致远、王伯成、乔梦符等名家一再称引，可见影响之深远。特别应该指出的是，唐、宋以来有关合笙的资料本来就很少，金代更是一片空白。现在金墓【乔和笙】曲的发现使人们知道，这种技艺在金代并没有绝迹，不能不说是意外的收获。

---

① 唐圭璋编：《全金元词》（北京：中华书局，1979 年），第 167 页。

② 唐圭璋编：《全金元词》（北京：中华书局，1979 年），第 1273 页。

③ 唐圭璋编：《全金元词》（北京：中华书局，1979 年），第 1221 页。

三

金墓诸宫调四曲，有引子，有正曲，有尾曲，应该是一套有机的组曲，已如上述。那么，这种诸多宫调联唱的组曲，有无别的旁证？回答是有的。南戏《张协状元》演出之先，副末登场，先用“诸宫调唱出来因”。先后唱了【凤时春】【小重山】【浪淘沙】【犯思园】【绕池游】五支曲子，略叙张协离家、赴考遇盗各事。据钱南扬先生考定，这五支曲子分别属于【仙吕】【双调】【越调】【中吕】和【商调】。钱先生认为“这种无尾声不成套的散词……看其体制，当在《刘知远》等之前”。[1]我完全同意钱先生的看法。《张协状元》据今人考证，不会早于南宋中叶，它所引用的《张协诸宫调》当更在前。

回头再看金墓诸宫调，墓主张氏卒于金世宗大定二十二年（1182年），得年五十五岁。我们知道，金自太祖阿骨打立国以来，海内用兵，几无宁岁。至世宗大定年间（1161—1189，即南宋孝宗之世），孳孳为治，与民休息，以至家给人足，仓廪有余，史称“小尧舜”。张氏晚年即在此太平之岁度过。由于家道殷实，子女成立，含饴弄孙之余，颇有资力召唤诸宫调艺人到家说唱，以此消遣岁月。根据这种情况，我们把金墓所见之诸宫调歌词的年代，确定于大定年间，是不会有太大的出入的。这个年代，也比较接近于《张协诸宫调》年代。这样，在同一时期，流传宋、金地区的诸宫调，在体制上实在别无二致，都是这种没有尾声的诸多宫调联唱的组曲，应该比较接近诸宫调草创时期的本来面目。

早期诸宫调歌曲的组合方式，在《董西厢》中还可以找出它的踪迹。试看卷五“崔张幽会”一节：

【大石调 · 玉翼蝉】多娇女，映月来，结束得极如法……

---

① 钱南扬：《永乐大典戏文三种校注》（北京：中华书局，1979 年），第一出注［19］。

【大石调·洞仙歌】青春年少，一对儿风流种，恰似娇鸾配雏凤……

【中吕调·千秋节】良宵夜暖，高把银釭点，雏鸾娇凤乍相见……

【仙吕调·临江仙】燕尔新婚方美满，愁闻萧寺疏钟……

【羽调·混江龙】两情方美，断肠无奈晓楼钟……

这种独特的歌曲组合方式，在全本《董西厢》中只此一见①，实在是个特殊的例外，显然是旧本改抹未尽的痕迹。我想，《董西厢》如果还有更早的本子，就应该是这种没有尾声的诸多宫调歌曲的联唱。

早在1932年，郑振铎先生在《宋金元诸宫调考》中说过："从最广的（或最早的）定义上看来，凡是能够组合二支或二支以上的曲调成为一个歌唱的单位者皆可谓为套数。"②金墓诸宫调歌曲的组合方式，参之以《张协诸宫调》，以及《董西厢》旧曲之遗留，证明七十年前郑振铎先生的论断是完全正确的，故借以为结。

附：侯马金墓诸宫调歌词校注

侯马二水金墓诸宫调歌词三首，延保全先生《释疑》一文已经作了初步的校理，补全曲牌，纠正疑误，解决了不少的问题。③由于此项文献意义重大，另外西壁之七律一首，已考出其曲牌为【仙吕洞·乔和笙】，也是诸宫调曲（详见上文），合前已确定者共为四首，实有再行整理之必要。今就《中华戏曲》二十九辑所刊图版，参考延保全先生所校，重订各曲如下，并期方家指正。

（一）北壁【南吕宫·瑶台月】《引子》[1]

闲思古话，说十大功劳，韩信搊扎[2]。英雄曹操，悲五马破却

---

① 凌景埏校注：《董解元西厢记》（北京：人民文学出版社，1962年），第109~111页。

② 原刊《文学年报》第1期，1932年7月；后收入作者《中国文学研究》（北京：作家出版社，1957年），第870页。

③ 延保全：《侯马二水M4三支金代墨书残曲释疑》，《中华戏曲》第29辑，2003年，第6~21页。

浑家[3]。这霸王举鼎拔山[4]，共汉主争其天下。随何会赚文通[5]，狄相公共□达魏化[6]。悲重立太行把朝衣下[7]。

漫夸诸葛亮会天文[8]，悲子路□□□□[9]。□□张飞，一旦归空永化[10]。便饶君□□良田万顷，限尽终须趓下[11]。利名场都是假[12]。呆痴汉听我分说，休夸！不如闲中取性[13]，全无系挂[14]。

校注

[1]【南吕宫·瑶台月】引子，原失曲牌名，依延保全《释疑》补，并依本曲内容补拟题目曰“引子”。

[2]“说十大功劳”二句：楚汉相争时，韩信帮助刘邦，出陈仓，取关中，虏魏豹，杀陈余，擒夏悦，至九里山大会垓，逼项羽自刎乌江等事，曰“十大功劳”。详见《前汉书平话》卷中。“搊扎”，原作“皱咤”，本意指性格暴躁乖戾，这里作显赫非凡解。《两世姻缘》第三折【拙鲁速】曲：“你卖弄你那搊扎，你若是指一指该万剐。”

[3]“英雄曹操”二句：刘备取西川，曹操率大军来争，大败于阳平关。曹操夜走陈仓古道，又被马忠、马良、马谡、马代（岱）、马超截杀。曹操情急，与其子曹虎脱袍换骑得脱，而曹虎被擒。详见元无名氏《阳平关五马败曹》杂剧。“浑家”这里指全家，非指妻子。可能早期传说中，此次战役中曹操子侄损伤不止曹虎一人，故云“浑家”。又“悲”，原假作“被”，今改。以下二“悲”字，均同。

[4]“举鼎拔山”：原图“鼎拔”二字漫漶不清。项羽《垓下歌》自云“力拔山兮气盖世”。又传说霸王力能扛鼎。元高文秀有《禹王庙霸王举鼎》杂剧，今佚。据补。

[5]“随何会赚文通”：原图“赚”字误省作“兼”；“文”形误为“六”；“通”字不可辨识。事见元无名氏《随何赚蒯通》杂剧。萧何劝汉高祖伪游云梦，擒杀韩信。韩谋士蒯彻，字文通，曾劝信反，恐祸及己，诈作风魔。萧何派大夫随何前往探视，识破其假，只好入朝。文通趁机大谈韩信当年兴刘灭楚的十大功劳，说得“众公卿多感伤，诸文武尽悲

怆，连那汉萧何泪滴罗袍上”，终于使冤案平反。

［6］“狄相公”句：指宋仁宗时，名将狄青平定广西侬智高叛乱一事。时狄青以枢密使身份出督诸军，故称“狄相公”。平南三将，据《宋史》，本指狄青、孙沔、余靖，而民间传说中却多有变异。小说《杨家府演义》作狄青、张诚、魏化，又与此小异。

［7］“悲重立”句：“朝衣”二字臆补。此当叙杨家将故事。杨重立，抗辽名将杨令公（业）之孙，见话本《杨温拦路虎传》。“太行把朝衣下”，据小说《杨家府演义》，系令公玄孙杨怀玉事，小说最后一节即为“怀玉举家上太行”。略云：杨家世代忠良，却屡为奸邪所忌，只好“卸却朝衣弃却簪，浮云富贵不关心”“此身不复随宣召，只恐西风短剑临”。可能“太行归隐”，本杨重立事，以后在说话人口中，不断增饰敷演，生枝长叶，才归之怀玉也。

［8］“诸葛亮会天文”“诸葛亮”原作“朱葛量”；“天”字不清。民间传说诸葛亮上知天文，下知地理，因补。

［9］“悲子路”句：原图后四字不可辨识，本事不详。不过在传说中，子路武勇过人。南朝梁殷芸《小说》引《卫波传》，有子路打虎故事，可见本领非凡。又《史记·仲尼弟子传》，谓子路仕卫，死于大夫孔悝之乱。临难时，大义不苟，从容结缨而死。这些事迹，当为金元说话人所艳谈。录此备考。

［10］“永化”：原图误作“水化”。人死曰化。《梧桐雨》杂剧第三折【三煞】曲：“不想你马嵬坡下今朝化。”

［11］“限尽终须趓下”：“终”，原假作“中”。“限尽”，大限已尽，死的讳语。《董西厢》卷二：“若当来限尽之后，一性既住，四大狼藉。”“趓”，即“抛趓”，撇下，抛弃的意思。《董西厢》卷六【刮地风】曲：“薄幸的冤家好下得，甚把人抛趓。”

［12］“利名场都是假”：“利”“场”二字原图不清，依文义补。“假”，原假作“价”，今改。

［13］“取性”：即随性，率意而行的意思。敦煌歌词有《取性游》四首。又《目连变文》：“见八九个男子女人，逍遥取性无事。”白居易《移家入新宅》诗：“取性或寄酒，此即是无为。”

［14］“系挂”：牵挂的意思，又作“系绾”。《张协状元》第45出【鹅鸭满渡船】前腔二：“厮系绾免忧虑，成伴侣几风味。”

（二）南壁【道宫·解红】《叹骷髅》[1]

自家缘业，这骷髅形骸白如雪。风吹日炙，如何这回休也[2]。

三魂杳杳，七魄幽幽随风灭。有□□周□□□［3］，意马心猿何彻！贪婪心性有谁说[4]？不知你作何缘业，被牧童，乱棒打做八截[5]。犹记当初骋豪气[6]，到如今寻思，已守□说。心儿里憔悴[7]，顾性命些些[8]。好人劝着，交你修行，你调侣[9]。你伤悲酒色并财气[10]，特闻别烈[11]。如今弄巧番成拙，这无主孤魂有谁说！□□是清明节，托谁余酒奠罗列[12]。

校注

［1］“叹骷髅”：题原缺，依内容补。

［2］“如何”：原图“何”字不清，依文义补。“如何”，即奈何。《诗经·秦风·晨风》：“如何如何，忘我实多。”

［3］“有□□周□□□”：脱文待校。

［4］“贪婪”句：“贪婪”，原图“婪”假作“恋”，贪得无厌的意思。又“心性”，原作“心形”，指心情、性情。宋任昉【雨中花慢】词：“这回休也，一生心性，为你萦牵。”

［5］“被牧童”二句：原图“被”“乱”“做”三字不清；“打”字犹存左半，依文义补。按：金元全真词中，多有类似描写。如王喆【摸鱼儿】《叹骷髅》词：“被风吹雨浥日晒，更遭无绪牧童打。”元无名氏【月上海棠】词：“雨洒风吹，骷髅被牧童打破。”均可参校。

［6］“犹记”句：原图“犹”字不清，依文义补。又“豪气”假作“毫际”，今改。按：金元北方方言，“际”（jì）“气”（qì）二音多有通假。如元刊《乐府新声》卷中无名氏小令【落梅风】《山市晴岚》：“花村畔，柳岸西，晚来凉雨晴天气。”当如《阳春白雪》作“雨收天霁”。又无名氏

《打董达》杂剧第四折董太公云："死及白赖人皆怕，一生则好撒酒风。"当作"死乞白赖"。

[7]"憔悴"：原图假作"狡猝"，今改。

[8]"些些"：原图写作异体"岁岁"，气息细弱的样子。白居易《衰病》："更恐五年三岁后，些些谈笑亦应无。"

[9]"调侣"：不解，待考。

[10]"伤悲"：悲伤之倒文，义同。"悲"，原假作"被"，今改。

[11]"别烈"：即"撇劣"，倔强执拗的样子。元郑廷玉杂剧《后庭花》第三折【新水令】曲："凭着我撇劣村沙，谁敢道侥幸奸滑。"

[12]"托谁"句：原图"谁"字不清，依文义补。又"酒奠"二字误合为"潩"，今改。

（三）东壁【般涉调·沁园春】《叹老》[1]

□□相催，百年一向[2]。纵思倚娇[3]，似拂然石内流星火[4]，雨□□□，水□□沤[5]。扮辊球□，孑孑到底[6]，擀断风鸡□碧霄[7]，伤□抱[8]，似窗间坐看[9]，纵骑奔逃[10]，萧萧，落下庭梧[12]，挂孤梢枝头纷乱抛[13]。看远山□□□半天落，西山红日，微路□亭。□人煞展，□□□□[14]，转离胡□有半遭[15]。曾思无[16]，此人身性[17]，犹自坚牢！

校注

[1]"叹老"：依内容补题。

[2]"一向"：一霎时、片刻。敦煌《目连救母变文》："一向须臾千过死，于时唱道却回生。"宋晏殊【浣溪沙】词："一向年光有限身，等闲离别易销魂。"

[3]"倚娇"：指儿时在家人面前撒娇使性的种种情态。《醒世姻缘传》第73回："程大姐自到周龙皋家，倚娇作势，折毒孩子，打骂丫头，无恶不作。"则指因丈夫宠爱而为非作歹，词义有别。

[4]"似拂然"句："拂然"，即"仆然"。突然、一下子的意思。这里喻时间的短暂。晋南方言，读"仆"（pū）若"拂"（fú）。《武王伐纣平话》中："妲

己见言，一声仆然倒地。”又作“扑然”。《董西厢》卷七【仙吕调·香山会】：“那君瑞闻言，扑然倒地，口鼻内似有浮气。”“石内流星火”，佛家常以电光、石火喻生命之短促，不能久驻。

[5]“雨□□□”二句：依律皆当为四字句，各补一“□”。余待补。

[6]“扔辊球”二句：“扔辊”，即扔滚，抛掷也。原误“瀼根”，今改。“孑孑”，即“吱吱”，拟声词。

[7]“撺断”句:“撺断”，怂恿也。《西厢记》第三本第二折【四边静】曲：“撺断得上了竿，掇了梯儿看。”“风鸡”一词费解。

[8]“伤□抱”：此句当韵。“抱”，原图似误作“挹”，失韵。

[9]“坐看”：适见也。详张相《诗词曲语辞汇释》“坐”(二)。

[10]“纵骑奔逃”：奔驰的马，喻光阴之迅逝。金侯善渊【渔家傲】词：“百岁光阴如奔骑，浮华眩目飞尘隙。”又长荃子【解愁】词：“岁月匆匆，忙如奔骑，来往暗催浮世。”

[11]“萧萧”：原假作“消消”。拟声词，这里指风声。荆轲《易水歌》：“风萧萧兮易水寒，壮士一去兮不复还。”

[12]“庭梧”：原图假作“綧捂”，今改。

[13]“挂孤梢”句：“梢”“抛”二字依义补。“纷”，原假作“分”。

[14]“□□□□”句：依律，当为四字句，今补一“□”。

[15]“转离”句：此句有误，待校。

[16]“无”：疑问词，同“否”。白居易《问刘十九》诗：“晚来天欲雪，能饮一杯无。”

[17]“身性”：佛家语。性指精神，身指肉体。认为肉体只是精神的屋舍。《董西厢》卷二：“性者，我也；身者，舍也。”

(四)西壁【南吕调·乔和笙】《孟尝君》[1]

阴云忽散晓霜天，画戟门开见队仙[2]。锦袄绣衣宫□□，玉簪珠履客三千[3]。闲骑白马敲金镫[4]，闷向秦楼动管弦[5]。几度醉归明月夜，笙歌引至画堂前[6]。

校注

［1］原缺宫调名，依律补。“孟尝君”，原曲后署“孟常君作”。按：古人写书，篇题在后，此篇犹存古意。按其性质，实咏孟尝君，故移前作题目处理。

［2］“画戟”句：原图“戟”假作“急”；“见”字残存右半；“队仙”二字不清。按：元王伯成《李白贬夜郎》杂剧第四折【夜行船】曲、马致远《任风子》杂剧第一折【天下乐】曲，俱引此句，唯马剧“队仙”作“醉仙”。

［3］“玉簪”句：原图“履”假作“泪”。按:《贬夜郎》第四折【收江南】曲、乔梦符《金钱记》第二折【醉太平】曲俱引，据校。

［4］“闲骑”句：原图“骑”字不清。据杨景贤《西游记》杂剧第五本十七出【寄生草】曲引文校补。

［5］“闷向”句：原图“闷向”二字不清;“秦”字残存下半。今据马致远《青衫泪》杂剧第二折【倘秀才】曲、费唐臣《贬黄州》杂剧第二折【五煞】曲引文校补。

［6］“笙歌”句：关汉卿《望江亭》杂剧第四折【沉醉东风】曲、张寿卿《红梨花》杂剧第四折【收江南】曲，俱引此句，可参看。

（原刊《中华戏曲》第 31 辑，2004 年 12 月，第 12~24 页）

金代早期诸宫调散套的又一实例

元燕南芝庵《唱论》论散曲云："成文章曰乐府，有尾声名套数，时行小令唤叶儿。""乐府"，指文人所作，语词藻丽，格律严谨，故能成之为文章。套数，对小令而言，因其皆带有"尾声"，虽短至一二曲，亦可成套。早期《刘知远诸宫调》多有其例。"时行小令"则指不入套数的单支小曲，有如树叶之不附枝干，故名"叶儿"。芝庵所论，显然是散曲发展到相当成熟时期的现象。这时散曲体制已趋完备，有小令，还有套数，并且得到文人学士的认可，有不少人参与创作。那么，在此之前，即散曲产生的初期，"套数"是否必带"尾声"，由于资料匮乏，学界至今似乎还少有论及。

2004 年 12 月，我于《中华戏曲》第 31 辑，发表《早期诸宫调歌词的重大发现》一文，对 2005 年 5 月山西侯马二水金墓四壁所书之歌词四首作了初步的校理，从其所用宫调，即【南吕宫・瑶台月】【道宫・解红】【般涉调・沁园春】【仙吕调・乔和笙】，结合其所表现之内容，联系墓室主人入葬的时间①，考订其为金代早期之诸宫调散套，虽然不带尾声，但却真实地反映

① 侯马金墓墓主张氏，卒于金世宗大定二十二年（1182 年），章宗承安元年（1200 年）改造仿木砖墓。

了这一时期诸宫调连套的特点。因为仅仅是一个例子，所以文章发表以后，心情久久不能平静，一直盼望着能够有新的发现，证明这个论断是正确的。于是翻检有关文献，得知河南洛阳博物馆藏有 1969 年洛阳出土之金代三彩瓷枕一件，四面开关处，各有行书北曲一首，依次为【庆宣和】“寒山拾得”，【赏花时】“一曲筵前”，【庆宣和】“人生百岁”，【落梅风】“生辰日”。该馆黄明兰①、沈天鹰②、郭画晓③三位先生先后撰文，予以披露，一直认为它是四首单行的北曲小令，似乎彼此之间，并无内在的联系。

这里有一个问题，即【仙吕 · 赏花时】一调，不见于《刘知远诸宫调》。自《董解元诸宫调》起，到现存元人散曲止，例为【仙吕】套之首曲，起引子的作用，从来没有独立单行为小令的；在元人杂剧中，皆用于楔子，起序幕或过渡的作用，也不具有小令的性质；【赏花时】一调，既不能视之为小令，按照四曲所咏内容，三先生所录“洛阳瓷枕”四曲之序，似应调整如下：

【仙吕 · 赏花时】一曲筵前奏玉箫，五色祥云朱顶鹤，长生不老永逍遥。□□□□，□□□□□。

【双调 · 庆宣和】寒山拾得那两个，风风魔魔。拍着手当街上笑呵呵，倒大来，快活。

【双调 · 庆宣和】人生岁七十多，受用了由它。捻指数光阴急如梭。每日格、快活。

【双调 · 落梅风】生辰日，酒满杯，只吃得玉楼沉醉。落梅风将来权当礼，每一字满寿千岁。

显然，这是一组祝寿之词，瓷枕是作为生辰的礼物献给主人的。芝庵《唱论》云：“凡歌曲所唱题目，有曲情、铁骑、故事、采莲……添

---

① 黄明兰：《一对金代北曲三彩枕头》，《中原文物》1987 年第 1 期。

② 沈天鹰：《金代瓷枕诗词文辑录》，《文献》2001 年第 1 期。

③ 郭映晓：《洛阳宋代瓷枕赏析》，《文物世界》2008 年第 2 期。

寿。”“添寿”，即贺寿之曲，洛阳瓷枕所书四曲，正好为金元以来流行的“添寿”词，提供了一个很好的例子。

通观瓷枕四曲，【赏花时】为印子，在一派欢乐吉庆的气氛中，玉箫高奏，引来祥云瑞鹤，点明筵会的主旨在于祝贺主人“长生不老”。【庆宣和】（一），先出神仙。寒山、拾得，本来是唐代两位著名的诗僧，隐居于浙江天台，所作诗偈颂语，为禅林所重视，尊之为“二圣”，后来逐渐演化为民间的吉庆之神，就是传说中的“和合二仙”。宋金以来，多有其画像在流传。二僧皆蓬头褴褛，眉开眼笑，拍手呵呵，喜乐无边。寿筵席上，请出神仙来凑趣，在我国是有悠久的传统的，如天官赐福、八仙祝寿之类曲目，可以找出不少。【庆宣和】（二），则由神仙转入现实，由神仙游戏人间，倒大快活，转到人生百年，光阴如梭，年过七十，更应及时行乐。末了，以【落梅风】一曲为尾，归结到祝寿主题。收束全篇。

上述洛阳瓷枕所书的歌词，和侯马二水金墓所发现的歌词相比，二者之间确有惊人的相似之处。即同样的都是不同宫调组合的散套；同样的不带尾声，同样的反映着金代早期诸宫调联套的特点。其产生的年代，亦当相去不远，因而也就具有同等的学术价值，宜为研究者所重视。

至于黄明兰先生文中所提到的日本松岗美术馆，所藏另一金代洛阳瓷枕上面的四首歌词，或写爱情，或咏神仙，或为寿词，或为警世之曲，彼此之间，并无内在联系，自当视之为独立单行的小令，虽然出现于同一瓷枕上，不得视之为套数。且瓷枕出土情况不明，是否属于金代，仍须进一步的考证。例如第一首【双调·落梅风】。

> 梨花雨，杨柳烟。寂寞了小庭深院。桃花嫣然三月天，不见了去年人面。

元代曲家马致远也有同调小令一首，词曰：

> 思今日，想去年，依旧绿杨庭院。桃花嫣然三月天，只不见去年人面。

两曲相较，同样歌咏崔护谒浆故事，同样隐括崔护原诗入曲，但是语气词句，何其相似乃尔？作为“战文场，曲状元”的马致远，总不至于去抄袭他人的作品，最大的可能，还是马致远的小令流传到民间以后，更加趋向通俗而已。所以，对于日本松岗美术馆所藏洛阳瓷枕的年代，应持审慎态度，不可随声附和，径认瓷枕所书为金人小令。

金代散曲传世甚少，洛阳博物馆所藏金代所书散套的发现，实足令人鼓舞，故此，特介绍如上。另外：

（1）《董解元西厢记》中用【仙吕·赏花时】套者，共计12套；《天宝遗事诸宫调》中，共3套；元人散曲中则为21套，总计36套。

（2）元杂剧“楔子”中用【仙吕·赏花时】者，据《元人杂剧联套述例》一书统计，共26次。依谱，此曲当脱末尾“四、五”两句。

（原刊《中国古代小说戏剧研究》第11辑，2015年，第141~143页）

元刊《古今杂剧》中形声字的『省借』和校读问题

一

元刊《古今杂剧》三十种，是现存元人杂剧中最重要的总集之一。是书刊于元末，所录各杂剧或题“大都新编”，或题“古杭新刊”，全书板式，也有大小字本之分。可见，它是一个集当时各地刊本于一帙的汇刻本。它所收录的剧本，二分之一均为海内唯一孤本。有个别作品，如《小张屠焚儿救母》，自元以来，各书都没有著录。其余十五种，虽复见于《元曲选》和《孤本元明杂剧》，但是正如王国维所说：“体制文字，亦大有异同，足供比勘之助。”所以，历来为国内外学者所重视。

遗憾的是，此书自影印刊行以来，始终没有一个校本。由于原书出于坊刊，校勘不精，所以脱误难读。使用起来也有很多不便之处。因而在以往的研究工作里，并没有为一般学人所充分利用，这实在是一件很可惜的事情。

随便举一个例子，元杂剧后期重要作家之一的宫天挺，当过钓台书院的山长，后为“权豪所中，事获辨明，亦不见用，卒于常州”。[①]他的作品多半借古人的酒杯，浇自己的块垒。其《范张鸡黍》一剧，更对当时文人的失意和仕途的黑暗，作了淋漓尽致的描绘。他愤怒地谴责当日的权贵们：

将凤凰池拦了前路，麒麟殿顶杀后门。便有那汉相如献赋难求进，贾长沙痛哭谁偢问？董仲舒对策无公论！便有那公孙弘撞不开昭文馆内虎牢关，司马迁打不破编修院里长蛇阵！

——一折【寄生草】曲

这一连串的慨叹，把一个末世才人愤世嫉俗的心情，活活地展现在读者眼前！臧晋叔的《元曲选》就是这样给我们介绍宫天挺的。但是，《古今杂剧》中的《范张鸡黍》尽管是一个残本，却还有一些更深入一层的描写，如：

受了人情（精）今（金）子挽越定夺，要了人亲女儿分付勾当。谁（准）的几桩儿买今（金）珠打银器诸般上。去时节，载着两三船月眉星眼钱塘女，天呵，知他怎生过那四十里雪浪风涛的洋（杨）子江！百姓每编做歌曲当街上唱，唱道是官员宰相，则是个贩人卖的才（豺）人（狼）[②]！

——四折【四煞】曲

还有，“他每不理会万邦安万民，且对付百人食百羊”；“看文案时争（睁）着眼不识一字，受关节处腆一（胸）脯且是四行”。这种锋芒毕露的指责，在整个元人杂剧里，也是极为罕见的。当然，不容否认，《范张鸡黍》一剧确有许多应该批判的封建糟粕。但是，像上面所引的这些曲子，其思想情绪，已经远远超过了作者自己的个人主义小天地，而和千百万劳动人民的反抗呼声，有其相通之处。读了元本《范张鸡黍》后，我们将会对它的作者宫天挺，产生另外一种新的认识。

---

① 见钟嗣成：《录鬼簿》，《中国古典戏曲论著集成》本，第 118 页。

② 末句“人”，乃元人写书之文字待勘符号“乙”之形误，姑校为“狼”。

其他复见各本，如《薛仁贵衣锦还乡》《楚昭王疏者下船》《赵氏孤儿》等，与《元曲选》对读，出入更大，更可由此看出明人窜改的痕迹。两者相较，当然元刊本更接近原作。只有充分利用这些刊本，才能对这些作家和作品，作出比较科学的、符合实际情况的评价。这样，《古今杂剧》的校理，也就很自然地提到我们的日程上来了。

《古今杂剧》多为孤本，没有别的副本可资比勘。在这种情况下，对它的校理，不能不更多地采用"本校法"。就像吴缜之《新唐书纠谬》、汪辉祖之《新元史本证》那样，充分利用本书以校本书。即通过有关材料的综合排比，考其异同，互为佐证，以正其误。本篇所论，仅系元人假借的一种，即"省借"，特别是形声字的"省借"问题。其目的在于通过这一方面的综合研究，考察元人用字习惯，进而归纳出若干条例，为《古今杂剧》等民间刊本书籍的校理，做一些准备工作。

我们知道，在几万乃至十几万的汉字中，形声字占了很大的比重，至少在百分之九十以上。许慎《说文解字》一书，收字 9353，形声字占百分之九十；清初的《康熙字典》，收字四万余，形声字更占百分之九十九。[①] 可见，汉字的掌握和运用，主要是形声字的问题。

为了减轻学习上的负担，历代劳动人民在精简汉字方面创造了不少的方法，其中最基本的有两条，即字音的通假和字形的简化。在字音的通假上，只要声音相同或相近的字，原则上都可以通假。就是说，民间用字的传统习惯，是重音不重义。这就在很大程度上解决了有义无字的困难，突破了形义文字的局限。在字形的简化上，就是写字就简不就繁，大量地创造和使用简字，来代替难写难记的繁体。"用字重音"和"写字就简"，应该说是一个好传统。元代的情况也是如此。蒙古起自漠北，其始本无文字，对汉字的使用，也比较随便。有元一代的典令、诏书、碑板、文记，多半使用口语，其中，就有不少同音相假和简笔字的出现。这个特点，同样也反映在《古今杂剧》等元刊本小说戏曲中。所以，整理元代典籍，不突破假借这一关，不研究当

---

① 见马叙伦：《中国文字之原流与研究方法之新倾向》，收入《马叙伦学术论文集》（北京：科学出版社，1958 年），第 4 页。

时的简笔字，是很难行通的。

正是由于民间用字的习惯是重音不重义，所以很自然的，在汉字，特别是在大量的形声字的简化上，也多半是就音不就义。就是去掉形符，专取声符，形成“去形取声”的特点。这种情况，以往文字学家称之为“省借”。

“省借”，是在本字简化基础上的假借。它既是本字字形之省，又是本字字音之借。所以，同时具有简化和假借两种性质，这是和一般通假不同的地方。

普遍的“同音相假”（另篇详说）和大量的“去形取声”，是元代民间用字的两个基本通例。从《古今杂剧》《元刊平话五种》《元典章》等假借字的初步统计中，仅“去形取声”一类的“省借”，就有五百余字，约占当时常用字的十分之一。[①] 数量之大，实出人意料之外。

形声字的大量“省借”，势必出现这样的情况：即同一声符的形声字，由于去掉了形符，结果保留下来的只是一个共同的声符。这个共同的声符在不同的场合，可以分别代表几个乃至十几个不同的意义。这样，不仅简化了汉字的字形，而且大大减少了汉字的字数。这是一个了不起的创造，应该引起我们足够的重视。

如，“綱”（gang）、“崗”（gǎng）、“鋼”（gàng），一律作“冈”（gang）：[②]

> 《三夺槊》一折【天下乐】曲：“若不是唐元帅少年有纪冈，义伏了徐茂公，礼设（说）了褚遂良，智降了苏定方。”
>
> 《三夺槊》一折【赏花时】曲：“怎想阔剑长枪，埋在浅冈。”
>
> 《介子推》二折【尾】曲：“问甚你冈刀下烂朽。”

又如，“性”（xìng）、“笙”（shēng）、“星”（xīng），一律作“生”

① 历代常用字数，没有精确的统计。秦汉之际的通用字大约三千有余，现代常用字最低为三千五。估计元代常用字也不过三千至五千。

② 本文各字注音，一律以《中原音韵》为准。

（shēng）：

《周公摄政》楔子："争奈兄弟生刚，交叔处、叔度二人，同去方可。"

《单刀会》三折【柳青娘】曲："他止不过摆金钗六行，教仙音院秦（奏）生。"

《陈抟高卧》一折【后庭花】曲："正是一字连珠格，三重坐禄生。"

还有，"证"（zhèng）、"整"（zhěng）、"政"（zhèng），一律作"正"（zhèng）：

《看钱奴》四折【调笑令】曲："我看姓氏，这是正明师。"

《老生儿》四折【驻马听】曲："不看经干断了二十年荤，怕回席正受了三十年闷。"

《疏者下船》一折【寄生草】曲："谁当敦（敞）报仇雪恨五（伍）将军，子色（索）告把（抱）成王摄正周公旦。"

再如，"零"（líng）、"伶"（líng）、"泠"（lìng），一律作"令"（lìng）：

《贬夜郎》二折【四煞】曲："我先尝后买，散打令兜，高价宽沽。"

《紫云亭》一折【后庭花】曲："俺这个很精令，他那生时节决定犯着甚爱钱巴镘的星。"

《单刀会》四折【离亭宴带歇指煞】曲："见昏惨惨晚霞收，令飐飐（飕飕）江风起。"

像这一类的例子，还可以举出若干组来。

不难看出，这类共同声符的使用，是以语言中的词或词组为基本意义单位的；它的实际的音读，也是随着特定的语词结构而转移的。像上面所举"冈""生""正""令"四个声符，孤立起来看，不仅意义难明，而且也无法确定它们的音读。只有当它们和具体的"纪岡""浅岡""岡刀""生刚""奏生""坐禄生""正明师""正受了""摄正""散打令兜""精令""令飐飐"等语词结合起来，才能显示它们的作用。这种"一字多用"的情况，使汉字的形式和它本来意义之间的关系很少能保持下来。我们今天校理元曲，碰到这一类的“省借”，不能就形，而要就音；不能就字，而要就词。应该根据这些声符在语言环境中的具体的地位和作用，破其“省借”，读以本字，才能得出正确的理解。这样，可以避免或者少见一些错误。

二

形声字的大量“省借”，再加上普遍的同音相假，反映了汉字不断音化的历史趋势，使文字和语言，特别是和人民大众的口语，进一步结合起来，这就在一定程度上推动了文学语言的革新和发展。元代的小说戏曲之所以空前繁荣，和劳动人民力求打破形义文字的局限，在汉字改革方面所作的种种努力，也是分不开的。

但是，汉字毕竟不是一种理想的、科学的标音工具。由于古今语音的变化，各地方言的歧异，以及文读和语读的出入，所以，形声字“省借”以后，音读很难掌握。特别是有些“省借”，在文义上往往似通非通，最容易使人误为本字，产生不应有的误解。《遇上皇》一折【混江龙】曲：“花前饮酒，月下欣然。”不看《孤本元明杂剧》，就很难知道“欣”为“掀”的省借；“然”为“髯”的音假。因为它在文义上是可以讲通的。所以，对于元人“省借”，应该根据其音读变化情况，以及后世的用字习惯，在校勘上分别采取不同的办法，或以文字说明，或者改为本字。就《古今杂剧》来看，“省借”以后的形声字，音读发生变化的至少要占一半以上；而在音读不变之中，又大约有二分之一的字，是现代所不通用的。两项合计，至少有百分之七十五的元人“省借”，对今天的读者来说，都发生了问题。现在，分别不同的情况，各举数字，以见其例。

（甲）省借以后，声、韵、调都不发生变化，现今继续沿用者，约占百分之十左右。[1]如：

①“馀”（yú）作“余”（yú）。

《汗衫记》三折【粉蝶儿】曲：“绕着后巷前街，叫教化些余食剩汤残菜。”

按：“馀”“余”二字古通。《周礼·委人》：“凡其余聚，以符颁赐。”注：“余当为馀”。

②“雲”（yún）作“云”（yún）。

《调风月》一折【混江龙】曲：“教满耳根都做了烧云。”

按：“云”为“雲”的古体。《说文》：“雲，山川气也。古文省雨，象回转之形。”

③“顯”（xiǎn）作“显”（xiǎn）

《单刀会》一折【鹊踏枝】曲：“刺颜良，顯英豪。”

按：“顯”，为“显”的古体。《说文》：“显，古文以为顯字。”

④“號”（hào）作“号”（hào）。

《贬夜郎》一折【六幺】曲：“驱雷霆号令，焕星斗文章。”

按：“號”，为“号”之古体，见《说文》段注。

⑤“離”（lí）作“离”（lí）

《拜月亭》二折【梁州第七】曲：“早是俺雨口儿背井离乡。”

其他，如“纹”作“文”，“條”作“条”，“雖”作“虽”，“盒”作“合”，“殺”作“杀”，“樽”作“尊”，均从略。

（乙）省借以后，声、韵、调虽无变化，但现在已不通用者，约占百分之二十五。如：

①“缠”（chán）作“廛”（chán）。

《汗衫记》一折【青哥儿】曲：“它如今政（迭）配遭囚锁廛着身，你枉了相闻。”

②“露”（lù）作“路”（lù）。

---

① 此比例数系笔者个人初步统计，不太精确。

《贬夜郎》三折【哨遍】曲："那里是遮藏丑事的护身符，子是张发路私情乐章集。"

按："露""路"二字古通。《孟子·滕文公上》："如必自为而后用之，是率天下而路也。"赵注："是率天下之人以羸路也。"阮元校勘记："羸字亦作羸。……路与露古通用。露羸见于古书者多矣。"

③"岭"（lǐng）作"领"（lǐng）。

《东窗事犯》楔子二诗云："性似白云离领岫，心如孤月下寒潭。"

按："岭""领"二字古通。《汉书·沟洫志》："东至山领十余里间"。

又："开大河上领。"晋灼曰："上领，山头也。"

④"歌"（ge）作"哥"（ge）。

《单刀会》二折【滚绣球】曲："推台不换盏，高哥自打手。"

按："歌""哥"二字古通。《书》："歌永言。"《汉书·艺文志》引作"哥"。

⑤"嘴"（zuǐ）作"觜"（zuǐ）。

《东窗事犯》二折【十二月】曲："不是风和尚直恁为觜，也强如干吃了堂食。"

按："觜"为"嘴"的本字，鸟口也，俗作为"嘴"，又作人嘴之"嘴"。见《说文》段注。

其他，为"熬"作"敖"，"镇"作"真"，"财"作"才"，"殃"作"央"，"渡"作"度"，"姻"作"因"等，均从略。

（丙）省借以后，声、韵、调虽无变化，而与今读迥异者，约占百分之十左右。如：

①"恺"（kǎi）作"岂"（kǎi）。

《范张鸡黍》一折【混江龙】曲："无怀氏岂年永乐

四千春。”

按：“岂”为“恺”的古体。《诗经·小雅·青蝇》：“岂弟君子。”

②“蓑”（shuai）作“衰”（shuai）。

《追韩信》二折【得胜令】曲：“办衰（蓑）笠仑（纶）竿，钓西风渭水寒。”

按：“衰”为“蓑”的古体，草衣也。《说文》有“衰”无“蓑”。

③“虞”（yú）作“吴”（yú）。

《追韩信》四折【滚绣球】曲：“这两桩儿送得楚重瞳百事无成，待回向垓心里别了吴姬。”

按：“虞”，古借为“吴”。《诗经·周颂·绿衣》：“不吴不敖。”《史记·孝武本纪》引作“不虞不骜”。

④“减”（jiǎn）作“咸”（jiǎn）。

《铁拐李》一折【混江龙】曲：“我咸一笔当刑责断，我添一笔交他为纵（从）的该敲。”

按：“减”“咸”二字古通。《汉书·昭帝纪赞》：“户口咸半。”

⑤“挪”（nuó）作“那”（nuó）。

《薛仁贵》一折【混江龙】曲：“望尧街（瑶阶）可捕捕忙那步。”

其他，如“鄱”作“番”，“胞”作“包”，“偏”作“扁”等，均从略。

以上，甲、乙、丙三项，“省借”以后，声、韵、调都不发生变化。这一类的“省借”大都有其历史渊源，有的古代早已通假，有的本来就是繁体的本字，这是它们的共同之处。但是，其中乙、丙两项，和现代一般人的用字习惯距离很远，容易使人误解。因此，都有回改为本字的必要。

（丁）省借以后，声同韵、调改变者，约占百分之三。这类“省借”，字数较少，姑举二例：

①“摆”（bǎi）作“罢”（bǎi）。

《追韩信》三折【三煞】曲：“臣交贯（灌）婴为合后，十面埋伏暗罢着军。”

②“撇”（biě）作“敝”（bì）。

《薛仁贵》二折【幺篇】曲：“见他刍敝敝的开圣旨，諕的我黄甘甘改了面色。”

（戊）省借以后，声变而韵、调不变者，约占百分之十五。如：

①“草”（cǎo）作“早”（zǎo）。

《老生儿》二折【呆古朵】曲：“往当（常）一[①]（我）好有（贿）贪财，今日却除根剪早（草）。”

②“窟”（ku）作“屈”（qu）。

《东窗事犯》四折【端正好】曲：“则我便是个了事公人，鬼屈笼里衣饭也能寻趁。”

按：“窟笼”，合音为孔。

③“娘”（niáng）作“良”（liáng）。

《陈抟高卧》四折【川拨棹】曲：“恰离高唐，躲巫山窈窕良。”

④“传”（chuán）作“专”（zhuǎn）。

《单刀会》三折【醉春风】曲：“想祖宗专受与儿孙，却都是枉，枉。”

其他，如“银”作“艮”，“枪”作“仓”，“吃”作“乞”，“测”作“则”等，均从略。

（己）省借以后，韵同而声、调改变者，约占百分之十左右。如：

①“箭”（jiàn）作“前”（qián）。

《西蜀梦》四折【叨叨令】曲：“耳听银前和更漏。”

按：“前”又音 jiàn，通剪。见《说文》。

②“惭”（cán）作“斩”（zhǎn）。

《小张屠》一折【青哥儿】曲：“每日家告遍街坊，谁肯

① “一”，为元人写书文字待勘符号“乙”之省简，今据《元曲选》校为“我”。

斩惶。”

③“割”（gě）作“害”（he）。

《介子推》三折【红绣鞋】曲：“我每日害着身上肉，推做山林内拾得野物肉，与太子充饥。”

按：“害”字两读，通常音hai，伤也。但古书多假“害”为“盍”，何不也。《诗经·周南·葛覃》：“害浣害否”。《诗集传》：“害，户葛反，何也”。

④“络”（luò）作“各”（gě）。

《周公摄政》三折【络丝娘】曲，作“各系外”。

⑤“峡”（xià）作“夹”（jiǎ）。

《单刀会》二折【倘秀才】曲：“休（林）泉下浊生夹口。”

其他，如“袒”作“旦”，“筭”作“從”，“哺”作“甫”，“郓”作“军”等，均从略。

（庚）省借以后，韵变而声、调不变者，约占百分之三左右。这类“省借”字数也较少。姑举二例，如：

①“節”（jiě）作“即”（jǐ）。

《七里滩》三折【滚绣球】曲：“怎禁他礼即相敬，岂辞劳鞍马前行。”

②“吞”（tun）作“天”（tian）。

《范张鸡黍》一折【幺篇】曲：“满胸襟拍塞怀孤愤，将云间太华平天。”

按：末句《元曲选》作“将云间太华平吞”。

（辛）省借以后，调同而声、韵改变者，约占百分之十。如：

①“排”（pai）作“非”（fei）。

《单刀会》三折【石榴花】曲：“这的每安非着筵宴不寻常，休想道画堂，别是风光。”

②“凉”（liang）作“京”（jing）。

《西蜀梦》二折【煞】曲：“痛哭悲京，少添潺（僝）僽。”

③“你”（nǐ）作“尔”（ěr）。

《紫云亭》四折【川拨棹】曲：“不索尔自夸扬，我可也知道尔打了好散场。”

按：“你”字，不见于古字书。《广韵》有“尒”，乃“尔”之简体，后变形为“尔”。至唐代变文，始加人旁为“你”，其音为ni、ne或nei，随各地方音而异，遂与“尔”（尔）歧为两字。宋元以来民间小说戏曲中，第二人称大都作“你”，不作“尔”（尔）。《古今杂剧》与元刊平话中，“你”多省借为“尔”。新中国成立后新排《元刊平话五种》，第二人称“尔”（你），全部误改为“尔”。

④“贿”（huì）作“有”（yǒu）。

（例文见戊项①）

⑤“筭”（sùan）作“弄”（lòng）。

《陈抟高卧》三折【二煞】曲：“曾弄着他南面登基。”

（壬）省借以后，调变而声、韵不变者，约占百分之三左右。姑举二例：

①“愧”（gùi）作“鬼”（gǔi）。

《周公摄政》三折【紫花儿序】：“上不鬼三庙威灵，下不欺九去（曲）黔黎。”

按：“九曲，泛指中原或中国，因黄河千里九曲。

②“麈”（zhǔ）作“主”（zhù）。

《单刀会》三折：“正末扮尊子燕居，将主拂子上。”

以上，丁、戊、己、庚、辛、壬六项，“省借”以后，声、韵、调都产生或多或少的变化，都是音近相假，这是符合传统的假借规律的。但是，从其所省的具体内容来看，除个别情况外，大部分都是元人仅有的、独特的习惯用法，既于古无征，又不为现代读者所理解，所接受。因此，除少数现今沿用者外，都应回改为本字。

（癸）省借以后，音读与本字迥异，约占百分之十五。这一类的

“省借”比较反常。大致说来，有以下两种。

第一种情况，是字书部首不断合并的结果。许慎《说文》，严格按照六书的体系，分9353字为540部。以后晋吕忱的《字林》，梁颜野王的《玉篇》，一直到北宋司马光的《类篇》，都是许慎的体系，基本上都是540部。可是，和北宋同时的辽，出了一个和尚行均，他的《龙龛手鉴》一书，收字两万六千有余，却把《说文》的部首一下子归并为242部，打乱了传统的字书分部原则。从此以后的字书，部首都在不断减少合并。这样，就有一部分形声字无所归宿，先后转入他部。元人“省借”，自然是根据后世通用的字书部首来进行的。所以，“省借”的结果，不是省去了形符，而是丢掉了声符，因而出现了音读不符的现象。如《七里滩》一折【幺篇】:“引领刀抢，撞入门啬。”“啬”，当为“墙”的省体。《说文》“墙”字属“啬”部:“从啬，丬（qang）声。”后世字书，“墙”字转入“丬”部，因而误省为“啬”（se）。又如:《追韩信》三折【蔓菁叶】曲:“我尽节存忠立功动，丹（单）注着楚霸王大军尽。”“勋”为“动”的省体。《说文》“动”字属“力”部，“从力，熏声。”后世字书，“动”字转入“火”部，因而误省为“动”。

第二种情况，可以说是任意减笔的结果。《古今杂剧》中固然有很多很有规律的简笔字，“去形取声”就是其中的一种。但也有一些随意省笔的现象，结果为简不成，只能看作是错字。如《周公摄政》二折【耍孩儿】曲:“悲啊悲定寰匡的旺主归天早。”“旺”当为“圣”之减笔，但“圣”的声符为“呈”，不作“旺”。

可见，癸项的“省借”，基本上都是反常的，有的可以看作是特殊的简体，有的则只能看作是错字。对于这一类“省借”，除个别流行于现代，确为群众所公认者外（如“亏”，省去声符作“亏”），原则上都应回改为本字。

最后，附带说明，元人“省借”，除形声字外，还包括一部分会意字。如:

①“冤”（yuan）作“兔”（tù）。

《铁拐李》二折【滚绣球】曲:“那里发付你个少也（爷）无娘小业兔。”《说文》:冤，“从冂兔”。

②“巢”（chao）作“果”（guǒ）。

《陈抟高卧》二折【牧羊关】曲："既然海岳归明主，敢放这果由作外臣。"《说文》：巢，"从木，象形"。马叙伦说："会意。"

③"塵"（chén）作"鹿"（lù）。

《介子推》四折【鬼三台】曲："风卷泄荡起灰鹿。"《说文》：尘，"从麤土"。

④"军"（jun）作"车"（che）。

《西蜀梦》三折【哨遍】曲："卑（车）临汉上马嘶风。"《说文》：军，"从包省，从车"。

⑤"名"（ming）作"夕"（xi）。

《周公摄政》三折【雪里梅】曲："能可你赞拜休夕，逸居免跪，凡事便宜。"《说文》：名，"自命也，从口夕。夕者，冥也。冥不相见，故以口自名"。

凡会意，都是合二字三字之义，以成一字之义。或会两象形，或会两指事，或会一形一事，或会一形一意，或会一事一意。其间虽也有会形声为义者，但字数较少。所以，会意字"省借"之后，音读常与本字迥异，当然更应回改为本字。

总之，"省借"，特别是形声字的"省借"，是《古今杂剧》中一个比较突出的现象。掌握了它的变化规律，就可以循声符以求本字，求得其本义之所在。同时，利用这些变化规律，研究元人"省借"中的错误，进而归纳出若干容易致误的条例，以此校理元代有关典籍，当可收到事半功倍的效果。就《古今杂剧》来看，经常出现的"省借"方面的错误，不外以下四种：

（甲）省借后形误之例。这类错误最多，约占全部错误的一半以上。如：

①"嵌"，省借为"欺"，形误为"欺"。

《霍光鬼谏》一折【青哥儿】曲："眼欺缩緦（腮）模样，面黄肌瘦形相。"

按:“眼欺”，词义不通，当为“眼嵌”（kan），眼眶深陷的样子。又，“嵌”之声符为“甘”。

②“绷”，省借为“朋”，形误为“门”。

《替杀妻》三折【耍孩儿】曲:“我往常看别人笞杖徒流绞，今日个轮到我门扒吊拷。”

按:“绷”（绑）扒吊拷”，元人常语，即“扒光上衣，用绳子捆绑，吊在梁上，进行拷打”的意思。过去有人解释为四种刑法，是不妥的。

③“住”省借为“主”，形误为“毛”。

《调风月》四折【水仙子】曲:“推那（挪）领系眼落处，采揪毛那系腰行行恰胯骨。”

按:“领系”，提携衣领的地方，见《救风尘》“系腰”，是带子。又，“住”省为“主”，见《武王伐纣平话》（中）:“拿主姜尚。”

④“洗”，省借为“先”，形误为“充”。

《气英布》三折【滚绣球】曲:“你便做下那肉面山，也压不下我心头火！造下那酒食海，也充不了我脸上羞。”

⑤“患”，省借为“串”，形误为“中”。

《调风月》四折【得胜令】曲:“瘫中着身躯，教我两下里难停住；气夯破胸脯，教燕燕雨下里没是处。”

按:“患”之声符为毌（guan），即“串”之本体。《说文》段注:“毌、贯古今字。古形横直无一定，如目字偏旁皆作罒。患字上从毌，或横之作申，而又析为二中之形，盖恐类于申也。”又，王季思先生《调风月》写定本校“中”为“痪”。

（乙）省借后音误之例。此类错误较少，姑举二例:

①“摆”，省借为“罢”，音误为“把”。

《追韩信》三折【石榴花】曲:“把列着半张銮驾迎韩信，这的是天子重贤臣。”

按:“把列”，当作“摆列”。明《万壑清音》卷六录本折，作

"摆列着七重围子可也迎韩信"。

②"偕",省借为"皆",音误为"择"。

《西蜀梦》四折【滚绣球】曲:"往常择满宫彩女在阶基下,今日驾一片愁云在殿角头。"

(丙)两次简化之误。这类"省借",或先简后省,或先省后简,几经转折,在字形和字音上,距离本字更远,因而往往致误。如:

①"盤",简化为"盘",省借"舟",形误为"月"。

《单刀会》一折【赚煞尾】曲:"无(送)路酒,年(手)中敬(擎),送行礼,月中托。"

按:《孤本元明杂剧》此二句作:"曹丞相将送路酒手中擎,饯行礼盘中托。"

②"蠆",省借为"萬",又简为"禺",音误为"鱼"。

《介子推》一折【幺篇】曲:"把那鱼盆深埋,铜柱牢裁(栽)。"

按:"蠆",为"蠆"之俗体,见《说文》段注。民间传说殷纣王有"蠆盆铜柱"之刑。《武王伐纣平话》(上):"去殿下置一酒池肉林,蠆盆炮烙之所,教正宫人相扑,赢底推入酒池,教饮酒醉死;输者推在蠆盆中,教蛇蝎螫死。"

(丁)两次音假之误。所用原非本字,而是同音相假,再经省借,音读更远,因而往往致误。如:

①"圆",音假为"院",省借为"完",易误为"完"。

《单刀会》二折【滚绣球】曲:"完争(睁)开杀人眼,轻舒开捉将手。"

按:《孤本元明杂剧》此二句作"他圆睁开丹凤眼,轻舒出捉将手"。

②"镇",音假为"阵",省借为"车",易误为"车"。

《单刀会》二折【滚绣球】曲:"那杀汉虎牢关立伏了十八车诸侯。"

按：明人不知“车”为“阵”之省，“阵”又为“镇”之假，故《孤本元明杂剧》妄改为“有一个莽张飞虎牢关力战了十八路诸侯”。实际上，按照《三国志平话》等材料，刘关张在虎牢关是和各镇诸侯共战吕布的。这样的改动，根本有悖于元人“省借”的。又，“镇”，就是晚唐五代以来的藩镇，为宋元人所熟知，屡见于当时的小说戏曲中。如《三国志平话》云：“曹豹入寨，言吕布只待捉十八镇诸侯。”至于“路”这个词儿，虽出现于宋代，但在小说戏曲中用来代替“镇”，还是入明以后的事情。

三

我们知道，元杂剧的大规模的整理，开始于明代中期以后。嘉靖年间，首先有李开先的《改定元贤传奇》。万历年间，先后又有新安徐氏的《古名家杂剧选》，息机子的《古杂今剧选》，尊生馆的《阳春奏》，顾曲斋的《元人杂剧选》，继志斋的《元明杂剧》，脉望馆的《孤本元明杂剧》，臧晋叔的《元曲选》。最后，还有崇祯年间孟称舜的《古今名剧合选酹江集柳枝集》。其中，影响最大的是《元曲选》。

翻检这些总集，不难发现，元代所通行的“省借”字，在整理者的笔下，有些固然已经回校为本字，但还有不少回改未尽之处。为了说明问题，我们先举出一些例子来。

①《古名家杂剧》本《扬州梦》一折【混江龙】曲：“马行街，米市街，如龙马聚；天宁寺，咸宁寺，似蚁人稠。”

按：“聚”，当为“骤”（zhou）之省体，其义为驰；如误读为（ju），则文理不通。“继志斋”本及《雍熙乐府》所录本曲，均作“骤”。

②“脉望馆”本《东墙记》四折【绵打絮】曲：“深闺静悄悄，

幽僻空庭，月轮展纸，几扇屏风。”

按：“展”，当为“碾”之省体。《北词广正谱》录本曲，作“碾”。

③“暖红室”本《西厢记》二本三折【幺篇】：“一杯闷酒尊前过，低首无言自摧挫，不甚醉红颜，却早嫌玻璃盏大。”

按：“甚”，当为“堪”之省体。《雍熙乐府》录本曲，作“堪”。

④《古名家杂剧》本《金钱记》一折【天下乐】曲：“似神仙下碧霄，听箫韶隔彩霞，人道是蓬莱山则是假。”

按：此曲与本折上曲【油葫芦】，极力渲染杨贵妃之奢侈浮华，重点在人，故末句当依《钦定曲谱》作“人道是蓬莱仙子（则）是假”。

⑤《元曲选》本《连环计》二折【隔尾】曲：“请温侯稳便，有甚么混践？我口儿里说话，将身躯倒退的远。”

按：“退”，当为“褪”（tun）之省体。二字意虽相近，但元代音实为“褪”。《九宫大成》录本曲，作“褪”。

⑥《古名家杂剧》本《蝴蝶梦》二折【斗蛤蟆】曲：“这壁厢那壁厢，由由忬忬，眼眼厮觑，来来往往，哭哭啼啼。”（《元曲选》同）

按：“由由”，当为“怞怞”之省体。“怞怞忬忬”，即“犹犹豫豫”，踌躇不前的意思。《淮南子·兵略篇》：“击其犹犹，陵其与与。”单言之，则为“犹豫”。元刊本《疏者下船》三折【石榴花】曲：“自怞忬，怎割情肠，难分手足。”

⑦《古名家杂剧》本《救风尘》一折赵盼儿云：“你请我，家里饿皮脸也，揭了锅儿底也。窨子里秋月，不曾见这等食。”（《元曲选》同）

按：“秋”，当为“瞅”之省体；“食”，为“事”之谐音。末二句为元人歇后语，意为“窨子里看月——没见过这样的事”。有人解为“阴暗地方的月亮——没有见过这样的月蚀”。这样的解释，“秋”字没有着落，显然是不妥的。

⑧ 继志斋本《梧桐雨》四折【伴读书】曲：“一点儿心焦燥，四壁秋虫闹。”（《元曲选》“一点家心焦燥，四壁厢秋蟲闹”）

按：“蟲”，简体为“虫”，当为“蛩”之省体[①]，明人误增为“虫”。“秋蛩”，即蟋蟀。《太和正音谱》录本曲，作“秋蛩”。

凡此种种，都属回改未尽之处，多半似通非通。其中，④⑤⑧各条，文义虽然可通，但毕竟不是元人语汇之旧，都应予以校正。

为什么回改未尽呢？主要是因为没有掌握元人“省借”规律，特别是那些逸出常规的“省借”，最容易被误为本字而保留下来。关于这点，有一个典型的例子，很能说明问题。

乔梦符《两世姻缘》二折【金菊香】曲：“怕不待几番落笔强施呈，争奈一段伤心画不能。腮斗上泪痕粉渍定，没颜色鬓乱钗横，和我这眼波眉黛欠分明。”

末句“眼波”，除《词林摘艳》外，《古名家杂剧》《古今杂剧选》《元曲选》都误为“眼皮”。不仅曲本如此，当日歌场偶或演出此折，艺人也都误为“眼皮”。何良俊《曲论》说：

乐府辞，伎人传习，皆不晓文义；中间固有刻本原差，因而承谬者；亦有刻本原不差，而文义稍深，伎人不解，擅自改易者。如《两世姻缘》金菊香云：“眼波眉黛不分明”，今人都作“眼皮”。一日，小鬟唱此曲，金在衡闻唱“波”字，抚掌乐甚。云：“吾每对伎人说此字，俱不肯听。公能正之，殊快人意。”

“眼波”，指一个人眼光流转，如秋水一样的明净；“眼皮”，则仅指上下眼睑而说。“眼波”误为“眼皮”一字之差，使整个曲文神采顿失。何良俊把这个错误归之于“文义稍深，伎人不解”，并非破的之论。究其根源，全在不明元人“省借”之蔽。

---

① “蛩”之声符为“巩”（gong），非虫。此处当为元人据后世字书部首之误省。

正是由于不明元人“省借”，不知循声符以求本字，所以明人所整理的元曲，颇多主观臆改之处。如丝绸之“绸”，元代文书都写作“紬”。元刊《调风月》一折【尾】曲（带云）:“许下我包髻团衫由手巾，专等你世袭千户的小夫人。”这里的“由”就是“紬”的省体。包髻团紬手巾，可能是金元时侍妾一类人物的服饰。明人不知，有的改“由”为“油”。《元曲选》本《谢天香》二折张千见贴旦云:“老爷说大夫人不许你……与你包髻团衫油手巾。”不知“油手巾”有何可取之处？这样的妄改，不仅不明文义，而且不知物理。有的改“由”为“绣”。《古今杂剧选》本《望江亭》三折衙内云:“……大夫人不许他，第二个夫人，包髻团衫绣手帕，都是他受用。”（《元人杂剧选》《元曲选》误同。）绣花手帕虽然可通，但又有背于金元服制。另外，还有改“由”为“袖”的，同样都是不通。

“眼波”误为“眼皮”，“紬手巾”误为“油手巾”，说明元人“省借”确为后世所不解。在这种情况下，省去的形符（偏旁），就有了帮助表意的作用。因此，整理元曲，对于元代通行的“省借”字，除了那些偏旁有无，不关本义，又为现代读者所理解者外，都应根据声符以求本字，正确地进行回改。

要正确地进行回改，首先应该详细的、大量地掌握元人“省借”资料。除《古今杂剧》外，如《元刊平话五种》、元刻本《元典章》以及其他元代坊刻本书籍，都应在我们注意之列。最好能整理出一本“元代省借字汇”一类的数据书，从中细心体会元人“省借”之例。要特别注意那些古无征而又与后世用字习惯相反的“省借”。这样，可以帮助我们解决不少有关校读方面的问题。

其次，要充分利用各种明刊本元人杂剧总集。前面说过，《古今杂剧》中有十五种可用《元曲选》等书来对校。有些“省借”不通过对校，是很难肯定下来的。特别是那些似通非通之处，最难斟酌，更有参校明刊本的必要。而且，通过同一杂剧不同的数据的刊本的对校，还可以发现相当数量的元人“省借”字。前面所举各明刊本回改未尽之例，就可以说明这个问题。

第三，要特别注意元人语例的通盘研究。《古今杂剧》中有一半是海内唯一孤本，有些元人“省借”，又仅在全书出现一次，由于失去了形符，语意难明。这类疑难问题，只有通过元人语例的全面研究，才能解决。如《追韩信》一折：“未抱监背剑上开。”“抱监”一词，颇难解说。我们姑且假定“监”字为“省借”（“抱”字省借的可能性不大），但跟着而来的就是音读问题。根据《中原音韵》各书，由“监”这个声符构成的常用字，至少有三读，即：

① 读为“jian”，如鑑。

② 可读为“lan”，如蓝、篮、嚂、滥、繿、醢、爁。

③ 可读为“xian”，如槛、轞、艦。

十一个字就有十一个不同的形符，很难确指。这就需要考察元杂剧中同类事物的描写，看看它们在语词的运用上，有无相同或相近之处。综观本折内容，不外写韩信早年未遇，在淮阴向漂母乞食和胯下受辱二事，实际上是乞讨为生的。因此，“抱监”一词，可能和行乞有关。于是，我们再来翻检元曲中有关乞丐出场的描写，就可以发现以下材料：

①《东堂老》三折，扬州奴夫妇沦为乞丐，“同旦儿携薄篮上”。

②《合汗衫》三折，张员外家业消乏，上街乞讨，“同卜儿薄篮上”。

③《争报恩》二折，梁山好汉徐宁，因病流落街头，作“薄篮上”。

三处都作“薄篮”。由此可以下断：“抱监”就是“薄篮”，“抱”为“薄”之音转，“监”乃“篮”之省体。这样的解释，既符合元人“音假”和“省借”的规律，又和本折剧情契合无间，虽无其他旁证，但大致可以肯定是不会太错的。

像“抱监”这一类的“省借”还比较容易发现，因为它语义不通；在《古今杂剧》中，还有一类“省借”，由于文义可通，最容易被人忽略过去。如《赵氏孤儿》一折【混江龙】曲：“为王有功的当重刑，于民无益的受君恩。”这里，“为王”和“于民”并举，似乎没有什么问题。但实际上，“王”

实为“国”之省体。这可以从元曲中找出许多根据来：

①《风光好》三折【三煞】曲：“贱妾煞是展污了经天纬地真英俊，为了国于民大宰臣。”

②《碧桃花》二折【斗鹌鹑】曲：“你则待送雨行云，那些儿于家为国？”

③《盆儿鬼》四折包待制云：“有十分为国之心，无半点于家之念。”

④《霍光鬼谏》三折【端正好】曲：“于家谩劬劳，为国空生受。”

⑤《东窗事犯》一折【村里迓鼓】曲：“我不合于家为国，无明夜将烟尘扫荡。”

以上五例，都是“国”和“家”（民）并提。可见“为国于家”（民）实为元人常语，《赵氏孤儿》中的“为王于民”，自然也应回改为“为国于民”。

当然，要正确地进行回改，最根本的还在于对人民语言的熟悉。元曲，特别是早期的元曲，以本色见长。有些作品，几乎全部都是口语。新中国成立后出版的《元曲选外编》一书，本以提供数据为主，一般未作文字校勘工作。该书《编例》里说：“旧本杂剧文字显然讹误者，编者径为改正，然此类情形绝少。文字似有讹误而不能确定者，则概不改动。”并且特别声明：“元刊《古今杂剧》讹别字较多，择其显明者改易之。”可见，编者的态度非常审慎。他所改动的，只是极少的、显明的“讹误”之处。但是，在这极少的改动之中，就有不少值得商榷之处。其中，就有误以元人“省借”为错别字的。如：

①《调风月》一折【油葫芦】曲：“更怕我脚踏虚地难安稳，心无实事自资隐。”

“踏”，原作“查”，即“蹅”之省体。《中原音韵》“查”“蹅”二字同音。《中州音韵》：“蹅，之沙切，足蹋声也。”

②《调风月》三折【梨花儿】曲：“是教我软地上吃乔，

我也不共你争。”

“乔”，原作“交”，即“跤”之省体。《北词广正谱》妄改为“乔”，《外编》沿误。

③《紫云亭》四折【梅花酒】曲：“将蛾眉址（溢）道登，到绣楼软门外。”

“绣”，原作“求”，即“球”之省体。“球楼”，泛指门窗之属，见《诗词曲语词汇释》。

④《贬夜郎》三折【醉春风】曲：“一壁恰烘的锦袍干，又酒淹衫袖湿。”

“烘”，原作“空”，即“控”之省体。北方方言以衣物水浸之后，挂起阴干为 kong、或为 kuang，或为 kun，随各地方音而异。由于有音无字，故借“控”以托其事。

以上误改，固然由于不明元人“省借”之故，但不熟悉元人口语，也是很重要原因之一。

古人校书，有“不知俗书而误”一条。元代各种民间坊刻本书籍，简字、俗体特多，而在“省借”之中，更有许多逸出常规的现象。这种独特的用字方法，在当时是约定俗成的，大家都这么写，这么用，不会发生问题。可是，元代以后，这种“省借”，渐为后世所不晓。一般人碰到这类情况，多拘文就义，强以为解；遇不可通之处，又多视之为传写之误，奋笔乱改，致失其真。我们今天校理元曲，必须引以为戒。

1979 年 5 月于兰州

（原刊《兰州大学学报》1979 年第 2 期［11 月］，第 112~126 页）

《元刊杂剧三十种》中文字待勘符号的辨正

一

《元刊杂剧三十种》，据王国维早年考定，“题大都新编者三，大都新刊者一，古杭新刊者七；又小字二十六种；大字四种，似元人集各处刊本于一帙者。然其纸墨与版式大小，大略相同，知仍是元季一处汇刊。其署大都新刊或古杭新刊者，乃仍旧本标题耳”。此书究为“元人集各处刊本于一帙”？抑为“元季一处汇刊”？姑不具论。要之，其同出于元刊，且不出大都、古杭二地，则是无可疑义的。

是书所收各剧，虽多冠以“新编”“新刊”或“的本”“足本”等字样，但都不过是书坊主人商业性的标榜而已。其文字之讹脱，曲白之紊错，省文别体之繁伙，以及方音通假之难测，在在都足以造成吾人识读之困难。如不详为校理，细加磨勘，终将陷于迷惘困惑之境而莫知所归。

荀子《劝学》有曰："伦类不通，不足为善学。"校理古书，亦应解其纷繁，于凌杂错乱之中，研其致误之缘由，进而归纳出若干条例，然后依例校书，当能收到触类旁通，举一反三的效果。

近二三年来，我在校勘《元刊杂剧三十种》的过程中，于斯书之种种误例，曾较其异同，别为一编，自觉略有所得。其间，文字待勘符号之误为文字者，前人似尚未有专篇论及，但此问题确有讨论辨正之必要。故不揣浅陋，爰就拙稿之所及，粗为排比，隐括成篇，或亦可供研治古书者之一助。

二

古人写书，凡遇原稿有疑误之处，多涂去误字，并旁注待勘符号作"卜"，以便日后据别本校改，俾成定本，然后雕版成书。细玩《元刊杂剧三十种》之误例，可以明显看出，有相当一部分错误，出于待勘符号之误改。特别是《老生儿》《小张屠》《范张鸡黍》《替杀妻》《单刀会》《铁拐李》各剧，此类误例之频繁出现，实为他剧所未有。以全书而论，文字待勘符号之误为他字者，不过169处，而上述六剧就有154处之多，占全部误例百分之九十（参看文末附表）。可见，《元刊杂剧三十种》所根据的底本，确实包含有一部分待校本在内。

刻书不求善本，本来是坊刊本的通病。当日，"三十种"的刊行者，在得到这些文字有待刊正的抄本后，因为要抢在同业之先，急于出书，根本没有利用别本进行校改；又为了掩人耳目，率意妄改原本中旁注之待勘符号。这样，就为后人校理此书，增添了不少新的困难。特别是书商妄改之字，如果似通非通，或与上下文义竟完全可通，此时此刻，更使校者棘手，虽有别本可供参校，亦必踌躇再三，不敢判定其必为误字。以往各家校本，于此等谬误之处，似未究心，未加确实比较，均未视之为例，故或校或否，在体例上实有欠于统一。

上述《老生儿》六剧，因所据均为待校本，不仅误例很多，而且比较集中地反映了古书中文字待勘符号的不同误例，实为考察此类谬误之最好资料。现以上述六剧为主，间采其他有关剧本，对《元刊杂剧三十种》中待勘符号的不同误例，作一初步的探索。

其间，有误“卜”为“人”者：

①《老生儿》一折【那咤令】曲：“做女的，从（纵）心儿放人；为人的，人心儿爱财。”

以上二句三“人”字均误，据《元曲选》《酹江集》当分别校改为“乖”“壻”“贪”。

②《小张屠》一折【油葫芦】曲：“为夫的，文章冠世诗书广；为妻的，孝人仁义名真人。”

末句二“人”字均误，姑依文义校改为“孝顺仁义名真娘”。真娘、真姬、真女，皆为宋元小说戏曲中贤女之通名，故据改。

③《范张鸡黍》四折【四煞曲】：“百姓每编做歌曲会街上唱，唱道是官员宰相，则是个卖人的才人。”

末句“才人”二字均误，王季思先生校改为“牙郎”，甚是。“卖人的牙郎”，即指责当日当官的都是贩卖妇女的人口贩子。

④《替杀妻》一折【村里迓鼓】曲：“小可张千，前生分人。”

“分人”，当为“分缘”之误，即“缘分”之倒文。元剧语词词序，多有与今相反者，如“故乡”之作“乡故”，“父子”之作“子父”，“本钱”之作“钱本”，皆是。

⑤《铁拐李》二折【小梁州】曲：“怕有一等人奸卖俏俊官员，打一副金头面，早忘了守三。”

首句“人”字误，今依文义校改为“迎奸卖俏”。

此类误例，在《元刊杂剧三十种》中，最为常见，初步统计，全书共出现九十六处，占全部误例百分之五十以上，故应引起我们特别的重视。

有误“卜”为“一”者：

①《老生儿》二折【脱布衫】曲：“与你钱不合闲一，你看我也合相人（饶）。主着意从（纵）心信口，一着眼大呼小叫。”

首末两句二"一"字均误。据《元曲选》《酹江集》当分别校改为"焦""睁"。

②《小张屠》一折【醉中天】曲："卖弄他指下明看读广，止不宣一明论瑞竹堂。"

末句"一"字误，且与"宣"字宜倒，姑依文义校改为"止不过《宣明论》《瑞竹堂》"。《宣明论》，即《精要宣明论》，金代名医刘完素所著，见《金史》本传；《瑞竹堂》，即《瑞竹堂经验方》，元初西域萨德弥实所辑，吴澄《文正集》卷一3有序。二书均为元代习见之医书，故剧中人借之以嘲医生。

③《范张鸡黍》四折【三煞】曲："你便一哭的红如血，岂怜缇氏；你便头养的白似瓠，不识张汤。"

首句用缇萦救父故事，汉文帝为之废除肉刑。"一"字误，今校改为"眼"。

④《替杀妻》一折【滚绣球】曲二："早则阳一有故人，罗帏中会雨云。"

首句"阳一"，显为"阳台"之误。此处用高唐神女典故。

⑤《铁拐李》二折【尾】曲："摩哈罗孩儿不能见，铜斗儿家一不能美。"

"铜斗儿家缘"，为元人常语，故末句之"一"字，当校改为"缘"。

此类误例，全书共出现五十处，约当全部误例百分之三十，应该予以重视。

此外，还有误"卜"为"十"者：

①《范张鸡黍》四折【红绣鞋】曲："将恁那九十子四旬妻八十娘，另巍巍分区小院，高耸耸盖做（座）萱堂，我情愿奉晨昏亲侍养。"

首句"九十子"误，依文义当作"九岁子"。

②《西蜀梦》一折【醉扶归】曲："然后向阆州路十转驰驿，把关张分付在君王手里，交他龙虎风云会。"

首句“路十”，依文义当校改为“路上”。

③《七里滩》一折【混江龙】曲:“刚四十垂拱岩廊朝彩凤，第五辈巡狩湘流中淹杀昭王。”

“四十”，当为“四世”之误。郑骞先生校本:“周代最初五王，为文、武、成、康、昭。此句上云成王，下云第五辈，四世即指康王。”

④《周公摄政》三折【络丝娘】曲:“若不坏呵，三十里流言怎息?”

此指管叔和蔡叔在外散布周公“将不利于孺子”的流言。“三十里”，当为“三千里”之误。

⑤《疏者下船》四折【落梅风】曲:“交我那里寻十一兄弟。”

此为楚昭王复国后对兄弟芊旋所语。原本“交我”二字误例，已改。又“十一”二字，均为待勘符号之形误，今据《元曲选》改成“同胞”。

有误“卜”为“下”者:

①《小张屠》楔子【端正好】曲:“全不肯施财周济贫民苦，无半点儿慈下处。”

“慈下”，依文义当改作“慈祥”。

②《单刀会》四折【沉醉东风】曲:“《汉皇(献)帝把董卓下。”

“董卓下”，据明代“脉望馆”抄本当作“董卓诛”。

③《单刀会》四折【搅筝琶】曲:“你奸(好)似赵盾，我饱如灵下。”

此为春秋时赵盾周济桑下饿夫故事，故“灵下”实为“灵辄”之误。

④《单刀会》四折【离亭宴带歇指煞】曲:“下谈有甚尽期，欢会分甚明夜。”

首句“下谈”误，依文义当作“笑谈”。

⑤《遇上皇》一折【赏花时幺】曲:“六天下曾经你不良，把我七代先灵信口伤。”

首句“六天下”误，当依脉抄本作“六合内”。

有误“卜”为“不”者：

①《小张屠》二折【金蕉叶】曲：“弃儿救母绝嗣我，为亲人一虎不河。”

末句“一”“不”两字，均为待勘符号之形误，当依文义改作“暴虎凭河。”

②《替杀妻》一折【胜葫芦幺】曲：“你諕的我手儿脚儿滴羞都速难动不。”

原脱“諕”字，今补。又，“动不”，当作“动转”，即“转动”之倒文。元曲多有此语例，《金钱记》二折【滚绣球】曲二：“你着我怎动转，怎脱免。”

③《周公摄政》三折【绵搭絮】曲：“白首不堪问鼎不，现如今内外差池，事难行，当恁的。”

首句“问鼎不”，郑骞先生校改为“问鼎彝”，甚是。

④《单刀会》三折【蔓菁菜】曲：“你便有快对不能征将，排戈戟列旗枪。”

首句“快对不”，当为“快对兵”，与下文“能征将”相应。郑骞先生改作“快对付”，徐沁君先生改作“快对才”均失。

⑤《诈妮子》二折【耍孩儿】曲：“你那浪心肠看得我忒容易，欺负我半良不贱身躯。”

“半良不贱”，当为“半良半贱”之误，故下文紧云“半良身”“半贱体”。以往各家校本均漏校。

最后，在《元刊杂剧三十种》中，还有误待勘符号为“了”者：

①《单刀会》四折【沽美酒】曲：“谁想你狗幸狼心使见了，偷了我冲敌军的军骑。”

首句“使见了”，当为“使见识”。清初何煌改作“便见了”，亦非。

②《诈妮子》三折【紫花儿序幺】曲：“这一场了身不正，怎当那厮大四至铺排，小夫人名称。”

“了身不正”，当为“其身不正”。《论语》：“其身不正，虽令不从。”今见各本，除王季思先生外，皆误。

以上，误“十”、误“下”、误“不”、误“了”各例，散见于《元刊杂剧三十种》中，最高者出现九次，最少者三次，总二十三次，占全部误例百分之十三。此类谬误之产生，多为偶然失勘之误，与前述各待校本之有意乱改之误，性质显然有别。

另外在一些剧本里，误字已经勘正，但因原注之待勘符号没有及时销去，因而阑入正文者，亦时有所见。如《疏者下船》二折【小桃红】曲：“眼前烦恼腹中愁，泪落在杯中酒，痛泪偷掩锦袍袖，一死临头便道锦封未拆香先透。”又，《霍光鬼谏》一折正末云：“一僚（老）臣就今日辞了我主，向五南采访，走一遭去。”以上二例之一字，均为待勘符号之形误与校文一并阑入者。此类情况，也是校理古书者所应知道的。

同样一个待勘符号“卜”，为什么会出现“人”“一”“十”“下”“不”“了”（“古名家”本《汉宫秋》还有误“卜”为“入”、为“八”者，例从略）等等不同的误例呢？我们知道，历代民间写本，书法多不够规范，字形常有失真之处。元代的杂剧写本，即当日流行于歌楼剧场之“掌记”，今日虽不可得见，但在此以前的敦煌民间写本具在，其文字待勘符号，除正规的写作“卜”外，多半随体屈曲，率意点划，有的二笔断作“八”，有的脚下带钩似“乀”，有的腹中加点如“フ”，种种歧异，皆出吾人常想之外。元代的民间杂剧写本，想来亦当如是。正是由于书写的点画失真，因而才出现了不同的误改，这是人们可以想象到的。

根据以上几种不同误例的分析，可以得出下面两点：

① 所误之形，必与原形“卜”相去未远；

② 误改之字，必在文中起代任何字之作用，必仍保留其原有的符号性质。这一点，如将同类误例类聚来看，更为清楚。

三

利用《元刊杂剧三十种》中待勘符号的误例，可以解决现存元明刊本曲集的不少类似的错误。尽管这些错误在不同的刊本里，是个别的、偶然的出现的，不像“三十种”那样的集中，那样的严重；且多是无心的传写之误，不像《老生儿》那样的有心作伪，但如不扫除，势将以误传误，贻害读者。以误“卜”为“人”来说，就可以举出不少的例子，如：

① 残元二卷本《阳春白雪》杨淡斋小令【殿前欢】五首之四：“教顽童做过活，到人来无灾祸。”

末句“人”字误，任中敏先生校改为“老”。

② 元刊《太平乐府》卷三张小山小令【柳营曲】《春愁》：“烟冷香消，月悴花憔，难度可人宵。”

“人”字误，任中敏先生引卢校曰：影元钞本作“可邻宵”。

③《西厢记》二本四折【尾】曲：“只说道夫人时下有人唧哝，好共歹不着你落空。”

“有人唧哝”一语，联系本剧剧情显然难通，明清各家于此多望文生义，强为曲解。王伯良曰：“言亲事不成，以有人在夫人处间阻之也。”毛西河则曰：“言夫人前目下有人为你作说，定不落空也。”二说正好相反，但竟有人依违于两者之间，认为二说俱可通者。以上各说之误，都在误“人”为本字，不知其本为待勘符号也。唯“闵遇五”刊本及沈宠绥《弦索辨讹》，此句均作“有些唧哝”，揆情度理，完全可通。莺莺为了挽留张生，才让红娘去对张生说：“（虽然）老夫人眼前有些难缠，（但久以后）不管好歹，不会让你落空的。”于此可见一字之误，关联全剧不少。

④“碧筠斋”本《西厢记》四本二折【小桃红】曲：“你是个人样镴枪头。”

此本未见，王伯良引原注曰：“谓具人之样而实与镴枪头无异，见其无用也。”此处亦误“人”为本字，全非。当依现行各本作“银样镴枪头”。

⑤ 南戏《小孙屠》第八出【朱哥儿】曲：“哥哥听兄弟拜

启，他须烟花泼妓，水性从来怎由己，缘何会做人头妻。”

“人头妻”，当为“脚头妻”之误，指结发夫妻，此为元人常语，屡见于元曲。钱南扬先生《永乐大典戏文三种校注》，于此偶然失考，误以“头妻”为词。

总之，《元刊杂剧三十种》中文字待勘符号的误例，为我们校理元刊或接近元刊本戏曲小说中同类性质的错误，提供了一个强有力的证据。根据这些通例，可以执微会通、原始要终地来纠正现行传本中的有关错误，可以减少一些主观武断、凭意妄改的毛病。故虽属小道，实不可忽焉。

附：

《元刊杂剧三十种》中文字待勘符号误例表

误例 剧名	误“卜”为“人”者	误“卜”为“–”者	误“卜”为“十”	误“卜”为“不”者	误“卜”为“下”者	误“卜”为“了”者	合计
老生儿	47	15					2
小张屠	32	9		1	1		3
范张鸡黍	6	9	4	1			0
单刀会		4		1	4	1	0
铁拐李	4	5					9
替杀妻	5	4		1			0
其他各剧	2	4	5	1	1	2	5
合计	96	50	9	5	6	3	69
说明	(1)《老生儿》等六剧，共误 154 处，占全书总误例 90%。 (2) 全书误“卜”为“人”者，占总误例 57%；误“卜”为“一”者占 30%；其他占 13%。						

（收入《关陇文学论丛》，兰州：甘肃人民出版社，1982 年，第一集，第 207~217 页）

元曲的假借和音读

一

研治古书，根据清代学者的经验，在文字语词方面，应该尽量注意到：用古音读古书；用古义解古书；用古字校古书。归纳到一点，就是不能用后起的字音、字义、字形去解读古书。

本篇所论，仅限于元曲的假借和音读。我们今日所见早期各元曲刊本，如《元刊杂剧三十种》，元刊《阳春白雪》、元刊《太平乐府》、元刊《梨园按试乐府新声》，都是民间的坊刊本。这些刊本，基本上都是为了当日歌楼剧场的实际演唱而编印的。所以，它的用字习惯比较“重音”，比较近于语音的写真。只有这样的本子，才能开卷则妇孺皆知，入耳则市井通晓，收到强烈的演出效果。

由于用字“重音”，不避别体，所以此类刊本中的假借字特多。以《元刊杂剧三十种》为例，经常出现的假借字至少也在一千以上，约占元代常用字的五分之一（《中原音韵》收 5868 字）。通过这些假借字的研究，可以考知一个时代的语音变化和文字假借的习惯。由假借而考校语音，由语音而辨认假借，“望文改读，声随谊转”（严可均《说文翼叙》），元曲中的许多疑难问题，自可迎刃而解。

惟自明清以来，治元曲者，于音读一项，似多不甚措意。新中国成立以后，所出的各种元曲注本，其间偶有音释，亦多为现代普通话的读音，而非元代汉语语音的实际。这样，以后起之音解读古书，沿其流而罔识其源，必将引起很多的混乱。特别是假借字的辨识，全在语音。语音不正，无论是语词解话，还是文字是正，都将产生不少问题，有待于进一步的商榷和解决。

比如，元代的江湖艺人（不仅是杂剧演员），多称“路歧”。张相先生《诗词曲语辞汇释》解曰：“路歧者，伶人之别称也。其义由歧路而起。”在解释上还留有余地。孙楷第先生在《元曲新考》里则说的更直接：“何谓路歧？路歧者，歧路之倒文也。”直以“路歧”为“歧路”。这样的解说，是否符合元人之意，不能不引起人们的怀疑。因为，冲州撞府，老于歧路的，不仅仅是艺人，还有大量的为衣食所迫的小商贩、小手工业者。同样随处赶趁，同样流落江湖，为什么“路歧”这样的称号没有落在他们头上呢？

我的理解是：“路歧”就是“路歧”，沿路卖艺的意思。这里，“歧”为假借，“妓”为本字。检索有关文献，“路歧”，有时就写作“路妓”。洪迈《夷坚志》庚集卷七“双港富民”条：“俄有推户者，状如倡女，服饰华丽。……曰我乃路妓散乐子弟也。”《雍熙乐府》无名氏【中吕·粉蝶儿】套【朝天子】曲：“又无那路妓，俺正是村里鼓儿村里擂。”明成化词话《石驸马传》：“你是招容（客）烟花女，风流门下贱夫（妇）人，水食巷里求衣饭，构栏瓦子路妓人。”都可为证。元曲中的“路妓”，之所以多写作“路歧”，正是当日文白异读的反映。由于口语中呼“妓”（ki）为“歧”（qí），反映在民间刊本里，“路妓”遂变为“路歧”。及至今日，语音流转，又改读“ki”为“tζ”，“ki”为“tζ”，本字更难追寻矣。

再如“冥子里”一词，元曲中屡见，张相先生用汇例取义的办法，归纳出“昏暗、忽然、无端”三个义项，的为确解。但这三个义项从何而起，张先生未作进一步的说明。戴望舒先生《释葫芦提・酩子里》解曰：“冥，幽暗也，夜也；瞑，闭目也。……总之是‘暗地里’的意思。”显然是即字为训，不知“冥”“瞑”“酩”（miəŋ）都是假借，本字当作“盌”（muəŋ）就是地室。《说文》：“盌，北方为地空，因以地穴为盌户。从穴，皿声，读若猛。”直到中古时期的《唐韵》，“盌”才改读为“眉永切，音皿”，才接近元代的读法。这里，同样也是由于语音的改变，“盌”字才假借为“冥”“瞑”“酩”各字。

“冥子”这样的地室，今陕甘高原所在多有。或于平地下挖，或就崖畔掘进，先作方形天井，三面打窑以住人，一面开隧道以通出入，实际上就是一种掘于地面下的院落。承学友焦文斌同志相告，今关中方言，仍称前者为“地盌字”，后者为“崖盌子”，仍接近《说文》的读法。又兰州吕发成同志告我，今甘肃中部会宁一带称这种地穴式的粮仓为“闷葫芦”，亦当为“盌葫芦”之音转。

像“盌子”这种处于地平线下的地室，自不若地面上居屋之宽敞明亮，故“昏暗”之义，不说自明。至于“突然”“无端”之感，非亲临其境，是很难体会到的。“文化大革命”期间，我在陇东劳动两年，见过不少这样的地室。由于都在地平线下，不仅远处不能发现，即使近在眼前，所见仍是一片黄土。及至你真正发现它时，差不多已经走到主人的窑顶上了，故往往给人以突然无端之感。元曲中的“冥子里”本是名词，“昏暗”“忽然”“无端”，都是由“盌子”给人的生活感受后起的引申义。后之来者，如不能亲闻其语，亲目其物，虽能汇例取义，终因本字难寻，不能知其所以然。如果强为之解，则难免望文生义之弊。

以上二例，皆就语词解话而说，再看文字的是正。

《西厢记》三本二折【斗鹌鹑】曲：“你用心儿拨雨撩云，我好意儿传书寄简。不肯搜自己狂为，只待要觅别人破绽。受艾焙权时忍这番，畅好是奸。

对人前巧语花言，背地里愁眉泪眼。”“奸”，王伯良、毛西河二本皆作“干”。由于文字不同，各家解释均异。或以“畅好干”为说，言红娘说自己“干干受这番艾焙也”；或以“畅好奸”为说，言莺莺“满情满意的奸诈也”。两说互相矛盾，读者莫知所从。然细按曲文语气，终以“干”字就红娘说为切。“干”，就是“淡”；“畅好干”，淡之极也。盖红娘好心好意地为莺莺奔走，反招猜忌，故云往日徒自张罗，真是无聊扯淡也。次就音读来说，“奸”，《中原音韵》音读作“干”（kan），实为古音之遗留。《史记·齐太公世家》：“吕尚盖尝穷困，年老矣，以渔钓奸周西伯。”《正义》曰：“奸，音干。”又《穰侯列传》：“于是魏人范睢自谓张禄先生，以此时奸说秦昭王。”《殷本纪》：“阿衡欲奸汤而无由。”以上各“奸”字，音义俱当为“干”。由此可知，《西厢记》中的“畅好奸”，揆诸文义、语气、音读，其为“干”之假借益明矣。

再如元刊《单刀会》三折【粉蝶儿】曲：“天下荒荒，却周秦早属了刘项，庭君臣遥指咸阳。一个力拔山，一个量容海，这两个一时开创。”这里的“庭”（t ' iəŋ），当为“定”（tiəŋ）字之假。黄侃先生《反切解释（上篇）》：“凡定母，皆浊声，古音特丁切，音亭。”楚汉相争，刘邦和项羽在怀王面前相约，先入定关中者王之，事见《史记》和《汉书》，即本剧之所本。明“脉望馆”抄本昧于假借之音理，误改“庭”为“分”；1962年台湾郑骞先生校本又误为“楚”，今徐沁君先生新校本误改为“建”。其失，均在不明古音，故以假借为误字也。

以上二例，皆由一字一音体认未真，不识假借，影响到全句文义者。更有甚者，由一字一音之误，关系到一个剧本的归属分合者。

比如，南戏的辑佚，自以钱南扬先生的《宋元戏文辑佚》的成就为最，但在这本巨著里，钱先生却误把《风流王焕》和《风流合三十》误分为二剧，说后者“不见著录，本事不详”。其实，明人曲选对古剧的署名是比较随便的。以《风流王焕》而论，或题《王焕》，或题《风流合》，或题《风流合三十》，实际上都是一个剧本的不同名称。这里，“合”为假借，“哥”为本字。元杂剧《风流王焕百花亭》中，就称王焕为“三十哥”。钱先生所辑存的本剧佚曲中也是这样的叫法。如【正宫过曲·蔷薇花】:“三十哥你央不来也尽教，又着王二走一遭，只凭担阁。”就是很有力的内证。往岁，严敦易先生就怀疑《风流合三十》“恐即系《王焕》南戏的别称”。这看法原自不错，但严先生接着又说:“合三十也许是王焕入妓家的化名。……不过如用拆字格讲，王字该是合二十，不是合三十罢了。”(《元剧斟疑》，423页）可见严先生仍然读“合”（ke）为河（xe）。由于没有看出其为假借，使这个接近解决的问题终于没有得到解决，实在是很遗憾的。

再如,《宝文堂书目》著录元无名氏《鲁智深喜赏黄花女》，与“脉望馆”抄本《鲁智深喜赏黄花峪》本是一剧。傅惜华先生在《水浒戏曲集》题记中却这样说:“女字疑误。”不知在元代“女”(niu）字实有“峪”(iu）字之异读。《啸余谱》本《中原音韵》中“女”“屿”二字并为一空，自当同音。又，元刊《乐府新声》本卷中卢疏斋小令【折桂令】《金陵怀古》曲:“想神女朝云，宋女清秋。”“宋女”，就是“宋玉”。可见，“女”“峪”“玉”各字，在元代是可通假的。

从以上的误例中，不难看出音读、训话、校勘三者之间的关系，是如何的紧密。特别是假借字的破读，全在于音，音读若失，其义全非。朱骏声说得很好:“不知假借者，不可与读古书;不明古音者，不足以识假借。”(《说文通训定声自序》）这两句话，同样也适用于元曲的校理上。

二

初涉元曲者，在音读上最容易犯的错误，是以今音而读古书，其弊在于不知古今语音之流变。然久于其事者，又多独尊《中原音韵》而不知有异读，其弊则在于忽视韵书与实际语音之矛盾。前者之误，其理较明，可暂置而勿论。至于后者之失，则多为一般人所忽视，故需略加申说。

周德清的《中原音韵》，自为音韵史上一大绝作。周氏精于曲学，深明音理,《中原音韵》这部著作本身,就足以证明他确实掌握了当时北方共同语的语音体系,故能联系实际,斟酌损益,自成一家之言。斯书不仅为后世曲家之所宗,而且对近代的官话,现代的普通话,都有较大的影响。

但是,应该指出,《中原音韵》所反映的语音内容,仅仅是十三至十四世纪北方共同语的语音实际;他所整理的音系,也仅仅是一种综合性的、各方面基本兼顾的音系。同任何韵书一样,《中原音韵》和当时的实际语音,特别是当时的各地方音,仍有相当的距离。这就是矛盾。关于这点,周德清自己说得很清楚:"欲作乐府,必正语言;欲正语言,必宗中原之音。"(该书自序)这是他论定是非,决定取舍的唯一标准,故在"正语作词起例"中特别指出"音韵不能尽收"。他所摈弃的有三:一为已经死去的古音古字;二为不可用作韵脚的怪字僻字;三为与所定音系有出入的各处方音。特别是最后一点,他的态度特别明确:

> "庞涓"呼为"庞坚","泉坚坚而始流"可乎?"陶渊明"呼为"陶烟明","鱼跃于烟"可乎?"一堆儿"呼为"一醉儿","卷起千醉雪"可乎?"羊尾子"呼为"羊椅子","吴头楚椅"可乎?"来也未"呼为"来也异","辰巳午异"可乎?此类未能从命,以待士夫之辨。

这样的反问,自有其道理在。因为,任何韵书的编制,必有其体系。如果见音即录,无所别择,则不复成书矣。问题是在,周氏所摈而不录的这些方音异读,在现存的元人杂剧里,却都有所反映。如:

> ①刊《介子推》一折【尾】曲正末带云:"孔子道……不得中行而与之,必也狂简进退乎哉。""狂简"(kiɛn),当为"狂狷"(kiuɛn),语出《论语·子路篇》。
>
> ②元刊《贬夜郎》四折【新水令】曲:"眕(整)眼的湖水湖渊,豁达似翰林院。""湖水湖渊"(iuɛn),当为"湖水湖烟"(iɛn)。《广韵》:烟,乌前切;渊,乌玄切。
>
> ③元刊《贬夜郎》四折【夜行船】曲:"画戟门开见队仙。"队(tui)仙",当作"醉(tsui)仙"。古无舌上音,故"知

彻澄娘”各母，均读舌头音“端透定泥”。唯“醉”实属精母，此处改读“知”母，音如“追”。

④“脉望馆”抄本《黄花峪》四折蔡净云：“我分付着把羊退的干净，上面是毛尾。”“毛尾”（uui），当即“毛衣”（i）。元曲中凡鸟兽之毛，皆称“毛衣”。

⑤元刊《拜月亭》二折【牧羊关】曲一：“不用那百解通神（圣）散，教吃这三一承气汤。”“三一（i）承气汤”即“三味（uui）承气汤”。此剂以大黄、厚朴、枳实三味为主药，为治理伤寒、攻下通利之有效方剂，故云。

以上五例，与周氏所摈弃者，一一相符。这绝不是偶然的巧合，它充分反映了韵书和语言，特别是和各地方音之间的矛盾，说明“元曲音读”的内涵，比我们所想象的要复杂得多，远非《中原音韵》一书所能得赅。这种情况，不能不引起我们特别的注意。

为了正音，为了纠正各处“方言之病”，周德清还在“正语作词起例”里，一再强调方言与共同语言的辨似。特别是第二十一条，更将两者容易混淆各字，逐一按韵排列，进行比较，以供读者正音练习之用。如“宗”（tsun）有“踪”（tsiug）、“松”（siun）有“松”（sun）之类，共241组，482字。其间，辨析声母者，41组，82字；辨析韵母者，195组，390字；声母和韵母的整体辨析者，5组，10字。我们知道，《中原音韵》全书的音节不过1449个，仅周氏本条所举，即有200多个音节，都有异读；周氏略而未举的，当亦不会少于这个数字。这样多的音节异读，加上和它们相应的同音字，那么，各地方音异读的字数，当亦不少于两千。仅仅这个数字本身，就告诉我们，元曲音读的审定，如果只是以《中原音韵》为准，必将产生不少窒碍难通之处。

周德清的辨析告诉我们：在元代北方的某些方言里，声母中的“p”与“p‘”，“t”与“t‘”，“n”与“1”，以及“tʂ”“ts‘”“s”与“ts”“ts‘”“s”；韵母中的“真文”与“庚青”，“监咸”与“寒山”，“廉纤”与“先天”，以及同一韵部由于介音不同而形成的对应字组，由于读音相近，往往有混同不分的现象。

语音上的混同，反映在书面上，就是大量通假的出现。比如，周氏所举出的“罢有怕”“胖有旁”，在现存的元曲中，就多有“p”“p‘”两母不分的情况。下面，姑以“puo”（玻）、与“p ' uo”（破）一组为例，以见其意：

① 元刊《西蜀梦》二折【牧羊关】曲：“我直交金破震［的］腥（丧）人胆，土雨湔的日无光。”“金破”，即“金钹”。以往诸家校本，或改“金被”，或改“金鼓”，皆失。

② 元刊《介子推》四折【寨儿令】曲：“道他曾巴巴劫劫背着主公，破破碌碌践红尘。”“破破碌碌”，即“波波碌碌”，急急忙忙的样子。“波”的本字为“逋”，逃也。北朝民歌《企喻歌》：“男儿欲作健，结伴不须多；鹞子经天飞，群雀两向波。”

③《阳春白雪》补集马九皋小令【殿前欢】：“柳扶疏，玻璃万顷浸冰壶。”“玻”，任中敏先生校记：残元本卷二原作“破”。

④ 元刊《太平乐府》卷六曾瑞卿《自序》【端正好】套【滚绣球】曲二：“学刘伶般酒里酡，仿波仙般诗里魔。”“波仙”，即“坡仙”，指苏东坡。

⑤“脉望馆”抄本《圯桥进履》一折【后庭花】曲：“衣不遮身上薄，食不能腹中饱。”“身上薄”，即“身上破”。

⑥“脉望馆”抄本《三战吕布》三折孙坚云：“我看来，那厮力怯胆薄也。”“力怯胆薄”，即“力怯胆破”。

⑦“脉望馆”抄本《赵礼让肥》二折【小梁州】曲：“这是恁占来水坡山林道。”“水坡”，据《元曲选》当作“水泊”。

⑧“脉望馆”抄本《庄周梦》二折又一女子捧书上云：“浮利浮名总是虚，拔天富贵待何如。”“拔天富贵”，当作“泼天富贵”。

⑨“脉望馆”抄本《圯桥进履》三折申阳云：“破伐桑枣，掳掠人民。”“破伐桑枣”，即“剥伐桑枣”。《宋史 · 刑法志》：

“祖宗时，重盗剥桑柘之禁，枯者以尺计，积四十二尺为一功，三功以上抵死。”

⑩“脉望馆”抄本《金凤钗》二折【耍孩儿】曲：“教人道管不的恶妇欺亲子，教人道近不的瓜儿揉马包。”“马包”，即“马勃”，植物名，生山间阴地，子实球状，可入药。

以上，“钹”“波”“玻”“薄”“泊”“拔”“剥”“包”诸字，与“破”“玻”“泼”“玻”“泼”“勃”诸字，皆可相假。如果我们细为爬梳，这个同音相假的序列，还可以再扩大一些。

声母如此，韵母的情况也不例外。下面，以“庚青”“真文”二韵通假之例，说明这个问题。

① 周氏曰“榛有筝”，则“tʂən”≠“tʂən”。但元刊《单刀会》三折【蔓菁菜】曲：“对幛，三国英雄关云长，端的有豪气三千丈。”此处，“幛”（tʂən），本字当为“阵”（tʂən），与“长”“丈”相叶，则为“真文”转入“庚青”之例。

② 周氏曰“莘有生”，则“ʂən ≠ ʂən”。但《董西厢》卷三【高平调・于飞乐】曲：“念自家虽是个浅陋书生，于夫人反有深恩。是他家先许了，先许了免难后成亲。”此处，“生”（sən），当改读如“莘”(sən)，与“恩”“亲”相叶，则为“庚青”转入“真文”之例。

③ 周氏曰“宾有冰”，“鬓有病”，则“piən ≠ piən”。但《西厢记》三本四折【鬼三台】曲：“笑你个风（疯）魔的张翰林，无处问佳音，向简帖儿上讨计禀，得了纸条儿恁般绵里针，若见玉天仙怎生软厮禁。”此外，“禀”（piən），当改读如为“宾”（piən），与“林”“音”“针”“禁”相叶，亦为“庚青”转入“真文”之例。

④ 周氏曰“民有明”，“闵有名”，则“miən ≠ miən”。但元刊《三夺槊》三折【七弟兄】曲：“他虽是金枝玉叶齐王印，我好煞则是阶下小作军，也是痴呆老子今年命。”此处，“命”（miən），当改读如“民”(miən)，与“印”“军”相叶，亦“庚青”转入“真文”之例。

⑤ 周氏曰“邻有灵”，“吝有令”，则“liən ≠ liən”。但《北词广正谱》引《调风月》三折【郓州春】曲：“我软地上吃乔（交）我也不共你争，索是轻劳重尊临。小的每索是多谢承，麻线道上不和你一处行。”此处，“临”（liən），当改读如“灵”（liən），与“争”“承”“行”相叶，则又为“真文”转入“庚青”之例。

⑥ 周氏曰“喷有烹”，“盆有棚”，则“p'uəŋ ≠ p'uən”。但元刊《介子推》四折【寨儿令】曲：“道他曾巴巴劫劫背着主公，破破碌碌践红尘，行到半路里绝粮也剐割湿肉烹。”此处，“烹”（p'uən），当改读如“喷”（p'uən），与“公”（改读“宄”）、“尘”相叶，则为“庚青”转入“真文”之例。

⑦ 周氏曰“门有萌”，“闷有孟”，则“muən ≠ muən”。但《董西厢》卷五【南吕·一枝花】曲：“红娘将出门，唤住低声问，孩儿，你到家道与莺莺，都为他家害得人来病。咱们干志诚，不想他家，恁的孤恩短命。”此处，“门”（muən），当改读如“（muən），与“问”（改读uuəṇ）、“莺”“病”“诚”“命”相叶，亦为“真文”转入“庚青”之例。

⑧ 周氏曰“裙有琼”，则“ki'uən ≠ ki'uən”。但《东堂老》四折【水仙子】曲：“你看宅前院后不沾尘，画阁兰堂一铲新。仓廒中米粮成房囤，解库中有金共银，庄儿头孳畜成群。铜斗儿家缘一所，锦片儿也似庄田百顷，从今后再休得典卖他人。”此处，“顷”（ki'uən），当改读如“裙”（ki'uən），与“尘”“新”“囤”“银”“群”“人”相叶，则为“庚青”转入“真文”之例。

以上诸例，说明“真文”“庚青”两韵的四个韵尾，即“-ən”与“-əp”，“-iun”与“-iəṇ”，“-uən”与“-uən”，“-iuən”与“-iuɑn”，全部都可通假。掌握了这些情况，对于元曲音读的审定，假借字的辨识，都有相当的意义。

周德清辨析方音的本意，原本是为了纠正误读，使戏曲语言进一步规范化，但却无形中给我们保留了元代不少方音数据。如果能够在这个基础上，通过元曲中的假借、谐声、押韵、合音、拟声……等语音现象，对元代的方音不断地补充丰富，那么不仅对元曲音读的全面了解有着积极的作用，而且对汉语方言学也将有一定的价值。

总起来看，周德清所建立的《中原音韵》的“韵部”以及“正语作词起例”中的“正音资料”，一为通语，一为方言，都是元代北方语音实际的反映。我们今天使用这部作品的时候，不可有丝毫的主奴之见，既不能因通语而废方言，也不能执方言而疑通语。只有把这两方面的材料统一起来，互相补充说明，才能比较正确的解决元曲的音读问题。

三

研究元曲音读，当然应该以《中原音韵》等元代语音数据为主，但是我们的眼光，却不能仅仅局限在元代那个时代的小圈子里，这是语言发展的历史继承性所规定了的。如果割断了历史，很多问题还是看不清楚的。

我们说，不能用今音读古书，并不等于说今音对研究古音毫无用处。恰恰相反，今音应该成为我们研究古音的出发点，因为今音是由古音发展而来。如果我们能够真正了解古今语音的异同，掌握它的变化规律，自能从根本上避免以今音解读古书的错误。元代的北方共同语，虽属今音系统，但和今日的普通话相比，仍有不少的差异。比如《中原音韵》中“侵寻”“监咸”“廉纤”三个闭口韵的韵尾“-m”，现代都转化为“-n”。这样，就导致了韵部系统的简化，由原来的十九部变成现代的“十三辙”。再如现代汉语中的“td”“td”“c”三个舌面音的声母，在元代还没有从“精清从心邪”（舌尖音）和“见溪群晓匣”（舌根音）诸母中分化出来，所以仍应分别改读作“ts”“ts”“s”或“k”“k”“x”。只有掌握了诸如此类的语音变化规律，才能从我们所熟悉的现代普通话的语音出发，知道何者应该改读，何者仍为元代语音之旧，收到事半功倍的效果。

比如“净”，今读“tcən”。如果我们知道“净”字古属从母，即可由此推知元代当读如“争”（tsiən）。元曲门的“净”，即多有写作“争”者：

①残元二卷本《阳春白雪》贯酸斋小令【殿前欢】九首之七：“夜来微雨天阶争，小院闲庭，轻寒翠袖生。”

②元刊《太平乐府》卷八宫大用【南吕·一枝花】套《白莲》：“秋水澄澄，洗得胭脂争。”

③元刊《陈抟高卧》四折【搅筝琶】曲：“早期听到争鞭三下响，语甚到量。”

④元刊《七里滩》三折【三煞】曲：“休将闲事争提，莫将席面冷。”

⑤“息机子”本《玉壶春》二折【隔尾】曲：“相近着绿窗，胜梨花淡妆。每日家争洗双眸，乐心儿赏。”

以上各“争”字，都应该回改为“净”。“天阶净”“胭脂净”“净鞭”“净提”“净洗”，不烦说解，其义自明。

应该说明，“净”（tsiən），在元代还有出于《中原音韵》以外的异读，故元曲中又有假借为“郑”（tʃiən）者。《朱砂担》一折店小二对邦老白正云：“我姓郑，是郑共郑。”曲中，小二和白正皆为“净”扮，故借此以为嘲谑。如果不知“郑共郑”即“净共净”之假，则该谐嘲讽的戏曲效果荡然无存矣。往岁，王季思先生论及宋金杂剧院本名目时，曾疑《四郑舞杨花》《病郑逍遥乐》二目中之“四郑”“病郑”，即元曲中之“净”角。今因论及元曲音读，得此启发，益知先生所论为是。唯过去的一些学者，仅据“郑”之今读为说，不知金元时“郑”“净”一字音读多有混同之处，故未能得其正解。王国维《古剧脚色考》谓“其意全不可解”；胡忌先生《宋金杂剧考》猜测“郑”，“应为社会上某一种类型人物”；谭正璧先生《话本与古剧》，更由“病郑”二字误猜

《病郑逍遥乐》一剧，谓“不知是否演郑元和病中得李娃救助事”，则离题更远矣。

“净”的另外一个异读为“挣”（tsən）。臧本《黑旋风》一折【端正好】曲：“将我这夹铜斧，绰清泉触白石挂挂的新磨净，放心也，我和那合死的官军并。”“磨净”，当依“脉望馆”抄本回改成“磨挣”。“磨”和“挣”，虽然都是磨斧的动作，但后者用力更为猛促。此处，着一“挣”字，黑旋风的刚强勇猛精神全出。如果误以“磨净”二字为解，则不文甚矣。

只有真正地了解今音，知其所出，才可以确知古音。学古解今，明今通古，这是相辅相成的，不可或缺的两个方面。上面，我们仅以“净”字为例，从今音出发，根据语音变化的规律、考知其在元代的音读为“tsiən”，进而辨识元曲中的有关假借，所得已如是之伙。根据同样的语音变化规律，如果我们能把今读“tc”“td”“c”三母各字，一一改读。那么，必将会发现更多的类似假借现象，以之用于校勘和训话，将会取得更多的成绩。

除了今音以外，在审定元曲音读时，还应考虑到它的过去，起码应该追溯到中古。元代的汉语，刚刚由古代汉语脱胎出来，古音的保留远较现代为多。因此，元曲中一部分假借字的解释，只有从古音中才可以找到根据。

比如，元刊《气英布》三折【滚绣球】曲一：“你便做下那肉面山，也压不了我心头火；造下那酒食海，也充不了我脸上羞。”“充”，今徐沁君先生校本改成“冲”，但《元曲选》却作“洗”。何者为是？一时很难判定。如果我们略知古音，当知“洗”，古有“先”音。《易·系辞》：“圣人以此洗心。”汉石经作“先心”；《尚书·大传》：“西方者何，鲜方也。”《战国策》鲁仲连谓孟尝君曰：“君后宫十妃，皆衣缟丝，食粱肉，岂毛嫱、先施也者？”“先施”，即“西施”。是则“洗”有“先”音，历历可指。根据这些材料，《气英布》之“充”，自当为“先”之形误，“洗”之音假。

再如，根据钱大昕“古无轻唇音”之说，后世之“非敷奉微”各母，在古代皆读“邦滂并明”。元代的共同语，当然已有轻唇、重唇之分，《中原音韵》就反映了这个事实。但是，在《元刊杂剧三十种》中，却有一些例外：

①《单刀会》三折【石榴花】曲：“这的每安非着筵宴不寻常，休想道画堂，别是风光。”“安非”即“安排”。“非”，古读布回切，

音“杯”（pui）。

②《贬夜郎》三折【鲍老儿】曲：“番阳龙眼，杭州杨梅。”“番阳”即“鄱阳”。“番”，古读蒲波切，音“婆”（p‘o）。

③《范张鸡黍》四折【普天乐】曲：“想那顺（黜）降二等殿三年的无情（请）棒，则不如跪精砖捱一会官防。“请棒”即“请俸”，即官吏之俸禄。古读“俸”若“捧”（p‘ong）。

以上各例，说明元代北方的某些方言中，仍有若干轻唇音没有从重唇音分化出来，仍然读如古音，不能不引起我们的注意。因此，不懂得一点古音，不了解元代汉语的过去，元曲中很多音读和假借问题，还是搞不清楚的。

元曲中假借字的辨识和音读的审定，还是一个新的课题。特别是一些出于《中原音韵》以外的方音异读，由于材料琐碎，更难成篇；而且这些材料，又非取自一时一地，很难确指为何处方音。加以语音流变，圆神无方，故一个字是否为假借？应读何音？本字为某？在在都充满困难。本篇所论，纯属引玉性质，所谈各点，实不敢自以为是，唯愿海内学人及元曲同好者有以正之。

1981年10月初稿　1982年8月改定

（原刊《古代戏曲论丛》第1辑，1983年7月，第26~33页）

『标音系』的古书与变文中假借字的解读

一

任二北先生在《敦煌曲初探》一书中，说到唐人写本在文字上之所以“窒碍难通”，在于“俗体之离奇”和“书手之任性”；指出其歧误所归，大要有五：一曰字形繁简，二曰字音通转，三曰字义假借，四曰口授录音，五曰俗字而兼讹体。

“俗体之离奇”，属于文字形体的辨认，唐人写本中俗体极多，有新起的简体，有由古体或行草演化而来的别体，更有合二字为一体者。其间复杂情况，一般读者辨识不易。解决办法，可如先生所说，仿《六朝别字记》《宋元以来俗字谱》诸书之例，专为唐人俗写，编成字汇，以便读者翻检。至于“书手之任性”，在唐人写本中确实也是存在的。正如先生所指：有文字已经改正，“误者并未涂去，遂又形成衍文者”；有明知其误而未加改正者；有纯出于抄写者的粗心而“脱文佚字”者。凡此种种，都是原本之误，自应于校勘时设法加以补正。但是，细读先生所论，有些问题，恐怕不能简单地视之为“书手之任性”，更不能看成是缺点或错误。比如口授录音一条，先生说：“许多错误，并非照本誊录之不忠实，而系歌工或传述者口中之发音直录，遂致离奇。如喜秋天‘暮恨朝愁’作‘每恨朝愁’，菩萨蛮‘书生泪’作‘书生类’，望远行‘阵云销’作‘尽云销’等，皆是。”

“口授录音”，唐人写本中，多有此类现象。不仅唐人写本如此，一切早期的民间作品，如有写本，概莫能外。因为此类作品多在口头流传，本来就无“本”可说。如果要用文字把它们记录下来，变成书面文学，就只能是一些师徒间口耳相传的脚本。这样的脚本，由于多为语音的直录，自然而然就保存有不少的以“每”为“暮”，以“类”为“泪”，以“尽”为“阵”的方音异读现象。这能否算作是民间写本书籍的缺点或错误呢？回答是否定的。因为，通过这类材料的研究，可以考知一个时代的语音变化和文字假借的习惯。“口授录音”，正是此类写本的最突出的优点。

还应看到，不仅早期民间艺人师徒间口耳相传的脚本如此，就是一些晚出的书商的坊刻本民间用书，同样也反映了“口授录音”的痕迹。这里举一个例子，明成化（1465—1487）刊本《白兔记》的开场，引有北宋词人秦观的《满庭芳》词，其用字情况如下：

> 山莫（抹）微云，天连衰草，画角声断樵（谯）楼。站（暂）听（停）真（征）棹，聊共引黎（离）樽。多少蓬莱旧事，空回首，烟霭纷纷。夕阳外，寒鸦数点，落水绕孤村。宵（消）昏（魂），当此济（际），香囊暗结（解），罗带轻纷（分）。慢（谩）令（赢）得秦（青）楼，薄倖明（名）存。此去何时见也，襟袖上，空染啼痕。伤情处，高成（城）望断，灯火以（已）黄昏。

通篇仅九十五字，假借却多至十七。秦观词流传已久，当然是有“本”

可据的，然而写书人却不予理会，仍然按照当日歌场的实际语音去写，以“莫”为“抹”，以“樵”为“谯”，以“站听”为“暂停”，以“宵昏”为“消魂”……。可见，自元代《白兔记》产生以后，到明代成化年间，过了一百多年，在民间流传的依然还是这种“口授录音”式的本子。

这是不是“书手之任性”呢？当然不是。同唐人写本一样，在这里，明代的写书人所坚持的仍然是语音的写真。只有这种与人民语言、特别是语音紧密结合的本子，才可以在民间流通，才能开卷则妇孺皆知，入耳则市井咸晓。可以设想，如果在舞台上，演员所采用的不是这样的俗本，而是经过文人校正的、没有别字的本子。这样的本子，从字形上来说，可能都是正确的，但从音读上来讲，则可能会有不少的出入。由于通语和方言，文读和语读的差异，同样一个字，知识分子的读法和一般人民群众的读法，就很不一致。在这种情况下，知识分子的作品，如果要在民间流通，在音读上就不能不予以必要的“订正”，就像上面所举的《白兔记》的书手们，对秦观词的“订正”一样，改用别字，通过大量同音假借的办法，使之符合或接近人民语音的实际，这是不言而喻的。

自有文字以来，知识分子作家和民间文学大师都在写书，都在使用文字，但用字习惯迥然不同。前者用字重义，后者用字重音；前者多为正体，后者不避俗书；前者纯为作文，后者则在写话。由于用字习惯不同，我们现在也就有了两个不同系统的古书在流传，无以名之，姑且称前者为“表义系”的古书，后者为“标音系”的古书。当然，这两者之间，并不是截然相反的。我们之所以作出这样的区分，只是想强调下面这样一点，即：整理前一类的古书，应该侧重于文字，整理后一类的古书，则应该着眼于语音。

作为知识分子来说，由于传统习惯的影响，我们以往所熟悉的，多是“表义系”的古书，对于“标音系”的民间古书，一般人总是不太习惯的，试看前人所写的有关这类书籍的题跋，多误民间写本中的假借为错字，诋其不通，这不能不说是一种可怕的历史偏见。

我们今天进行整理古代民间系统的古书，必须从这种历史的偏见中解放出来。只有真正认识到“标音系”的古书的特点是语音的写真，才能采取比较科学的态度，从人民语言的角度去研究它，考察它；只有充分地掌握了民间写本中语音变化规律，才有可能正确地辨认和回改其中的假借。清人朱骏声说得很好："不知假借者，不可与读古书；不明古音者，不足以识假借。"（《说文通训定声》序）这个道理，应该更适用于"标音系"古书的校理。

二

整理"标音系"的古书，应该熟悉古代人民语言，应该由语音入手。因为语音不仅是语言的重要内容，而且也是语言存在的形式。可惜的是，这方面保存下来的比较系统的资料实在太少，特别是有关古代方音的资料，保存下来的就更少。以校理唐代变文而论，与此工作直接有关的民间字书，不外《开蒙要训》《字书》《字宝碎金》《俗务要名林》四书而已，其间仅《开蒙要训》一种偶有音注，远远不能满足我们的需要。另外，唐初长安僧人玄应为了解读佛经，著《一切经音义》一书，清代人批评他"说字则以异文为正，俗书为古，泥后世之四声，昧汉人之通借"（庄炘《一切经音义》序）。细读他的反切用字，果和《切韵》等传统韵书有很大的出入。应该说他的"音义"是比较符合当日的语音实际的，自应予以重视。但是，拿他的"音义"和变文中所反映的各种方音异读相较，仍有不小的距离，自不能全面解决变文的音读问题。在这种情况下，欲审定变文之音读，最可靠的第一手资料，还是变文本身。

今日所见各变文写本，虽然没有直接给各字注音，但是变文中所保存的大量的假借，无形中在提示读者某字应读某音。这些假借，有的比较容易看出，有的则比较隐晦。我们不妨先从比较容易的入手，参考古代有关韵书，逐一拟测出它们的音读，然后，根据这些已知的音读资料，顺着同音字的线索，进一步解读那些比较隐晦的假借。如此不断地反复，不断地积累，如能持之以恒，我们对于变文的音读问题，自会有一个较为系统、全面的认识。

在音读问题没有彻底解决以前，我们对变文中假借字的辨认和解读，不妨采用以下几个方法：

一曰"玩索词义"。

假借之用，纯在于音。因此，变文中所出现的一些文理上似通非通，不能从字面上得到义解的地方，往往有假借字的存在。这就需要联系上下文义，就其不可通释之字、词，根据古音，改读声同声近各字，往往能得其本字。如《佛说阿弥陀经讲经文》："男抛铜柱为邪淫，女卧铁床为逃走"（《敦煌变文集》P：468。以下引文均出此书，只标页码）。首句"抛铜柱"，与次句"卧铁床"为对文，则"抛"自当改读为"抱"。此为并、滂二母可通之例。变文中类此之例很多，比较容易辨别。如能细心索究，当可由此取得不少音读资料，以供解读全书之用。

二曰"比勘异文"。

1957年出版的王重民等先生汇校本《敦煌变文集》，是根据一百八十七个变文的写本编定的。此书共收变文七十八种，其中三十一种都有两个或两个以上的本子，重要的异文都由编者写入了校记，为变文的比勘研究提供了不少的便利。我在阅读变文的过程中，凡遇疑难之处，必先详读该书校记。很多假借的解决，都是从这本书所提供的异文的比勘中得到启发的。比如"瞽叟"，在现存的两个《舜子变》的写本中，甲卷通篇假借，写作"苦瘦"或"苦嗽"；乙卷则全用本字，写作"瞽叟"。由此可以判定，"瞽"字在唐代，可以读作"苦"。又，《宴子赋》，原卷中有这样两句："健儿论功，儜儿论苦"（P：245）；乙卷却写作："健儿论金（今），儜（造字）儿论说古"（P：247）。这里，"古"为本字，"苦"为假借；"古"字说明意义，"苦"字表明音读。以上二例，说明中古时期，见、溪两母互相改读的情况，可能反映了当时的共同语和方言之间的差异。

根据上面的结论，变文中的类似疑难问题，可以得到比较合理的解释。如《无常经讲经文》："树提伽，石崇富，世代传名至今古。思量富贵暂时间，限来也〔被无常取〕”（P：658）。“树提伽”，梵语“苦种子”。“至今古”，如依字面解释作“到今天已经变为供人们谈笑的古话”，虽也可通，但和上下句文义联系起来，总感到有些不够顺畅。如果按照上述二例音变情况，改读本字作“至今苦”，那么，前面几句就可以解读作“石崇富，是苦种，世代传名至今苦”，不需任何附加性的说明，自然文通而理顺。

三曰“类聚语例”。

历代民间写书，多为孤本，根本没有异文可供比勘。这样，一些文字上的问题，究竟是否为假借，一时很难判定。但是，语言作为一种社会交际的工具来说，任何时代总是一个整体，因此，同一个时代的民间文学作品在词汇、语音、语法、文字，甚至修辞手法各方面，亦必有其相同相近之处。如果我们能广泛收集一个时代的语例，按照问题的性质，以类相从，分析研究，从中找出一些典型的例证，探求出一些规律性的条例，然后援例校书，必将举一反三，触类旁通，在很大程度上突破孤本的局限，取得更大的成绩。

同样，变文中一些比较隐晦的假借字的解读，也只有通过这种语例的类聚，进行语音上的比较，才能悟其本字，求得正确的义解。为了说明问题，请看下面一组语例：

例一，《伍子胥变文》：“子胥行至颍水旁，屈节斜身即便往。”（P：4）

例二，《伍子胥变文》：“子胥屈节看文，乃见外甥不趁，遂即奔走，星夜不停。”（P：9）

例三，《伍子胥变文》；“君子从何至此间，面带愁容有饥色。落草獐狂似怯人，屈节攒刑（形）而乞食。”（P：9）

以上三例，皆有“屈节”一词，句式相似，可见并非错字；但是，这里又不能就字面作解，故可判定其为假借。这是第一步。其次，寻求本字。先就“节”的同音诸字解读，如接、姐、借、藉……之类，皆不可通；试再改读“节”的声符“即”，仍不可通；最后，我们沿着“即”的同音诸字解读，始得其本字为“脊”。“屈脊斜身”，是说伍子胥在亡命途中，弯腰侧身，急急而走，又不时转向后看，四个字生动地表现出他瞻前顾后的疑虑心情；“屈脊看文”，因为伍子胥原先画土为卦，只有弯着身子才能看清卦文所显示的吉凶之兆；至于“屈脊攒形”，则是其妻眼中所看到的可怜情景：不仅弯腰，而且屈腿，尽量地缩小形体，唯恐被人发现。由于找到了本字，上面三例中窒碍难通之处，均涣然冰释，可通可解。

“节”，改读为“即”，本字为“脊”，在《伍子胥变文》中，完全可通，已如上述。但是，这个结论，是否可以成为通例？是否在其他写卷中也可讲通？还应该把变文中其他有关语例，排比起来，加以验证：

例四，《李陵变文》：“身虽屈节凶（匈）奴下，中心不望（忘）汉家城。”（P：95）

例五，《降魔变文》：“……和尚力尽势穷，事事皆弱，总须低心屈节，摧伏归他。”（P：388）

以上二例中的“屈节”，孤立起来看，很容易使人产生误解，因为它们在文义上完全可通。但是，只要我们细心体会全文，即可发现其不妥。李陵兵败投降，在我们今天看来，自然是一种有失民族气节的行为，自应予以谴责。但是，从司马迁的《史记》到《李陵变文》，对此不仅没有批判，反而处处为之解脱，给予同情（这是古人的局限，可另当别论）。所以，无论如何《李陵变文》中的“屈节”是不能就字面作解的。至于《降魔变文》的劳度叉，斗法失败，归降于舍利弗，按佛教徒的解释，那是由外道走向正道，是向真理低头，当然更不能算作是什么丧失气节的行为。由此可见，例四和例五的“屈节”，和《伍子胥变文》中的三个例子一样，仍应回改为“屈脊”。

“即”，可假借为“节”，已如上述。同样，“节”，反过来可假借为“即”。变文中也有这样的语例。

例六，《王昭君变文》：“管弦马上横弹，即会途间常奏（凑）。侍从寂寞，如同丧孝之家；遣妾攒蛾，仗（正）似败兵之将。”（P：99）

这里的“即会”，按照文义，自应是“节会”之假。蒋礼鸿先生在《敦煌变文字义通释》中考出：“节会”为唐人常语，指音乐的段落和节奏。的为确诂。“遣妾”，是说昭君。她在去国的路上，满怀幽怨，不能自已；欲借管弦自遣，反而更加忧伤。在这种情况下，所弹自不能合拍，故云弦管“横弹”，节会“常凑”。

如果我们细心爬梳，在变文中还可以发现一些情况比较复杂的变例。

例七，《韩擒虎话本》：“……陈王闻语，念见郎（即）大功训（勋），处分左右，放起头梢。”（P：202）

例八，《韩擒虎话本》：“衾（擒虎）一见，破颜微笑，或（回）遇（语）诸将：蛮奴是即大名将，乍舒（输）心生不分（忿），从城排一大阵，识也不识？”（P：202）

例七和例八的“即大”，按照一般音假之例，自可回改为“继代”。“继代功勋”，“继代名将”，都可讲通。但翻检《南史》任忠本传，知他小字蛮奴，少孤微，不为乡里所齿。可见不是簪缨世家出身，“继代”之说，恐难成立。本传又说他多计略，善骑射，梁陈两代，多立战功。陈后主时，官至领军将军，不失为一代名将。根据这些材料，拟改“即大”为“绝代”似较符合实际情况。惟“绝”字属从母，此处与“即”相假，当为变例。

以上，通过“节”“即”互假诸例的类比，由音读入手，寻其本字，无论正变，似皆可通，所拟回改各字，亦当与原本文意，不至有过大的出入。

四曰“别取旁证”。

前面所说的几种假借字的解读办法，都是从现在所见全部变文中寻求内证，予以回改的。但是，有些假借在变文中仅仅出现一次，或者虽然几次出现而其意难明者，自不能不求之于外，从变文以外的材料中别取旁证，以期解决问题。近几年来，由于教学工作的需要，我曾接触过一点元曲，为了解读其中的假借各字，曾上溯唐代变文以考其所出，下及明清小说以观其所变，每有所得，随手笺记。今因论及变文假借，略举数条，以见其意。

例一，《韩擒虎话本》：“……第二拜杨素东凉留守，第三赐贺若弼锦彩罗绫，金银器物”（P：204）。

这里，“东凉留守”一词，自会引起我们的疑问。首先，“东凉”这个地名，不见于史传；其次，“留守”这样的职官，或于天子出巡时临时设于京都，或常设于陪都。隋代继北周立都长安，称为“西京”，并承汉制以洛阳为“东京”。所以，上文中“东凉”一词，实应改作“东京”。

但是，“东京”写作“东凉”，从语音上说，也不能算错。“凉”“京”互假，代有明文。《旧五代史·唐书·朱守殷传》，叙天成二年，明宗自洛阳东巡，宣武节度使（驻开封）朱守殷内不自安，以为将有云梦之变，乃“驱市人闭壁以叛。明宗途次京水，闻之，亲统禁军，倍程直抵其垒”。今标点本校注：“影库本粘签：京水，原本作凉水，今从《通鉴》改正”。可见，《永乐大典》所据以录存的原本《旧五代史》，“京水”，就写作“凉水”。我很怀疑这个本子可能出自宋金时期的一个民间手抄本，因为它的用字习惯与一般民间写本相近，假借特多，甚至人名、地名、职官名等，也多假借，这在一般正史中，实在是一个少有的特殊现象。此外，元刊《太平乐府》所收朱庭玉仙吕点绛唇《中秋》套：“可爱中秋，雨余天净西风透。晚云归洞，京露沾衣重”。“京露”，自当为“凉露”之假。还有，元刊杂剧《西蜀梦》四折二煞曲：“痛哭悲京，少添僝僽，拜辞了龙颜，苦度春秋”。这里的“悲京”，同样也是“悲凉”之假。以上所举三例，都有力地说明《韩擒虎话本》中的“东凉”，确为“东京”之假，不得视之为误字。

例二，《李陵苏武执别词》：“……遂乃再趁李陵，拘马摇鞭，各自题诗一首。”（P：849）

“拘马摇鞭”，拟回改为“驱马摇鞭”，以下各书，可为佐证。《史记·范睢蔡泽列传》：“先生曷鼻巨肩”。徐广曰：“巨，一作渠”。元刊《西蜀梦》四折滚绣球曲一：“俺哥哥丹凤之具，兄弟虎豹头”。我所见到的几个校本，可能都受了明刊《三国演义》中关羽形象的影响，或改为“丹凤之眼”或改为“丹凤之目”，均失。惟王季思先生云：“疑当作‘丹凤之躯’。”正得其本字。又，明脉望馆抄本杂剧《破窑记》二折端正好曲：“夫妻取今生，缘分关前世”。“取”当为“聚”字之假。还有，臧本杂剧《罗李郎》一折一半儿曲：“你这般借钱取债结交游，做大妆幺不害羞”。此处之“借钱取债”，亦当为元人常语“借钱举债”之假。凡此种种，皆可证明“拘”“驱”二音之假，是可以成立的。

例三，《维摩诘经讲经文》：“且如人将投大海，愿泛洪波，不挥停而难已（以）行舟，不举掉（棹）而如何进步。”（P：515）

观下文之“举棹”，则上句之“挥停”自当为“挥碇”之假，但变文中仅此一见，为审慎计，亦当另取旁证。元刊杂剧《单刀会》三折粉蝶儿曲：“天下荒荒，却周秦早属了刘项，庭君臣遥指咸阳”。楚汉相争，刘邦和项羽在怀王面前相约，先入定关中者王之，事见《史记》和《汉书》，故末句实当回改为“定君臣遥指咸阳”。明人赵美琦不明假借之音理，误改为“分君臣”；今校本或改作“楚君臣”，或改作“建君臣”，其误均同。另外，明成化本词话《包龙图断歪乌盆传》：“长街短巷高声叫，处处街头叫得频；人人尽道庭风汉，这般必是失心人”。这里的“庭”，同样也是“定”字之假。黄侃先生《反切解释上篇》云：“凡定母，皆浊声，古音特定切，音亭”。此说，可以论定“停”“碇”诸字彼此互假之音理。

例四，《伍子胥变文》：“驾紫极（气）以定天阙，撼黄龙而来负翼。”（P：1）

例五，《捉季布传文》：“周氏夫妇餐馔次，须臾敢得动精神。罢饭停餐惊耳热，捻助（筋）横匙怪眼瞤。”（P：55）

例六，《王昭君变文》：“昨咸来表知其向，今叹明妃奄逝殂。”（P：106）

以上“撼”“敢”“咸”（此处当读荷暗切）三字，都是“感”的假借。《史记·吴太伯世家》叙季扎观乐，“见舞象箾、南籥者，曰：美哉，犹有感”。《索隐》曰：“感，读如憾，字省耳，胡暗反”。此为变文以前古书中同类音假之例。又，元刊《太平乐府》张小山小令《乐闲》水仙子曲：“李翰林身何在，许将军血未瀚，播高风千古严滩”。“血未瀚”，任二北先生校云：明活字本及何梦华校本均作“血未干”。还有，明刊《雍熙乐府》卷五无名民仙吕点绛唇《常言俗语》套：“要暖脚头妻，要饱家常话。

顺时说好话，敢直惹人嫌”。“敢直”，就是“憨直”。直到现代，山东聊城方言仍呼乡里人为“老赶”，而河北石家庄一带则称之为“老憨”，都是这种语音现象的遗留。

上述诸例，皆由变文以外的材料中别取旁证，进行回改的。可能有的同志会提出这样的疑问：用后起的语音资料来说明变文中的假借，是否可靠？主要是音读的可靠程度如何？这个问题，需要做进一步的分析。据我个人粗浅的体会，一个时代的口头文学，它所包含的音读内容，不外乎共同语和方言两个部分。不同时期的共同语，虽然各有其特定的音读内容，但语言的发展又是有继承性的。因此，各个时代的共同语，在语音上亦必有其相同或近似之处。至于方言，则多为古音的遗留，直至现代，各地方言中仍保存有不少的古音，就是最好的证明。因此，方言较之共同语，在语音上的相同相似之处应该更多。而且，愈是属于同一语音系统的方言，在语音上更表现了惊人的近似。基于这种情况，历代民间写书中的一些假借的解读，也就可以互为佐证，互相说明了。我在这篇短文里，之所以用后起的有关资料，来说明变文中的假借，一方面固然是由于变文本身的限制，不取旁证不足以证明所改不误；另一方面，更主要的，则想通过这些材料的罗列，说明“标音系”古书，由于用字重音，在语音上实多有相同相近之处。只要我们细心钩稽，不事胶柱，既严其畛域，又观其会通，那么，我们在校理这一部分文化遗产时，必将取得更多的自由，获得更好的成绩。

总之，假借字的辨认和解读，不外玩索词义、比勘异文、类聚语例、别取旁证四法而已。四法虽然有别，但宜综合为用。法虽有四，理则归一。归于何处？概以辨证语音为准。

三

根据“标音系”古书用字重音的特点，本篇在论及变文中假借字的解读时，处处强调语音的辨证，这当然是很重要的。但是，语音总是和一定的语义相联系的。特别像变文这一类的文学作品，所反映的历史生活内容非常复杂，加上时代的变迁，名物的变革，往往很多一般人民当时习闻常见的事物，以及风俗习惯、方言俗语等等，现在由于资料的缺乏，苟非博学闳通之士，已不能一一了然于胸矣。如果不熟读书史，不谙知掌故，不精于考证，仅仅依靠语音本身，变文中的很多假借问题还是不能得到理想地解决的，甚至根本无法判定其为假借。

比如“生杖”一词，初见于《汉将王陵变》，又见于《降魔变文》，虽由上下文义，得知其为一种拘捕犯人的刑具，但究竟是何物，终未得其详。为此，我曾翻检群书，于《全唐诗》八百六十九卷中偶得一条，似与“生杖”有关，今转述如下：

> 刘行敏为长安令，有崔生饮酒犯夜，被武侯执缚。五更初，行敏向朝，逢之解缚，作诗嘲之曰：“崔生犯夜行，武侯正严更。幞头拳下落，高髻掌中擎。杖迹胸前出，绳文腕后生。愁人不惜夜，随意晚参横。”

此处，“杖迹”“绳文”二语，合起来看，似为“生杖”一词作了很好的注脚。如果此说能够成立，则“生杖”当为“绳杖”之假。另外，《五灯会元》卷十五又有“绳棒”一词：“雪峰见这僧与么道，便下座拦胸把住，曰：速道，速道！僧无对。……峰曰：侍者，将绳棒来。”据此，“绳杖”似又名“绳棒”。

再如《茶酒论》中有云：“君不见生生鸟，为酒丧其身”（P：268）。乙卷作“性性鸟”。虽知“生生鸟”为梵语耆婆迦之译语，“性性”为“生生”之假，但“为酒丧其身”的故事还未能考出。《佛本行集经》卷五十九虽有生生鸟殒命丧身的故事，但那是因为吃了毒花，并非饮酒，可见当别为一事。

类似问题还有不少，都有待于今后继续探索。此文将结，志此自勉。

1982年7月于兰州大学

元曲的曲谱和读曲

——从《太和正音谱》到《南北词简谱》

从文学史上追溯，古诗原本都是可以入乐的。诗歌和音乐，经常有着非常密切的关系，诗歌形式的递变，总是随着音乐的发展而变化的。从《诗经》时代的国风古歌，变为汉魏乐府，再变为唐代的律体，又变为两宋时期的词，以至金元以来的南北曲；从整齐划一的四言、五言、七言，变为参差不齐的长短句；从简单的只曲的反复，变为复杂的套曲的组合。所有这些变化，基本上都是音乐发展、变化的结果。

音乐给诗歌以形式。不同的乐曲，有着不同的乐律。诗人写作，必须符合乐律的要求，才能入乐，才可付之歌喉，这是很自然的事情。诗、词、曲，各有其律。一般说来，这种学问的兴起，总是比较晚的。这是因为某种诗歌形式的盛行时期，即它还能入乐歌唱的时期，它所用的乐曲为人们所熟悉，能之者多，善之者众，或写诗以入乐，或因乐以定章，出口自合规律，自然没有特为研究的必要。只有到了这种乐曲行将衰亡，或者已经衰亡的时候，后来的诗人为了这种诗体写作的需要，才有专门家出来，从前人作品中，把其中潜在的规律归纳为条例，形成所谓的格律。而且愈到后来，愈益缜密。

比如，律诗盛行于唐代，唐人却少言诗法，此类议论，最早散见于宋代诗话。词盛行于宋代，宋人也很少言词法。南宋末年虽有张炎《词源》、陆辅之《词旨》之作，但其主要部分却非讲词之作法，直到清初万树的《词律》、王奕清等的《钦定词谱》的出现，词法的研究，才趋于完善。同样，曲盛行于元代，元人也很少言曲法，曲律之学的兴起，那是元代后期、元曲开始没落时期的产物。

元曲曲律的研究，始于周德清《中原音韵》所附之“作词十法”。十法中，前九项为“知韵”“造语”“用事”“用字”“入声作平声”“阴阳”“务头”“对偶”和“末句”，讲作曲应该注意各事，比较琐细，不够系统。而且有些问题并不属于曲的范围，姑可置而不论。只有最后一项“定格”，所说皆为曲律。这里，周德清采用了律的方法，即每一曲牌，选一首名家的作品为标准，共选小令四十首（内合带过曲三），套曲一首，除复见者外，实有曲牌四十四个。“定格”，就是作者心目中的正格，即以所选作品为式，表示曲律之所在，如平仄、对偶、正衬、韵律、句度等等。周德清精于音律，所作散曲亦多出色当行。他所列举的“定格”，皆声文并美之作；所说的作曲要旨，亦多前人未发之论，宜为曲家所重视。可惜的是，未能将全部元曲曲牌一一细勘，找出规律，自然不能满足后世作者的需要，所以入明以后，又有各种新谱的产生。

明代初年，朱元璋的儿子朱权于洪武三十一年（1398 年），重新编定北曲新谱，曰《太和正音谱》，按照元曲十二个宫调（黄钟、正宫、大石调、小石调、仙吕宫、中吕宫、南吕宫、双调、越调、商调、商角调、般涉调）的分类，录元曲曲牌三百三十五支。每支曲牌同样以元明杂剧或散曲一首为例，作为正格，标明正衬和平仄，以为填制北曲的规范。这是我们现在所知道的、最古老的、比较系统的北曲曲谱。

《太和正音谱》由于早出，椎轮大辂，容有考镜不周之处，所列作家姓氏由于名号的不同，亦有误分一人为二人或三人。比如维吾尔曲家薛超吾，汉姓为马，字昂夫或九皋。朱权不知，评曰“薛昂夫之词如雪窗翠竹”；又曰“马昂夫之词如秋兰独茂”；又曰“马九皋之词如松阴鸣鹤”。显误一人为三人。同样，徐子方与徐容斋，刘时中与刘逋斋，曾褐夫与曾瑞卿，王爱山与王敬甫，本来都是一人，曲谱中均误为两人。凡此等等，皆可见其疏陋。在曲牌考定方面，亦多有体认失真之处。如【双调·捣练子】，本出词调，其式为“三三、七、三三”，首句可不韵。朱权所取用者为杨景贤小令：“岚光湿布袍，竹杖挂椰瓢，行过小溪桥，谁家青旆摇。”详其体式，显为【南吕·生查子】之误题。又【黄钟·文如锦】出于诸宫调，首见于《董西厢》。朱权于谱中以王和卿散套为式，于本调后尚有“我待甘心守，秀士捱盐，忍饥受寒无厌。娘爱他三五文业钱，把女送入万丈坑堑”，以及“想才郎于俺话儿甜，意悬悬一心常欠。这厮影儿般不离左右，罪人也似镇常拘钳”诸语。按其句法，则为【愿成双】两曲之误连。再如【双调·神曲缠】，共有四选，既已取曾瑞卿散套中之四曲，不知何故，又复割裂杜善夫散套中同调之首曲，别题曰【金娥神曲】，则更有乖于律。在曲格分析上，尽管每调都分别了句读，标明了正衬，但这个工作也多失之草率，或以正为衬，或当衬反正，或一句误为两句，或两句合为一句，以至句法参差，体格凌乱，实不足以为式。除了上面这些明显的缺点以外，《太和正音谱》的致命弱点，在于除了正格以外，不知还有变格。我们知道元曲中，特别是元人杂剧中，同一曲牌的作品，往往在句度长短方面有不少的出入，这就是曲牌的活用和创新。这样，就有了形形色色的变格。正是由于这些变格的存在，才使元曲的曲牌，于相对稳定之中，又极尽长短变化之能事，从而大大丰富了元曲的表现力，给曲家以广阔的奔驰天地。朱权于此视而不见，定于一尊，每支曲牌，仅以一首作品为例，尊之为“正格”。这样，原先变化多姿的曲牌，变为死板的程序，即使他所标举的都是合乎标准的正格，也只能徒存其形式而失去其精神。显然，根据这样的认识去指导写作，自然只有因袭而无创造，当然也就不会产生什么真正了不起的艺术。唯自此以后，明代续出的各种元曲曲谱，若程明善之《北曲谱》，张孟奇之《北雅》，范文若之《博山堂北曲谱》等，皆辗转抄袭，无所创造直到清代初年，戏曲家李玉的《北词广正谱》出，才使元曲的曲律研究走上一个新的阶段。

李玉的突出贡献，在于从他开始，肯定了曲牌的正变之分，他的《北词广正谱》一书取材极为广泛，每只曲牌首列字句最简之体，以为正格；次取出于正格以外的元明诸家之作，一一列出，以为变格。总计全书所录曲牌凡四百四十一支，加上各调的变格，多达1300余体，在数量上远远超过了《太和正音谱》。另外，在曲牌的考定、句式的辨析等方面，也纠正了朱权的许多错误。再加上联套谱式的补充，使元曲曲律的研究，更为谨严合律。稍后，乾隆七年，周祥钰等编纂的《九宫大成南北词宫谱》更在此基础上继续前进，收调愈多，分体愈细，正变各格更多至2200体以上，洋洋洒洒，可谓大观。

《北词广正谱》等书的出现，反映了清代前期曲律研究的新成就。它比较系统地保存了元曲的牌调数据，反映了元曲家在曲调活用方面的创造精神。而且，在曲律上，清人确实进行了一番认真地整理工作，因而能取明人旧谱而代之。它们的共同缺点在于：虽知曲牌当有正变之分，但却未能很好地说明正变之关系，指出曲律之所在；由于现象罗列，两本曲谱同样都有臃肿堆砌的毛病。其间，尤以《九宫大成南北词宫谱》为甚，几乎每调都有变体，体之与调，约为四与一之比。如【黄钟·古寨儿令】【南吕·一枝花】【越调·雪里梅】【双调·搅筝琶】，都多至11体。最多者如【双调·新水令】，竟有18体之多。这样多的变体罗列在一起，使人眼花缭乱，莫知所从。实际上，曲牌变体的产生，不外字数之多寡、句度之长短、衬字之增用，但变化之中，总有不变者在。如果能根据各调潜在的不变的规律，细为比勘，进行归纳整理，恐怕就不会有这样多的变体了。平心而论，清人曲谱，曲律数据积累虽多，而少会通变化之功，在科学性上，仍有不够周密之处。虽则如此，他们的工作，毕竟为后来者的深入研究、为新的更好的曲谱的产生打下了坚实的基础，这就是近代曲家大师吴梅先生的《南北词简谱》之作。

《南北词简谱》，据书首《自序》所记，始于庚申（1920年），迄于辛未（1931年），历时十年之久。这是吴梅先生最后的一部曲学著作，也是他生平最满意的一部著作。1939年去世前夕，他在与卢前信中说："往坊间所出版诸书，听其自生自灭者可也。惟《南北谱》为治曲者必需，此则必待付刻者。”其矜重此书之情，可想见矣。先生所说的“听其自生自灭”诸书，如《曲学通论》《顾曲麈谈》等，皆为度曲、作曲而设。另外还有不少古代戏曲作品的题跋（后由任二北辑为《霜厓曲跋》），其内容亦多着眼于曲文是否合律。先生生平编校各书，如《古今名剧选》《曲选》，以及他自己所作的散曲、杂剧、传奇等，处处都体现了对曲律的严谨的追求。可以看出，他是以毕生的心血致力于古代曲律的研究的，而《南北词简谱》一书，正是其一生研究曲律的最后总结性的著作，代表他这一方面的最高成就。

书名《简谱》，义在去粗取精，删繁就简。即以简练明确的方式，从错综变化的戏曲声律现象中，为读者立定准则，指明途径。为了以简取繁，在宫调的分合上，采取元人传统的十二宫调的分法，《北词广正谱》所增之【道宫】【高平调】，虽出于诸宫调，但曲调过少，元人亦不常用，故予削去。至于《九宫大成南北词宫谱》所增之【平调】，析自【黄钟】；【高大石调】，析自【大石调】，纯为当日词臣自我作古，当然更在删除之列。在曲牌的取舍上，基本上参照《太和正音谱》，一以常用习见者为准。全书共收曲牌三百三十二支，虽不及清人旧谱之富，但已足够读者研习北曲之用。在正格和变格的处理上，摒弃了旧谱中杂然罗列、不见头绪的作法，主要突出正格，把每一曲调的基本格式告诉给读者，谱式勘定之功，远迈前人。然后由正及变，把旧谱中所列举的千余变格，结合金元以来名家之作，重新整理，分析归纳，找出规律，写成简明的按语，系于本调正格之后。由于着眼于变化规律的整理，旧谱凝滞，悉为扫除，以之读曲，句读字格，咸有程序可寻。《南北词简谱》实集传统曲学之大成，是自有曲谱以来最为精湛的著作，宜为治曲者所重视。

可惜的是，这样一部重要曲学著作，除 1939 年白沙吴先生遗书编印处曾有少量石印本外，始终没有再版的机会，显然受到一种不应有的冷遇（补记：《南北词简谱卷》，收入王卫民主编《吴梅全集》[石家庄：河北教育出版社，2002 年]，为标点排印本）。这实际上反映了学术界的一种偏见，似乎曲律之学，偏于形式，可有可无。有人慨叹吴先生把毕生精力“虚耗在无用的作曲，度曲上”，有的人走得更远，抓住吴先生旧著中的片言只语，以偏概全，斥曲律之学为“欺人之谈”。我们并不否认，吴梅先生在曲律方面曾讲过一些过头的话，但评论前人，岂有因一言之失而诬及全身之理！形式和形式主义，本来是两个不同的概念，但人们往往把它混为一谈。传统的曲律之学，由于讲宫调、讲曲牌、讲句式、讲句法，所谈皆为形式，自然更容易被人斥为形式主义，而加以非议。这种偏见，在理论上是站不住脚的，在实践上也是极其有害的。从文学史上看，曲律之学的兴起，对明清戏曲创作，戏曲流派的形成，乃至戏曲的发展，都曾起过不可忽视的作用。不讲曲律，哪里会产生《牡丹亭》《桃花扇》那样的巨著？也许根本不可能产生昆曲这样的形式。我们今天要整理研究这份遗产，曲律的研究，仍是不可或缺的一个方面。曲律，绝不是某几个曲学家空想的产物。它的基本规律，来自古代的戏曲实践，是曲学家根据前人实践的结果整理归纳而出的。治曲不知曲律，岂非痴人说梦；读曲不明曲谱，无异盲人夜行。对于一般读者来说，固然不需要人人都去钻研曲律，但是有关曲律的一般知识，总是应该略知一二的。起码，像《南北词简谱》一类的工具书，是应该放在案头，不时检阅的。新中国成立前，上海一些书店出版戏曲读物胡标乱点，取笑于士林，见斥于大雅，被人讥为“曲盲”，盖在不明曲律之蔽。这本来是不足为训的，遗憾的是，类似的错误，在新中国成立以后的出版物上仍时有发生。由于句式不明，标点失误，自然难免误解曲意。特别是有些错误，出现在历来传诵的名篇中，年复一年，日复一日，以误传误，更应引起我们的重视。

比如，马致远的小令【天净沙】《秋思》，周德清誉为“秋思之祖”，王国维推为“元曲令曲之表率”。由于它是久有定评的名篇，因而也是各种选本的必选之作，报刊上也时有赏析一类的文章在发表。原作本来明白如话，无烦说解，可是由于不明句式，诸家所说，多有未当之处。为了说明问题，先引原作如下：

枯藤老树昏鸦，小桥流水人家，古道西风瘦马。夕阳西下，断肠人在天涯。

本调句式为“六六六、四六”，五句皆韵（第四句元人偶有不韵者，当为变格）。“枯藤”三语为一组，写萧索的秋景，点明环境。“夕阳”句虽然还是写景，但更具体地写出时间。以上四句，其用全在蓄势，文章至此，一片肃杀凄楚之气，达到饱和的极点，达到使读者感到窒息的、不能忍受的程度。正因为有了前面四句的铺垫和渲染，才引起末句“断肠人在天涯”，这种感情的突然迸发。

不难看出，本调的特点，首尾皆两字一顿，即两个字一个音节，从而构成【天净沙】节拍上的和谐与统一。尽管元曲早已不能歌唱，但这种音乐性的美感，仍然可以从它的句式、节奏和韵律中体现出来。现在的一些选本忽视了这点，多以末句六字折腰，中间一顿，读作“断肠人，在天涯”。有些选注者还为“断肠人”一语加上小注，或云“指漂泊天涯，极度伤心的人”；或云“非常伤心的人”。这样的说解，显然是不够妥当的。

“断肠人，在天涯”，这样的读法之所以是错误的，因为它违反了曲律，破坏了原调的节奏。这样的读法，语调迂缓低沉，所表现的只能是一种无可奈何的哀欺，是弱者的声音。而且，它仅仅局限于漂泊在外的旅人身上，内容也显得很单薄，显然不符合作者的原意。如果，我们按照本调句式，把末句读作“断肠、人在、天涯”，则与全调节奏和谐一致，在语调上也就变得高亢激越。在情绪上，虽然也是哀怨，但是由于语调的高昂，哀怨之中实含有抗争的成分。从内容上讲，它没有停止在某一个具体的旅人身上，主要的还在于抒发作者自己久被压抑的情绪，因而富有强烈的马致远的主观色彩。

《秋思》末句读作“断肠、人在、天涯”，是不是故作危言、耸人听闻呢？这样的读法，是否符合元人散曲写作的实际？我们不妨再引几首元代名家的同调作品，以见其意：

（1）孤灯落日残霞，轻烟老树寒鸦，一点飞鸿影下。青山绿水，白草黄叶红花。（白朴《秋思》）

（2）莺莺燕燕春春，花花柳柳真真，事事风风韵韵。娇娇嫩嫩，停停当当人人。（乔吉《即事》）

（3）吟诗人老天涯，闭门春在谁家？破帽深衣瘦马。晚来堪画，小桥风雪梅花。（张可久《晚步》）

（4）江亭远树残霞，淡烟芳草平沙，绿杨阴中系马。夕阳西下，水村山郭人家。（吴西逸《闲题》）

以上诸家之作，依然是通首两字一顿，末句都不可六字断腰，作“三、三”读。这就是曲律之所在，是任何大家都不能违反的规律。上面所举，都是一字不增的正格。根据正格，我们再看一首略有变化的【天净沙】：

莫不是步摇得宝髻玲珑？莫不是裙拖得环珮叮咚？莫不是铁马儿檐前骤风？莫不是金钩双控？吉丁当敲响帘栊。（《西厢记》二本四折）

当中用小字排者，都是衬字。由于衬字的使用，文情曲意，显得更为摇曳多姿。但是，不管怎样变化，【天净沙】两字一顿的基本格式，仍是不可随意改变的。

同样，由于不明句式，在元曲语词解话方面，有关著作中也多有类似误例。比如，《西厢记》四本三折【五煞】曲：

到京师服水土，趁程途节饮食，顺时自保揣身体。荒村雨露宜眠早，野店风霜要起迟。鞍马秋风里，最要调护，最要扶持。

曲文中“顺时自保揣身体”一句，依律，当为上四下三之七字句，意为“顺应时令节气的变化，保重自己单薄的身体”。“揣”，即“囊揣”，瘦弱单薄的样子。朱东润先生于《历代文学作品选》中（下编第一册），误以“保揣”为词，释为“保重”“量度”。我们知道，词曲中的五七言句，多由诗中律句变化而来，故其句式句法亦多有相同之处。以七言而论，不为上四下三，就是上三下四。句式不同，句中词汇的组合方式也就随之发生变化。由于句式不明，“保揣”一词显属生造，以至全句支离破碎，散乱为“顺时、自、保揣、身体”。这样的句子，读之不能上口，自然更难得其确解。

再如，元曲中常见之“大小”一词，本是一个偏义词，其义为大为小，全由上下文语法结构而定。此点，前人早已论定，无须多说。而顾学颉先生在《元曲释词》中却补充了一个义项，云“大小”可“引申作情况讲”，并引《董西厢》卷二【大石调 · 玉翼蝉】“嚼碎狼牙，睁察大小”二语为证。诚如顾先生所说：“此义不多见。”不能不引起我们的惊异。我查了一下原文，原系出于标点之误，“大小”下“众”字应属上读。兹引原曲如下：

贼头领，闻此语，佛也应烦恼。嚼碎狼牙，睁察大小众，孩儿曹听我教着。

此为【玉翼蝉】曲四迭中之首阕，句式为“三三五,四五六”，六句二韵。“大小众”，即“大众”。“睁察大小众”，是说睁圆眼睛，察看大众，无论怎么讲，都不可引申作“情况”解的。

“众”字究竟应该属上？还是属下？《董西厢》本书即有内证，现取书中【玉翼蝉】诸曲之首阕，排比于下，以见其律。

（1）前时听，和尚说，空把愁眉敛。道相国夫人，从来性气刚，深有治家风范。（卷一）

（2）衡军阵，鞭骏马，一径地西南上迓。更不寻思，手下众僧行，身边又无衣甲。（卷二）

（3）多娇女，映月来，结束得极如法。着一套衣服，偏宜恁潇洒，乌云鬅玉簪斜插。（卷五）

（4）夫人道，张解元，美酒斟来满。道不幸当时，群贼围普救，合家莫能逃难。（卷六）

（5）蟾宫客，赴帝阙，相送临郊野。恰俺与莺莺，鸳帏暂相守，被功名使人离缺。（卷六）

（6）才读罢，仰面哭，泪把青衫污。料那人争知我，如今病未愈，只道把他孤（辜）负。（卷七）

（7）把窗间纸，微润开，君瑞偷眼觑。半夜三更，不知是甚人，特来到于此处。（卷八）

以上各曲中，如“从来性气刚”诸语，皆为五字句，无一例外。由此更可判定“睁察大小众”的读法是合乎曲律的。

散曲本是韵文，韵文自然要叶韵，要讲究韵律，这本来是一个常识问题，是不须特为指出的。但是，有的同志竟然在这里出了问题。比如，吴则虞同志在《试谈诸宫调的几个问题》(《文学遗产增刊》第五辑）一文中，认为讲唱文学的表演多由两人分任，一人司唱，一人司说，因而推想到诸宫调演唱，“恐怕也是这样”。他从万历活字本《太平乐府》中找到一条证据，就是元代曲家杨立斋，为诸宫调艺人杨玉娥所写的散套《哨遍》中之【一煞】曲，引文及标点是这样的：“俺学唱，咱学说，咱谁敢和前辈争高下，赵真真先占了头名榜，杨玉娥权充个第二家。”这样，他发现了，有两个演员在活动，一个是“俺”，一个是“咱”，一说一唱，以此来证实自己的推想是有根据的。姑且不说这种推想能否成立，单就引文标点来说，根本无韵可循，怎么能称之为曲呢？无独有偶，叶德钧同志的《双渐苏卿诸宫调的作者》(见 1979 年中华版《戏曲小说丛考》卷下）一文中的引文，也是这样标点的。我们知道，曲文中的韵脚最为紧要，盖一调之体格、章法、声情、曲意，皆由此出。正是这些韵脚，再加上一定的节拍，才能把散漫无序的声音，组合为动人的乐章。如果连起码的韵律都不顾，随心所欲，以意为句，还谈得上什么曲意的理解呢？这首曲子的正确读法，应该是这样的：

俺学唱咱，学说咱，谁敢和前辈争高下，赵真真先占了头名榜，杨玉娥权充个第二家。替佛传法，锣敲月面，板撒红牙。

其句式为“三三七、七七、三四四”，八句六韵，韵用“家麻”，叶“咱、咱、下、家、法、牙”各字。首二句为三字对，以“俺”字领之。句式既明，就可看出，这里所说的诸宫调演出，乃是一个演员在又说又唱，并非如吴则虞所说的那样，由两个演员分任说唱的。关于这一点，《水浒全传》第五十一回所叙白秀英演唱诸宫调一段，可以互相印证：“锣声响处，那白秀英早上戏台，参拜四方，拈起锣棒……。说了开话又唱，唱了又说，合棚价众人喝采（彩）不绝。”这里，白秀英一个人说了又唱，唱了又说，与杨立斋【哨遍】中关于诸宫调演唱的描写完全相符。由此更可看出吴则虞同志的“推想”是不能成立的。

诸如此类的误例，还可以找出一些，兹不复赘。如果我们在读曲的时候能参考曲谱，稍稍顾及曲律，有些错误本来是可以避免的。这就告诉我们，曲律之学，不能不讲。吴梅先生竭毕生之力，孜孜于曲学之研究，其《南北词简谱》一书，实集三百年来曲学之大成，尤应为治曲者所宝爱。今年，适为先生百年诞辰之时，爰草此篇，略志纪念。

（收入《艺术论文初集》第3辑，兰州：甘肃省文化艺术研究所，1985年，第116~128页）

元曲语词解诂的几个问题

一

时有古今，地有南北，文有雅俗，故研治古书，必先明乎训诂。

先说时有古今。戴震《尔雅文字考序》："士生三古后，时之相去千百年之久，视天地之相隔千里之远无以异。昔之妇孺闻而辄晓者，更经学大师转相讲授，仍留疑义，则时为之矣。"这里是说由于时序的流转，造成古今语言的隔阂，不借训诂不能使古今如旦暮。

次说地有南北。南人见骆驼以为马背肿，北人目山鸡以为凤凰。这是由于地域的悬隔，不能尽知别处方物之误。或一事物，各地异名。如："楚谓之聿，吴谓之不律，燕谓之弗，秦谓之笔。"[1]则生于甲地者，如不能尽识乙地之

① 许慎：《说文解字》，三篇下。

语，也会产生一些误解。凡此种种，不借训话不能使四远如乡邻。

再说文有雅俗。自古以来，文人所作，多尚典雅，民间所述，不避俗语。这样，我们所看到的古书，也就有了雅、俗这样两个不同的部类。这两大部类古书，在用字、造语、音读各方面，都有自己明显的特点，不借训话也不能通雅俗之鸿沟。

古今、南北、雅俗，这三种语言上的隔阂，在古书中往往是错综出现的。清代学者校理古籍，基本上都是从训诂开始的。即从语词解话入手，认真读通古书，弄清作者意旨，然后论定其是非，以成自己一家之言。治经如此，治曲也不能例外。

比如“乐府”这个语词，在文学史上的概念是有所变化的。最早指朝廷的音乐机构，以后变为一种诗体的名称。到了元代，又专指当时的散曲而言。元人认为可与唐诗、宋词并传的“大元乐府”，并不包括杂剧在内。杂剧在元代的地位还是很低的。甚至有人认为，如果把关汉卿、庾吉甫等作家的杂剧看作是“治世之音，则辱国甚矣”。[①] 这和我们今天对“元曲”的看法恰恰相反。所以王国维慨叹地说：“元杂剧之为一代之绝作，元人未之知也，明之文人始激赏之。”[②]批评的就是这个情况。甚至明初，一般文人仍以“乐府”为散曲之代称。朱权《太和正音谱》，首论“古今群英乐府格式”，所说的就是诸家散曲的风格，其次所列才是“群英所编杂剧”。对诸家散曲，多有好语，如“马东篱之词如朝阳鸣凤”云云，而对他们所作的杂剧，则仅存其目，不作一字褒贬。这一点，在朱权笔下原本是很有分寸的，照理是不应发生误会的。可是现在有些同志的论著，却混淆了这个概念。比如，有人指责朱权对元曲家的评论“都是不确当的”。指出白朴的杂剧“不脱男女之情，取材比较狭窄”，而朱权却推许他“风骨磊瑰，词源滂沛，若大鹏之起北溟，奋翼凌乎九霄，有一举万里之志”；又说乔孟符“是一位擅写儿女

① 杨维桢：《沈氏今乐府序》，见《东维子文集》，卷十一。

② 王国维：《宋元戏曲考》十二《元剧之文章》。

之情的剧作家”，朱权却称赞他的词“如神鳌鼓浪”；高文秀是“元代最杰出的水浒戏作家”，朱权却批评他的词“如金瓶牡丹”。[1] 诸如此类的指责，都是诸家杂剧如何如何，而朱权所论又是如何如何，不知朱权所说的仅为散曲，而问难者却硬要拉扯到杂剧。二者本风马牛不相及，当然显得格格不入了。再如，明代万历以来，学界围绕“元曲四大家”的聚讼，最关键的一点，是争论的双方都忽视了周德清在《〈中原音韵〉自序》中所说的“乐府”一词的本义，如果知道他所说的“元曲四大家”，仅指散曲四家，而不涉及杂剧，可能争论就会少些。

上面所举围绕“乐府”一词所引起的争论，皆由不明元人语义而起，特别像元曲这一类的通俗文学作品，所用多为口语，在语词解话方面，更容易为人们所忽视。如果我们粗心浮气，人云亦云，以谬误为真理，以虚言为事实，则元曲之校理，终无彻底澄清之日。研究元曲，不由语言入手，是很难深入下去的。

二

与传统的诗词古文相比，元曲在语言方面，是有自己明显的特色的。表现在：

（1）今见元曲刊本，不少都出自坊刊。此类刊本，多为语音之直录，故同音相假的现象特多，同样一个语词，往往有多种不同的写法。如：

惊急里、惊急立、惊急烈、荆棘律、荆棘力、荆棘列、急惊烈……

大古、大故、特古、特故、特骨、大都、大纲、大刚、大冈……

---

① 夏写时：《论中国戏剧批评》，第157页。

这样多的方音异写，对语言学家来说，可能是很有意义的。因为它保存了不少的语音数据，可以借此考知一个时代的语音变化和文字通假的规律。但对一般读者来说，这种不规范的写法必将带来不少阅读上的困难。我们今天要整理元曲，可否考虑在文字上做一番整齐划一的工作，尽量使语词的书写规范化，以使读者阅读时不产生误解。

（2）元曲原本是入乐的，是唱给观众听的。因此，它和供人们阅读的书面文学在用字造语方面的要求是不大相同的。由于它是离开文字的，所以力求通俗，多用口语，以入耳能晓者为上，尽量避免同音字的误会。在语词方面，则是单音节的语词，往往增衍或延展为多音节的复音词。所谓增衍，主要是指单音节的语词后面，附加以增强语气或语音的词尾。如“黑”，增衍为“黑古隆冬”；“花”，增衍为“花里胡骚”；“破”，增衍为“破设设”；“昏”，增衍为“昏腾腾”之类。所谓延展，是单音节的语词，自然延展而形成的双音节词。如“撒”（头），延展为“撒颅”；“庞”（面孔），延展为“波浪”；“浑”，延展为“胡伦”；“荡”，延展为“剔腾”之类。凡此种种，只能从声韵流转、语音变化上求得其解，万万不可望文生义，别作他种解说。

（3）由于表情达意的需要，大量的附加于词尾的语助词进入了元曲的领域。这些新起的语助词对知识分子来说，往往是不太熟悉的，很难给以确切的解释。如“村沙”“势沙”“既不沙”之“沙”；“看取”“管取”“稳情取”之“取”；“看道”“做道”“不信道”之“道”等等。另外一种情况，则是误虚词为实词，以实义释之，结果反失本意。比如杜善夫散套《庄家不识勾栏》中，叙副末之扮相：“裹着枚皂头巾顶门上插一管笔，满脸石灰更些黑道儿抹，知他待是如何过！”有的注本把末句翻释为“不知道他怎样过日子。”显然不知“他”字为语助。再如语助词“看”，常附于相应的动词后面，用以表示语气的迂缓。《西厢记》三本四折老夫人云：“一壁厢道与红娘看，哥哥行问汤药去者。”今见各本皆以“看”字属下读，实误。元曲中的语助词，实有系统研究的必要。如能有人仿王引之《经传释词》之例，专就元曲虚词，别为长编，必将有益学林不浅。

（4）宋金元时期，北方各族人民，交往频繁。其影响于汉语者，最明显的就是从兄弟民族语言中而来的借词。元曲中就有不少的蒙古语词，如“撒因”为“好”，“抹邻”为“马”，“米哈”为“肉”，“答喇孙”“打辣孙”为“酒”，“虎刺孩”为“贼”等等。这些语词都是分散出现的，大都见于《华夷译语》，比较容易解决。但是，元曲中还有一些蒙古语词是集中出现的，如《雁门关存孝打虎》一折李克用所云“恉呵哩哪兰”一段，则非通晓古代蒙古语者所能得释。除了大量的民族语借词以外，由于各种语言辗转翻译的结果，影响到汉语语词的构成，即词素的倒置，如“父子”之作“子父”，“圣贤”之作“贤圣”，“本钱”之作“钱本”，“二三”之作“三二”等等。词素倒置之后，有些语词稍一不慎，往往会产生误解。如“子妹”，指妹妹而非姐妹，“弟兄”，指弟弟而非兄弟等。再如元本《琵琶记》第十八出【双声子】曲：“娘分福，娘分福，看花诰纹犀轴。”“分福”即“福分”之倒文，明人不知，改成“万福”或“介福”。[①] 再如，《合同文字记》三折【满庭芳】曲：“将骨殖儿亲担的还乡故，走了些偌远程途。”“乡故”，即“故乡”之倒文。今见各本，皆误于“乡”字作读，既失其韵，又失其义。以上误例，皆为不明元人语词词素倒置之误。这些问题，只有通过金元时期各民族语言对汉语影响的研究，才能彻底解决。

（5）元曲语词中，还有大量的民间谚语、歇后语、成语、典故等。这些语词的使用，使元曲语言具有更丰富的表现力。跟在这些语词后面的，往往是一些相应的故事或传说。如果我们能够一一找到出处，那么对这些语词的说解，是会更为确切的。比如“赵杲送曾哀”，本为北宋俚谚，见欧阳修《归田录》，原作“赵老送灯台，一去不回来”。由于欧阳修当时没有深究这个故事的来源，不知何所取义。直到六十年代前后，有人从四川的民间故事里，

① 见钱南扬：《元本琵琶记校注》（上海：上海古籍出版社，1980 年），第 116 页。

发掘出《赵巧儿送灯台》的故事，才真正揭开了这个谜底。[1]再如“竹林寺”一语，是有影无形的意思，但出于何典？诸家皆未考出。偶检民国《冀县志》，方知此语实出于河北真定一带的民间传说。县志云：城北紫微山，“每当初日微霞，或水云相映直上，隐隐有楼阁人物之状，居民相传为竹林寺。历年州守见者，皆写之图”。该书并录存明人刘世盛《咏竹林寺》诗一首：

嘉靖之岁在甲申，时维八月初吉辰。冀州城北见竹林，宛如图画开苍冥。岧峣玉殿中天起，琼楼缥渺（缈）烟霞里。耳畔如闻钟梵声，云中半露松篁尾。冥冥法界近诸天，玄虚别是一乘禅。老僧来往碧云际，姓名那得世人传！偶而（尔）一看还来去，匆匆难可频相遇。烟空云散天依然，林耶僧耶定何处。

楼台殿阁，松林竹影，法界梵声，云天老僧，虽然历历在目，但实不过是海市蜃楼式的自然幻影，可望而不可即，所以“竹林寺”一词，才有有影无形的含义。元曲中所出现的诸如此类的俗事俗典，如能翻检群书，细为钩稽，勒为一编，对语言学、民俗学、社会学，都是有意义的。

上面，是我初步想到的有关元曲语词解话的几个方面，当然不是它的全部内容，但仅就上述各项来看，就有不少的工作可做。总的说来，元曲语辞研究的天地是极为广阔的，是大有可为的。

① 见于20世纪50年代四川人民出版社所出之小本民间故事集，惜具体书名已忘。大意是说赵巧儿是鲁班祖师弟子，心灵手巧。一次，奉师命送灯于龙王，海水分开，现出一条大道。巧儿见鲁班所送之灯台，式样笨拙，欲自显其能。乃拿出自己所做之台，高高举起。海水忽大合，遂有去无归也。

三

系统的元曲语词的解话，始于徐嘉瑞先生的《金元戏曲方言考》，此书出版于1944年，虽然只有六百余条，说解容有不当之处，但开辟之功，实不可泯。

1956年，朱居易先生《元剧俗言方言例释》出版，所释虽过千条，但训解仍未能尽如人意。

在此之先，有张相先生《诗词曲语辞汇释》一书，取材宏富，识断俱精，惜不专为元曲而作，故用之于读曲，每有不足之感。

自1960年以后，有关小说、戏曲语词的新著，陆续有陆澹安先生的《小说词语汇释》《戏曲语词汇释》，龙潜庵先生的《宋元语言词典》，以及顾学颉、王学奇二先生的《元曲释词》四册。这些，都是比较大型的工具书，收词在万条以上，较之前人之作，取例更为全面，方法益见缜密，训诂更为精确。惟披读之余，仍有疑义，敢献鄙见一二于诸先生前，以供采择。

（1）勘训诂，虽各有体，但精确的训诂，必须建立在严谨的校勘基础上。特别是古代小说、戏曲一类的书籍，多半出自坊刊，虽经历代学人不断董理，至今仍有大量校勘上的问题没有解决。如果我们所据以立论的，恰恰是错误的本子，那么所得到的解说，也就不可靠了。因为误字误句，本不可通。即使曲为弥缝，强以为解，也是误己而又误人的。比如《录鬼簿》里吊关汉卿【凌波仙】曲，有“姓名香四大神州”一语，排印本误作“四大神物”①，学人不察，释为“元曲四大家”，甚至落实到关汉卿、庾吉甫、白朴、马致远四个人头上，其失何止千里。又如，无名氏杂剧《十探子》折【寄生草】曲：“你个无运智的光子忒村沙，有什么不明白的冤枉咱行诉。”“光子”明“脉望馆”抄本实作“老子”，1941年王季烈先生编印《孤本元明杂剧》时，才误改为“光子”的。朱居易先生为误本所累，释为“土老儿”，失甚。再如，马致远

① 见马廉：《录鬼簿新校注》卷上。

的杂剧《陈抟高卧》三折【滚绣球】曲："本居林下绝名利，自不合刬下山来惹是非。"刬"，为臧晋叔之妄改，元刊本此句原作"刚出山来惹是非"，系用元好问《戚夫人诗》"无端恨煞商山老，刚出山来管是非"句。"刚"，偏要、硬要的意思。龙潜庵先生及新版《辞源》均误从臧本，训"刬"为"无端、平白的"。诸如此类的误例，见于各书者，尚有多处，这里不再一一举出。

（2）历来词曲读法，有文读、谱读之分。文读侧重于文义，谱读则严谨于曲律。我们研究词曲，既不能借口文读，置曲律于不讲，也不能借口谱读，守律而不信词。这是大家都明白的道理。可是就目前情况来看，似乎应该特别强调一下曲律的讲求。曲律，即曲牌的基本格式，直接关系到每首曲子的章法和句式，这是任何大家都不能随意违反的规律。由于章法和句式的不同，词汇的组合方式也就随之发生变化。我们今天校点词曲，应该注意到这点，要真正搞清每个牌调的基本格式，万万不可任意出入，随心所欲地去标点，以致句读错乱，而误解了曲意。为了说明问题，这里姑举一例。元刊《西蜀梦》第一折【天下乐】曲开首四句，如依谱读，其句式当如下文：

紧趾定葵花镫折皮，鞭催，走似飞，坠的双滴溜腿脡无气力。

"镫折皮"，马具名，即悬系马镫的皮带。"折"，本字当作"鞊"。敦煌文书《俗务要名林》"杂畜部"有"鞊"字，注云"悬镫皮，之列反"。以往各家校本，多以"折皮"二字属下读，盖不知其为何物也。今徐沁君先生校本，更误合"折皮"二字为"䟢"，并误读全文为"紧趾定葵花镫䟢鞭催，走似飞坠的双镝，此腿脡无气力"，不仅于律不合，而且在文义上也是不知所云的。

违反曲律的错误，在语词解话上的反映，就是不顾句法，生造词汇。比如，商政叔【夜行船】散套【阿那忽】曲："合下手合平，先负心先赢。"此为【阿那忽】开首两四字句，"下手"与"负心"为对文，而说解者误以"合下"为词。又如，《渔樵记》二折【滚绣球】曲："我比别人家长趱下些干柴。”依谱，此句当为七字，其中“家”字为语助，“长趱”，则多趱也。而说解者误合“家长”为一词。同剧二折本【倘秀才】曲：“刘家女俫，你与我讨一把儿家火来。”此为【倘秀才】末句，仄声，且只有二字。这里，“儿家”二字，实为语助。盖朱买臣风雪归来，冷冻难挨，向刘家女要炭火取暖。说解者不知，误以“家火”为词，解作“家庭用具”，则失其文义矣。以上误例，都见于《元曲释词》(二)。可见即使释词，有关的曲律之学，也是不能不讲的。

(3)语词的确切含义，只有在具体的语言环境里才能显示出来，故释词应顾及上下文义。如果离开本文，孤立地就词说词，即使完全符合该词的某项义解，也是不足为法的。因为它对读者的阅读，没有什么积极的作用。如杜善夫【般涉调·耍孩儿】散套【五煞】曲：“木猫儿守窟瞧他甚，泥狗儿看家守甚黑。”木猫、泥狗，同为小儿戏具，自然不能捕鼠，不会看家。原文词意显豁，不烦说解。如依《元曲释词》解为捕鼠，则与作者本意相反。再如，《西厢记》四本二折【小桃红】曲：“我弃了部署不收(守)，你原来苗而不秀。”西厢事变以后，张生不敢见老夫人，受到红娘的嘲笑。她说自己敢作敢为，放弃了对莺莺行监坐守的任务，没有想到张生却是这样的胆小无用。所以，这里“部署”一词，约与“职务”相当，既不可释为“拳棒教师”，也不是“泛指师傅”。总之，解词必须顾及全篇，必须根据该语词在文句中的实际地位和作用，来确定它的意义。否则，只能引起新的混乱。

(4)研究元曲语词，应该把元代各种语言数据，放在一起作综合的考察，从而创通义例，由此及彼，解决一个个具体问题。这样，可以开辟新的途径，取得新的证据，得到新的成果。应该看到，元曲的语言问题，并不是元曲本身所能完全说明的。有些语词，在元曲中出现次数很少，单靠上下文义是很难得其确解的。比如，《单刀会》中第四折“剑界”一词，旧注或解为“剑环、剑鞘”，或解为“宝剑的响声”，都是不确切的。“剑界”当为“剑戒”之假，是说刀剑无故自鸣，使人寒心自警的意思。此点，徐沁君先生在《谈元曲的校勘、标点和注释》一文中，引元代散曲家王恽《秋涧集》卷四十四

《剑戒》一文，作了很好的说明，可以参看。① 有些语词，即使在元曲中多次出现，如果不明语源，也是很难解说清楚的。如元曲中常见之“分茶擷竹”，诸说纷纭，多未中的。“分茶”就是“烹茶”，余别有说，此暂不赘。“擷竹”，旧说有挑动竹签的游戏、酒席上的酒令、酒筹等，以及赌博性质的抽签等等，唯王季思先生由有关曲文断定为“画竹”，甚是。我国传统绘画，讲究墨有深浅，笔有轻重。“擷”，是一种用力较重的笔法。元人李衎《墨竹赋》论写竹叶用笔之法：“其去也如印印法，其来也如锥画铁。……竖叶则合掌而成形，侧叶则反掌而提笔。左叶去而谓之抹，右叶来而谓之擷。”稍后，张退公的《墨竹记》，对擷竹之笔法，说的更为明确：

> 颠竹者，不可太速，太速则忙，忙而势弱；不可太慢，太慢则迟，迟而骨瘦；又不可肥，肥而体浊；亦不可瘦，瘦而形枯；亦不可长，长而辽写；亦不可短，短而寒燥。

这里，论写竹叶用笔之长短疾徐，粗细浓淡，至为详尽。盖墨竹之法，不外干、节、枝、叶四者而已。四者之中，以写叶为最难，故元人称画竹为“擷竹”。以上诸例，意在说明元曲语词的解话，不能局限于元曲本身，应该全面占有一个时代的全部语言数据，辅之以必要的考证，才能得到理想的效果。

（5）研究元曲语词，不能忽视现代方言的参验。有不少的元曲语词，至今仍然活生生地保存在一些地方方言里。这是一部活的辞书，内容非常丰富，在很大程度上，都可补充文献数据之不足，其价值实不容低估。如“买断”，旧解为“买死”“买定”，实不若兰州方言释为“独买”“独占”为切。又如“凌迟”，旧注仅作“副刑”解，不知晋北方言中至今还有“折磨”一义，验之元曲，亦为确当不易之解。“脚头妻”，据北方方言，即妻子、老婆。旧日农村夫妻，多抵足而眠，叫“打脚头”。于此，知旧解为“元配的结鬓妻”，实为臆说。凡此之类甚伙，如能广为采集，细为整理，与元曲语言互相补充发明，则其作用将更大矣。

① 文章刊于《湖北师院学报》，1981 年第 1 期（1 月），第 82~88 页。

四

总起来看，元曲语词的研究工作近年来是有很大进展的，特别是几部大型工具书的出版，更突出地反映出这方面的劳绩。我在这篇短文中，所提出的几个值得商榷的问题，与诸书总的成绩相比，只不过是一些微不足道的、小小的瑕疵，不足为诸贤之累，而且不敢以为必是。其所以郑重表出者，乃希望元曲语言的研究工作，能百尺竿头，更进一步而已。

（收入胡竹安、杨耐思、蒋绍愚:《近代汉语研究》，北京：商务印书馆，1992 年，第 112~122 页）

『元曲四大家』考辨

一

文学史上的一些术语，本来都有其特定的含义。随着时间的转移，各个时代又有许多不同的用法。因而，它们的范围、意义，也就有了不同程度的变异。比如“小说”一词，起源很早，最初仅指“小家珍说”而言，形式上多为“残丛小语”，因而无所归类，并入杂家。唐宋时期，“小说”成为说话的一家，和长篇的“讲史”相对。进入明清以后，“小说”的含义才接近我们现在的概念。我们研究问题，必须注意到这种变异，彻底搞清有关词语在不同时期的特殊含义，这样才可以真正地读通古书，理解古人之所云，才有论定是非的可能。忽略了这一点，用后起的概念，去批评古人的某些观点，不是隔靴搔痒，说不到本质上，就是离题万里，风马牛不相及。

比如“元曲四大家”，从明代中叶到现在，不知有多少人发表过批评意见。这之中，主要是为王实甫鸣不平的，因为他的《西厢记》太有名了，不知何故，竟未能入四家之选。还有人说四家中的“郑”，应该是郑廷玉，而不是郑光祖。当然也有人为周德清辩护的。但不管是赞成也好，反对也好，修正也好，诸家所论，是否符合周德清的本意，则是一个值得认真思考的问题。

说到元曲，我们会很自然地想到杂剧和散曲，而且认为杂剧的成就，远在散曲之上。这看法无疑是正确的。但是，元代的曲论家们，对于元曲的认识，却和我们截然相反。杂剧在元代不仅不能和散曲平起平坐，而且远在散曲之下。周德清“元曲四大家”之说，之所以在后世引起那么多的争议，关键就在这里。

这个问题，需要从元人对于“散曲”和“杂剧”的评价说起。

“散曲”，包括小令和套数两种。不过，这个词语出现较晚。最早，明初朱有炖的《诚斋乐府》卷一所收全为小令，标目曰“散曲”，卷二所收则为“套数”。可见，直到明代初年，“散曲”仅指小令而言。这是因为小令都是独立成章的单支小曲，故名之曰“散”；“套数”，则由多曲组成，有尾声，且有一定的联套规律，故称之曰“套”。直到近代，王国维、吴梅等学者在他们的著作中，仍以小令、套数分别言之。把两者合并起来，称之为“散曲”，大概始于任二北先生的《散曲概论》，以之与剧曲相对而言。这样的叫法为学界所接受，一直沿用到现在。

元代并无“散曲”其名。散曲，元人在习惯上称之为“乐府”（有时称之为“词”）。试看元人所编之曲选、曲集，如《乐府新声阳春白雪》《朝野新声太平乐府》《乐府群珠》《乐府群玉》《梨园按试乐府新声》，以及张养浩之《云庄休居自适小乐府》、张可久之《张小山北曲联乐府》，都含小令和套数两个部分，都以“乐府”为名，几无一例外。

然而，在元人心目中，并不是所有的小令和套数，都可以称之为“乐府”的。燕南芝庵《唱论》有云：“成文章曰乐府，有尾声名套数，时行小令唤叶儿。套数当有乐府气味，乐府不可似套数。”所谓“成文章曰乐府”，是说只有富于文采、内容雅正的文人之作，才可入乐府之选，为一代雅乐之词。至于街市流行的民间小令，在文人看来，文辞卑俚，内容粗俗，只能叫做“叶儿”。这里，明显地存在着雅俗、文野、粗细的界限，区分的主要标准，在于内容和文彩。

乐府起于汉代，本是管理音乐的机关，兼采民歌以配乐曲。以后逐渐成为一种诗歌的体裁。元人把自己所写的散曲称之为“乐府”，完全是为了抬高文人曲的地位。关于这点，邓子晋《太平乐府序》说得很清楚：

乐府本乎诗也。《三百篇》之变，至于五言，有乐府，有五言，有歌，有曲，为诗之别名矣。及乎制曲以腔，音调滋巧盛，而曲犯杂出，好事者改曲之名，曰“词”以重之，而有诗词之分矣。今中州小令、套数之曲，人目之曰“乐府”，亦以重其名也。

散曲，按其性质来说，当然应该归之于诗，是古代诗歌自然发展的结果。但是，早期的散曲，特别是民间的散曲，在诗歌的国度里是没有地位的，被人们目为“词余”。元代的曲家们，以自己的作品为“乐府”，就是要使散曲升格，使之和传统古诗处于一样的平等地位，这是不言而喻的。

再看“杂剧”，我们今天认为它是元代文学的代表，是元曲的精华所在，不仅作家辈出，而且作品的数量和质量都很可观。有些优秀的作品，即使置之于世界名剧之林，也是毫无愧色的。但是，元代的曲论家们，根本不是这样认识问题的，他们所引以为荣的“大元乐府”，并不包括杂剧在内。对此，王国维曾慨叹说:“元杂剧为一代之绝作，元人未之知也，明之文人始激赏之。”结合元人有关元曲的种种议论，这个批评是符合实际的。

同散曲一样，杂剧在元代，也有文人、民间之分。文人所作，有一个文雅的名号，称之曰“传奇”。民间所作，只能叫“杂剧”，或者贬之为“娼戏”。这里，同样反映了雅俗、文野、粗细的界限。总之，处处都在说明文人的作品高于民间所作。

即使如此，在元人的意识里，杂剧还是不能进入“乐府”之林的。孔齐《至正直记》卷三引述过当日曲家虞集的论曲意见：

……尝论一代之兴，必有一代之绝艺足称于后世者。汉之文章，唐之律学，宋之道学。国朝之今乐府，亦关于气数音律之盛。其所谓杂剧者，虽曰本于梨园之戏，中间多以古史编成，包含讽谏，有深意焉，亦不失为美刺之一端也。

“散曲”为元代之绝艺，杂剧则不过是俳优之戏，只是因为还有那么一点“讽谏”的作用，才给予承认。这看法对杂剧还留些许保留的余地。元末诗人杨维桢的意见，则更为决绝。他在《沈氏今乐府序》中明确指出，元代的散曲，如杨（果）、卢（挚）、滕（宾）、李（泂）、冯（子振）、贯（云石）、马（致远）、白（朴）诸家之作，“虽依声比调，而其格力雄浑正大，有足传者”。认为杂剧，“缀于君臣、夫妇、仙释氏之典故，以警人视听，使痴儿女知有古今美恶成败之劝惩，则出于关（汉卿）、庾（吉甫）氏传奇之变，或者以为治世之音，则辱国甚矣”。在杨维桢看来，杂剧只是下里巴人之音，对“痴儿女”有一定的教育作用，如果以为是治世之音，即使出之于关汉卿那样的大手笔，也是国之大耻。虞集和杨维桢都是当日的文坛领袖，有相当的社会影响，他们对元曲的看法，当然是有很大的代表性的。这种认识，集中地反映了地主阶级文人看不起通俗文学的历史偏见。

事实正是这样，元人所说的“元曲”，仅仅指散曲，而且还是散曲中的一个部分，即文人所作的乐府。所以范围极小。这和我们今天所公认的以杂剧为代表的“元曲”的概念，是大不相同的。明确了这一点，我们才可能对诸如“元曲四大家”一类的问题，进行深入的探讨。

二

“元曲四大家”，出于周德清《〈中原音韵〉自序》：

乐府之盛、之备、之难，莫如今时。其盛，则自缙绅及闾阎，歌咏者众。其备，则自关、郑、白、马，一新制作。韵共守自然之音，字能通天下之语，字畅语俊，韵促音调。观其所述，曰忠曰孝，有补于世。其难，则有六字三韵，“忽听、一声、猛惊”是也。诸公已矣，后学莫及。

这里，周德清所说的，只是“乐府之盛、之备、之难”，范围仅仅限于散曲。他以关、郑、白、马为“元曲四大家”，更确切地说，应该是“元散曲四大家”，而不包含杂剧。尽管这几位曲家，都兼工散曲和杂剧。甚至如关汉卿者，杂剧的成就，明显地超过了他的散曲，如《窦娥冤》之感天动地，《单刀会》之慷慨激烈，《救风尘》之爽快明利，《拜月亭》之悲喜多姿，都是脍炙人口的名篇。但即使如此，周德清所欣赏的，仍然只是他的散曲，而不是杂剧。同样，王实甫之所以未能入“元曲四大家”之选，原因也在这里。他的《西厢记》固然久负盛名，但是在元代，杂剧是没有地位的。而他的散曲，传世的很少。今《全元散曲》所收，仅有小令一首，套数两首。其间，南北合套的【南吕·四块玉】一首，是否为其所作，又殊可疑。似乎在当时，王实甫并不以散曲而名家。这样，他的受冷落、被摈弃，也是可以理解的了。

或问：乐府者，入乐之歌辞也。举凡可以被之管弦、付之歌喉的作品，包括文人的和民间的，都应该称之为乐府。安知周氏所说的乐府不合杂剧、散曲而言。

答曰：元时以“乐府”为散曲之专名，非周德清一人所能例外。《中原音韵》于“作词十法”前，有一段关于“乐府”的总的说明，可以为证：

凡作乐府，古人云：“有文章者谓之乐府。”如无文饰者谓之俚歌，不可与乐府共论也。又云：“作乐府，切忌有伤于音律。”且如女真【风流体】等乐章，皆以女真人音声歌之，虽字有舛讹，不伤于音律者，不为害也。

“成文章”云云，见前所引芝庵《唱论》中，又“造语”项“不可作全句语”曰：“短章乐府，务头上不可多用全句，还是自立一家言语为上。全句语者，惟传奇中务头上用此法耳。”又，“不可作拘肆语”曰：“乐府、小令两途。乐府语可入小令，小令语不可入乐府。”这里，乐府（散曲）与传奇（杂剧），文人乐府与街市小令，各有其严格的畛域，是不容混淆的。周德清对元曲的看法，并没有超越他的同辈，仍然认为乐府、传奇，各有其体；仍然认为乐府只是文人所作的富有文采的作品，而不包括街市小令在内。

周德清以“关、郑、白、马”为元代散曲四大家，是有其历史根据的。四家以前，即金末至蒙古汗国时期，散曲早已在民间流传，而且确实也有一些文人作家染指于散曲，如元好问、杨果、刘秉忠等。但是，他们在文学上的主要成就，还是在传统的诗文那一面，并不以散曲而名家。散曲的写作，对这些作家来说，不过是诗酒余兴，偶尔操觚而已。而且在写法上，基本上还是沿用传统的作词手法来作曲。因而在作品的意境上，比较接近于词的含蓄内敛，而缺少曲的豪辣外露。在这个阶段里，散曲虽然已经得到了文人的承认，但是还没有发展到和传统诗词相抗衡的地位。

散曲成为文坛上一种独立的势力，那是蒙古建元以后的事情。从至元到元贞、大德间，前后约五十年，陆续出现了不少专力于散曲的作家，创作态度更为严肃认真。不少的人几乎要把自己全部的思想、情感和精力，都倾注于曲，呕心沥血，孜孜以求。在这种形势下，散曲从内容到形式，从风格到意境，都给人以耳目一新的感觉。从此散曲才由词的附庸的地位，一跃而蔚为大观，成为文坛诗苑里的一朵奇葩，而与唐诗宋词平分秋色，前后媲美，成为时代之一绝。没有这些曲家的努力，散曲的成熟、繁荣，是不可能实现的。“关、郑、白、马”四家，就是其中最杰出的代表。正如王国维在《宋元戏曲考》里所说的那样：“关汉卿一空依傍，自铸伟词，而其言曲尽人情，字字本色，故当为元人第一。白仁甫、马东篱高华雄浑，情深文明。郑德辉清丽芊绵，自成馨逸，均不失为第一流。其余各家，均在四家范围的。”这里，他对四家的次序，做了一点小小的调整。

然而，周德清在《中原音韵·自序》中说到四家时，重点是在肯定他们在散曲发展中“一新制作”的功绩，对于各家的艺术成就，并未作具体的评论。所以，“关、郑、白、马”的顺序，很可能是根据这几位曲家的年代，稍具先后，略为次第而已。我的这个推想，是由周德清在“作词十法”中对各家作品的评价上引起的。

德清论曲，以“声文并美”为极致。作为乐府，不仅要有文采，要有俊语，而且还要明腔识谱，审音配调，不能有损于音律。不仅要纸上可观，而且要场上动听。这两方面的要求，如车之两轮，鸟之双翼，是缺一不可的。不过，针对当时文人所作时有不合音律的毛病，他在阴阳、平仄、对偶、末句各方面，也只能多所强调而已。对四家的推奖，也主要是从散曲的艺术技巧方面加以肯定的。

“作词十法”中最后一项为“定格”，选取常用曲牌四十个，以名家所作为式，一一分析说解，以为后学立法。这是我们今日所知最早的北曲曲谱。既为后学立法，故于诸家所作，字字推敲，直如老吏断狱，丝毫不肯假借。有些曲牌，小令中如无理想的作品，则不惜重见于散套，甚至不惜破例求之于散曲以外的杂剧。由于所悬标准过高，“定格”的编选工作是颇为周折的。主要的困难是在于完全合乎“声文并美”的作品是不多的，有时不得不退而求其次。如【双调・水仙子】，选徐再思《夜雨》“一声梧叶一声秋”，评曰：“惜哉！此语虽好，而平仄不称也。”又如【中吕・满庭芳】，选张可久《春晚》“知音到此”，评曰：“此一词，但取其平仄庶几。……吁！今之乐府，难而又难，为格之词，不多见也。”徐再思和张可久，都是有名的散曲大家，所作自不乏文采。但在周德清看来，他们的作品，在音律方面仍有不够精当的缺陷，所以未能进入“四大家”之选。通过“定格”的编选工作，周德清对他的同时期的作家作品进行了全面的、严格地比较。元散曲四家，即“关、郑、白、马”，就是这样出现的。

四家中，周德清最服膺的应该是马致远。“定格”四十个牌调，以马致远作品为标准的就有十个调。不仅入选作品的数量居于首位，而且评价也最高。如【仙吕・雁儿落】“你有出世超几神仙分”是“伯牙琴”；【越调・天净沙】“枯藤老树昏鸦”，是“秋思之祖”。特别对有名的【双调・夜行船】散套，更是推许备至，认为“此方是乐府，不重韵，无衬字，韵险，语俊。谚云百中无一，余曰万中无一”。马致远在周德清心目中实在有着无比崇高的地位。

其次为关汉卿，入选作品两首，对【仙吕・醉扶归】“十指如枯笋”，虽略有微词，但对另外一首【商调・梧叶儿】“别离易，相见难”却给予最高的评价，认为“如此方是乐府。音如破竹，语尽意尽，冠绝诸词”。在周德清的评语里，“如此方是乐府”，乃是最高的评价。只有马致远和关汉卿两家，才得到这样的荣誉。尽管周德清没有明白说出，二家之为群英领袖，乃是毫无疑义的。

四家中最后两位，依次当为郑、白。郑光祖虽只选用【中吕·迎仙客】“雕檐红日低”一首，但评价极高，仅次马、关。认为“【迎仙客】累百，无此调也。美哉！德辉之才，名不虚传”。其倾慕拜倒的情绪，跃然于字里行间。白朴，选用作品两首，对其命意、造语、下字，都是全面肯定的。

根据以上评论意见，四家在周德清心目中具体位置，应该调整为“马、关、郑、白”。这和我们今天的看法，基本上是没有太大的分歧，因为他是仅就各家在散曲上的成就而立论。明代的一些曲论家，于此不知，喋喋不休，殊觉无味。

三

“关、郑、白、马”之为散曲四大家，已如上所述。他们在曲坛上的地位一直为人们所公认，至少从元末至明代中叶以前，很少听到甚么反对的意见。当然，这期间也有人对四家位次有些不同的看法，时时出来作一点小小的修正。如何良俊《曲论》说：“元人乐府，称马东篱、郑德辉、关汉卿、白仁甫为四大家。马之词老健而乏姿媚，关之词激厉而少蕴藉，白颇简淡，所欠者俊语，当以郑为第一。”显然，他认为四家的位次，应该调整为“郑、马、关、白”。而同一时期的王世贞，却在他的《曲藻》里依然肯定周德清的说法，实际上是反对何良俊的修正的。这个争论在当时并没有充分展开，争论的意义如何？那是另外一个问题，姑且不论。但不管怎样，他们的争论还是严格地限制在“散曲”

这个特定的范围内进行的，都去周德清的四家之说原意未远，所以没有引起太多的混乱。

从明代后期开始，即嘉靖、万历年间，元人杂剧的价值，日益为人们所认识，各种杂剧选本陆续刊行于世。如李开先所见之《二段锦》《四段锦》《十段锦》《百段锦》《千家锦》等，可能都是一些坊刊的通俗本。美恶兼蓄、杂乱无章，自然不入文人之眼。为了能使世人“得见元词，并知元词之所以得名”，李开先首开风气，发家藏千余种，得其精者若干种，刊版发行，名之曰《改定元贤传奇》。嗣后，有陈与郊之《古名家杂剧》、息机子之《古今杂剧》、黄正位之《阳春奏》、王骥德之《古杂剧》、童野云之《元人杂剧选》，以及臧晋叔的《元曲选》、孟称舜的《柳枝集》和《酹江集》，都是出自名家的杂剧选本。这样多的杂剧选本，集中地出现在万历前后，标志着元杂剧地位的升高。所以，明代后期认为可与唐诗、宋词媲美同工的“元曲”，主要指杂剧而说。最明显的是臧晋叔的《元曲选》，直接以“元曲”为杂剧之代名，认为杂剧实为“元曲之妙”。这和元人以散曲为“元曲”的概念，是大不相同的。由于文学概念的改变，围绕“元曲四大家”的争论，也就有了新的变化。对于周德清的意见，有人赞成，有人反对，实际上都以杂剧为核心，已经离开了周德清的本意。这是我们应该看到的。

明代后期，有关“元曲四大家”的争论，基本上都是围绕《西厢记》这本有名的杂剧而展开的。沈德符的《顾曲杂言》认为《西厢记》虽才华富赡，“终是肉胜于骨，所以让《拜月》一头地。元人以郑、马、关、白为四大家，而不及王实甫，有以也”。王骥德不同意这个看法，他在《曲律》中说：“作北曲者，必曰关、白、郑、马，顾不及王，要非定论。”认为元曲作家，“如王、关、马、郑辈，创法甚严，终元之世，无敢逾越”。他是为王实甫鸣不平的。我们不能说王骥德的意见就是错误的。如果仅就杂剧而论，王实甫确实应该预于四家之选。但是周德清所举的“元曲四大家”，本指散曲而言。这样，王骥德的批评，也就成为无的放矢了。“世无鲁连子，千载徒悲伤”！周氏如果九泉有知，恐怕是不会心服的。

明代前后期有关“元曲四大家”的争论，其影响是不能低估的。直到今天，在我们的一些教科书中、出版物中，乃至学术著作中，凡是涉及这个问题，基本上还是沿用明人的意见。比如，周贻白先生在《中国戏曲发展纲要》里说："元剧作品，按照向来的说法，从明代到清代，一般地都推崇四个人：关汉卿、马致远、白朴、郑光祖，即所谓关、马、白、郑四大家。"同样，新版《辞海》也把"元曲四大家"解释为"元代四个著名杂剧作家"。根据这样错误的理解，批评周德清"完全是从文辞的观点上来作为评定的，并不怎样正确"，或者认为是"一偏之见，自不公允，吾人不妨置之可也"。现在，是到了揭开这层历史迷雾的时候了，应该还"元曲四大家"的本来面目，给周德清以客观的、公允的评价，以免继续厚诬先贤，贻误来者。

（原刊《戏曲论丛》第2辑，1989年11月，第54~63页）

由《元曲家考略》所想到的

研究古代文学作品，最好能把作家和作品放在一起来讨论，这样可以知人论世，避免一些主观武断的错误。困难的是，有些作家虽有作品传世，但生平却鲜为人知。以元曲而论，钟嗣成《录鬼簿》及无名氏《录鬼簿续编》，所录曲家虽多至229人，但除少数名公巨卿，由于身居要路，可由史传得知其生平出处外，绝大部分曲家，由于门第卑微，除姓字里贯外，几一无所知。随着元曲研究的深入发展，曲家生平的考定，不能不提到历史的日程上来。以往，郑振铎、赵景深、叶德均诸先生先后均有考证之作，开辟之功，实不可没。可惜的是都没有这方面的专著问世。有之，当自孙楷第先生的《元曲家考略》一书始。

《元曲家考略》，是一部如顾炎武所说的“其必古人之所未及就，后世之所不可无，而后为之”的考证元代曲家生平的曲学名著。此书，1953年首次由上海古籍出版社出版，分甲、乙两稿。甲稿二十三人，1949年整理；乙稿二十五人，1950年整理。《后记》自云：“其材料乃二十年前所搜集。”又云：“其余有稿而未整理者，尚三四十人。频年多病，已无力及此。倘他日健康恢复，仍愿自整理之。”大概从1958年起，《元曲家考略》之丙稿二十一人，丁稿十七人，又陆续发表于《文学研究》《文学评论》诸刊物。直到1981年，先生始合四稿为一书，交上海古籍出版社出版，合计考得元曲家八十五人，已过《录鬼簿》二书所载曲家三分之一数。一本书，从搜集材料，成篇，到编辑出版，前后几近五十年之久，先生一生究心于此，可以想见矣。此外，先生尚有有关白朴文献资料之笺注（《文学评论》1963年第5期发表过第一篇），《刘时中卒年考》《冯海粟行年考》（均刊于《文学遗产》1983年第4期）诸篇，或题《元曲家考略续编》，或题《元曲家考略稿摘钞》，可见先生对于这本书仍有续编、修改之计划。可惜的是，1986年先生因病故世，未能实现最后之设想，这不能不说是一件令人遗憾的事情。

我和楷第先生生平并未谋面，但读其书而慕其人，特别是先生的有关小说、戏曲考证诸作，受惠尤多，私淑之心久矣。十几年来，我虽写过几篇有关元曲家考证的文章，涉及杜善夫、奥敦周卿、张可久等十余人，略知其间甘苦，但基本上都是在《元曲家考略》一书的启发下完成的。今天，重读先生遗作，感慨万千，举其要者，约有以下几点：

第一，考证之作，贵在数据之长期积累，不可亦无法速成。以楷第先生之博赡，五十余年，孜孜于此，始成此书，可知其难。其书，正如顾炎武之撰述《日知录》，都是以抄书为著述的传世之作。抄书，似乎很易，实际很难。这里有一个水平高下的问题。好的抄书，能自成一家之言；差的抄书，只能是杂乱无章的材料的堆砌。因为材料占有之后，还有一个鉴别考订和如何使用的问题，更有一个不断升华论点和反复修改文辞的过程，故须持之以恒，才有成果可言。曾有友人写信问顾炎武《日知录》又成几卷？顾回答说："某自别来一载，早夜诵读，反复寻究，仅得十余条。"（《亭林文集》卷十四《与人书十》）《元曲家考略》的成书情况，想来亦当如此。这种严谨求是，始终不敢以未定之稿自误误人的学风，正是我们今天应该大力提倡的。

第二，考证之作，全靠数据说话，而有关数据之取得，又在于平日多读书。元代曲家、生平资料本来就少得可怜，又散见于群书，非刻意搜求，泛览群籍，很难取得。读《元曲家考略》，每叹先生治学，浩瀚过人，驱使诸书，若出于已，远非我等后学所可及，更应力学以补其拙。私意以为，欲考证元代曲家，除直接资料外，有关元代一切文献，包括近人研究成果，都应该在浏览之列。这样，可以最大限度地网罗曲家数据，避免史料的失收。同时，还可以更好地了解有元一代的历史，知道元代社会生活的方方面面。这些，对于解决考证中的具体问题，都是大有好处的。

第三，《元曲家考略》一书，首次集中地为研究者提供了元代曲家的第一手数据；这些资料又是经过楷第先生长期认真考释，因而具有非常高的学术价值，应该予以珍惜，给以特别的重视。首先，他纠正了原始文献中不少错误，使研究者少走一些弯路。如撖彦举之误作阚彦举、阎彦举；赵文敬之误作赵文殷、赵文英。又如孙周卿"古汴人"误作"古邠人"；夏伯和号雪蓑钓叟，郗经序称"商颜黄公之裔孙"，是说他是商山夏黄公之后，读者不察，遂有称《青楼集》作者为黄雪蓑者等等。凡此，皆属姓字里贯之误，关系曲家考证甚巨。其次，比较好地解决了少数民族曲家的双名问题。元代中原以外各族多复姓，元人习惯但取其中姓名中一字以称之。如王元鼎，西域人，以始祖名玉速阿剌，故又称玉元鼎；阿鲁威，蒙古族，号东泉，人称鲁东泉；阿里西瑛，西域人，人称里西瑛；石盏君宝，女真族，人称石君宝等等。由此类推，不仅可以用之治曲，亦可用之读史，解决有关疑难问题。再一点，元代曲家多有同姓名、同姓字者，考证曲家生平，势必有所涉及。然而由于事迹不明，取舍之际，每陷进退两难之境。以《元曲家考略》而论，同姓名、同姓字在三人以上者，竟有十余家之多。如果掉以轻心，鲁莽从事，误合数人为一人，则真伪不分，愈理愈乱矣。楷第先生于此等处，持极审慎态度，除少数曲家根据其里贯、时代予以论定外，其余诸家，则仅排比资料，提出自己的看法，留待后人去讨论。举凡这些地方，非不能详，文献不足征也。

古人治学，讲究"多闻阙疑"，即多所见闻，保留关疑，《元曲家考略》一书，虽经楷第先生五十年之再三勘定，至今仍多阙疑之处，有待新的文献来印证；先生来不及涉及之曲家，更有待后来者去探索。如能有人，本先生考证元曲家之法，以之考证明、清曲家，其有利于曲学者，功莫大焉。

（原刊《中国文学研究》2004 年第 1 期［1 月］，第 32~33 页）

张可久生平事迹考略

一

在元代散曲家中，张可久的声名一直是很好的。朱权《太和正音谱·古今乐府格式》录元代散曲家 187 人，张可久之名仅次于马致远之后，高居群英之首，并赞美他的风格如“瑶天笙鹤”，“清而且丽”。又若“被太华之仙风，招蓬莱之海月”，宜以可久为曲中之“仙才”。明李开先编张可久、乔吉二家小令集，认为曲中之有张、乔，犹诗中之有李、杜。清代编纂的《四库全书》，于元明清曲家中独存《张小山小令》一种，可以说是最大的破格。张可久是否为历代曲家中最有成就的代表，那是另外一个问题，但是，他在当日曲坛上的地位，以及他对后世曲家的影响，则是不能忽视的。

然而，同许多曲家一样，张可久的生平事迹，我们知道的却很少。据钟嗣成的《录鬼簿》所载：张小山，名可久，庆元人。以路吏转首领官。有散曲集《今乐府》《吴盐》《苏堤渔唱》等盛行于世。《录鬼簿》的初稿完成于至顺元年（1330年）七月，那时，张可久还健在，所叙自为其前期的事迹。他晚年的散曲则别为一集，叫《新乐府》。这四种曲集，都是张可久生前自己编定的，是否一一刊行，今日已不可得知。现存元抄本《张小山北曲联乐府》（三卷，又《外集》一卷），将张氏前后所作四集汇为一编。由于编者以调类词，完全打乱了原本的编制次序，给我们的研究工作带来不少的困难。1922年，任中敏先生编《小山乐府》，自云据《张小山北曲联乐府》所标曲集名称，"将四集之曲，各还其本来。首集《今乐府》内；并次序亦与原编相合，有《乐府群玉》可证"。但是，细读任编《小山乐府》，于"还原"之说，不能不产生很大的怀疑。如《今乐府》，依贯云石序，皆可久四十岁以前所作，而【南吕·骂玉郎过感皇恩采茶歌】《为酸斋解嘲》《杨驹儿墓园》二曲，则明显作于贯云石逝世（泰定元年，1324年）以后，可见已非原本之旧。而且，四集所录散曲在篇幅上也有很大的悬殊。《今乐府》为284曲，《苏堤渔唱》76曲，《吴盐》296曲，相比之下，晚年所作的《新乐府》一集，才38曲，实不足以编集，估计已有不少的散佚。所以，不管我们如何努力，"还原"之说，实际上是很难做到的。

四集之作，以《今乐府》《苏堤渔唱》二集为最早，都是可久四十岁以前的作品，基本上都在西湖一个地方。《吴盐》集，从所记内容来看，则作于移家绍兴以后。元代的绍兴路，秦汉时属会稽郡（古吴、越两国地），隋时改称"吴州"。可久《吴盐》集所说的"吴"，实际上是指绍兴。绍兴是有名的鱼米之乡，所产的盐，味美而色白，甲于天下。北宋词人周邦彦【少年游】词有句云："并刀似水，吴盐胜雪。《吴盐》之名，取义于此。至于《新乐府》一集，则为可久离开绍兴以后，宦游南北所作，大概四十五岁以后的重要作品，都应该包括在这个集子里。

由于可久原编乐府四集，今日已不可得见，我们要考察他的行踪，自然只能就现存作品写作的大致年代，结合有关资料，顺着历史年月的次序，略为钩稽排比，以见词人一生之梗概。其由文献残缺，一时无法考出者，只好暂付阙如，以俟他日读书有得，再为补叙。

在讨论正题以前，有一事须先加以澄清者，即与张可久名号相同者，元时尚有两人。以往学人，于此不察，多混为一谈，不可不辨。

其一，见于元初赵必豫《覆瓿集》卷三，有【贺新郎】词一首，题为《用张小山韵贺小山纳妇》。罗忼烈先生《元散曲家张可久》一文，以词中有“旧日画眉”“又从新移根换叶”“已自摘蟠桃三度”诸语，断其为贺张可久第三次结婚而作，并据此推定可久当生于宋末。罗先生可能未见《四库全书》本《覆瓿集》。此本卷六为附录，录赵必豫《行状》及诸家祭文。据《行状》，赵为广东东莞人。咸淳元年进士，宋亡后隐于县之温塘村，至元三十一年卒。晚年所交，有“张恕斋小山”诸人。【贺新郎】词，即为此“小山”而作。又据附录张恕斋所作祭文，知其名“登辰”。此广东东莞之张小山，自与曲家张可久无涉。

其二，见于陆文圭《墙东类稿补遗》，有《张可久去思碑颂》一文。由于原文系对地方官吏的例行歌颂，内容空泛，无具体事实。学者论文，虽偶有征引，亦难判定其必为曲家张可久。按：陆文圭，字子方，常州江阴人。他所说的张可久，乃今安徽宣城人，天历二年（1329年）任江阴州尹，见其所作《重修泮宫楼记》。又，明人李诩《戒庵老人漫笔》卷一记江阴乡贤名宦，有“元州尹张公绍祖可久”其人，与陆文圭所记，正为一人。可见，张绍祖虽与张可久时代相若，亦不可混为一谈。

二

张可久的生平，据贯云石《〈今乐府〉序》：“小山以儒家，读书万卷，四十犹未遇。昔饶州布衣姜夔，献《铙歌鼓吹曲》，赐免解出身。尝谓：史邦卿为句如此，可以骄人矣。小山前来京师，必遇赏音。不至老于海东，重为天下后世惜。”此序作于延祐六年（1319年）。由此上推四十年，知可久之生年为世祖至元十六年（1279年）。是年，厓山破，南宋亡。

张可久的卒年，现在也可以考出。元末画家倪瓒曾为可久作《秋林野兴图》，题云：

余既与小山作《秋林野兴图》，九月中，小山携以索题。忆八月望日，经锄斋前，木犀（樨）盛开，因赋下韵。今年自春徂秋，无一日有好兴味，仅赋此一长句，录左方："政喜秋生研席凉，卷帘微露净琴张。林扉洞户发新兴，翠雨黄云笼远床。竹粉因风晴靡靡，杉幢承月夜苍苍。焚香底用添金鸭，落蕊仍宜副枕囊。"乙卯秋九月十四日，云林生倪瓒。

"乙卯"，为顺帝至元五年（1339年），可久六十岁，隐德清余不溪（详后）。"经锄斋"，是倪瓒族祖倪渊的书斋名，在吴兴。此图，于可久卒后，倪瓒又见一次，感慨万千，重题其上云：

十二年岁在甲午冬十一月，余旅泊甫里南渚，陆益德自吴淞（即松江府）归，携以相示，盖藏于其友黄君允中家。余一时戏写此图，距今十有五年矣，对之怅然如隔世也。瓒重题其左而还，十九日。

"十二年"，当为"十四年"之误。顺帝至正十四年（1354年），正好"岁在甲午"，且与下文"距今十有五年"一语合。从这段题文的语气看来，自当作于可久卒后不久，故有物是人非、恍如隔世的感慨。这里明确告诉我们，张可久最多活了七十五岁。

上面两段题语，见于郁逢庆《书画题跋记》卷八。以后，李日华《六砚斋二笔》、张泰阶《宝绘录》都有抄录。由于辗转抄写，各本都有误字，今据诸本校录如上。

关于张可久的家世，我们几乎一无所知。他是庆元（今浙江宁波市鄞州区）人，可是在他的散曲中却很少提及。看来，"故乡"对他的印象实在淡漠得很。而且，在他以后几十年的浪迹生涯中，似乎从来没有到过故乡。估计，庆元只是他的祖籍，可能从祖父、父辈起，就移家杭州，遂为杭州人。贯云石说他"以儒家，读书万卷"，自然是出于书香世家之后。不过，这个家庭经过亡国的变幻，阅尽繁华，一落千丈而已。可久以"小山"为号，大概是出于对北宋词人晏几道的爱慕。晏几道虽然出于贵家之后，然一生遭际不偶，穷愁潦倒。诗人黄庭坚《小山词序》论其人曰：

仕宦连蹇，而不能一傍贵人之门，是一痴也。论文自有体，不肯作一新进士语，此又一痴也。费资千百万，家人寒饥，而面有孺子之色，此又一痴也。人百负之而不恨，己信人，终不疑欺己，此又一痴也。

张可久的家世自然不如晏几道那样的显赫，但同样是败落下来了，在人生旅途上，同样历尽艰辛，风尘仆仆，一事无成。特别是小晏那种虽处困顿之中，不失其至情至性的品格，更应该是张可久会心的所在。

三

张可久的生平，大致以四十岁为界，分作前后两期。

前期，即世祖至元后期至仁宗延祐年间，基本上都住在杭州，大部分时间都消磨在湖山诗酒之中，过着比较安定的隐士生活。美丽的西湖山水，给他的生活增添了不少的异彩，不止一次地激发起他的创作热情。前期所作《今乐府》《苏堤渔唱》二集中，差不多有一半以上的篇章，都在直接或间接地说到西湖。春夏秋冬的景色，阴晴昏晨的变化，都有美景可寻，都曾使他为之倾倒，流连不已。苏公堤，林逋路，六一泉，苏小墓，处处都有他的行踪。被人誉为“古今绝唱”的【南吕·一枝花】《湖上归》散套，可能就是这一时期的作品。“淡妆浓抹总相宜”的西湖，对张可久前期的生活和创作，都曾产生过不少的影响，可以说是大得江山之助。

杭州，虽说是南宋的故都，是有名的花柳繁华之地，富贵温柔之乡，可对张可久来说，他最喜欢的还是西湖。大概是厌其烦嚣而乐于山水的缘故吧，他的小小的隐庐，虽曾几度迁移，但始终没有离开美丽的西子湖畔。他曾一度隐居在西溪附近的一个山村里。这里去灵隐不远，曲水弯弯，绕山十八里，景色宜人。【双调·殿前欢】《西溪道中》：“笑掀髯，西溪风景近新添。出门便是三家店，绿柳青帘。旋挑来野菜甜，杜酝浊醪酽，整扮村姑耍。谁将草书，题向茅檐！”看来，这个小酒店的开张，给他的山居生活，确实带来不少的乐趣。然而，张可久在杭州住得更久的，还是西湖。他的茅屋，就盖在孤山的林逋坟边。【双调·水仙子】《湖上小隐》二首云：

自由湖上水云身，烂漫花前莺燕春，萧疏命里功名分。乐琴书桑苎村，掩柴门长日无人。蕉叶权歌扇，榴花当舞裙，一笑开樽。

梦随流水过前滩，喜共闲云归故山，倚筇和靖坟前看。把梅花多处拣，盖深深茅屋三间。歌白石烂，赋行路难，紧闭柴关。

“梦随”二句，说明迁居湖上是在为“功名”奔走失败以后的事情。由于功名无分，自然更增强了他归隐的决心。

孤山茅屋盖起不久，诗人张仲深来访，曾有《题小山君子亭》之作：“我尝西湖谋卜居，前有水竹后芙蕖。……归来试问隐者庐，嘉葩美植同纷敷。彩鸾蹋空夜不啄，文鸳陨粉秋生珠。竹秉君子操，莲如君子清。我亭居其中，乐以君子名。道人寓物不着物，岂惟物美唯德称。”对主人翁高洁超逸的情怀，作了生动具体地描写。

张可久的写作生涯，开始很早。大德初年，即二十岁左右，就有作品陆续问世。现存散曲中，年代可考定最早者，为小令【中吕·红绣鞋】《宁元帅席上》。此曲，写于元镇国上将军、吴江长桥都元帅兼沿海上万户宁玉座上：

鸣玉佩凌烟图画，乐云村投老生涯，少年谁识故侯家，青蛇昏宝剑，团锦碎袍花，飞龙闲厩马。

宁玉（1236—1302），孟州河阳人。至元二十三年以后即致仕家居，逸老吴江近三十年。平生乐宾客，喜爱儒生，不吝施与，大德六年卒。是年，可久二十三岁，曲中所咏，正宁玉晚年生活情景，自然应该作于二十三岁以前。另外，《今乐府》中【双调·庆东原】《次马致远先辈韵》九首，估计都是可久青年时期的作品。

四十岁以前，虽然久住杭州，但这中间确曾有过两次远游。第一次是江北扬州、淮安之游，沿途如平江的垂虹桥、无锡的惠山寺、镇江的多景楼、扬州的琼花观，所到之处，都有题咏，行踪班班可考。这次远游，当在二十五岁（大德八年、1304 年）左右。因为在这以前，即大德六年，曲家冯子振有感于白无咎的【鹦鹉曲】久无能续者，乃以汴、吴、上都、天京诸处风景为题，续作多首，传诵一时。可久北游诸曲中，有【正宫 · 黑漆弩】二首，即《为乐府焦元美赋》和《别高沙诸友》。焦元美其人不详，但前题首句云“画船来向高沙住”，可见与次首作于同时。高沙，即高邮的高沙馆，正在北游路上。这两首【黑漆弩】，或注“用冯海粟韵”，或注“用【鹦鹉曲】韵”，其写作时间，自稍后于冯子振的原曲，这是可以想象到的。第二次是湖南长沙之游，有【商调 · 梧叶儿】《长沙道中》诸曲。这次远游，当在延祐元年（1314 年）三十五岁以后，是应曲家贯云石邀请而去的。贯云石于延祐初“称疾辞归江南”，不久，即有事于湖南，作《君山行》诸诗。现在可久诗，有《次韵酸斋君山行》一首，自为湖南道上二人同游君山之作。

“生不用封万户侯，但愿一识韩荆州”。旧日士人，为了寻找政治上的出路，往往周游四方，谒访地方官吏，投诗寄文，借以显示才华，提高声价，扩大影响。张可久的江北之行，可能就有这样的目的，现存散曲中，确实也有一些泛泛的投赠之作。除了干谒请托，可久四十岁以前，还赶上两次科举考试，分别在延祐二年和五年举行，他是否参加过这些考试，不得而知。但贯云石说他“四十犹未遇”，他自己在【南吕 · 金字经】《次韵》中也说：“出岫白云笑，入山明月愁，两字功名四十秋。”看来，四十岁以前，除了隐居西湖以外，为了功名事业，他是进行了一些努力的，但结果都失败了。

四

四十岁以后，张可久的生活发生了一个巨大的变化。在这以前，尽管功名未遂，但靠着祖先的遗业，还可以株守故园，每日上下岩壑，追云逐月，陶醉在西湖的山水中。四十岁以后，大概是家里的日子实在混不下去了，不得不考虑家人的温饱问题。“四十年绕湖赊看山，买山钱更教谁办”(【双调·落梅风】《湖上》)，面对湖山之灵，以往美好的回忆，和眼前饥寒逼人的惆怅，紧紧地交织在一起。出路在哪里呢？科举进士之学，实在渺茫得很。如果他参加过科举考试，照例落第举人可做教官。但要做教官，“年逾五十始得入州教授；州不满三十而接踵尝数百人，十五年始得授；且守缺近三四年，远至七八年，故多不能食禄。而升于路者，非耆年则下世矣”（袁桷《江陵儒学教授岑君墓志铭》）。在这种情况下，张可久不得不试用于吏，这自然是有违他的心愿的。由于出非其时，用非其志，后期三十多年中，他辗转流寓各地，先后在绍兴、衢州、处州、徽州等路及昆山州，时吏时隐，浮沉于风尘簿领之中，景况很不如意。晚年的时候，他又归隐于西湖，在穷愁潦倒中，默默无闻地死去。

告别了西湖，第一个落脚点是绍兴，即古会稽郡。可久集中，有赠会稽胡容斋使君小令四首。胡容斋，即胡元，至治元年（1321年）至三年（1323年），任绍兴路总管（见康熙《绍兴府志》卷二十八“职官二”）。胡元绍兴任满后，改调徽州，可久也在同时迁往衢州。【双调·落梅风】《别会稽胡使君》云：“锦云香鉴湖宽似海，还不了五年诗债。”于此可知，他在会稽居留的时间，前后约有五年。估计移家会稽，当在延祐七年（1320年），即四十一岁前后。

会稽为浙东山水之窟，特别是山阴道上，更是山川映发，使人应接不暇。可久居越五年，虽曾迁居几次，但都在山水名胜之中。最初，隐于石帆。【双调·折桂令】《幽居次韵》云：“石帆山下吾庐，秋水纶竿，落日巾车，长啸归欤。”石帆山，在会稽县东十五里，有孤石如帆，因以为名。稍后，迁往城南的贺鉴湖边。【越调·柳营曲】《自会稽迁三衢》三首之三云：

> 诗酒缘，醒吟编，若耶山父老相爱怜。贺鉴湖边，夏后祠前，容我盖三椽。桃花流水神仙，竹篱茅舍林泉。五十亩种

秋田，三两只钓鱼船。迁，移入小桃源。

《醒吟编》，可能是他在绍兴几年中所写的诗歌结集，今已不传。白居易晚年退居洛阳，游山玩水、饮酒赋诗，作《醉吟先生传》曰：“醉复醒，醒复吟，吟复饮，饮复醉。醉吟相仍，若循环然。”张可久在会稽的境况，自然不及白居易，但是一觞一咏、寄情山水的雅兴，还是大致相通的，所以取“醒吟”为斋名。【南吕·金字经】《醒吟斋》云：“老翁独醒处，伴云高卧斋。雨过松根长嫩苔，栽，菊花依旧开。青山怪、白云归去来。”贺鉴湖，是他在会稽五年中久居之地，所以感情特深，在以后的一些曲作里，几乎把会稽当作他的第二故乡。【黄钟·人月圆】《三衢道中有怀会稽》：“而今杖履，青霞洞府，白发樵夫。不如归去，香炉峰下，吾爱吾庐。”青霞洞，在衢州烂柯山，樵夫观棋烂掉斧柄的故事就发生在这里。但江山信美而非吾土，他还是怀念山阴县东南香炉峰下的故庐。

可久往衢州作吏，当在泰定初年。集中赠肃斋赵使君诸曲，即为衢州路总管赵仲礼而作。据天启《衢州府志》卷二“职官志”，知仲礼任期为泰定元年（1324年）至三年（1326年）。仲礼任满时，可久有【双调·折桂令】《肃斋赵使君致仕归》一曲，为之送行。

可久初到衢州，曾率丁夫参加开浚吴淞江的水利工程。此事动议于至治三年，江浙行省奏开吴淞江，以阴阳家言癸亥年动土有忌，未行。次年，即泰定元年十二月，行省发各路丁夫四万余人，省、台诸官提调，至二年闰正月四日工毕，前后六十余日（见《元史·河渠志二》）。可久集中【黄钟·人月圆【开吴淞江遇雪》，即咏此事：

一冬不见梅花面，天意可怜人。晓来如画，残枝缀粉，老树生春。山僧高卧，松炉细火，茅屋衡门。冻河堤上，玉龙战倒，百万愁鳞。

雪中山僧高卧，而自己却受官家差遣，奔波于冻河堤上。末句着一“愁”字，不满之意自见。

赵仲礼去职后，继任者为卢景。景字彦远，大名开州濮阳县人，泰定四年（1327年）至至顺二年（1331年）任衢州路总管，在官五年。这期间，可久仍留任该路路吏，集中【双调·折桂令】《庚午腊月二十日立春次日大雪卢彦远使君索赋》诸曲，可资印证。

可久在衢凡八年，加上以前绍兴五年，即四十一岁至五十二岁，作吏凡十三年。元制，诸路吏员满九十月（七年半）者，可充都目；六十月（五年）者，可任吏目。都目和吏目，都是路吏的小头目。与此相适应的，覆实司令史出身，“九十月务使，六十月都监”。务使，即税务大使、副使；都监，监纳商税的小官，都是不入流品的杂职。即使按照这样的规定，张可久也应该早日升迁。但直到五十三岁时，于卢景移守处州时（至顺三年、1332年至后至元二年、1336年），才得监处州酒税，作了一任小小的都监，任满时已五十七岁，其苦闷无聊的情景，是可想而知的。他在处州最后的一年，即后至元二年三月，西域人鲁至道（名伯都鲁丁），以浙东海右道肃政廉访副使的身份，兼问温、处，道出青田，修石门洞书院。可久有【双调·折桂回】《湖上雪晴鲁至道席间赋》，以纪其事。

诗人钱惟善《江月松风集》中，有《送小山之桐庐典史》一诗。元制，诸县设典史一至二员，掌管公文收发事宜。据可久一生仕历，他任桐庐典史的时间，当在后至元三年至五年间，即六十岁以前。初到桐庐，曾游严子陵钓台，【双调·沉醉东风】《钓台》云：

> 貂裘敝谁怜倦客？锦笺寒难写秋怀。野水边，闲云外，尽教他鸥鹭惊猜。溪上良田得数顷来，也敢上严陵钓台！

野水闲云、鸥鹭忘机的隐士生活，自然是令人神往的，可是自己还为衣食所迫，不得不折腰于乡里小儿，为口腹而自役。理想和现实的矛盾，使他经常陷于深沉的痛苦之中，一有机会，自然是要设法抽身勇退的。

可久六十岁（后至元五年、1339年）的时候，大概是历年游宦，略有所蓄吧，退隐于浙江德清之余不溪。溪在县东南一百步，又名龟溪，即东苕水之下游。【中吕·满庭芳】《九曲溪上》自叙云：“余不溪上山无数，尽自相娱。”又：“闲鸥鹭，三年伴侣，不减贺家湖。”这三年的隐居生活，自然是很愉快的。画家倪瓒为他写《秋林野兴图》，词人张雨【木兰花慢】《龟溪寄张小山》词："春愁相恋住余不，寒拥敝貂裘。奈雨柳烟花，云帆溪鸟，都在帘钩。"可见他的隐所是人景俱胜的。这期间，友人中过从最密切的，是王寿衍和刘致。王寿衍字眉叟，号溪月，封宏文辅道粹德真人，住持杭州之开元宫。他在德清东主山有别业曰"开玄道院"，距可久隐所不过三里，来往非常方便。可久集中《开玄道院》一类的题赠之作，有十余曲之多，可见两人友情之厚。刘致字时中，是当时有名的散曲家，自江浙行省事解职后，即从王寿衍游。二人相识，当在此时。

至正二年（1342年），可久六十三岁，再次出山，以税务大使的身份，监税于徽州歙县之松源村。是年，徽州谯楼重建，曾作【双调·折桂令】《徽州路谯楼落成》一曲，以美其事："催古寺一百八晓钟，动晨光三十六晴峰。雄视江东，万井春风，太守神功。"此事详见唐元《筠轩集》卷十《徽州路重建谯楼记》一文。又，徽州人郑玉于至正八年（1348年），重修任公祠。祠在郡北四十里任公寺，祀梁太守诗人任昉。其《修复任公祠记》有曰："四明张□□可久，监税松源，力赞其成。"知可久六十九岁时仍在松源任上，则前后淹留徽州达八年之久。松源，罗忼烈先生说在浙江遂安县，实误。康熙《徽州府志》卷三记载元徽州路属官，除在城税务设提领、大使、副使外，又于歙县严镇、牌头、松源、潜口、王充、蛇坑六务，各设税务大使一员。张可久实在是徽州路税务机构，派往松源村的长驻人员，相当于我们今天农贸市场上的收税员，其地位之卑微，是可以想知的。可久监税于松源，又见于其《小山乐府》自跋：

> 荆公答东坡书有云："公奇少游，口之而不置；我得其诗，手之而不释。"其爱之可谓至矣。倪（原误作"伍"）光大逢人话小山词，且手自抄录，济口成帙，其澹好者有若此。予何敢望秦太虚，而监处州酒与歙州监税，凄楚萧散，大略似之。

倪光大，杭州人，早年读经史，欲由儒进，不伸，长期于江浙都府作吏，遭遇与可久相似。由于同病相怜，两人之间自然也就有着更为深厚的情谊。

至正九年（1349年），可久年七十岁，作幕于昆山州。李祁《跋贺元忠墨卷后》:“卷中所述陈大卿文一篇，全述张小山词。因记余在浙省时，领省檄，督事昆山，坐驿舍中，张率数吏来谒。一见，问姓名，乃知其为小山也。时年已七十余，匿其年数，为昆山幕僚。”此次李祁来昆山，时在至正九年正月，是奉江浙行省参政苏天爵的命令，到各地访求衣冠世族的，见其所作《书陈氏家谱后》一文。

古代官员例于七十致仕，元代也是这样。可久以悬车之年，隐瞒年岁，强颜事人，自有其不得已的苦衷，估计仍是生活所迫。“昆山幕僚”，不知具体是何职务，但总不至因此而恋栈不去吧。“自怜头颅已脱发，未了案牍犹劳形”(《早起口占寄玉山》)。这是他写给玉山主人顾仲瑛诗中的两句，说明晚年作幕的生涯，依然是无聊苦闷的。

昆山卸事以后，他又回西湖。从这个时候起，才算真正摆脱世务的羁绊，过着逍遥散涎的休居生活。他经常与散曲家薛昂夫等人，遨游于湖山之间，“舞阑双鹧鸪，饮尽一葫芦，都，分韵赋西湖”(【越调·柳营曲】《湖上》)。不过，这只有两三年的光景，因为我们已经确知他卒于至正十四年(1345年)，活了七十五岁。

五

可久一生，特别是后半生，基本上都是在归隐与作吏的矛盾中度过的。元蒙的统治者，对汉族知识分子的猜忌和压制，使他们根本不可能有出头的日子。不管是作儒，还是学吏，都是前途渺茫的。“淡文章不到紫微郎，小根脚难登白玉堂”。可久是深知其中之味的，而且是深受其中之苦的。他对功名富贵，不像一般知识分子那样的热衷，但是为了生活上的原因，又不得不违背自己的心愿，在屈辱的位置上苟活下去。这是张可久悲哀的所在。

然而我们看到，对于这种“悲哀”，对于自己在生活中所受到的不公正的待遇，却很少听到他抗争的声音。从社会交游来看，他所来往的，主要的还是在位的官员和在野的士大夫。路吏的地位固然是很卑微的，但还没有使他沦落到“偶倡优而不辞”的地步，在他身上，还保留着浓厚的士大夫阶层的习气，起码在精神上他还是属于社会上层的。这是他和关汉卿等曲家不同的地方。关汉卿自负为“普天下郎君领袖，盖世界浪子班头”，敢于向整个社会挑战。张可久却没有这样的勇气，对于人世的不平、自己的不幸，有时也会发出一两声轻微的感叹，但在更多的情况下，往往以超然物外的逸士高人自许：远是非，绝名利，腹便便午窗酣睡。”实际上是以隐退的方式来回避现实中的矛盾。有晋士之旷达而无楚人之哀怨，可久的为人处世，大致若此。

张可久生平，目前所能考见者，仅如上述。这中间，当然还有不少的环节，有待新的文献资料发现，才能解决。清初学者阎若璩说：“古人之事，应无不可考者。纵无正文，亦隐在书缝中，要须细心人一搜出耳。”(《潜邱札记》卷二《释地余论》)。许多元曲家的事迹，正隐在书缝中，等待着我们去探求、去追索。如能有人一一考出，使数百年前沉沦已久的人物事件，再现于读者眼前，必将推动整个戏曲史学的新发展。这是一件很有意义的工作，尽管要花费很大的力气，还是值得我们为之努力的。

（原刊《中华戏曲》第7辑，1988年12月，第195~209页）

薛昂夫行年考略

薛超吾，字昂夫，号九皋。以字行，人称薛昂夫。元代畏吾儿族有名的散曲家。

王德渊《薛昂夫诗集序》:“薛超吾，字昂夫。其氏族为回鹘人，其名为蒙古人，其字为汉人。”[①]

薛超吾，康熙《衢州府志》作“薛超吾儿”，民国《衢县志》作“薛遮吾尔”，皆随音译写，字无定形。

“回鹘”，即古代之“回纥”，散居漠北，以游牧为生。隋大业间，与仆固、同罗诸部结为回纥同盟。唐德宗贞元四年，改称回鹘。后为黠戛斯所败，部落西迁，散居今新疆东南一带。蒙古铁木真时归附，称畏吾儿，即现今之维吾尔族。

揭傒斯《送爕元普序》云:“元普蒙古人，名爕里普化，本无氏姓，故人取名之首字加其字之上若氏姓之者，以便称谓，今天下之通俗也。”[②]薛超吾之

① 王德渊:《天下同文集》，《四库全书》本，卷十五。下文注释引用《四库全书》本时，不再标明。

② 揭傒斯:《揭傒斯文集》，卷四。

称薛昂夫，亦徇此俗。

昂夫汉姓为马，故又称马昂夫或马九皋。

昂夫以马为姓，见于其交游中如虞集、萨都剌、张雨诸人之投赠，为人们所熟知，兹不赘。然昂夫一度曾以司马为姓，则鲜为人知。王礼《胡涧翁乐府序》："亲友胡善乐以其季父涧翁词稿示余，……既而谓余曰：往者季父词稿，司马昂夫尝序之矣，锓梓未完，而兵变尽废。"[①]又，元刊《草堂诗余》，录昂夫词，亦称"司马昂夫"。

按：涧翁即胡士茂，字国秀，号古涧先生，江西太和人。其词集《古涧吟稿》，今佚。其年代于昂夫为先辈。此序之作，当应涧翁子侄之请。此处以时人记时事，昂夫一度以司马为姓，信而有征，不得以少见而疑其有误。

祖上为回鹘贵族，归附后内徙，居怀孟路，遂为怀孟人。祖某，官御史大夫，始迁龙兴（今江西南昌）。父某，官御史大夫，两世皆封覃国公。

赵孟頫《薛昂夫诗集叙》："昂夫西戎贵种。"[②]

《元史·太祖本纪》："四年己巳（1209年）春，畏吾儿国来归。"上距昂夫之生，约五十余年。

怀孟路，延祐六年改怀庆路，属中书省，治所在今河南沁阳市。元人称昂夫郡望，或云"覃怀"，或云"河内"，或云"太行"，皆指怀孟而言。覃怀、河内为怀孟之古名，故云。

其弟唐古德，字立夫，号九霄，由江西省掾历官至淮东廉访司经历。

吴澄《送唐古德立夫序》："唐古德立夫，故御史中丞覃国公之子，今佥典瑞院事，超吾昂夫之弟也，从事江西行省，志有所不乐而去。"[③]

许有壬《谢淮东廉司经历马九霄画鹤见寄》："骑上扬州不可招，一朝蜕影入冰绡。凡夫岂敢留仙骥，却逢御书赴九霄。"[④]昂夫世系，见钱

---

① 王礼：《麟原前集》，卷五。

② 赵孟頫：《松雪斋文集》，卷六。

③ 吴澄：《吴文正公集》，卷二十八。

④ 许有壬：《至正集》，卷二十九。

大昕《元史氏族表》，唯偶落一世，孙楷第先生《元曲家考略》已予辨正。今据读书所得，重为新表如下：

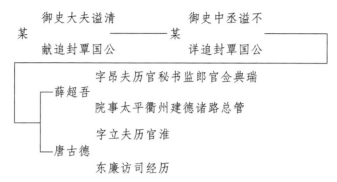

某（御史大夫谥清献追封覃国公）——某（御史中丞谥不详追封覃国公）

—薛超吾（字昂夫历官秘书监郎官佥典瑞院事太平衢州建德诸路总管）

—唐古德（字立夫历官淮东廉访司经历）

至元四年丁卯（1267年）一岁。

王德渊《薛昂夫诗集序》："昂夫之齿尚少，今甫三十有一。"这是现存文献中唯一涉及昂夫确切年岁的记载，也是我们考定其生年的重要依据。《天下同文集》于作者名下注其官衔云："翰林直学士、奉政大夫、知制诰同修国史。"知王德渊为昂夫诗集作序时，正任此职。

王德渊，广平永年人，《元史》无传。王恽《大元故中顺大夫徽州路总管兼管内劝农事王公神道碑铭》，谓王道卒于元贞二年，次年（即大德元年）春，"嗣子谦持太史属王德渊持所撰善状，百拜来请铭"。"太史属"即太史院官属。元制：太史院掌天文历数之事。至元十五年始立院，置太史令等官七员。王德渊于大德元年，仍供职于太史，则其入职翰林，当更在后。《元史·成宗本纪》：大德二年（1298年）春正月，"以翰林王恽、阎复、王构、赵与票、王之纲、杨文郁、王德渊……皆耆德旧臣，清贫守职，特赐钞二千一百余锭"。以上诸人，王恽、阎复、王构，据《元史》本传，皆为翰林学士（正二品）；赵与票，据袁桷《行状》，自至元十九年起，为侍讲学士（从二品），久而不调；王之纲、杨文郁不详。诸名之列，皆以品秩为序，王德渊列名最后，其由太史初入翰林，当为直学士（从三品）明矣，与《天下同文集》所注官衔合。今姑以大德二年为王德渊作序之年，由此上推三十一年，即至元四年，当为昂夫之生年。

至元二十四年丁亥（1287年）二十岁。昂夫由江西入大都，为国子监生。

杨载《呈马昂夫佥院诗》:“君为胄子入京都，才望高华世所无。”[①]

“胄子”，即国子监生。元代早期贵游子弟教育，若断若续。其见于《元史·选举志》者:太宗六年，以冯志常为国子学总教，令侍臣子弟十八人入学。又，世祖至元七年，命侍臣子弟十有一人入学，以长者四人从许衡，童子七人从王恂。至元二十四年，始立国子学而定其制。估计昂夫之父此时在朝，或任御史中丞，故能援例送子入监。

按:罗忼烈先生《维吾尔兄弟民族两位元曲家》一文，以胄子为“有承继权的长子”，此说非。赵孟頫《投赠刑部尚书不忽木公》诗:“胄子何多士，明公特妙年。”谓不忽木以妙龄之年，得与国子生之选，而不忽木于其父燕真为次子，故杨载赠诗中“胄子一词”亦只能作入监解，不可释为长子。

又，赵孟頫《薛昂夫诗集叙》云:“昂夫曾执弟子礼于须溪先生之门。”须溪先生，即南宋遗民刘辰翁（1232—1297）。昂夫从其问学，当在二十岁入都以前，因具体时间无考，姑系于此。

至元二十七年庚寅（1290年）二十三岁，仍为国子监生。赵孟頫为昂夫诗集作序，当在此年前后。赵序云:“昂夫乃事笔砚，读书属文，学为儒生，发而为诗、乐府，皆激越慷慨，流丽闲婉，或累世为儒者有所不及。”又云:“他日昂夫为学日深，德日进，道义之味，渊乎见于词章之间，则余爱之敬之，又岂止于是哉!”

按:赵孟頫至元二十四年奉召入都，任奉州大夫、兵部郎中，但此后两年，自春至秋，均有事于江南，留京时间很短，故二人相会可能性较小。至元二十七年五月，孟頫迁奉议大夫、集贤直学士，有两年多的时间，均留住大都;而昂夫自二十四年入监读书，至是坐斋已满三年，按国子学的规定，已可卒业充贡举之选。赵序当作于昂夫卒业前夕，既肯定了其刻意学儒的成绩，又勉励于未来。这可由序文的语气中看出。

大德二年戊戌（1298年）三十一岁，仍滞留大都。王德渊为昂夫诗

---

① 杨载:《杨仲弘诗集》，卷七。

集作序，有云："昂夫之齿尚少，今甫三十有一，余欲与期之于十年之后，德充气老，闳中肆外，花殒而实甘，糠扬而米凿……。且金日磾珥貂于汉，哥舒翰建节于唐，率多武臣，少见文士，昂夫诚能簀进川增，独破天荒，异时列名于儒林、文苑传中，出类拔萃，超越千古，愿不伟欤！"

王序于昂夫之坎坷不遇，深有所慨。元代贵游子弟，仕进之途本广。特别是功臣勋旧之家，往往待以不次，仕即显宦。唯独昂夫，自至元二十七年国子监满监以后，已过而立之年，还徘徊于仕途之外，欲进无门，这种反常的现象，不能不引起人们的深思。我估计，这个家族可能在这几年中遭受到一场政治风波的冲击，社会地位一落千丈。如果不是这样，他的祖父曾任御史大夫（从二品），父亲为御史中丞（从三品），人门家地，显赫如此；而昂夫又出身胄监，较之一般贵游子弟，有着更为优越的入仕条件，在正常情况下，应该早就攀龙附凤，青云直上了。昂夫的早年不遇，和其家族的骤然中落，显然有密切之关系。现在由于文献不足，不能细说。

大德六年壬寅（1302 年）三十六岁，始为江西行中书省令史。

危素《〈望番禺赋〉序》："广东道肃政廉访使钦察，劾军民达鲁花赤脱欢察儿在广州多不法事，江南行御史台遣察御史镏振往按之，振受财，以钦察言非实，钦察忿死。振亦恐惧，得疾，还至龙兴驿舍，白日见钦察于前，因噤而死。未几，行台又遣监察御史杜显卿访其事，得今衢州路总管薛超吾为江西行中书省令史时所赋诗，遂合诸御史上章劾振。后三十有□年，临川危素闻而哀之，作《望番禺赋》。"[①]

按：钦察冤狱发生于大德间。《元史·成宗本纪三》："(大德六年正月)乙巳，中书省臣言：广东宣慰使脱欢察而收捕盗贼，屡有劳绩。近廉访司劾其私置兵仗，擅杀土寇等事，遣官鞫问，实无私罪，乞加奖谕。"元制，宣慰司"掌军民之务"，即危文所称之"军民达鲁花赤"；"私置兵仗，擅杀土寇"，亦即危文所云之"多不法事"，其为一事无疑。据此，知昂夫为江西行省令史，当在大德六年前后。

---

① 危素：《说学斋稿》，卷一。

危素自云《番禺赋》作于钦察案后“三十有□年”，即昂夫任衢州总管之时，今知昂夫衢州任满受代为顺帝至元元年（详后）。由此上推至大德六年，得三十三年，与危序合。据此，知今本《番禺赋》题下所注之“庚寅”二字，当为“壬寅”之误。

至大元年戊申至皇庆二年癸丑（1308—1313）四十一岁至四十六岁，自江西行省入都，任内廷符宝郎，掌管天子印玺。

吴澄《送唐古德立夫序》：“唐古德立夫，故御史中丞覃国公之子，今佥典瑞院事薛超吾昂夫之弟也，从事江西行省，志有所不乐而去。余观昂夫，亦小试其才于此，去而为达官于朝。”①据此，知昂夫兄弟，最初皆因家庭变故，谋由吏而进，先后从事于江西，这自然是有违他们的心愿的，所以不久又都飘然而去。昂夫由江西入都时间不详，估计当在大德之末。

杨载《呈马昂夫佥院》诗云：“秘殿为郎监玉篆。”“秘殿”，即内府，指天子之殿廷；“玉篆”，玉印上所刻之篆文，指皇帝之宝印。《元史·舆服志二》，记天子仪仗有金吾援宝队，由典瑞使二人，“骑而引左右八宝：受命宝左，传国宝右；次天子之宝左，皇帝之宝右；次天子行宝左，皇帝行宝右；次天子信宝左，皇帝信宝右”。置符宝郎二人，四品服，骑分左右。昂夫入都以后，即入内廷任符宝郎，虽然不是什么重要角色，但属宿卫之列，在元代多选世家名臣子弟充之，而且要有大臣的举荐。昂夫入充宿卫，当由其家族的世交关系。由于在内廷当差，易为天子所知，交游皆为权贵，所以入京数年，昂夫仕途较为得意。

延祐元年甲寅至六年己未（1314—1319）即四十七岁至五十二岁，由符宝郎迁秘书监卿、典瑞院佥院诸职。

钱大昕《元史氏族表》卷三：“薛超吾儿，字昂夫，秘书监卿、佥典瑞院事。”

昂夫于延祐初任秘书监卿，虽史无明确记载，但由其交游投赠诸作中，知钱大昕所云实有所本。“秘书监”，掌历代图籍并阴阳禁书，所

① 吴澄：《吴文正公集》，卷二十八。

用皆为文学侍从之臣。吴师道《书垒记》叙昂夫“在延祐初，以文翰简睿知，践历华要”。[①]贡奎《赠唐立夫》诗：“我交海内友，颇识奇男子。君家好兄弟，高林玉连枝。”其叙昂夫则云：“同朝遇难兄，未面心先知。文章彻宸扆，鹓行昭羽仪。”[②]贡奎延祐元年任江西等处儒学提举，五年入为翰林待制，当为与昂夫同任朝官之时。吴、贡二人都说昂夫以文翰为仁宗所知，可能就指出任秘书监卿一事。

延祐后期，改任典瑞院佥院，杨载《呈马昂夫佥院》诗可证。

至治元年辛酉（1321 年）五十四岁，自典瑞院外放西南某州达鲁花赤。

杨载《呈马昂夫佥院》为昂夫佥院任满外放赠别之作，有句云：“秘殿为郎监玉篆，雄藩作守判铜符。……更倚覃怀功业盛，峨峨天柱立坤隅。”古代京官外典州郡称“判”。《史记・文帝纪》：“（三年）九月，初与郡国守相为铜虎符，作符节。”“坤隅”，说明地在西南。昂夫此次当外调为西南某州达鲁花赤，即监郡，位在知州之上。

按：昂夫西南某州监郡任期较长。按照惯例，外任官员迁转，一般以三周岁为期。泰定元年甲子（1324 年），即他五十七岁那年，应该任满受代。可是，不知由于什么原因，任满以后，一直迟迟未调。既然瓜代无期，对于仕宦，也就不免有点厌烦之感。散曲《中吕・朝天子》云：

> 好官，也兴阑，早勇退身无患。人生六十便宜闲，十载疏狂限。买两个丫环，自拈牙板，一个歌一个弹。醒时节过眼，醉时节破颜。能到此是英雄汉。

写作此曲时，他可能想起“人生七十古来稀”的俗谚，想到自己年近六十，即使及时休官，疏狂自乐，也只有十年的时间了，因而颇有一点归隐的念头。

天历元年戊辰至至顺三年壬申（1328—1332）六十一岁至六十五岁，改任太平路总管。

康熙《太平府志》卷十四“职官表一”：太平路总管达鲁花赤：

---

① 吴师道：《吴礼部集》，卷十二。

② 贡奎：《云林集》，卷一。

“文宗天历，薛超，字见吾，河内人。”

按：修志者不知“薛超吾儿”为维吾尔名，妄依汉人名字例，改作“薛超，字见吾”，大谬。

又，薛昂夫《衢州官守题名记》自云：“衢为东浙名郡，山川人物之盛，具载职方，而仕于官者，独无所纪。至顺三年冬，余自池阳总管移守是邦。”按：“池阳”，即“太平”之旧名。从荒烟万里之西南某州，移守江南名郡太平。昂夫的心情无疑是很愉快的。特别是郡治所在的当涂，更有不少前贤遗迹，足供凭览。昂夫每于政务之暇，率尔出游，或泛舟于西江月下，或盘桓于采石矶头，发思古之幽情，寄人生之感慨，所到之处，均有诗词题咏。其间，最使他思慕不已的，是古代诗人李白。这位伟大的诗仙，最后就安息在郡城东南的青山之下。另外，郡城西北二十里的采石矶，还有李白的衣冠墓，有太白祠、谪仙楼、捉月亭等古代建筑。伴随着这许多遗迹的，自然还有李白酒醉泛舟、江心捉月、葬身水府的动人故事在民间流传。这些地方，都有昂夫登临的足迹。散曲【正宫·塞鸿秋】《凌歊台怀古》云：

> 凌歊台畔黄山铺，是三千歌舞亡家处。望夫山下乌江渡，是八千子弟思乡处。江东日暮云，渭北春天树，青山太白坟如故。

凌歊台、望夫山都在当涂境内。南朝时宋武帝刘裕于凌歊台畔高筑离宫，穷极歌舞，断送了三千歌女的青春；楚汉相争时霸王败走乌江，八千子弟亦无一能返江东。整部历史，似乎都充满了辛酸的眼泪。唯一使他感到欣慰的，是自杜甫以后，人们对诗人李白的怀念始终不衰，诗人的遗迹始终在人们的保护中。《太平府志》还特别记载昂夫在总管任内重为李白立过墓碑的事情。

此外，在采石江边，还为南宋抗金名将虞允文（谥“忠肃”）重修过祠庙。虞集后至元五年《送太平文学黄敬则之官序》云：“采石之上，有我先忠肃公遗庙在。故人覃怀薛公超吾守郡时，为起断碑于草莽而植之，谊不可忘也。集过祠下，又已六七年。”由此上推七年，适为至顺三年，即昂夫任太平总管的最后一年。是年，虞集有《寄马昂夫总管》诗："白发先朝旧从官，几年南郡尚盘桓。九华山里诗题遍，采石江头酒量宽。雁过京城还日暮，马怀余栈又春残。何时得顾鸣皋鹤，八月匡庐散羽翰。"

元统元年癸酉至后至元年乙亥（1333—1335）六十六岁至六十八岁，改任衢州路总管。

前任太平为下路，秩从三品；衢州则为上路，正三品。昂夫移守衢州，实为至顺三年之冬，见前所引自撰《衢州官守题名记》；其任满受代之期，见于天启《衢州府志》卷二"职官志"："元达鲁花赤：中部海牙，天历二年任；薛超吾儿，至顺三年任；那怀，至元元年任。"

衢州为浙东上郡，山川信美，风物宜人，又赶上丰年，政事稀简，自然会有更多的诗酒之乐。虞集《寄三衢守马九皋》诗云："闻道三衢守，年丰郡事稀。诗成花覆帽，酒列锦成围。鹤发明春雪，貂裘对夕晖。扁舟应载客，闲听洞箫归。"可见其风流儒雅之至。衢州城南二十里，有烂柯山。传说古代樵夫王质，在山中石桥边观看两位神仙下棋，下山时发现斧柄已烂。薛昂夫散曲【双调·蟾宫曲】《题烂柯石桥》二首，即咏这个故事：

甚神仙久占岩桥，一局楸枰，满耳松涛。引得樵夫，旁观不觉，晋换了唐朝。斧柄儿虽云烂却，裤腰儿难保坚牢。王母蟠桃，三千岁开花，总是虚谣。

懒朝元石上围棋，问仙子何争，樵夫忘归。洞锁清霞，斧柯已烂，局势犹迷。恰滚滚桑田浪起，又飘飘沧海尘飞。恰待持杯，酒未沾唇，日又平西。

昂夫衢州任内，曾修复郡城名胜华丰楼。王都中《华丰楼记》云："……当至元之四年，余帅南海，复道于兹，甍栋鳞比，民物熙洽，通道大衢，阛阓辏辑。城之坤隅，有所谓华丰楼者，尤杰出焉。余因登览，征诸父老，而知吾友昂夫公有以裕民而成此伟观也。"[1]昂夫喜聚书，曾于龙兴旧居，筑藏书楼，名曰"书垒"。吴师道为文记云："河内九皋公，平生薄嗜好，好读书，

① 载于民国年间衢县（今衢江区）当地人士编纂之《衢县志》，卷十七"碑碣志"。

所蓄几万卷。侨居豫章，辟楼野鹤轩之左，悉置于其上，而取‘书垒’名之。且特取先朝所赐《大学衍义》尊阁之，以为垒之镇。”[①]诗人李孝光亦有《次三衢守马昂夫书垒韵》长歌一首，中有句云：

我垒何所有？但闻诗作魔。雕镂套天巧，雅澹消众疴。我垒何所有？地窄安不颇。惟有屈宋字，文声锵然相戛摩。我垒何所有？而蓄礼士罗。罗致尽俊杰，往往为幺末。我垒何所有？而无白马驮。群书汗牛马，不涉流沙河。我垒何所有？而有太白力士靴。着鞭见天子，竟往金銮坡。我垒何所有？而有韩公紫玉珂。通籍引金阙，不愧国老皤。[②]

至正二年壬午（1342年）前后，即七十五岁左右，任建德路总管，是为昂夫最后之历官。

昂夫晚年曾守建德，前人皆未考出，今以诸书证之。

《永乐大典》卷二342引《古藤志》曰：“文仲曰……如吾乡潇洒，郡志前为政者，若吴之贺齐，唐之宋璟、刘幽求，宋之范仲淹、元之马九皋、伯颜不花的斤，皆名重当时，流泽后世者也。”又，卷二三四三梧州府文章类，录《古藤郡志序》，知此志作于洪武七年，文末自记曰：“承事郎同知梧州府藤州事钧台金文仲谨识。”钓台，在浙江桐庐县，元属建德路。于此，知金文仲所云之“吾乡潇洒”者，盖指建德而言；昂夫为建德总管，既“名重当时，泽流后世”，自应有不少政绩，可惜现在都湮没无考了。罗忼烈先生《维吾尔兄弟民族的两位元曲家》，改“吾乡潇洒”为“吾乡潇湘”，说昂夫作过“潇湘郡守”，实误。[③]

万历《严州府志》卷十六“人物志四·隐逸”：李康，字宁之，桐庐人。从永康胡仲儒先生游，以古学自鸣。“元至正二年，郡守马九皋遣使币起，力辞之”。现代的严州府，即元之建德路。此条，明载昂夫出守建德之年代。

---

① 吴师道：《吴礼部集》，卷十二《书垒记》。

② 李孝光：《五峰集》，卷七。

③ 见《两小山斋论文集》（北京：中华书局，1982年）注（10），第234页。

杨维桢《姚处士墓志铭》：姚椿寿，字大年，睦州人。性端直，平生无二言，与人交，始终见底里。“邦大夫马公薛超吾，道经桐庐，闻君，枉道过门，以处士礼礼之”。[1] 按：睦州，建德之旧名。杨维桢至正十六年为建德总管府推官，距昂夫之去官未久。所记自当有据。

又，光绪《青田县志》卷十二“艺文·书目”，录郑镇孙《历代史谱》二卷，薛超吾序云：“此谱上迄三皇，下终宋季，其义例本于朱氏，其事实约于诸史。四千年国统离合，一览可得，诚稽古之要法也。括苍郑镇孙国安，笃志史学，尝作《直说通略》，姑苏、澧、荆三郡刊行之。又为《历代蒙求纂注》可谓勤矣。”此序之作，当在晚年，姑系于此。

建德任满后，昂夫退居于西子湖畔，在美丽的山光水色中，过着闲适自得的隐居生活。

张可久【中吕·朝天子】《访九皋使君》：“槿篱，傍水，楼与青山对。一庭香雪糁荼蘼，松下溪童睡。净地留题，柴门还闭，笼开鹤自飞。看梅，未回，多管向西湖醉。”

有散曲集《扣舷余韵》，今佚。

张可久【中吕·朝天子】《题马昂夫〈扣舷余韵〉卷首》：“酒边，扣舷，一曲凉州遍。洞箫吹月镜中天，似写黄州怨。自贬坡仙，风流不浅，鹤飞来又几年。题花锦笺，采莲画船，归赛西湖愿。”

昂夫卒年无考，唯任建德总管时已七十五岁，任满时当近八十，最后又在西湖隐居数年，则其卒年当在至正十年（1350年）以后，活了八十几岁。

按：曹本《录鬼簿》修订于至正五年（1345年），列昂夫于“方今名公”之列，可见是年昂夫依然健在。

（原刊《西北第二民族学院学报》1990年第3期（7月），第22~28页；又收入杨镰：《元曲家薛昂夫》，乌鲁木齐：新疆人民出版社，1992年，第266~278页）

---

① 杨维桢：《东维子文集》，卷二十六。

薛昂夫行年考略补记

——兼致陈定謇先生

拙稿《薛昂夫行年考略》发表以后，年来读书，发现前文尚有数处未惬心意，亟须补记修正，以免自误而又说人。陈定謇先生不远千里，自衢州寄来他的大作《薛昂夫行年诸问题》，提出若干疑义和我商榷，情谊至为感人。现在，把我年来所想到的，结合陈先生所匡正的，以及我读陈先生大作后私心所未安者，一并写出，再次就正于先生及海内学者。

一、前文叙王德渊入职翰林，以“太史属”为“太史院官属”，实为大谬。古代史官兼历象之官，如司马迁父子，皆一身而二任，称“太史公”。后世职官分之为二，“太史”一词，多指撰修国史之官。元代修史，则归翰林兼国史院，其官属，据《元史·百官志》，有待制（正五品）、修撰（从六品）、应奉翰林文字（从七品）、编修官（正八品）诸目。而王德渊至元二十四年已任修撰，见其所作《敬斋先生测圆海镜后序》文末署衔，其为国史院属官明矣。前文未及详析，足见治学之粗疏，今特更正。

二、前文引危素《望番映赋序》，叙大德间广东肃政廉访使钦察冤案，涉及昂夫。今检民国《孟县志》卷六，得钦察小传，系编者据乾隆冯志转引康熙乔志者，叙事一如危序。唯文中引有薛昂夫诗句“黄泉未雪监司恨，白日先追御史魂”，并云其后“复遣御史杜显卿访其事，得此诗呈于台，公冤遂申”。可能另有所本。凡此，皆可补危序之未备。

三、前文据《永乐大典》引《古藤志》，金文仲曰“吾乡潇洒”，虽考出其所指者建德，惜不知“潇洒”之所出，未敢深论。今读《范文正集》，知范仲淹于景祐初出为睦州太守，其与晏殊一书，亟读斯地山川之美，所谓“群峰四来，翠盈轩窗；白云徘徊，终日不去”。并作五绝小诗十首以读之，皆以“潇洒桐庐郡”为起句，反复咏叹，情未能已。如其一云：“潇洒桐庐郡，乌龙山霭中。使君无一事，心共白云空。”由于是名贤所咏，后人因以“瀚澜”美建德。直到元末，诗人徐昉咏桐君山时还说：“古来潇洒称名郡，莫把繁华数汴州。”于此，益知罗忼烈先生以“潇洒”为“潇湘”，直为臆改。

四、同上，金文仲列举前代建德郡守，元代马九皋后，有颜伯不花的斤。据《元史·忠义列传》，实为伯颜不花的斤之误。伯颜，字苍崖，号雪岩，畏兀儿氏，驸马都尉、中书丞相雪雪的斤之孙，江浙丞相朵尔的斤之子。史称其倜傥好学，洞晓音律，初用父荫，同知信州。后移建德，以军功升本路总管。至正十六年改衢州达鲁花赤。十八年移守信州，死于农民起义。

五、“考薛昂夫仕宦误脱池州路总管一节”，此点，陈先生所言极是。前文虽然已经引用昂夫所作《衢州官守题名记》一文，自云“至顺三年冬，余自池阳总管移守是邦”，惜未深究，不知“池阳”为“池州”之古郡名（宋为池州池阳郡），而误为“太平”，私心有愧。今得陈先生匡正，爱我可谓深矣。感激之余，复又按检群书，得昂夫曾任池州总管数证。今补记于下：① 嘉靖《池州府志》卷六“官秩篇”，乾隆《江南通志》卷一〇二“职官”，于元代池州总管项下，均载有薛超吾之名，唯未注明其任职岁月。② 吴师道《池州修学记》一文，为后至元四年总管字罗不花再修郡学而作，明言“尊经阁，前总管薛超吾所建者，特为雄伟，复稍加修饰”（《吴礼部集》卷十三）。③ 唐元《筠轩集》卷七，有《饯马昂夫郡侯赴池阳》七律二首，有句云："五马二毛新郡牧，九华千仞旧江东。"九华山，在池州青阳县西南四十里。这些材料，都可证陈先生所说。至于昂夫池州总管任职岁月，据其《衢州官守记》所云，约为天历元年戊辰（1328 年）至至顺三年壬申（1332 年），即六十一岁至六十五岁之间。然则其出任太平路总管，当再上推三年，即泰定二年乙丑（1325 年）至四年丁卯（1327 年）。前文由于误脱池州总管一节，于昂夫西南某州任满后，一直迟迟未调，殊感莫解。今得陈先生之点破，使昂夫行年愈显明晰，其为欣慰可知也。

六、昂夫衢州所任职务，确如陈先生所说，当为达鲁花赤而非总管。特别是陈先生所见石碑上昂夫篆额之衔署——"通议大夫衢州路达鲁花赤兼管内劝农事"，尤为铁证，不容再有疑义。至于至正十年，昂夫是否再任衢州总管一事，当俟陈先生新作发表后，再议，暂不复赘。

七、关于薛昂夫的生年，前文据王德渊所作诗序："昂夫之齿尚少，今甫三十有一。"姑推为至元四年（1267 年）；陈先生则疑"三十有一"为"二十有一"之误，如是，当生于至元十四年（1277 年）。由于所推前后相去十年，自然对昂夫一生诸事系年，也就多有出入。这里，应该考虑一个事实，即元代国子学始立于至元二十四年，如依陈先生所计，昂夫仅十岁，一个年甫幼学的小孩子，怎么能以胄子的身份入监读书呢？何况在此以前，他又"曾执弟子礼于须溪先生之门"，曾向刘辰翁这样的名儒请益。这些，更不是一个十岁以下的童子所能做到的。反之，如果我们肯定王德渊所说"三十有一"是正确的，时年二十，则一切问题迎刃而解，不知陈先生以为是否？

八、云南平章薛超兀儿非曲家薛昂夫。元史中蒙古、色目人多有同名者，由于史多阙文，考辨不易，且译名无定，以往学者虽煞费苦心，然于分合之际，仍多留有疑义。早在 20 世纪 40 年代，哈佛燕京学社诸君，编《辽金元传记三十种综合引得》时，即合上述二人为一人，唯未云所据。陈先生亦主此说，且略有申论，私意未安，商略如下：

其一，云南平章薛超兀儿，虽是年事无考，然大德间任至行省平章一类的方面大员，当为晚年之事，其年岁实早于昂夫，不可误合为一人。

其二，陈先生说昂夫父祖皆为国公，色目人可优一等从叙，故疑昂夫二十岁承荫时，可能被任为云南平章。这里实有误会，因为昂夫父祖之国公，都是死后追封，并非生前实授。退一步说，即使真为国公，位正二品，按照元代荫叙体例，其子孙也只能降等叙用，绝不使其超越父祖，出任从一品的行省平章，这是封建礼法所不允许的。关于荫叙，《元典章·吏部二》有明确的规定："一品二品，子正七品叙；正三品，子从七品叙；从三品，子正八品叙。"照此体例，昂夫如以荫叙得官，最高也不过七品，即使从优，也不会以从一品叙，故可判定二人非一人。

其三，杨载《呈马昂夫佥院》一诗的写作时间，前文姑定为延祐未到至治初，可能略有出入，但陈先生却把"雄藩出守"和薛超兀儿出任云南平章一事联系起来，却有不妥。因为，杨加载仕较晚，黄溍《杨仲弘墓志铭》谓其年几四十不仕。后以布衣入为国史院编修官，与修武宗实录。而武宗实录成书于皇庆元年（1312年）十月，见《元史·仁宗本纪》。杨载入仕，当在此年。其后，又中延祐二年进士，授浮梁州同知，任满后迁宁国路总管府推官，未上而卒，时在至治三年八月，年五十三。由此可见，杨载赠别诗与薛超兀儿无涉，不可谓即一人。

九、昂夫能诗，赵孟頫赏其"为诗乐府，皆激越慷慨，流丽婉婉，或累世为儒者所不及"。惜传世之作不多，《皇元风雅后集》仅录其《送僧》，《西湖游览志余》卷十九录其《骆生歌》，安足见其所长！兹于《诗渊》中得昂夫佚诗二首，录出以供学界参考。其《相州昼锦堂》："紫府仙人跨玉鸾，苍然老柏拂云端。锦衣缥缈华堂书，石刻巉岩粉驿寒。富贵熏天随世有，功名遏日古来难。黄尘埋断麒麟骨，留得丰碑尚姓韩。"又《偶成》："大茅峰下一吟身，何处寻真更有真。三万蓬瀛看咫尺，四千甲子等逡巡。功名不过囊中物，行业须还世外人。洗尽尘襟来听雨，要从外史作诗邻。"

末了，再次向陈先生致以诚挚的谢意，感谢他的许多中肯的意见。可能是为了照顾我的情绪，当说到我的一些失误时，一则说"可能受孙楷第先生考证影响太大”；再则说“太相信孙楷第先生而未作深究”。仿佛我的错误是由孙先生引起的，此说实不敢同意。考证之事，创始为难，特别是元曲家生平的考证，更难。孙楷第先生《元曲家考略》一书，闳肆浩博，示天下以正道，开风气于未来。我辈末学，蒙其余荫，受惠不浅，虽偶有小得，亦不敢存有狭小前人之见。所以，前文中所有一切失误，责任全在于我，这是我要郑重说明的。

（原刊《衢州社科学刊》1992 年第 4 期［10 月］，第 34~35 页）

奥敦周卿家世生平考略

元代散曲家奥敦周卿，其名首见于元刊《阳春白雪》卷首“作家姓氏表”，并录存小令、套数各二首。嗣又见于天一阁抄本《录鬼簿》卷上“前辈名公乐章传于世者”，误脱作“奥殷周侍卿”。明初，朱权《太和正音谱》卷上“古今群英乐府格势”，亦列奥敦周卿之名。以往有关这位曲家的文献资料，不过如是而已，似乎在当时他的事迹已鲜为人知。五十年代初，孙楷第先生据白朴之【木兰花慢】词，张之翰之《赠奥屯佥事周卿》诗，考定奥敦周卿于至元六年为怀孟路总管府判官，其后又任河北河南道提刑按察司佥事（见《元曲家考略》一书）。至此，曲家奥敦周卿之身世，才略显于世。孙先生的考证，主要取材于元人诗文别集，近年来，我在教学之余，颇亦究心于元代曲家生平之考证，于元人别集外，复又旁及史传地志，先后草成《张可久生平事迹考略》《薛昂夫行年考略》等篇，于《中华戏曲》《西北第二民院学报》等期刊发表，欲就正于南北师友，或谓有作者风，则私心窃愧，不敢自以为必是。兹又就平日涉猎所得，写成奥敦周卿一篇，愿与海内同道共商略之。

一

奥敦，一作奥屯，本女真氏，其汉名曰希鲁，以小字周卿行，别号竹庵，晚年又号沧江（详后）。清代四库馆臣不知希鲁为汉名，故武英殿聚珍本姚燧《牧庵集》，凡遇奥敦希鲁，均妄改为“鄂屯实鲁”。至其家世，则略见于《元史 · 奥敦世英传》，谓奥敦氏先世仕金，为淄州刺史，子孙遂为淄人。蒙古太祖八年（1213 年），兵下山东，其伯父世英及其父保和，率州民以城降附，皆授为万户，旋随蒙古大军转掠河北等地。世英后为德兴府尹，巡部定襄，卒于军。保和继领其众，升昭勇大将军、德兴府元帅，佩虎符。后领真定诸道农事，辟田二十余万亩。寻改真定路劝农事，兼领诸署，年五十六致仕，由长子希恺袭职。今依史传所叙，列其世系如下：

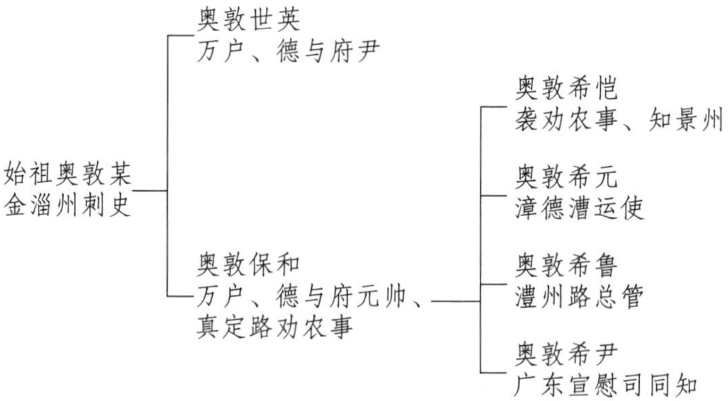

考奥敦保和领真定路劝农事，时在太宗八年（1236 年）。是年，蒙古以中原所得民户，分赐诸王功臣，多至七十余万户，通称投下。在这次分封中，元太宗特为其生母孛儿台（成吉思汗妻）之大斡耳朵择地真定，《元史 · 太宗本纪》：八年丙申秋七月，“诏以真定民户奉太后汤沐”。其时，孛儿台已死去多年，按照蒙古习俗，帝后死后，所有产业都由最小的儿子继承。所以，真定太后之采地从一开始，即归成吉思汗幼子

拖雷（已于太宗四年死去）家族所有，即由拖雷正妻唆鲁禾帖尼（？—1253）及其幼子阿里不哥大王（？—1266）管理。关于这点，姚燧《有元故少中大夫淮安路总管兼府尹兼管内劝农事高公神道碑》中有明确之说明："太宗大封同姓国，母弟睿宗（按即拖雷）真定，享国不延，庄圣太皇后（即唆鲁禾帖尼）主是分邑。"唆鲁禾帖尼是一个精明能干的女子，在拖雷死后，她抚育诸子，团结部众，在矛盾重重的蒙古诸王间，以其机智帮助长子蒙哥取得大汗宝位，即以后之宪宗。所以，奥敦保和以万户领真定劝农事，不是朝廷的官员，而是唆鲁禾帖尼派往自己领地的总管，因而能同时"兼领诸署"，即兼管大斡耳朵总管府下所辖之各种造作匠局等机构。所管领的民户，据《元史·食货志·岁赐》所载：阿里不哥大王位下，"丙申年，分拨真定路八万户"（其后，宪宗五年［1255 年］，又"分拨保定路六万户"）。由于这层特殊的关系，奥敦保和获得"赐居第、戎器、裘马"的恩荣，甚至"给户食其租"，可谓显赫一时。他致仕之年大约在宪宗即位之初（1251 年），由此上推五十六年，知其生于金章宗明昌六年（1195 年）。

奥敦希恺袭真定劝农事初，唆鲁禾帖尼复又特意召见，赐以锦服，勉曰"无坠汝世业"。可见奥敦氏与蒙古皇族之密切关系。这种特殊的关系，固然为奥敦父子带来了非凡的尊荣，但由于皇室内部矛盾的不断激化，也给这个家族招致了不少的政治风险。宪宗七年（1257 年），宪宗亲率大军伐宋。九年，死于合州城下。忽必烈闻讯后，即与南宋议和，率兵急急北上。次年，即位于开平，建元中统，是为世祖。与此同时，留守和林的阿里不哥，也在漠北宣称奉遗诏称汗，并派亲信至燕京掌管汉地政务，签诸道军。一场争夺汗位的战争终于爆发，前后延续四年之久，结果以阿里不哥的惨败而告终。在这场斗争中，有不少的文臣武将，心持两端，观望不前。奥敦希恺的态度如何，史无明文，不可悬测，但他既是阿里不哥集团派往真定领地的代表，不能不受到忽必烈的猜忌和防范。所以，自阿里不哥死后，奥敦希恺的地位即岌岌可危，境况不太美妙。至元二年（1265 年），迁顺天治中；三月，改顺德；逾月，又改河中府。这样频繁的调动，说明忽必烈对他的猜忌依然如故。所以河中任满后，又被降为武德将军，改知景州，郁郁而卒。

奥敦希元为保和次子，彰德漕运使。彰德漕运置司，不见于《元史·百官志》，唯宪宗元年，忽必烈以皇弟之亲，总理漠南及汉地军国诸事，为准备南伐，曾立经略司于汴梁，宣慰司于关西，漕运司于卫州（汲县）。卫州于时属彰德府，奥敦希元当于此时任使。彰德漕运司只是南伐时转运河北粮粟的临时机构，事后即撤。奥敦希元既终于此职，可见去世较早。

奥敦保和幼子希尹，中统三年（1262 年），从史天泽充真定路行军千户，自右卫经历，凡六迁，仕至广东宣慰司同知卒。据《广东通志》卷十七“职官表八”，知其任广东宣慰司同知，时在至元三十年（1293 年），大概卒于至元末年。

二

散曲家奥敦希鲁，为保和第三子，早年事迹不详，入仕当略早于其弟希尹，大概是在宪宗末年。今天我们所看到的有关奥敦希鲁最早的文献资料，是白朴的【木兰花慢】词，其小序云：“覃怀北赏梅，同参政西庵杨丈，和奥敦周卿府判。”覃怀，即怀州，元初为怀孟州。宪宗二年，赐为忽必烈汤沐邑；至元二年，并入彰德路，四年，始立为怀孟路。至元六年（1269 年），参知政事杨果（字正卿，号西庵），出为怀孟路总管，次年仍在任。《元典章》卷十四“礼部八”执政官外任不书名，即特为杨果而发。文曰：“至元七年十月，尚书礼部会验，旧例内外官司行移，亲王宰相不改姓，执政官署姓解，亦不书名，实古礼尊贤贵德之义。照得怀孟路总管杨少中，曾任参知政事，系前职执政官，见申部文解书名，似或于礼未宜。有无照依旧例，止署姓不书名。”少中大夫，为杨果文职散官称号，从三品，与史传合。白朴和奥敦周卿的赏梅词，即作于至元六七年间，其时，周卿怀孟府判（正六品）任期或将满矣。

《录鬼簿》称奥敦周卿为“侍御”（从五品），唯漏书任职岁月。考御史台之立，时在至元五年七月，初置御史大夫一员，中丞、侍御史、治书侍御史各二员。据《永乐大典》卷廿六、廿七所引《经世大典》，参以《元史》诸书所记，立台时首任侍御史者，为刘瑜、高鸣二人。刘瑜任期无考。高鸣则在职四年，至元九年迁吏礼部尚书。奥敦周卿由怀孟府判改任侍御史，当在二人出缺之后，最晚亦当在至元十年（1273 年）以前。由于御史台初建，元世祖忽必烈非常重视，御史皆极一时之选。王恽《乌台笔补序》云：“方朝廷向治，思有以重之。其监察到台，特诏廷见以肃其气，优禄稍以厉其气。……其出使四方，佩金符，分属掾，驰驿传，中外具瞻，凛然耸绣衣直指之望，至有恨其崇资，不得与之同事者。”在这种情况下，奥敦周卿能被选为侍御史，则其才品名望，必有超乎常人之处。这是可以想象到的。

不过，奥敦的侍御史一职似未任满，即改任河北河南道提刑按察司佥事（正五品）。张之翰《赠奥敦周卿佥事》诗云：

闻道扬镳出帝京，此心曾到邺城南。共传笔正如心正，独爱诗声似政声。六月陨霜冤已散，五原飞雨狱初平。绣衣本忘埋轮后，赖有当时慕蔺名。

“出帝京”，自然是由京外放；“邺城”，即彰德路。御史台初立，分天下为四道，河北河南道提刑按察司置司于此，辖顺天、真定、顺德、洺磁、彰德、卫辉、怀孟、南京、河南府诸路（《元典章》六“台纲二”）。至元十二年（1275 年），分为燕南河北与江北河南两道，分别于真定、汴梁置司（《元史・百官志三》）。据此，知奥敦周卿任河北河南道佥事，当在此前。

至元十四年（1277 年），初立江南行台，统淮东、淮西、浙东、浙西、江东、江西、湖北、湖南八道，奥敦周卿南下，任淮西江北道提刑按察副使（正四品），置司庐州。姚燧《故从仕郎真州路总管府经历吕君神道碑铭并序》云：“时肇置江南诸道提刑，鄂屯实鲁（即“奥敦希鲁”，下同）为淮西宪副，按行所部。凡他路慕僚之不职者，多被汰黜，独以仪真兵事既集，学校修举，寇攘屏迹，乡师里胥，推择有伦，特加赏异。”十五年，改江东建康道副使，出巡时遍历所部，曾修复徽州府学。康熙《徽州府志》卷七“建置上 · 府学”：“（元）初，生徒解散，书版祭器之属，无复存者，自礼殿以至贡院，率为军营，前乡贡进士徐珩，首议复兴。至元十五年秋，江东按察副使奥屯希鲁按部，尽徙军屯于外，以还学舍之旧，礼请前进士陈宜孙充教授，经理田土，凡殿宇、讲堂、楼阁、斋庑，靡不构葺。”陈宜孙，字行可，休宁人。宋理宗开庆元年进士，授瑞昌簿。入元后，曾任开化县尹、通州判官等职。

由于江南新定，社会秩序亟待恢复，奥敦周卿于出巡中，有意结交前宋文士大夫，以收揽人心。汪梦斗《北游集》有《奥敦周卿提刑去年巡历绩溪，回日有诗留别，今依韵和呈》一诗，以记其事：

皇华曾为歙山留，笑杀扬人泛泛舟。偶话后天非定位，悬知此辈固清流。一灯雪屋虫声细，匹马晴川草色秋。倚杖儒宫桥下水，梦魂须忆归来游。

汪梦斗，号杏山，绩溪人。咸淳初为史馆编校，以弹劾权相贾以道而名满天下。至元十六年，尚书谢昌元荐之于朝，特召赴京，卒不受官放归。《北游集》即为此次纪行之作，呈奥敦诗即作于是年正月途经金陵之日。

这一时期，奥敦交游中可考者，尚有诗人黎廷瑞，其《芳洲集》今存有致奥敦词二首。

一为【水调歌】，序云：“寄奥屯竹庵副察，留金陵，约游扬州不果。”词曰：

腰缠十万贯，骑鹤上扬州。诗翁那得有此？天地一扁舟！二十四番风信，二十四桥风景，正好及春游。挂席欲东下，烟雨暗层楼。紫绮冠，绿玉杖，黑貂裘。沧波万里，浩荡踪迹寄浮鸥。想杀南台御史，笑杀南州孺子，何事此淹留？远思渺无极，日夜大江流。

一为【眼儿媚】，序云：“寓城思归，竹庵留行，赋呈。”词曰：

暖云挟雨洗香埃，刬地峭寒催。燕儿知否？莺儿知否？

厮句春回。小楼日日重帘卷，应是把人猜。杏花如许，桃花如许，不见归来。

于二词，知奥敦别号竹庵，且可见二人交谊之深。黎廷瑞，字祥卿，鄱阳人。咸淳七年进士，做过肇庆司法参军，入元后隐居不仕。二词当作于奥敦江东建康道副使离任之际，廷瑞时居金陵。奥敦江东任满后，升任江北淮东道按察使（正三品），置司扬州，故有同游之约，估计约在至元二十年（1283年）前后。

至元二十三年（1286年），奥敦周卿已在江北任上。永嘉俞德邻，时客淮安，寓天庆观，奥敦巡按至郡，得与之游，其《奥屯提刑乐府序》记云："至元丙戌，余留山阳（即淮安），宪使奥屯公以乐府数十阕示，豪宕清婉，律吕谐和，似足以追配坡公、稼轩、遗山诸公，令人起敬。"又记其"尝与张君达善读公之诗，铿铿幽旷，发金石而感鬼神"。并记奥敦之为人："及造公之庐，几案间阒无长物，惟羲文孔子之易，炉熏静坐，世虑泊如，超然欲立乎万物之表者，是余之于公，知之浅矣，不知深矣。"俞德邻，字宗大，亦咸淳进士，入元不仕。张达善名媭，本蜀之导江人，蒙古破蜀后，流寓江左。入元后，任建康府学及孔颜孟三氏子孙教授，晚居扬州，以授读为生，从学者甚众，尊之为导江先生。这些人士，或为儒学名师，或为文苑作家，与之游从，得其称奖，可见奥敦周卿在当时的声望和影响。

江北淮东按察使任满后，奥敦行踪不详，唯至元末至元贞间（1294—1296），改调武昌，任江南湖北道肃政廉访使，仍正三品。姚燧《澧州庙学记》云："后时议不欲诸道纠郡者，错壤江之北南，改为肃政廉访，澧遂割入江南湖北。元贞乙未（元年），居民不戒于火，庙为延烧。总管是道者，故鄂屯实鲁将复之，俾计吏最其学租，直才五千余缗。曰：是所谓时诎而举赢者也。乃下令郡士在籍多田者，劝之佐，为凡又得万缗，委材集工，责校官李寓、学正张子仁身敦其役。而纠郡诸公，如副使贾仁，佥事蒋某、姚某、李庭诛、郭贯，凡至者，必促其成功，五年而落之。"此文作于大德三年十一月，称之为"故"，知奥敦周卿在此以前已经死去；文中所说之副使贾仁，佥事蒋某、姚某，任职年月不详。至于郭贯和李庭咏，则分别于至元三十年、大德元年佥江南湖北肃政廉访使，当与奥敦为同事。

《元史·奥敦世英传》所记之“澧州路总管”（仍正三品），当为周卿最后之历官。可能是廉访使任满后，改调此职，旋即弃世。如是，则当卒于大德元年（1297年）。

奥敦周卿晚年又号沧江。见傅若金《题奥屯主簿藏其叔沧江公翰墨》诗：

从父归为湖北使，老年亦就汉阳居。晴登大别题黄鹤，暖立沧江玩白鱼。杜位未忘工部学，庾郎休慕右军书。只今耆旧凋零尽，抚卷伤怀泪满裾。

“湖北使”，指江南湖北廉访使而说。元代奥敦氏任此职者，目前所知，仅周卿一人。大别，山名，即武汉之龟山，又名鲁山；沧江，即沧浪水，汉水之别名，都是武汉眼前之景。《孟子·离娄上》孺子歌曰：“沧浪之水清兮，可以濯我缨；沧浪之水浊兮，可以濯我足。”奥敦希鲁以沧江为号，或取义于此。除奥屯主簿外，《元典章》卷十二“吏部六”，有大德六年，江南行台监察御史承事郎奥敦某，呈请革除滥设贴书一文，详其岁月，或亦当为周卿之子侄，志此备考。

1991年5月于兰州

（收入谢伯阳主编：《散曲研究与教学》，杭州：浙江教育出版社，1992年，第97~105页）

杜善夫行年考略

十几年来，一直想为元初散曲家杜善夫写一小传。为此，做了一些准备：一是善夫作品的辑佚，历年所得各体诗凡三十一首（《元诗选》辑得二十四首），小词二首，散曲五首（内南北合套套数一首疑非），文十四篇（《金文丛》辑得八篇）；二是有关善夫生平及其交游资料的积累，举凡金元文集、史传方志，以及稗官野记，凡涉及善夫者，虽片言只语，概为抄存，别为一编，惟所得善夫作品不多，有关纪事又过于简略，且无年月可识，以之作传，殊难成篇。踌躇再三，姑先作行年考略，即以目前所考诸事系其年月，存是去非，不敢稍加附会。循是以求或可稍得其出处始末之大概。

善夫一生事迹不详，以往《元诗选》《长清县志》所载小传，仅云杜仁杰，先字善夫，后字仲梁，一作仲良，号止轩，济南长清人。金末，隐内乡山中。元至元中，屡征不起。子元素，仕元为福建闽海道肃政廉访使，仁杰以子贵，赠翰林承旨，谥文穆。近来，吴晓铃先生考得，善夫先名之元。

善夫家世，略具于民国《长清县志》卷十“祠祀志”下“邱墓”：

> 元杜文穆君仁杰墓，在城东北王宿铺西里余，龟趺败裂，翁仲倒伏，现存一石门，其上横书“杜征君神道”。石门之南，东偏有

一碑，破碎在地，字不可辨，细查之，其额上题曰："故金京兆府君墓志"，系篆书，其文内有"贞佑丙子，公殁于泗上"。并有高祖文，曾祖实，祖渊等字。石门之正南，更有一碑，亦极破碎，查有"知建昌总管府事男质立"等字。

"京兆府君"，据明修《寰宇通志》卷七十一"济南府·人物"，知为善夫之父杜忱。传云："杜忱，字信卿，长清人。以词赋雄东州，金举进士，官至京兆录事判官。"里贯、仕宦均合。此传亦见于清修《济南府志》卷四十七"人物"，文字加详，谓其"姿美行洁，以词赋雄东州，试为益都路魁，登进士，授京兆录事判官，以疾旋里。初，兵乱中，行仁布德，全活数万人命，以疾终于家"。两篇小传，可能都出自《京兆府君墓志碑》。吴晓铃先生曾得此残碑抄件，云："严忠济撰，衍圣公书"。根据以上材料，善夫之世系，可表述如下：

杜文——杜实——杜渊——杜忱（字信卿，金京兆录事判官，卒于贞祐四年，1216年）——杜仁杰——杜元素（元闽海道肃政廉访使）

善夫由金入元，唯生卒不详，仅由胡祗遹《挽杜止轩》诗"八十康强谈笑了"句，知道他活了八十岁。1954年，孙楷第先生作《关汉卿行年考》，曾说善夫之卒，"在至元六年（1269年）后，十三年（1276年）前，年八十岁。"并在附记中云："将来有专文论之。"惜先生晚年体弱多病，未能了此心愿。三十多年后，吴晓铃先生重写《杜仁贾森卒新考》，发表于《河北师院学报》1989年第2期，对孙先生的推定有所修正，谓当卒于至元二十年（1283年），得年八十四岁。近年学界所考，亦有接近此说者（补记：吴晓铃《杜仁贾森卒考辨》原刊香港《星岛日报·俗文学》，第42期［1941年11月29日］和第43期［1941年12月6日］）。

吴先生的根据，是善夫所撰《重修谷山寺碑》，谓此文作于至元二十年，可见杜氏此年尚在。按：此碑立于至元二十一年，为严忠范所书。考至元二年，罢侯置守，严氏入为兵刑二部尚书，旋改陕西行中书省事，后调四川。十年，以兵败被逮至京，杖免家居。十二年起为工部侍郎，副礼部尚书廉希贤为国信使。三月，至独松关，为宋兵误杀。忠范离乡既久，且于至元十二年早已死去，安得有死后书写碑文之事；故善夫《重修谷山寺碑》之作，最晚亦当在至元元年二年之间。

吴先生新考既不可立，我们回头再来讨论孙先生之旧说。时至今日，我依然相信善夫得年八十之说；其卒年，亦当以孙先生所假定者为近是。因为：

（1）目前已知善夫系年各事，最晚者止于至元十三年秋（详后）。

（2）元张之翰《跋张从之止轩诗卷后》云："至元癸未（二十年），余来山阴，府从事张从之以止轩诗轴相示，盖渠乡中时所得也，余谓中州诸名辈如此老，天假之年，得见混一，使之登会稽，探禹穴，其所作岂止此耶！"可见善夫实卒于元蒙统一之前。

（3）善夫弟子王旭《祭止轩先生文》曰："忽讣音之南来，痛彻于肝脾。……恨山川之莫往，徒北向而欧欷。"此文作于江南初下，宋亡后不久。

以上诸项合看，善夫当卒于至元十三年。由此上推八十，则当生于金章宗承安元年，小于元好问六岁。生卒既得，其生平所历诸事，可系年表述如下。

金章宗承安元年丙辰（1196年）一岁。

善夫约生于此年□月□日。

金宣宗贞祐四年丙子（1216年）二十岁。

其父京兆录事判官杜忱，卒于泗上。考《金史·选举志》，自大定二十三年后，进士初授官，上甲：录事、防判。杜忱之登第，或在贞祐之初。

金宣宗兴定元年丁丑（1217年）二十一岁。

是年，在汴京，与诗人元好问订交。《病中呈裕之》诗："十载犹能复笑谈，归来重觅读书龛。"此诗为正大四年（1227年）隐居内乡中所作，"十载"，纪二人交往之岁月，由此上推，知元、杜初识，当在本年。

按：元好问自上年避兵渡河，寓居河南，此年游汴，以作所干礼部尚书赵秉文，声誉日起。《遗山集》中，多有回忆早年汴游之作，且涉及善夫。如《去岁君远游，送仲梁出山》："忆初识子梁王台，清风入座无纤埃。华岳峰尖见秋隼，金眸玉爪不凡材。西园日晴花满烟，五云楼阁三山巅。玉树瑶林照春色，青钱白璧买芳年。”以华岳秋隼许善夫，可想见其动人风采。又，《南冠行》：“梁园三月花如雾，临锦芳华朝复暮。阿京风调阿钦才，量碧裁红须小杜。”阿京，为冀禹锡；阿钦，为李献能，皆为善夫好友。这里，又以“晕碧裁红”许善夫，不禁使我们联想起遗山《论诗》绝句：“量碧裁红点缀匀，一回拈出一回新，鸳鸯绣出从教看，莫把金针度与人。”其于善夫之诗才，推许可谓至矣。又，《闻歌怀京师旧游》：“楼前谁唱绿腰催，千里梁园首重回。记得杜家亭子上，信之钦用共听来。”即叙当年与麻革（信之），李献甫（钦用）一起，在杜善夫家里的一次听歌活动。

金哀宗正大元年甲申（1224 年）二十八岁。

是年，仍居汴京。与李献能兄弟游，当在此年前。王恽《玉堂嘉话》卷四：李翰林钦叔，一日与杜仲良在茶肆中，有司召公甚急。公曰：“无他，多是要撰文字，渠留此未去，少当即来。”已而果至，曰：“为戒谕百官草诏。”其辞曰：“朕新即大位，肇亲万机。国事实为未明，政统犹惧多阙。……加之旧疆待乎恢复，强敌期于削平。正当经营之秋，难行姑息之政。”按：李献能，字钦叔，河中人，贞祐三年状元，授翰林应奉文字，在翰苑凡十年。草诏在正大元年正月，适当哀宗即位改元，故有戒谕百官之旨。又，献能从弟献甫，字钦用。兴定五年进士，正大初出使西夏议和，为书表官。《中州集》卷十有献甫所作《资圣阁登眺同麻杜诸人赋》七律一首，即与麻革、善夫同游之作。资圣阁，在开封相国寺。

金哀宗正大二年丙戌（1226 年）三十岁。

善夫自汴京避地洛西，从张澄、薛玄、辛愿诸人游，当不晚于此年。七古《题长水西洛书赐禹之地》，即写其游踪。

按：长水，金县名，入元后省入永宁，即今河南洛宁县西之长水镇。诗题仍作“长水”，知作于金末。民国《洛宁县志》卷一“金石”，谓善夫诗刻在（长水西）龙头山禹庙中，地当洛水之滨，“仁杰撰并书”。称其“七言古诗雄爽，论亦正。草书瘦劲，如扫兔飞燕”。同书卷四“流寓”，谓仁杰“尝避地于长水，游览山川之胜概，性所嗜也”。

张澄，字仲经，一字之纯，洛水人。少时随其父宦游济南，与善夫为友，后客居永宁（见元好问《张仲经诗集序》）。善夫避地洛西，当依张澄，故次年即有相携同隐内乡之事。《洛书赐禹之地》亦云：“张生卓荦真好奇，呼我出城观禹碑。”“张生”，即指张澄。

薛玄，字微之，号庸斋，陕西下邽人。金末流寓洛西。程巨夫《薛庸斋先生墓碑》谓其在洛西，“日与女几辛愿、柳城姚枢、稷山张德直、太原元好问……济南杜仁杰、解梁刘好谦，讲贯古学，且以淑人。伊洛之间，复蔚然矣”。其《题洛书赐禹诗》云：“止轩杜善夫先生，天下士也。以文章鸣于时，以诗酒适其性，达天命而混世俗者也。”善夫与薛玄讲学洛西，自然是传统的孔孟之学。此点鲜为人知，故特表出。按：道光《长清县志》卷十五“艺文志・著述”，录善夫《河洛遗稿》一卷，或即此时所作。

辛愿，字敬之，号女几野人，福昌人。平生不为科举计，且未尝至京师，惟以吟咏讲诵为事（《归潜志》卷四）。善夫诗学，得之于辛愿者实多。《中州集》卷十谓南渡后诗学为盛，敬之敢以是非自任。“每读刘（景玄）、赵（宜之）、雷（希颜）、李（钦叔）、张（仲经）、杜（仲梁）、王（仲泽）、麻（知几）诸人之诗，必为之探源委，发凡例，解络脉，审音节，辨清浊，权轻重，片善不掩，微类必指。”观是，知辛愿隐然为当日诗坛领袖，而善夫得师友之，且其早以诗鸣世矣。

金哀宗正大四年丁亥（1227年）三十一岁。

是年，与张澄等自洛西偕隐内乡山中，元好问时为内乡令。《张仲经诗集序》云：“及予官西南，仲经偕杜仲梁、麻信之、卿、康仲宁，挈家就予内乡。时内翰刘光甫方解邓州倅，日得相从文字间。……（仲经）行斋之南有菊水，湍流喷薄，景气古澹，阳崖回抱，绿莎盈尺。腊月，红梅盛开，诸公藉草而坐，嘉肴旨酒，啸咏弥日。仲经有诗云：‘寒谷远峰犹带雪，暖松幽圃已多花。’仲梁虽有‘暖散春泉百汉流’之句，亦自以为不及也。”又，《麻杜张诸人诗评》：“麻信之、杜仲梁、张仲经，正大中同隐内乡山中，以作诗为业，人谓东南之美，尽在是矣。”可见一时人物之盛。

善夫内乡所作可考者，有五古《和信之板桥路中》二首。板桥，在南阳县南九十里赴内乡途中。诗为善夫等应元好问之邀隐居避乱而作，故云“佳人在空谷，尺素昔见招”。内乡，离诸葛亮南阳隐庐不远。想起了这位力扶汉室，死而后已的历史名人。他感慨万千，此行虽隐，终不愿老死山中，故以“永怀梁父吟，日暮风萧萧”作结。又，七律《病中呈裕之》有句云：“末阳白酒君应具，勾漏丹砂我自惭。”亦可窥见其不甘寂寞的心情。

金哀宗正大六年己丑（1229年）三十三岁。

是年，自内乡山中趁邓州幕，元好问赋《去岁君远游，送仲梁出山》长歌以壮其行。诗由二人早年汴游之乐说起，而今颠沛泥途，久思一举。“三年一梦南阳道，汴水迢迢入秋草。拏云心事人不知，千首新诗怨枯槁”。“三年一梦”，说明善夫对山中隐避已经有点厌烦，虽有新诗千首，实不足以安慰其铅刀一试的心怀。元诗又云：“邓州大帅材望雄，爱客不减奇章公。军中宴酣笳鼓兢，银烛吐焰如长虹，幕中多士君又往，谈笑已觉南夷空。”善夫此次出山，可能出于元好问的推荐，邓州便宜总帅移剌瑗，字廷玉，契丹世袭猛安。其幕府多延致名流，好问早年尝游其门。邓州，为金人西南重镇，与南宋襄阳相持，时有攻杀。

善夫此年所作可考者，有五律《从军》一首：野阔牛羊小，天低草树平。吴疆连晋境，汉卒杂番兵。月合围城量，风酣战阵声。中原良苦地，上古错经营。”“吴疆”二句，谓邓州为南北之冲，北接中原（金），南通吴楚（宋），实二国必争之地。尾联“中原”二句，则对金宣宗贞祐南渡，以致四面受兵，微微不满。

金哀宗正大七年寅（1230年）三十四岁。

善夫在邓州幕府可能为时甚短，大概是丧乱之余，事难措手，故又暂返内乡山中。是年秋，决意取道东归。麻革有《送仲梁东游》一诗可证。诗中有句：“商严不足稽此士，又欲东略宋与梁。”说明欲去之地。接着历数山中风物之美，隐居之乐。“况有刘荆州、元丹丘，子宁舍之汗漫游？”又以挚友之情以动之。无奈善夫去意已定，故以“凉秋佳月酒一杯，送子东归心徘徊。半山亭前一茅屋，岁塞霜降君当来”诸句结之，虽送其行，仍盼其来也。

诗中“刘荆州”，指刘祖谦，字光甫，安阳人。承安五年进士，正大初，除邓州节度副使。四年，任满后即与杜善夫等同隐内乡。“元丹丘”，即元好问。正大五年冬内乡解职后，出居县西南之白鹿原，结茅菊水之上。次年四月，又改南阳令。诗云“凉秋佳月”，故系年于此。

金哀宗正大八年辛卯（1231年）三十五岁。

是年春，蒙古大举灭金，兵分三路；东路下济南；中路自河中府进屯郑州；西路假道于宋，由汉水东下，入邓州。善夫东归之路既绝，可能仍滞留洛西旧游之地。

金哀宗天兴元年壬辰（1232年）三十六岁。

是年三月，蒙古进围汴京。十二月，约宋夹攻，哀宗仓皇弃宗庙，捐妻子，逃往河北。次年正月，复又南渡，展转入蔡州。

善夫于兵乱中仍滞留洛西，集中五律《无题》，当作于此时，诗云：“老泪河源竭，忧端泰华齐。苦吟知有恨，细写却无题。事与孤鸿北，身携片影西。催归烟树外，不用向人啼。”孤鸿，伤哀宗之北渡，国事已无可为；片影，怜己之罹乱颠沛，流落他乡。善夫集中，多有“壬辰北渡”之语。可能此年冬，即间关北渡，辗转回乡。

金哀宗天兴二年癸巳（1233年）三十七岁。

是年四月，汴京破。元好问于围城中上书中书令耶律楚材，请以一寺观之费，拯济亡金之名士，荐衍圣公孔元措及杜善夫等五十四人。

五月，元好问以亡金故官，拘管聊城。杜善夫、张仲经自东平存问，元氏赋七律《与张杜饮》以纪其事：“故人寥落晓天星，异县相逢觉眼明。世事且休论向日，酒尊聊喜似承平。山公倒载群儿笑，焦遂高谈四座惊。轰醉春风一千日，愁城以此不能兵。”

按：故人寥落，往事不堪回首，善夫当有同感。自壬辰之变，二三年间，其早年师友，若辛愿（敬之）、雷渊（希颜）、麻九畴（知几）、高永（信卿）、王渥（仲泽）、李夷（子迁）、李献能（钦叔）、李献甫（钦用）、王郁

（飞伯）、刘祖谦（光甫）诸人，或死于战乱，或殁于饥馑，或殒于沟壑，纷然谢世，自不能无感于怀。

金哀宗天兴三年甲午（1234 年）三十八岁。

是年正月，蔡州破，金亡。

蒙古太宗七年乙未（1235 年）三十九岁。

七月，元好问自冠氏来，约善夫同游济南，不果。《济南行纪》曰："予儿时从先陇城府君官掖县，尝过济南，然但能忆其大城府而已。岁乙未秋七月，予来河朔者三年矣，始以故人李君辅之故，而得一至焉。……初至齐河，约杜仲梁俱东。……至济南，又留二日，泛大明，待杜子不至。"

按：此前，善夫似曾去冠氏拜访元氏，故《遗山集》中有《送杜子》一诗："洛阳尘土化缁衣，又见孤云着处飞。北渚晓晴山入座，东原春好妓成围。来鸿去燕三年别，深谷高陵万事非。轰醉春风有成约，可能容易话东归。"即别时相约东游之作。

蒙古太宗十年戊戌（1238 年）四十二岁。

自上年八月，蒙古派刘敏中等历各路考试诸生中选者复其役，与各处长官同署公事。是年夏，友人杨奂自冠氏赴试东平，两中赋论第一，后授河南路征收课税所长官。

按：是时，元好问适过东平，宿正一宫，与善夫同游。杨奂于长清西南之马山，得片石，坎可以贮水，面可以受墨。善夫曰："此天砚也。"好问为赋《天砚铭》。

又按：戊戌之选，金之文士，纷纷出山，而善夫不为所动，可知其守矣。

蒙古太宗十二年庚子（1240 年）四十四岁。

四月，东平行军万户严实卒，子忠济袭。善夫与其交往，当在是年前后。

十月底，元好问应严忠济之约来东平，为严实撰写墓志，至次年春，方返故里。

蒙古乃马真后二年癸卯（1243 年）四十七岁。

是年九月，与元好问同游彰德、怀庆，探黄华诸山之胜。好问有《水帘纪异》杂言以纪其事，注云：“癸卯九月四日同杜仲梁赋。”又，《谷圣灯》诗注：“九月五日作。”水帘，写彰德西北黄华山挂镜台之飞瀑，其势如珠帘百面，联翩下坠。谷圣灯，在衹谷山宝严寺之阴崖绝壁间，入夜，或作金光，灿如灯火。

善夫水帘和诗已佚。《永乐大典》卷一 3824 引《相台志》，另存善夫《游衹谷寺》诗，注云：“与裕之分韵得严字。”有句曰：“向来得朋地，故人有先占。兹游岂偶然，穷览宁敢厌。此景复此客，取鱼熊掌兼。”今《遗山文集》卷二《宝岩纪行》。当为好问和作。所得为“瘦字”，唯偶逸小注耳。有句曰：“我岂无尽公，昔见今乃又。同来二三子，寝饭故相就。况有杜紫微，琴筑终雅奏。”二诗酬唱之意甚明，必为同时之作。“杜紫微”，施国祁无注。盖唐代诗人杜牧曾任中书舍人，后世因以称之。这里，元好问借来指善夫。琴筑雅奏者，或赞其精于音律也。

善夫此行所作，《永乐大典》同卷，又录其五律《善应寺道中同裕之赋》：“树点红罗幄，山呈绿玉縢。清溪一流水，独木几横桥。老病自知止，隐居谁见招？中途遇知己，相从莫辞遥。”善应寺，据《元一统志》，在怀庆路山阳县。好问和作，似即文集卷七之《和仲梁》：“林影兼秋薄，云阴带晚凉。石潭鱼近藻，沙渚雁含霜。笑语无长路，登临岂异乡。一尊堪共醉，惜不是重阳。”

蒙古定宗元年丙午（1246 年）五十岁。

是年，挚友张澄卒于东平，善夫致书于燕京友人杨时煦（字春卿）、魏璠（字邦彦）等，求诗以挽。

《与杨春卿书》曰：谓张澄“自北渡归，文章大进，又且位以不次，不肖以为苟贷以十年不死，其勋业行履，有不让古人者，渠翻然谢世，幸与不幸，天下自有公论，非不肖所敢望”。又，元好问《张仲经诗集序》谓张澄自丙午以后参幕府军事，“未一试而病不起矣”。知当卒于此年。

按：《与杨春卿书》有曰：“近岁有到燕城，而盼睐之意甚厚，何可忘也。”

知此年前，善夫曾有燕京之行，惜事迹不详。《析津志辑佚·名宦》所记，虽仅“杜止轩，字善夫”六字，亦可作为善夫入燕之旁证。至书中所云之妹夫梁进之，是否即《录鬼簿》所记之元曲家，当再考。

蒙古定宗二年丁未（1247年）五十一岁。

正月，应泰山道士张志伟之请，为其师洞真观主撰《真静崔先生传》。略云：崔道演，字玄甫，号真静，观州蓨县人。师东海刘长生。贞祐南渡，兴定辛巳（1221年）卒，年八十一。

按：碑在长清东南四十里五峰山洞真观内。道光《长清县志》卷十三“人物志·方外”具录。卷末《五峰志略》，系碑于定宗二年正月。又，《崔先生像赞》：“沈士元画，元好问、刘祁、杜仁杰各体书，无年月。”姑系年于此。

蒙古海迷失后元年己酉（1249年）五十三岁。

七月中浣，从东平行台严忠济谒礼岳祠，登泰山。勒善夫所撰《大行台严实谒岳祠记》于石。《泰山志》云：“杜仁杰撰，商挺正书，己酉七月刻，在岱顶斗仙岩。”按：此刻后为明人“振衣岗”三大字所掩。又，孙星衍《泰山石刻志》录此行云峰西侧石壁题名记：“东平参议王玉汝、经历汶上张昉、知事柯亭李滋、济南杜仁杰、须句孟谦，以大行台严公，以己酉七月中浣礼岳祠间，是日遂登绝顶。陈人徐世隆题。”

八月立秋，复从严仲济至曲阜，拜谒孔子林庙。按：孔庙金刻《重修文宣王庙碑》碑阴，刻有此行题名记：“东平王玉汝，燕山毕英、范阳卢武祥，清亭杜仁杰，从行台严公拜奠祠林。岁舍己酉立秋日上谷刘诩谨识。”

蒙古宪宗二年壬子（1252年）五十六岁。

为其父京兆府君修墓树碑，当不晚于此年。按：此碑“严忠济撰，衍圣公书”。衍圣公孔元措为严中济岳丈，此年卒。

蒙古宪宗四年甲寅（1254年）五十八岁。

是年，金亡已二十年，游故都汴京，反至杞县，以所作《沧浪歌》示郝经，纪其故居竹木之美。经作《万竹堂记》，以广其说。略谓杜氏三皆爱竹，金时筑万竹堂，士夫多咏之，毁于金末之乱。善夫自河南归，泪堂而悲，乃粪甓剂秽，身自爬梳，岁数期而竹荣。“岁甲寅，经客于杞，而先生至自汴，为‘沧浪之歌歌万竹’以见示，故引而申之为之纪”。

按：集中七律《自遣》二首，似即作于此年前后。其二云：“畚锸家园手自操，虽无多景足偿劳。十年种竹翻嫌密，一日栽松恨不高。是处求田消二顷，尚谁有梦到三刀！得名身后良痴计，尽拟浮沉付浊醪。”

蒙古宪宗五年乙卯（1255年）五十九岁。

八月，严忠济创建东平府学新落成，迎元好问校试诸生，选子弟六十余人，隶东序教官梁楝；又孔氏子弟十五人，隶西序教官王盘，而以金进士康晔为学官以主之。

按：善夫当预校诸生。袁桷《翰林承旨王公请谥事状》谓王构，东平人。“幼岁肄业郡学，试词赋入等，杜仁杰先生深器之”。又,《元史·刘敏中传》：济南章丘人。“乡先生杜仁杰爱其文，亟称之”。元初，东平文风之盛，冠于他路，善夫实有力焉。故卒后王恽挽诗有云：“老天未觉斯文丧，东鲁诸生有正传。”信非虚美。

蒙古宪宗七年丁巳（1257年）六十一岁。

九月，元好问卒于获鹿寓舍。

是年，所作绝句《鲁郊》云：“六十衰翁更莫闲，好将华发映青山。穆生自合寻归计，不在区区醴酒间。”穆生醴酒，见《汉书·楚元王传》。

此诗实为严忠济而发。蒋子正《山房随笔》，谓善夫游严相之门。一日，谗者间之，情分浸乖。杜谢以诗云：“高卧东窗兴已成，帘钩无复挂冠声。十年恩爱沦肌髓，只说严家好弟兄。”严悟非其过，款密如初。按：史载严忠济早岁骄侈，生杀予夺，皆由己出。兄弟家人之间，也有相当矛盾（见下）。善夫以一代名士，且为父执，处严氏昆弟之间，虽洁身自好，亦难不为忠济所忌，故为谗者所乘。自是后，二人关系日疏，因而时时有归隐之想。

元世祖中统元年庚申（1260年）六十四岁。

是年五月，元建立十路宣抚司，以严忠济强横难制，命姚枢使东平，辟王恽为详议官，置劝农，检察二司以监之，中济不敢抗。见《元史·姚枢传》。

王恽与善夫初会，当在此年，其《紫溪岭》诗后小记云："昔杜止轩告予云：杨西庵诙谐侠黠之雄者也，世人不知其然。不肖何有，竟负天下滑稽之名？杨何深而仆何浅也。"是年，杨果宣抚北京，故语及之。

七月，与严忠范登徂徕，题名为记："长清杜仁杰，与严忠范游徂徕，观水于白鹤湾。松阴临壑，高深难量。□□□□。□鹤回翔，时中统元年七月也。"见《泰安县志》卷十一。

此行，并勒善夫所撰《贫乐严铭》《演易斋铭》于石上。《岱览》："《贫乐岩铭》，杜仁杰撰，严忠范书。中统元年七月，勒贫乐严上，今文多缺损。"又，《泰山道里记》：徂徕山二圣宫，元鹿森隐居处。"东南峭石壁立，篆书《贫乐严》《演易斋》诸迹，杜仁杰为撰铭，残缺不可读。"

元世祖中统二年辛酉（1261 年）六十五岁。

六月癸卯（十三日），东平万户兼管民总管严忠济夺职，召还京师，以其弟忠范代之。诏曰："兄弟天伦，事至于此，朕甚悯焉。今予命尔，尹兹东土，非以讼受之也。"（《秋涧集》卷六十七）。观此，知忠济之失，皆其弟所发，善夫于此，究竟有无关系，待考。

是年，撰《故宣差千户保靖军节度使李侯神道碑》。墓主李顺，"生于金承安二年，殁于元中统二年二月八日。以其年四月葬于龟山之祖茔"。神道碑之作当在此后不久。道光《长清县志》卷十"祠祀志"，系年至元十六年，乃立碑之日，非撰碑之时，不可不考。

元世祖中统三年壬戌（1262 年）六十六岁。

是年夏，应道士曹志冲诸人之请，游长清之娄敬洞，撰《洞虚观碑记》。按：观为曹志冲所创，自壬辰（1232 年）后，历三十余年始成，兹姑系年于此。

元世祖中统四年癸亥（1263 年）六十七岁。

是年，严忠杰刊《元遗山文集》四十卷，前后有李治、徐世隆、杜仁杰、王鹗四序。李序作于上年十月，王序作于此年（昭阳大渊献）七月，善夫撰序之时当在二序之间。

元世祖中统五年甲子（1264年）六十八岁。

正月，撰《天门铭》，勒石于泰山南天门西侧。序云："泰山天门无室宇，尚矣，布山张炼师为之经构，累岁乃成，可谓破天荒者也，齐人杜仁杰，于是乎铭。《岱史》卷十五录此铭并附记职官、年月："东平路总管严忠范书，中统五年正月望日。"

按：张炼师，即张志伟（后名志纯），号天倪子，泰安阜上人。领严实之命，修泰山宫观二十余年。中统四年，奉旨提点泰安州道教事，与善夫极相得，故特为撰铭。又，《泰安阜上张氏先茔记》，亦为志伟而作。有云："予自壬辰北渡，往来于奉高者有年矣，寅缘得与师交际，其相与之意甚厚，且尝有同老泰山之约。"见《甘水仙源录》卷八。

九月，从张德辉登泰山，观日出，撰《东平府路宣慰张公登泰山记》，略云：皇帝中统元载，擢用宿儒，宣抚十道，公首与其选。"越四年，上复命公为东平宣慰使，尝曰曲阜实夫子之庭，泰山为中原神岳，皆在境下，所当亲祀。以至元重九前三日办严以行"。按：是年八月，改元"至元"。善夫作记，不出此年。惟立碑则在次年二月，见《泰山石刻记》。吴晓铃先生误以立碑之时系年，与文中"重九前三日"之语不合，不取。

元世祖至元二年乙丑（1265年）六十九岁。

二月丁巳（十七日），严忠范罢侯，入为兵刑二部尚书。

元世祖至元三年丙寅（1266年）七十岁。

是年，辞元廷翰林学士之召，蒋子正《山房随笔》，谓杜善夫山东名士，有荐之于朝，表谢不赴。中二联云："俾献言于乞言之际，敢尽其忠；若求仕于致仕之年，恐无此理。不能为白居易，漫法香山居士之名；惟愿学陆龟蒙，拜赐江湖散人之号。"古人以七十为致仕之时，故系年于此。

按：王旭《拟人辞翰林学士表》，与善夫一生情事相符，且与《山房随笔》所引二联语意相近。如："半世麻衣，不作弹冠之梦；满头丝发，还过致政之年。"又："岂有区区七秩之年，犹行扰扰众人之事。况臣谋猷不足以经国，学术不足以致君，笑谈有滑稽之名，文章非风雅之正。"王旭为善夫弟子，此表当代其师作。旧志或谓元世祖以翰林承旨授公，显为死后赠官之误。

元世祖至元四年丁卯（1267年）七十一岁。

五月，撰《洞真观主者王氏葬亲碑》。五古《题洞真观壁》，当为同时之作。

按：道光《长清县志》卷末《五峰志略》，谓金兴定初，羽士王志深，自栖霞奉母田氏来此。开辟山场，凿池引泉，号"洞真观"。元杜仁杰诗"贤者王真隐，手自辟空旷"。并系《王氏葬亲碑》于此年五月，谓"杜仁杰撰，张志伟书"。五古《题洞真观壁》(《长清县志》误为《题五峰山》)，即刻于该观玉皇殿西壁，"贤者"二句，即见此刻。

《与吕子谦郎中书》，作于此年或稍后。书中有云："习《题洞真观壁》《伐竹叹》，及《贺争谒李浩然命赋》《观醮》四篇，已曾录去。……吾弟子谦天下士，不吝点容窜。"

按：吕逊，字子谦，系出东平望族。父松，金隰州刺史，兴定间城陷死节。吕逊，至元初为江淮都转运司幕官。至元十年卒，年六十五。

元世祖至元七年庚午（1270年）七十四岁。

是年，游关中，寓京兆玄都观。授同恕诗法。

按：同恕《跋止轩先生辞翰》云："恕年十六七，先生来关中，寓几杖玄都观，恕往拜之。先生以故人子，谕诲勤恳，至再至三。授以《清辉堂赋》，草《长安怀古》乐府，书于方丈壁间，仍命读之，为说字音变例，恍然如对祥云丽日也。俯仰之间，六十年矣。"此文作于至顺元年庚午（1330年）。由此上推，即为善夫游关中之岁。

又，同恕之父继先，号玉山老人。博极群书，诗文有法。金末避兵关东。中统间，商挺抚陕，关京兆交钞库使。至元十七年卒。

元世祖至元八年辛未（1271年）七十五岁。

是年，至长垣，应友人侯居敬之请，撰《崇真观碑》及《河内公祠堂记》二文。

按：《崇真观碑》，立石于至元八年辛未八月望日，署"济南杜仁杰撰，宣授奉训大夫滕州知州马谦书丹，行泗宿总管府经历侯。篆额"。见嘉庆《长垣县志》卷十五"金石录"。

《河内公祠堂记》，为重修子路祠堂而作。谓“予适道出于蒲（长垣古名），友人太医侯君仲安，以记祝甚恳”。又，《崇真观碑》，谓是观之建，“太医侯居敬，……与有力焉”。仲安，或为居敬之字，两文当作于同年。《河内公祠堂记》，嘉靖《长垣县志》卷九“文章”，嘉庆《长垣县志》卷十三“艺文志”并录。

元世祖至元十一年甲戌（1274）七十八岁。

长清县君赵文昌（明叔），有惠政，以“景山”名其衙署楼，善夫诸人，皆以诗咏。东平府学教授李谦为作《景山楼记》，略谓长清县治，与甲马、青崖诸山相对。公廨有楼，实相顾揖。“济南赵君明叔之为尹也。以‘景山’命名，乡先生止轩杜公暨诸君子，多以诗赋其事，而未有记，则以书抵余”云云。见道光《长清县志》卷二。

按：赵文昌，长清人。至元十年至十二年为本县尹。李谦亦于十二年入为翰林应奉文字。故系善夫《赋景山楼诗》于此。

元世祖至元十三年丙子（1276年）八十岁。

正月，元兵下临安，宋幼帝赵㬎出降。

五律《送信云父》或作于此年秋：“居士身轻日，秋天木落时。山青云冉冉，川白草离离。涉世心将破，怀人鬓已丝。相逢琴酒乐，应怪久违期。”“身轻”，用东坡《贺子由生第四孙》“无官一身轻，有子万事足”意。诗当作于云父解职后。

按：信世昌，字云父，号中隐，东平须城人。至元间为太常丞，从元兵下杭州。时文天祥以右相至北营议和被留，命云父馆伴之，日侍言论，颇有向南之意。赠文天祥诗云：“宗庙有灵贤相出，黔黎无害大皇明。”临安为之传颂。天祥感其意，赋诗以答：“东鲁遗黎老子孙，南方心事北方身。几多江左腰金客，便把君王作路人。”详见文天祥《指南录后序》。

云父家近阙里，深染儒风，对临安之残破，当然是感慨万千的！他与文天祥的唱和又布在人口，自为元廷所忌，可能这年秋天，即解职回乡，因与善夫相会。

善夫之卒，即在二人相会之后，或延至来年岁首，因王旭祭文有“岂期微疴，绵延岁时”之语。可能小病缠身，时好时坏，前后有数月之久。

善夫晚年，隐居长清之灵严寺。寺在县东九十里方山下，有甘露、石龟、双鹤诸泉，及拂日严、铁袈裟、辟支塔、十里松等古迹。《泰山道里志》谓灵岩寺，“传为金陈寿恺，元杜仁杰旧隐处。……古木参差，礌砢臃肿，状若虬龙，志称千岁檀也”。善夫《游灵岩寺》曰：“涧冰消尽水声喧，山杏开时雪满川。老木嵌空从太古，断碑留语自前贤。蓬莱不合居平陆，兜率胡为下半天。金色界中无量在，可能此地了残年。”即晚年隐居情事。

“不肖何有，竟负天下滑稽之名？以滑稽善谑闻名于世，大概是杜善夫始料未及的。时至今日，一些涉及善夫的论著，仍多着眼于此，目之为滑稽之雄，而忽略其出处大节，这是很不全面的。综观善夫一生，早年游学于汴，所交皆天下名流，虽当金末多事之秋，何尝不有用世之意。河洛讲学，邓州从军，似可窥其心志。中年赶上亡国之变，对蒙古灭金，他是痛心疾首的。《读史偶书》曰：“杨彪不着鹿皮冠，元亮还书甲子年。此去乱离何日定，向来名节几人全！中原消息苍茫外，故里山河涕泪边。六国帝秦天暂醉，仲连休死海东壖。”以仲连自许，义不帝秦，几欲投袂而起。为了保持自己的名节。入元以后，他对元蒙统治者始终采取不合作的态度。太宗时，不应戊戌之选，世祖时，更是屡征不起，一生视富贵如浮云，晚年，更是过着“种青门数亩邵平瓜，酿白酒五斗刘伶醁，赏黄花三径渊明菊”的隐居生活。这一切，都表现了他的高风亮节。

这里，牵涉到杜善夫是不是金代遗民的问题，以往学者对此多持否定意见，主要是因为他一生多半岁月都在元代度过。这看法自然有一定的道理，但仍流于表面，故有重新讨论的必要。

杜善夫生活在一个特殊的历史年代，金、元都是少数民族入主中原所建立的王朝，但金元立国已久，实行的是汉族传统的封建统治，典章文物，多取法前朝，史称金世宗孳孳为治，养育士庶，有“小尧舜”之誉。宣孝太子，读书喜文，欲变夷狄之风俗，为中国之礼乐。其子章宗，更是崇尚儒雅，文治灿然，成一代之治规。故终金之世，虽“家法边塞，害亦不及天下”。(见《金史》本纪、《归潜志》卷十二）而蒙古初入中国，对汉族的统治，还是草原贵族原有的落后制度的延续。“相与宰割天下，而天下被其祸”(郝经《立政议》)。直到世祖忽必烈时，才逐渐推行汉法，建立与中原经济相适应的封建制度，但仍保留了不少的落后习俗，以维护蒙古贵族的既得利益，特别表现在民族的歧视和压迫上。

是以夷变夏？还是以夏变夷？这是金元之际知识分子所面临的大问题，不能不引起人们严肃的思考，因为这是两种命运的决战。清初顾炎武说：“处夷狄之邦，而不失吾中国之道，是之谓素夷狄行乎夷狄也。……若乃相率而臣事之，奉其令，行其俗，甚者导之以为虐于中国，而借口于素夷狄之文，则子思之罪人也矣”(《日知录》卷六)。这段话，排除其狭隘的民族沙文主义情绪，单从文化上讲，毫无疑问，华夏文明是当时水平最高的文化。杜善夫亲历亡国之惨，对蒙古入主中原以后，夷狄之道的横行，传统文化的沦落，是有切肤之感的。《河内公祠堂记》作于至元八年，已是七十五岁的高龄，回忆这段历史，犹是感慨万千：“逮秦汉魏晋而下，六朝隋唐之间，天下不知其几陵迟而几板荡？夫蒲故旧蒲，今代何代，而民谁民哉？……况壬辰之祸，古今无是惨，河朔萧然者，盖五十余年于兹矣！……呜呼，礼乐崩坏，至此亦极矣，良可痛悼！”

基于这种认识，杜善夫对忽必烈的推行汉法，即以儒家之道管理天下，曾表现出一定的认同。其《崇真观碑》曰：“式属前金灭亡之际，会当圣朝开创之初，变夷作夏，吾道于是乎始兴。”《河内公祠堂记》亦曰：“我朝开创以来，至圣上（忽必烈）甫五业，始以文教作治具。”但也仅此而已，他依然还是屡征不起，大概是感到忽必烈虽有变夷之心，却不是真正的有为之主。特别是中统三年山东李璮造反后，对汉人的猜忌更甚，汉法的推行受阻。既然儒学不振，当然只有隐退了。在此以先，北方的著名学者许衡，于中统初一聘而起，认为“不如此，则道不行”。稍后的刘因，对元廷的征聘则一再逊避，认为“不如此，则道不尊”。他们所说的“道”，同样都是以孔孟思想为核心的华夏文化。

不难看出，金元时期北方儒者所看重的“夷夏之别”，已不限于狭隘的族类地域之争，而在于华夏文明之兴废。对于这种文化的再起，杜善夫始终懔有无限的信心。《河内公祠堂记》一文，对以子路为代表的古昔圣贤的人格精神之美，作了最高的礼赞：“在天则为河汉、为列星；在地则为川渎、为乔严。散之于气，为雷霆、为风雨；栖之于物，为金、为锡、为器车；钟之于人，为圣、为贤。安往而不在？”这就是孟子所说的至大至刚的浩然之气，也是杜善夫一生进退出处的精神支柱。

马克思说：“野蛮的征服者总是被那些他们所征服的民族的较高文明所征服。”这是不以人们意志为转移的“永恒的历史规律”。中华多民族融合的历史，不止一次地证明了这一点。从这个意义上来说，杜善夫等金元儒者所强调的“以夏变夷”，仍有其历史的积极作用，应该予以肯定。

（收入门岿主编：《中国古典诗歌的晚晖——散曲》，天津：天津古籍出版社，1994年，第228~243页）

王嘉甫生平小考

散曲家王嘉甫，见《阳春白雪》卷首古今姓氏篇，今存散套【仙吕·八声甘州】《莺花伴侣》一首。

关于他的生平，1948年，隋树森先生于《文艺复兴·中国文学研究专号》（上）[①]，发表《〈秋涧文集〉中的元代曲家史料》一文。其间涉及嘉甫者，有王恽所赠诗词四首。1964年，隋先生所编《全元散曲》出版，于王嘉甫小传下云："生平不详。王恽《秋涧文集》有送王嘉父及所赠王嘉父诗，疑即此人。"持论审慎之至。1953年，孙楷第先生整理旧稿，成《元曲家考略》一书，交上海古籍出版社出版[②]，对《秋涧文集》中王恽寄赠嘉甫诸诗作了初步的分析，指出嘉甫曾为"山东幕职官，初识恽于卫辉"。又于刘因《静修集》中，检出《嘉甫从亲王镇怀孟》一诗，先生考察后曰："如因所称嘉甫即王嘉甫，则知嘉甫为怀孟路人，陵川郝氏之徒，至元末年已晚暮。"复于盛如梓《庶斋老学丛谈》中杨起宗条，得王嘉甫诗一首，如"王嘉甫名国宾"。并郑重指出，元

① 郑振铎、李健吾主编：《文艺复兴》，4卷七号，1948年9月，第82~85页。

② 《元曲家考略》又有1981年上海古籍出版社"增订本"，"王嘉甫"条仍因旧说，故不再及。

时另有王利用字国宾，通州潞县人，仕甚达，不可与嘉甫相混[①]。

以上，即五十余年来有关王嘉甫生平之考证，主要皆为孙楷第先生之劳绩。自此以后，似未再有更深入之讨论，这主要是由于新的文献资料发现之不易，故难以为说也。

说嘉甫曾为“山东幕职官”，甚确。此点，可由刘敏中《中庵集》卷十一《先府君迁祔表》一文得到证实。敏中之父名昌，后名景石，字文瑞，济南章丘人。卒于至元二十三年丙戌（1286年），得年六十八。曾历济南总府、山东转运二幕经历，以性刚不可从俗，以疾免归。故：

> 一时名胜者宿居济南者，如长山张清真参议，济阳张澹然郎中，益津高敬斋提学，大定郭阅庵先生，邢州智先生，中山王嘉甫详议，皆相与折节为忘年游。[②]

于此，知嘉甫为济南总府详议官。刘景石与诸老既为“忘年游”，其年龄相差最少当在十年以上。刘景石生于金宣宗兴定三年（1218年），由此上推，则知嘉甫当生于金章宗泰和八年（1208年）以前，金亡时已近而立之年。

王嘉甫的家世，《中庵集》卷十六《济南王处宜鸠金疏》一文透露了一点消息。曰：

> 济南王处宜寓轩，尚书刚敏公之孙，嘉甫教授先生之子。幼服庭训，勤礼好学，卓然有干蛊孝友之称。咸谓名德之后，变化必速。而比年生理益迫，箪瓢屡空。家世完州，先垅攸在。父殁，藁殡历山，无由归葬。兄弟飘泊，邈在江淮。孀亲阙甘旨之奉，数口无朝夕之给。

“完州”，即今河北顺平县。金为永平县，旧属中山府。元太宗十一

---

① 1998年河北教育出版社出版之《全元曲》第10卷，“王嘉甫”小传，仍与王利用相混，不知何据。

② 张清真等五人，皆当为嘉甫在济南时所结识。今可考知者，济阳张澹然，名鼎，金正大七年进士，历省掾，授郡倅。金亡归，任济南总府郎中，年逾知命而卒，有诗文乐府数百篇。见张之翰《张沧然先生文集序》。益津高敬斋，名翻，与张鼎为同年进士。中统二年，任济南提学。

年割完州隶顺天府。“尚书刚敏公”，为金宣宗时名臣王扩。元好问《嘉议大夫陕西东路转运使刚敏王公神道碑铭》，即为斯人而作。略曰：王扩，字充之，世为定州永平人。明昌五年进士，历官至陕西东路转运使，行六部尚书。兴定四年（1219 年）卒，得年六十四，以战乱权葬于长安慈恩寺。子男三人，长元庆，仕为归德行六部郎中；次未名而卒；次元亨，业进士。元亨，即曲家王嘉甫也。古人立字以副名，由名以制字。因《易·干》有“亨者，嘉之会也”之文，故以嘉甫为字。

此碑铭，实应王元庆之请，作于海迷失皇后元年己酉（1249 年），嘉甫年过四十，去其父之死已三十年之久。此前，其兄元庆曾间关千里，自陕扶柩返里，至是始安葬于永平祖墓[①]。元好问于碑文中称嘉甫“业进士”，可见其出仕年月仍当在后。

宪宗六年丙辰（1256 年），嘉甫年近五十，始入济南行台任详议官。王恽《送王嘉父》七律二首，即作于此年。诗曰：

新知虽乐道弥亲，樽酒灯前便故人。时宦尽从闲处着，浩歌还爱醉时真。红莲幕府名兼隐，春草池塘句有神。恨煞百门山下水，锦波流不到东秦。（其一）

一见襟期倍所闻，雾岩玄豹隐奇文。清尊皓月应无几，赤日黄尘遽尔分。浊酒可因微恙止，天葩宁为舞裙芬。百年湖海论文地，兴在天东日暮云。（其二）

孙楷第先生谓：“百门陂在卫辉路辉州，东秦谓齐。”指出二人相会之地。其实，诗作时间亦可考出。因《秋涧文集》中诗文诸作，基本上都是分体编年，以写作先后为序的。《送王嘉父》二律，见文集卷十四，其次在三。其第一首为《哭刘房山》。刘房山，名伯熙，字善甫，燕人，出金源时燕京四大族刘姓之后。伯熙金末时很有文名，与御史雷希颜齐名，号曰：“雷刘”。金亡

① 杨奂：《锦峰王先生墓表》谓平阴王仲元，登进士，历官陕西东路转运司判官，贞祐四年卒，家贫，权殡长安南雁塔之阴，邻尚书王扩墓。后三十八年，尚书子元卿至，许并负而东，既而恐亲族零落，无可归宿而止。“三十八”，疑为“三十三”之误。

后，往来燕赵间二十余年，宪宗六年卒于汴京旅次，年七十四，权殡于苏门（见郝经《房山先生墓铭》）。苏门，在河南辉县西北七里，即百门山，距王恽故乡汲县不足六十里，可能是参加刘房山葬礼后才写吊诗的。又，同卷第五首为《秋日言怀》，小注曰："时先考卧病。"明为后日补注。按王恽《先考府君墓志铭》记云："丙辰春，平章赵公璧以书来聘，时以疾不克往。明年丁亥秋八月十有八日，考终牖下，享年五十有六。"据此，亦可考知《秋日言怀》写作之时地。观此，《送王嘉父》前后各诗，均为宪宗六年丙辰之作，则系年于上，估计亦不会有太大的出入。

王恽还有《寄赠王嘉父》绝句一首，见《秋涧文集》卷二十四：

十日休闲一到衙，冷官滋味贾长沙。

醉归多趁南湖月，马上披香直到家。

孙楷第先生疑"冷官"指王府官，大概是由于"贾长沙"一语所引起的联想，案之实非。汉代贾谊被贬为长沙王太傅，在政治上完全处于被闲置的地位，和长沙王的关系也是若即若离，非常微妙，尽管很失意，但他在王府的地位还是很高的。此处"十日休闲一到衙"，仅仅是说官府事简，十天才有一次衙参的机会，得以接近长官；就是说嘉甫虽为幕府详议官，但由于官职卑小，和主人的关系比较疏远而已。仅此点，和贾谊有相似之处，故取以为喻。《寄赠王嘉父》，考其写作时日，仍为宪宗六年丙辰之作，因紧次其后的为《送王子冕天坛行香》即作于此年。诗曰："山川望秩走星轺，藩府怀贤梦想劳。不为碧鸡金马异，汉家优礼起王褒。"王子冕即王博文，号西溪。本东鲁人，后居彰德。宪宗六年，忽必烈开府于岭北泺水之阳，筑开平城，动工之先，命道士王一清及府僚赴各路祭告五岳四渎、山川诸神。读此诗，知王博文于是年入王府，适逢此役，因而有天坛行香之举，其事正与汉宣帝时，王褒奉命往益州祀碧鸡金马之神相类，故用此典。

至于【太常引】《送嘉父词》："去岁鞍马客南墉，奈告别，苦匆匆。今岁又相逢，喜客舍清尊屡同。"曰"去年"，曰"今岁"，明为宪宗七年之作，兹不具论。

济南行台，自张荣于元太祖二十一年丙戌（1226年），授金紫光禄大夫、山东行尚书省事兼兵马都元帅。开府以来，父子祖孙三代，前后约四十年相继为侯，显赫无比。与真定史天泽、保定张柔、东平严实，号称元初四大诸侯，各据地千里，胜兵数万，多喜收揽贤俊以系民望，一时幕府人才辈出，盛极一时。嘉甫自宪宗六年入济南行台幕，正是张荣之孙张宏袭侯之时。宏虽武人，颇爱养士，如上所举刘敏中《先府君迁衬表》所列济南诸名宿，皆为嘉甫所友，或商略文字，或评论古今，风流儒雅，可想而知。然自中统三年李璮叛后，元世祖为削减汉人世侯之权，于至元元年（1264年）十二月罢诸侯世守，行迁转法，史天泽子侄一日解除兵权者十七人，张宏亦由山东大都督改真定路总管兼府尹。济南幕府旧人或退隐，或改他职，各自西东。是年，嘉甫已过五十六岁，晚年迟暮，始任济南府学教授，死后家贫，无以归葬，藁殡于历山脚下。估计其卒年在至元五年（1268年）后不久，可能活了六十几岁。

附：王元亨（嘉甫）世系表

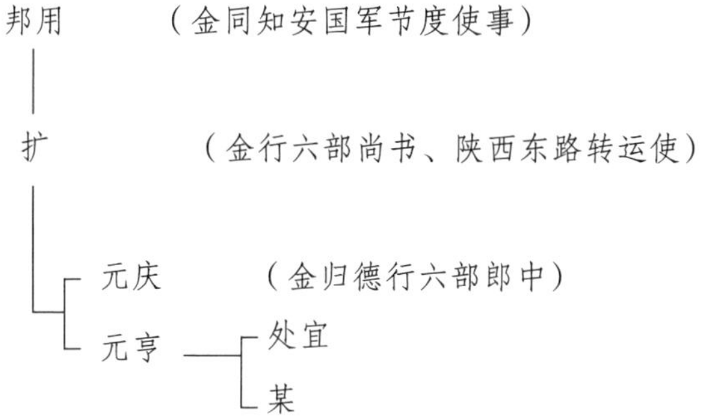

2002年10月于兰州大学随缘斋

（原刊《殷都学刊》2003年第1期［3月］，第55~57页）

散曲家鲜于枢行年考

元代散曲家鲜于枢，名见《阳春白雪》卷首“古今姓氏”，《太和正音谱》卷首“古今英贤乐府格势”亦录，未加评语。作品存【仙吕 · 八声甘州】“江天暮雪”一套，正属于吴师道《鲜于伯机自书乐府遗墨》所云：“道退居之趣，恬淡闲雅，有稼轩、遗山风”一类的曲子；而吴氏所见“规模《香奁》《花间》，艳丽而媟，非庄士所欲闻”的一类的艳词[①]，则片字无存，可见散佚已多。

鲜于枢，字伯机，又作伯几，号困学民，又号西溪子。别署虎林隐吏、直寄老人、箕子之裔。本贯蓟州（今天津蓟州区），占籍德兴（今河北涿鹿）。其家世，略见于周砥所撰、赵孟頫楷书《鲜于府君墓志铭》一文[②]：谓贞祐之乱（1214 年），伯机祖父避乱携家南奔，至居庸关遇盗被害，年仅三十。祖母李夫人独携幼稚至燕京。明年，复走河南，转徙于许、亳之间，务备艰苦。壬辰（1232 年）北渡，卒于故乡蓟州。其父光祖，为避权豪，复又移家

① 吴师道：《吴礼部集》，《四库全书》本，卷 17。下文注释引用《四库全书》本时，不再标明。

② 《赵孟頫小楷习字帖》（北京：北京出版社，1990 年），第 12~26 页。

博州（今山东聊城）。蒙古宪宗二年壬子（1252 年），经略江淮，从都转运使周惠之辟，出为广济仓提举（从八品），兼军储知事。九年己未（1259 年），大军进围武昌，其父沿大河上下，转运军粮。至元三年丙寅（1266 年），解职移家汴京，子孙遂为汴人。伯机《题范宽雪山图》自云："我家汴水湄，境与嵩华邻。"又《次韵仇仁父晚秋杂兴三首》亦云："北望空思汴，南游未厌吴。"可证。

伯机有异母弟曰桂，曾勉其向学云："中原大儒遗山先生尝云：有神降一士人家，降笔书云：欲求聪明，先须积学；欲求子孙，先须积孝。桂积孝矣，学未致力也。兄枢书。"[①] 有异母妹二人：一适何巨济，一适胡昌。有子三人，女二人。孙曰端。今考其世系如下：

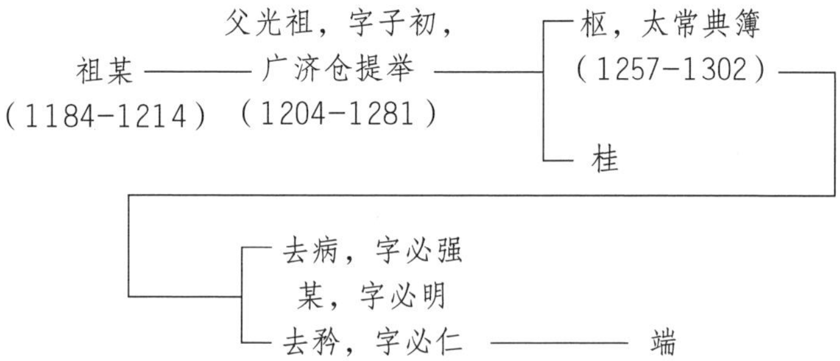

蒙古宪宗七年丁巳（1257 年）一岁。

伯机卒于大德六年，得年四十六。由此上推，当生于此年。

元世祖至元三年丙寅（1266 年）十岁。

是年，其父自广济仓提举解职，定居于汴。此前，当随其父宦游所至，遍历河南各地。陆友《研北杂志》卷下记伯机幼时曾至南阳，见宗资墓旁石兽上，刻"天禄辟邪"四字。时大军围襄阳，士卒病疟，有模"天禄"二字，焚而吞之病愈者，人以为异云云[②]。又，其生母李氏，

---

① 吴师道：《吴礼部集》，卷十七。

② 陆友：《研北杂志》，"宝颜堂秘籍"本。

洛阳人，则洛京亦当为必经之地。定居汴梁，更是当日人文荟萃之所。这些，对处于幼学之年的伯机，应该有相当深厚的影响。

至元十二年乙亥(1275年)十九岁。

伯机早年事迹不详。陶宗仪《书史会要》卷七谓其“早年尝作吏，故所书未能脱去旧习，不免间有俗气”。此说不知何出，然元初士子，率以吏进。伯机入朝学吏，当在此年前后。

大都交游可考者：

高克恭，字彦敬，西域色目人。侨居房山，善寒林墨竹，人称高房山。长伯机九岁。是年，补工部令史，后官至刑部尚书。曾为伯机作《巢云图》，题云“高克恭为伯机尊兄作”。元末丁鹤年题诗曰：“远山吞天碧，危峰拔地青。何由云树底，挥麈坐茅亭。”[①]

何失，字得之，昌平人。年岁略长于伯机。一生未仕，足迹不出国门。负才气，以卖纱自给。每日骑驴歌吟道上，旨意良远，人以“心事巢由以上，文章陶阮之间”读之。柳贯《题赵明仲所藏姚子敬书高彦敬尚书绝句后》谓其与高克恭、鲜于伯机“同学为诗”。[②]可见过从甚密。

张斯立，字可与，号绣江，济南章丘人。至元六年辟山东按察司掾史，历江南行台御史、浙省郎中，官至中书参政。

李有，字仲方，燕京人。工古隶，枯木竹石，意尤高远。卒两浙运司经历任上。按：张、李二人，此时与伯机同仕于朝，后又同官吴越，实非一日之雅。

至元十三年丙子(1276年)二十岁。

是年正月，临安破，南宋亡。二月，元廷于杭州立浙东、浙西两宣慰司。伯机供职于浙东，于友人王芝处观颜鲁公《瀛洲帖》，题曰：“颜太师书，世不多见。不肖平生得见三本：《祭侄季明文》《马病》及此帖。《祭侄》行草，《马病》行真，皆小，而此帖正行差大。虽体制不同，而英风烈气，见于笔端一

---

① 张丑：《清河书画舫》，卷十一下。

② 柳贯：《柳待制文集》，“四部丛刊”本，卷十八。

也。”[①] 按：前有大梁王芝二月十二日自跋，谓“至元丙子得此帖于张绣江处”。

王芝字子庆，号井西，钱塘人。大梁，指其祖籍。为人多闻博识，书画典籍收藏甚富。时受命赴浙东收取郡县图籍。

与赵孟頫定交，当在此年或稍后。孟頫《哀鲜于伯机》云：“我生大江南，君长淮水北。忆昨闻令名，官舍始相识。我方二十余，君发黑如漆。”孟頫是年二十三岁，长伯机三岁，故云。

至元十四年丁丑（1277年）二十一岁。

浙东宣慰移治于越（今浙江绍兴）。宣慰使陈天佑以伯机为都事（从七品）。天佑，字庆甫，赵州宁晋人。是年九月出巡，遇盗身亡，年五十有六。柳贯《跋陈庆甫所藏鲜于伯机书自作饮酒诗》曰：“鲜于公面带河朔伟气。每酒酣骜放，吟诗作字，奇态横生。此《饮酒》诸诗，尤旷迈可喜，遇其得意，往往为人诵之……盖庆甫掾浙东，公为都曹。”[②]

赴越前，友人邓文原有《送鲜于伯机之官浙东》诗，曰：“衣冠文献参诸老，台阁功名负此公。十载黄尘看去马，万山青眼送飞鸿。挥毫对客风生座，载酒论诗月满蓬。昭世需才公论定，起分春雨浙江东。”

邓文原，字善之，号匪石。本蜀人，流寓杭州，以教授生徒给亲养。至元二十七年为杭州儒学正。延祐间，官至国子祭酒。其年小于伯机一岁。

五古《宝林寺》当作于此年或稍后。寺在绍兴府南二里许，南朝刘宋时始建。诗见《元诗选》二集之丙集（以下凡伯机诗见于此书者，不复出注）。

至元十五年戊寅（1278年）二十二岁。

长子去病出生于扬州天台县，因天台古名堂邑，故乳名阿堂（详

① 张丑：《清河书画舫》，卷五上。

② 柳贯：《柳待制文集》，“四部丛刊”本，卷十八。

后）。按：伯机子女乳名，都以出生地呼之，次子阿虎，三子阿彪，皆当生于杭州，因杭州一名虎林也。长女楚，则明生于湖南矣。

至元十六年己卯（1279年）二十三岁。

是年，浙东宣慰司复又迁治于婺州（今浙江金华），伯机仍为都事。《吴礼部诗话》云："鲜于伯机初至婺，题诗于屏云：'廨舍如僧舍，官曹如马曹。头巾终日岸，手板或时操。'佳句也。"

与宋遗民王城为文字友，当在此时。城，字玉成，号成斋，婺人。长伯机十岁。幼从族祖王柏问学。宋末补修职郎、建康酒税院，未上而国亡，遂不复出，与戴表元、胡长孺、谢翱游唱和于残山剩水之间，故多麦秀黍离之声。王祎《故成斋先生墓表》谓是时浙东宣慰、按察两司并治于婺。两司主管僚佐，如鲜于枢等人，以其为前代文献之所遗，人望之所归，无不略势与交。[①] 柳贯《跋唐临吴兴二帖》，谓伯机得之于驸马都尉杨镇，辍之以赠成斋。又，伯机出巡，有《五郡纪行》诗卷，成斋曾题咏其上。今原卷已不可得见，元末胡助有《用王玉成韵鲜于伯机五郡纪行诗》七绝二首[②]，可见其意：

古锦奚囊晓出关，春归绿野有余闲。老农不识皇华使，按辔来看海上山。

几回下马扣柴关，坐石题诗意自闲。明越天台温处道，白云流水万重山。

至元十七年庚辰（1280年）二十四岁。

是年，改任岭北湖南道提刑按察司经历，仍从七品。长女楚，当生于此时。在长沙，得观李邕《岳麓寺碑》，见其笔势雄健，凌厉不可一世，深有所悟。刘致跋鲜于《进学解帖》云：伯机学书，始学奥屯周卿竹轩，后学姚鲁公雪斋。"及为湖南宪司经历，见李北海《岳麓寺碑》，乃有所得"云云。

湖南宪司任期未满，召补内省掾，以家贫亲老，不能北，乃顺流而下，

---

① 王祎：《王忠文公集》，卷二十。

② 胡助：《纯白斋类稿》，"金华丛书"本，卷十五。

留寓扬州。见张之翰《送鲜于都事赴任杭州序》。[1]张字周卿，邯郸人，时任南台监察御史。

至元十八年辛巳（1281年）二十五岁。

伯机在扬州，迎其父自汴南下就养。四月十一日，其父卒于淮安舟中，年七十七岁，权厝于扬州城北之开元寺。自是，居丧守制，除读书考古外，百不事事。

至元二十年癸未（1283年）二十七岁。

是年春，始得浙西宣慰司都事之命，赴杭州。此前，江南行台曾两荐其为监察御史而未果，至是方有此命，扬州友人皆有位不究才之叹。张之翰《送鲜于都事赴杭州序》云："与其群列于此，孰若独立于其彼；与其倥偬于内，孰若从容于其外……孤舟水生，亟趋杭矣。"王旭《送鲜于伯机之官浙西》诗曰："我友西溪君，高明气雄伟。经纶富奇策，学术有源委。笔落惊鸾翔，文成讶翻水。跌宕诗酒余，风流谈笑里。予迁广陵居，得与君密迩。誓将千顷波，一洗尘心鄙。春风送离歌，又见行轩起。福星照吴越，重为斯民喜。"[2]

王旭，字景初，号兰轩，东平人。出散曲家杜善夫之门。一生以教授生徒而转徙南北。

至元二十一年甲申（1284年）二十八岁。

是年二月，浙西宣慰司移治平江（今江苏苏州），见《元史·世祖本纪七》。

至元二十二年乙酉（1285年）二十九岁。

在平江。是年秋冬，当有大都之行，陆续收得金元名公李献卿、陈规、高鸣等二十余家翰墨。自云："至元乙酉得于京师……直以所得日月先后次序之，不敢妄有品第。"（《困学斋杂录》）

李日华《味水轩日记》卷四所录伯机草书七绝，似作于此时："燕

---

① 张之翰：《西严集》，"四库珍本初集"本，卷十四。

② 王旭：《兰轩集》，"四库珍本初集"本，卷一。

山十月寒堕指，雪尽长途风走沙。争信江南此时节，漫山轻雾湿梅花。”

至元二十三年丙戌(1286年)三十岁。

在平江，赴杭州为大儿议亲，当在此年前后。《与达夫都司帖》云：“适与大儿议亲来杭，至常之新安，暮泊溪口，中夜堕水，几为溺鬼，作五言自儆云：勿浣衣上泥，留作韦与弦。因风寄达夫都司一笑。”[1]新安镇，在常州路无锡州东南三十里，为运河码头。

与诗人方回相识，当在此年。回字万里，号虚谷，徽州歙县人。长伯机三十岁。宋景定进士，严州知府。降元后为建德路总管，旋罢，留寓杭州。其《赠鲜于伯机》诗云：“吟鞍霜跌后，谈麈日闲时。此客差同味，萧斋许一窥。”[2]方诗编年，此首系年丙戌。

是年六月，杭州、平江二路大水，坏民田一万七千二百顷(《元史·五行志》)。《水荒子》二首，可能作于灾后出巡途中。其一云：“水荒子，日日悲歌向城市。辞危调苦不忍闻，妻孥散尽余一身……行歌乞食良不恶，犹胜弄兵狱中死。”其二云：“水荒子，听我语，忍死休离去乡土。江中风浪大如山，蛟鳄垂涎宁贯汝。路旁暴客掠人卖，性命由他还更苦……区区吏弊何时无，闻早还乡事东作。”面对流离失所、嗷嗷待哺的饥民，眼看官贪吏横的暴政，自己却一筹莫展，其内心的痛苦是可想而知的。

十一月，在杭州，得王献之《保母帖》，喜赋七绝四首，见《元诗选》二集之丙集。又与赵孟頫同跋友人李衎所得之王羲之《眠食帖》。衎字仲宾，号息斋，晚号醉车先生，蓟丘(今属北京)人。长伯机十三岁。起家将仕佐郎太常太祝兼奉礼郎。至元二十四年任江淮行省员外郎，历官至吏部尚书。善画墨竹，尝与友人讲论，好事者谬相许可，独伯机谓“以墨写竹清矣，未若传其本色之为清且真也”。详见李衎《竹谱详论》。

是冬，南巡至建德，谒山房先生方逢振，逢振赠以端石茶铛，并赋《茶具一赞鲜于伯机》七古一首，中云：“伯机卓荦美少年，好官不做自取廉。床

① 汪砢玉：《珊瑚网》，上“书录”，“国学基本丛书”本，卷十。

② 方回：《桐江续集》，“四库珍本初集”本，卷十二。

头月俸无一钱，手续陆羽经二篇。”但结处却忽发惊人语：“天公高高望眼穿，百姓堕泪深深渊。无人敢说江南天。”伯机出巡，自然要访问民生疾苦，故方诗结语及之。

方逢振，字君玉，号可斋，淳安人，宋末历官至太府寺簿，入元后高隐不起，讲学于石峡书院。

至元二十四年丁亥(1287年)三十一岁。

春正月，自平江至杭州，改任两浙都转运司经历，仍为从七品小吏。戴表元《困学斋记》云：“丁亥之春，余识鲜于伯机于杭。方是时，伯机以材选为三司史掾。”唐宋以来，盐铁、度支、户部三使合称“三司使”，此处专指两浙运司。戴文又云：伯机意气雄豪，每与其长廷争是非，一语不合，飘然欲去。“轩骑所过，父老环聚，指目曰：此我鲜于公也”。[1]

戴表元，字率初，庆元奉化人。长伯机十二岁。宋咸淳七年进士，任建康府学教授。入元后以教读为生，刻意于学，名重一时。

二月，得祖母李夫人生前所书屏山《归田十词》卷，求序于在杭友人。何梦桂《鲜于夫人李氏手帖记》云：“夫人夙遭闵凶，间关兵盗。夫没，二雏呱呱，拮据捋荼，以免于育鞠。末年乱离颠沛，幽路邅徊，而玉质冰心，烈烈不涅以死。”末记附曰“至元二十四年岁在丁亥春二月既望序”。[2]

何梦桂，字岩叟，号潜斋，淳安人。长伯机二十九岁。宋末官大理寺卿，入元后屡召不起。

又王旭题《贤母李氏卷后》诗曰：“女中称孝妇称贤，教子成家母道全。华发任生青镜里，春风长在彩衣前。珠明玉洁尘埃远，桂香椿荣造化偏。正要高人挥健笔，姓名书与四方传。”[3]并作《鲜于伯机出其祖

---

① 戴表元：《剡源戴先生文集》，“四部丛刊”本，卷二。

② 何梦桂：《潜斋集》，卷五。

③ 王旭：《兰轩集》，“四库珍本初集”本，卷七。

母太夫人遗墨敬书三绝其后》以咏之。八月，赴扬州，谒国子祭酒周砥，求为其父光祖撰写墓志。适友人赵孟頫任兵部郎中，以至元钞法不行，偕尚书刘宣赴江南，问江浙行省慢令之罪，抵扬州，乃为书篆。

周砥，字正平，山东聊城人。是年二月，以集贤院南北诸儒推荐，任国子祭酒。见《庙学典礼》卷二。

秋，偕赵孟頫同登婺州八咏楼，作【念奴娇】词：

长溪西注，似延平双剑，千年初合。溪上千峰明紫翠，放出群龙头角。潇洒云林，微茫烟草，极目春洲阔。城高楼迥，恍然身在寥廓。

我来阴雨兼旬，滩声怒起，日日东风恶。须待青天明月夜，一试严维佳作。风景不殊，溪山信美，处处堪行乐。休文何事，年年多病如削。[①]

八咏楼，本名玄畅楼。后人以南齐时太守沈约有《八咏诗》，遂以名楼。赵孟頫所作者为七律，结云“如此溪山良不恶，休文何事不胜衣”。与伯机之词互为表里，自为同时之作。

自夏至秋，与方回多有酬唱之作，今见于《桐江续集》者，有《鲜于伯机近举诗有一官屡厄黄杨闰之句，忘其全联，因赋呈之》。按：俗谓黄杨岁长一寸，遇闰年则退二寸。伯机自至元十三年任浙东宣慰都事起，至是已十余年，官虽屡调，而阶仍从七，故取以自喻。又，《次韵鲜于伯机秋怀古体》说到伯机景况：“羸马仅刍秣，稚子且葵苋。大似周南留，宁有东平恋。或报御史除，摇首亦弗愿。”[②]伯机久不满于盐运之龌龊小职，往日一心向往的监察御史一类的美除，到这时候大概也心灰意冷了。

是年，诗人白珽自中原回至杭州。宋濂《元故湛渊先生白公墓铭》云：中岁尝出游梁郑齐鲁，览河山之胜，慨然有尚友千载之意而家益贫。“宣慰

---

① 杨慎：《词品》，《词话丛编》本，卷六。

② 方回：《桐江续集》，“四库珍本初集”本，卷十三。

都事鲜于公枢，帅一时名士，援杜甫、邵尧夫故事，共买屋使之居”。[1]十二月二十日，大雪，伯机访问白珽。闻讯而会者，俞伯奇、僧人有在，饮酒抚琴，甚乐。因拆“飞入园林总是春”为韵，各赋五古一首。余三韵，征友人仇远、张瑛、邓文原足成之。见白珽《武林胜集序》。[2]伯机得“总”字，诗曰：

穷冬十日雪，户外曾未踵。念我平生友，欲往恨不勇。兹晨剧命驾，相对腹一捧。促招东林远，其念北海孔。把酒望六合，琼瑶纷总总。兴极不知休，严城钟鼓动。(《元诗纪事》卷八)

以上诸人，除已见者外，白珽、仇远，俱年长伯机十岁。珽字廷玉，号湛渊，钱塘人。至元二十八年为太平学正，历常州儒学教授，江浙儒学副提举。其诗文为时所重。

仇远，字仁近，号山村，亦钱塘人。工于诗，与白珽齐名，并称“仇白”。至元中，为溧阳州学教授。

张瑛，字仲实，号菊存。本西秦人，南宋初名将张俊之五世孙，因家钱塘。小伯机二岁。至元中起为杭州儒学录，历宜兴、平江两州儒学教授及两浙盐运司知事。

至元二十六年己丑（1289年）三十三岁。

六月二十一日，与周密过访乔篑成，同观吴道子火星，智永真草千文，李伯时女孝经，董源山水诸书画，“皆宣和御府之物”（周密《志雅堂杂钞》卷下）。七古《题董北苑山水》似作于此时。

爱山不得山中住，长日空吟忆山句。偶然见此虚堂间，顿觉还我沧洲趣。阴崖绝壑雷雨黑，苍藤老木蛟龙怒。岸石荦确溪涧阔，知有人家入无路。一重一掩深复深，危桥古屋依云林。是中宜有避世者，我欲径去投冠簪……谁怜龌龊百僚底，

① 宋濂：《宋文宪集》，卷十九。

② 白珽：《湛渊遗稿·补稿》，“知不足斋丛书”本。

双鬓尘埃对此图。

周密，字公瑾，号草窗，又号弁阳老人。先本齐人，自曾祖起迁吴兴，遂为湖人。长伯机二十五岁。密宋末入临安府幕，监和济药局，充奉礼郎监丰储仓。宋亡不仕，以故国文献自任，居杭州癸辛街，作《武林旧事》《齐东野语》《癸辛杂识》诸书，其得之于伯机者，有《续集》之华夷图石、凿井法、狗站、姨夫眼眶、铁蛆；以及《别集》之天市垣、燕子城铜印等多条，可见二人交往之密。

乔篑成，字达之，号仲山。山东冠州人。至元二十六年任两浙盐运司判官。大德丙午，任江阴州尹。

是年，友人李有卒两浙运司经历任上，张斯立时为江浙行省郎中，致书鲜于伯机云："仲方殁矣，家贫子幼，吾辈若不为经纪，则孤寡何所依也！吾以一女许配其仲子矣，公以为何如？"鲜于闻讣，哀祭成礼，亦以一女许赘其长子从善，后官绍兴推官，见陶宗仪《结交重义气》。[①] 又，据邓文原《故大中大夫刑部尚书高公行状》，谓高克恭是时以右司都事出使江浙，考核簿书。闻仲方死，为之卜地，葬于西溪，且为文志其墓。友人与葬者，有郭佑之、李仲宾、鲜于伯机、王子庆等人。[②]

郭畀，字天锡，又字佑之，号北村。丹徒人。至元中辟江浙行省掾史，美须髯，人以"郭髯"呼之。画学米南宫，师事高克恭，得其笔法。

至元二十七年庚寅（1290 年）三十四岁。

是年春，两浙都转司经历任满，解职后退隐杭州西溪，闭门谢客，筑小屋，扁曰"困学"。友人俞德邻、戴表元皆为作记。

德邻《困学斋记》云："渔阳鲜于君，以英才逸气，妙年为台省所知，已而佐宣阃，裨漕计，幕谋檄笔，翕然称之。阶是而巨官要职，犹探诸怀而取之也。君慨然曰：'吾少弗克自力于学，今且仕，怀空抱虚，吾心恧焉。'于是投簪解绂，卜宅钱塘之西，葺小斋，扁曰'困学'，置书策琴瑟其中，古鼎

① 陶宗仪：《辍耕录》（北京：中华书局，1959 年），卷二十四。

② 邓文原：《巴西文集》，卷下。

彝环列左右。暇之日，冠藤冠，焚香端坐，紬今绎古。客或至，躧屣拂席，相与剧谈名理，率移晷乃去。”①

俞德邻，字宗大，号太玉山人。永嘉人，后居京口。宋咸淳进士，入元不仕。

五月。赵孟頫迁集贤直学士，知伯机退隐，自京寄诗，赞其勇退。《寄鲜于伯机》云：“脱身轩冕场，筑室西湖滨。开轩弄玉琴，临池书练裙。雷文粲周鼎，《鹿鸣》娱嘉宾。图书左右列，花竹自清新。赋诗凌鲍谢，往往绝埃尘。”而自己却“误落尘网中，四度京华春”。②盖自至元二十四年应召入都，至此已四年，故云。

九月十日，与周密同访廉希贡。《志雅堂杂钞》卷上：“（庚寅）九月十日，偕伯机访端父理问，出商尊一，曰父已，商器也……敦二，大小相似，皆有款，恐亦三代物。又尊一，无款，恐只汉器。”

廉希贡，字端夫，号芗林。维吾尔族。元初名相廉希宪之弟，时为江浙行省理问所理问。

至元二十八年辛卯（1291 年）三十五岁。

二月八日，访张君锡，为之书王安石杂诗一卷，凡七古一、五古三。识云：“右荆公杂诗，至元辛卯二月八日，过君锡真味堂，出纸命书，遂为尽此。君锡书法，得前人之正。又所收秘籍在诸家法帖上，亦须拙笔，亦爱其丑之意耶。鲜于枢记。”③按：张君锡与杜行简，皆汴人而客杭者，都是当日有名琴手。柳贯《夷门老人杜君行简墓碣铭》云：“于时梁集贤贡父，高尚书彦敬，鲜于都曹伯机、赵承旨子昂、乔饶州仲山、邓侍讲善之，尤鉴古有清裁，二君每上下其议论，而诸公亦交相引重焉。延祐初，朝廷首起君锡为大乐署丞而君锡死。”④

---

① 俞德邻：《佩韦斋文集》，“天禄琳琅丛书”本，卷九。

② 赵孟頫：《松雪斋集》，“四部丛刊”本，卷二。

③ 张照：《石渠宝笈》，《四库全书》本，卷三十一。

④ 柳贯：《柳待制文集》，“四部丛刊”本，卷十一。

十一月四日，为赵孟頫《洗马图》题诗：

忆昔秋风从翠华，腾骧万里猎龙沙。
而今局蹐蓬窗底，坐对此图空叹嗟。

末记“是年十一月四日自广陵还，始偿此债。养晦当发一笑。鲜于枢题”。[①]据跋，伯机此前当有扬州之行。养晦，不知何人，待考。

十二月七日，为友人石严题赵孟頫所书小楷《过秦论》：“子昂篆隶、正行、颠草，俱为当代第一，小楷又为子昂诸书第一。此卷笔力柔媚，备极楷则，后之览者，岂知下笔神速如风雨耶！斯又古今之大奇也。至元辛卯十二月七日鲜于伯机父记。”[②]

石岩，字民瞻，号汾亭，镇江人。小于伯机三岁。工诗善书画，是年秋，赴都谒选，与赵孟頫时往还，故得此卷。

至元二十九年壬辰（1292年）三十六岁。

是年，得东坡《芙蓉城诗卷》，识曰：都下高佥事家藏东坡《哀江头》小楷，比此差小，而结体稍疏，不若此书缜密也。至元壬辰鲜于枢手记。”[③]

至元三十年癸巳（1293年）三十七岁。

正月二十五日，张之翰、霍肃、郭天锡来访，各赋《吸月杯》诗。之翰《吸月杯诗引》曰：“至元癸巳，予再到杭，与霍侍御恕斋、郭御史北山，饮鲜于都司伯机家。恕斋出杯，才容合许，酒一再行，便觉风味十倍于前。恕斋请名，伯机目之曰‘吸月’，乃取其目瞠然，其腹呺然，蟾蜍之象也。诸君可其名，将赋以诗，须予题端。……是年灯夕后十日，西岩张某引。”[④]

霍肃，字国器，号恕斋。时辞江南行台治书侍御史，游杭州。

为张之翰《川行图》题【鹊桥仙】词，当在此后不久。词曰：

青天无数，白天无数，绿水绕湾无数。灞陵桥上望西川，动不

---

① 吴升：《大观录》，《续修四库全书》本，卷十六。

② 卞永誉：《式古堂书画汇考》，卷十六。

③ 张丑：《清河书画舫》，卷八下。

④ 张之翰：《西岩集》，卷十七。

动八千里路。来时春暮，去时秋暮，归来又还春暮。人生七十古来稀，好相看能得几度。[1]

按：张之翰《求复斋川行图书》云：至元十五年，与监察御史霍天祥奉命赴两川行院刷卷。十一月至汉中，遇陕西按察佥事魏初，分司东川，乃结伴同行，相从一千三百余里，感山川之奇险，叹蜀道之维艰，多有诗词酬和之作，好事者绘为《川行图》，一时名公，多题咏之。后图失于燕京，求人别作新图云云。[2]伯机所题，当在新图后。又：《警世通言》卷六《俞仲举题诗遇上皇》引用伯机此词，为牵合小说情节，文字略有变易。

二月，观郭天锡所得唐模《兰亭》拓本，为之作《题唐模兰亭墨迹》《题赵模搨本兰亭后》七古二首。天锡《唐摹兰亭墨迹》自序云："余观唐摹兰亭甚众，皆无唐代印跋，未若此帖唐印宛然……至元癸巳获于杨左辖都尉家，传是尚方资送物。是年二月甲午，重装于钱塘甘泉坊僦居快雪斋。"[3]

三月二十八日，周密来访，观困学斋所藏古物。《志雅堂杂钞》卷上略云：（癸巳）三月十八日至困学斋，观郝清臣清甫所留四卷：张长史《秋深帖》，孙过庭草书千文、唐摹《兰亭》、李伯时《阳关图》。伯机云：清甫萧子云《出师颂》真迹绝佳，拟以古物钩易之，为王子庆所坏。伯机又自出索靖章草《月仪》一短卷，盖韩氏物。一锦牡丹，宣和法锦也。玉炉一枚，思陵旧物也。

是年春，当有寄怀济南友人诗作，刘敏中《次韵答鲜于伯机见寄》云：

舞雩春暖记同游，一逐风尘各异州。
白发青灯千里梦，楚云燕树十年秋。

① 汪砢玉：《珊瑚网》，卷九。

② 张之翰：《西岩集》，卷十九。

③ 顾嗣立：《元诗选》（北京：中华书局，1987年），二集乙集"快雪斋集"本。

渊明寂寞唯栽菊，杜甫飘零谩倚楼。
休为长吟废沉醉，只今怀抱不禁愁。[①]

敏中，字端甫，号中庵，济南章丘人。长伯机十五岁。至元二十三年拜监察御史。二十五年弹劾奸相桑哥，不报，次年谢病归济南，故诗中以“渊明寂寞”自况，“杜甫飘零”则叹伯机之不遇。

赵孟頫自上年由集贤阁直学士出为济南总管府同知，故有《次韵端父和鲜于伯机所寄诗》：

画舸西湖到处游，别来飞梦到杭州。
百年底用忧千岁，一日相思似几秋。
苦忆东南多胜事，空吟西北有高楼。
只今赖有刘公干，时写新诗解客愁。[②]

是年或有扬州之行，《扬州诗》四十韵清人刻之于石，梁章巨《鲜于伯机诗刻》云：“余旧藏鲜于伯机《扬州诗》四十韵，付恭儿守之。今年小住邗上，恭儿偶以呈阮太傅师，师谓此元末诗翰一大观，且有关邗江故实，亟应钩摹上石，藏之扬州。适黄右原比部亦欣然为市石察书，选工镌勒。按鲜于款谓作于至元癸巳，是元世祖之三十年。鲜于生于元宪宗七年丁巳，终于大德六年壬寅，此其三十七岁所作。”[③]

至元三十一甲午（1294 年）三十八岁。

十月，为友人李公略题高克恭所作之《夜山图》七古一首，诗见《元诗选》二集。此图，首徐琰跋并题诗，其文略曰：彦敬郎中高君，诗书穷理外，留心绘事。左右司秩满之后，闲居武林，不求仕宦，日从事于画。行省照磨李公略，性冲澹，乐山水，寓居吴山之巅，南向开小阁，俯瞰钱塘江及浙东诸山，历历可数如几案间物。公略谓：夜起登此阁，月下看山，尤觉殊胜。彦敬闻之，跃跃以喜，遂援笔而为是图。文末纪时曰“至元甲午阳月望日徐琰

① 刘敏中：《中庵集》，卷十八。

② 赵孟頫：《松雪斋集》，卷四。

③ 梁章巨：《浪迹丛谈》，“笔记小说大观”本，卷九。

子方父跋于武林官舍之芳润堂”。[1]

徐琰为当日有名散曲家，字子方，号容斋，东平人。至元初为陕西行省郎中。二十五年为南台御史中丞。此年任江南浙西道肃政廉访使。

李济，字公略，号木斋，亦东平人，时任江浙行省照磨。

同月，为赵孟頫草书五绝四幅，识云：“至元甲午良月，北村市舶之赵翰林，以此四纸求余作大草书。久病目昏，不能对客，聊以应命，殊愧不工”云云。[2]孟頫是年仍在济南同知任上，盖二书札往来，切磋书艺也。

是年，偕龚开、盛彪同访马臻，不遇，联句而去。

马臻，字志道，号虚中，钱塘人。入元后，着道士服，隐于西湖之滨，一力于诗。其《题联句诗卷后》序云：“至元甲午，龚圣与、鲜于伯机、盛元仁，访予于王子由紫霞小隐，不值，联句而去。”诗中有句云：“鲜于词翰中原英，盛子蚤岁蜚文声。髯龚诗画复振古，柱杖落落长庚星。”[3]

龚开，字圣予，号翠岩，淮阴人，长伯机三十五岁。宋末为两淮制置司监当官，入元后隐居苏州，曾客游杭州。善山水人物，尤喜画马，所作《黑马图》《瘦马图》《中山出游图》，有名于世。

盛彪，字符仁，号虎林。杭州人。伯机延其教子读书，当在此时。佚名《东园友闻》谓其：曾为困学老人馆宾，鲜于深敬之。教其二子，鲜于闻先生之训，其学益进。先生戏曰：‘某教其子，乃教其父。’相与一笑。”[4]大德六年鲜于卒后，始去而为吉水州学教授。

元成宗元贞元年（1295年）三十九岁。

四月，游高亭山广严寺，作《记》并诗，凡一千六百余言，行书，

① 张丑：《清河书画舫》，卷十一下。

② 张照：《石渠宝笈》，《四库全书》本，卷三十七。

③ 马臻：《霞外诗集》，《元人十种诗》本，卷三十七。

④ 佚名：《东园友闻》，“学海类编”本。

前人评为伯机行书诸卷之冠。前叙元贞元年四月二十二日，送客临平镇至高亭山游览之事，使人如睹其境。后云："初约元仁同行，及期元仁以事不果，故备述所见以告。拙诗数首附后，仍丐呈似岩翁、山村、井西、存博、善之、仲实、无逸诸同志宠和。"其诗则《留题广严寺》七律一首，及《净慧寺四绝》《高亭道中一绝留题净慧寺》《又戏题广严僧房壁》等凡六首，皆七绝。[①]文中涉及诸人：

屠约，字存博，号月汀，钱塘人，曾任婺州学正。

陈康祖，字无逸，吴兴人。能诗，戴表元评其作"如冰蚕火布，起麈煤，脱垢烬，倏然而洁也"。

闰四月，与盛彪同观《女史箴》临本，题曰："古人作文如写家书，作画如写字，遣意叙事而已。觉非无意于画与古人合，何必更求江湖画笔也。元贞改元闰四月二十五日鲜于枢、盛元仁同艳。"[②]按：东晋顾恺之有《女史箴图》，后人所见者，皆唐、宋时摹本。

秋，仇锷自福建闽海道廉访副使解职北归。至杭州，过访伯机，多有文酒之会。柳贯《跋鲜于伯机与仇彦中小帖》云："彦中廉访公还自南闽，尝为伯机留连旬月。时赵子昂解齐州归吴兴，颇亦来从诸君燕集。予虽不及接廉访公，而闻其鼓琴自度曲，时时变声作古调，能使诸君满引径醉，亦燕蓟间一奇哉。"[③]按：王士熙《题鲜于伯机与仇廉访帖》诗后小注，谓伯机帖作："赵公子明日欲过寒舍看书画，廉访相公能一来焚香弹琴亦佳。"赵公子，子昂也。

仇锷，字彦中。祖籍临潢，后迁京兆（今陕西西安市）。长伯机八岁。自福建廉访解职后留居高邮，大德四年卒。

元贞二年丙申（1296年）四十岁。

正月，与赵孟頫等同观赵孟頫《水墨双钩水仙长卷》，为之跋曰："元贞

① 卞永誉：《式古堂书画汇考》，卷十七。

② 孙凤：《孙氏书画钞》，《续修四库全书》本，卷一。

③ 柳贯：《柳待制文集》，"四部丛刊"本，卷十八。

二年正月二十五日，鲜于枢同余杭盛元仁、三衢郑君角，观于困学斋之水轩。时将赴浙东，仆夫束担，以雨少留。”①

其后即赵孟頫跋。

赵孟坚，字子固，号彝斋。孟俯族兄。宝庆二年进士，历官翰林学士。入元不仕，善绘兰竹，飞白尤流畅。

郑洪，字君举，衢州人。余不详。

八月，观刘敞所书《南华秋水篇》，题曰：“嘉佑去晚唐未远，一时名公书，犹有唐人风致。原父、舜钦辈是也。至东坡、山谷始大变。东坡尚有会稽、北海体制，至于涪翁，全无古人意，盖世降风移使然。响拓之法，今无能者，抚卷慨然。元贞二年中秋后五日鲜于枢拜观，因信笔记。”②刘敞，字原父，江西新喻人。宋仁宗庆历二年进士，官至集贤院学士，判南京御史台。人称公是先生。

大德元年丁酉（1298年）四十一岁。

正月，张斯立由江浙行省佥事入为中书参知政事，伯机自书所作【满江红】词以致意：

> 诗酒名场，人都美、紫髯如戟。今已矣，星星满颔，不堪重摘。衰老自知来有渐，穷愁谁道寻无迹。笑刘郎、辛苦觅仙方，终无益。　　东逝水，西飞日，年易失，时难得，赖此身健在，寸阴须惜。生死百年朝有暮，盛衰一理今犹昔。问人间、谁是鲁阳戈，杯中物。

词后附小序：“近览镜，白发渐多，戏作【满江红】长短句，绣江先生拜参上马，敢录呈丑，幸乞一笑。鲜于枢顿首。”③张斯立与伯机早年间仕于朝，后又同官吴越，相交过二十年，当其入参大拜，竟无一奉承祝贺语！相反，人生百年如朝暮，问“谁是鲁戈，杯中物”，多少还

① 卞永誉：《式古堂书画汇考》，卷十五。

② 张丑：《清河书画舫》，卷七下。

③ 朱存理：《珊瑚木难》，《四库全书》本，卷八。

有点嘲讽味道。此中况味，殊堪寻绎。盖至元二十五年南台御史中丞刘宣被诬自尽一案，前后构成其事者，实由斯立，故为世论所薄。

九月，以事赴温州平阳，为邑人宋氏撰《德泉铭并序》，文曰："横阳（平阳古名）岸海为邑，士肤浅薄，井泉不洌，邑人病之。亡宋时，邑有宋氏得清泉于昆山之阳，引以巨竹，承以石池，邑人取足焉·大德元年九月，本道廉访佥事完颜贞按部，见而嘉之。时枢亦以公事至州。公曰：'是不可不名，亦不可不述。名而述之，非子是谁。枢退考诸《易》，得《蒙》之象，遂名曰德泉。'"[①]按：文中伯机自称"以公事至州"，显出后人误改，因其自至元二十六年解职后，即退隐西湖未曾出仕也。又《苏伯衡德泉铭卷后》云：刻石后，伯机又以副本付宋氏之孙。时之巨公，多题其后，自赵子昂、吴幼清至郭天锡，凡十人，联为一卷。[②]

大德二年戊戌（1298年）四十二岁。

二月，伯机霜鹤堂落成，诸友来会者十余人，因观北宋郭忠恕《雪霁江行图》，晋王羲之《思想帖》，赵孟頫并为题识：

> 右郭忠恕《雪霁江行图》，神色生动，徽庙题为真迹，诚至宝也。大德二年二月二十三日，同霍清臣、周公瑾、乔篑成诸子，获观于鲜于伯机池上。是日，郭佑之出右军《思想帖》，亦大观也。赵孟頫书。[③]
>
> 大德二年二月念三日，霍肃清臣、周密公瑾、郭天锡佑之、张伯淳师道、廉希贡端甫、马煦德昌、乔篑成仲山、杨肯堂子构、李衎仲宾、王芝子庆、赵孟頫子昂、邓文原善之，集鲜于伯机池上，佑之右军《思想帖》真迹，有龙跳天门、虎卧凤阁之势，观者无不咨嗟叹赏，神物之难遇也。孟頫书。[④]

---

① 弘治：《温州府志》，卷十九。

② 苏伯衡：《苏平仲文集》，"四部丛刊"本，卷十。

③ 胡敬：《西清札记》，"中国书画保存会影印清嘉庆"本，卷一。

④ 卞永誉：《式古堂书画汇考》，卷十六。

以上十二人，除已见者外：

张伯淳，字师道。崇德（今浙江嘉兴）人。赵孟頫之姐夫。长伯机二十五岁。宋末进士，至元二十三年任杭州儒学教授，二十九年为翰林学士，历官至翰林侍讲学士。

马煦，字德昌，号观复道人。磁州滏阳人。长伯机十四岁。至元十五年为南台监察御史，历江淮行省理问官，户部侍郎，延祐三年以户部尚书致仕。好读书，精于周易、老子之学。

杨肯堂，不详。

按：据陆友《研北杂志》卷下，霜鹤堂落成，当日来会者，尚有赵明叔文昌、燕公楠国材、高克恭彦敬、赵子俊孟吁、石民瞻岩、吴和之文贵、萨天锡都剌诸人。

九月三十日，为友人王城草书杜甫《茅屋为秋风所破歌》，自识云："右杜少陵《茅屋为秋风所破歌》，玉城先生使书，三易笔，竟此纸。海岳公有云：今世所传颠素草书，狂怪怒张，无二王法度，皆伪书。东坡亦谓：吴门苏氏所宝伯高书隔帘歌、以俊等草，非张书。诚然。枢作草颇久，时有合者，不敢去此语也。玉成先生以为如何？大德二年九月晦日，困学民鲜于枢伯机父。"[①]

冬十二月，冒寒北上燕都，当奉朝命任太常典簿。五古《戊午十二月十二日别家》作于此时：

元冬尚闭藏，游子戒远途。
出门少人迹，霜露沾衣裾。
强颜辞老亲，低首恋蓬庐。
牵舟逆北风，堕指哀仆夫。
十载赋倦游，卜筑沧海隅，
既无官守责，亦作饥寒驱。
宴坐固所怀，复此畏简书。

① 安岐：《墨缘汇观》（南京：江苏美术出版社，1992年），"法书"，卷下。

仰慚随阳雁，俯羡在藻鱼。

由“十年”二句，知诗题“戊午”实为“戊戌”之误。自至元二十七年两浙运司解职息隐，至此将近十年，故云。关于伯机出任太常典簿之时日，目前所见资料，都未涉及。岁暮年关，天寒地冻，实非出行之时。如果不是迫于朝命，何至强颜辞老亲，只身急急北上？“畏简书”，透露了个中消息，故系年于此。

为高孝贤书《兰亭记》，或作于此次北上途中。《佩文斋书画谱》卷七十九引《石涌集》曰：“伯机大德二年过京口，为高孝贤书《兰亭记》一卷，余得之。见其笔锋遒劲，风神凛然，谓不易得。昔人谓作字，墨淡则伤神采，绝浓必滞笔锋。又谓古墨迹，必表古而里新。余于是乃知真伯机无疑也。”

大德三年己亥（1299年）四十三岁。

伯机任职太常，寓所在宣武门外西南之鱼藻池，或即赵孟頫之旧居。清初孙承泽在此治宅，掘地得古砖，有碎石刻鲜于太常字，故王锋《集孙北海金鱼池园序》有句云：“子昂旧址，还看如画之溪云；伯机寒墟，谁洒有心之血泪。”[①]

《京师上元夜》或作于此时：

华月澄澄宿露收，万家灯火见皇州。
天阊虎豹依霄汉，人海鱼龙混斗牛。
公子锦韀鸣玉勒，内家珠箔控银钩。
道旁亦有扬雄宅，寂寞芸窗冷似铁。[②]

以远离官场纠纷、寂寞著述之扬雄自喻，可见其内心的凄苦与悲愤。太常寺本来就是一个既闲且冷的衙门，典簿更居群僚之末，自不足以展尺寸之用。而伯机又不屑奔走于达官贵人之门以求个人升迁。曾书幅云：“登公卿之门不见公卿之面，一辱也；见公卿之面不知公卿之心，二辱也；知公卿之心而

① 孙承泽：《天府广记》（北京：北京古籍出版社，1984年），卷三十七。

② 孙承泽：《天府广记》，卷四十二。

公卿不知我心，三辱也。大丈夫宁甘万死，不可一辱。”[①] 其风致如此。

太常典簿任职不久，可能就托词离京，急返杭州。

七月，过扬州，大楷书《御史箴》一卷，自识云：“右《御史箴》，大德三年七月十七日书。”[②]按：《御史箴》，金赵秉文为御史中丞师安石所作：“无皦皦沽名，无容容保禄，无毛举细事，无蝟兴大狱。”洋洋二百余言。此卷，当为时在扬州任职江北淮东道廉访司友人而写，惜不知其名。

十月，当有萧山之行。时，文庙落成，张伯淳撰《萧山县学重建大成殿记》，赵孟頫楷书，胡长孺撰《碑阴记》，鲜于枢行书[③]，一碑阴阳两刻，分别由当日名家书写，诚艺林之盛事也。

同时，为萧山县尹王琛国宝草书韩愈《琴操》四首及《秋兴》十一首一卷，自跋曰：“为国宝先辈书，国宝书法臻妙，家藏秘籍甚奇，恶札何足以污几案？爱忘其丑，长者事也。”[④]

【水龙吟】《拱北楼呈汉臣学士》词，当作于是年或稍后：

> 倚空金碧崔嵬，凤山直下如拳小。仰瞻天阙，北辰不动，众星环绕。唤起群聋，铜龙警夜，灵鼍催晓。自鸱夷去后，狂澜未息，从此压、潮头倒。回睨讶然双璧，问遗踪，劫灰如扫。三吴形胜，千年壮观，地灵天巧，航海梯山，献琛效贡，每繇斯道。惜无人健笔，载歌谣事，诧东南好。

拱北楼，在杭州吴山之东。大德三年己亥，即吴越钱氏之朝天门而建。见柳贯《拱北楼铭序》。[⑤]

长子去病，殁于此年。大德五年始葬。（详后）

大德四年庚子（1300年）四十四岁。

---

① 陈焯：《宋元诗会》，《四库全书》本，卷七十二。

② 张照：《石渠宝笈》，《四库全书》本，卷三十一。

③ 孙星衍：《寰宇访碑录》，“平津馆丛书”本，卷十一。

④ 陈继儒：《书画史》，“宝颜堂秘籍”本。

⑤ 柳贯：《柳待制文集》，“四部丛刊”本，卷十三。

二月十五日，行草书李白《襄阳歌》及东坡《烟江迭嶂歌》为一卷，末题名，款书“大德四年华朝日困学民”。[①]

八月，致书常州路学教授白珽：“先茔围墙急用四兽像，欲求寺院砌地厚大方砖五枚，宗师或有之，不知湛渊子可以下一转语否？檀波罗蜜亦当行所当为事，必不吝也。呵呵！枢顿首湛渊路教翰学先生。八月廿六日。”[②]按：此年春，白珽由太平路儒学学正迁常州路儒学教授，故系年于此。

《秋怀》二首末云：“近作如此，奉湛渊作者一笑，枢知心。”似附上书并致诗白珽，诗曰：

清夜不能寐，起坐鸣玉琴。琴声一何繁，惕然伤我心。去古日益远，世俗安娃谣。道丧器亦非，其源不可寻。嗟余生苦晚，念此涕满襟。旨哉靖节言，千载独知音。

仲秋夜苦长，客子眠亦迟。披衣出中庭，月明风凄凄。仰看鸿雁行，俯听蟋蟀鸣。虫鸟固微物，出处各有时。还坐读我书，毋效楚客悲。[③]

十一月当为修理父亲坟茔至扬州。观钱选《归去来图》，题曰：“吴兴钱选图并诗，又《归去来辞》。大德庚子十一月十二日鲜于枢书于维扬客舍。”[④]按：钱选，字舜举，号玉潭。吴兴人。宋景定间乡贡进士，入元不仕，工山水人物花鸟。

是年，曾至东昌，为吉甫总判书《送李愿归盘谷序》。题云：“右韩文公《送李愿归盘谷序》。大德庚子，枢以事至东昌，吉甫兄适任总判，遣其子袖此纸征书。寄离村舍，文房之具不备，人有千金冯应科笔相借者，皆南人伪作，一入墨，锋便散，凡四五易，竟此纸。然皆不成书。仅免违命之责尔。

---

① 安岐：《墨缘汇观》，“法书”，卷下。

② 卞永誉：《式古堂书画汇考》，卷十七。

③ 《故宫书画集》，第三十五期。

④ 张丑：《真迹日记》。

困学民鲜于枢记。”[①]

大德五年辛丑（1301年）四十五岁。

二月，葬长子去病于西湖之包家原，自为诗铭曰：

鲜于去病字必强，父伯机父母氏张。
至元戊寅生维扬，大德乙亥终钱塘。
寿二十二半在床，有身有患死则亡。
包山之原土燥刚，下从阿弥乐而康。
丑年卯月时日良，千秋万古期无伤。

以上铭词，据曹锦炎、姚锦标《鲜于必强墓铭考》一文过录。[②]从墓志看，伯机之妻张夫人亦当卒于此年前，故有“下从阿弥”之语。

三月，与赵孟頫同观李衎为仇远所绘之《秋清野思图》。赵跋云“闻仲宾方苦时行，力疾为仁父作此图，尚能萧散如此。敬叹，敬叹！”伯机跋云：子昂说注已竟，不必重赘。大德五年三月二十日，困学民鲜于枢拜观。”[③]

七月，观杨凝式《夏热帖》。跋曰：“右杨景度行书。山谷有云：俗书只识《兰亭》面，欲换凡骨无金丹。谁知洛阳杨风子，下笔便至乌丝阑。为前辈推崇如此……此帖绝无发风动气处，尤可宝也。大德五年七月十九日直寄道人鲜于枢获观，信笔书。”[④]八月，题赵孟頫画东坡像及行书《赤壁》二赋。曰：“近世诸贤书不能俱传。李伯进时善书，今独称其画；王黄华亦善画，今独传其书，盖以所长掩其所短故也。子昂学士书画俱到，他日必能俱传无疑，大德五年八月五日，困学民鲜于枢题子昂画东坡像及二《赤壁赋》后。”[⑤]

① 缪日藻：《寓意录》，“春晖堂丛书”本，卷二。

② 《书法丛刊》，1995年第1期（2月），第26~29页。

③ 汪珂玉：《珊瑚网》，下“画录”，“国学基本丛书”本，卷七。

④ 汪珂玉：《珊瑚网》，上“书录”，卷二。

⑤ 缪日藻：《寓意录》，“春晖堂丛书”本，卷二。

九月，有事婺州，题宋初僧人巨然《秋山渔艇图》，诗曰：秋鲈春鳜足杯羹，万顷烟波两棹横。就使直钩随分曲，不将浮世钓浮名。

末题“大德辛丑九月望日渔阳困学民题于宝婺之寓馆”。[①]宝婺，宋时郡名。

十一月，诗人袁易以其所作《钱塘杂咏》十三首求征，伯机评曰：“右十三诗，命意闲远，下语清丽，可谓不流于俗矣。然少加精密，杜少陵，黄山谷不难到也。困学民鲜于枢题其后而还之。大德辛丑冬至前一日。”[②]

袁易，字通甫，号静春。平江人。小于伯机四岁。是年，辞去石洞书院山长至杭，故得从伯机游。

是年所作，尚有刘遗安寿词，今佚。戴良《跋鲜于伯机所制刘遗安寿词后》云：“右鲜于公所制《遗安使君寿词》一章，盖使君以元勋世胄，出治外服，历守东南诸大郡。一时贤士大夫，多出入其门。今观渔阳此词，语意既多引重，而字画复致谨不少放，则以久游其门而知敬其人故也。按：此词作于辛丑之岁，阅明年而渔阳没。又十年而使君亦薨。”[③]

大德六年壬寅（1302年）四十六岁。

是年，伯机卒。1989年4月，杭州西湖区发现鲜于枢墓。墓室规模不大，随葬物品亦仅端砚、玉杯、青瓷鼎式炉、铜镜及“鲜于伯机父”铜印等。[④]

伯机卒年以往有大德五年说。今据本文所考，是年行迹，班班可考，故不可信。伯机卒于大德六年，最强有力的证据，是赵孟頫的《哀鲜于伯机》诗有“君死已五年，追痛犹一日”之句。此诗作于大德十一年（1307年）。同年并为崔晋补书伯机草书《千字文》末竟之遗卷。由此上推五年，全合。至于邓文原于至大四年（1311年）十二月望日，题伯机《游高亭山记》云：“伯机仙去十载”[⑤]，上推虽仅九年，则举成数而说，与赵诗所说并无出入。赵

---

① 张丑：《清河书画舫》，《四库全书》本，卷七下。

② 朱存理：《铁网珊瑚》。

③ 戴良：《九灵山房集》，“四部丛刊”本，卷七。

④ 张玉兰：《杭州发现元代鲜于枢墓》，《文物》，1990年9期（9月），第22~25页。

⑤ 孙岳颁：《佩文集书画谱》，《四库全书》本，卷七十九。

和邓，都是伯机最亲密的朋友，相交数十年，他们的话应该是可靠的。

由于有关鲜于枢生平事迹文献资料较少，以往诸家所写小传，多据戴表元《困学斋记》和陶宗仪《书史会要》为说，故多语焉不详。稍为具体一点，则又难免臆想当然之词。或误甲为乙，或前后失次；或合数事为一事，或一事分作两说。种种疏略，莫知所归。拙稿从资料入手，凡有关鲜于枢之事迹能确知其岁月者，仿古人长编之例，编年系月，依次排比，都为一编。其无年月可考诸事，则俟之他日，另为一编，或可作本文之附录。此稿写成，自读一过，唯觉饾饤满眼，实不足以言学问。然鲜于枢之生平大略，于此或可见矣。

（原刊《中华戏曲》第34辑，2006年11月，第207~230页）

元曲五家杂考

“杂考”也者，由于坠简难寻，文献不足，目前尚不能对有关曲家之生平进行全面系统地论述，但所得材料，虽皆一鳞半爪，却又具有一定的价值，不忍割爱，也不敢自秘，因就平日浏览之所及，或述其简历，或考其生活一二侧面，以供学界之采择。如有同志能就此而推衍成篇，其用或将大焉。是所望。

一、邓玉宾（？—1298 年后）

元代曲家，如关汉卿、马致远辈，均以字号行世而本名不彰。随着岁月的流逝，人事的变迁，他们的本名更鲜为人知，无形中为考定这些曲家的生平带来不少的困难，这是很可惜的。

比如，关于曲家邓玉宾，诸本《录鬼簿》所告诉我们的，只是一个模糊的印象，仅仅知道他是“前辈名公”，是元代前期的作家，并且做过“同知”，如是而已。而其传世作品，如《全元散曲》所辑之小令套数，皆为道家警世之语，若“丫髻环绦，急流中弃官修道”，“俺只待学圣人问礼于老聃，遇钟离度脱淮南”。说明他晚年又弃官入道，是一个虔诚的全真道徒。此外，《太平乐府》卷三有署名“邓玉宾子”小令【雁儿落带过得胜令】三首，隋树森先生编定《全元散曲》时，判定为“邓玉宾之子”所作。校记云：

> 《太和正音谱》征引第二首【雁儿落】一支，《北词广正谱》征引第二首全曲，俱只注邓玉宾三字，似误。……此处当为邓玉宾之子之意。

隋先生所说似为学界所肯定，我所看到的一些散曲选本、论著，都无异说。然而，这三首小令的风格，甚至口吻、腔调，均与邓玉宾所作相去无几。如“一钵千家饭，双凫万里云”；“浮生梦一场，世事云千变”，“识破抱官囚，谁更事王侯”。同样的看破红尘，同样的弃官入道，虽父子同趣，也不该有如此惊人的相似！因此，“邓玉宾”和“邓玉宾子”，究竟是一个曲家，还是如隋先生所说，为两个曲家，不能不引起我们的怀疑。然苦无佐证，只好存疑。

最近，检有关金元全真教史料，于《道藏・洞神部・玉玦类》“改字号”，得《道德真经三解》一书，凡四卷，洋洋五万余言，署“玉宾子邓锜述”，披阅之下，触目动心，始知玉宾子实为邓锜习隐之道号。数年凝滞，一旦得解，其喜何如！据此益知《太平乐府》之作者题名，并不规范。所录邓锜之作，未书本名，卷一作“邓玉宾”，卷三作“邓玉宾子”，都是同一个曲家的作品，只是由于本名不彰，才引起我们的误会。其实，“玉宾子”呼作“邓玉宾”，犹如丘处机道号长春子人称“丘长春”，马钰道号丹阳子人称“马丹阳”一样，都是金元间习惯称呼，不足为异的。

邓锜《道德真经三解》，卷首并有大德二年戊戌（1298 年）秋日自序一文，可见其解书旨趣。略云：

> 内有三解。一解经，曰惟以正经句读增损一二虚字；使人先见一章正义，浑然天成，无有瑕谪。二解道，曰直述天地大道，始终原反，其数与理，若合符节。三解德，曰交索乾坤，颠倒水火，东金西木。结汞凝铅，一动一静，俱合大道。

乾坤水火，金木汞铅，可见他是以后世道家修炼之语来附会《老子》清净之旨的，此不足辨。

《道德真经三解》既成于大德二年，则其任同知，当更在先。检张伯淳《养蒙先生文集》有《送峄山邓同知》诗一首，似为邓锜而作：“邓君名谱系，邂逅软红间。解组离京阙，题舆向峄山。秋清行色好，地僻宦情闲。已熟云霄路，何时报政还。”峄山，在峄州东南十五里，有葛洪井、葛仙洞诸胜。张伯淳字师道，杭州崇德人，宋末进士。至元三十年始由福建廉访知事被召入京，以所对称旨，授翰林直学士，谒告旋归，诗当作于此时。如果确为邓锜而作，则其由京朝小职外任峄州同知，当是至元末至元贞间的事情，可能同知任满，他就弃官入道了。

邓锜所作，尚有《大易图说》二十五卷，明《文渊阁书目》、焦竑《经籍志》、清钱大昕《补元史艺文志》俱载。此书未见，惟明末陈弘绪跋无名氏《周易图》对之颇有不满：“曾慨图学兴而易道晦，后之儒者，谓易之精微，专在于图。舍乾龙坤马之辞，而寻外圆内方之图，甚者务以新奇为胜。于是有《汉上图》，有石汝砺《乾生归一图》，有乐洪《卦气图》，有邓锜《大易图》，遂使简易之书，丹黄黑白之未已。吁！可怪也。”图书之说，原本出于道教，《易·系辞上》虽然有“河出图，洛出书”之语，却无其图。直到一千多年以后，才由宋初华山老道陈抟传出，历经祖述，形成所谓图书之学。邓锜既栖心入道，自然也会为之张目的，《大易图说》就是这方面的论著。

二、宫天挺（1265 年前后—1330 年后）

关于宫天挺的小传，诸本《录鬼簿》所叙，文字微有不同。大别有二：一为出于“天一阁”写本系者，入“方今才人相知者，为之作传”之列；一为出于“曹楝亭”刊本系者，入“方今已亡名公才人，余相知者，为之作传”之列。很明显，“天一阁”本作于曲家生前，曹本则成于曲家身后。由于生恐存殁的变故，两本小传内容也就有所差异，宜为论曲者所注意。为了说明问题，先录曹本小传如下：

> 宫天挺，字大用，大名开州人。历学官，除钓台书院山长，为权豪所中，事获辨明，亦不见用，卒于常州。先君与之莫逆交，故余常得侍坐，见其吟咏文章笔力，人莫能敌；乐章歌曲，特余事耳。

文中加着重号“.”诸语，皆不见于天一阁本，都是曹本增补的内容。其间，“历学官”“事获辨明”“卒于常州”数事，尤应予以注意。

“学历官”，是说宫天挺在出任钓台书院山长以前，曾做过几任学官，这自然是比山长还要小的县学教谕或路学学录一些低级儒职。有元一代儒职的升转，据《元史·选举志》所载：“谕、录历两考，升（学）正、（山）长。正、长一考，升散府、上中州教授（从八品）。上中州教授，又历一考，升路教授（正八品）。”然而，这仅仅是字面上的规定，实际上各级儒职升转所需岁月，远比这个期限为久，《元典章新集·吏部·儒官》就说到当日前教谕、学录之升学正、山长：“比及两考任回，动辄一十余年。”宫天挺也不应例外，大概在出任钓台书院以前，可能浮沉儒职已久，起码当不少于十年，这是可想而知的。为了弄清这个问题，数年来检阅群书，于元初方逢振《山房遗文》内，得《瑞粟图序》一文，涉及天挺。文曰：

> 青溪（浙江淳安旧名）之近郊，有粟一茎而两穗者，三四穗者，民若士合辞以庆于长官，学正宫大用率诸生以其图来谂，俾予叙其岁月。予曰：“□□（此处疑脱二字）大和，尹实有之。”尹不自有，归之太守。太守曰：“于戏！非守若尹之力，圣君贤相之德。”予闻之喜，于是乎书，以备观风使者之采择云。

此序写作时间，大致也可考出。光绪《淳安县志》卷十六“祥异”明记：“大德四年（1300年）秋，瑞粟生。”同时节附方逢振此序，另外还有周遇圣、徐孟高古诗各一首。淳安，时属建德路。依元制诸路儒学例设教授、学正、学录各一员。综合以上数据，知大德四年宫天挺正任该路儒学学正，其转为钓台山长，当在其后。如前所述，由谕、录而至正、长，两考所历约需十年。由此上推天挺初任学官，当在至元二十七年（1290年）左右。而一个人自幼学之年，到出而能为儒学师，在一般情况下，起码也得有十年的学习时间。如果宫天挺始任学官时为二十五岁，则大略可推知其生年，约在至元二年（1265年）前后。这样的假设，或去事实未远。

“卒于常州”，既独见于曹本，说明宫天挺的卒年应在至顺元年

（1330 年）以后。我们知道，钟嗣成的《录鬼簿》初稿即完成于是年七月，见卷首自序。在现存两个系列的《录鬼簿》中，“天一阁”本比较接近这个初稿，故所记多为曲家至顺以前各事。曹本则明显出于钟氏晚年的修订本，不仅纪事加详，且多涉及至顺以后，最晚者为至正五年（1345 年）。以两本比勘，曹本卷下“方今已亡名公才人，余相知者，为之作传”者，自宫天挺以下，凡十九人。其间，沈和甫、鲍吉甫、范居中、黄天泽、沈拱、陈无妄、廖毅、吴本世八人，二本皆明纪其卒；金仁杰、赵良弼二人，二本皆明纪其卒于天历至顺之间，以上十人，皆至于至顺以前者。其余九人，“天一阁”本基本上都没有说到他们的死事和卒年，唯周文质小传有“抱病五月遂卒”一语，大概是日后补书。因为，钟嗣成自己说：“始余编此集，公及见之，题其姓名于未死鬼之列。”可见至顺以前，即《录鬼簿》初稿完成时，周文质等九人都是至顺元年以后才陆续故世的。

同样，“事获辨明”一语的补记，说明宫天挺“为权豪所中”的冤案，拖延至顺元年以后才有了结论。详察有元一代，诸处儒学书院田产，多为豪家所侵，尤以江南为甚，钓台书院亦深受其害，天挺之被诬去官，或与此事有关。黄溍《重修钓台书院记》记此案甚详，谓书院始于南宋理宗绍定年间，入元后仍其旧，设师弟子员：

> 而邻僧怙势，悉夺其恒产，以为己有。诉之于官，仅复其半，所食者瘠田五十亩而已。间尝入钱佃其旁官山三十顷，取鬻薪之奇赢，以佐营缮之费，豪民欲擅其利，构讼连数岁不决。至正元年（1341 年）秋，总管罗公下车，首务修明学政，偶阅其牍，命度其地之肥硗，均而为二，俾分佃之，咸以为平，而各安其业。

看来，书院是作了相当的让步，才了结了这场官司，已远在天挺去官以后。此案之起，天挺当受其冲，邻僧恃势，豪民擅利，和《录鬼簿》所说的“为权豪所中”，其间消息，是很耐人寻味的。

三、庄文昭（1306—1368？）

曲家庄文昭，《录鬼簿》仅书名字。谓“庄文昭，名麟”。按：此记有误。据《元统元年进士题名录》，知文昭字子麟，本贯彰德路安阳县军户。元统元年（1333年）以《春秋》登第，授晋宁路潞州同知，年二十七岁。由此上推，知文昭生于大德十年（1306年）。

文昭早年仕宦，略见于许有壬《赠朝列大夫秘书少监骑都尉安阳郡伯庄公墓志铭》，此文，为其族祖庄信而作。谓庄氏之先，本潞州上党人，后迁彰德安阳。信侄孙文昭，“起家承事郎同知潞州事，辟掾西台，转中书右曹掾，除工部主事（从六品）”。[①]计其岁月，已入至正初年。后为南阳府尹。明修《寰宇通志》卷八十八《南阳府·名宦》，谓其任府尹时，“劝耕兴学，通水利，置义仓，教兴民富”，大概是一位比较关心民生疾苦的好官。府尹为正四品大员，估计任职南阳，已是至正中期的事情。另外，嘉庆《安阳县志》卷十八《人物》，谓文昭于南阳府尹任满后，“累官刑部尚书，陕西行省参知政事”。此节不见于《元行省丞相平章政事年表》诸书，似有误，当再续考。唯云文昭号洹溪，可补诸书所未详。综上所述，计其卒年已近至正之末（1368年）。

文昭能书，近人马宗霍《书林藻鉴》卷十引《镇江府志》称其“书亦婉雅，与郭畀齐名”。唯沿旧志之谬，谓其名字里贯为“庄麟，字文昭，江东人”。“江东”，当作“河东”。文昭所作多佚，仅《蒲轮车赋》见于元人所撰《青云梯》中。

四、杨暹（1323年前后—1403年后）

《录鬼簿续编》小传云：

> 杨景贤，名暹，后改名讷，号汝斋。故元蒙古氏，因从姐夫杨镇抚，人以杨姓称之。善琵琶，好戏谑，乐府出人头地，锦阵花营，悠悠乐志。与余交五十年。永乐初（1403年）与舜民一般遇宠。后卒于金陵。

孙楷第先生《元曲家考略》，复据群书考定杨讷为钱塘人，并说其“受宠以猜谜，且有政治作用”。有无政治上的作用，姑且不论，以隐语戏谑取悦人主，也不过是朝廷弄臣一类的人物。

① 《至正集》，卷五8。

《续编》所记，《考略》所考，多杨暹入明之后事，对其早期生涯几无一语道及。兹步楷第先生之后，补叙杨暹事迹如下。

杨暹虽籍钱塘，但流寓江南已久。至正初，从刘孟琛学吏于江南行台（置司集庆，今南京市），参与《南台宪纪》一书的编撰，都事索元岱为序，略云：至正癸未（三年，1343年），董公守简来为御史中丞，见《宪台通纪》所记皆中台事，于南台多所未悉，“乃命掾属刘孟琛，率其肄业生刘敏、杨暹、钱适、王仲恒，披牍历案，稽核故实，裒辑成编。自有行台以来，典章制度，与夫随时制宜者，罔不毕备。至若治所之变迁，官联之除擢，属道之废置，亦皆秩然胪列于斯所考矣”。[①]刘孟琛时为南台令史，见至正四年《金陵新志》卷首刊书职官列名。杨暹本为儒生，照例应由科举致身。惟在此以先，即后至元年间，由于蒙古贵族的反对，元廷曾一度中断科举，并禁止汉人、南人等习蒙古、色目文字，以堵塞他们的进身之路。在这种情况下，一些知识分子就弃儒就吏，跟在衙门书吏的后面，抄抄写写，学点刀笔本领，作为日后进身的阶梯。杨暹的由儒而吏，可能也是出于这样的考虑。估计他入台学吏之年，当不少于二十岁。如果我们的估计没有太大的出入，则其出生当在英宗至治三年（1323年）左右。

可是好景不长，在元末的社会动乱中，杨暹学吏不成，大概在至正十六年（1356年）之后，他辗转避兵于平江（今苏州市）。是时，张士诚据有三吴，改平江为隆平府。以江北为淮南省，江南为浙江省，设官置吏，招致儒生，江南士子多归之。为了标榜文治，张士诚于至正十九年，下令开科取士，并命人分典淮南、浙江两省考试事宜。[②]第二年的秋天，杨暹以流寓的身份，前往杭州乡试，中选为贡乡进士。此事，《永乐大典》卷02368所引《苏州府志》卷二十“贡举题名”有明确的记载：

> 至正二十年（乙巳，1365年）乡试赵麟榜；流寓：陈宪、杜寅、杨暹、叶惠。

---

① 《永乐大典》，卷02610引《南台备要》。

② 见《隆平集》。

“叶惠”，当作“叶蕙”，张士诚幕府参军叶德新次子。戴良《九灵山房集》有《赠叶生诗序》一文，即为叶蕙而作。谓“相国开藩中吴，文武并用，虽当兵戈俶扰之际，不废治朝崇儒之典。而咨议叶君，又能择良师傅益，教其子以学。而其仲子蕙遂精其业于举世不为之时，乙巳之秋，浙闱角艺，而蕙竟以妙年中选”。叶蕙，饶州鄱阳人，随父宦游于吴；杨暹虽本籍钱塘，然多年流离在外，又久寓平江，多谙其地名流。所以，他们都能以流寓的身份，通过平江有关官司的考核推举，参加这次考试。是时，杨暹已年过四十，再过三年，元朝就为朱元璋所灭。可能入明后，他即流落金陵，归附新朝了。

综观杨暹一生，早年丁逢乱世，随着元廷科举的兴废，他由儒而吏，又由吏而儒，变来变去，始终没有找到自己的出路。入明以后，仅以滑稽隐语取悦人主，所谓“锦阵花营，悠悠乐志”也者，实不过是自我解嘲而已。这当然是时代的悲剧！

附记：

（1）杨暹所作散曲。《全元散曲》现辑存者，小令二首，套数一首。近日读明嘉靖间长洲俞弁《山樵暇语》，于该书卷十得杨暹佚曲一首，俞云：“唐人张佑嘲黑妓端端云：‘黄昏不语不知行，鼻似烟窗耳似铛。犹把象牙梳插鬓，昆仑山上月初生。’”并说：“近杨景贤善滑稽，其《诮黑妓词》云：‘莺花寨打起一面皂雕旗，盟誓海翻成就了洗砚池，托香腮难辨乌云髻。喜黄昏愁月低，唱阳关春雪休提。宜住在乌衣巷，休擎着白玉杯，却便似画图上水墨杨妃。’”按：此系【双调·水仙子】，虽格调不高，却反映了其晚年“锦阵花营”的一面。

（2）杨暹既以猜谜得宠于永乐，必然精于隐语，唯所作散佚不传。江更生《中国灯谜辞典》（济南：齐鲁出版社，1900年）录其门字谜：“倚阑干东君去也，霎时间红日西沉。灯闪闪人儿不见，闷恹恹少个知心。”按格，似为【越调·金蕉叶】。作者云引自《山樵暇语》，我用“涵芬楼秘籍”本翻阅数过，未见。可能是引自他书，误记，书此备考。

（3）至正年间，与杨暹同姓名者，尚有一人，然为武职，为指挥使，与曲家杨暹无涉。《元史·列传第八十一·忠义二》记淮东廉访使褚不华拒张士诚，守淮安。“时城之东、西、南三面皆贼，惟北门通沭阳，阻赤鲤湖，指挥使魏岳、杨暹驻兵沭阳，淮安倚其刍饷，而赤鲤湖为贼据，沭阳之路又绝”。至正十六年十月城破被杀，时人比之张巡。此杨暹亦不知所终。

五、王玠（？—1392 年后）

《全元散曲》共辑得小令十首，并云：“王玠，字道渊，号混然子，南昌修水人。有《还真集》。”

修江，即今日江西之修水县。元时于此置宁州，属龙兴路（明代改南昌府）。王玠是一个虔诚的全真教徒，一生著述较多，其入于《道藏》者，凡八种：

（1）《太上升元消灾护命妙经》一卷，见“洞真部·玉玦类·收字号”，署“修江混然子注”。

（2）《黄帝阴符经夹颂解注》三卷，见“洞真部·玉玦类·余字号”，署“南昌修江混然子王道渊注”。

（3）《崔公入药镜注解》一卷，见“洞真部·玉玦类·成字号”，署“混然子注”。

（4）《丘长春青天歌》一卷，见“洞真部·玉玦类·成字号”，署“混然子注释”。

（5）《三天易髓》一卷，见“洞真部·方法类·光字号”，署“李道纯撰，王玠校正”。

（6）《太上老君说常清净妙经》一卷，见“洞神部·玉玦类·是字号”，署“混然子王道渊纂图解注”。

（7）《还真集》三卷，见“太玄部·夫字号”，署“混然子撰”。

（8）《道玄篇》一卷，见“太玄部·唱字号”，署“南昌修江混然子王道渊撰”。

以上，罗列了王玠所著各书，目的是在于使人们对其写作意旨有更多的了解。各书基本上都有自序，惜均未署年月，惟《还真集》卷首有张宇初一序，系年“洪武壬申（二十五年，1392 年）夏五月”。考虑到元末战乱频仍，可能他的几种著作都写于入明以后。

张序云:“南昌修江混然子，以故姓博学，尝遇异人，得秘授，犹勤于论著。予读其言久矣，间会于客邸，匆遽未遑尽究。今春，吾徒袁文逸自吴还，持其所述《还真集》请一言。予味之再，信乎达金液还丹之旨，其显微敷畅，可以明体会用矣。”张宇初，字信甫，号无为子，汉天师张道陵四十三代孙，洪武十年袭长道教，永乐八年卒。据张序，王玠或为吴中道士，二人年岁或亦相若。

王玠一生虽然勤于著述，然所谈多为道教长生久视之言，所作散曲，也多类此。即使他的自述《混然歌》，依然不出此类滥调。如:“混然道士何所为，三家村里藏踪迹。无去无来每独存，无形无名赤历历。一点光明是道经，朗朗玄玄隐空寂。时因顺化出头来，混沌剖开居太极。……混然道士何所为，每日逢人说《周易》。易中造化不难知，白日青天轰霹雳。”举凡此类歌辞，充斥于《还真集》中，读之惟觉生厌，与元代前期道流邓玉宾之以道情讽世，直不可同日而语，宜为曲中之糟粕。论其时代，当为明初曲家，因《全元散曲》已予辑入，故附辨于此。

（收入《首届元曲国际研讨会论文集》，石家庄：河北教育出社，1994 年，第 559~570 页。又，“邓玉宾”一节原刊《河北师院学报》1994 年第 3 期［7 月］，第 82、54 页，原题《邓玉宾名号、著述小考》）

王恽散曲系年小考

王恽的《秋涧乐府》，见《大全集》卷七十四至七十七，存词242首，散曲41首。是集按牌调编次，所录作品，虽题序中也有涉及写作岁月的。然大部分时间不详。孟子曰："诵其诗，读其书，不知其人，可乎。"为了知人论世，结合作品之岁月背景，探究作者文心之妙，系年之作，实不可缺。今就平日课读所及，摘出散曲部分，以供学者采择，是为序。

至元十二年乙亥（1275年）四十八岁。

【越调·平湖乐】《乙亥三月七日宴湖上赋》三首。

按：王恽自至元九年至十二年，任平阳路总管府判官。除此小令三首外，作者同日又有七古《醉歌行》一首，有句云："至元乙亥三月春，上巳才过日在寅。"是年三月七日为戊寅，正与曲合，可以为证。诗、曲所咏，均为三月上巳，置酒平湖，与同僚禊饮之乐。如诗云："两叶兰舟铙鼓起，红衣飞坠彩绳高。"曲云："两叶兰桡斗来去，万人呼，红衣出没波深处。"又如诗云："客言行春似蜀守，醉倒浣花而已矣。曲云："遨头游赏，浣花风物，好个暮春初。"宋时，蜀人称太守为遨头，见陆游《老学庵笔记》卷八。再如诗云："山阴修禊晋诸贤，畅叙友情差可拟。"曲云："山阴修禊说兰亭，似觉平湖胜。”凡此，都可以相互发明，故应合看。

又：平湖，在平阳城西五里。平水源于平阳西南二十五里之平山，至此汇而为湖，历为郡人游观之所，详见金人毛麾《康泽王庙碑》一文。近人因“山阴修禊”的典故，有指平湖为浙江绍兴鉴湖者，误。

【前调】“平湖云锦碧莲秋”十首。

按：此十曲皆写平湖秋景之美，然“秋水碧于蓝，心赏随年淡”。“江山信美，终非吾土，问何日是归年”。已有久宦思归之意，故系年于此。或谓此曲“反映国土家园易主的感叹，表现出对异族统治的不满”。实不知所云。

【前调】《尧庙秋社》一首。

按：传说中谓尧都平阳。其庙，在平阳南五里，有壤歌亭诸建筑，至元五年重修。

【前调】《寿府僚》一首。

按：此曲写与平阳总管同僚宴饮之乐。

【仙吕・后庭花】《晚眺临武堂》一首。

按：临武堂为平阳游赏胜地之一，全集卷15有《临武堂宴醉后有怀省台诸公》七律一首，可证。元末诗人张翥《郡城晚望览临武堂故基》有“全晋山川气象开，满城烟树拥楼台”之句，又云“昔时胜赏空陈迹，落日登临画角哀”。可能其时已毁。

自《尧庙秋社》至此三首，皆平阳总管府判官任内之作，虽具体写作时日不能确定，然均不出此二三年之间，故系年于此。至元二十四年丁亥（1287年）六十岁。

【正宫・双鸳鸯】《柳圈辞》六首。

按：王恽平阳任满后，至元十三年，奉命考试儒人于河南。十四年，授翰林待制。十五年秋，任河南河北道提刑按察副使，旋改燕南。十九年春，移山东东西道，一年后，以疾还归汲县故里。二十四年三月上巳，约友人援永和之旧例，嗣舞雩之清音，禊饮于同里林氏花圃。其《禊约》云：各人备酒一壶，花一握，楮币若干，细柳圈一，春服以色衣为上。其余所需，尽约圃主供给。”又《上巳日林氏花圃会饮序》记前日禊游之乐曰：“于是登野彴，酹清波，折柳脱穷，秉兰即宴。酒既酣，秋涧老人继以柳圈新唱，咏四者之来并，喜三乐之同集。”柳圈新唱，即指此小令六首而说。

【前调】“驿尘红，荔枝风”九首。

原题《乐府合欢曲》。序云：“读《开元遗事》，去取唐人诗而为之，一名百衲锦，因观任南麓所画华清宫图而作。”

按：任询，字君谟，号南麓，易州军市人。金正隆二年（1157年）进士，历省椽、益都都司判官、北京盐使、课殿降泰州节厅，卒年七十。《中州集》谓其“为人多大节，书法为当时第一，画亦入妙品”。王恽观其华清宫图，实在至元二十四年。集中七古《题任南麓画华清宫图后》序云：“图有闲闲公题诗，作擘窠真书，盖与画世为三绝。此卷初主于僧逊公，继为妫川松公所宝。兴定初，松间关兵乱中，保持与归燕都，今为子英家藏。至元二十四年，杨示余披玩者累日，尝欲赋一诗以发伟观，竟以事未暇”云云。乐府《合欢曲》之作，当在其时或稍后。

又：【合欢曲】九首，自云“去取唐人诗而为之”。检《全唐诗》及诸补遗，其所去取者，自第二至第八曲，分别为唐代诗人张祜之《马嵬坡》《李谟笛》《雨霖铃》《退宫人》《散花楼》《马嵬归》《悖拿儿舞》诸绝句。如果第二曲云：“乱戈横，奈君何，扈从人稀北去多。尘土已销红粉艳，荔枝犹到马嵬坡。”张诗云：“旌旗不整奈君何，南去人稀北去多。尘土已残香粉艳，荔枝犹到马嵬坡。”其他各诗之去取，大皆如是。据此，【合欢曲】首尾两曲，疑亦乐括张祜有关绝句而就，俟再考。

至元二十七年庚寅（1290年）六十三岁。

【正宫·黑漆弩】《游金山寺》一首。

原序云：“邻曲子严伯昌尝以【黑漆弩】侑酒，省郎仲先谓余曰：‘词虽佳，曲名似未雅，若就以江南烟雨目之，何如？”予曰：‘昔东坡作【念奴曲】，后人爱之，易其名曰【酹江月】，其谁曰不然！’仲先因请余效颦，遂追赋《游金山寺》一阕，倚其声而歌之。”

按：王恽游镇江金山寺，时在至元二十七年冬自福建闽海道提刑按察使北归途中。其《游金山寺》诗注云："庚寅岁十一月二日来游。"又后记云："至元庚寅冬，予自福建北归渡江作此诗，未尝示人。"此曲小序曰"邻曲子"，曰"追赋"，自为回乡后不久所作，故系年于此。

至元二十八年辛卯（1291年）六十四岁。

【越调·平湖乐】"少年鲸吸酒如川"，"笑分花露出妆奁"二首。

原序云："辛卯九月二十五日夜，解衣欲睡，适有饮兴，顾樽湛余醁，灯缀玉虫而乐之，然酒味颇酷，乃以少蜜渍之，浮大白者再，觉胸中浩浩，殊酣适也，仍以乐府【绛桃春】歌之。"

按：王恽上年冬，自福建闽海道提刑按察使以疾告归，退居故里。

【前调·寿李夫人】六首。

按：王恽集中另有《寿李夫人》七律一首，注云"时年九十四岁。"故诗云"九十平头添二二,百龄余庆欠三三。"今曲云："谢林高韵本萧然，百岁春风面。"则举成数而说。两者当为一人。曲又云："南枝消息小春初。"知夫人生辰当在十月小阳春之时。《寿李夫人》诗，集中次于《辛卯重九嘲干臣周宰》之后，故系年于此。

又：王恽集中尚有《李夫人画兰歌》七古一首，后记云："夫人名至规，号澹轩，亡宋状元黄朴之女，长适尚书李珏子，早寡，今年七十有二，善画兰抚琴。"此早寡之李夫人，与曲文情事不合，当另是一人。

至元二十九年壬辰（1292年）六十五岁。

【正宫·黑漆弩】《曲山亦作言怀一词遂继韵戏赠》一首。

按：周贞，字干臣，号曲山。元宪宗二年（1252年）与王恽、王博文、雷膺等同学于卫辉路学，出金进士王盘鹿庵先生之门，历官至大名路南乐县尹，解职后依王恽寓居汲县。这期间二人唱和颇多，有《淇粤唱和诗》一集。王恽序云："曲山周（原版字坏如"河"）君，尹南乐终，更将归西山旧隐，以吾故，遂税驾□□。尊酒谈笑，杖屦游从，日夕不少间。既老日闲，心无所运用，感物兴怀，情有弗能已者，即作为歌诗，以示同志。顾不揆乃相与赓唱迭和，累积日久，遂成卷束，总得诗大小凡若干首。曲山虑其散乱遗逸，欲命刘生琛第而为帙”云云，此序大约写于至元二十九年正月，集中《和曲山见示十六夜诗》二首之二有句云：“书生伎俩宜人笑，两束赓章要不刊。”自注：“为曲山欲以近日唱和等作编集成帙，以示来者，故云。”周贞卒于是年三月十五日，贫无以葬，王恽为之营治成礼，有《挽章》云：“四十年来老弟兄（自宪宗二年同学至是，凡四十年），忍看埋玉人佳城。”可谓生死之友。周贞初来，王恽有《喜周宰来居》绝句十三首，其四云：“诸子当年甫冠昏，执经同在鹿庵门。”此指二人同学事。其十云：“人生七十一衰翁，比老能闲乐事融。”又五古《秋月篇寿干臣周宰》云：“五任称贤宰，平头数七旬。”二诗皆作于至元二十八年辛卯，由此上推，则当生于元太祖十六年辛巳（1221 年），得年七十一岁。周贞生卒既明，则其小令【黑漆弩】《言怀》之作，最晚应不晚于至元二十九年春季。且王恽和词有云：“休官彭泽居闲久，纵清苦爱吾子能守。幸年来所事消磨，只有苦吟甘酒。”说“居闲久”，说“年来”，最少也应在一年以上，故系年于此。

词曲一科，不同于历史，不同于考据，贵在赏析入微。然赏析，必须建立在对作家、作品、岁月背景的深刻理解上，这就需要一定的历史考订。离开了这点，势难免自逞臆说，穿凿附会；或者雾里看花，终隔一层。兹篇所论，大体均以王恽《秋涧先生大全集》为据，比较作者生平所历，考定其散曲写作年月，其间容有为力求详审而转致纰缪之处，仍希读者正之。

（收入周云龙主编：《词曲研究的新拓展》，北京：高等教育出版社，2003 年，第 370~375 页）

李爱山与王爱山

元代散曲家有李爱山，又有王爱山，均见于杨朝英所编《太平乐府》卷首《姓氏》85 人中，朱权《太和正音谱》卷首《乐府群英》照录。李爱山现存小令、套数共 5 首，王爱山则存小令 14 首。两位曲家都以“爱山”为号，都喜欢远离市尘的山林生活。李说：“离京邑，出凤城，山林中隐名埋姓。”（【双调 · 寿阳曲】《厌纷》）王说：“开的眼便是山，那动脚便是水……抽身隐逸，养平生浩然之气。”（【中吕 · 上小楼】《自适》）以山水自娱，借此消磨岁月，大概是当日文人仕途失意后的最好归宿，虽属无奈，倒也是一种精神上的解脱。

两位爱山的生平以往所知甚少，除《太平乐府》卷二小注“王爱山，字敬甫，长安人”一语外，几乎是一片空白，无迹可求，故多不能详说。然清初学人阎若璩早就说过：“古人之事，应无不可考者。纵无正文，亦隐在书缝中，要须细心人一搜出耳。”（《潜邱札记》卷二）如果我们能够从群书中，找出一点点线索，作为今后继续探索之用，我想还是有意义的。

先说李爱山，元代文献中，仅见于建德路总管吕师仲为晚唐诗人李频《梨岳集》所作之序中。频字德新，睦州寿昌人。大中八年进士。懿宗时（860—873），历官侍御史，都官员外郎，终建州刺史。州人思其德政，立庙梨山，岁时祭祀不衰。自宋至元，累加封爵，俗称李王。后人敬频之神，尊梨山为岳，因以“梨岳”名集。李爱山，为李频之十七世孙，元贞、大德间，重刻《梨岳集》于寿昌。吕师仲序，称李频：

其生为牧，其殁为神。建人慕之而有梨山之祠，睦人墓之而有寿昌之祠……余守睦几一载，适衢郡有顽盗出没于寿邑间，同寅谓余一出而擒之。因而谒公之祠，观公之像，而询及公之诗。或谓岁久版废，有十七世孙号爱山者，曾摹旧本复锓梓，而未及见焉。越一月，爱山乃袖新刊公诗集来访。余味公之诗，知公之志，而又知爱山为善继人之志者也，于是乎书。[①]

吕师仲以一路总管之尊，三品大员之贵，应李爱山之请，为《梨岳集》作序，不呼其名，不称其字，口口声声，只曰“爱山”，尊崇之意，溢于言表。我们知道，古人二十既冠之后，方立字、号。朋友往来，自称用名，对他人则称其字、号以表敬意。吕序作于大德元年丁酉（1297年），去南宋之亡（至元十三年丙子1276年），才二十年。此时，李爱山的年岁已经很不小了。如果年近半百，则为由宋入元之散曲家也。

李爱山名邦材，《梨岳集》后自跋，署“睦州裔孙邦材”，称梦公（李频）曰：“余诗旧刻庙中，散失无存，若恶得无情！”觉而白之郡博士，复刊之。《梨岳集》，始刊于宋理宗嘉熙三年己亥（1239年），建州太守王埜有序，至此将六十年，书版败坏，故李邦材合当地文学之士，有复刊之举。关于这点，里人邵文龙大德三年己亥（1299年）所作之《李王诗跋》说得很清楚：

梨山李王，异政遗爱，与诗名并传，庙食艾溪宜矣。……今南隐方君文豹，来岩翁君圣沂，与予宗人大椿肖翁，及王之云仍邦材，以好古博雅之心，版而新之，使长留天地间，是可嘉尚。[②]

---

① 《全元文》第22册，488页，引《寿昌县志》。

② 陈焕：《寿昌县志·卷五·艺文》上，1930年。

上面，围绕《梨岳集》重刊一事，对李爱山之姓字、里贯、时代，大致有一个比较清晰的了解。结合其散曲所云："离京邑，出凤城，山林中隐名埋姓。"这位由宋入元的散曲家可能在宋亡以后，为了寻找出路，有过一段浪迹京华的生涯，但是很不如意，只好归隐于山林，默默无用地老去。

再说王爱山，根据《太平乐府》所注"字敬甫，长安人"的提示，知其人即为至治初（1321 年）任延川县令之王恪。弘治《延安府志 · 宦迹》载，"元王恪，京兆人。至正（治）间知县，有善政，民慕之，立遗爱碑"。又，延川县公署在城西南隅，"元至治初知县王恪建"。特别是于边远小邑、文风不振的延川，创修文庙，培养多士，尤为人们所称道。当延川学宫落成后，一时京兆诸公，若太常博士贾贲为撰碑记，前太子谕德萧维斗为书门额。前人匠总管王惟忱、工部尚书韩冲、太子赘善同恕等，均有诗为贺，美其兴学之举。王诗小序云：

> 勉励学校，承流宣化，乃守令之正责。今延川尹王恪敬甫，下车之后，首先劝率部民，创修文庙，以励风俗，深得为政之体。潜溪王惟忱闻之，以诗为贺，庶几后来为政知所劝云。①

延川任满之后，王爱山行迹不明，唯至正五年（1345 年），曾任河东山西道肃政廉访司照磨。延祐五年进士高昌偰玉立《春日游晋祠诗序》，记至正五年三月上巳河东宪司同僚禊游之乐："风和景明，众宪欢畅。临流酌酒，登高咏歌。"同游者，中宪大夫宪副李仲贤，承务郎经历李可新，奉议大夫知事张惟权，而从事郎照磨王敬甫，以从七品之卑末小职，名列最后②。看来，王爱山是不善于官场逢迎的，自延安县令至河东宪司照磨，二十多年来，尽管他勇于任事，多有作为，但始终得不到升迁，只能在宦海中浮沉。其间，自有不少辛酸的眼泪，晚年的归隐，实在是不得已的选择。

两个爱山，一南一北。一个由宋入元，一个活到元末；一个谒食于京师繁华之地，一个奔走于南北仕宦之区。背井离乡，一无所就，反映了元代下

---

① 《陕西金石志》卷二十八，奉元诸公诗赞。

② 《金石粹编补正》卷四。

层文人的不幸命运。他们的隐逸之作，表面上看，旷达得很；透过纸背看，恐怕还是强自解脱的哀叹！

2008年7月15日于兰大随缘斋

（原刊《中国古代小说戏剧研究丛刊》2008年2期，第325~328页）

马谦斋为蒙古曲家说

元代散曲家马谦斋，生平事迹无考，但其为蒙古族作家，还是可以论定的。此点，见于他的自叙。其【越调 · 柳营曲】《太平即事》云：

亲凤塔，住龙沙。天下太平无事也，辞却公衙，别了京华，甘分老农家。傲河阳潘岳栽花，效东门邵平种瓜。庄前栽果木，山下种桑麻。度岁华，活计老生涯。①

这是一首欢快的辞官归隐之作。“亲凤塔，住龙沙”两句，即交代其籍贯出身，系蒙古贵族之后，应该引起我们特别的注意。唯其间字有假借，学者不察，强以为解，以至不知所云。如王玉麟先生解曰：“凤塔，犹云凤楼、凤阁，本指宫内楼阁，后常以指代宫阙。”又说：“龙沙，本指两北边远山地和沙漠地区，这里泛指边塞疆场。”② 由此得出“亲凤塔，意为天下顺服”，“住龙沙，指沙场刀兵已住，没有战争”的结论，自然一片太平景象这样的解说，与作者的本意，相去何止万里！

---

① 隋树森编：《全元散曲》，中华书局 1991 年版，第 750 页、第 900 页、第 799 页。

② 蒋星煜主编：《元曲鉴赏辞典》，上海辞书出版社 1990 年版，第 796 页。

先说“亲凤塔”，此语不成文义。“凤塔”一词，与“凤楼”“凤阁”之义了无关涉，不能用来指代皇家宫阙，历代作家也没有这样的用法。“亲凤塔”，实为“近双塔”之假。双塔，又名双庙儿，是元代上都西南的一个小驿站。张弘范《过双塔》诗云：“千丈黄尘倦客途，林梢遥认两浮屠。数家荒店留行李，一带青山入酒壶。勋业壮年留梦寐，等闲老境寄江湖。前途默默深沧海，惆怅西楼日向晡。”[①]此为其自上都返大都途中之作。“两浮屠”，即指双塔。所谓“前途默默深沧海”者，是指自双塔向南，经李陵台驿而至白海也。白海，蒙语曰察罕脑儿。

再说“住龙沙”，“龙沙”，也不是王先生所说的泛指边塞疆场，在这里有其特定的历史含义。宋濂《王弼传》云：“王弼，字良辅，秦州人。游学延安北，遂为龙沙宣慰司奏差。龙沙，即世谓察罕脑儿也[②]。”察罕脑儿置宣慰使司兼都元帅府，见《元史・百官志七》。元世祖至元十七年五月，于此建行宫。周伯琦《扈从集前序》云：“至察罕诺尔……其地有水冻，汪洋而深不可测。下有灵物，气皆白雾。其地有行在宫，曰亨嘉殿，阙廷如上京而杀焉，置云须总管府，秩三品以掌之。……居民可二百余家。”[③]其咏行宫诗云：“凉亭临白海，行内壮黄图。贝阙明清旭，丹垣护碧榆。龙湫时雾雨，鹰府世衡宇。驻跸光先轨，长杨只一隅。”[④]可见其概。于此，知元人所说之“龙沙”泛指察罕脑儿大草原而言，是一个地域名词。此处地势平衍，水草丰美，杂花遍野，芳气袭人，为蒙古有名的牧场。元初，为札剌儿部兀鲁郡王营幕地。札剌儿氏，为蒙古之贵族，与元同姓，元之勋臣贵戚多出此族。其间最显赫者，莫如太师国王木华黎，元明善《东平忠宪王碑》叙其家世”，亲

① ［清］顾嗣立编选：《元诗选》（二集），中华书局 1987 年版，第 133 页。

② ［明］宋廉：《宋学士文集》卷 12。

③ 李修生主编：《全元文》（24 卷），江苏古籍出版社 2001 年版，第 340 页。

④ ［清］顾嗣立编选：《元诗选》（二集），中华书局 1987 年版，第 1871 页。

连天家，世不婚姻。[①]察罕脑儿既为元帝行宫之所在，则其周遭四在星罗棋布之幕帐，亦多为蒙古之贵族。关于此点，元代诗人杨允孚在其《东京杂咏一百首》中，有过这样生动的描写，“夜宿毡房月满衣，晨岁乳粥碗生肥。凭君莫笑穹庐矮，男是王侯女是妃”。[②]当为写实之作。职是之故，元人所说之龙沙又有氏族之义在焉，特指世家望族，为人所重而言。故杨载《送完者都同知》诗云：“姓名题雁塔，谱牒记龙沙”[③]。特意标明其望出龙沙。杨载卒于至治三年，完者都或为至治元年进士。又丁守中《送进士都坚不花出宰三山》诗云：“龙沙公子龙头客，锦绣胸襟玉雪颜。一朝蜚英惊四海，九天承宠宰三山。”[④]此处称都坚不花为，龙沙公子，当为王侯之子。又丁复《送公子帖穆入京》诗云：“龙沙公子五云思，莺语皇州二月时。苜蓿土融鞭节上，蓬莱春近佩声移。承恩赐坐黄金褥，献寿亲擎白玉卮。马上偶看鸿雁过，箫中吹与凤凰知。”[⑤]用春秋时萧史吹箫引凤，与秦穆公女弄玉成亲的故事作结，知公子帖穆应召入京，将连亲于帝室，则其家世当更为显赫。以上三人，皆蒙古贵族之后，或居中原，或处江浙，距其祖上之初入汉地已历数世之久，但都不忘其所出，仍以氏族龙沙为荣。同样，作为蒙古族曲家的马谦斋也不能外，近双塔，住龙沙，明明白白，说明自己出于名族札剌儿氏之后，可无疑义矣。

马谦斋辞官以后寓居杭州，与曲家张可久有诗酒之交。可久【越调·天净沙】咏其园亭云：“簪缨席上团栾，杖藜松下盘桓。喷玉西风脆管。雪芳亭畔，秋香一树金丸。”[⑥]可见归隐以后，与达官贵人仍有不少交往。雪芳亭当为其宴客之所，可久【中吕·红绣鞋】咏云：“金错落樽前酒令，玉娉婷乐府新

① 世不婚姻，疑当作“世为婚姻”。

② ［清］顾嗣立编选：《元诗选》（二集），中华书局 1987 年版，第 1961 页。

③ ［清］顾嗣立编选：《元诗选》（二集），中华书局 1987 年版，第 956 页。

④ ［清］钱熙彦：《元诗选补遗》，中华书局 2002 年版，第 940 页。

⑤ ［清］顾嗣立编选：《元诗选》（二集），中华书局 1987 年版，第 861 页。

⑥ 隋树森编：《全元散曲》，中华书局 1991 年版，第 900 页。

声。夜深花睡嫩寒生。一团云锦树[①]，四面雪芳亭，月斜时人未醒。”[②]美酒嘉宾，歌女新声，夜深花睡，人醉未醒，可见情致非凡。

附记：“一团云锦树，即（天净沙）末句之，秋香一树金丸。”这里指桔树。战国时诗人屈原曾作《橘颂》，以橘之坚贞勉励自己。谦斋爱橘，或取义于此。“四面雪芳亭”，往日苏轼被贬黄州，筑屋于东坡，时雪花飘飘，乱舞琼瑶，天地一色，炯若冰壶，乃图雪景于屋之四壁，名之曰“雪堂”。可久咏谦斋之“雪芳亭”，曰“四面”者，或谦斋仿苏轼之境，亦画雪景于四壁也。

（收入王萍主编：《中国古代小说戏剧研究》，兰州：甘肃人民出版社，2017年，第145~147页）

① 一团：原作“一围”，误，据胡抄本《小山乐府》改。

② 隋树森编：《全元散曲》，中华书局1991年版，第799页。

元代散曲三家小记

元代散曲家之姓氏，见于《录鬼簿》《太平乐府》《阳春白雪》《太和正音谱》诸书，这些作者基本上都有作品传世，为研究者所注目。除此之外，散见于群书之散曲资料中，仍可钩稽出若干曲家来。如能都为一编，与以上诸书合看，元代散曲之总体面貌似可得见。今先录出三人，略作考证，抛砖引玉，敢献同志，望多指正。

一、张可久的曲友王一山

王一山，杭州人，生平不详。陶宗仪《辍耕录》卷廿四记其佚事一则，今移录如下：

> 杭州属邑有一巨室，怙财挟势，虐害良善。邑官贪墨，莫敢谁何。众不可堪，走诉宪府，巨室逃匿。宪使怒，督责有司，示罪赏，揭大逵，且家至壁白："隐藏者罪连坐，首捕者赏万缗。"其友人王一山者，世业儒，居湖山第一楼。俦彼于密，期月不发。邻家察知，图给赏钱，告报於官。官搜索得之，并王逮系，囚见宪使。使问云："汝知彼所犯乎？"王曰："知之。""汝闻国有制乎？"曰："知之。""汝见揭示罪赏乎？"曰："见之。""汝奚不就利避害乎？"曰："朋友颠

连来奔，乘其危以售之，则名教中有所不容，某诚弗忍为。事觉连坐，乃甘心焉。”使悚然曰：“君子所谓临难毋苟免，其人践之矣，真义士也。若加以罪，是吾政苛而刑滥，民何以劝！”遂释之。使，即许文正公子也。[①]

于此，知王一山世业儒，其为人也，重信义，笃友情，患难相济，死生可托，有古烈士之风，故取重于时，为人们所称道。文中所说之廉访使，为元初大儒许衡（谥文正）次子师敬，时持节浙西。

王一山能作散曲，张可久【越调·天净沙】（《雪中酬王一山》）即酬和一山之作。又，【双调·折桂令】（《王一山席上题壁》）二首，其二，李开先《张小山小令》题作“次韵仍在一山席”，可能也是步一山韵而作。王一山居湖山第一楼，张可久【正宫·小梁州】（《湖山堂上醉题》）曾有生动地描述：

渔翁蓑笠钓船孤，棹入蓬壶。湖山堂上柳千株，芭蕉绿，凉影翠扶疏。［幺］东坡旧日题诗处，喜无人任我狂呼。半醉时，秋山暮。一行白鹭，万朵锦芙渠[②]。

另外，【商调·梧叶儿】（《第一楼醉书》），【双调·拨不断】（《第一楼小集》），写其与王一山诗酒过从之乐，二人交往之密，实非常人可比。张可久四十岁以前寓居西湖，在频繁的交往中，王一山当有不少酬和之作，可惜没有流传下来。

二、张可久的弟子——陈经（1300年前—1370年后）

陈经，字中常，绍兴路会稽县人。杨士奇《题东禅老僧所藏陈善举小景并序》云：

此画洪武三年吾泰和丞会稽陈能善举作，极萧散之趣，超然绝俗也。其人品亦高。题诗六人，惟于、闵，余不及识。其第一首名经字中常，陈丞之父，岿然前辈矩度，于作中州

① ［元］陶宗仪：《辍耕录》（卷24），文濒点校，文化艺术出版社1998年版，第337~338页。

② 隋树森主编：《全元散曲》，中华书局1964年版，第849页。

乐府尤精，张小山高弟也。……之五六君子者，当时所谓千人亦见，万人亦见者，非云所何足以得之！而谢世远者七十年，近亦五六十年，今见而知之者寡矣！[①]

陈经从张可久习作散曲，当在可久四十岁以后自杭州移居绍兴期间，大概在延祐七年（1320年）至泰定元年（1324年），前后约五年。这时，可久在绍兴作幕，过着半吏半隐的生活，和当地文人雅士诗酒相欢。陈经既为其“高弟”，自然亲密无间。他离开绍兴时，对这段美好的生活，曾有这样的回忆：

诗酒缘，醒吟编，若耶山父老相爱怜。贺监湖边，夏后祠前，容我盖三椽。桃花流水神仙，竹篱茅舍林泉。五十亩种秫田，三两只钓鱼船。迁，移入小桃源。（【越调·柳营曲】《自会稽迁三衢》三首之三）。

“醒吟”，可能是他在绍兴五年中所写的词曲集子，今已不传。陈经从其学曲，当不小于二十。由此上推，知其生年，约在大德四年（庚子，1300年）之前。其卒，则在洪武三年题诗（庚戌，1370年）之后，活了七十多岁。

三、元末曲家樊思齐（1315—1385年后）

樊思齐，字子贤，武昌路江夏县人。明初，台阁体作家杨士奇跋《木钟集》曰：

《木钟集》一册，朱子门人陈直器之著，余初得之于江夏樊思齐子贤。……余弱冠至武昌逆旅，与子贤居相接，一见相好如平生。时年已七十，与郡人聂炳、南昌包希鲁交厚。尝亲见虞、揭、欧阳原功、许可用诸公。其为学有要领，治《诗经》。评论古今人物及忖度事后成败，皆有理，而浮湛市廛，以卖书为业，虽乡人莫或知之者。[②]

杨士奇生于至正二十五年乙巳（1365年），洪武十八年乙丑（1385年），正为其“弱冠”之岁。是时，樊思齐“年已七十”，由此上推，樊之生年，当

① 见《四库全书·集部》（别集类），杨士奇著《东里续集》卷六十二。

② 见《四库全书·集部》（别集类），杨士奇著《东里续集》卷十八。

为元仁宗延祐二年乙卯（1315年）。士奇称其“为学有要领”，且与当日文坛领袖虞集、揭溪斯等人皆有交往，似当属于社会上层，而最后浮沉市井，至“以卖书为业”，虽其乡人亦莫或知之也，可见沦落极矣！

樊思齐为当日曲家，生平所作甚夥，惜均不传。杨文记其论曲曰：

> 颇喜作中州乐府，以为冯海粟之豪俊，张小山之精丽，当兼而有之。时有所作，辄为余诵焉。余一日效其体和数篇，见之愀然不怿曰：“老夫岂以是望贤者！”又曰：“老夫过矣！”余甚愧焉。自是不复与余言乐府，可谓爱人以德者也。未几而别，别后未几遂卒，惜哉。[①]

冯子振为当日豪放派之领袖，其散曲多悲愤激越之音；张可久则为当日清丽派之宗匠，所作流丽雅正，尤为文士所欣赏。樊思齐承两家之后，欲集豪放、清丽两派之美，为散曲之发展，开辟新的境界，立意可谓深远。唯其门第卑微，作品未能流传于世，无法进行深入的印证和讨论，不能不使人为之慨叹！

（收入王萍主编：《中国古代小说戏剧研究》，兰州：甘肃人民出版社，2016年，第117~119页）

① 见《四库全书·集部》（别集类），杨士奇著《东里续集》卷十八。

《高祖还乡》注解中几个问题的商榷

睢景臣的《高祖还乡》，是元人散曲中历来传诵的名篇。据钟嗣成《录鬼簿》记载："维扬诸公，俱作《高祖还乡》套数，惟公【哨遍】制作新奇，诸公者皆出其下。"新中国成立以后所出之曲选多种，以及各有关教材，均以此曲入选。各家所作之说解，亦较为详尽，可供读者讽诵之用。我在阅读这些选本的注释时，获益匪浅，同时也感到有几个问题，还须商榷和讨论。敢草此篇，献疑于元曲诸同志之前。

一曰："这差使不寻俗，一壁厢纳草也根，一边又要差夫。"【哨遍】

《高祖还乡》最早见于元刊《太平乐府》和明刊《雍熙乐府》。两书都有误字，今现行各本，都未加以勘正；各家所注，亦均依误字立说，所以扺牾难通。如上述一例中"纳草也根"四字，冯沅君、林庚二先生主编《中国历代诗歌选》解曰："谓供应去根的蒭草。'也'字恐为'去'字之误。"朱东润先生主编《中国历代文学作品选》则说："供给马的饲料。'也'，衬字，无义。"据此，则应为"草根"。这以后续出的一些选本的注解，基本上依违于上述两说之间。

是"去根的蒭草"，还是"草根"？"也"字是衬字，还是"去"字的误体？读者莫知所从，不知其所以然。细按本文句文义，“也根”两字都应该是误字。《雍熙乐府》两字作“除根”，是比较接近原本的本来面目的。“除”，在这里实为“输”字之音假，我的家乡晋南方言中至今仍有此读；至于“根”，则显为“粮”字（简体作“粮”）之形误。“纳草输粮”系金元以来民间常用之俗语。朱有燉杂剧《获驺虞》【仙吕·混江龙】套：“输粮纳草，全凭耕种与锄刨。”可证。从曲律上来讲，【哨遍】第四句要求六字。此处除衬字外，“纳草输粮差夫”，完全合调。粮草差夫，又是封建社会里农民负担的主要内容。睢景臣把它用在自己的散套里，更加说明了“接驾”这个差使，对一个乡民来说是一项多么“不寻俗”的沉重负担！

二曰：“辕条上都是马，套顶上不见驴。”【四煞】

两句话一个意思，都是说皇帝车子上驾的全是马，没有驴。但“套顶”实为“套项”之误。今山西晋南称之为“套圈”，陕西关中呼之为“拥脖子”，河南则名之为“扎脖子”，犹存古意。《元史·舆服志》记载当时皇帝的车驾所用之马具，皆有“套项”一物。如“金辂”，用红马，“鞍辔、秋勒、缨拂、套项、并赤韦金装”；“象辂”，用黄马，“鞍辔、秋勒、缨拂、套项，并金装黄韦”；“革辂”，用白马，“鞍辔、秋勒、缨拂、套项，皆白韦金装”；“木辂”，用黑马，“鞍辔、秋勒、缨拂、套项，皆以浅黑韦金装”。

“套项”一词，又见于元人散曲。乔梦符小令【南吕·玉交枝】《失题》：“穿袖（绸）衫调傀儡，搭套项推沉磨。”又【中吕·山坡羊】《自警》：“看别人搭套项推沉磨。”

以上各例，都在说明今本《高祖还乡》中的“套顶”，实为“套项”之误。唯以往各家注本于此失考，均未改正。或云“套顶”应作“套头”解，犹云“套前”，指拉套的马。此说似是而非，不知古代天子车舆，四马并驱，居中两马为“服马”，在外两马名“骖马”，非像一般载重车辆所驾之马，有驾辕、拉套之分。

三曰：“车前八个天曹判，车后若干递送夫。”【四煞】

今见各本注释，均以“天曹判”为“天上的判官”；“递送夫”为“奔走服侍的差役”。此说实有望文生义之弊。这里的“天曹判”，不仅不在天上，反而处于地下。旧日州县衙门，设吏、户、礼、兵、刑、工六案以分掌其事，传说中地狱里面的衙门（阎王殿），自然也就有了天、地、春、夏、秋、冬六曹的组织。敦煌《大目乾连冥间救母变文》叙目连救母，“须臾之间，即至阿鼻地狱。空中见五十个牛头马脑，罗刹夜叉，牙如剑树，口似血盆，声如雷鸣，眼如掣电，向天曹当直”（《敦煌变文集》，730页）。这里说明阿鼻地狱中即有“天曹”，迎接他的两个小鬼恰恰都来自“天曹地府”（同上，206页）。而《叶净能诗》里叙及华岳神摄取无锡县令妻子的魂魄作“第三夫人”，却诡称是“奉天曹匹配”（同上，217页）。所有这些，都有力地说明了《高祖还乡》中的“天曹判”应该专指地狱里面的鬼判而言，就是一般乡民所熟悉的庙宇中的狞神恶鬼。

既然“天曹判”是一个特定的专有名词，那么与之相对的下句的“递送夫”，就不能照字面泛指为给皇帝“传送东西的差役”。这个名词，见于《旧唐书·程元振传》：宦官程元振事败，“诏曰……宜长流溱州百姓，委京兆府差纲递送。路次州县，差人防护，至彼捉搦，勿许东西”。旧日押解犯人赴配所作役，由犯人所在州县派差押送者，名曰“长解”；沿途州县派兵役护送者，名曰“短解”。“长解”，就是《旧唐书》中所说的“递送”，两宋时又名“防送”。《高祖还乡》中的“递送夫”，也应该作这样的解释。

只有正确地理解了“天曹判”和“递送夫”的含义，才能更深切地体会到作者对封建社会最高统治者的认识，是那样的深恶痛绝！这种感情的产生，显然和蒙元统治时期特定的年代有关。正因为睢景臣对蒙元统治有着切肤之痛的感受，他才会想到用地狱里面狰狞可怖的鬼判，来形容那些为皇帝清道开路的官员；才会想到用长途押解囚犯的差役，来比喻那些护驾的侍从；才会想到用“鸡学舞”“狗生双翅”“蛇缠葫芦”这一系列不太美妙的形象，来说明那些借以吓人的仪仗。这正是睢景臣所作的“新奇”之处。如果我们把这些描写仅仅看成是所谓的“滑稽诙谐”之笔，那就未免失之于浅。

古典文学中，小说和戏曲的校理着手最晚，存在问题也最多。不少有名的或较有影响的作品，至今仍然没有人认真地为之整理。特别是这一类的作品多半出自坊刊，错衍误倒，比比皆是。其难识难通之处，一点也不下于古代经史各书。所以，读书必先校书。昔人有云："日读误书而不知，不可谓善读书。"就是这个意思。然错误之发现，谈何容易！错误之改正，又谈何容易！如能有人以前贤治经治史之精神，转治小说戏曲，发前人未发之覆，解后人不解之惑，使这一部分文学遗产，能够有一个较为正确可读的本子在社会上流传，以便读者采择，为惠亦将大矣。

（原刊《曲苑》第1辑，1994年7月，第195~198页）

杨立斋【鹧鸪天】词小识

——金元诸宫调伴奏并无弦乐说

杨荫浏先生《中国古代音乐史稿》第十四章谈到诸宫调的伴奏乐器，说“金元时也有用锣、界方、拍板和笛伴奏的，也有用弦乐器伴奏的，所以后来明清人也有把诸宫调称为‘弹唱词’或‘搊弹词’的”。（上册325页）

说金元诸宫调演唱“也有用弦乐器伴奏的”，并不是杨先生一个人的意见。1957年，叶德均先生在《宋元明讲唱文学》一书中曾主此说：“金元诸宫调的歌唱情形，在元石君宝《诸宫调风月紫云亭》杂剧和百二十回本《水浒传》第五十一回“插翅虎枷打白秀英”，都有具体的描绘。它是由说唱者自击锣和拍板打拍，和宋代用鼓板一套乐器不同。旁边又有以琵琶或筝的弦乐伴奏”。（18页）杨、叶两先生所据以立论的唯一根据，就是元曲家杨立斋为诸宫调女艺人杨玉娥所写的《鹧鸪天》词。另外，吴则虞先生则更进一步，根据杨词提出诸宫调有南北之分，说北宋汴梁时，“演唱诸宫调，用的是弦索，和北宋唱词时所用的乐器大致相同……北诸宫调大概就是这样”。又据《梦粱录》说南宋时南诸宫调“除了一套鼓板而外，主要是笛子”。（《谈诸宫调的几个问题》，《文学遗产增刊》第五辑，1957年12月，258页）杨立斋分明是元人，吴先生却用他的词来说明百余年前汴梁的史事，恐怕不太切题的。

主张金元诸宫调演唱“也有用弦乐器伴奏的”，仅有杨立斋《鹧鸪天》词这样一条孤证，本来就很危险；如果要用这样的孤证，推而广之，去附会自己想当然的推论，那就更危险。最近，因为选注元人散曲，重新读了杨立斋的这首词，翻阅了一些有关材料，发现以往诸先生实在误解了杨词的原意，对杨词中“啼玉靥，咽冰弦，五牛身后更无传”几句，全部理解错了。因而他们所提出的说法，也就有了再行商榷的必要。

首先，是【鹧鸪天】这首词的性质问题。它不是一般泛泛的赠人之作，而是和作者同时所写的散套【哨遍】是浑然一体的。关于这点，在《太平乐府》的编者杨朝英所写的“小序”中就有明确的交代：“张五牛、商正叔编《双渐小卿》，赵真卿善歌。立斋见杨玉娥唱其曲，因作【鹧鸪天】及【哨遍】以咏之。”《太平乐府》是一部纯粹的曲选，立斋【鹧鸪天】词的例外入选，完全是出于这个缘故。很早以前，冯沅君先生就注意到这点，并且作了极为精当的解释。她认为这一词一曲，都是杨立斋为杨玉娥演唱《双渐小卿》诸宫调所写的“引辞”，即开场白。她说：“杨朝英所以破例录它（指【鹧鸪天】词），如果不是因为它与【哨遍】散套是同属一体，从未分散过，我们实在替他找不出别的充分理由。”（《天宝遗事辑本题记跋》）

既然这一词一曲都是“引辞”，所咏同为一事，因而，我们在解读杨词时，必须顾及杨曲；在解读杨曲时，也应该考虑到杨词。我们的一切说解，只有在词和曲两个方面，都可讲通，都能得到相应的补充说明，才可能是正确的。可惜的是，以往诸先生在引用【鹧鸪天】时，恰恰忽略了这点。

其次，作为“引辞”，【鹧鸪天】词和【哨遍】曲的具体内容，主要在于交代双渐苏卿的故事梗概，以引起观众的兴趣。因此，这一词一曲的解读，又必须要处处和这个故事相照应。必须在这两个方面都能讲通，才可成立。遗憾的是，商正叔所改编的《双渐苏卿》诸宫调并没有保存下来。这样，由于本事难明，就使我们对杨词和杨曲中所涉及的一些故事情节恍惚迷离，不甚了了，无形中给解读带来不少的困难。

这些困难必须解决，而且也是可以解决的。因为，双渐苏卿故事，金元时期极为盛行，其影响一点也不下于西厢故事。单是利用这个题材写成的剧本，就有多种。杂剧方面，有王实甫的《苏小卿月夜贩茶船》、纪君祥的《信安王断复贩茶船》、庾天锡的《苏小卿丽春园》，以及无名氏的《赶苏卿》《豫章城人月两团圆》等，南戏方面也有《苏小卿月夜贩茶船》一种。这些剧本虽然都没有流传下来，但有的剧本遇有佚曲在，可以帮助我们对杨立斋【鹧鸪天】词的理解。另外，元人所写的散曲，包括小令和套数，直接歌咏或间接涉及这个故事的，也还有数十曲之多。如果能细为爬梳，把这些材料重新组合起来，当可考知元代双渐苏卿故事之大概。由于年代相近，其基本情节与商正叔所改编的《双渐苏卿》诸宫调无大出入，以之解读杨词和杨曲，将会得到比较理想的结果。这里，附带说明一点，我们现在所看到的两种有关这个故事的材料，一为《永乐大典》卷二四〇五所录之传奇小说《苏小卿》，一为明代梅鼎祚的《清泥莲花记》卷七，情节虽较完整，但已经后人增删改易，已经失去了它的早期面貌。对于这样的材料，我们应持审慎态度。有些研究工作者，利用这些晚出的材料，来说明元代的《双渐苏卿》诸宫调的问题，起码在材料的鉴别上，是有些欠妥的。

现在，本着上面所说的两点，即利用杨立斋的【哨遍】曲，利用现存的元代双渐苏卿故事材料，来解读他的【鹧鸪天】词，以便搞清金元诸宫调的伴奏乐器问题。

先引原词于下：

> 烟柳风花锦作园，霜芽露叶玉装船。谁知皓齿纤腰会，只在轻衫短帽边。　　啼玉靥，咽冰弦，五牛身后更无传。词人老笔佳人口，再唤春风到眼前。

上片四句，分咏故事中的四个主要人物，并檃括这个故事的全部内容，文笔极为简练。

“烟柳风花锦作园”，此句是说员外黄肇。是他，这个有钱的员外，把丽春园装点得繁花似锦，分外迷人。关汉卿小令《碧玉箫》：“黄召（肇）风欠，盖下丽春园。”从元人散曲里我们得知，他迷恋于苏小卿的美色，嘘寒送暖，散漫使钱，费尽了心机。可是金钱并不能买得爱情，小卿所爱的却是书生双渐。最后，黄肇自认晦气，退出了情场。王晔小令《风月所举问汝阳记》【庆东原】曲《黄肇退状》：“于飞燕，并蒂莲，有心也待成姻眷。吃不过双生强噗，当不过冯魁门论，甘不过苏氏胡搧。且交割丽春园，免打入卑田院。”即咏此事。

“霜芽露叶玉装船”，江船上垛满了莹白如玉的上品高茶。此句是说茶客冯魁。

蔡襄《茶疏》云：“茶色贵白。”古代名茶，或名“胜雪”，或名“银芽”，或名“蝉膏”，或名“凤髓”，都在极力突出茶色之白，所以此句以白玉比拟之。“霜芽露叶”，则在强调茶叶的鲜嫩，似乎刚从枝头采下，还饱含着出山林中霜露的湿气。赵汝砺《北苑别录》：“采茶之法，须是侵晨，不可见日。侵晨则夜露未晞，茶芽肥润；见日则为阳气所薄，使芽之膏腴内耗，至受水而不鲜明。”“芽”，即茶芽，有小芽、中芽之目。《北苑别录》又云：“小芽者，其小如鹰爪。以其芽先次蒸熟，置之水盆中，剔取其精华，仅如针小，谓之小芽，是茶中之最精者也。中芽，古谓之一枪一旗是也。”

苏小卿自结识双渐后，两人情好无间，难分难舍。无奈“书生俊俏却无钱”，为鸨儿苏妈妈所厌。从现存王实甫《苏小卿月夜贩茶船》佚曲得知，为了摆脱这种难堪的局面，小卿拿出金钱资助双渐，让其赶赴帝京应举，博取功名。双渐去后，小卿一心自守：“这些时浪静风恬，再不去唤官身题名儿差占，直睡到上纱窗红日淹淹。从今后管家私，学针指，罢了花浓酒酽。一会家暗掐春纤，我这里数归期故人作念。”（【粉蝶儿】曲）这时，茶客冯魁撞上门来，掀起了新的波澜。他先买通鸨儿，狼狈为奸，伪造了一封双渐中举后与小卿的绝交信，使小卿悲痛欲绝：“原来这负心的真个不中粘，想当初啜赚我话儿甜！则好去破窑中捱风雪，受虀盐。那时节谨廉，君子谦谦，赍发的赶科场，才把鳌头占，风尘行不待占粘。如今这七香车五花诰无凭验，倒做了脱担两头尖。”(【石榴花】曲)在进退无依的情况下，冯魁连吓带骗，用三千茶引的高价，强买苏小卿上了他的贩茶船。王晔小令《风月所举问汝阳记》【水仙子】曲冯魁得意洋洋地自夸:“黄金铸就劈闲刀，茶引糊成划怪锹。庐山风髓三千号，陪酥油尽力搅。双通叔你自才学，我揣与娘通行钞。掂了咱传世宝，看谁能够风友鸾交!”

“谁知皓齿纤腰会，只在轻衫短帽边”，谁能想到那皓齿纤腰的美人的会合，偏偏只在轻衫短帽的才子身边。此处“皓齿纤腰”一语，自然是指小卿，形容她的美貌动人;至于“轻衫短腰”，则是在赞美双渐的风流俊雅。因为宋元时，流连于青楼妓馆的子弟儿郎，多以“轻衫短帽”相尚。《东京梦华录》卷七叙北宋末年汴梁市风:“妓女旧日多乘驴，宣政间惟乘马，披凉衫。……少年狎客，往往随后，亦跨马，轻衫短帽。”此风延至元代，依然如故。后至元庚辰(1340年)刊本《事林广记》赓集品藻诸色人物，记当日子弟儿郎:“轻衫短帽，邀游柳陌春风;骏马雕鞍，驰骋花间美女。”于此可见宋元都市风习之一斑。

【鹧鸪天】词上片所咏之情事，同样也见于【哨遍】曲:

> 【五煞】这个才子文艺高，那个佳人聪俊雅，可知道共把青鸾跨。一个是纱巾蕉扇睁睁道，一个是翠属金毛俏鼻凹，无人坐。一个是玉堂学士，一个是金斗名娃。
>
> 【四煞】又有个员外村，有个商贾沙，一弄儿黑漆筋红油靶。一个向丽春园大碗里空嘛了酒，一个扬子江江船中就与茶。……

【五煞】，可以看作是对双渐、苏卿美满姻缘的赞歌，【四煞】一曲，则是对黄肇、冯魁这两个失败者的嘲笑与讽刺。说黄肇“白味了酒”，是因为旧日聘妇，女家允亲后，男家例须送许口酒(即肯酒)与女家，待女家接受并回礼后，始能定准。黄肇在丽春园里虽大把使钱，大碗喝酒，但最后婚事终于无成，所以说是白喝了酒。说冯魁“就与茶”，即急急忙忙把茶硬塞给对方，含有强与结亲的意思在内。旧日女子受聘叫“吃茶”或“受茶”，由男方聘礼中例有缎匹茶饼之类得名。冯魁之娶小卿，纯用金钱强买，而且采用了欺骗、粗暴的手段才迫使小卿上茶船的。这自然只能使人感到憎恶，因而他最后人财两空的结局，也只能算是咎由自取！

上片之用，全在叙事，是向听众介绍这个故事的梗概的。以下转入下片，则宕开一笔，慢慢由事及物，另起新意。

“啼玉靥，咽冰弦，五牛身后更无传”。数语纯为感叹，是说自张五牛死后，《双渐苏卿》诸宫调中“啼玉靥，咽冰弦”这样凄婉动人的关目，再也无人为之演唱传述了。金山寺双渐赶苏卿，本是这个故事的高潮部分，也是故事中最动人心弦的所在。立斋借之过入下片，曲意似断非断，完全符合词的传统手法。这种感叹的情绪，同样也见之于他的【哨遍】：

【三煞】而今汝阳斋掩绿苔，豫章城噪晚鸦，金山寺草长满题诗塔。唯有长天倒影随流水，孤鹜高飞送落霞，成潇洒。但见云间汀树，不闻江上琵琶。

这“江上琵琶”，正是【鹧鸪天】词中的“冰弦”。那么，这大江之上，呜咽的琵琶声又因何而起呢？《雍熙乐府》卷十三无名氏散套【斗鹌鹑】《赶苏卿》告诉我们，双渐在科举及第后，除授临川县令，回来后得知小卿已被冯魁带走，乘船赶至金山寺，见西廊间壁上小卿题诗，无限悲伤，回至船上，独自孤凄，百无聊赖。晚间于“船儿上将冰弦慢理”，借着那幽怨的琵琶声传递自己的心声，感动得“游鱼翻戏，鸾凤声啼，苍龙出水，神鬼惊疑”。他正忧虑小卿被“村汉拘束来不得”，蓦然间“一声伤悲，来到根底，见了容仪，两意徘徊。撇了冯魁，怎想道今宵相会”。这是从男主人公方面来说的。那么，故事中的女主人公苏小卿，听到这呜咽的琵琶以后感受如何呢？南戏《苏小卿月夜贩茶船》的佚曲，对此恰好作了生动的描绘：

【双调过曲·孝顺歌】山连水，水绕山，山青水绿景最奇。长天共一色，残月已沉西。明星渐稀，曙色方明，朝霞舒绮。顺风听得琵琶，遣人心碎。

又：

【仙吕过曲 · 胡女怨】寻思越痛情，恍惚神不定。如醉如痴，琵琶不忍听。怎知我一别，永不相认？寻思做甚人，拼了一性命。

《赶苏卿》散套和南戏《贩茶船》所叙，就是立斋词中“啼玉靥，咽冰弦”两句的全部内涵。离开了这些元代现存的有关双渐苏卿材料，单纯的就词解词，就很容易发生误解，就像以往学者们所解说的那样，把它理解为金元诸宫调演唱的实际描写。把它想象为一位才艺出众的女演员，奏着幽怨的琵琶，热泪盈眶地在向听众演述着这个美丽动听的爱情故事。这样的想象，可能很诱人，但是，却是不符合作者的原意的。

“词人老笔佳人口，再唤春风到眼前”。作者至此笔锋一转，全部的热情都归结到对商正叔的改编和杨玉娥演唱的赞美上，因为是他们把这个几成绝响的诸宫调节目又带向了人间。回头再看作者的《哨遍》，也是用这样的情绪作结的：

【二煞】静悄悄的谁念他？冷清清的谁问他？尚有人见鞍思马。张五牛创制似选石中玉，商正叔重编如添锦上花，碎把那珠玑撒。四头儿热闹，枝节儿熟滑。

【一煞】俺学唱咱，学说咱，谁敢和前辈争高下！赵真真先占了头名榜，杨玉娥权充个第二家，替佛传法。锣敲月面，板撒红牙。

值得我们注意的是，杨立斋【鹧鸪天】词，从首至尾，根本没有一个字提到诸宫调的演奏乐器问题。相反的，倒是他的散套【哨遍】，明确地告诉我们，杨玉娥演唱时，是“锣敲月面，板撒红牙”，就是说她所用的伴奏乐器，是锣和拍板，而不是弦乐。

说金元时诸宫调的伴奏乐器是锣和拍板，还可以用元代其他文献来加以印证。《水浒全传》第五十一回白秀英演唱诸宫调，是用锣、拍板和笛来伴奏；杂剧《诸宫调风月紫云亭》中女主角韩楚兰也是一个诸宫调演员，在她的唱词中多次提到锣、板，如“却则是央及那象板银锣”“再休提那撒板鸣锣”“也强如锣板声中断送了我”。可见，锣、拍板，有时加笛，正是元代诸宫调的伴奏乐器。至于明清两代，有人称诸宫调为“弹唱词”或“搊弹词”，或者说“北力在弦，南力在板”，实在是一种文献无征的推测之词，起码在元代文献中是找不到证据的。

（原刊《曲苑》第 2 辑，1986 年 5 月，第 150~157 页）

介绍王实甫的一首小令

王实甫的《西厢记》杂剧，是我国古典戏曲中少有的杰作。他善于用诗的语言来刻画人物、描写景物、渲染气氛、创造环境，把读者引入一个又一个的充满诗情画意的意境中去。这在早期的元杂剧中，还是比较少见的。除杂剧以外，他还是一位散曲作家，但作品传世很少，除戏曲外，今《全元散曲》所录仅有小令一首和套数两首。套数中有一首为南北合套，而南北合套出现于元代后期，所以恐系后人误题，不足为信。这样，现在可以肯定为王实甫散曲者，小令和套数仅仅各有一首了。现在，我们要介绍的，就是那首题为《别情》的小令。

> 自别后遥山隐隐，更那堪远水粼粼。见杨花飞绵滚滚，对桃花醉脸醺醺。透内阁香风阵阵，掩重门暮雨纷纷。怕黄昏忽地又黄昏，不消魂怎地不消魂？新啼痕压旧啼痕，断肠人忆断肠人。今春，香肌瘦几分？搂带宽三寸。【中吕·十二月过尧民歌】

元人散曲中，用同一宫调中音律衔接的两个或三个曲调，联为一个新的曲调者，称为“带过曲”，写作某调带过某调。“带过”两字，可任用一字，有时也可省略，只连写两调之名。王实甫的这首小令的曲牌，则为【中吕宫】

中的【十二月过尧民歌】。

先看前曲【十二月】。起首两句，写别后之梦游。在王实甫以前的古代诗人中，用梦中离魂远游来写相思闺怨者，不乏其例。比如唐代诗人岑参的《春梦》诗："洞房昨夜春风起，故人尚隔湘江水。枕上片时春梦中，行尽江南一千里。"片时千里，写梦游如画。再如北宋词人晏几道的【蝶恋花】词："梦入江南烟水路，行尽江南，不与离人遇。"着重写出梦游不遇的惆怅心情。王实甫且用此意，不过又有新的拓展。"遥山隐隐"，"远水粼粼"，写出梦境中所历之山山水水，若明若暗，忽隐忽现，时而近在眼前，时而又远不可及。写得恍惚迷离，把梦游不遇的情景，刻画得更为真切。"自别后"三字，说明分手以后，每天夜晚一入梦乡，她的游魂都在苦苦地追寻着远在天边的良人的踪迹。可见她的相思是如何的真挚，如何的深沉。"更那堪"三字，则意在加重渲染梦游不遇、魂劳梦伤的苦况。以下四句，由梦游转入现实，由夜晚转入白昼。杨花滚滚，桃脸醺醺，都是暮春三月的典型景物。桃花是可爱的，但随风乱走的杨花却在提醒她春天马上就要过去。惜春怀人之情，隐然流出。既然外面的景物只能给她以烦恼，索性关起门户，独守深闺吧。无奈那阵阵香风，透户而来；纷纷暮雨，乱人心怀。此时此境，正如欧阳修【蝶恋花】词所说的那样："雨横风狂三月暮，门掩黄昏，无计留春住。"虽不说愁而愁自难堪。

【十二月】曲写相思，虽然只写了一个白天和一个晚上的情景，但是因为他写得很细腻、很真切，给人以深刻的印象。人们完全可以想象，这位女主人公自送别以后，日日夜夜，无时无刻不在痛苦的思念中度过。《太和正音谱》评论王实甫的散曲，如"花间美人"，认为他"铺叙委婉，深得骚人之趣"，就是指这种风格而说的。

从后曲【尧民歌】开始，曲情气氛陡变。同样是写相思，【十二月】曲主要是以景抒情，表现得比较含蓄，接近于词中的婉约派；【尧民歌】曲则全用直笔展开，是感情的突然迸发，而且极情尽致，一泻无余，接近于词中的豪放派。婉约和豪放，本来是两种迥然不同的风格，有着明显的差异。王实甫却能把这两种不同的风格，巧妙地融于一词之中，首尾贯穿，和谐自然，不能不使读者叹为观止。这里，作者显然采用了一种先敛后放的写法。正因为有了前曲的含蓄内敛，一春相思之悲苦，尽皆郁积于中，自然要一吐为快，自然会引出后曲的奔放恣肆，情不自禁地发出“怕黄昏忽地又黄昏，不消魂怎地不消魂”这样激切的呼喊。下面，“新啼痕压旧啼痕”一句，用重重叠叠的泪痕，把眼前的幽怨和往日的伤悲联系起来，意思深入一层。紧接着，“断肠人忆断肠人”，则由自己之断肠想到对方之断肠，更把两地相思之苦，打成一片，情意更为浓厚。至此，笔锋一转，复又归于收敛，用衣带宽了三寸，来回答“香肌瘦几分”的问语作结，尤为哀婉动人。

《中原音韵》认为王实甫的这首带过曲，“对偶、音律、平仄、语句，皆妙”，故取以为本调之标准格式。按照曲律的要求，【十二月】曲，六句五韵，句式为“四四四四、四四”。实甫此作，每句都用迭字，以“隐隐”“粼粼”“滚滚”“醺醺”“阵阵”“纷纷”诸迭字于句尾作顿。这样，在语气上是显得凝重而又沉郁，符合本曲含蓄内敛的曲情要求。另外，本曲各句，两两为偶，不仅对仗工巧，而且“平平仄仄，仄仄平平”，反复回旋，在音律上也是非常和谐的。至于后曲【尧民歌】，则七句七韵，句式为“七七七七、二五五”。“今春”句，依律可迭，也可加“也么”“也波”等字。王实甫于开首四个七字句，连续使用连环式的句法，有意使“黄昏”“消魂”“泪痕”“断肠人”四个语词，在各句首尾，反复出现一次。通过这样的反复咏叹，既增强了语言的感情色彩，又使曲意层层推进，不断深入。在音律上，前两句皆为“平平仄仄仄平平”，后两句皆为“仄平平仄仄平平”，两两相对，虽然和一般律句的对法稍有不同，但语调之轻重低昂，仍然是严整有序的。结尾三句，即一般所谓“豹尾”部分，尤见精神，完全符合“平平，平平仄仄平，仄仄平平去”的曲格要求。我们知道，元人散曲特别重视曲尾的经营，除了文字的优美传神以外，平仄要求也非常严格，几一字不可假借。尤其是曲尾之末句，末句之末字，因为关系到全曲之收束，要求更严。如本曲末句之末字，必须以去声作结，则为一例。

诗词曲都是韵文，韵文必须讲究韵律。如果我们在欣赏这一方面的作品的时候，能够稍稍顾及其格律的特点，把它们的内容和形式当作一个整体来研究，肯定是会获得更多的艺术美感。

1985 年元月

（原刊《甘肃戏苑》1985 年第 1、2 期［3 月］，第 12~13 页）

《货郎旦》杂剧续疑记

元无名氏的《货郎旦》杂剧，全名《风雨像生货郎旦》，今存明“脉望馆”抄本与《元曲选》癸集刊本两种。新中国成立前，严敦易先生为上海《文艺复兴》杂志撰写《元剧斟疑》时曾论及此剧，怀疑它的撰作时期当在元末明初。新中国成立后，中华书局出版这部著作的时候，先生久病方愈，未能根据“新发见（现）的材料和论据”对旧说不周之处予以订正补充。据先生在“后记”所云，他对这部著作是有一个比较全面的修改计划的可惜这个计划，生前没有来得及实现，只好由后之来者妄为续疑，作点拾遗补阙的工作，恐亦未能得中也。

在现存的几种旧刊的元明杂剧的选集中，臧晋叔的《元曲选》流传最广，影响最大。但是，臧晋叔的刊本于原作文字，多喜以意窜改，每失原本之真。严先生作《元剧斟疑》时，于《货郎旦》一剧，所见仅《元曲选》一个本子。他对这个剧本所提出的种种疑问，差不多有一半是出于臧晋叔所改。现在，用两个本子比斟，一一分疏如下：

（1）第一折【鹊踏枝】曲云：“那其间便是你郑孔目风流结果，只落得酷寒亭刚留下一个萧娥。”此处用酷寒亭的故事，因为元曲家杨显之、花李郎都有同名剧作，严先生遂疑《货郎旦》当作于其后，“至早应为元代中、末叶间，或其以后之作品。”按：“脉望馆”抄本此曲脱调名，二语原作“那（时）节也无保亲的姨姨妈妈，下场头舍贫姐姐哥哥”。

（2）第四折魏邦彦（脉抄本作“李彦实”）、张玉娥二人最后被杀，是因为侵欺窝脱银。春郎说：“律上凡欺侵官银五十两以上者，即行处斩。这罪是决不待时的。”严先生认为元代刑律中“没有这样大的死罪”，而“决不待时”一语，又为“明律中之用语”，因而怀疑作者也许是“由元而入明的人”，按：脉抄本中二人并无侵欺窝脱银一事，他们之被送有司家问罪，乃是犯了偷马的罪过。

（3）本剧第一折由正旦扮刘氏主唱，二三四折改由副旦扮张三姑主唱。“副旦”一词，在杂剧中此为仅见，逸出元剧之常格。据此，严先生认为这一特例的出现，“当系后来杂剧规律已濒破坏的表现”，意谓本剧当作于元杂剧衰落之期。按：脉抄本中二三四折主唱之张三姑，均由正旦主唱，正合元剧之通例。

以上三事，既然都是臧晋叔的窜改，自然也就不能据以立说，应该予以删削。唯先生之所疑，更有出于此者。这些问题，都是有关《货郎旦》这个剧本的体制、内容和撰作时期的，因此，都有重新提出再为讨论的必要。

（1）窝脱银，为元代蒙古诸王妃主托名西域贾人所经营的高利贷买卖，《元史》于此并无记载，元代也很少有具体的材料流传下来，似元人对此“不无隐讳”。元杂剧中，对羊羔儿式的高利贷虽然也有所影射，但是像《货郎旦》这样直接叙写李春郎往各处“催趱窝脱银两”，宿歇官驿，唤乐承应，俨同显宦，为权豪势要放债讨债的描写，是“绝不多见”的，因而怀疑元代作家有无此等“胆量”，认为“本剧是否为元人所作，或尚有待于斟量”。按：“窝脱银”一事，虽不见于《元史》，但元代历朝条格中多有明确记载。有些且出于皇帝圣旨（见《元典章》），至元八年，且曾设立“斡脱所”专管其事。《元史》不载，实为明初修史者之疏漏，《货郎旦》中涉及“窝脱银”者，也仅仅只有“催趱窝脱银两”一语，毫无讥讽攻击之意味，何况李春郎又是作者所同情的正面人物，更无讥讽攻击之必要。仅此一语，实在谈不上什么作者的“胆量”问题，故先生所疑，似亦不能成立。

（2）【货郎旦】这一曲牌，首见于周德清《中原音韵》乐府三三五章名目中，属【正宫】，注曰“入【南吕】，转调”。其自序虽系年“泰定甲子秋”，然《续录鬼簿》载其人于汤舜民、杨景贤、刘君锡之后，《中原音韵》所载虞集各序，皆未系年月，莫知真伪。据此，严先生疑周德清年辈较晚，“或竟系入明之人，泰定之系年，未尽能置信”。又，陶宗仪由元入明，其《辍耕录》所录杂剧曲名，竟无【货郎儿】之目，据此，先生又疑【货郎儿】之用于杂剧，尤其所谓【转调货郎儿】，“其出现恐并非甚古”，甚至“竟是《货郎旦》自我作俑，而其撰作时期，至早也当在元末，下及明初”。

按：先生所疑二事均非。先说周德清之生年，据新见之《暇堂周氏宗谱》所载，周德清生于宋朝景炎二年丁丑（1277年），卒于元顺帝至正二十五年乙巳（1365年），活了八十八岁，几乎和元蒙王朝相终始。此谱始修人即为周德清自己，时在至正二年。明清两代又递有增修，且有康熙五十四年刊本，实有助于考信。《中原音韵》成书于泰定甲子（1324年）。是年，周德清四十七岁，其“后序”自云“作乐府三十年”，可见，在元贞、大德间，即他的青年时期，已经开始写作散曲，于关汉卿、马致远诸人，正为后辈。《录鬼簿续编》一书本有补遗性质，于曲家之生平未能一一深考，其载周德清于入明之汤舜民、杨景贤诸家之后，可能依材料之所得，随手补入，不足为信。

再说【货郎儿】等曲牌的产生年代，可能起于宋末。其进入戏曲音乐的时间，当亦不会太晚。在早期南戏《牧羊记》中（《南词叙录》入“宋元旧编”），就使用了三只【货郎儿】，见于该剧第六出《过关》：

> 这厮们那厮们彻敢胆大，军情事把来当耍，逃遁的依律问罪，躲懒的如法吊打。（其一）
>
> 长官们尊重请坐，是不是可怜见我。买闲钱你自受，假清廉说甚么。（其二）
>
> 长官们休得要装聋做哑，这些众军人不识高下。依我劝各自散，

休得要指鹿做马。(其三)

句式为“七七·六六”,四句三韵,乐句朴素,可能比较接近原来民间小曲的面目。稍后,在前期的元杂剧作家中,开始有人把【货郎儿】这个曲牌运用到自己的作品中,如关汉卿的好友杨显之的《潇湘雨》第四折:

想着淮河渡翻船的这灾变,也是俺那时乖运蹇,定道是一家大小丧黄泉。排岸司救了咱性命,崔老的与我配了姻缘。今日呵谁承望父子和夫妻两事儿全。

【货郎儿】曲,又见于元代前期无名氏杂剧《杀狗劝夫》第二折:

他道俺哥哥十分家沉醉,且吃些儿热汤热水。俺哥哥直睡到红日三竿未起。可怎生近新来,偏恁觉来疾。他酩子里纽回胭颈,没揣的转过身体。

与南戏《牧羊记》相比,元杂剧中所用之【货郎儿】曲,已有所增衍,其句式为“七七七·三三七”,六句五韵,即为【货郎儿】之本调。

【货郎儿】本调的进一步的发展,就是【转调货郎儿】的出现。《水浒全传》第七十四回“燕青智扑擎天柱”,叙燕青扮做山东货郎,“宋江道:‘你既然装做货郎担儿,你且唱个【货郎转调歌】与我众人听。’燕青一手拈串鼓,一手打板,唱出【货郎太平歌】,与山东人不差分毫来去”。可见,【转调货郎儿】的创造者是民间的货郎们,是用鼓板伴奏的。这个曲牌也很早为元剧音乐所吸收,岳伯川《罗公远梦断杨贵妃》杂剧【正宫·端正好】套,即有此调,今依《北词广正谱》所录,转引如下,以见其式:

【货郎儿】势逼的君王行写诏,也不索问娘娘行取招。见铁桶般军围了一周遭。一个眼不离香罗帕,一个泪揾湿赭黄袍。【脱布衫】陈玄礼懒懒焦焦,高力士攘攘劳劳,唐天子烦烦恼恼,太真妃絮絮叨叨。【醉太平】则听的咚咚鼓敲,骨剌剌杂彩旗摇。那里有江梅丰韵海棠娇,把娘娘软兀剌唬倒。啼天哭地圣主行忙陪告,摩拳擦掌虎将心焦躁,拏云握雾战马乱咆哮。【货郎儿】把一个娇滴滴杨妃马践了。

不难看出,【转调货郎儿】的特点，是在保持【货郎儿】首尾乐句的情况下，于其中间部分，巧妙地转入其他音律相近的曲调，或插用其部分乐句。由于不同曲调的自然转换，无形中加强了乐曲的转折与变化，其优美动人之处，当远在【货郎儿】本调之上。

从简单的叫卖声，发展为【货郎儿】本调，再发展为【转调货郎儿】，这中间，显然有一个漫长的过程。

【转调货郎儿】的创造的成功，自然会进一步激发民间货郎们新的尝试的热情。于是，根据同样的经验，可能有不少的货郎把别的曲调糅合在【货郎儿】的演唱中。这样，随着实践的检验，在【货郎儿】本调的基础上，又派生出一些不同的变体，即插用不同曲调的新的【转调货郎儿】，在民间流传着。以后，更进一步的发展，就是把这些分散的曲调，慢慢地联为一体，组成新的套曲，这样，就形成了一种新的说唱文学的音乐形式，即【九转货郎儿】。

【九转货郎儿】的组合方式，以吴梅先生《南北词简谱》所析，最为精当。现在简要介绍如下：

一转：为【货郎儿】本调。

二转：【货郎儿】首三句 –【中吕·卖花声】二至四句 –【货郎儿】尾句。

三转：【货郎儿】首五句 –【中吕·斗鹌鹑】二至六句 –【货郎儿】尾句。

四转：【货郎儿】首三句 – 】【中吕·山坡羊】首九句 –【货郎儿】尾句。

五转：【货郎儿】首三句 –【中吕·迎仙客】全曲 –【中吕·红绣鞋】首五句 –【货郎儿】尾句。

六转：【货郎儿】首三句 –【中吕·四边静】二至五句 –【中吕·普天乐】首三句 –【货郎儿】尾句。

七转：【货郎儿】首三句 –【正宫·小梁州】全曲 –【货郎儿】尾句。

八转:【货郎儿】首二句【中吕·尧民歌】四至末句—【正宫·叨叨令】五至六句【正宫·倘秀才】末句—【中吕·尧民歌】四至末句【正宫·叨叨令】五至六句—【货郎儿】尾句。

九转:【货郎儿】首三句【正宫·脱布衫】全曲—【正宫·醉太平】首七句一—【货郎儿】尾句。

全套转换他曲竟有十三支之多，但因每转都以【货郎儿】本调作首尾呼应，故于错综变化之中，又显整齐统一之美。和以往只用一个曲调反复的鼓子词相比,【九转货郎儿】显然是一种更高级的说唱音乐形式，适宜于比较复杂的故事内容的表现。

【九转货郎儿】形成的年代，亦当远在宋季。《元典章》卷五十七“刑部·杂禁”类有禁唱【货郎儿】一款，文曰:

至大十二年(当为至大二年,“十”字衍),□月□日，中书兵、刑部承奉中书省判送刑房呈:今体知得……在都唱【琵琶词】【货郎儿】人等，聚集人众，充塞街市，男女相混，不唯引惹门讼，又恐别生事端，蒙都堂议得，拟合禁断。

至大二年，为公元1309年，距元之灭宋，不过三十一年。此处说到大都已有专业的说唱【货郎儿】的艺人在街头演唱，吸引了很多的听众,“聚集人众，充塞街市，男女相混”，可见其说唱技艺已有相当的水平。【货郎儿】既在至大二年被蒙元王朝明令禁止，则其形成年代，当远在至大以前。这是可以想象到的。

以上所举诸项材料，一致趋向下面两个结论:一是【货郎儿】【转调货郎儿】的形成年代，最晚当在宋季;二是这些曲牌很早即成为元代杂剧音乐的构成部分，为元代前期的杂剧家所采用。至于严先生所疑《辍耕录》所记杂剧曲目未载【货郎儿】一事，可能出于陶宗仪一时的疏忽，也可能是由于元朝统治者的明令禁止,【货郎儿】等曲牌为后期杂剧家所少用，因而有意删削的。

明确了【货郎儿】等曲牌产生的年代，就可以转回头来讨论《货郎旦》杂剧的撰作时期。不难看出，严敦易先生有一个大胆的假设，即这个剧本产生的年代一定很晚，只能是元末甚至是明初的作品。从这个假设出发，去《货郎旦》里寻求破绽，找出证据；甚至把自己的疑问也当做证据，来说明自己的假设是可信的。不言而喻，这样的论证方法，是不够科学的。为了考察【货郎儿】等曲牌在元杂剧中的实际使用情况，我把《元曲选》《元曲选外编》，以及赵景深先生所辑的《元人杂剧钩沉》几部书，即现存的元人全部杂剧，重新检阅一番，发现这些曲牌的使用不仅次数很少，而且基本上都是元代前期的事情。比如，【货郎儿】曲仅出现四次。即杨显之的《潇湘雨》、李文蔚的《圯桥进履》，以及无名氏的《杀狗劝夫》和《黄鹤楼》；【转调货郎儿】与【九转货郎儿】亦仅各出现一次，前者见于岳伯川的《罗公远梦断杨贵妃》，后者见于无名氏的《货郎旦》。这之中，杨显之、李文蔚、岳伯川三人，《录鬼簿》均列于“前辈才人有所编传奇行于世者”，其年代均与关汉卿相若或稍后，自为前期作家无疑。据此，上面几本使用【货郎儿】曲牌的杂剧，包括《货郎旦》一剧在内，其产生年代亦当去此不远。如果联系到前述蒙元王朝明令禁止【货郎儿】的事实，则这些剧本产生的年代最晚也当在至大二年（1309 年）以前。当然，这还是一个有待进一步证明的推想。

现存的两个《货郎旦》的本子，显然都是经过后人润饰、修改过的本子，已失原本之真。这一点，从两本文字的比勘研究中，是可以看出一些消息的。比如：《元曲选》本开首就介绍张三姑为“潭州人”，第二折中于洛河岸边被救起后，也曾问艄公：“听的乡谈语音滑熟。打迭了心头恨、扑散了眼下愁。哥哥也你可是行在滩（潭）州？”（【水仙子】）既然郑重其事地一再表出“潭州”，何以剧情发展概无照应？何况，“行在”一语，南宋人用以指首都临安。此处插此一语，殊觉不解。这些，显然都是旧本改抹不尽的痕迹。

类似的情况，脉抄本中有几个地方表现得尤为明显。如第三折开首两曲：

【正宫·端正好】口角头饿成疮，脚心里踏成蹇（趼）、行一步似火炒油煎。记的打破了鄂州，一似亡家犬，拿住我麻绳与剪。

【滚绣球】口俺那房舍轩（掀），着我将那驼驮牵。不由我分辨，行不动则是落后抛前。他则是惹（偌）近远，怎不动转？带着那马合膙弓箭，他去那马三山上揣揣的加鞭。打的马四只蹄朔风般疾如箭，拖的我两条腿坯坯的走向前，恨不的一陌一蚕（攛）船（椽）。

“记的打破了鄂州”，《元曲选》本改作“记的那洛河边”，并删去【滚绣球】曲全文。

这两支曲子与今本故事情节的发展毫无联系，显然是另外一种叙次的故事。它为我们探索原本《货郎旦》的面貌提供了一个非常重要的线索。

两支曲子所写的内容，是元兵攻陷鄂州（今湖北武昌）以后，广大人民遭驱被掳的苦难。元曲中这样直接地反映当时民族矛盾的，此为仅见。虽属残文，弥足珍贵。我们知道，至元十一年（1274年）十二月，元兵攻破鄂州以后，大规模地掳掠汉民为奴。就如【滚绣球】曲文所说的那样，把掳掠到的牲口系于马尾，驱驰北上，悲惨景象，实不可言。据《元史·张雄飞传》所云，仅蒙古军统帅阿里海涯一人于此次战役中掳掠人口，至少也在万人以上：“以降民三千八百户没入为家奴，自置吏治之，岁责其租赋，有司莫敢言。”蒙古统治者的野蛮暴行给人民所带来的苦难，是无法用笔墨来形容的。此处，《货郎旦》的作者通过张三姑之口，重新回忆这段惨痛的往事，应该说是有相当深刻的用意的。

从这两支曲子里得到启发，原本《货郎旦》的内容可能不是一个仅仅反映大妇小妻矛盾的家庭悲剧，而是一个在相当广阔的社会生活的场景上，所展现的一幕富有更多的民族斗争色彩的时代悲剧。脉抄本第二折张三姑被逼卖掉小主人李春郎后，临去时对帖葛千户说：

……怕道（到）周年呵交孩儿春郎，遥望着西川，与他父亲烧陌纸看些经奠盏酒（【收尾】）。

“遥望着西川”，显有所指。《元曲选》改作“遥望着西楼”，则不知所云。宋代西川路及以后之成都路，治所皆在成都。蒙古宪宗八年（1258年），分兵取西川，屠戮之惨，亘古未闻。袁桷《史母程氏传》记蜀难云：“蜀民就死，率五十人为一聚，以刀悉刺之，乃积尸。至暮，疑不死，复刺之。”其后，“贺靖权成都，录城中骸骨一百四十万，城外者不计。噫！蜀由秦帝入中夏，至于宋，凡一千五百年，文物大盛，绝不知有兵革，一旦扫削殆尽。迄今百余年，遗墟败棘，郡县降废者几半，可哀也已，可哀也已！”此处，既然让李春郎“遥望着西川”，为他的父亲烧纸设祭，可能在原本《货郎旦》的故事中，这个家庭正赶上了这场巨变。结果，女主人死于兵难，男主人不知下落。只有奶母张三姑背着小主人春郎，随着逃难的人群顺流而下。她可能准备返回自己故乡——潭州，也可能准备逃向更远的后方——行在即“临安”。没有想到，半路上又碰上了女真帖葛千户，“将春郎孩儿强卖与他去了”。“强卖”，实际上就是掠夺（《元曲选》本改作“没的饭食养活他，是我卖了也”，冲淡了故事的悲剧色彩）。这以后，她可能流落到鄂州，不久，鄂州又被攻陷，张三姑遭驱被掳。以后，可能由于说唱【货郎儿】艺人张撇古的援救，才逃出了苦海。十三年后，她沿路卖唱，送张撇古的骨殖返回“洛阳河南府”，遇到流落在外为人牧牛的旧主人李彦和，遂结伴而行，以卖唱为生。第三折【尾声】云：

则这咼（货）浪（郎）里宿世缘。你待学牵牛织女坚，长生殿，不想俺这搭儿里重相见。残红几片，似刘晨误入武陵源。

看来，由于世事反复，沧桑巨变，家主和奴婢都沦为微贱的卖唱的艺人，在说唱【货郎儿】的生涯中结为新的姻缘。当然，故事发展的结果，他们终于在一个偶然的场合里，碰见已经做了千户的儿子。于是，一家人相认，父子夫妻，皆大团圆，这是当时民间故事的常套，是不能苛求作者的。

以上所说，大半都是个人对原本《货郎旦》故事的推测，自然不能全部符合真相。但是，因为有脉抄本中若干原本旧文的提示，想来大体轮廓是不会有太大的出入的。

末了，把我对这个剧本续疑的结果，归纳表述如下：

《货郎旦》杂剧是元代前期的作品，产生于至元十一年（1274 年）至至大二年（1302 年）之间。原始故事本来是一个富有民族斗争色彩的时代悲剧，可能出于南宋遗民之手。以后，由于文网日密，原本内容不断为后人所改削，才变成今日所见“脉望馆”抄本或《元曲选》本那样的、表现大妇小妻矛盾的家庭悲剧。尽管这两个本子都有不少的优点，不失为佳作，但较之原本的思想内容，显然是逊色多了。

1985年元月

（原刊《中华戏曲》第1辑，1986年2月，第225~236页）

白朴《梁山伯》杂剧本事考说

梁祝故事作为中国古代著名的四大民间传说之一，颇受后世关注，出现了很多以此为题材的说唱、戏剧作品。元代白朴的《梁山伯》杂剧，是现今所知最早把梁祝故事搬上舞台的剧本。它影响到当时的南戏《祝英台》，以及后来的明清传奇、近代地方戏诸多有关剧本的创作。可惜白朴的这部杂剧没有流传下来，只有天一阁本《录鬼簿》卷上录其题目正名曰：马好儿不遇吕洞宾，祝英台死嫁梁山伯。

以往研究者谈及此剧，多据明清以来资料为说。如严敦易先生论及白朴此剧时指出，说死嫁，可以体会到大致是跟现今传说的结果，并没有什么变更。[①] 这一说法，是否完全符合白朴杂剧的实际情况，是大可怀疑的。本文拟以元代之前的材料为据，对白朴《梁山伯》杂剧的本事略作考说。

元代之前，关于梁祝故事的可靠资料，至今所见主要是宋代张津《乾道四明图经》和宋《四明志》卷第十二《鄞县志》中的记载，不过，二书的记载较简略，只载梁祝二人以同学而同葬：

① 可以参见严敦易：《古典文学中的梁祝故事》，《人民文学》1953 年 12 期。

义妇冢，即梁山伯祝英台同葬之地也。在县西十里接待院之后，有庙存焉。旧记谓二人少尝同学，比及三年，而山伯初不知英台之为女也。其朴质如此。按《十道四蕃志》云“义妇祝英台与梁山伯同冢”，即其事也。（宋代张津《乾道四明图经》）

梁山伯祝英台墓，县西四十里接待院之后有庙存焉，二人少尝同学，比及三年，而山伯初不知英台之为女也，以同学而同葬。见《十道四蕃志》所载。旧志称曰“义妇冢”，然英台女而非妇也。（宋《四明志》卷第十二《鄞县志》）

另外，清代翟灏《通俗编》卷三十七载有出于唐代张读《宣室志》的“梁山伯访友”一条，清代闻性道的《鄞县志》载有宋代李茂诚“义忠王庙记”，这两条记载是研究梁祝故事经常被引用的材料，但都不能确定为元代以前的文献。“梁山伯访友”一条，翟灏记载说出于唐代张读《宣室志》，但在明代以后流传的《宣室志》一书中已经看不到这一条，而其内容和叙事文字方面，则与明代张时彻等纂修的《宁波府志》卷二十《遗事》中的记载又差异不大，因此推测，《通俗编》所载“梁山伯访友”条可能参考了明代的《宁波府志》，或与《宁波府志》中故事都同出于其他记载，而不能把它认定为唐代《宣室志》的原文。《义忠王庙记》见于清代闻性道的《鄞县志》，在此之前宋代《四明志》中鄞县志的“叙遗存古”中只记载“梁山伯祝英台墓”，并无“义忠王庙”；元代袁桷的《四明志》中有大量的篇幅载录了关于四明（包括鄞县在内）的记、叙等文章，也没有《义忠王庙记》。清代《鄞县志》还指出《义忠王庙记》的作者为宋李茂诚（宋大观中知明州事）。从清代《宁波府志》的记载来看，宋大观年间知明州军州事的人共有六人：彭修、白同、钱景逢、宋康年、陆傅、檀总旦，并没有李茂诚。所以我们看到的宋李茂诚《义忠王庙记》有很大的可能是后人伪托之作，把它作为宋代流传的梁祝故事的记载也是不可靠的。

近年学术界发现了韩国高丽时代《夹注名贤十抄诗》一书，此书所选颇多《全唐诗》以外的诗作；所作夹注引用资料亦多中土失传之古籍，宜为研究者所重视。其中，晚唐诗人罗邺《蛱蝶》诗，原诗曰：

草色花光小院明，短墙飞过势便轻。
红枝袅袅如无力，粉翅高高别有情。
俗说义妻衣化状，书称傲吏梦彰名。
四时羡尔寻芳去，常傍佳人襟袖行。

夹注本于“俗说义妻衣化状”句后注引《梁山伯祝英台传》曰：

① 大唐异事多祚瑞，有一贤才身姓梁。常闻博学身荣贵，每见书生赴选场。在家散袒终无益，正好寻师入学堂。（云云）

② 一自独行无伴侣，孤村荒野意徊惶。又遇未来时稍暖，婆娑树下雨风凉。忽见一人随后至，唇红齿白好儿郎。（云云）

③ 便导（道）英台身姓祝，山伯称名仆姓梁。各言抛舍离乡井，寻师愿到孔丘堂。二人结义为兄弟，死生终始不相忘。（云云）

④ 不经旬日参夫子，一览诗书数百张（章）。山伯有才过二陆，英台明德胜三张。山伯不知它是女，英台不怕丈夫郎。（云云）

⑤ 一夜英台魂梦散，分明梦里见爷娘。惊觉起来情悄悄，欲从先归睹父娘。（云云）

⑥ 英台说向梁兄道：儿家住处有林塘，兄若后归回玉步，莫嫌情旧到儿庄。（云云）

⑦ 归舍未逾三五日，其时山伯也思乡。拜辞夫子登歧路，渡水穿山到祝庄。（云云）

⑧ 英台缓步徐行出，一对罗襦绣凤凰。兰麝满身香馥郁，千娇万态世无双。（云云）

⑨ 山伯见之情似□，□辨英台是女郎。带病偶题诗一绝，黄泉共汝作夫妻。（云云）

⑩ 因兹□□相思病，当时身死五魂飏。葬在越州东大路，托梦英台到寝堂。英台跪拜哀哀哭，殷勤酹酒向坟堂。

（云云）祭曰：

君既为奴身已死，妾今相忆到坟旁。君若无灵教妾退，有灵须遣冢开张。言讫冢堂面破裂，英台透入也身亡。(云云)

乡人惊动纷又散，亲情随后援衣裳。片片化为蝴蝶子，身变尘灭事可伤。(云云)

《夹注名贤十抄诗》近年经查屏球先生整理，由上海古籍出版社出版，我们才得以从中见到现存最早的这篇梁祝故事文学作品。该书卷首“说明”中认为，《夹注名贤十抄诗》的作注年代大约相当于中国的元朝初年，而《梁山伯祝英台传》这部说唱作品产生应在元代之前，可能形成于唐代，宋代时由明州（今宁波）传往高丽的。[①]这部作品也是流传至今、元代之前情节最完整的梁祝故事作品。

罗邺，余杭（今浙江杭州）人。唐懿宗咸通间（860—873），数举不第。有诗云：“故乡依旧空归去，帝里如同不到来。”余杭，去明州不远，故有关祝英台死后衣裙化蝶的故事，当为其所熟知，以之作典、入诗，自然是顺理成章的事情了。《蛱蝶》诗中的“俗说”，就是民间的传说。罗邺《蛱蝶》诗说明在晚唐梁祝故事已普遍流传，而且可能已进入说唱文学的领域，《梁山伯祝英台传》就是其中之一。

《梁山伯祝英台传》全篇韵散结合，说说唱唱，是典型的民间讲唱文学，其体近于后世之鼓词。篇中注曰“云云”者，皆散说部分，具体内容可能为《夹注名贤十抄诗》作者即高丽僧人子山所省去。今依其例，分全篇为十二章，即缘起、相逢、结义、同窗、思归、辞梁、访祝、惊艳、诗诀、魂梦、死合、化蝶。其中，第③④⑤⑧⑩⑪章后的“云云”，原注所无，今依故事情节的发展段落补入。从所分的十二章中我们可以看出，后世流传的梁祝故事的基本情节，如结义、同窗、辞梁、访祝、死合、化蝶等，在这篇《梁山伯祝英台传》的讲唱作品中都已具备，白朴《梁山伯》杂剧中的“祝英台死嫁梁山伯”的本事应该就是这个样子。

① 此说参考了《夹注名贤十抄诗》出版时查屏球的“说明”，上海古籍出版社2005年版，第9~10页。

白朴《梁山伯》杂剧今已不可得见，从现存元代戏文《祝英台》的佚曲中，我们可大略窥见其部分内容：

【醉落魄】“傍人论伊，怎知道其间的实。”“奴见了心中暗喜。一别尊颜，不觉许多时。”

【傍妆台】细思之，怎知你乔装改扮做个假意儿？见着你多娇媚，见着你□□□。见着你羞无地，见着你怎由己。情如醉，心似痴，刘郎一别武陵溪。

【前腔换头】奴家非是要瞒伊，自古道得便宜处谁肯落便宜？争奈我为客旅？争奈我是女孩儿？争奈我双亲老？争奈我身无主？今日里，重见你，柳藏鹦鹉语方知。

以上三曲，是钱南扬先生据明钮少雅《汇纂元谱南曲九宫正始》册三“仙吕”所征引辑录，钱先生指出，“首曲梁祝对唱，次曲梁山伯唱，末曲祝英台唱”。所表现的正是梁山伯访祝英台一节，充满了浓郁的悲剧气氛。

《梁山伯》杂剧的题目正名中还有“马好儿不遇吕洞宾”的关目。“好儿”[①]一词需要先作一些解释：

① 韩魏公帅定，狄青为总管。……后青旧部曲焦用押兵过定州，青留用酒，而卒徒因诉请给不整，魏公命擒焦用，欲诛之。青闻而趋就客次救之……恳魏公曰：“焦用有军功，好儿。”魏公曰：“东华门外以状元唱出者乃好儿，此岂得为好儿耶！”立青面诛之。（王铚《默记》卷上）

② 陆显之，汴梁人。有《好儿赵正》话本。（钟嗣成《录鬼簿》卷上）

③ 山泊中休说浪子燕青，大路上不数好儿赵正。（明刻李九我评本《破窑记》第七出白，原注：“赵正，与宋江同时，抢掠往来客

---

① “好儿”，应为“好儿郎”一语之省。古代称青年男子为“儿郎”，又军中长官称部下军健，亦曰“儿郎”。蒋防《霍小玉传》，鲍十一娘对陇西书生李益盛赞小玉曰：“高情意态，事事过人。音乐诗书，无不通解。昨遣某求一好儿郎格调相称者，某具说十郎（李益）。”此处以“好儿郎”许李益。

商，落草以为强寇。”）

④ 关汉卿《陈母教子》第一折大末、二末先后中状元见母亲，陈母也都以“不枉了，好儿也”一语赞之。

不难看出《默记》《陈母教子》中“好儿”指的是有军功的军人或士子中的状元，不论文武，只要能立战功的军健，能中举得状元的秀才，都可以“好儿”称之，而《好儿赵正》和《破窑记》注中的“好儿”则是指小偷或强寇而言。“强寇”和“状元”的身份在我们现在看来是有天壤之别的，但从上述诸例中可以看出无论“强寇”还是“状元”，作者以“好儿”来目之，且都含有赞叹之意。这里，我们还可以联系《古今小说》卷三十六《宋四公大闹禁魂张》中对赵正的具体描写。赵正等人都是手段高强的神偷，专门和为富不仁的“禁魂张”一类的财主作对，使他们吃尽苦头，受尽惩罚，自然为一般市井小民所喜爱、称颂，呼之为“好儿”了。小偷、强盗，固然是以偷盗、抢劫为生，但是如果具有侠心义胆，敢于同邪恶势力抗争，路见不平，拔刀相助，自然是市民眼中的英雄了。宋元以来，水浒英雄故事的流行，就说明了这个道理。

由此，我们可以推测，白朴《梁山伯》杂剧中的“马好儿”，自然也应该是值得肯定的正面人物了，这一点和近代各地方梁祝戏中目不识丁的阔少爷马文才是大异其趣的。剧中称他为“好儿”，倒不一定就是状元，可能是其才学出众，有“状元”之才，因而有“好儿”的美称。而祝氏父母在不了解梁祝互相爱慕的情况下，为“马好儿”的才学所动，许下姻亲，造成了梁祝与马好儿的错综复杂的三角关系。

“马好儿”的插入，应该是白朴对梁祝故事的发展与创造。作为流传至今、最可信出于元代之前的梁祝故事作品，《夹注名贤十抄诗》中保存下来的《梁山伯祝英台传》的故事情节仍比较简单，尤其对于梁祝二人生前为何没能结为夫妻，并未多加渲染，只说“带病偶题诗一绝，黄泉共汝作夫妻”，“因兹深染相思病，当时身死五魂飚”。从罗邺《蛱蝶》诗中“义妻”一词来看，可能是梁祝二人恪守了“义”，山伯恨他与英台二人已结义为兄弟而不能做夫妻，因此相思成病，临终希望死后能成夫妻。不难看出，在《梁山伯祝英台传》中还没有明确的爱情主题。从现存可信的材料来看，从白朴的《梁山伯》杂剧开始，第一次出现了“马好儿”这个人物，也就是后来明清的梁祝作品中的马郎的形象，或者后世相关记载中的马氏子形象。“马好儿”的出现，不仅使剧作的关目更加错综起伏，更加好看，而且拓展了梁祝故事的主题，突出衬托、渲染了梁祝二人的坚贞爱情，也为后来梁祝戏剧的发展奠定了基础。

从题目正名看，白朴《梁山伯》杂剧中还出现了吕洞宾这个人物。民间传说中的吕洞宾，是八仙中最贴近民间的形象，他修习方术，得道成仙，希望“度尽天下众生”。他又放浪形骸，不拘小节，乐善好施。元代戏剧作品中吕洞宾主要就是一个能度天下众生的神仙，如岳伯川的《吕洞宾度铁拐李岳》杂剧等。而吕洞宾又只度化有缘之人，“马好儿不遇吕洞宾”，可能是吕洞宾极力想劝马好儿斩断情丝，摆脱三角关系，而马好儿却不识吕洞宾，错过了被点化的机会。

在材料、证据不足的情况下，以上关于“马好儿不遇吕洞宾”的臆测，只是聊备一说。至于“马好儿不遇吕洞宾”与“祝英台死嫁梁山伯”二节，在内容上如何错综为戏，则只好存疑。

（收入王萍主编:《中国古代小说戏剧研究》，兰州：甘肃人民出版社，2014 年，第 1454~150 页）

《花大汉别妻》与西调〔五更转〕

（西秦腔剧目考）

乾隆、嘉庆间，魏长生师徒以西秦腔播誉国内，为近代戏曲史上少有之壮举。在魏长生诸弟子中，陈银官为其早年得意之徒，闺妆健服，色色可人，时有出蓝之誉。刘朗玉则为其晚年最后所收之徒，娇姿贵采，明艳无双，自谓可度金针者。陈、刘二人，一前一后，所演各剧，多得长生伎艺之秘，为魏派传人中之佼佼者。

刘朗玉于嘉庆六年（1804年）春天，在京都三庆部演出《花大汉别妻》一剧。此剧情节本来平平，不过叙军士花大汉在西征前夜，其妻王氏备酒饯别而已，其精彩处，全在歌曲之动人。朗玉幼时，即以时调小曲闻名于世，据说他演唱时不做作，不媚俗，“态度安详，歌音清美，每于淡处生妍，静中流媚”。以此绝艺，在剧中扮演花大汉妻，手拨琵琶，唱〔五更转〕小曲，自然圆转浏亮，非他人所能及。无怪小铁笛道人观其演出后，赞叹不止，谓其“手拨湘弦，清商一阙，轻风流水，令人躁释矜平”。又谓“谢仁祖企脚北窗，弹琵琶，未可便作天际真人想”（《日下看花记》卷一）。谢仁祖，东晋有名的音乐家，官至镇西将军。尝在佛国楼上，据胡床，弹琵琶，作《大道曲》，风度潇洒，时人不知其为三公。以朗玉方驾谢仁祖之上，可见评价之高。

《花大汉别妻》，见于《缀白裘》第十一集，为梆子腔，题曰《别妻》。此处之梆子腔，实指西秦腔而说，因为剧中所使用的曲牌都是【五更转】，而【五更转】却为出自甘肃西部的边关小曲，其产生年代，可上溯至晚唐五代（详后）。以往曲家于此未能深究，不能确切指出《别妻》为何种梆子之剧目，诚为憾事。兹校录剧中王氏所唱【五更转】小曲于下，以见其体。

一更鼓儿天，呀一更鼓儿天，我儿夫征西摆着酒筵，摆酒筵就把行来饯。好伤怀，好伤怀，奴望丈夫早早回归，早回归与奴重相会。

二更鼓儿深，呀二更鼓儿深，你去了不知何日再相亲，你须记妻子身怀孕。奴好伤心，奴好伤心，此去边关万里长城到了时早寄阳关信，到了时早寄阳关信。

三更鼓儿催，呀三更鼓儿催，奴劝丈夫多吃几杯，吃几杯好与你同床睡。奴好凄惶，奴好凄惶，只有今宵同着罗帐，你不眠教我如何样。

四更鼓儿沉，呀四更鼓儿沉，只有今宵一刻千金。出门人不好多相问，你此去不知在那所儿困？身子郎当，身子郎当，奴有孕你去后有谁来问！你去后有谁来问！

五更鼓儿敲，呀五更鼓儿敲，奴对儿夫哭号陶，奴对儿夫哭号陶。怎叫我丢掉？叫我怎丢掉？你若是早回归再得个同欢笑，早回归再得个同欢笑。

如是五转，由备酒劝饮，自念孤单，望多来信，盼夫早归，终至号啕大哭，凄婉动人。论其体式，每更前后两曲，基本上皆为“三三、七七”式之双叠。《缀白裘》第十一集刊于乾隆三十九年（1774 年），去刘朗玉演出《花大汉别妻》，不过三十年，其为一本，是毋庸置疑的。

从文学史上看，明清两代民歌小曲是非常盛行的。流传的结果，一些脍炙人口的小曲往往衍变为戏曲，《花大汉别妻》也是这样的剧目。远在乾隆九年（1744 年），北京永魁斋所刊《时尚南北雅调万花小曲》

一书，录南北小曲百首。其间，引起我们注意的是西调《鼓儿天》，即以【五更转】十八首及尾声【清江引】，联为一套歌咏离情的小曲。如“一更鼓儿天，一更鼓儿天，我男征西不见回还”；“二更鼓儿多，二更鼓儿多，我男征西无其奈何”；“三更鼓儿催，三更鼓儿催，月照南楼奴好伤悲”；“四更鼓儿生，四更鼓儿生，我男征西在路径”；“五更鼓儿发，五更鼓儿发，梦儿里梦见我的冤家”之类。以下并叙过路哥哥带信来，劝其改嫁，而思妇不允，坚守其节：“我男征西掌团营，他本是大丈夫，奴怎肯扫他的兴”。最后以征夫归来，夫妇团圆作结。《花大汉别妻》即由此出，由闺妇思念征人之苦，变为与其夫生别之恨，演变的痕迹，一一可指。

这里，有两个问题需要讨论，一曰“西调”，一曰“征西”。“西调”，即西曲，自清初至乾隆间流行于北方各地，起于山陕，皆为秦声。陆次云《陈圆圆传》叙李自成得圆圆后，不耐吴曲，“即命群姬，唱西调，操阮筝琥珀，己拍掌合之，声音激楚，热耳酸心”。又，翟灏《通俗编》也说：“今以山陕所唱小曲曰西曲，与古绝殊，然亦因其方俗言之。”至于曲中所云“征西”一事，实指雍正七年至十三年（1729—1735）平定准噶尔之役。准噶尔为蒙古额鲁特四部之一，居今苏联巴尔喀什湖以东，及我国新疆天山以北一带。甘肃正当西征必出之孔道，军民调发，尤较他省为繁，自然会有《鼓儿天》这样的反映征戍之苦的小曲产生，【五更转】属于西调，更加有力地说明了这个问题。

如上所述，《鼓儿天》小曲当起于雍正时平定准噶尔一役，乾隆初年又传至北京，故为《万花小曲》所收录。估计其改编为戏曲的时间，当更在后。

说西调《鼓儿天》为甘肃西土之边关小曲，进而判定《花大汉别妻》为西秦腔传统剧目，我们还有别的证据，即曲中所用之【五更转】小调实为敦煌古曲之遗留。【五更转】可能起于六朝，最初当为齐言体，今日所知这一方面的唯一的作品，是南朝陈镇北长史伏知道所作之《从军五更转》。如“一更刁斗鸣，校尉逑连城。遥闻射雕骑，悬惮将军名”。如是每更一曲，合咏从军一事，即为整齐之五言。由于其为俗曲，早期文人仿作不多。入唐以后，【五更转】仍未为诗人所重视，倒是敦煌杂曲中颇有其作，今日所知敦煌文书中这类歌词写本即有五十本之多，说明【五更转】小调在河西地区盛行的情况。

从敦煌【五更转】诸写本的比勘研究中，可以看出这种曲调演变的大致趋势。最早仍为齐言体，如伯2647《闺怨五更转》:“一更初夜坐调琴，欲奏相思伤妾心。每恨征夫薄行迹，一过抛人年月深。君自去来经几春，不传书信绝知闻。愿妾变作天边雁，万里悲鸣寻访君。”每更七言二首，连缀成篇，可能是唐代前期的作品。其后，杂言体的【五更转】开始出现，多为三七言式。如伯2483《太子五更转》:“一更初，太子欲发坐寻思。奈（那）知耶娘防守到，何时度得雪山川。”为“三七、七七”四句。而斯6631《维摩问疾五更转》尤宜引起我们注意，其句式为:“一更初，一更初，医王设教有多途。维摩权疾徙方丈，莲花宝帐坐街（阶）衢（除）。”这种“三三七、七七”的体式，应该是敦煌【五更转】诸体中最晚出的一种，也是最后趋于定型的一种，所以一直流传下来。甚至直到乾隆年间，西调《鼓儿天》与《花大汉别妻》中的【五更转】，仍然保持了这样的格调。

【五更调】既为敦煌古曲，《鼓儿天》标明“西调”，由此而出的《花大汉别妻》所写又为清代雍正间甘肃近事，复由魏长生弟子演出，其为西秦腔剧目，应该是可信的。于此可知，西秦腔并不像一般论者所想象的那样的狭窄，起码它的剧目中，还应该包括一些由甘肃民歌基础上发展起来的节目在内。

自刘朗玉于嘉庆初演出《别妻》后，直至道光十七年（1837年）陈凤翔在京都演出此剧，仍然是“弹四条弦子，唱【五更转】曲”（见《长安看花记》），不失旧年风调。其后，子弟书中之《花别妻》《续花别妻》，以及京戏中之《花大汉别妻》，汉剧中之《双别窑》（与《薛平贵别窑》合演），都由西秦腔而出，可见其影响。

1990年7月于兰州

魏长生《滚楼》小考

乾隆四十四年（1779 年），四川演员魏长生（即魏三）入京，与杨五儿合演《滚楼》一剧，京师轰动，举国若狂，使京腔旧本，置之高阁，“观者日至千余，六大班顿为之减色”（《燕兰小谱》卷五）。魏长生演出的成功，使以西秦腔为代表的花部小戏，彻底地战胜了传统的雅部，标志着中国戏曲史上一个新的时期的开始，应该给以特别的重视。

魏长生所演的《滚楼》，是西秦腔传统剧目《三英记》中的一折。《燕兰小谱》记刘凤官在乾隆四十八年冬自粤西入都，一出歌台，即时名重，观众以长生以下一人相许。其首场所演，就是有名的《三英记》。吴太初看了这次演出，认为他台风严肃，毫无淫滥气象。激动之余，赋之以诗，并于诗后自注剧情如下：“乃唐将王士英败至窦庄，窦老将女桂英与成亲后，女寇高兰英追至，桂英计醉以酒，为之撮合”云云，可见，这是一本临阵招亲、一夫两妻的爱情故事。由于三人之名，均有“英”字，其后又合作立功，故名《三英记》。记述虽很简略，但以时人记时事，应该是可信的。

《三英记》的故事，详见于陕西文化局所藏之西府秦腔《双亲记》（又名

《滚碗（豌）豆》）内，为魏甲合口述本，可能为乾隆末年之旧本[①]。叙唐德宗时，黑水国王造反，老将军罗洪义奉命出征，累战不胜，被困黑水峪。形势紧急，朝廷复命大将王子英领兵解救。途中，遇山贼阻路，子英刺高龙、高虎下马，不料其妹高金定武艺超群，子英战败，落荒而走，逃至杜家寨，为庄主杜公道所救。公道之女秀英与高金定本有金兰之好，当金定追来时，杜家父女热情款待，先后用酒灌醉高、王，将两人安置于绣阁之上。又恐酒醒后子英不敌金定，遂于楼板上撒满豌豆。这样，二人酒后，在醒中带醉，醉中又醒的情况下，跌跌撞撞，滚滚打打，一对冤家，成就了姻缘，这就是本剧中最精彩的“滚楼”的场面。杜秀英本来也爱上了子英，黎明时上楼窥探，被金定反锁在内，亦与子英成亲。婚后，三人合兵出征，救出老将罗洪义，平定了黑水之乱。

这是一个充满地方风情的爱情喜剧，剧本中的黑水国，就是张掖的黑水城，可见它是产生于甘肃本土的民间传说。从《三英记》到《双亲记》，虽由语音的差异，王士英变作王子英，窦女变作杜女，甚至高兰英改作高金定，但剧本结构、关目、人物，依然未变。原名《三英记》，可能于三人成亲后，对他们平定黑水之战功，还是一些热烈的武打的场面；改名《双亲记》，则侧重于三人奇妙的结合，侧重于爱情纠葛的渲染，对平定黑水之事只是一笔带过。这大概就是两个剧本的区别所在。

稍后，汉调桄桄中，亦有《滚楼》一剧。今陕西文化局所藏为李德远口述本。[②]这里，搭救天朝大将王子英的女子，复由杜家寨之杜秀英，变成张壳浪的女儿张金定；“滚楼”的情节，也改成张金定、王子英于事发后，在楼板上害羞搂抱齐滚；并在剧中一再点明，两人的结合出于骊山老母的指引，是天意，是仙缘。凡此种种，都可看出，它是《双亲记》的改本，是比较晚出的。

“滚楼”故事进一步的演变，大概是乾隆以后的事情。嘉庆十五年

① 见 1982 年 9 月陕西省文化局所编《秦腔》第三十三集“明清剧目专集”。

② 同上。

（1810年），留春阁小史作《听春新咏》，于《别集》部分记艺人飞来凤（戴三）的演技，“淡服戎妆，传神俱肖”。他所演的《滚楼》，此时已改名《蓝家庄》，说他“描摩醉色，由白而红，非强为屏息者所能仿佛，歌坛中绝技也。”飞来凤本隶京师双和部，是山陕戏班，《日下看花记》称该班为“西班之雄者”，当为秦腔演员无疑。

《蓝家庄》的本事，见于清代子弟书《滚楼》（亦名《蓝家庄》）[1]：

春秋时，伍员的儿子伍辛，在山前对阵，斩了黄赛花的父亲和兄长，后为黄赛花战败，逃到蓝家庄。庄主蓝太公见伍辛英雄伟岸，许为珊瑚之器，即将爱女秀英许配为妻。洞房之夜，伍辛说起前情，对赛花流露出眷恋之情。蓝秀英和黄赛花本来是结义姊妹，听说后自愿为之作合，“管教她冷落父仇消除红粉恨，管教你笑共鸳鸯巧占了凤凰俦”。于是秀英诈病，赛花探视，登楼饮酒。酒中暗下蒙汗药，赛花醉卧销金帐，伍辛上楼，得谐云雨情。赛花醒后大怒，秀英婉言相劝，才化怒为喜，将父兄仇变作美满姻缘而作结。

子弟书为韩小窗所作，他是嘉庆、道光间人。他的许多作品，都是根据当时剧场的上演剧目改编的。如《樊金定骂城》自云：“小窗氏在梨园观演《西唐传》，归来时闲笔灯前写《骂城》”，即明言所出。《滚楼》卷首也说：“小轩窗静淡烟浮，笔墨消闲作《滚楼》”，虽然没有直接说出改编的根据，但嘉庆年间秦腔仍然在北京剧坛占有不可忽视的地位。而且，他所讲的一夫二妻的故事，与魏长生而下的秦腔“滚楼”故事，除了人名、地名和时间的改换外，实在有着惊人的相似！这样的巧合，只能用改编来解释。改编的根据，就是当时山陕班所演的秦腔——《蓝家庄》。其实，不仅韩小窗如此，其他子弟书作者，也多有改编梨园剧目的风气。如清末作者竹轩的子弟书《查关》，演汉元帝太子刘唐建与匈奴公主尤春风相爱事，也说“汉光武中兴霸业传青史，刘唐建北行沙漠见秦腔”。他所说的秦腔，就是《缀白裘》第十一集中所录的梆子腔《宿关》《逃关》《二关》诸戏。

以往，由于文献资料的搜集不易，对魏长生所演之西秦腔《滚楼》本事，

① 此段文字，参考中山大学古文献研究所《车王府曲本提要》改写。

学界多有误解。最早，赵景深先生见韩小窗子弟书《滚楼》后，曾撰文绍介，文后附带一笔："猜想起来，魏三该是演赛花的，五儿大约是演秀英的。"[①]态度比较审慎，还只是"猜想"。三十年后，周贻白先生在《中国戏曲史发展纲要》中更坐实了这个看法，说魏长生所演《滚楼》一剧，"衍春秋时伍员之子伍辛与黄赛花事，一名《蓝家庄》。新中国成立前川剧、赣剧尚传其名目，北京大鼓书中亦有此段，但已无人演唱。"现在，由于西府秦腔《双亲记》诸本的发现，填补了"滚楼"故事发展中的空白，才使我们对这个问题有一个比较清楚的认识，这也是很有意义的。

平心而论，后世《蓝家庄》诸本的改编，较之《三英记》旧本，确实也有其可取的地方，即突出主干，删去可有可无的枝叶。这样，剧本结构更为洗练集中，人物心理描写更为细腻入微，爱之欲其生，恨之欲其死的戏剧冲突，也得到了更为强烈的表现。由于演出的成功，一些晚出的类似题材的传统剧目，如京剧《虹霓关》，晋剧《红霞关》，秦腔《佘塘关》，基本上都是沿着这个路子组织自己的故事的。都是写两军阵前，男子杀了女子的亲人（丈夫或兄弟），女子怀着必报的决心，一意复仇；但男子的英武，却又惹她的爱慕，于是陷入爱与恨的巨大矛盾之中；而斗争的结果都是男女相悦的喜剧。这几乎已经成为地方戏曲编剧中的一个套式，如果追溯它的来历，恐怕都是魏长生所演《滚楼》一剧的影响所致，起码是从魏长生、成卜力的表演中得到某种启发的。

1990年6月于兰州

（附）"滚楼"故事演变示意图

1. 西秦腔：《三英记》（《滚楼》）

唐将王士英征西，与窦桂英、高兰英二女结合事。（乾隆末年，

① 赵景深：《韩小窗的〈滚楼〉》，见1948年4月北平《俗文学周刊》。

1795 年）

2. 西府秦腔:《双亲记》(《滚碗(豌)豆》)

唐将王子英征西，与杜秀英，高金定二女结合事。

3. 汉调桄桄:《滚楼》

天朝大将王子英与张金定、高金定二女结合事。(嘉庆十五年，1810 年)

4. 山陕秦腔:《蓝家庄》(《滚楼》)

春秋时，小将军伍辛与黄赛花、蓝秀英二女结合事。

5. 川剧:《蓝家庄》(与秦腔同)赣剧:《蓝家庄》(与秦腔同)(同治、光绪间，1828—1890)

6. 子弟书：韩小窗《滚楼》(《蓝家庄》)(与秦腔同)

《寻亲记》考述

一、《寻亲记》简介

在谈论版本问题之前，有必要对这个剧本的著录情况以及剧本异名作一个简单的介绍。

《寻亲记》的著录，最早见于明代戏曲家徐渭的《南词叙录》，列于“宋元旧篇”，名曰《教子寻亲》，无名氏撰。稍后，明代各家曲目著录本剧，或曰《教子》，如吕天成《曲品》；或曰《寻亲》，如祁彪佳《远山堂曲品》。另外，有些曲谱，如沈璟的《南九宫谱》，在引用此剧曲文时，个别地方又改题作《周孝子》。这样，由于取舍的不同，造成一剧多名的现象。如果不检索原书，见名即录，难免会引起一些不必要的混乱。我们这样说，并不是危言耸听。比如，清代的几本曲目，若黄文旸的《重订曲海总目》，支丰宜的《曲目新编》，姚燮的《今乐考证》等，均辗转因袭，一错再错，把《寻亲》和《教子》，当作两个不同的剧本而同时登录。近代国学大师王国维的《曲录》，于《寻亲》《教子》之外，又据沈谱补录《周孝子》一目，实际上它们都是一个剧本，是不应重出的。一个剧本有几个名字，或者一个剧名有几个剧本，这是我们阅读古代曲目时常常碰到的一个比较困难的问题。特别是一些已经失传的作品，辨认更难。虽则如此，我们还是应该设法多取旁证，予以解决。《寻亲记》就是一个小小的例子。

既为“宋元旧篇”，《寻亲记》的本事，应该和早期的几种南戏一样，出于当时的民间故事。故事的原始面貌如何，由于立献无征，一时还难于考出。不过，中国历史上不乏类似的人物和故事，应该对这个剧本的创作有着这样或那样的启示。比如第二十九出周瑞隆的辞官寻父，自去“岂不闻朱寿昌之事乎？幼年失了母亲，后来长成，弃官寻母，访于西川相会，朝廷以为盛事”。朱寿昌寻母“得于陕州”，见《宋史》本传，这里说“访于西川相会”，自然应该别有出处。这个故事，见于元代无名氏的《湖海新闻夷坚续志》前集卷一：

> 朱寿昌父任谏议大夫，母素微，生寿昌岁余，遣出之。及长，不知母之所在，求之不得，乃弃官，发心刺血写经，以散于人，誓寻见母。至是，得之于蜀中，劝迎以归。时寿昌已年五十岁矣，苏东坡以诗贺之，略云：“嗟君七岁知念母，怜君壮大知愈苦。羡君临老得相逢，喜极无言泪如雨。不羡白衣作三公，不爱白日升青天。爱君五十著采服，□□□□□□□。”

“刺血写经”一节，即演为本剧第三十一出《血书》，这是可以看出的。又如第二十一出郭氏毁容抗暴，自云：“我寻思起来，曾闻烈女有断臂剔目，以守贞节。奴家岂惜一貌，玷辱此身！他今日若来，只得毁坏花容，绝他狂妄之念。”以往日烈妇自誓，自当于同类故事中有所取资，这也是情理中应有之事。当然，作者在选取这些素材时，是有所剪裁的，绝对不会照搬。起码，与往日同类孝子烈妇故事相比，《寻亲记》中的郭氏母子，作者所重点突出的，不是封建的道德说教，而是其抗暴寻亲的意志和行为，这是难能可贵的。

小说戏曲本事的考求很难。作家在取材的时候，可能一开始会有所侧重，比较偏于某人某事。但是，当他一旦进入创作过程，情况会马上发生变化。正如鲁迅在《我怎么做起小说来》一文中所说：

> 所写的事迹，大抵有一点见过或听到过的缘由，但决不全用这事实，只是采取一端，加以改造，或生发开去，到足以几乎完全发表我的意志为止。人物的模特儿也一样，没有专用过一个人，往往嘴在浙江，脸在北京，衣服在山西，是一个拼凑起来的脚（角）色。

理由很简单，因为一块石头绝对盖不起一所大厦。我们今天在考证小说戏曲本事的时候，鲁迅的这些意见还是很有意义的。否则，难免会走索隐派的老路。以往《琵琶记》为刺王四说，《红楼梦》为记纳兰性德事，虽异说纷纭，动人耳目，除了作为茶余饭后的文人谈资以外，究竟对于真正的科学研究有何好处？

《寻亲记》的本事，明代人已不能详。入清以后，考据索隐之风大行，波及小说戏曲，前人未发之覆，未解之义，似乎都可以说出，实际上多半都是无根之谈，经不起推敲。其涉及《寻亲记》本事者，有乾隆间昆山人龚炜《巢林笔谈》卷二十一条：

> 传奇《寻亲记》所指张员外，非真面目。张系昆山人，本举人，饶于赀。比邻有周宦者，怙势侵之，窘辱者数矣。一巡按与周隙，行县招告，张首其禁书，毙周于狱。记乃周氏所作也……张后货殖，动必倍息，遂致富。水部寿民，其后也。予盖闻之水部外孙马赓载云。

以昆山人传昆山事，且得之于当事者之亲属，似乎有根有据，但他偏偏忘记了《寻亲记》为“宋元旧篇”，宋元人怎么能预记清初“禁书”之事？且不顾剧中情事，一味替恶人张员外作翻案之文章，岂《寻亲记》之扮演，果有开罪于昆山张姓者乎？不然，此捕风捉影之说，又从何而起？

以下说《寻亲记》的版本问题。

《寻亲记》的宋元旧本，应该和《永乐大典戏文三种》一样，出于当日书会才人之手。书会才人，大半都是失意的社会地位较低的知识分子，和声名显赫的名公不同，他们的作品更能反映广大人民的心理和愿望。唯《寻亲记》的宋元旧本并没有保存下来，现在我们所看到的都是明人的改编本，主要有两个刻本，即富春堂本和汲古阁本。另外，北京大学图书馆还藏有清同治元年（1862 年）瑞鹤山房钞本一种，因年代较晚，暂不讨论。

富春堂本刊于明代万历年间（1573—1619），曰《新镌图像音注周羽教子寻亲记》四卷，三十四出，题“剑池王錂重订，金陵富春堂镌行”。此书今北京大学图书馆有藏本，《古本戏曲丛刊》初集据以影印，这是我们今天所看到的《寻亲记》的最早的本子。除分卷外，最引人注意的是它的整版插图，三十四出共有二十七图，刀法细微不苟。这种插图本的戏曲，金陵富春堂曾刊行过多种。

汲古阁本，即《六十种曲》第一套所收之《绣刻寻亲记定本》，是明末有名的出版家毛晋所刻，刊于崇祯年间（1628—1644）。此本不分卷，总三十四出，题“明范受益著，王錂订”。

《六十种曲》的明刊本今已少见，通行者多为清道光年间（1821—1850）的补刻本。另外，就是开明书店，中华书局的排印本，比较容易看到。

拿两个本子比勘的结果，汲古阁本实出于富春堂本，两本在情节结构甚至文字各方面，基本上都没有太大的出入。不过，经过毛晋、范受益等人的再一次的加工整理，汲古阁本虽然晚出，但错误较少，文字也更为通顺，结构也更为紧凑。比如第三十四出〔尾声〕“一还一报君须记，古往今来放过谁，贤者贤来愚者愚”之后，富春堂本尚有“为人切莫起谋心，天网恢恢□□□。张敏不仁今远配，一还一报□□□”四语，作为全剧之大收煞。此点，虽然符合传奇全局结语之通例，但与〔尾声〕一曲语意完全重复，汲古阁本予以删削，就处理得很好。可以说，汲古阁本既保留了富春堂本的精华，又订正了它的若干失误，是一个比较理想的本子。当然，这并不是说富春堂本就毫无价值，汲古阁本也有若干失改、误改之处。这个问题，通过对两个本子细心地比较，看得就更为清楚。

汲古阁本出于富春堂本，富春堂本又出于何处？答曰出于当日舞台之演出本。这可以从富春堂本的文字中找到一点头绪，最明显的证据是第二十八出（汲古阁本出目为《选场》）曲白均缺，注曰：“考试照常科，故不录。”就是说，剧场上的科举考试，向来有一定的程式，戏班可以按照传统的套路去演，所以无须写出。还有，净、丑一类的科诨表演，除个别地方外，基本上都省书作“科介”二字（汲古阁本更省作“科”），而未录其可笑的言语和动作。这大概是因为科诨表演有相当的随意性，省而不书，可以更好地调动演员创造的积极性，有利于净、丑表演艺术的发展。总计全剧这一类提示性的省书，前前后后有二十八处之多，和一般文人案头阅读的传奇本子相比，是有很明显的区别的。

一般杂剧传奇称表演动作或舞台效果为“科”或“介”，而两种《寻亲记》的本子却称科诨表演为“科”或“科介”，是否有误呢？答曰这是明代中期舞台演出中的惯用的术语，不过不为文人所重视而已。徐渭《南词叙录》有曰：

> 相见、作揖、进拜、舞蹈、坐跪之类，身之所行，皆谓之科。今人不知，以诨为科，非也。

又曰：

> 今戏文于科处皆作介，盖书坊省文，以科字作介字，非科、介有异也。

《南词叙录》卷首有嘉靖己巳（十四年，1535年）小序，可见，早在嘉靖年间艺人们即“以诨为科”了，徐渭的责难是没有道理的。又，“科”“介”两字，在形、音、义各方面，出入都很大，不可能作为“省文”的根据，以“科”作“介”，也只能是一种约定俗成的习惯。不过，从徐渭的嘉靖时“以诨作科”的记载里，可以看出现在保存下来的两个《寻亲记》的本子，可能保留旧本面目较多，起码是万历以前的旧本。我们知道，早期南戏保存下来的剧本较少，除《永乐大典戏文三种》、元本《琵琶记》，以及接近古本的成化本《白兔记》外，剩下来的就是明人改编的十几种“宋元旧篇”了。这些改编本，有些改得面目全非，有些则保留旧文较多，接近古本之面目。

《寻亲记》属于后面一种，这可由明人蒋孝、沈璟《南九宫谱》二谱，以及沈自晋《南词新谱》所收的《周孝子》《教子记》等旧曲的比勘中，看出其中消息：

第四出《遣役》	〔醉太平〕“何须叹息”	新谱
第四出《遣役》	〔其二换头〕“虽则家徒四壁”	新谱
第五出《告借》	〔川鲍老〕“平生莫作亏心事”	沈谱、新谱
第五出《告借》	〔四时花〕“你若娶秦楼女”	新谱
第六出《催逋》	〔雁过声〕“思之这一筹”	沈谱、新谱
第十三出《发配》	〔望歌儿〕“艰难，欲待随伊去”	沈谱、新谱
第十九出《得胤》	〔字字双〕“没个老公守孀居”	蒋谱
第二十二出《诳妻》	〔双莺儿〕“非是，我从来敬你”	沈谱、新谱
第二十五出《训子》	〔狮子序〕“家贫窘，难度时”	新谱
第二十九出《报捷》	〔金瓯线解醒〕“言之真可怜”	沈谱、新谱
第三十二出《相逢》	〔二犯五供养〕“儿今大魁”	沈谱、新谱

沈谱六曲，赵景深先生曾拿来与今本《寻亲记》曲文比较，结论是“相差无几”(《周羽教子寻亲记》，收入《中国戏曲初考》，中州书画出版社 1983 年版)。其余各曲，我也对过一遍，仅有个别字句的出入。赵先生认为所载各曲皆“宋元旧编”之南戏曲文，我的看法则有点保守，但起码也是万历以前的旧本。《寻亲记》既然保留旧本面目较多，作为宋元南戏研究资料来说，也有其不可忽视的文献价值。

最后，附带谈谈《寻亲记》的两位改编者。

王錂，字剑池，钱塘（今浙江杭州）人。生平事迹不详，万历十年（1582 年）前后尚在世。所著传奇有《春芜记》《双缘舫》两种，前者有《六十种曲》本行世。改编有《彩楼记》《寻亲记》两种。吕天成《曲品》列入“下之上”，评曰：“剑池校曲功多，久沉酣于音藏。”大概他的成就主要在戏曲的整理和改编上。

范受益，生平事迹不详。据别本《传奇汇考标目》第三十，知其号丁庵，吴县（今江苏苏州）人。嘉靖初（？）为太学生，有文名，见《麈谈》。并著录其传奇三种，即《寻亲》（一云萧爽斋作）、《玉鱼》、《还璧》。

二、《寻亲记》的悲剧意义

和早期的几种南戏一样，《寻亲记》是以家庭生活为题材的剧本。它是悲剧，是写小人物的悲剧的，特别是写旧社会、旧时代妇女的悲剧的。

这绝不是巧合，早期的南戏，如已经失传的《赵贞女》《王魁》，都是描写妇女的悲剧的。《琵琶记》中的赵五娘，更是光辉的妇女悲剧形象。其他如《荆钗记》中的钱玉莲，《白兔记》中的李三娘，在她们的身上，无不染有一层浓厚的悲剧色彩。《寻亲记》中的郭氏，同样也是一个女性悲剧人物，所不同的是，她所遭遇的不是一般的婚变，也不是家庭内部的矛盾，而是地方土豪那样的社会恶势力。而且她是孤身一人，背负着苦难的重担，在与之相搏。这故事本身，就很有感人的力量。这一系列悲剧的出现，说明什么问题呢？司马迁在《史记·太史公自序》里曾经感慨地说：

> 昔西伯拘羑里，演《周易》；孔子厄陈蔡，作《春秋》；屈原放逐，著《离骚》；左丘失明，厥有《国语》；孙子膑脚，而论《兵法》……《诗》三百篇，大抵贤圣发愤之所为作也。

宋元时期的书会才人，虽然不是什么“贤圣”，但他们的剧本同样也是“发愤”之作，因为愤怒出诗人。他们的剧本，当然含有自己的愤怒，但更多的却是那个苦难年代最受压迫的、广大妇女的辛酸的眼泪。这也是这些剧本顽强的生命力所在。

《寻亲记》自问世以后，几百年来盛演不衰。这可由这个剧本的改编和演出中看到一点消息。

首先，自明代中叶起，有不少的剧作家都对《寻亲记》进行过不同程度的改编，除我们现在所看到的《六十种曲》所收之范受益和王錂的改本外，据《寒山堂曲谱》所记，梁伯龙、吴中情奴、沈予一三人都各有改本。另外，别本《传奇汇考目》于范受益《寻亲》目下注曰："一云萧爽斋作。"萧爽斋为散曲家金鸾的书斋名，可能也染指过此剧。一个剧本，能引起这样多的剧作家的注意，足以说明当日歌场对它的喜爱程度。这些改本，大概都和《六十种曲》本一样，都是适应当时舞台表演的演出本，未及刊行，所以没有流传下来。

其次，从明代万历年间开始，传奇的演出有一个很大的变化，即由全本的演出而改演折子戏。这是由于传奇的本子过长，动辄几十出；而且这些故事早为观众所熟知，人们进入剧场，主要是为了观赏精彩的表演。这样，无形之中促使演员拿出自己最出色的几出戏来吸引观众，成为时代的风尚。为适应舞台需要，这一时期出现了很多的戏曲选本，所选都是各本传奇的散出。在这些选本中，如《词林一枝》《摘锦奇音》《歌林拾翠》《徽池雅调》《南音三籁》《昆弋雅调》等，毫无例外都有《寻亲记》的散出，而尤以《周羽别妻》一折几成为各本必选之剧目。降至清代乾隆年间，更是折子戏的黄金时期，有名的选本如钱德苍的《缀白裘》一书，收录当日舞台上盛演之明清传奇折子戏，多达四百二十九目。引起我们特别注意的是，早期宋元南戏及其改编本在这一时期的上演情况。有些剧本已经为观众所忘怀，如《永乐大典戏文三种》《杀狗记》《黄孝子寻亲记》等；有些剧本，虽然很有名气，但实际上演的机会并不多，如《金印记》仅选四出，《幽闺记》《白兔记》亦各选六出。唯独《琵琶记》入选二十六出，超过全剧之半，为各剧之冠；下来是《荆钗记》入选十八出，超过全剧三分之一。接着就是《寻亲记》，入选十出，亦近三分之一之数。一个剧本，在几百年的演出活动中，经过不断地淘洗筛选，仍然有三分之一的场次能够站得起，让观众百看不厌，这是很了不起的，可以说是艺苑中开不败的花朵。

《寻亲记》的久演不衰，一直延续到清代的宫廷演戏。清代的宫廷演戏，早年也多为传奇折子戏，《寻亲记》就是其中的一种。据乾隆二十五年（1760 年）南府档案《穿戴题纲》（今藏故宫博物院）所载各剧穿戴，其出于《寻亲记》者，即有《出罪》《府场》《茶坊》三折（见胡忌《昆剧发展史》第四幕第五节，中国戏剧出版社 1989 年版）。又据升平府档案，道光三年（1823 年）三月初一日，于圆明园之同乐园，正旦松年与小旦小延寿合演《跌包》；四月二十五日，二人又合演《荣归》；同年七月初七日，于同乐园，副末天禄与小生（兼旦）华南合演《前索》。十二月二十三日，于宫内之重华宫，天禄与副净（兼丑）缮绰合演《遣青》《杀德》。到咸丰十年（1860 年）四月一日，于同乐园，老生黄春全与副末王瑞芳合演《前金山》。五月十五日，黄春全又与小旦杜步云合演《饭店》。六月八日，还是在同乐园，丑角陈永年等又合作演出《茶坊》一折。甚至英法联军入京后，咸丰逃往热河行宫，仍然召唤戏班前往演出不辍（王芷章《清代伶官传》卷上、卷中，中华印书局 1936 年版）。

为了说明问题，现在把《缀白裘》所选，以及清宫所演《寻亲记》折子戏，按照剧本出目顺序列表排列如下：

《寻亲记》	《缀白裘》	清宫演出
第六出《催逋》	八集卷二《前索》	仝
第七出《伤生》	九集卷四《遣青》《杀德》	仝
第十三出《发配》	八集卷二《出罪》	仝
第十四出《赌押》	八集卷二《府场》	仝
第十五《托梦》	无	《前金山》
第二十四出《就教》	九集卷四《送学》	无
第二十五出《训子》	四集卷二《跌包》	仝
第二十九出《报捷》	四集卷二《荣归》	仝
第三十一出《血书》	八集卷二《刺血》	无
第三十二出《相逢》	初集卷四《饭店》	仝
第三十三出《惩恶》	初集卷四《茶坊》	仝

比较的结果，清代宫廷演出的《寻亲记》折子戏，和当时民间舞台所演完全一致，而且是根据民间的本子演出的。这是因为那些演员，如黄春全、

王瑞芳、杜步云等，入宫前后大部分都是当时三庆、四喜等戏班的名角，所演都是他们的拿手好戏，其宫中所演和平日班部所习，应该没有什么出入。这是一。如果再拿演出的折子戏剧目和原本《寻亲记》相比，可以明显地看出，演员和观众共同筛选的结果，省去不演的，是开首交代人物、事件的序幕性质的五折，结尾大团圆一折，以及有关反派人物的几折，保留下来的几乎全部都是这个剧本的精华。即:《催逋》至《托梦》五折，主要交代男主角周羽的被害、逃生;《就教》至《报捷》三折，主要交代女主角郭氏的教子或名;《血书》《相逢》两折，则写父子团圆之喜；最后《惩恶》一折，则叙恶人终得恶报，以泄观众之愤。这样，故事有头有尾，虽为折子戏，实有全本之格局。而且结构更为紧凑，主题更为集中，人物性格也更为鲜明突出，可以说是一部高度浓缩化的《寻亲记》。这是二。

《寻亲记》在明清两代的演出，还有几条颇有意思的材料也有介绍的必要。

首先是张岱的《陶庵梦忆》卷七，叙明末秦淮名妓顾媚（字眉生，人推南曲第一）、李十（即李十娘，名湘真，字雪衣）、董白（即董小宛）诸人，“以串戏为韵事，性命以之”。张岱曾看过她们串演《教子》（即《寻亲记》）。金陵六院为名流荟萃之所，其中不乏像张岱那样精通音律的文人雅士，由此可见当日社会的风尚。

其次，焦循《剧说》卷三，叙明末浙江鄞县钱美恭，欲往云南寻父，而家无一钱。“适有伶人演院本《寻亲记》者，孝子曰是我也。乃习之”。买鼓板一副，沿途卖唱，哀动行路，“听者讶其度曲之神，不知其为写心也”。由是由浙至粤，至桂，至滇。从这条材料里，可以看出《寻亲记》影响之深远，波及整个南中大地。

最后一条材料，出自今人胡忌《昆剧发展史》第六章第二节“浙昆”，谓宁波地区老艺人回忆，清末民初该地剧班演出昆曲剧目，全本者有十六部，折戏者有二百一十出，所演多为清初剧本。其属于南戏而能整本演出者，仅《琵琶记》《寻亲记》《连环记》两三种而已，可谓硕果仅存。如果没有较高的艺术水平，《寻亲记》怎么能够在舞台上和《琵琶记》《荆钗记》等名剧争奇斗妍呢？起码在有清一代情况是这样的。于此可见《寻亲记》在宋元南戏中的重要地位。

一个剧本，能够在几百年的历史长河中盛演不衰，这本身就是一种莫大的荣誉，一种可贵的价值，其为历史所选择，观众所肯定，是毋庸置疑的。历史的选择，观众的肯定，虽然不是我们论定一部剧作的唯一标准，但作为一个重要的参考论据，还是应该予以充分考虑的。本文之所以费了不少篇幅，论述《寻亲记》的演出情况，根本原因就在这里。

遗憾的是，以往评论家多半忽略了这个事实，以致论戏曲者不考虑演出，只着眼于剧本；论剧本，也多半重文采而不重本色，尤不重出自优伶之手的舞台演出本。《寻亲记》虽历经王錂、范受益等人的修改，但仍不脱演出本古朴自然之本貌，故容易为曲论家所忽视。明清两代，除吕天成《曲品》肯定其"真情苦境，亦甚可观"；祁彪佳《远山堂曲品》赞其"直写苦境，偏于琐屑中传出苦情"外，很少有什么中肯的批评意见，和这个时期《寻亲记》在剧场中热火朝天的演出，恰好形成明显的对比。近现代以来，随着昆曲的衰落，《寻亲记》更为人们所淡忘，不仅评论家很少评说，就是几本专门戏曲史，除青木正儿的《中国近世戏曲史》略述其梗概外，其余如《中国戏曲通史》等竟无一语论及，这是一种不太正常的现象。时至今日，戏曲益为衰落，演出机会更少，益为观众所不知。在这种情况下，戏曲遗产的整理和研究，就更是一项摆在我们面前的刻不容缓的任务，这是无须多说的。

前面已经说过，《寻亲记》是悲剧，和早期几种南戏一样，是写小人物，特别是写妇女悲剧的。故事梗概略见于卷首《开宗》：

> 文墨周生，糟糠郭氏，家道萧然。因官差役，无钱使用，遣妻张郎告债。张郎见色，将实契虚填。信仆奸谋，杀人性命，屈把周生陷极边。单身妇，因财被逼，此际实堪怜。节妇贞坚，遗腹孩儿要保全。刚刀立志，毁伤花面。诗书教子，喜中青钱。弃官寻父，旅馆相逢话昔年。归来日，冤仇已报，夫妻子母再团圆。

这是一个豪强陷害良民的故事，是封建社会里经常发生的事件，可以说是司空见惯。唯其司空见惯，所以更具有普遍的社会意义。

剧中的男主角周羽，是一个性格善良、安分守己的穷秀才。善良本是美德，但在某种情况下，善良又是无用的代称。善良如果再加上迂腐，就更是惹祸的根源。在人吃人的社会里，“人善被人欺”是常有的现象，周羽的悲剧就在于他过分的“善良”。

剧中的女主角郭氏，是一个性格刚强、遇事有决断的烈性女子。她虽然生得很美丽，却从不以美貌而自炫，更不会勾蜂引蝶，招惹是非。相反，还时时刻刻用传统的“妇道”和“妇仪”来要求自己。就是这样一个端庄自守的女子，却因为“美貌”而招来终身惨祸。

男的“善良”，女的“美貌”，竟然成为悲剧的主人公，这自然是那个最可诅咒的时代，最可诅咒的社会，才会产生的怪事！自然会引起广大观众的义愤，为之一洒同情之泪。

剧中的反面人物张敏，是一个专靠高利贷盘剥小民的恶棍，是一个横行乡里、作恶多端的豪强，又是一个“肥马轻裘得自然，一生不惜买花钱”的色中恶鬼。难怪其一见郭氏，即起恶念，处心积虑，要夺郭氏到手。甚至不惜杀人、反诬，干出杀夫夺妇、骇人听闻的罪恶勾当。

周羽被人陷害，县官不问是非曲直，一口咬定他是杀人的凶徒，打了再打，敲了又敲，活活地把这个善良的穷秀才送进了死囚之牢，使周羽夫妇“相看珠泪零”。作者并没有说县官贪赃枉法，反而让他在上场诗中自夸“爱民”，但实际上他的所作所为，颇近于历史上的酷吏。这是更深入一层的写法。酷吏豪强，一个鼻孔出气；再加上他们大大小小的爪牙，为虎作伥，虐民害民，哪有小民的活地！周羽的冤狱，郭氏的悲剧，就发生在这个天昏地暗的社会里。

然而，《寻亲记》的重点，并没有停留在对黑暗事物的揭露上。作者感情之所注，乃是在为这个悲剧中的女主人公树碑立传，写她的刚毅不屈，写她的凛不可犯；当然也写她的痛苦和悲哀。丈夫流配以后，土豪张敏多次上门逼婚逼债。处豺狼横行之世，日月无光之时，一个孤立无助的女子，怎么能御侮于外呢？为了保全腹中的遗腹子，她委曲求全，诈许孩儿满月以后成亲，这自然是缓兵之计。及至孩儿满月，张敏鼓乐上门催婚，至是，实在是退无可退，避无可避。既然一切不幸都由美貌而起，那么美貌对一个女子来说，还有什么意义？“若得容颜破，节义高，身体发肤何足道！奴若要青史名标，少不得血污钢刀。”（第二十一出〔啄木儿曲〕）就这样，为了抗暴拒仇，要洁身难全美貌，守节义不顾面娇，钢刀一割，粉悴胭憔，才摆脱张敏这个披着人皮的魔鬼的纠缠。郭氏此举，可谓刚毅勇烈之至，亦极惨痛伤心之至！历史上确有不少毁身拒婚的妇女，或剪发，或截耳，或断指，其情甚惨，其事可悯，然多出于封建礼教意识，显与郭氏的毁容拒仇，有着本质的差异，不可混为一谈。

自是以后，郭氏含辛茹苦，教养孩儿，至二十年之久。这期间，不知流过多少眼泪，受过多少闲气，看过多少白眼，历经多少艰辛，因为寡妇孤儿百事哀呀！但她终以自己坚强的意志，把人世间一切苦难都承担起来，而且最终挺了过来，这实在是很不简单的事情。二十年中，她日日夜夜思念着生死莫测的丈夫；二十年中，她时时刻刻盼望着孩儿长大成人；当然，二十年中，她更没有忘记那个使自己一家破败的仇人。就这样，在痛苦的爱与恨的煎熬中，度过了人生二十年。

在正常的情况下，古代男子主外，女子主内。教子读书，送子应举，本来都是男子的事情，现在却都要郭氏出面来完成。这本来就足以感动观众了。何况，这些事情又都是在仇人窥伺的眼光下完成的，她能不露声色，形如槁木，心若死灰，在无声无息中，把复仇的种子培育成人，这又需要付出何等巨大的牺牲！而这一切，在孩儿长大成人以前，既不能说，也不忍说，更不敢说，只能暗暗埋在心底，一个人受苦。所以，当孩儿中举得官以后，二十年来久郁心头的苦恨，马上如决堤之水。滚滚而出，一发而不可止。“只这刀痕，是你娘伤心痛处”（第二十九出〔入破〕），才向孩儿细诉了当年那段血泪斑斑的往事。唯在郭氏心灵深处，实不以儿子得官为荣，相反，倒勾引起她新的哀怨，因为丈夫未归，仇人尚在，故在得知丈夫消息后，立命儿子千里迢迢，远赴鄂州寻访，以便“及早归来雪大冤”（同上〔一封书〕）。

故事的结局，自然是快慰人心的，恶人受到了惩处，一家人得到了重圆。

然而，恶人之败，不是出于受害人的斗争，而是出于清官之私访，与茶博士之代诉，剧情发展，稍稍逸出常情之外。这样的处理，可能作者确有其难于著笔的苦衷，因为在现实生活里，像张敏那样凶残的社会恶势力，决不会甘心退出历史舞台；周羽父子即使真的做了官，改变了社会地位，恐怕也不会马上就能扳倒对方的。然恶人没有恶报，又不足以平万民之愤，快观众之心，无奈之余，作者只好请出清官来结束这重公案。这样说，并不是完全否定《惩恶》这场戏的成就。从舞台演出效果来看，几百年来观众对它还是喜爱的，肯定的，在滑稽诙谐的情趣中，在观众不断的笑声中，把这个恶棍赶下舞台，在古戏曲中还是别出一格的。

本剧虽然以大团圆结局，但悲凉之气始终充满，并贯穿到尾。二十年家人离散，至是团聚，虽然可喜，但想起往日受害之惨，又安得不悲！可以说《寻亲记》是一本比较纯正的悲剧，这在古代戏曲中，也是极为少见的。作者没有用虚假的欢乐来掩饰生活中难以抹去的伤痕，敢于如实写出，这也是难能可贵的。至于最后一出中周羽一家受到朝廷封赏一节，即那个欢乐的尾巴，明显地出于后世改编者之手，这可由剧本结尾众人合唱之大收煞两曲看出：

〔大环着〕感慈亲教子，感慈亲教子，跋涉山川远寻取。千辛万苦皆经历，刺血写因依。去鄂州界里，感得恩人与父《台卿集》。偶来旅邸，父子相逢，一旦真奇异，喜重相会。从今暮乐朝欢，休把良辰费。为富不仁，今已遭配，方遂吾心意。

〔尾声〕一还一报君须记，古往今来放过谁？贤者贤来愚者愚！

很明显，两曲所述关目，不外教子、寻亲、相逢、欢聚，以及恶人远配。如果一家封赏确为原来所有，如此大事，何以在全剧大收煞中竟无一语说及（同样，剧本开首“家门”中亦未说及）？且删去有关封赏的〔太平令〕两曲，结末一出，更显得浑成自然，所以我说这条外加的欢乐的尾巴，实在是可有可无的蛇足！

作为悲剧来看，《寻亲记》有这样几个特点。

首先，它是写小人物的悲剧的，这和写帝王的悲剧如《汉宫秋》《梧桐雨》，写英雄人物悲剧如《东窗事犯》《苏武牧羊记》等，在歌咏对象上存在着很大的差异。帝王姑且不论，即使是英雄烈士，也和一般小民距离很远。而小人物也就是人民自己，因为写的是老百姓自己的事情，所以在民间有着天然的深厚的影响。帝王的悲剧，英雄的悲剧，固然可以激起人们哀怜、同情和崇敬的感情，但小人物的悲剧，于此之外，还容易引发人们的亲切之感。也就是说，前者固然可敬，但毕竟是另外一个世界的人物，是一般老百姓难以亲近的。后者则没有这个距离，因而更容易为观众所理解，所接受。从悲剧内容上看，帝王、英雄于历史上多少有点根据，所写多为国家大事；小人物则多半出于民间传说，所写多为家庭、婚姻及个人的升沉变化。这样在风格上，前者偏重于理想的渲染，后者则着力于现实的写真。《寻亲记》就是这样一本严格写真的现实主义的悲剧。

其次，作为悲剧的主人公的郭氏，和同一时期南戏中的女性悲剧人物相比，虽然同样具有中华民族女性的种种美德，如善良、忠贞、刚强，敢于承受一切苦难等等。但是，由于她所遭遇到的磨难，是特定的地方恶势力的迫害，和一般的婚姻变故、家庭纠纷的悲剧相比，具有更为强烈的社会色彩。因而，她的斗争，也就表现得更为剧烈，更为惊心动魄；在她身上，也较少封建说教的色彩。如果拿赵五娘、李三娘等悲剧人物来相比，这个问题会看得更清楚些。

再一点，于琐细中见真情，于平易中出异彩，也是《寻亲记》明显的特色。这一点，古人早已指出，前举祁彪佳《曲品》就赞它“偏于琐屑中传出苦情”。认为作者“断是《荆》《杀》一流人”。这是因为小人物的悲剧多写日常平凡小事，能够从日常平凡小事中产生不平凡的戏剧冲突，只有大手笔才能出此。《寻亲记》的作者，多在这个方面取胜。试检全剧，除第十五出金山大王托梦一节略涉神异外，其余各出几全由世人习见之小事中出戏，而且写得很精彩，很动人。作者不追求离奇的情节，老老实实地从生活出发，从人物性格出发，使登场角色心曲隐微，随口而出，而且各占身份，各有地位，这实在是很不容易的事情。即如第二十四出写学堂中小儿口角，林丑驴不会背书，老师让周瑞隆羞他，丑驴恼羞成怒，又气又打又骂："打你无知，偏你聪明把我欺！我吃饭强似你，你会读成何济！"完全是富家儿郎骄横的语气。而穷寡妇的孩子周瑞隆只好忍气吞声，叹息自己"枉做男儿，凤入深林被鹊欺：空受乔才气，自恨时不遇"。以下，第二十五出写周瑞隆回家向母亲诉苦，郭氏虽有爱子之心，却也无可奈何，只是说："莫怪人欺你，自恨家无主。父身亡，娘独自。林公子呵，便打死我的孩儿，有谁来救取！"又说："非是娘不护，也有怜儿意。争奈我家不如，力不如，势不如，与他们争不得闲气。"小小一场儿童口角，可谓琐细之至，而从中透露出多少寡妇孤儿的难言之苦！明末戏曲家凌濛初的《南音三籁》列此出为"天籁"，正赞赏其古质自然而真情毕露的天然本色，可谓的评。

从剧本结构来说，《寻亲记》全本仅三十四出，与动辄五六十出的明清传奇相比，可以说是短制。以相对短小的篇幅，有限的戏剧情节，来展现一个完整的悲剧故事，应该说是难度较大的。这就要求作者，不仅要熟悉生活，而且要有一定舞台经验和编剧技巧，才能写出观众比较满意的剧本。

清代李渔论传奇结构，要求立主脑，减头绪；要求一本戏要为一人一事而设，所谓"始终无二事，贯穿只一人"是也。这是他的经验之谈，也符合一般剧本的结构规律。《寻亲记》即为郭氏一人而作，全剧重要关目，若《省夫》《发配》《遥奠》《得胤》《剖面》《训子》《劝勉》《应试》《报捷》等，几全为郭氏一人而设。通过这些精彩的场次的设计，一个光辉的、刚不可犯的女性悲剧形象凸现在观众面前。明清以来舞台上盛演不衰的《寻亲记》折子戏，差不多有一半都是郭氏一人之戏（见前），可以说她是一戏之胆。正因为作者善于高度集中，所以剧本结构显得特别紧凑，全剧基本上无废场，无旁见侧出之情，故事情节的发展，一线贯串到底。在着力刻画郭氏之余，对剧中的次要人物，如周羽父子，也都有适当的关目、排场，作重点之渲染。《移尸》《枉招》两出，写大祸临头之下的周羽，作者固然哀其不幸，但也讽刺了他的软弱和无能。《局骗》一出，更揭了他迂腐的缺点，写他的酸态入木三分。《相逢》一出，写周羽父子在旅馆不期而会，极富戏剧性。其他，如反面人物张敏，《伤生》《唆诉》《贿押》诸场，主要写他的阴险和狠毒；《惩恶》一场，则是嘲笑他终于得到可耻下场的闹剧，写得大快人心。通过以上精心的安排布置，上场角色主次分明，人人各得其所，又各有戏可作，大家通力合作，终于演出了这本激动人心的《寻亲记》。

最后，谈谈《寻亲记》在曲词、宾白方面的成就。由于是悲剧，本剧生、旦所唱各曲，几语语断肠，催人泪下；而且有些场次，如《省夫》《发配》《遥奠》《报捷》等等，曲多于白，颇近于近世之歌剧。这大概是由于心中怨苦积郁过多，不是一般言语所能说尽，只好长歌代哭了。如第十二出《省夫》之〔香柳娘〕：

> 你一身杻械，你一身杻械，开眼觑着你头怎抬，棚扒吊拷如何捱！我无钱计嘱，我无钱计嘱，要见你怎生来？我和你饥寒共守七八载，今日你做囚徒，我不得同受狼狈！（合）叹一家破败，叹一家破败，骨肉何年再谐？伤心垂泪！

此调，三处都用叠句，每叠一转，愈转愈悲，最适宜于抒发主人公悲苦之情。如是夫妇对唱，前后四曲，反复十二叠，各诉难言之苦，使整个剧场，都笼罩在愁云惨雾之中，浓重的悲剧气氛，压得观众几乎喘不过气来。又如《发配》一场，夫妇生离死别，相对一双泪眼。然去者终须去，留者亦难存！展望前途，不寒而栗。此时夫妇对唱〔小桃红〕〔望歌儿〕〔黑麻令〕三调六曲，在周羽只忧此去永无归期，怕遗腹孩儿“叫别人做爹爹，那时节忘了维翰。”在郭氏，“艰难，我欲待随伊去，又被官府牵。我欲待拼死相随，奈己身又将分娩。纵有孩儿，永不识父亲之面”。都是发自肺腑的深情之语，故感人至深。同样，在宾白方面，也不苟作。如第十九出郭氏分娩满月，张敏派人送来了米肉，郭氏毅然拒绝。邻居赵婆婆从旁婉劝：“米却不受他的罢了，肉该受了他的。”旦云：“赵婆婆，受了他这一块肉，我这一块肉置于何处！”字字有千钧之力。又如第二十七出送子应试，郭氏痛哭不已，别人问她：“送子求名，乃是美事，何故啼哭？”郭氏答曰：“古人云男子有行，则父送之；女子有行，则母送之。教子读书，送子求名，俱是他父亲之事。今日只有我在，不见他的父亲，不由我不伤感也。”语语令人酸鼻。这些都是日常口语，因为它是从心田深处迸发而出，是感情的自然外露，本身就有巨大的感人的力量，所以常常能够激发起强烈的戏剧效果。总之，《寻亲记》的语言，包括曲调和宾白，是本色派的典型之作。语无外假，境无旁借，朴质自然，而感人至深，绝非一味玩弄辞藻者可比。加之，它是演出本，本为演戏而作，因此又有当行之美。“本色当行”，对《寻亲记》来说，可以算是当之无愧的。

今本《寻亲记》虽然是明人改编本，但比较多地保留了旧本的本来面目。和早期的几本南戏相比，其成就虽然赶不上《琵琶记》，但完全可以和同一时期的四大传奇“《荆》《刘》《拜》《杀》”争一日之高下。前面所引《缀白裘》所录清代舞台上盛演之折子戏，就很能说明问题。而且，还应看出，和早期的女性悲剧相比，《寻亲记》更是一本比较纯正的悲剧。如果末尾“一门封赏”的欢乐的尾巴确为明人所加，那么，悲剧性将更完整，更深刻，这在古代戏曲中，也是极为少见的。总之，在南戏的复兴过程中，《寻亲记》和四大传奇一样，都应该是里程碑式的作品，在古代戏曲发展史上都有其特殊的重大意义，这是可以肯定的。当然，《寻亲记》也有它的不足之处，个别场次如《劝勉》写得比较平淡，戏剧性较差。特别是后半部善恶双方矛盾展开不够充分，未能一线到底，不能不说是一个小小的缺陷。但总体而论，还是一本优秀的剧作。

《寻亲记》之后，清初嘉兴人姚子懿又有《后寻亲》之作，共二十九出，有清人钞本。剧本末出〔尾声〕说：“前编《教子》分恩怨，未快人心续此篇。”为了大快人心，将前记中所有角色，一一拿来改写其结局。故写周羽父子双双为官，而恶人张敏则遭发配，行至金山大王庙为其仆所误杀云云。此剧内容，毫无可取；唯个别场次，尚有文采。《缀白裘》收有《后索》《后府场》《后金山》三出，可以参看。

说『半鉴书』

“半鉴（鑑）书”，见于元曲家秦简夫《东堂老》杂剧第一折，剧中的柳隆卿、胡子转，是两个“全凭马扁度流年”的帮闲蔑片，曾自夸云：“俺们都是读半鉴书的秀才，不比那伙光棍！”又，扬州奴向东堂老子云：“叔叔，这两个人你休看得他轻，可都是读半鉴书的！”另外，《水浒传》第一回“洪太尉误走妖魔”，叙洪信一再威吓龙虎山道士打开锁魔之殿，也曾自夸：“我读一鉴之书，何曾见锁魔之法！”详其文义，“一鉴之书”，当为“半鉴之书”之误。

杂剧中柳隆卿、胡子转皆由“净”扮，施耐庵笔下的太尉洪信，也近于舞台上的小丑。“杂剧”和“说话”，虽是两种不同的艺术形式，但在敷衍上、人物造型上，往往有其相通或相似之处。在传统戏曲表演中，“净”“丑”一类的角色，总是以滑稽的科诨而出色当行，即以其愚蠢、无赖而又可笑的言行，博得观众的哄堂大笑。柳、胡、洪都是作者所否定的反面人物，都以“读半鉴书”而夸口吹嘘，则“半鉴书”一语，当有其强烈的自嘲意味，其用纯在打诨。“半鉴书”虽然是逗趣性的诨语，却是充分显示人物性格特征的点睛之笔，实不可忽。可惜的是，以往诸家说解，多未能说破，这样就削弱了原作的讽刺力量。兹不揣浅陋，略为申说如下。

最早，徐政扬、周汝昌二先生于《〈水浒传〉简注》一文中指出：“鉴”为“监”的假借，指国子监。谓唐宋时太学属国子监，所以太学生出身的，就是曾读“一鉴之书”的学者们，而秀才们便自夸为“读半鉴之书”。文章并引《东堂老》杂剧作例（见 1984 年中华版《徐政扬文存》）。可能，两位先生以洪信既然官居“殿前太尉”，则必出身于“太学”，读尽了国子监的藏书，因以读“一鉴之书”而自豪。可是，这样的推想是很难成立的。近年，徐震谔先生在《读〈水浒传〉札记》一文中，据宋代僧人文莹《湘山野录》中“胡大监丧明岁久”一条有“襄阳无书，乞赐一监”的说法，认为“一监”似指国子监所刻书全部，怀疑《水浒传》中的“一鉴”，当为“一监”之误（见《上海师大学报》1979 年第 3 期）。以上两说，一说为国子监所藏书，一说为国子监所刻书，虽略有出入，实相去不远。其失均在：一，不知“一鉴”实为“半鉴”之误；二，忽视了“一鉴之书”的打诨作用。

最近，顾学颉先生于《元曲释词》一书中别有一说。他认为“鉴”，当指元代国子学所使用的教科书《通鉴节要》。“半鉴”为“半部之意”。意谓国家规定的教科书，仅读完一半，是打诨取笑的话，意含讽刺。此说较之旧说，是前进了一步。问题在于，根据顾先生所释，细读原文，仍然体会不出“半鉴书”一语的打诨意味。对柳隆卿、胡子转来说，教科书仅读了一半，也不是什么了不起的缺陷，因为他们原本就不是读书的货色。他们的恶行很多，作者的讽刺当别有所指。

国子监所藏书也好，所刻书也好，《通鉴节要》也好，显然都不能正确解释“半鉴书”的含意。“鉴”，应该是“缄”的假借，指书信而说。古代书札写在缣帛上，后世因称书信为“缄书”或“缄素”。现存元人散曲中，多有“半缄”“半缄书”之语，可证：

> 吴西逸〔双调·蟾宫曲〕小令《寄情》：半缄书好寄平安，几句别离，一段艰难。泪湿乌丝，愁随锦字，望断雕鞍。恨鱼雁因循寄简，对鸳鸯展转忘餐。楼外云山，烟水重重，成病看看。

汤式〔南吕 · 一枝花〕散套《春思》〔余音〕曲：本待向楚王宫殢半缄剩雨残云散，怎下得海神庙告一道追魂索命牒。不是我怪胆儿年来太薄劣。将枕边厢话儿说，把被窝儿里赚啜，都写做殷勤问安帖。

无名氏〔越调 · 斗鹌鹑〕散套《盼望》〔南四般宜〕曲：相会时鸾交凤友，别离后月缺花残。鲛绡帕掩泪眼，因何书信全无半缄。

无名氏〔商调 · 集贤宾〕散套〔醋葫芦 · 幺篇〕曲：择兔毫斑管拈，洒鸾笺香墨染。写平安端肃更谦谦，诉离怀半缄情越歉。从别后绝无瑕玷，封皮儿上两行情泪带愁粘。

以上四例，皆为男女寄书于所爱，极言其相思之苦。于此可见“半缄”“半缄书”，多和男女私情有关。“缄书”而冠以“半”字，言其小巧精致。古代一般的书函方广约一尺，叫“尺牍”，而元曲中涉及男女私期密约的情书，则多写在比较精致的小简上，大约相当于一般书函的一半。这样，“半缄书”一语，遂成为情书之代称。

明白了“半缄书”的含意，回头再看《东堂老》杂剧中的柳隆卿和胡子转。这两个人物，虽然口称秀才，却专一在花街柳巷打趟帮闲，只会撺掇扬州奴这样的富家子弟，迷酒恋花，散漫使钱。他们的学问、本事和兴趣，全在一本“调光经”上。传书寄简，偷寒送暖，自是拿手好戏。这样的货色，还要自吹自擂，夸口会读什么“半缄之书”，其无耻下流和浅薄愚蠢，真使观众为之绝倒。“俺们都是读半缄书的秀才！”正是这种一碰即响的诨语，才使这两个小丑活跃起来，在观众的笑声中留下深刻的印象。同样，《水浒传》里的洪信，虽不知其出身如何，既然也以读“半缄之书”而盛气凌人，则其早年的行径，大概也和那个靠踢气毬而发迹的高俅一样：会的是“吹弹歌舞，刺枪使棒，相扑顽耍，亦胡乱学诗、书、词、赋，若论仁、义、礼、智、信、行、忠、良，却是不会”。这是可以想象到的。

《水浒传》中的“一鉴之书”当为“半鉴之书”，已如上说。这个错误，明人已有所察觉，所以明代后期所出《水浒传》各本，都曾想法予以改正。如双峰堂本改作“我读《通鉴》之书，何曾见锁魔之法！”《汉宋奇书》本改作“我读古圣之书，何曾见锁魔之法！”又出像京本《忠义水浒传》则改作“我读书人不曾见锁魔之法”云云。由于修订者不明语源，不知何所而误，这一错误并未得到真正的订正。实际上，“一”在这里并不是文字，而是文字待勘符号“卜”的形误。古人写书，凡遇原本文字讹误之处，多涂去误字，旁注文字待勘符号“卜”，称为“卜致”，以便日后据别本改正。而民间通行写本，往往字迹潦草，点画失真，同样一个待勘符号，可能有这样或那样的写法。以《元刊杂剧三十种》而论，“卜”这个符号，就有“人”“一”“十”“下”“不”“了”几种不同的误例。其间，尤以“人”“一”两个误例最为习见。关于这个问题，我在《〈元刊杂剧三十种〉中文字待勘符号的辨正》一文中曾有所论列。总计全书误“卜”为“人”者凡九十六处，误“卜”为“一”者，也有五十处之多。二项合计，占全部误例百分之八十七（见1982年甘肃人民版《关陇文学论丛》第一集）。同样，“卜”之误“一”，亦见于元刊他本书籍，如《三国志平话》卷上:“我弟一与国家出力，家兄已得徐州，一权为正。”“弟一”，显为“弟兄”之误。凡此种种，皆可证明《水浒传》中“一鉴之书”的“一”，实为文字待勘符“卜”之形误，今据上述元人散曲有关语例，校改为“半”，似可论定矣。

#《元人散曲选粹》小序

在古典文学研究中，元曲，特别是元人散曲，一向是一个比较薄弱的环节。近几年来，这个情况有所改变，各地先后刊行的元人散曲选本至少不下五六种，说明元人散曲已经开始为人们所重视。这些选本在编选旨趣上，虽不尽相同，但在普及曲学知识，扩大散曲的影响上，都起了不可忽视的作用。然而，元人散曲的整理工作，包括选注在内，仍有不少问题亟待进一步探索。有鉴于此，我们编了这个新的选本。

现存元人散曲，据《全元散曲》所录，其间有姓名可考者，凡 212 家，所收作品（包括小令和套数）共 4310 首。我们这个选本，虽然也兼顾部分比较专业的读者，但实际上仍以普及为主，篇幅有限，只能在百首左右的范围内作文章，不敢过为泛滥。这就是说，要小中见大。希望能通过百首作品的择取，反映出元人散曲的基本面目来。

在篇目的确定上，我们主要考虑两点：

首先，要尽量突出名家和名作，因为它们代表着元人散曲的最高成就，是元人散曲的精华所在。如马致远、关汉卿、白朴、王实甫、郑光祖、乔吉、张可久等，都是久有定评的大家，对散曲体制的确定、题材的开拓、风格的独创，都有其不可忽视的贡献，应该在选本里占有比较重要的地位。另外，如杜仁杰的《庄家不识构阑》、睢景臣的《高祖还乡》、刘时中的《上高监司》、钱霖的【哨遍】等，也都是脍炙人口的名篇，自然都在入选之列。总计名家名作入选的篇目，约占本书的二分之一以上。

其次，我们还考虑到如何通过这个选本反映元代散曲的基本面貌问题，即不同时期、不同民族、不同风格、不同题材、不同样式作品的搭配问题。如果说名家名作考虑的是点的突出，那么，这许多方面的搭配就是面的照顾。在元代散曲发展的两个阶段上，我们既注意它的前期（金末至元成宗大德年间，约1234—1307），也考虑到它的后期（武宗至元末，约1308—1368）。因而，从金末的元好问，到入明的兰楚芳，按照时代顺序，一共选了54家，希望能借此为一些对散曲研究有兴趣的读者提供一个简单的散曲史的线索。在作家方面，除了汉族作家以外，我们还注意到各兄弟民族的散曲家的创造和贡献。我国是一个多民族的国家，光辉灿烂的中华文明，是各民族共同创造的结果。在文学方面，元代散曲较之唐诗、宋词有着更为明显的表现，如贯云石、薛昂夫等，置之于散曲大家之林，亦毫不逊色。其他如孛罗御史、阿鲁威的作品，也都各有特色，我们也都在这个选本里给予一定的位置。在风格上，以往言散曲者，大致分为本色与辞藻两派，或者更加细分为三派或四派。对于这些不同的流派，我们不必妄以私意，高下其间，因为风格的多样化，是一个时代文学繁荣的重要标志之一。我们的态度是：只要思想性和艺术性有可取之处的，就无妨兼收并蓄，以便读者能于各派之间加以比较，探求其不同的特色，进行综合性的研究；或者各就其所近加以采择。其他，在作品的题材、样式和表现手法上，也尽量注意其多样性，以期能反映出元人散曲的基本面貌。

在注释方面，考虑到有些篇目前人从未作过注解，或者虽有旧注我们又有所申说，因而力求能注得详细一些。希望通过我们的工作，能基本上解决读者阅读中的困难。为了避免烦琐，注文力求简明扼要，一般不作过多的征引。另外，我们还考虑到古典词曲，由于表现手法比较复杂，虽有注释，一般读者仍不易理解，故多于全句作白话式的串讲后，再作有关语词的注释。

注释条目的确定，除一般的人名、地名、常语、典故外，我们比较多地注意以下几点：

（一）元代特殊的方言俗语，一般读者不易明了者。方言俗语，本是人民群众的口语，本来是人人通晓，妇孺皆知，无需说解的。可是由于时代的推移，语言的发展，古代人民的某些口语词汇，今日虽经诸学人转相讲授，仍多留有疑义。元曲中此类现象尤多，更应予以注意。如杜仁杰《庄家不识构阑》散套【四煞】曲中叙副末："裹着枚皂头巾顶门上插一管笔，满脸石灰更着些黑道儿抹，知他待是如何过。"末句"知他"二字，很容易使人误解，有些注本就把此句解释为"不知他是怎样过日子的？"并作解释说这个小丑把脸抹得不三不四，因而替他感到难过。显然是误以"他"字作第三人称解。实际上，这里的"他"字仅作语助用。"知他"，即"知呵"，感叹的意思。《西蜀梦》一折【油胡芦】曲："每日知他过几重深山谷，不曾行十里平田地。"此为使臣自叹每日山路区区，可见"他"字不当别指。又《西厢记》二本第三折【新水令】曲："知他命福如何，我做一个夫人也做得过。"这里是莺莺自叹，亦不应误解为指张生。凡是这一类的语词，我们都于注文中特为指出，加以必要的解释或说明。

（二）元代特定的专门术语，须加笺释者。元曲产生于市井构阑，所以多有一些比较冷僻的市语行话夹杂其间。这些，本来都是流行于社会上某一行业、某一阶层、某一集团间的语词，即使在当时，也不是所有的人都能通晓的。时至今日，如不为之笺释，就更容易引起人们的误解。如钱霖【哨遍】套【七煞】一曲，叙看钱奴尽管"田连阡陌心犹窄，架插诗书眼不瞅"，但他有时还要附庸风雅，冒充高人："也学采东篱菊，子是个装呵元亮，豹子浮丘。"这里"豹子"一词，多见于元曲。其义当如王利器先生所说为"花哩胡骚或冒牌"的意思，有些注本于此偶失，解为"凶狠"，是不太妥切的。我们可以再举几例，说明这个问题。无名氏《杀狗劝夫》一折【赚煞】曲："豹子的孟尝君，畅好是食客填门，可怎生把亲兄弟如同陌路人！"此为孙二埋怨哥哥孙大，说他是“冒牌孟尝君”。又，《举案齐眉》一折【（胜葫芦）幺篇】曲：“兀的是豹子峨冠士大夫，何必更称誉！”此为孟光对目不识丁的马舍的讥讽，说他尽管老子做官，他本人不过是一个“冒牌的士大夫”。另外，元曲家高文秀有《豹子令史干请俸》《豹子秀才不当差》《豹子尚书谎秀才》等杂剧，这里的“豹子”，都应该作“冒牌”或“虚假”解。

（三）原本所用之假借字，易生歧义须行校改者。“不知假者，不可与读古书；不明古音者，不足以识假借”。清代学者朱骏声的这几句话说明辨识假借在阅读古书中的重要作用，其基本精神，也完全适用于元曲的整理上。如张可久小令【正宫·醉太平】《感怀》：“人皆嫌命窘，谁不见钱亲。水晶环入面糊盆，才沾粘便滚。”“环”是“丸”字之假，当据《中原音韵》《雍熙乐府》《北宫词外纪》诸本校改。水晶丸，即水晶球。“水晶球子透手滑”，本元人俗语，屡见于元曲。以透手滑的水晶球坠入面糊盆中，自然更是一碰就滚，不可把捉。末二句承上，是在慨叹世人见钱眼开，一个个像掉入面糊盆中的水晶球那样，滑上加滑。文义本来是很显豁的，有些注释者由于不知“环”字为假借，解为水晶环比喻清白而有高节的人，面糊盆比喻当时社会，谓全句是说“好人都变坏了，精明的人碰到金钱也变得胡（糊）涂了”云云。这样的说解，反倒使读者如堕五里雾中，糊涂起来了。凡是这类容易使人发生误解的假借字，我们或据别本校改，或于注文中加以说明，以便读者识别。

（四）原本文字讹误，须加校正者。《金元散曲》主要辑自元明清以来所刊之有关别集和曲选。这些刊本，由于多半出自坊刻，校勘不清，谬误甚多，虽经历代学人不断校理，至今仍有不少问题没有得到解决。如果我们的注释所据以立论的恰巧是这样的误本，那么，有些说解就很不可靠。因为误字本不可通，如果强为之说，即使新奇可喜，也是不足为训的。如睢景臣《高祖还乡》散套【哨遍】曲：“社长排门告示，但有的差使无推故。这差使不寻俗，一壁厢纳草也根，一边又要差夫。”今所见各本皆不知“纳草也根”有误，或云“也”是衬字，无义，“纳草也根”是指供给马的饲料；或云“也”是“去”的形误，谓系供应去了根的刍草。是草根？还是去根的草？二说都不可通，因为“也根”二字本误。《雍熙乐府》此二字作“除根”，较为近似。“除”是“输”的音假，“根”是“粮”的形误。“纳草输粮”，是元明以来民间的口语，反映了农民对封建国家的主要负担。明初朱有燉《获驺虞》杂剧【仙吕·混江龙】曲“输粮纳草，全凭耕种与锄刨”可证。又，据谱，【哨遍】首四句的句式为“六七、五六”两组，故第四句除衬字外，“纳草输粮差夫”，正复合调。举凡此类原本文字显然讹误之处，我们都作了校正，并写入有关注释条目内。

以上，是我们确定注释条目时比较强调的几点。在具体的进行语词解话时，我们考虑要尽量地顾及全篇，要根据该语词、语句在具体的语言环境中的地位和作用，来确定它们的义解。如马致远《秋思》套【乔木查】曲中“纵荒坟横断碑，不辨龙蛇”二句，旧本多以“龙蛇”一词谓指碑上文字剥蚀不可辨识。以“龙蛇”来形容笔势，古人有这样的比喻，似乎有据。但是，这样的解释，上句中“纵荒坟”三字就无所归着。我们认为，这里的“龙蛇”，是指墓中人物的品德而说的，是说埋葬在坟墓里的古代帝王们，早已为人们所忘记，谁还能知道他们究竟是龙？是蛇？是有道的明君？还是暴虐的昏君？《景德传灯录》中的两句口头禅：“龙蛇浑杂，凡圣同居。”就是我们作出这种理解的根据。

为了说明问题，我们还想再举一个比较复杂的例子。

杨立斋的散套【般涉调·哨遍】，由于他生动地再现了元代诸宫调的实际演出情况，是极为珍贵的戏曲史料，历来为国内外学者所重视，所称引。但是，我们在为这套曲子作注时，发现以前的学人实在误解了作者的原意。有些音乐史家、戏曲史家，未从散套的全部内容出发，仅仅根据前面【鹧鸪天】词中“啼玉靥，咽冰弦，五牛身后更无传”几句，匆匆忙忙作出元代诸宫调演唱“也有用弦乐器伴奏的”结论；更有人据此推衍，提出所谓诸宫调有南北之分，说北用弦索，南用鼓板。孤立起来看，上面所引【鹧鸪天】几句，未尝不可以作这样的解释。但是，我们不应忘记，杨立斋的【鹧鸪天】词，和他的散套【哨遍】，本来是一个不可分割的整体，这就要求我们的说解，必须在词和曲两个方面都能讲通，都能得到相应的补充或说明，才能成为定论。

我们是把这一词一曲结合在一起进行理解的。既然作者已经在他的散套中明确地指出：诸宫调的伴奏乐器是“锣敲月面，板撒红牙”(【一煞】)，那么，他怎么又会自相矛盾地在【鹧鸪天】中胡诌什么弦乐呢？元代诸宫调的伴奏乐器是锣和拍板，在同一时期的文献数据中是可以得到印证的。石君宝杂剧《紫云亭》中的女主人公韩楚兰也是一个诸宫调演员，她所用的伴奏乐器，是“象板银锣”;《水浒传》第五十一回白秀英演唱诸宫调，是用锣、拍板和笛来伴奏的。可见，杨立斋的说法是可信的。

否定了元代诸宫调的伴奏乐器是弦乐，我们回头再来看杨词中“啼玉靥，咽冰弦，五牛身后更无传”几句，究竟应该如何解释？

双渐苏卿的故事在金元时期极为盛行，其影响一点也不下于《西厢记》。以这个故事为题材的几个剧本虽然都没有保存下来，但有些剧本还有佚曲在。另外，元人散曲中咏及此事的，也还有数十曲之多。充分利用这些年代相近的材料，去解读杨立斋的词、曲，我们想是会比较接近作者的原意的。

先说那呜咽似泣的“冰弦”是何人所奏？《雍熙乐府》所录无名氏【斗鹌鹑】《赶苏卿》散套告诉我们，正是那书生双渐。双渐得知苏卿被茶商冯魁带走后，乘船赶至金山寺，于壁上见苏卿题诗，无限悲痛。夜间于“船儿上将冰弦慢理”，感动得“游鱼翻戏，鸾凤声啼，苍龙出水，神鬼惊疑”。蓦然间“一声伤悲，来到根底，见了容仪，两意徘徊，撇了冯魁，怎想道今宵相会”。这一声伤悲，蓦然相会的美人自然是他日夜思念的苏卿了。南戏《苏小卿月夜贩茶船》的佚曲，对此时此刻苏卿凄婉欲绝的心情作了生动的描绘：“顺风听得琵琶，遣人心碎。寻思越痛情，恍惚神不定。如醉如痴，琵琶不忍听。怎知我一别，永不相认！寻思做甚人，拼了一性命！”读了这些曲文，前面所引【鹧鸪天】句的文义豁然全通，可以解读为：(大江之上，明月之下)，琵琶在呜咽，佳人在哭泣。可惜的是，这样美丽动人的故事，自张五牛死后，再也无人为之传述演唱了。

我们之所以用了较多的篇幅，申述杨立斋【鹧鸪天】词的解读问题，目的还是在于强调：注释必须顾及全篇。我们在自己的工作中，力求能做到这点，力求能使自己的解说符合全篇的文义。对某些一时不能确解的语词，我们或在注文中提出一种假设性的意见，以供读者参考；或者暂时存疑，以俟他日再考。

本书所选元曲家共五十四人，收小令、带过曲、套数共109首。除注释外，并附作者简介和说明两个部分。说明一般都写得较短，也没有一定的格式，有的申明曲意，有的阐述作法，有的近乎赏析，有的则略如札记，但多少都和所选作品有着这样或那样的关系。另外，散曲本是韵文，有一定的格式和用韵规律，亦未可忽而不讲。我们除于注文内说明每调格式外，并于曲文内用“”号标明韵脚，以便读者熟悉了解《中原音韵》的韵部，其于散曲之欣赏或写作，或不无小补。

本书以《全元散曲》为底本，个别地方，他本异文有胜于此本者，则择善而从，加以改动。另外，有些作品的作者主名，说法不一。这是一个一时不易解决的问题，我们姑取一说，不再一一注出。

本书在编写过程中，参考、取资于王季思先生《元散曲选注》的地方不少，在此特致以谢意。

1983年8月

（收入宁希元、李东文、齐裕焜选注：《元人散曲选粹》，兰州：甘肃人民出版社，1985年，第1~12页）

《元刊杂剧三十种新校》自序

一

《元刊杂剧三十种》，自明李开先以下，迭经名家收藏，闭秘不为人知，几四百年矣。清末，此书始由罗振玉、王国维发现。1914 年，日本京都帝国大学据以仿刻，题曰“覆元椠古今杂剧三十种”；越十年，上海中国书店又据日本仿刻本影印，改题“元刻古今杂剧三十种”。自是以后，渐显于世，为国内外学者所重视。惟原书出自坊刊，仇校不清，讹误实多，元代通用之省文别字，又多为今人所不解，加之古今音读之出入，原本中假借字识读的困难等等，故终不能普遍流传，供一般读者赏析之用。近世学人，偶称引此书，于原本谬误之处，间有是正，亦多抵牾难安。校勘之作，岂可忽焉！

1935 年至 1936 年间，卢前先生编《元人杂剧全集》，取校斯书凡十一种；1957 年，隋树森先生编《元曲选外编》，又取校斯书十四种。二家所校，除复见者外，共十六种，已过全书之半。虽所校未能尽如人意，然华路之功，实不可泯。1960 年前后，我在授课之余，偶涉元曲，即由二先生之本，检校原书。披阅之下，唯觉荆棘丛丛，迷惘而不知所归，不禁废书而叹。深憾如此重要之典籍，虽由仿本之力得行于世，实仍沉沦于混沌榛莽之间。斯时唯愿海内学人，有真知真好者，能继卢、隋二先生之后，续校全书，以惠读者。

自此以后，我对元曲兴趣渐浓，但仅限于随意浏览，故所得甚少。1962 年起，始知自悔，发愿由基础做起，乃窃张相先生《诗词曲语辞汇释》之义法，以治元曲方言俗语。每有所获，随手榆记；后有所正，前即弃之。凡遇不解之惑，或索解于群书，或求教于师友，每得一解，欣然自喜。其间亦多有穷思冥索而终未能得其解者。虽未能解，而日日不忘于心怀，时时思得其解，自觉亦别有其趣在焉。时日既久，所积渐多，于元曲语词，亦略有所悟。复又念及《元刊杂剧三十种》一书，既未见他人之校本，何不自理？遂不揣浅陋，狂简而有述作之志。不意十年扰攘，不遑宁处，因循敷衍，一字未成。直至 1976 年以后，渐理旧业。自以平日涉览所得，弃置未免可惜，始下决心，校理全书。二三年来，无暇旁顾，日日罗致各本，比勘异同，校其是非。惟校勘之作，错综为用，牵涉至广，势难一蹴而臻于美善。故虽三易其稿，终未惬心，不敢自以为是。

今春，王季思先生于中山大学主持“中国戏曲史师训班”。同学十余人，皆国内各院校久治小说戏曲者。余以菲才，得预末席，听讲之余，每以校勘中疑难种种，向先生请益，多得确解。先生又以平日手校《古今杂剧》（中国书店影印本）相示，眉端校语极多。以此知先生校勘此书，校非一时，亦非一过。如《诈妮子》一剧校后自识云：“（民国）三十年（1941 年）九月七日，时将赴广州。”又识云：“五七年九月二十三日，时发京广车中。”先生以十余年之精力，日理此书，故所见多有独到之处，余亟一一采之入校。四稿成，于南国暑月之天，又承先生细心磨勘，详为订正，复蒙赐序，冠诸篇首。先生与我，何厚爱焉！

四稿写完后，又从王季思先生处假得郑骞先生大著《校订元刊杂剧三十种》。此书早于1962年在台北出版，但由于人事隔绝，晚至十八年以后，才有机会见到。抚卷思人，能无感慨！郑先生的校本，我在进一步修订四稿时，反复拜读，爱不释手。深叹先生之功力，远非旦暮所能致，亦非精于曲学，勤于钩稽，善于类推者所能及。其于是书，厥功至伟，自不待言。因取先生所校，订正拙稿不当之处若干。特别在调名的体认，曲律的勘定，以及佚曲的增补几个方面，取用实多，不敢掠美。至于声音假借，文字是正，名物辨析之处，则拙稿与郑先生所校，多有出入。其相合者，则改而从之，深喜个人一得之见，竟能与先生千里符契；其不合者，则略申己说，似亦可补先生之未备。

二

清人言校读古书，须当审谛十事，首曰“通训诂”。而训诂之通，端在知音。故段玉裁曰：“治经重于得义，得义莫切于得音。”（《广雅疏证序》）治古书固应如此，治《元刊杂剧三十种》等民间刊本写本书籍更应如此。

根据前人整理古书之经验，我在校勘“三十种”的过程中，比较注意于审音正读的工作。历代民间用字的传统习惯，多用字音来表字义，是重音不重义的。故民间写本中的假借现象，远较文人写本为多。杂剧在元代，又是流行全国的剧种，刊本有南有北，经过不断地传抄转刻，自然语音歧出，产生大量的方言异读现象。假借多，异读多，是《元刊杂剧三十种》的一个最显著特点，也是校勘工作中的最大的难题。

从总的方面来说，我们今天普通话的音读与元人出入不大。但仔细考校，两者之间，仍有很大的差别。试以《中原音韵》所收各字与《新华字典》相较，即可知其端绪。如误以今读而理元曲，非误假借为本字，即认假借为错字；非望文以生义，即奋笔而乱改。结果愈校愈误，愈理愈乱，终无彻底澄清之日。所以，校理元曲，亦当以审音正读为先。在这方面，《元刊杂剧三十种》中所保存的大量的假借字，无形中为我们提供了极为可贵的第一手数据，特别在方音异读方面，远非《中原音韵》所能得赅。为了审音正读，我把见于元刊小说戏曲中的假借字，汇为一编，以现代普通话音读为序，每字先列今读，次标元音，未举实例二三以证之。其间，如有见于先秦古籍，隋唐变文，或明清以下之有关语音数据者，亦必一一附录，以资考镜。通过这些材料的综合排比，探索元代方音异读的现象，往往能从声韵的变化中，悟其通假之音理。音读既定，循音求义，由义得形，所改自能差强人意。如在“三十种”中，声类之“波”与“坡”，“得”与“特”，“哥”与“科”，“基”与“欺”，多得通假；韵类之“支思”与“齐微”，“真文”与“庚青”，“寒山”与“桓欢”，多可合用。执此以求，可以解决一系列同音假借在校勘上的问题。实践证明，民间刊本中的假借，往往最能反映一个时代语音的实际，在一定意义上来说，它是当时人民的活的有声语言的摹写。有别字而无讹音，是我对《元刊杂剧三十种》等民间刊本中的假借字的基本认识。所以拙稿中，少有传统的“音误”或“音近而误”的说法。

由假借而得音读，由音读而得文义，由文义而得本字，这是我在校勘中处理假借字的途径和方法。

校勘，自应广储副本，以资比较。这样，可以择善而从，避免主观武断，妄改旧文之弊。但《元刊杂剧三十年》至少有一半为海内孤本，根本没有他本可供参校之用。孤本多，参校资料少，也是校勘工作中遇到的难题之一。在这种情况下，如果株守原本，不思另取蹊径，虽经日冥思苦想，亦将无所施用其功。为了摆脱这个困境，为了取得更多的校勘上的证据，自不能拒绝间接材料的使用。特别是同一时代，同类性质的民间刊本书籍，往往在语言文字、修辞语法各个方面，有其共同或近似之处。愈是原始的、未经文人整理的民间刊本，这个特点就表现得更充分、更显著。如果能对有元一代的人民语言，从词汇、语音、语法、修辞各个方面进行综合性的研究，从中归纳出一些带有普遍性、规律性的条例来，以之用于元曲的校勘，将会收到事半功倍的效果。我在校勘过程中限于水平和精力，未能完全做到这点。仅就平日泛览之所得，将宋元明杂剧戏文以及元刊话本中的词汇，做了一点粗疏的排比工作；并间及马王堆帛书、敦煌写本以及近年来各地方言调查资料，凡可与“三十种”之语词相互发明者，虽片言只语，亦一一摘录。仅此点，在校勘中即获益匪少。如“橙鞓皮”得解于敦煌《俗务要名林》；“席篾儿”，见之于《河北省方言词汇编》(1960年油印本)；“步砠”，则旁证于南戏《张协状元》。另外，有些疑难问题，则是通过元曲中有关语例的通盘模拟才得到解决的。如《赵氏孤儿》一折【混江龙】曲：“为王有功的当重刑，于民无益的受君恩。”从文义上看，完全可通，似乎毫无问题。但实际上，上句的“王”字当是“国”(国)字省体。因为一来敦煌文书中早有这样的省例，二来“为国于民”(或“为国于家”)，实为元人之常语，屡见于杂剧和散曲中。故《赵氏孤儿》不当例外，自然也应回改为“为国于民”。

当然，这些间接材料的使用，自应慎之再慎。非有确凿之证据，充分之理由，万万不可轻易改动原文。但网罗一代语言资料，注意词汇和语例的模拟，由文见例，据例校文，仍是校勘上不可忽视的方法之一。

除了文字以外，一个时代的写书符号的辨认，也是极为重要的。就“三十种”来说，如讳文符号，原本每遇“皇帝”“圣旨”字样，或偏讳下字，作“皇O”“圣O”，或二字全讳作“OO”，以往各家校本，于此虽间有是正，但因为都没有认识到它确为当时约定俗成的讳文符号，所以校与不校，颇费斟酌。特别是二字全讳符号，则多失校或误校之处。再如重文符号，原本多省书作“二”或“又”，各家校本亦多有误作“二”字或“又”字者。比较麻烦的，还有文字待勘符号的辨认，唐五代以来，多写作“卜”，谓之“卜致”(《爱日斋丛钞》引赵景文说)。《元刊杂剧三十种》中，本来就含有一部分待校本，原抄者于文字有疑误之处，多涂去误字，旁注符号作“卜”，以便日后据别本校改。可能是书坊主人牟利心切，急于出书，偷省了这步工作，草率开雕。结果刻工不识，多误改为“人”字或“一”字，窜入正文。仅《老生儿》《铁拐李》《范张鸡黍》《替杀妻》《小张屠》五剧，这类错误，即不下一百余处。在另外一些剧本里，还有误“卜”为“十”，为“了”，为“下”，为“不”者。这些错误的产生，大多由于写书人不规范的写法所引起。元杂剧的写本，即当日流行于歌楼剧场之掌记，今日虽不可得见，但在此以前的敦煌民间写本具在，其文字待勘符号，有时作钩如“乚”。有时加点似“)”，种种歧异，出于吾人常想之外，由此联想，元代民间写本，大致亦当如是。这种误改文字待勘符号的情况，郑骞先生也有所察觉。故云：“此刊本每以人字或一字代任何字”，惜未深究，故所正不多。拙稿凡遇此类情况，或据别本，或依文义，酌情改补。至于无从改补之处，则一律阙疑俟考。这样比较符合或接近原本面目，未知然否。

在底本的选用上，以往各家所据均为仿本。仿本虽然字迹清晰，比较悦目，但一经转刻，错误滋多。特别是原本中漫漶涬损之处，有不少本可根据他本或上下文义辨识的，仿本多半径删或空缺，使这些文字失去了校补的机会。卢、隋二家校本之所以得失相参，部分原因即出于此。郑本虽较晚出，虽据原本影印修正了一些错误，但并不彻底，基本上仍是据仿本立说的。故校勘记中所云原本如何实际并不如何，所校之误亦多系仿本之误而非原本之误。更有因仿本之误而误的。由于底本选择不当，结果以误传误，去真愈远。这一点，虽然由于过去条件的限制，不能苛求于诸位先生，但还是应该予以说明的。我在校勘之初，曾据原本细校仿刻，发现仿本许多缺陷，实难凭信，故严格以《古本戏曲丛刊》之影印本为底本。这样，就少走了一段弯路。

除“三十种”外，何煌校录的李开先抄本《王粲登楼》杂剧，确有其不可忽视的价值。今本郑先生之意，重加校订，附于全书之后，以供研究元曲之用。

余承诸先生之后，续校《元刊杂剧三十种》，本据各家之成说，补其千虑之一失。冀对原书之校理，稍稍有所匡益耳。草草之作，自多疏陋。惟望海内学人，随时加以指正，是所深望焉。

1980 年 12 月于兰州

（收入《元刊杂剧三十种新校》，兰州：兰州大学出版社，1988 年，第 11~17 页）

《中国古代戏剧选》前言

自金、元以来，戏剧在中国古典文学发展史上，因其剧目浩繁，剧情异彩纷呈，占有着重要的地位，是研究古典文学不容忽视的一个领域。由于杂剧中的《西厢记》，明清传奇中的《牡丹亭》《长生殿》《桃花扇》等，人民文学出版社业已陆续单行整理问世，而且还将继续出版他种，因此本书所选专门着眼于元明清以来杂剧之名篇。以往的戏剧选本，往往合杂剧、传奇于一编，为了照顾各个剧本在篇幅上的大体平衡，一般采取选折、选出的办法。这样，即使所选尽为各剧的精华，但一个完整的剧本既经割裂，难免伤筋动骨、支离破碎。现在，人民文学出版社采取长剧单行，短剧合编的办法，分别出版，相辅而行，使古代戏剧之精华，大小长短毕现于世，各发其彩。我们双方很快地达成了共识，确定本书只选杂剧，这是需要向读者说明的。

杂剧之选，自应以元人所作之北杂剧为冠冕。元代立国虽不及百年，而杂剧特为一代之盛，在中国文学史上，占有相当重要的光彩的一页，所谓“唐诗、宋词、元曲”的评赞，就充分说明了这个问题。据不完全统计，有元一代杂剧作家80余人，所作杂剧700余种，现存162种，可见其繁荣的情况。元杂剧的出现，标志着中国古代戏剧的成熟和定型：一本四折的结构体制，展现了戏剧冲突从发生、发展到转折、收场的完整过程，使故事发展显得跌宕起伏，有头有尾；不同宫调的套曲的组合，用以写景抒情，交代事件，大大强化了演出的戏剧效果；末、旦、净、杂等行当的确立，更进一步促进了表演艺术向纵深发展；而一人主唱的表演方式，虽有相当的缺陷，但由于突出了男、女主角，对后世以生、旦为主的传奇，也不能不产生相当的影响。元杂剧的内容非常广泛，题材多样化，或直接反映现实，或取材于史传、传说与神话。举凡家庭爱情、公案断狱、扑刀赶棒、仙佛神鬼，乃至忠奸斗争、农民起义、民族矛盾、朝代兴亡等等，莫不可以入戏。而且应该指出，剧中的主人公除以往文学作品中的帝王将相、才子佳人外，更多的是出身于社会下层的小人物，诸如妓女、丫鬟、童养媳、穷书生、乞丐、艺人、草莽英雄、绿林好汉等等，莫不应有尽有。不少作家从不同的角度，对当时社会的黑暗，官吏的残暴进行了大胆的抨击，热情地歌颂了人民的反抗和斗争，反映了人民的愿望，塑造了一个又一个鲜明生动的艺术形象，写出了一本又一本传世的名作。这里面，既有轻松欢快的喜剧，也有震撼人心的悲剧，还有融悲喜剧之情于一体的正剧。从风格上来讲，起于勾栏瓦舍的元杂剧，大多以本色当行见长，比较符合市民的审美情趣，显得朴质自然，通俗易晓。正如王国维所说："写情则沁人心脾，写景则在人耳目，述事则如其口出。"即使以文采见长的一些作家，也能于秾丽中显自然之色，雅中见俗，俗不伤雅，与专以典雅见长的文人之作大异其趣。中国古代戏剧发展至元杂剧，可以说是众体皆备，名家辈出，争奇斗艳，各极其妙。因此，《中国古代戏剧选》的编选，不能不以元杂剧为重点。作为"元剧四大家"的关汉卿、白朴、马致远、郑光祖的中心地位自然要予以突出，各选二或三剧，以"花间美人"著称的王实甫，其《西厢记》已单行问世，我们另选了他的《丽春堂》入集，以见其感慨苍凉的一面。另外，为了使选本能反映出元杂剧的基本面貌，对不同时期、不同风格、不同题材的剧作，只要是名篇，也都尽量入选。这样，从总体上看，重点的突出，加上面的照顾，元杂剧共入选 14 家 22 本，约为全书三分之二之数。看来这个比数还是比较合理的。

明、清两代，舞台上盛行的主要是以南曲为主的传奇。特别是明中叶以后，传奇风靡南北，杂剧失去了演出的机会，相比之下，益显衰落。据傅惜华先生《明代杂剧全目》《清代杂剧全目》两书所记，自明初至清代乾隆的五百年间，得作家三百余人，杂剧八百种，似乎还可以与元人争一日之雄，但细案之，则实有不少的差异。明初作家，如《太和正音谱》所录谷子敬、贾仲明诸人，大多由元入明，虽以北曲擅场，牢守元剧旧法，然所作多无可取。稍后，宗室朱有燉，作杂剧三十一种，然其内容或点缀太平，或歌功颂德，而尤多神仙道化、风花雪月之作。今取其差强人意者《继母大贤》一种，以见明初杂剧之所就。自此以后，文人所作寥寥无几，北杂剧之命运若断若续。直到嘉靖年间，康海之《中山狼》，冯惟敏之《僧尼共犯》两剧，在北杂剧衰败声中，独放异彩。前者以寓言的形式，抨击忘恩负义之徒，妙含哲理而又富有强烈的讽刺意味；后者反宗教禁欲主义，以雅笔写俗境，俗不伤雅。两剧抗衡并驱，足与元人所作媲美，实为明代前期杂剧之代表。

明代后期，即嘉靖以后，由于昆腔的兴起，传奇大行于世，一般演员多习南曲，风声所变，北化为南。这时的杂剧作家已不大会用北曲写作，所作或南北互用，或纯用南曲，实际上是一种“传奇化”的短剧，即戏剧史上所谓的“南杂剧”。南杂剧之于北杂剧，除了使用南曲以外，在体制上完全打破了元人一本四折的限制。或仅一折，一气呵成；或依剧情发展之需要，分作数折，少则二三，多至八九，篇幅伸缩，极为自由。惟在唱法上，仍多保留了元杂剧一人主唱的习惯，这大概由于是短剧、主角一人的缘故。杂剧体制的变异，是适应当时舞台演出的创举，这种新体制杂剧的确立，完成于明代后期，是明人的创造和贡献，从古代戏剧演变来说，它是一个极为重要的环节。因而，这一时期出现了不少主要从事杂剧写作的作家，一些传奇作家也兼写杂剧。一度沉寂的杂剧，至是复又飘然而起，出现于戏剧舞台之上。在杂剧的“传奇化”过程中，青藤山人徐渭实在开风气之先。他的《四声猿》，以十出的篇幅分写四个故事，四剧合为一本，影响至为深远。清代张韬之《续四声猿》、桂馥之《后四声猿》，都是合四剧为一本的仿作。今特选其《狂鼓史》

《雌木兰》两剧，作为明代后期的代表。另外，王衡之《真傀儡》，讽刺世俗，感慨殊深；孟称舜之《桃花人面》，描写爱情，刻画入微，都是明后期杂剧中之力作，一并入选。

入清之后，杂剧一变，文人之作，趋于典雅纯正，去元剧之本色当行益远。郑振铎先生在《清人杂剧初集序》中说："尝观清代三百年间之剧本，无不力求超脱凡蹊，屏绝鄙俚。故失之雅，失之弱，容或有之。若失之鄙野，则可免讥矣。"认为明代文人剧，"风格每落尘凡，语调时杂嘲谑"，"纯正之文人剧，其完成当在清代"，实为公允持平之论。清代文人剧，很少能够上演于舞台，只能欣赏于案头，盖作者原本不为演出而作。在这里，戏的意义多被淡化，而戏剧创作也被异化为一般的文学写作，作家之写剧本和他们写词作赋并无什么本质的区别，以此被论者讥为"案头剧"。但其中却有不少佳作，特别是明、清易代之际，作家身丁丧乱，山河变异，故国沦亡，往往借古抒怀，以沉郁悲愤之词，写历史兴亡之感，为人们所重视。今选清初著名诗人吴伟业之《通天台》，作为"案头剧"的代表，以供读者赏析。雍正、乾隆年间，风气稍变，渐又注重舞台演出，文人剧的创作，更显活跃之势。杨潮观《吟风阁杂剧》三十二种，其《罢宴》一出，淋漓慷慨，音态感人。相传某大吏偶观此剧，有感亦为之罢宴。稍后，唐英《古柏堂传奇》十七种，虽声誉不及前人，然所作多为梆子腔小戏之改编，《面缸笑》一剧，谑而不虐，尤富舞台效果。自是以后，虽然仍有不少作家进行杂剧的写作，然豪气渐消，殊乏新意，故本书所选，亦断止清代乾隆年间，以杨、唐所作为殿。由于篇幅的限制，明、清两代不能过滥，不能如元剧之点面兼顾，只能以时代为序，突出三五重点，意在联点为线，略显杂剧演变之轨迹。总计明、清合选 9 家 11 本，约占全书三分之一的篇幅。

古代戏剧遗产浩如烟海，以杂剧而论，清代乾隆以前历代所作现存者仍有 567 种，其中清人所作约近半数。本书所入选者仅 30 余种，元、明尚差强人意，清代部分则略感局促，沧海遗珠，势所难免，只好请诸君谅之。

关于本书的校理，首先是底本的选择问题。戏剧、小说一类的古书，在流传过程中，往往会出现不同的刻本或翻刻本，各本之间在文字上多少都有一些出入。我们所选取的，主要是在读者中比较通行的、学术界公认的前人选本，如臧晋叔的《元曲选》、沈泰的《盛明杂剧》等。清代杂剧尽量采用近人的整理本，如胡士莹先生的《吟风阁杂剧》、周育德先生的《古柏堂戏曲集》等。凡是入选的剧本，均利用他本，做了一点文字是正的工作，如有重要改动，都在注文中说明，以便读者覆按，这里不再细说。另外，底本确实有误，又有其他可靠旁证数据足以纠正其误者，亦酌情予以改正。如马致远《陈抟高卧》底本第一折【金盏儿】曲："到这戌字上呵水成形，火长生，避乖龙大小运今年并。"隐然预言五代时周之灭汉，以及后来赵宋之代周，有一定的神秘色彩。根据古代五行家五德相生的说法，历史的变迁，王朝的更替，都是所谓的木、火、土、金、水五行相生，周而复始的结果。宋太祖赵匡胤立国后，于建隆元年（960年）三月壬戌"定国运以火德王，色尚赤，腊用戌"。其根据是"国家受禅于周，周木德，木生火，合以火德王"。宋既以火德承运，故上推五代之周为木，汉为水，晋为金，唐为土，而黜朱梁为闰统。这自然是为了肯定自己是"奉天承运"的正统，才这样安排的。如果不联系史事，就很难发现曲文中"水成形"之"水"字，实为"木"字之形误，如不改正，则【金盏儿】一曲不知所云矣。此一字之误，关系全文之例。又如郑廷玉《看钱奴》第一折，灵派侯叙东岳大帝出身一段，全文二百余字，经查，节自元无名氏《三教源流搜神大全》之"东岳"条，虽文字详略不同，但实可改正杂剧传本若干错误。如"群仙之祖"当为"群山之祖"；"天地之子"当为"天帝之子"之类。这些都是明显的错误，自可利用他书加以改正。但另外还有一种情况，即根据旁证，明知其误，却又不便改动者。如尚仲贤《柳毅传书》第二折，洞庭龙王上云："今日时当卓午，我听太阳道士讲《道德经》未完。"数句出于唐人小说《柳毅传》，原作"与太阳道士讲《火经》"。并说："道士，乃人也。人以火为神圣，发一灯可燎阿房。"观此，知其为拜火教明矣。"太阳道士"，即拜火教道士。后世不知，误以"大阳"为道士之道号。于是，拜火教之《火经》，遂变为道教之圣典《道德经》了。这个误解，可能是唐中叶以来拜火教势力衰歇以后，民间艺人在演说过程中的误解，似乎不能独怪于尚仲贤一人，故仍保留原文，仅在注文中做必要的说明，以便读者参考。总之，旁证的采用，必须慎之再慎，不可乱改，以免自误误人。

最后，谈谈作者简介、剧本说明和具体注释问题。作者简介，我们力求简要，侧重于其戏剧创作和在戏剧史上的地位、影响等等，一般不作过多的考证。明、清两代的一些曲家，生平数据虽多，其成就又不仅仅限于戏剧，但因为本书是戏剧选本，所以对他们的简介也只着重于曲。入选各剧的说明，一律放在注释的第一条。因为全文已选，故省去内容提要，只简要说明该剧之思想意义、艺术成就等等，有时也略略涉及本事，概以三百字为限。至于剧本正文的注释，考虑到戏剧语词中的典故俗语，重见迭出，是一个比较普遍的现象。如果一一逐条作注，势将不胜其烦；但如不点破，又无法排除阅读中的疑难。为了解决这个矛盾，同时为了避免注文的繁复，我们采取这样的办法：凡以前各剧已经注释过的词条，如果再次出现，则视其难易程度，或略而不注，或只述大意，或简释后再注明参见某剧某注。这样的处理，可能不免会有一些重注的现象，但却便于读者。这是需要说明的。本书在注释过程中，尽量注意采用时贤研究成果，如有关小说、戏曲语词之专书，以及一些戏剧选本，概在参考之列。其间，得益于王季思先生《中国戏曲选》、徐沁君先生《元曲四大家名剧选》者尤多，在此特为表出。惟以往有关论作，多半着意于语词之训诂，对戏剧中出现的大量俗语，包括成语、谚语、歇后语等，往往略而不讲。其实，俗语多阅世之言，最能反映一个时代人民之心理情感，其确切含义亦当于全句或兼顾上下文求之，不可任意择取其中单词作个别之解释。如纪君祥《赵氏孤儿》第二折公孙杵臼罢职归农后，在太平庄上过着“苫庄三顷地，扶手一张锄”的种地生涯。二语本元时俗语，其见于元曲者，多用于对官员之处分。元刊《薛仁贵》第一折作“饱庄（刨种）三顷地，扶手一张锄”。明《金貂记》

附刊本《敬德不伏老》第一折作“苦耕三顷地，持着一张犁”。据此，则“苫庄”二字当为“苦种”之误。刨种、苦耕、苦种，都指种田苦役而说。《元典章》卷四十七“刑部”军官“侵盗官钱配役”条规定，犯者如赔偿不起，罚去配役。“他每根底，交担着粮食步行的交种田去者”，即指此而说。选注者不察，只就“苫庄”二字为解，或云“占有”，或云“苫盖茅草的庄屋”，显然不够妥切。又如杨潮观《汲长孺矫诏发仓》，老驿丞云：“你说生姜树上生，我也只得依你说。”亦本宋人俗语，随声附和的意思。《宋元学案·百源学案》（下）引程颐语录云：邵尧夫临终时，只是谐谑。某往视之，因警之曰：“尧夫平生所学，今日无事否？”气微不能答。次日见之，却有声如丝发来大。答曰：“你道生姜树上生，我亦只得依你说。”又刘克庄诗云：“人道生姜树上生，不应一世也随声。”可见其意。而选注者仅据“生姜树上生”一语为说，解曰：“比喻性情固执的人。”凡此，我们都尽可能地求取旁证，照顾上下文义，以期得到一个比较稳妥的解释。总之，俗语的解说，应该着眼于全句整体意义的通达，不可孤立地就单词为说。由于俗语多为白话，容易为人们所忽略，故特申说如上。

最后需说明的是，本书元剧参校各本，注释中多用简名，具体如下：

① 元刊本：《元刊杂剧三十种》。

② 顾曲斋本：明顾曲斋刊本《古杂剧》。

③ 古名家本：明龙峰徐氏《古名家杂剧》。

④ 息机子本：明息机子刊本《杂剧选》。

⑤ 脉望馆赵钞本：明赵美琦脉望馆钞本《古今杂剧》。

⑥ 继志斋本：明继志斋刊本《元明杂剧》。

⑦《柳枝集》：明孟称舜编选《古今名剧合选·柳枝集》。

⑧《酹江集》：明孟称舜编选《古今名剧合选·酹江集》。

以上各种，皆见于《古本戏曲丛刊》第四集。

本书在编写过程中，从选题、选目到体例的确定，始终得到人民文学出版社古典部有关同志热心的帮助。特别是责任编辑杨华同志，接稿后又细心代为磨勘一过，重新查对原书，并提出不少中肯的意见，纠正了原稿中的一些疏忽，在此一并表示衷心的感谢。由于水平所限，书中一切疏漏，不当之处，仍希海内学者正之。

1999 年 6 月于兰州

（收入《中国古代戏剧选》，北京：人民文学出版社，2003 年，第 1~8 页）

《金元小说戏曲考论》前言

年初，接何贵初先生来信，拟在香港为我设法出版一本文集。捧诵之下，感慨万千。往日，我的老师王季思先生在讲授元曲时，曾经鼓励我们，用前人治经、治史的方法来研究小说和戏曲，以免穿凿和附会。二十余年来，对于老师的教诲我是念念在兹，不敢忘怀的。所以，我的一些有关小说、戏曲的文章，也多半属于文献考证。这类文字，写起来比较吃力，但有一个好处，就是引导你去广泛地阅读古代各类典籍，包括民间的一些小唱本和日用杂书，单从知识的积累，眼界的开阔来说，就获益匪浅，所以乐此不疲。尽管如此，因为毕竟是考证之作，文字比较干枯，除了少数专家外，不大为读者所喜爱，在出版界不断商化的情况下，此类冷货很难出手。所以，近年来，尽管南北师友也多有劝我将历年所作结为一集出版问世的，我呢，则不敢存此奢想，唯有付之一笑而已。

这次，由于何先生的鼓励，我把往日发表过的文章检视一遍，大抵以考说金元小说、戏曲为多，约 20 余篇，似可成为一册，姑名之曰《金元小说戏曲考论》。其他有关《三国演义》、唐代变文、清代花部小戏，以及为友人所作各书序，虽然也多涉及考证，但东鳞西爪不好归类，就不一一收入了。

取名《金元小说戏曲考论》，金代部分却显单薄，尽管如此，我也不愿再作改动。因为在文学史上，金代（1115—1234）始终是一个被大家遗忘了的朝代，特别是小说和戏曲，几无具体作品可谈，这是不符合历史的实际的。说话和杂剧，几乎同时起于北宋之末。金灭北宋以后，汴京的艺人一部分随宋高宗流亡到杭州，出现了《梦粱录》等书所描绘的百戏繁荣的局面，但也有相当多的艺人，特别是数量更大的民间艺人仍然留居中原，继续各种技艺的创作和演出，这是不言而喻的。以诸宫调而论，今日所见之《刘知远》《董西厢》，都是金人的作品。稍后，入元之王伯成的《天宝遗事》，也是根据北方旧本改编，同样可以视之为金代作品。以上诸本，加上近年来侯马二水金墓所发现的诸宫调歌词，虽仅四首，按其性质，却有引子、有正曲，有打散之尾曲；其宫调，则分别为【南吕】【道宫】【般涉】【仙吕】四调。这种没有尾声的诸多宫调的组曲，应该是早期诸宫调的基本组合方式，可能接近北宋末年孔三传在汴京所演唱的原始面貌，其年代当远在《刘知远》《董西厢》之前。把这些材料搜集在一起，作整体之考查，可以发现诸宫调在有金一代由简单到复杂、由低级到高级的演变史，可以看到诸宫调在金代是非常繁荣的。诸宫调的情况如此，作为它的姊妹艺术的说话和戏曲，自然也有长足的进步，这是完全可以断言的。可惜的是，以往谈戏曲、谈小说，多据《都城纪胜》《繁胜录》《梦粱录》《武林旧事》四书所记为说，这些都是宋人所作，所提供的仅仅是杭州一个地区的技艺，无形之中给读者造成一种假象，似乎只有南宋才有话本和戏曲，这是很不正常的。

为了弥补这个缺陷，近年来颇有学人从文献考证入手，对现存的“元杂剧”作了新的全面的审视，发现不少杂剧都有鲜明的金代社会生活痕迹，因而推定其中应该有相当的金人作品。比如，徐朔方先生就在他的《金元杂剧的再认识》一文中，列出元杂剧中残留金代印记的就有

21种[1]；又在《论王实甫〈西厢记〉杂剧的创作年代》，考定《西厢记》应该成书于金末（1224—1232）[2]。这些问题都比较复杂，一时难作定论，但徐先生提出问题的勇气，以及论文的基本精神，我是完全同意的。同样，我认为，对现存的“宋元话本”，也应该进行一番彻底的清理，何者为宋？何者为金？何者为元？应该有一个清晰的眉目。拙作《〈五代史平话〉为金人所作考》（1989年）、《〈三国志平话〉成书于金代考》（1991年），即为此而作，所说的都是长篇的“讲史”。在短篇话本方面，现存60种，金代话本亦当有相当的篇章。往年，为研究生讲授“话本研究”专题时，曾初步考出一些金人话本，写过一些札记，但都没有整理成文，实在感到遗憾。现在我把自己的文集定名为《金元小说戏曲考论》，虽然有点名实不符，但亟盼学界同仁能发宏愿，共同寻觅金元话本和杂剧这个文学史上失落已久的环节。徐朔方先生认为“元杂剧”应该正名为“金元杂剧”，同样的，我认为“宋元话本”也应该正名为“宋金元话本”，因为这是符合历史真相的。

文集的顺利出版，始终得到何贵初先生的热情帮助。有些文章，我自己也没有注意保存；有些文章，有关刊物发表几年后，我还一无所知。这些，都是何先生辛苦觅得，代为补入的。文稿编定后，因为要在香港出版，要输入计算机，变简体为繁体，更是一番琐细的文字校勘工作，先生都毅然承担下来。这之后，又要联系出版单位，甚至具体到版式设计、封面装帧，都是何先生费尽苦心，代为敲定的。先生于我，可谓厚爱有加！我和何先生，初识于扬州“首届海峡两岸散曲研讨会”上，时在1991年9月。尔后十余年来，又于天津、顺德、汉中几次散曲研讨会上相见，每次都由于会期过短，匆匆一面，各走南北。虽则如此，先生之温文尔雅、敦厚可亲，早已深入我心。特别是在仔细拜读了历次散曲研讨会先生所交论文，以及平日所惠之《张养浩及其散曲研究》几本论著后，深感我们彼此之间在治学路径上多有相通相

① 原刊《中华文史论丛》，第46辑，1990年12月，第113~147页。又收入《徐朔方全集》（杭州：浙江古籍出版社，1990年），第一册，第90~129页。

② 徐朔方：《论戏曲》（上海：上海古籍出版社，2000年），第52~73页。

近之处，这也许是“心有灵犀一点通”吧！我想，一个人，不为名不图利，为他人作嫁衣裳，这之中，除了个人之间的情谊外，只能是着眼于学术，着眼于学术事业的发展与繁荣。也许，在何先生看来，我的一些论文，还有那么一点价值，值得印出来供学界同仁参考采择之用。然而对我来说，却只有自惭的成分，只有更加自勉，以期不负南北师友之所望而已。

末了，再次衷心感谢何贵初先生！

2007 年 8 月于兰州大学随缘斋

《中国古代小说俗语大辞典》序

古代通俗小说，起于宋人说话。入明以后，日益繁荣，长篇短制，皆有可观。几百年来，通俗小说之刊行，始终如雨后春笋一般，层出不已。从文学史上看，宋元以来新起的通俗小说，演变至明清两代，已经成为当时文学的主要形式，作家作品辈出，内容既有严格的现实主义，也有积极的浪漫主义，在各方面都取得了不少的成绩，影响极为深远，并为学人所瞩目。于是小说之学随之而起，特别是近年以来，有关小说史、小说理论、小说专书研究之论著，先后有多种问世。相比之下，小说俗语辞书的编纂则起步较晚，主要原因可能有二：一曰资料搜集之困难，二曰语词说解之匪易。

先说资料搜集。通俗小说浩如烟海，从语言研究的角度来看，这些小说，不管是名作，还是二三流的作品，都是有用之材，都应在兼收并蓄之列。惟现存各种小说，多散藏于南北各地，甚至有些流失海外。以一人之力，欲尽观天下之小说书，谈何易哉？此其一。即使幸而能尽观天下之小说书，然所见之本，是否即为该书可信之善本、足本？此其二。即使所见均为错误较少之善本、足本，而收词范围之界定，编纂体例之经营，语言资料之积累，在在都费苦心，此其三。举凡如此等等困难，如果没有数年，乃至十数年沉思潜研之功，是很难得到满意的结果的。

现说语词说解。从汉语史分期来看，宋元明清四代，正处于近代汉语向现代汉语的转变时期。产生于这一时期的通俗小说和戏曲，由于是用口语写作的，本来是研究近代汉语的宝贵资料，惟小说向来不登大雅之堂，为传统文士所排斥，故长久以来，几无系统研究俗语语词之论著。直到 1944 年，徐嘉瑞先生的《金元戏曲方言考》出版，始为系统研究之专著，惜仅六百余条；1956 年，朱居易先生有《元剧俗语方言例释》之作，所释亦不过一千余条，远不能满足实际阅读的需要。这一方面比较大型的工具书，当以六十年代陆澹安先生的《小说词语汇释》为先。进入八十年代以来，又陆续有陆先生的《戏曲词语汇释》，龙潜庵先生的《宋元语言词典》，顾学颉先生的《元曲释词》，以及近年来吴士勋、王东明之《宋元明清百部小说语词大辞典》等书问世，收词多在万条以上，较之前人之作，取材更为宏富，方法日趋缜密，说解也多有胜义。惟披读之余，仍多有值得商榷之处，可见此类著述之难。以五十年之岁月，诸学人之考释，尚多留有疑义，其间实有特殊之困难在焉：

（一）通俗小说历宋元明清，将及千载，语言现象极为复杂，加上各地方言的差异，往日妇孺入耳皆晓之口语，今多茫然不得其解；

（二）以往出版之辞书，大多局限于从有关小说中汇例取义，缺乏有关语言资料，包括现代方言的参验，故一些词意不太显豁的语词，往往说解不透；

（三）通俗小说多半出自坊刊，错误较多，除少数几部名著外，至今还很少有人对之进行认真的校理。据错误之本立说，自然也会影响到辞书的质量；

（四）通俗小说用字与传统文书不同，多为语音之直录，故同音假借现象特多。假借字的辩认，端在语音。如果语音体认不正，无论是词语的解诂，还是文字的校正，都将会产生不少的问题。

其他可能还有一些问题，兹不一一具论。

瞿建波同志深爱读说部诸书，有志于通俗小说语词之研究。因我也有同样的兴趣，年来他常至寒舍晤谈、讨论，上面所说的那些意见，就是我们在讨论中常常说到的。但他能知难而上，长期自甘寂寞，沉潜钻研，终于编成《中国古代小说俗语大词典》一书，洋洋百万余言，涉及通俗小说五百余种，收录词条已近两万。我读了部分原稿，深叹其宏富浩博。此书之作，不仅有利于读者阅读通俗小说，而且对古近代社会认识、近代汉语之研究，乃至今日之文学创作，都有相当之意义。尤其应该表出的，是他在编写过程中，那种严肃的科学求实的精神，所有词条均与原书一一核对，因而避免了某些新出辞书不从原著入手的错误。其严谨的学风，理应大大提倡。

辞书一类工具书的编纂，主要是为他人作嫁衣的。这一点，与立意要成一家之言的著述是不同的。因此，我向来对于此类著作的编纂者，深表敬佩之情，当然是指那些切实有用，方便读者，确有水平的词书而说。建波同志书稿杀青在即，因拉杂写了上面一些，权为序引。

1995 年 8 月于兰州大学随缘斋

《失传元杂剧本事考说》序

前人论文，有以“唐诗、宋词、元曲”相提并论者，认为唐朝的诗，宋朝的词，元人的曲，分别代表着三个王朝文学的高峰，这看法是有一定的道理的。作为三座高峰之一的元曲，包括散曲和杂剧两个部分。其中，尤以杂剧的成就最为突出，影响最为深远。直到现在，很多地方戏中，仍然有相当数量的元杂剧的改编本在舞台上上演不衰，可见它受到观众的欢迎程度。

元朝立国不到百年，而杂剧之繁荣实为历史所仅见。据《录鬼簿》及《录鬼簿续编》所载，这一时期，有姓名可考的杂剧家计 181 人，所作杂剧（含无名氏作品），共 730 余种。应该看到，这个数字还远不能反映当时杂剧繁荣的全貌。据明代嘉靖年间戏剧家李开先《南北插科词序》一文所记，他所见知的元曲，仍有“张可久、马致远、乔梦符、查德卿等 832 名家,《芙蓉》《双题》《多月》《倩女》等 1750 余杂剧”。这个数字非常惊人。可惜的是，由于种种原因，这些剧本绝大部分都没有保存下来，实在令人气短。今天，我们所能看到的全部元人杂剧，合《元曲选》《元曲选外编》二书所录，总数不过 50 余家，162 本，还不到李开先所看到的十分之一。以不及十分之一的作品，来讨论元人杂剧，自然会有不小的局限。为了弥补这个缺陷，学人转而着眼于元代已经失传的杂剧的探索，或致力于佚曲的钩沉，或注意到本事的考证，历年以来，多有创获。然钩沉所得毕竟不是全剧，虽吉光片羽，弥足珍贵，亦难窥其整体。至于考证本事，又多就一剧而说，亦未见有系统专攻于此者。这可能是我的浅陋所致吧！不过，我总觉得，这是一项极有价值的工作。

胡颖同志，早年从我问学。由于我们都喜欢戏曲，平日所谈，不外是曲，也曾多次讨论到元代失传杂剧的本事考证问题，她的研究生毕业论文即为《元佚杂剧五种本事考》。近十年来，她与王登渤同志于繁重的教学、工作之余，仍孜孜一力于此，每有所得，即来相告，我亦为之鼓舞。但这是一项旷日持久的攻坚工程，必须静下心来，甘于寂寞，稳坐冷板凳，泛览群书，多思而又善于取择，才能有所发现，有所前进。其间甘苦，正如王国维《人间词话》所举之治学三种境界："昨夜西风凋碧树。独上高楼，望尽天涯路。""衣带渐宽终不悔，为伊消得人憔悴。""众里寻他千百度，蓦然回首，那人却在，灯火阑珊处。"正是由于他们长久以来勤恳专一，追索不已，才能于前人工作的基础上，百尺竿头，更进一步。现在，呈现在读者面前的《失传元杂剧本事考说》一书，考论杂剧凡五十，约为失传剧目十一之数，已蔚然可观矣。

此书取材，涉及古代史传、小说、诗文杂书。所得资料，选其与剧本本事相近者，以时代先后为序，依次排列，于此可见故事演变之轨迹，为研究者提供了不少的便利。每剧之后，皆附"考说"，多半是充分研究资料以后的自得之言，虽不必皆为定论，亦可供研究元剧者参考之用。由于杂剧取材多源自唐宋小说名篇，若《崔护谒浆》《御水流红》《智赚兰亭》《封陟骂上元》《裴航遇云英》等，皆"叙述宛转，文辞华艳"，都有非常高的文学水平。所以，尽管《考说》按性质来说是一本资料书，但实际上也可看作是一本古代小说选集，具有相当的可读性。于此，亦可窥见古代小说、戏曲之密切关系。如有学者，能于此处着眼，想来当有新的发现，当有新的文章可作。

《考说》50种，已经是惊人的收获了，但胡颖、王登渤同志并未于此止步，因而又有继续撰写“续编”的设想。我是怀着极为欣悦的心情，亟待这个设想早日实现，甚至还盼望着能有“三编”。这里，我要贡献一点的是对一些比较琐碎的资料处理的问题。此类资料由于琐碎，最易被人们所忽视。但运用得当，有些看来琐碎的资料，往往会显示出其巨大的文献价值，说不定一些关键问题的解决会从这里突破，得到合理的答案。如王实甫之《信安王断没贩茶船》，自 1920 年以来，经过诸家考究，本事渐明，知演双渐、苏卿悲欢离合故事，与“普救西厢”“天宝马嵬”同为金元曲中“三大情史”（任二北语），惟剧末总结矛盾、为公案下断之“信安王”，诸家皆未考出，终为缺典。“信安王”，不见于金、元二史。《宋史》中有两个信安王，一为北宋宗室允宁，王号为死后追封，可置而勿论；一为南宋初年之孟宗厚，他是隆祐太后的哥哥，绍兴七年（1137 年）封信安郡王，二十七年卒。孟宗厚与此公案有何关系？明王玉峰传奇《焚香记》第六出《设谋》净扮金员外云：“近日有个贩茶的冯魁，他本是信安王门下行财的班头，到那武林，将一个行首苏小卿取去了”云云。原来冯魁本是信安王手下的奴才，是出来替主子贩茶谋利的，却用三千茶引的本钱买通了鸨母，强娶了小卿。那么，事情败露之后，由信安王出来收拾局面，“断没贩茶船”，自然是最合理不过的了。有了这个关目的补充，整个故事才有头有尾，才比较接近王实甫原剧的本来面目。

胡颖、王登渤同志治学一贯严谨。上面所说的一点，也许不算苛求，我自己在这方面也不是都能做到的。我只是希望元代已经失传杂剧本事的考索工作，能够做得更好，因为这也是我多年以来的一个梦想。现在看到胡颖、王登渤同志正在努力圆好这个梦，故不觉絮叨如上。

2002 年 7 月 6 日于兰州大学随缘斋

《影戏剧目清代钞本辑校》（第一辑）序

兰州大学文学院赵建新教授，致力于甘肃影戏之搜集校理以及影戏流变之研究有多年矣。三十年来，一直勤勤恳恳，孜孜不倦，先后出版《陇东南影子戏初编》《陇影纪略》专著两种，早已誉在人口。年来又以《影戏剧目清代钞本辑校》（第一辑）稿本若干示余，谓将出版，索序于我，谊不可辞。我与建新共事多年，皆喜小说戏曲，不乏切磋之乐。于甘肃影戏，常以秘本异书相示，益我多矣！忝在相知，敢为序引如下。

古书校理甚难，古代民间钞本之校理尤难。难在多为断烂之孤本，无他本可供校补；难在用字多为不登大雅之俗体，学者不易辨识；难在其文多为语音之直录，字无定形，多为同音或音近之假借。故不知方音，不明古今语音之流变，很难措手。建新知难而上，又出陇土，对西北方音颇为通晓，故其所正，多获我心。校本最大特色在于存真，尽量保存钞本之原始面目，不加妄改。于此以现清代甘肃影戏剧本之结构体式、唱段特征以及行当分类之特色，表明其在戏曲史上的特殊地位，因而具有重要的学术价值。往岁，有些学者曾对陇东道情（即影戏）之剧本作过初步的校理，多失原本之真。两相比较，建新所校，百尺竿头，更进一步矣。相信新校本之问世，不仅可供专家学者研讨之用，而且对今后甘肃影戏之搜集整理、剧场之演出、艺人之传习以及一般读者之阅览，都有不可估量之意义。

孔子曰：“多闻阙疑，慎言其余，则寡尤。”校理古书也应该这样。既要“多闻”，要有广博的知识修养；更要有敢于“阙疑”的精神。所谓“知之为知之，不知为不知，是知也”。读建新校本，颇有此感。这种慎之又慎、实事求是的治学态度，是应该大力提倡的。建新所校，对原本之错误多所匡正，并说明所据；于不解之处，亦一一存疑，以俟再考。其虚心若谷，不敢自误误人之意流露于字里行间，实在令人起敬！相知既久，故于其阙疑处，爰就平日偶读所得略献管见，仅供参考。

一、《胭脂襦》第十六出（老净上坐诗）：“区区侧鼠学琱梁，可惜我儿遭阵亡。”首句语意不明，当作“区区厕鼠学跳梁”。典出《史记·李斯列传》：少为郡小吏，“见吏舍厕中鼠，食不洁，近人犬，数惊恐之。斯入仓，观仓中鼠，食积粟，居大庑下，不见人犬之忧。乃叹曰：人贤不肖，譬如鼠矣，在所自处耳”。“跳梁”，即“跳踉”，跳跃也。“厕鼠跳梁”，意谓小丑东西跳梁，不避高下，不知祸在眼前也。

二、同上第十三出（生唱）：“领仙教回会稽亦不纳聘，无意中进桃园结就米陈。”当作“结就朱陈”，指婚姻之好。白居易《朱陈村诗》：“徐州古丰县，有村曰朱陈。一村唯两姓，世世为婚姻。”典出此。

三、《征金川》第一出（王上白）：“谈月速省桡建章，仙风吹下玉芦香。使臣孤立金銮殿，一朵红云捧帝王。”此处用苏轼《上元侍宴》诗，字句略有出入。原诗曰：“淡月疏（踈）星绕建章，仙风吹下御炉香。侍臣鹄立通明殿，一朵红云捧玉皇。”两相对读，可校正曲本假借诸字。

四、同上第二十出（生唱）：“此一去难免得官棒刑尽，我一生尽做了易牛挂钟。”当作“易羊衅钟”，意谓代人受过。典出《孟子·梁惠王》上：齐宣王坐于堂上，有牵牛而过堂下者。王问：“牛何之？”曰：“将以衅钟。”王曰：“舍之，吾不忍其觳觫，若无罪而就死也。”乃以羊易之。按：血祭曰衅。古代浇铸钟鼎一类重器，必以牲血涂其缝隙，乃成祭礼。以上，皆为个人一孔之见，不敢自以为是，还请读者诸君正之。

关于影戏起源，前人多主两宋说。唯孙楷第先生力主唐末五代，惜无确切文献以证其成说。任二北先生《唐戏弄》一书，于有唐一代之戏剧资料网罗殆尽，唯独影戏，尚付阙如。建新于《大唐新语》等有关文献中，得“影灯”一条，谓其“与影戏有直接关系”，可谓近矣。唯乃非真正之影戏。往日读《太平广记》，于该书卷一七五“幼敏”门，得有关唐末五代影戏资料一条，似可补《唐戏弄》之阙。其书录晚唐诗人韦庄《逢李氏弟兄》诗曰：

御沟西面朱门宅，记得当时好弟兄。晓傍柳荫骑竹马，夜偎灯影弄先生。巡街趁蝶衣裳破，上屋探雏手脚轻。今日相逢俱老大，忧国忧家尽公卿。

此诗叙其幼年时，在京都长安（御沟西）与群儿游乐嬉戏之事，或骑竹马，或弄先生，或巡街趁蝶，或上屋探雏，都有不少乐趣。其中，借灯影以“弄先生”一事，尤应引起我们特别的注意。它说明至少在晚唐时，首都长安一带影戏已非常盛行，以至小孩子们能仿其艺；借灯光投影于壁，表演“弄先生”一类的剧目。此处之“弄”，正如二北先生所说，即“扮演某人，某种人，或某种物之故事，以成戏剧”者。如弄兰陵王、弄孔子、弄邵翁伯、弄假官、弄老人、弄婆罗门、弄狮子等。“弄”字又有调弄、戏弄、玩弄之意，故此类戏剧，又含有滑稽诙谐、调笑嘲讽的成分，至哉斯言！于此知唐末“弄先生”等影戏，均属滑稽调笑之门，为人们所喜爱。

《影戏剧目清代钞本辑校》（第一辑）收戏书60本，内容宏富，包罗万象，当有不少值得深入探讨的问题。由于年老体衰，视力日减，我只读了一小部分校稿，不能细加评说。只好拉杂草此短文，聊以塞责，歉甚，歉甚！末了，以俚语数句作结，可一笑也。

影戏起源于盛唐，中华大地处处讴。儿时曾约童稚友，躲避先生看灯偶。而今历历如在目，耳畔余音犹在吼。影戏如今入非遗，急急抢救不容苟。赵君辛勤三十年，陇东陇南到处走。虚心求访老艺人，穷乡僻壤多有偶。断烂残片皆珍惜，独得异书不自有。清钞百种多珠玑，将来敢献同志友。我与赵君相知久，为君起舞敬君酒。赵君敢为天下先，功在艺林赞在口。唯愿此编早问世，共看陇影流传久。

2018年4月于兰州大学随缘斋

《陇东南影子戏初编》序

多年来，我和赵建新先生在大学共同讲授中国文学史一课，我们都喜欢戏曲，学术观点也基本接近，所以过往较密。建新方富于年，好学深思，而又虚怀若谷，每有所得，辄蒙过问。这样，我自然只有力竭一得之愚，言必尽意；建新对我，也是以诚相归，愿呈所见。如是探讨，每每移日，师友相得之情，主客商略之乐，实共之久矣。

近年来，建新于教学之余，独究心于甘肃地方戏曲，经常深入陇上各县，进行实地之考察。举凡高山戏、花灯戏、曲子戏、笑谈、道情、踩会、影戏等，盖在访求之列，而尤以陇东南一带之影戏所得为多。我知道他是在进行一项非常有意义的工作，是在发掘、抢救珍贵的民族戏曲遗产，因而经常予以鼓励，并愿为之呐喊。地方小戏，本来只活跃于农村，是农民自己的艺术。惟自清末民初以来，陇上战乱频繁，民生凋敝，农民流离失所，因而各种民间小戏的处境也就更为困难，一直徘徊于穷乡僻壤之地，挣扎于存亡有无之间。新中国成立以后，全国各地大型的地方剧种如陕甘之秦腔、河南之豫剧、山西之晋剧等，受到人们的重视，出现了百花齐放的可喜局面。唯独地方小戏，依然被人冷落，其前景如何？终难预卜。

尽管如此，地方小戏依然顽强地存在着，依然为广大农民所喜爱。从戏剧史的角度来看，小戏虽小，却实在具有不容忽视的价值。比如，金院本和南宋官本杂剧，是元明清戏曲之先声，为学者所重视，虽然能由《辍耕录》《武林旧事》所载，知其存目近千，但由于年代久远，已无法确知其具体内容和演出方式，这是学术界引以为憾的事情。而流行于陇东一带的以幽默诙谐、嘲讽戏弄取胜的“笑谈”，则颇有金元笑乐院本之遗风。再如，清嘉、道间民歌选集《日雪遗音》录“带把马头调”200余首，何谓“带把”？它与“马头调”本调是何关系？过去未见有人作过清晰的解说。可喜的是，陇东曲子戏中，于大、小“哭调”外，复有“带把银纽丝”，均经整理记谱，可供专家比勘。还有，元杂剧剧尾之题目正名，例由演员当场诵念对语四句或两句，用以概括剧情、点出剧名。这种古老的演出习惯，久已绝迹于舞台，有些学者对此不解，认为就舞台演出程序而言，题目正名应放在正戏开演之前，使观众对即将演出的剧目内容有所了解。殊不知流传于甘肃的一些地方小戏，时至今日，仍然有不少剧目保留了元杂剧的散场习惯，依然由演员当场唱或念出剧名，为全剧作结。如曲子戏《杜十娘》丑扮孙富，于杜十娘投江死后唱曰：“我今做事太猖狂，凭个银钱丧天良。美貌清流扑江丧，好惨伤。这才是《百宝箱》万古流传。”如果我们追溯得更早一些，即宋元杂剧以前，中国古代戏曲的雏形阶段，其演出形式究竟如何？文献上亦无明确记载。礼失而求诸野，流行于武都的高山戏原始性的演出，似可弥补这个缺憾。高山戏本名演故事，以表演故事为主，根本没有文字剧本，只是在演出前，由戏母子（相当于编导）分析剧情并分派角色，上场之后，主要靠演员根据故事内容临场发挥，即兴表演；又因它直接由民间社火之队舞发展而来，故在表演程式上载歌载舞，形成了跳、摇、扭、摆的特点。我们知道，早期的古代戏剧，从汉代的《东海黄公》，到唐代的《踏摇娘》，基本都处在“演故事”的阶段。高山戏产生于陇南山区，交通不便，经济文化都较落后，新中国成立前又几乎与世隔绝，没有条件和外界作艺术交流，因而它的演出始终停留在

“演故事”的水平。这种特定的封闭型的地理环境，巨大的历史反差，无形中保留了古代歌舞戏的原始演出风貌，是艺术的活化石，很有深入研究的价值。

以上几点，都是古剧的遗留，材料多半出自建新提供。而且，我深信，如果细心考索，可能还会有更多新的发现。这些发现，都将在不同程度上加深我们对古代戏曲的认识。历史的传统是无法割断的，研究古代戏曲的学者，如果能同时着眼于现实生活中的一些地方小戏，那么我们的研究工作，也许将会出现一个新的可喜局面。

建新《陇东南影子戏初编》杀青在即，希望我能说点什么。事实上，在甘肃地方戏曲方面，他所涉及的范围，已大大超出我的所知，自照不足，何能及人！即以影戏而论，我所知道的不过是一点零星的文献资料而已，再就是少年时节农村庙会时偶尔看到的一些演出。虽则如此，我对影戏艺术仍有强烈的兴趣，那摇曳不定的灯火，栩栩如生的皮影造型，配之以粗犷豪迈的曲调，伴之以如怨如诉的弦索，至今仍余音袅袅、历历在目。正是由于这种情感，可以想知，当我第一次看到建新所搜集的一批清代影戏抄本时，是如何的兴奋、激动和喜悦！我爱不释手，连续用了几天的时间，一口气看了几十个剧本，以及几百幅人物头谱等有关影戏的文物和图片复印件。赏心悦目，情不能已，因复仔细读了建新的叙录、考论。

《陇东南影子戏初编》之作，以介绍甘肃影戏资料为主，这些资料的本身，就是一笔相当可观的文化遗产，研究戏曲史、民间文学、民族艺术，乃至民俗学、文化学、社会学的学者们，都可从中得到启发，找到自己感兴趣的东西，这是题中自有之义。至于叙录考论，由于作者历经苦辛，来自实际，厚积深发，虽文字不多，但言之所至，往往能一语破的，绝非徒拾他人牙慧者所能及。

这些都是我在披览过程中的感受，故乐为序。

纪念郑骞先生

去年9月，首届海峡两岸散曲研讨会于扬州开幕。期间，得知台湾大学郑骞教授已于7月27日故世，闻讯之下，心情久久不能平静，总是在想，应该写点什么，以纪念这位前辈。但是，几次提笔，复又几次放下，因为我与先生素昧平生，自不能知先生于万一，要写也写不出什么新意。不过由于往日曾读其书，如亲教诲，情未能已，结果还是写下这篇短文，寄托自己的哀思，并略表个人仰慕已久的心情。

1980年，我在广州，从中山大学王季思先生学习中国戏曲史。先生为海内有名的曲学大师，以70余岁之高龄，不顾体弱多病，始终坚持授课，鼓舞群才，妙无端倪，一时从学诸君，咸知所归，日后在戏曲研究方面，亦多有所成就。我虽无学，然蒙吾师之启迪开发，又得同窗之切磋指点，亦不敢过于自弃，遂于听讲之余，对旧稿《元刊杂剧三十种新校》进行最后之修订。也就在这个时候，我第一次看到郑骞先生的大著——《校订元刊杂剧三十种》，亟由季思先生处假得，逐字逐句与拙稿比勘，细心体会先生治学之法，生平读书之乐，莫逾于此。先生的著作，不仅纠正了我的许多失误，弥补了我的一些缺陷，而且使我在曲学方面增长了不少的见识。在此以前，为了校勘《元刊杂剧三十种》，我曾参考过前辈卢前诸先生成果，但以得自郑骞先生大著者为最多。读先生之书，犹如河伯之观大海，唯有望洋兴叹而已。尽管我与先生从无一面之雅，但每读先生之书，一位前辈学人高大的身影，就清晰地浮现在我的眼前。为此，同年12月，我在拙稿自序中，曾写过如下一段话：

此书（指郑骞先生《校订元刊杂剧三十种》）虽早于1962年在台北出版，但由于人事隔绝，晚至18年以后，才有机会见到，抚卷思人，能无感慨！郑先生的校本，我在进一步修订四稿时，反复拜读，爱不释手。深叹先生之功力，远非旦暮所能致，亦非精于曲学，勤于钩稽，善于类推者所能及，其于是书，厥功至伟，自不待言。因取先生所校，订正拙稿不当之处若干，特别在调名的体认，曲律的勘定，以及佚曲的增补几个方面，取用实多，不敢掠美。至于声音假借，文字是正，名物辨析之处，则拙稿与郑先生所校，多有出入。其相合者，则改而从之，深喜个人一得之见，竟能与先生千里符契；其不合者，则略申己说，似亦可补先生之未备。

所谓“人事隔绝”云云，自然是指人们都知道的政治原因，自1949年以后，海峡两岸的学术界长期处于老死不得往来的局面。在当时的情况下，我只能抚卷思人，感慨系之；只能遥望大海的彼岸，默祝先生健康而已！ 1988年拙校出版后，本想于适当时机，寄呈先生指正，而一再因循，未能了此心愿。而今先生已去，失去了进一步请益的机会，瞻望南天，我也只能抚卷思人，徒增感慨而已！

不过，先生的著作是长留人间的，除《校订元刊杂剧三十种》外，若《景午丛编》等论著，都在学术界产生过深厚的影响，而且今后仍将继续嘉惠学林，发挥其应有的作用。古人云：太上有立德，其次有立功，其次有立言。有这些著作在，先生就是不朽的了。何况，先生从事于高等教育有年，得其正传者也大有人在。有这些弟子在，先生的德业文章，也必将得到进一步的光大。斯文不坠，正在今日，至于小末私淑，惟愿以有生之年，再读先生之书，如能稍有寸进，我想这大概就是对先生的最好的纪念了。

金代大曲故事四种

关汉卿《金线池》楔子【仙吕·端正好】曲云："郑六遇妖狐，崔韬逢雌虎，那大曲内尽是寒儒。"说的就是宋金以来歌场上流行的大曲。凡大曲，有散序、靸、排遍、攧、正攧、入破、虚催、实催、衮遍、歇拍、杀衮，遍数既多，便于叙事，故宋金间多有此作。据王国维先生考定，宋官本杂剧用大曲者一百有三，金院本用大曲者十六，唯均不传，可能都出于教坊艺人之手。今天我们所能看到的大曲歌词，除刘永济先生《宋代歌舞剧录要》所得三种外，亦仅《夷坚志》乙卷十三【惜奴娇】《巫山神女》一篇而已。

金玉田人王寂，大定末提点辽东路刑狱，其《辽东行部志》云："明昌改元（1190年）春二月十二日，予以使事，出按部封，僚吏送别于辽阳瑞雀门之短亭，是日宿沈州（今沈阳）。乙丑，次韩州（今吉林四平市），宿于大明寺。予卧榻围屏四幅，皆着色，画大曲故事，公余少憩，各戏题一绝句。"王寂所咏大曲故事四种，均不见于宋官本杂剧与金院本二目，可补戏剧史之阙，兹特为考说而下。

其一,【胡渭州】云:“相如游倦弄琴心,帘下文君便赏音。犊鼻当年卜偕老,不防终有《白头吟》。”按:《宋史 · 乐志》【小石调】【林钟商】均有【胡渭州】。此曲当谱卓文君私奔司马相如故事,见于《史记 · 司马相如列传》:谓司马相如客临邛,富人卓王孙召饮于家。其女文君新寡,相如以琴挑之,文君心动,遂夜奔之。又《西京杂记》卷三:谓相如既贵,“将聘茂陵人女为妾,卓文君作《白头吟》以自绝,相如乃止”。

其二,【新水】云:“徐郎生别一酸辛,破镜还将泪粉匀。纵使三年不成笑,只应学得息夫人。”按:《宋史 · 乐志》有【双调 · 新水调】,此曲咏破镜重圆故事。南朝陈乐昌公主、驸马徐德言,于陈亡前各执破镜一半,以为他日相会之据。及国亡,公主没入越公杨素府中,德言入京寻访。正月望日,有苍头货半镜于市,德言出半镜合之,题诗曰:“镜与人俱去,镜归人未归。无复姮娥影,空留明月辉。”公主得诗,悲泣不食。杨素诘之,以实对,因还其妻。见《古今诗话》。息夫人,春秋时息国息侯之妻。楚文王灭息,掳息夫人,生堵敖及成王。据说她以国破夫死之痛,与文王三年不笑。见《左传 · 庄公十四年》。

其三,【薄媚】云:“深知岁不利西行,郑六其如誓死生。异类犹能保终始,秦楼风月却无情。”按:《宋史 · 乐志》【道调宫】【南吕宫】内均有【薄媚】。故事出唐沈既济《任氏传》。郑六于长安遇狐女任二十娘,情好无间。后岁余,得官金城县,欲携之往,任氏不欲,曰:“巫者言是岁不利西行。”郑强之,遂俱西。至马嵬,有猎犬腾出于草,任氏坠地,复本形,为群犬所毙。

其四,【水调歌头】云:“墙头容易许平生,绳断翻悲覆水瓶。子满芳枝乱红尽,东君不管尽飘零。”按:【水调】,本唐大曲。词牌【水调歌头】,乃取此调歌头一遍用之也。故事出白居易《井底引银瓶》诗:“妾弄青梅凭短墙,君骑白马傍垂杨。墙头马上遥相顾,一见知君即断肠。到君家舍五六年,君家大人频有言。聘则为妻奔是妾,不堪主祀奉苹蘩。终知君家不可住,其奈出门无去处。……”

王寂所咏，可能不尽合原曲本意，但它说明了大曲在金代的流传情况，虽远及辽东，亦见其影响，这是我们所意想不到的，故特为表出。

金代的合生诗

合生，一作合笙，也叫唱题目，唐宋以来瓦舍伎艺中颇为重要的一种，唯文献资料寥寥无几，故多不能详说。

洪迈《夷坚志》支乙卷6《合生诗词》云：“江浙间路歧伶女，有慧黠知文墨，能于席上指物题咏应命辄成者，谓之合生。其滑稽含玩讽者，谓之乔合生。”并录《十马诗》一首：

同是天边侍从臣，江头相遇转情亲。
莹如临汝无瑕玉，暖作庐陵有脚春。
五马今朝成十马，两人前日压千人。
便看飞诏催归去，共坐中书秉化钧。

此咏两太守相会宴乐之事，可谓切题，故为人们所传颂。

说到金代，以往是一片空白，似乎合生入金以后便已绝迹。此无他，文献不足征也。然而，近日《中华戏曲》第二十九辑发表了杨及耘、高青山关于侯马金墓发现诸宫调歌词的报告，却引起人们极大的注意。墓室北、南、东三壁各书诸宫调一首，唯西壁一首为七律。

阴云忽散晓霜天，画戟门开见队仙。
锦袄绣衣宫□□，玉簪珠履客三千。
闲骑白马敲金镫，闷向秦楼动管弦。
几度醉归明月夜，笙歌引至画堂前。

原词多有脱误，今校正如上。此诗后署“孟常君作”，实当为《咏孟尝君》，与洪迈所记的《十马诗》，同样是“指物题咏”之作。然金墓北、南、东所记各曲均为诸宫调；西壁七律，自不能外，亦当为同类歌曲。按之《董西厢》卷五张生所唱之“休将闲事苦萦怀”一曲，亦七言八句，曲牌曰【仙吕调·乔和笙】，与《咏孟尝君》并无二致，由此可判定其亦为诸宫调歌曲。

《咏孟尝君》合生诗，虽入诸宫调，但其作为金代合生资料的重要意义，却是不容忽视的。且影响深远，似为当日歌坛上盛行的名作，以致后来元杂剧家如关汉卿、马致远、王伯良、乔梦符等在剧本中亦多有称引。余校正此诗，即多取资于元剧。

金代院本《鸡鸭儿》

《辍耕录》卷二十五录金院本凡694种，可惜它的剧本都没有保存下来，研究者每引以为憾。近数十年来，治院本者或考其体制、内容，或论其角色、扮演，多有新的发现。在这方面，尤以胡忌先生《宋金杂剧考》一书为最。胡先生在元杂剧中找到的金院本三种，即《双斗医》（见《蔡顺奉母》第二折）、《清闲真道本》（见《圯桥进履》第一折）、《针儿线》（见《飞刀对箭》第二折），更是惊人的发现。以往，我在披览元代杂剧之余，另外检得一种，似可补胡先生之遗，这个院本就是关汉卿《五侯宴》第四折李嗣源所说的《鸡鸭论》，我认为它就是“诸杂大小院本”中的《鸡鸭儿》。现录其文如下：

> 昔日河南府武陵县有一王员外，家近黄河岸边。忽一日闲行，到于芦苇坡中，见数十个鸭蛋在地。王员外言道：“荒草坡中，如何得这鸭蛋？”王员外将鸭蛋拿到家中，不期有一雌鸡，正在暖蛋之时。王员外将此鸭蛋与雌鸡伏抱数日，个个抱成鸭子，雌鸡终日引领众鸭趁食。个月期程，渐渐毛羽长成，雌鸡引小鸭来至黄河岸边，不期黄河中有数只苍鸭在水中浮泛，小鸭在岸忽见，都入水中，与同众鸭游戏。雌鸡在岸，回头忽见鸭雏飞入水中，恐防伤损性命，雌鸡在岸飞腾叫唤。王员外偶然出户，猛见小鸭水中与大鸭游戏。王员外道：“可怜！我道鸡母为何叫唤，原来见此鸭雏入水，认他各等生身之主。鸡母你如何叫唤？”王员外言道：“此一桩故事，如同世人养他人子一般，养杀也不亲，与此同论。”后作《鸡鸭论》，与世上人为

戒。有诗为证，诗曰：鸭有子兮鸡中抱，抱成鸭兮相趁逐。一朝长大生毛羽，跟随鸡母岸边游。忽见水中苍鸭戏，小鸭入水任飘流。鸡在岸边相顾望，徘徊呼唤不回头。眼欲穿兮肠欲断，整毛敛翼志悠悠。王公见此鸭随母，小鸭群内戏波游。劝君莫养他人子，长大成人意不留。养育恩临全不报，这的是养别人儿女下场头。

此篇，散说后“有诗为证”，颇似宋人小话，盖院本中以说白与念诵取胜者。“诸杂大小院本”中缀语尾助词“儿”字者，凡十八种，如“书柜儿”“蔡奴儿”“卦册儿”“师婆儿”“教学儿”等等。“鸡鸭儿”，就是讲述有关“鸡鸭”的故事，也就是《五侯宴》中的《鸡鸭论》。关汉卿是元代前期杂剧家，去金未远，当熟知金人院本，故引之入剧。

应该指出，有关“鸡鸭”的故事在民间流传已久。《敦煌变文集》中，有五代后唐长兴四年（933 年）《中兴殿应圣节讲经文》一篇，文末历举鸟兽虫鱼之忘恩负义者。其中有这样四句：“鸭儿水上学浮沉，任性略无顾恋心。可惜愍鸡肠寸断，岂知他是负恩禽。”所说的正是《鸡鸭论》的故事。中兴殿在洛阳。《鸡鸭论》说故事发生在“河南府武陵县”黄河岸边，金时河南府治所正在洛阳。这恐怕不是偶然的巧合，很可能是和尚在讲经时，即取本土故事来作比喻的，以耸动听众，收到更好的效果。

金代诸宫调《双女夺夫》

金代诸宫调“双女夺夫”，其名见于《董西厢》卷一【柘枝令】曲：

也不是崔韬逢雌虎，也不是郑子遇妖狐。也不是井底引银瓶，也不是双女夺夫。也不是离魂倩女，也不是谒浆崔护。也不是双渐豫章城，也不是柳毅传书。

一口气提出八个故事，都是宋金以来歌场上流行的诸宫调，可见是脍炙人口的，可惜的是，这些诸宫调都没有传本留于世，有些故事的情节逐渐为人们所遗忘，不知所演为何事。“双女夺夫”就是其中最为恍惚难以知晓的一种。

1932 年，孙楷第先生撰《董解元弦索西厢记中的两个典故》一文，认为此曲下片所说的“离魂倩女”四个故事，皆为人们所熟知：上片所说的四个故事，一般人则多不知晓。为此，先生对“崔韬逢雌虎”“郑子遇妖狐”两个典故，作了详尽的考证，“井底引银瓶”“双女夺夫”二事则未考出。先生不无遗憾地说：“余年来翻阅杂书，随时留意，极欲知此二事之来历佐证，直到今日，仍无头绪。世之博雅君子，苟能知井底之瓶，见夺之夫，辄惠尺书示其原委，斯则不胜感激者矣。”先生之虚怀若谷，追求真知真解的精神，直令吾人感佩。同年，郑振铎先生发表《宋金元诸宫调考》一文，首次对【柘枝令】曲所举八事作了全面的考证，正确指出“井底引银瓶”的典故，出于白居易同名之《新乐府》。对“双女夺夫”，先生虽列举了宋金元以来多种有关“夺夫”的剧目，如金院本中的《双捉婿》，元杂剧中的《潇湘夜雨》《调风月》，以及南戏中的《陈叔万三负心》《崔君瑞江天暮雪》等等，可谓“上穷碧落下黄泉”，几无所不及，但仍未敢确指，只好付之阙疑。大概又过了20多年，20世纪60年代，南京大学凌景埏教授精心校注的《董解元西厢记》出版，“双女夺夫”依然还是一个未解的悬案，只是说“所指当是一个爱情故事，具体情节不明”。以上三位前辈，都是学富五车的大家，其所著作均嘉惠后学，誉在人口。“双女夺夫”之未能考出，并非学识所限，而是因为这个问题的解决，实在有待于新的资料的发现，这是不能苛求于他们的。

1967年，上海嘉定县（今嘉定区）宣姓墓中，发现明代成化年间北京永顺堂所刊说唱词13种，并附南戏《刘知远白兔记》一种。1973年，这批词话影印出版，遂为学界所重视。其间，若花关索故事，包公断案故事，为研究者一再称引。我因为要为研究生讲授“古代民间刊本小说戏曲校读”一课，为了广泛搜集例证，对这批词话自然也格外重视，反复披阅，终于在《开宗义富贵孝义传》之开篇，发现有关“双女夺夫”资料一条，数十年来学界未解之疑，一旦豁然开解，其乐可知。兹引有关文字如下：

三贞九烈休要唱，二十四孝莫谈论。一女寻夫孟姜女，二女争夫赵姓人。三女争夫王皇后，四女争夫陈子春。

句句用典，句句都是故事。“三贞九烈”“二十四孝”和“孟姜女寻夫”，姑且不论。自“二女”以下，皆“争夫”故事，而且人物关系，一个比一个复杂。先说“二女争夫”，词话明确说是“赵姓人”，告诉我们金代诸宫调“二女夺夫”的主人公，应该是一对赵氏姐妹，这自然使我们想到历史上有名的赵飞燕的故事。关于赵飞燕，《汉书 · 外戚传》《西京杂记》等书，多有记载，而以旧题汉伶玄所作《赵飞燕外传》和北宋秦醇所作《赵飞燕别传》最为详尽。今据二传撮述其事如下：

赵飞燕，汉成帝皇后，入宫后复引进其妹合德，成帝大悦，定情之夜，以面属体，无所不至。谓人曰：“愿老是温柔乡，不复有汉武神仙之想。”封之为昭仪。由此构成一帝二妃之三角关系。

飞燕为求子固宠，多与侍郎、宫奴之多子者通，籍在人口。昭仪谓帝曰：“妾姊性刚，有如为人构陷，则赵氏无遗种矣！”成帝信之，有告后奸状者，辄杀之。由是飞燕公为淫恣，无所顾忌，然卒无子。久之，渐为成帝所知，遂有杀后之意。昭仪投地大恸曰：“臣妾缘后得填后宫，后死则妾安能独生！”事乃已。自是，帝不复往后宫，所宠者昭仪一人而已。

飞燕又诈称有孕。及诞期，帝具浴子之仪。飞燕召宫使取民家初生儿冒为己子，临门，子惊惧啼哭不止，终不敢入。飞燕计穷，遣人奏帝曰：“圣嗣不育。”帝但叹惋而已。昭仪心知其诈，遣人告之曰：“三尺童子犹不欺，况人主乎？……妾不知姊之死所也。”后昭仪亦因淫乱过度，使成帝误服春药而暴卒，太后穷追此事，乃自缢而死。

这就是金代诸宫调“双女夺夫”所叙之事。很明显，在二赵争宠中，昭仪处处占尽上风，但终因她们又是同胞姐妹，故虽是情敌，又在互相斗争之中处处给予必要的照顾，所谓一荣俱荣，一损俱损，她很懂得这个道理。

附带谈谈词话中所提到的其他两个“争夫”故事。“三女争夫”之王皇后，见《唐书 · 后妃列传》。唐高宗李治即位后，立妻子王氏为皇后，无子。淑妃萧氏有宠，王后疾之，因引武则天入宫以间之。则天巧慧，多权术。未几，遂夺专房之爱，被立为后，王、萧同时被废为庶人，囚禁别院。萧妃大骂武则天，发誓说:“愿他生我为猫，阿武为鼠，生生扼其喉。”一日，高宗路过囚所，恻然有念旧之想。事为武则天所知，杖二人各一百，并断其手足，投置大酒瓮中，说:“令二妪骨碎。”二人死后，又斩其首级。金院本《武则天变猫》，关汉卿《武则天肉醉王皇后》杂剧，皆演此事。至于“四女争夫”之陈子春，即宋元传说中唐玄奘之父，在赴任途中为水贼所害，落水后在龙宫得救，又娶了龙王的三个女儿为小妻，各生一子。这样，就和元配形成了一夫四妻的多角关系，元代后期杂剧家唐复据此写成《陈子春四女争夫》一本。详见李时人《略论吴承恩《西游记》中的唐僧出世故事》一文(《文学遗产》,1983年第1期［1月］，86~93页)。

船子和尚秋莲梦

元李寿卿有《船子和尚秋莲梦》杂剧一本，见《录鬼簿》，今佚。

按:本事见《景德传灯录》卷十四、《五灯会元》卷五:略云德诚禅师，节操高逸，度量不群。自印心于药山，与道吾、云岩为同道友。洎离药山，谓二人曰:“公等应各据一方，建立药山宗旨。予率性疏野，唯好山水，乐情自遣，无所能也。”遂至秀州华亭，泛一小舟，随缘度日，以接四方往来之者。时人知其高蹈，因号“船子和尚”。曾有偈曰:

三十年来坐钓台，钩头往往得黄能。
金鳞不遇空劳力，收取丝纶归去来。

千尺丝纶直下垂，一波才动万波随。
夜寒水静鱼不食，满船空载月明归。

三十年来海上游，水清鱼现不吞钩。

钓竿砍尽重栽竹，不计功程得便休。

可以想见其风致。盖船子和尚见当日僧场有如官场，各垒山头，争名夺利，故隐迹江湖，随缘度日。此剧虽写和尚，实借其人以写其讽世之意耳。

“滴水浮沤”记

元无名氏《朱砂担滴水浮沤记》杂剧，今有“脉望馆”抄校本与《元曲选》刊本两种。这是一个令人发指的杀人越货的故事。小贩王文用，回家途中，孤身一人，挑着两个沉甸甸的笼儿，暗藏朱砂十颗。强贼白正，外号铁幡竿，见财起意，一路紧追不舍，从十字坡酒店赶到黑石头店，又从黑石头店赶到东岳庙，在大雨中将其杀害。王文用临死前，指东岳太尉神和檐溜下的浮沤（水泡）为证，说要在阴司和贼人理论。白正抢得朱砂后，一不做二不休，复又寻到王家，杀死其父，霸占其妻。铁幡竿的罪行，引起人神共愤。最后，王的鬼魂，借东岳太尉的神力，才将贼人活捉，押赴酆都，永受地狱之苦。故事虽不脱传统的鬼神报应的旧套，但一二两折，写王文用的软善无助，写铁幡竿的蛮横狠毒，层层刻画，细致入神，颇有浓厚的生活气息，似非凭空杜撰者。

故事出于民间传说。宋官本杂剧有《浮沤传永成双》《浮沤暮云归》二目，“永成双”“暮云归”，似为曲调名，俱佚。李修生先生主编之《元曲大辞典》，谓本剧出于南宋洪迈《夷坚志补》卷五之《张客浮沤》，今引其事如下。

鄂岳之间居民张客，年五十，以步贩纱绢为业。其仆李二者，与其少妻私通。淳熙中，主仆行商，过巴陵之西湖湾……正当旷野长岗，白画急雨，望路左丛祠避之。李四顾无人，持大砖击张首，即闷仆，连呼乞命，视檐溜处，浮沤起灭，自料不可活，因言：“我被仆害命，只靠你它时做主，为我伸（申）冤。”遂死。李归，诳其妻曰：“使主病死于村庙中，临终遗嘱，教你嫁我。”妻亦以遂己愿，从之。凡三年，生二子，伉俪之情甚笃。一日夫妻同食，值雨下，李见水沤而笑。妻问其故，曰：“张公甚痴，被我打杀，却指浮沤作证，不亦可笑乎！”妻闻愕然，阳若不介意，伺李出，奔告里保，捕赴官。官府查验得实，不复敢拒。但云：“鬼擘我口，使自说出。”竟伏重刑。

这真是天网恢恢，疏而不漏！李仆自恃与张客之妻多年通奸，下雨时见浮沤起处，想起前日一重公案，不禁失声而笑；又在无意之间，鬼使神差地自己说出了真情，自然是罪有应得。在这里，死者以“浮沤”为证这个看起来荒诞的、可笑的情节，马上得到了最合理的解答，不愧出自名家之手。杂剧改编了这个故事，可能是为了追求剧场火爆的舞台效果，装神弄鬼，而且对“浮沤”作证这一重要关目，在结案时毫无照应，不能不说是败笔。日人青木正儿评此剧“后半气味委顿，没有趣味”，是正确的。不过，他又指出，此剧“并非劣作”，这当然是指整个剧本而说的。

《好酒赵元遇上皇》本事考

元代前期曲家高文秀有《好酒赵元遇上皇》杂剧一本，今有元刊本及脉望钞本两种行于世。

这是一个典型的发迹变态故事。在宋元小说戏曲中，故事的主人公大致有两个类型：一类是武夫健儿在边廷上一刀一枪，博得个封妻荫子；一类是落魄士子，受尽拆挫，时来运转，终得衣锦还乡。前者如《史弘肇龙虎君臣会》，后者如《俞仲举题诗遇上皇》。这个两类型的故事有一个共同的重要关目，即失意之中每得贵人相助，所谓“从空伸出拿云手，提起天罗地网人”是也。

《赵元遇上皇》则介于两者之间。他既不是武夫健儿，也不是落魄士子，而是一名南京开封府充当杂役的射粮军丁。由于好酒如命，为妻家所厌苦。其妻与本府司公私通，相互勾结，假公济私，逼写休书；又派他往西京申解文书，断其必然好酒误事，按律当死。途中，遇大风雪，误了路程。赵元入酒店饮酒，适逢宋徽宗与近臣二人，扮作秀才微行出访，因未带酒钱与店小二厮打；赵元仗义，替还了二百文酒钱，徽宗认之为义弟。叙谈中，赵元哭诉了自己的不幸，徽宗感叹，托其带信与西京官员，保证无事。赵元到西京呈递文书，误期半月，当斩。情急之下，出示书信。官员看后，方知是徽宗御笔，不仅赦其无罪，还任命他为南京府尹，乃为之设座礼拜。赵元回南京后，参见徽宗，不愿做官，只愿在汴梁城中做个小小的酒务都监。末了，徽宗亲自问案，依法处分了司公等人，结束了这重公案。

剧本虽托名宋徽宗时代，但由剧中所涉及的职官、地名来看，故事当产生于金代。如宋东京开封府，金海陵贞元元年（1153 年）才改名南京路开封府。“射粮军”的出现，更晚至金章宗泰和年间（1201—1208）。其法，取三十以下，十七以上强壮者，皆刺其面，兼充杂役（见《金史 · 兵志》）。剧中害人的“司公”，是人们对衙门公人“司吏”的敬称。金制：诸总管、诸府至州县，于官员外，皆置司吏、公使若干名。又，赵元所说的酒务“都监”，乃九品小官。金制：殿前都点检司及宣徽院所属器物、尚食、尚药诸司，皆有都监、同监一员。举凡此类名称，都在说明这个故事产生的年代，只能是金代后期。

那么，在金代有没有类似的故事在流传呢？回答是有的。元代王恽《玉堂嘉话》卷三有这样一条纪事：

> 刘房山尝说：海陵欲南征，先以十八人服御与上一同私行抵淮上，以觇虚实，号曰“黑护卫”。前次相下，宿南郭逆旅，张灯置酒。闻有新进失职刘其姓者，先在邸中，召与饮。刘素善讴能诗，即以歌侑觞，辞气慷慨，礼貌甚恭。上喜甚，遂询其所以至此之意，而默识之。黎明，刘复持酒饯谢。上既乘，以手札付刘曰：“府尹，我亲知也。可用此投献，取钱几千缗。”刘依命谒府尹，疑通刺久不报，见左右遑遽具仪物，受旨，方悟畴昔为海陵云。及还宫，即特旨起复为京朝官。后从南狩，同殁江上。

刘某遇海陵，得手札，见府尹，起复为京朝官，与赵元遇上皇，因祸得福，其情事几无二致，甚至连细节亦契合无间，这自然不是偶然的巧合。那么，在故事流传的过程中，海陵和刘某是如何转化为徽宗和赵元呢。我们知道海陵是历史上出名的暴虐之君，正如《金史》本纪所说：“智足以拒谏，言足以饰非。欲为君则弑其君，欲伐国则弑其母。欲夺人之妻则使之杀其夫。……卒之戾气感召，身由恶终。”对于这样一个不以善终的恶君，尽管他生前也做过一点好事，人们也不愿归美于他。因而，在故事流传中，事件主名的转换，乃是必然的结果。至于宋徽宗，更是当日舞台上经常出现的人物，为人们所熟知。试看《辍耕录》金院本剧目，“上皇院本”竟有十四种之多，而“上皇”所指的无一例外的都是宋徽宗。在这种情况下，用“宋上皇”来代替“金海陵”，也是情理中应有之事。高文秀的《好酒赵元遇上皇》，就是在这个基础上创作的。

以上所述，均以元刊本为说，因为它保持了故事的原貌。至于“脉望馆”钞本，虽故事情节与元刊本无大出入，但出场人物则改动较大；宋徽宗变为宋太祖；近臣杨戬变为楚昭辅和石守信；开封府司公变为府尹。但剧本的题目正名未作改动。这样，所谓“司公倚势要红妆，好酒赵元遇上皇”，也就毫无着落了。何况，宋太祖生前并没有让位之举，何来上皇之说？指出这一点很有必要，因为它关系到元杂剧的整理和研究问题。胡忌先生在《宋金杂剧考》一书中，说到“上皇院本”时，举出元杂剧中以“上皇”为题者凡六种，唯高文秀的《好酒赵元遇上皇》不是宋徽宗，我看就是上了脉钞本的当。

李宝遇金神

《白兔记》第十一出，叙李弘一夫妇设计，假意将家财三分，并多与刘知远瓜园一所，准备借瓜精之手除之。知远去瓜园前，与其妻三娘说知，三娘知道此去凶多吉少，再三阻挡，并举古人为证：“不记得梅岭陈辛，李宝遇着金神。”

“梅岭陈辛”，叙陈巡检南雄赴任，于大庾岭遇白猿精申阳公，将其妻张如春抢去。三年后，借紫阳真君法力，降服猿精，夫妇始团圆。详见《清平山堂话本》之《陈巡检梅岭失妻记》，为人们所熟知。

此处，李三娘以“李宝遇金神”与“梅岭陈辛”并举，则二者情事亦必相近，其间亦必有神怪作，夫妇离散之苦。这样，方才和剧中之瓜精有所呼应。

以往，《白兔记》注者于“李宝遇金神”一典，多引南戏《金鼠银猫李宝》为说，但详玩此剧佚曲（见《宋元戏文辑佚》），似为书生李宝和一妓女过从之事，与“梅岭陈辛”情节相去甚远。此剧又名《金银猫李宝闲花记》。明沈璟《南九宫十三调曲谱》卷四【刷子序】《书生负心》有句云：“陈留李宝，银猫智伏金天神。”点明李宝的籍贯，说明他是用银猫折伏金神的，惟本事依然难明。但既曰“闲花”，又曰“负心”，恐亦不脱“王魁负桂英”一类婚变戏的旧套，与“梅岭陈辛”情事不侔。看来，“李宝遇金神”之典，仍当另寻出处。

先说“金神”，即西岳华山之神。西方庚辛属金。传说西岳主管天下金银铜铁五金之事。唐玄宗先天二年，封“金天王”，玄宗亲撰《西岳太华山碑铭序》曰：“加视王爵，进号金天。”至宋真宗大中祥符四年，更进封为帝，号“金天顺圣帝”。可见历代尊崇之隆重。

然而，在民间传说里，这位“金天之神”的形象却并不怎么可爱，主要是好色，他有几位夫人，可还喜夺取生人之妻。《太平广记》卷三〇〇引《广异记》有这样一个故事，略云：

> 河东县尉李某，妻王氏，有美色。李朝趋府未归，忽见黄门数人，驾犊车来迎，王氏苦辞不放，遂死。李自州还，抚尸大哭。俄顷有人谒门，言能活夫人。遂书墨符召之，不至；又书朱符召之，乃得生还。王氏既悟，自云初至华山，王甚悦，方申缱绻。忽见一人乘墨云至，云：“太一令唤王夫人！“神犹从容。请俟毕会。寻又一人乘赤云至，大怒曰：“太一问华山，何以辄取生人妇？不速送还，当有深谴！”神大惶惧，便令送至家。

类似故事，唐人小说中还有记载。如敦煌变文《叶静能诗》，叙无锡张令，上京谒选，过华山，被岳神强取其妻。道士叶静能闻之，行太一之法，岳神惧而遣之云云，大概就是从河东县尉失妻的故事演化的。

《广异记》里的河东县尉虽不知其名，但“失妻”一事与“梅岭陈辛”相似，且主人公均为李姓，所遇对头一为“金天之神”，一为“白猿精”，虽稍有不同，但皆为神怪，且皆由异人设太一之法始得团圆，故《白兔记》中“李宝遇金神”的最初出处，大概就是这个故事。至于宋元南戏中的《金鼠银猫李宝》可能别为一戏，似不可混而为一。

“信安王”是谁

《贩茶记》杂剧，演书生双渐和妓女苏小卿离合故事，王实甫、纪君祥各有一本。王作题目正名曰：“冯员外误入神仙种，信安王断没贩茶船”。纪作“信安王断复贩茶船”。今两本均佚，惟王作尚存佚曲一套。

苏渐、苏卿本事，略见于明代万历年间梅鼎祚《清泥莲花记》卷七，原注出《传奇》，曰“此亦谈说家，近俚俗，然元人喜咏之”。但梅鼎祚所记，恐怕已不是这个故事的本来的面目。最明显的一点是故事的结尾，说苏小卿被卖与茶商冯魁后，双渐成名，“经官论之，复还为夫妇”。根本没有信安王出场作断的关目。

“信安王”是谁？他和这重公案有什么关系？在现存元曲中几乎找不到一点蛛丝马迹；往日研究者，如任二北、赵景深、钱南扬、谭正璧、胡士莹诸先生，也都没有涉及。惟严敦易先生在他的《元剧斟疑》中，对这个人物的有无，提出过一点质疑，先说“信安王则不知应作如何解释”；又据《青泥莲花记》结尾“经官论之”，推测“似所谓信安王者，当即指撮合双、苏二人之问官而言，也许问官姓王？宋藩封无信安王之称，不可能是用亲贵出场，来完成好事”。由于文献不足，最后只好阙疑。

“信安王”，不见于《金》《元》二史。《宋史》中有两个信安王：一个是宋太宗之孙允宁，历官至武定军节度使，卒于仁宗景祐元年。其王号为死后追封，可置而勿论。一个是南宋初年之孟宗厚，他是隆祐太后的哥哥，以拥立高宗之功，颇得恩宠。绍兴七年（1137 年）封信安郡王。二十七年卒，赠太保（见《宋史 · 外戚下》）。孟宗厚和双渐、苏卿一案有何关系？明王玉峰《梦香记》传奇第六出《设谋》净扮金员外云：“近日有个贩茶的冯魁，他本是信安王门下行财的班头，到那武林，将一个行首苏小卿取去了。”看来，财大气粗的冯魁，原本是信安王手下的一个奴才，是专门替主子聚敛钱物的“行财”。宋人廉布《清尊录》曰：“凡富人以钱委人权其出入而取其半息，谓之行钱。富人视行钱如部曲。”冯魁拿了主子的钱财去贩茶，却用三千茶引买通了鸨母，强娶了妓女苏小卿。事发之后，由主子出来收拾残局，“断没”或“断复”贩茶船，自然是最合理不过的了。这也就是王实甫、纪君祥原剧的本来的结局。有了这个关目的补充，才能显现出这个故事完整的面目。

冯魁为信安王贩茶，并非无稽之谈。《宋史》卷二五五《张永德传》：自五代用兵以来，朝廷多务姑息，藩镇颇恣部下贩鬻。宋初，功臣犹习旧事。太宗即位，诏群臣不得携货邀利及令人诸处图回（即贸易），与民争利。永德在太原，尝令亲吏贩茶谋利，为人所发。这是北宋的情况。南渡后，抗金名将循王张俊好贿贪财，大肆兼并，年收租米十六万斛，并令部下为之经商货卖。罗大经《鹤林玉露》丙编卷二，记张俊付老卒五十万缗，造巨舰，市美女珍玩，诈称“大宋回易使”，飘海而去。年余，获利几十倍。孟宗厚为信安郡王，使冯魁贩茶谋利，出于民间传说，虽不必确有其事，但却生动地反映了两宋以来，亲王权贵驱使奴才贩运谋利的真实情况。在这一点上，他的描写还是可信的。

王实甫小令的传唱

《太和正音谱》评“王实甫之词如花间美人”，又说他“铺叙委婉，深得骚人之趣”。这是因为他善于用诗的语言，词的意境，来写景叙事，故为词林所重。特别是《西厢》一剧，更是魁名天下，成为明清以来说唱文学中经久不衰的传统节目（详见傅惜华《西厢记说唱集》），可见其在民间的深厚影响。我在这里要说的是他的一首小令。

王实甫所作散曲传世者很少，仅小令一、套数二（其中南北合套一首可疑），较之关汉卿、马致远、白朴、张可久诸家可以说是很不幸的了。然而有趣的是，浩如烟海的元人散曲，似乎在明清小唱中并没有引起甚么太大的反响，倒是王实甫仅存的一首小令，被改编成新的小曲，依然在歌台上演唱着。这就是他的那首题为《别情》的【十二月过尧民歌】：

自别后遥山隐隐，更那堪远水粼粼。见杨柳飞绵滚滚，对桃花醉眼醺醺。透内阁香风阵阵，掩重门暮雨纷纷。怕黄昏忽地又黄昏，不销魂怎地不销魂。新啼痕压旧啼痕，断肠人忆断肠人。今春，香肌瘦几分，搂带宽三寸。

此曲，《中原音韵》评曰："对偶、音律、平仄、语句，皆妙。"明人誉为"情中俏语"。清初衍为【西调】小曲"自别后"，见《霓裳续谱》卷一：

自别后，但只见远水悠悠，遥山隐隐。步香阶，立回廊，怕到黄昏，又到黄昏。静悄悄，半掩重门。揾香腮，泪痕流尽，愁怀不尽。难消受冷雨凄风。你那里销魂，我这里销魂。才悲秋，又到伤春，只落得心里想着情人，眼里盼着情人。对残灯，拥一半香衾，剩一半香衾。偎绣裀，无人与我温存，独自个温存。（迭）离恨纷纷，到如今容颜消瘦，有谁怜问？（迭）

"西调"，也叫"西曲"，相传起于明末清初，而大盛于乾隆，仅《霓裳续谱》一书所收"西调"，已过200曲，可见风靡一时。翟灏《通俗编》云："今以山陕所唱小曲曰西曲，与古绝殊，然亦因其方俗言之。"

王实甫诚为写情之妙手。《别情》一曲，【十二月】重在以景写情：杨柳滚滚，桃眼醺醺，香风阵阵，暮雨纷纷，说明三春美景将尽而良人未归，种种幽怨尽在不言之中。【尧民歌】则纯用直笔，一春相思之苦，至此喷涌而出，不可遏止，连用"怕黄昏……又黄昏""不销魂……不销魂""新啼痕……旧啼痕""断肠人……断肠人"四个连环句，更使思妇思念远人之情，升华到极点，达到了使人不可忍受的程度。结语复又归于收敛，用衣带渐缓，说明玉肌消瘦，尤为凄婉动人。【西调】"自别后”对王实甫小令的改写，因为要适合新的曲牌规律，自然要有新的变化。最明显的一点是，它更为通俗化，口语化；在情感上，也更为激切外露，无所顾忌；在手法上，多用复句迭词，反复言之，句句合乎情理。当然从总体上说，它还没有达到原作的水平，但从普及和扩大古典名作的影响上，还是有其积极作用的。

乔梦符曲论所出

乔梦符是元代后期重要的散曲家，与张可久同为清丽派的领袖。所作散曲富有文采而不失其本色，取向典雅而又不避俚俗。正如明人李开先所说：“蕴藉包含，风流调笑。种种出奇，而不失之怪；多多益善，而不失之繁；句句用俗，而不失其为文。”(《乔梦符小令序》)生平所作散曲今存小令二百另九首，套数十一，并有杂剧《杜牧之诗酒扬州梦》三种行于世。

梦符论曲，见陶宗仪《南村辍耕录》卷八“作今乐府法”，文曰：

> 乔梦符吉博学多能，以乐府称。尝云：“作乐府亦有法，曰凤头、猪肚、豹尾六字是也。大概起要美丽，中要浩荡，结要响亮。尤贵在首尾贯穿，意思清新。苟能若是，斯可以言乐府矣。”此所谓乐府，乃今乐府，如【折桂令】【水仙子】之类。

梦符此论，影响元明以来散曲创作至为深远，为历代学者所重视。清人刘熙载在《艺概·词曲概》中推演其论曰：“曲一宫之内，无论牌名几何，其篇法不出始、中、终三停。始要含蓄有度，中要纵横尽变，终要优游不竭。”刘氏的“三停”之说，也就是梦符所说的“凤头、猪肚、豹尾”，所不同者，梦符重在小令，刘氏则扩展到套数而已。

“凤头、猪肚、豹尾”，说的是散曲的章法布局问题。凡文章皆有章法，其间自有其潜在的规律。梦符所论，亦不出此。因此，他所说的散曲作法，与前人论文章作法亦多有相通之处。请看下面一例：

> 中统二年秋七月，恽自中书省详定官用两府，荐为翰林修撰。……八月，上都文庙告成，翰林承旨王鹗命其作释菜诸文……

告之曰："作文亦有三体，入作当如虎首，中如豕腹，终如虿尾。虎首取其猛重，豕腹取其楦穰，虿尾取其螫而毒也。此虽常谈，亦作文之法也。"（王恽《玉堂嘉话》卷一）

这里，王鹗所说的是"释菜"一类的文章作法，同样是"起、中、尾"三段，同样取三个形象化的比喻。但是，因为"释菜"是用于祭孔大典的庄严场合，自然与抒写个人心志的词曲，有不同的要求。于是在发端处，一个讲应如虎首之"猛重"，取百兽之王自有摄人之气；一个讲应如凤头之"美丽"，取百鸟之长自有诱人之致。最妙的是，于铺排处二家都以"猪肚"为喻，曰"楦穰"，曰："浩荡"，都是讲极力渲染，不断开拓，使之有气象万千之态，而无困窘拘束之弊。于结尾处，一个举"虿尾"，一个取"豹尾"，其实意思差不多，都是在强调要收束的斩切有力，给人以经久不灭的印象。可见两家所说实在出入无几。那么，我们说乔梦符曲论由金元文论而出，我想是大致可以成立的。

附记：王鹗，字百一，曹州东明人。金正大元年状元。入元后官翰林承旨，一时制诰典章，多所裁定。

曹操自赞：饮鸩酒、卧丸枕

古代戏曲中，主要人物第一次登场，必先念上场诗四句，用以表明身份、志趣，可以说是人物自赞。作为一代奸雄的曹操，也不例外。"脉望馆"钞本无名氏《博望烧屯》杂剧第三折，曹操同许褚上云："官封九锡位三公，玉带金鱼禄万种。日服鸩酒千条计，夜卧丸枕有谁同。"前两句言其官高位显，势压群臣，比较容易理解；后两句则颇怪诞，直使人不知所云。

"鸩酒"，即毒酒。据说鸩鸟食蛇，羽毛有剧毒，以之浸酒，饮者立死，史书上多有借鸩酒杀人的故事。曹操何许人也，饮鸩不死？且饮后神智益明，诡计千条？实在令人费解。"丸枕"，一名"圆枕"，稍动即滚。五代时吴越国王钱镠在军中时，常依此枕假寐。这是因为在非常时期，所以小心戒备，而曹操却行之于平日？此点，亦非常人之所为。

曹操“日服鸩酒”，“夜卧丸枕”，宋人早有此说，马永卿在《元城语录》中，曾记述过一段司马光和刘安世的谈话：

司马光对刘安世说：“昨夜看《三国志》，识破一事。操之《遗令》，谆谆百言，下至分香卖履之事，家人婢妾，无不处置详尽，无一语语及禅代之事。其意若曰：禅代之事，自是子孙所为，吾未尝教为之。是实以天下遗子孙，而身享汉臣之名。”刘安世接着说：“历观曹操平生之事，无不如此。夜卧圆枕，啖野葛（毒草，俗名断肠草，入口即死）至尺许，饮鸩酒一盏，皆此意也。操之负人多矣，恐人报己，故先扬此事以诳时人，使人无害己意也。”（卷中）

马永卿曾从元城先生刘安世问学26年，绍兴六年，追忆其言成《语录》三卷。安世所说，可能得自民间传说，他已看出，这不过是曹操恐人害己的权诈之举。这个故事当日似乎颇为盛行，所以才为元人杂剧所采用。

传说自然是无稽的，但历史上的曹操确有其诡变权诈的一面，所谓“宁我负人，毋人负我”是也。刘义庆《世说新语·假谲》载其两事，颇能与“日服鸩酒”“夜卧丸枕”的举动相互发明，兹引述于下，以作本文之结。

一曰“梦中杀人”。魏武常云：“我眠中不可妄近，近便斫人，亦不自觉。左右宜深慎此。”后阳眠，所幸一人，窃以被覆之，因便斫杀。自尔每眠，左右莫敢近者。

二曰“危己心动”。魏武常谓：“人欲危己，己辄心动。”因语所亲小人曰：“汝怀利刀密来我侧，我必说‘心动’，执汝使行刑，汝但勿言其使，无他，当厚相报。”执者信焉，不以为惧，遂斩之。此人至死不知也。左右以为实，谋逆者挫气矣。

说“唐十在”

元刊尚仲贤《三夺槊》杂剧第四折【正宫·端正好】曲：“如今罢了干戈，绝了征战，扶持俺这唐十在文武官员。”三十年前，我在校勘《元刊杂剧三十种》时，实不知“唐十在”出于何典？只是因为看到元末曲家汪元亨小令【朝天子】《归隐》曲，有“汉室三杰，唐家十宰，数英雄如过客”之句。又同时杂剧家陈以仁《存孝打虎》第一折【那吒令】曲云：“且休说汉三杰，更和这唐十宰，他每都日转千阶。”既然都作“唐十宰”，因而断定其当指唐太宗时十个文武功臣，“在”字应该是“宰”的音假，故予以回改。现在看来，这样的处理实在有点失之于草率。为了避免自误误人，除了向读者表示歉意外，特作更正如下。

在我以前，校理元刊杂剧者，对“唐十在”一词大概都不甚了了，因而也就有了各种不同的误改，如1935年卢前先生的《元人杂剧全集》，改作“唐世在”；1981年徐沁君先生的《新校元刊杂剧三十种》作“唐世界”；惟1962年台湾大学郑骞先生的《校订元刊杂剧三十种》作“唐十宰”，与我所校误同。当然，也有持审慎态度的，如1959年隋树森先生所编《元曲选外编》，对“唐十在”一词，就未作改动。

“唐十在”，应为古代辞赋篇名，原作已佚。五代后蜀何光远《鉴戒录》卷七《仿十在》曰：“有《唐十在》，著自简编，为古人之美谈，显君臣之强盛。林员外罕亦著《前蜀十在》，行自闾阎，明其祸乱之胎，示以君臣之丑。虽为谤讪，深鉴是非。”按：《唐十在》，不知出自何人之手，但五代时已“著自简编”，则其写作年月当更在前。至于它的体制，仍可由林的仿作，可以想见其大概。今节录《前蜀十在》如下，以供读者研究之用。

> 咸康元年，蜀主临轩，龙颜不悦。群臣失色，罔知所安。时有特进检校太傅顾正珣，越班奏曰：“臣闻主忧臣辱，主辱臣死。今圣虑怀忧，臣等请罪。”帝曰：“北有后唐霸盛，南有蛮獠强良。朕虽旰食宵衣，纳隍轸虑。此不能兴师吊伐，彼不能臣子来王，恐社稷不安，为子孙之患，是以忧尔！”正珣奏曰：“只如兴土木于禁中，选骁骑于手下，宫殿于遐方，命銮舆而远幸，有王承休在。摧挫英雄，吹扬佞媚，断性命于戏玩之间，戮仇雠于枢机之下，有少光嗣在。受先皇之付嘱，

为大国之栋梁。既不输忠，又不能退，恣一门之奢侈，任数子之骄矜，徒为饕餮之人，实非社稷之器，有王宗弼在。兴乱本逞章呈之妙，说奸谋事颊舌之能，立致倾亡，尚居左右，有韩昭在。常加惨毒，每恣贪残，焚爇军营，要觅私第，不道喧腾于众口，非违信任于愚怀，有欧阳见在。酷毒害民，加利聚货，叨为郡守，实负天恩，疮痍已徧阳安，蒙蔽由凭于内密，有田鲁俦在。为君王之元舅，受保傅之尊官，但务奢华，不思辅弼，有徐延琼在。无谔谔以佐君，但唯唯而徇旨，有景润澄在。搜求女色，悦畅宸襟，常叨不次之恩，每冒无厌之宠，敷对唯夸，于辨博匡时，不谙于经纶，素非忠贤，实为忝窃，有严凝月在。唱亡国之音，衒趋时之俊，每为巫觋，以玩圣朝，致君为桀纣之年，昧主乏唐虞之化，有臣在。陛下任臣如此，何忧社稷不安！”帝闻所奏，大悦龙颜（云云）。

这是一篇讽刺性的游戏之作，其目的在于以前蜀君臣之丑，显示其祸乱败亡的必然命运。其文，自王承休以下凡十人，皆加数句考语，末云有某某在，故谓之“十在”。此类游戏文章，多半流行于人们口耳之间，取之以资谈笑，在民间亦有相当的影响。陆游《老学庵笔记》卷九有这样一条记载：“近日士大夫多不练故事，或为之语曰：上若问学校法制，当对曰有刘士祥在。问典礼因革，当对曰有齐闻韶在。士祥、闻韶，盖国子监、太常寺老吏也。”这可能也是同样的仿作。

回头再说《唐十在》，既“为古人之美谈，显君臣之强盛”，自然是歌颂性的正面文字了。有唐二百余年，其间君臣明良，共成大业，为史家所称美者，仅太宗李世民一人而已。“贞观之治”，更是历史上可与汉代“文景之治”相比美的太平盛世。贞观十七年，图画功臣二十四人于凌烟阁。若房玄龄、杜如晦、虞世南、魏征，皆为一代名臣，尉迟恭、秦叔宝、李靖、程知节，皆为一代名将。这些人物，都有资格进入“十在”之选。可惜的是，我们今日已无缘亲诵其文，以验其是非也。

“唐十在”这个典故，可能入明以后已不大为人知晓。上面所引汪元亨小令，见《雍熙乐府》卷十八;《存孝打虎》杂剧，出“脉望馆”钞本，都是明人整理的元曲，所以才有“唐十宰”的误改。尽管从文义上讲，“唐十宰”指唐初十个文武官员，也可以说得过去，但误改就是误改，还是应该予以辨正的。

歌头曲尾

“歌头曲尾”，见于元代小说、戏曲者有二。一曰话本《柳耆卿诗酒玩江楼记》，叙北宋词人柳永在汴京与上厅行首陈师师、赵香香、徐冬冬三人打得火热，写过一篇“歌头尾曲”（见后）；一曰无名氏杂剧《百花亭》第二折【上小楼 · 幺篇】，风流浪子王焕自夸其能曰：“折末是诸子百官，三教九流，作赋吟诗，说古谈今，曲尾歌头……”

《玩江楼》话本中有【浪里来】一词，实由戴善甫同名杂剧之【浪来里煞】曲改写而成。戴善甫是元代前期剧作家，话本产生当在其后。程毅中先生《宋元小说家话本集》谓“此本或出元明之际。”此说可信。《百花亭》杂剧、严敦易先生在《元剧斟疑》一书中，根据其文辞风格，以及其关于妓家的风情描画，做子弟的浪荡风度，认为它“简直与明初贾仲明辈的手笔一模一样，和《金钱池》《救风尘》等剧，便大相径庭了”。也就是说，它产生的年代很晚，可能已入明初。根据以上所考，说“歌头曲尾”流行于元末明初，大概是可以成立的。

什么是“歌头曲尾”呢？试看话本所提供给我们的模式：

> 十里荷花九里红，中间一朵白松松。白莲则好摸藕吃，红莲则好结莲蓬。结莲蓬，结莲蓬，莲蓬好吃忒玲珑。开花须结子也是一场空，一时乘酒兴空肚里吃三钟。翻身落水寻不见，则听得采莲船上鼓打扑咚咚。

观其体制，除衬字外，通篇大体皆七言。“歌头”四句，和我们所常见的七言民歌小调并无二致；“曲尾”之调颇近于南戏之【大斋郎】。如《韩寿偷香》佚曲：“试官来，选场开，三年大比用英才。有钱教你为官宦，无钱依旧守书斋。”因为以歌打头，以曲结尾，所以叫“歌头曲尾”。至于歌、曲之转递相连，则以“歌头”之末尾三字，反复重言，作“曲尾”之首句。从内容上看，二曲所咏为一事，所谓“莲蓬好吃忒玲珑”也，只不过“曲尾”部分稍作铺衍而已。

“歌头曲尾”，追溯其源，盖出于北宋之【调笑】转踏，当日词人多有撰作。现录晁补之（1053—1110）咏西子之词于下，以资比看。

西子江头自浣纱，见人不语入荷花。天然玉貌非朱粉，消得人看隘若溪。游冶谁家少年伴，三三五五垂杨岸。紫骝飞入乱红里，见此踟蹰但肠断。肠断，越江岸，越女江头纱自浣。天然玉貌铅红浅，自弄芙蓉日晚。紫骝嘶去犹回盼，笑入荷花不见。

此为【调笑】转踏之本格。原作共 7 首，分别歌咏西施、宋玉诸人之事。其法，前用七言八句，承之以【调笑】之令，诗、词转换处，即以诗末二字为词首之二字句。如此诗词递转，表现一个完整的故事。举凡宋人【调笑】转踏，若郑仅、秦观、毛滂之作，概莫能外，这里不再一一列举。

“转踏”，是宋代歌舞剧的一种，表演时歌者为队，且歌且舞，以侑宾客。故开场时例有勾队词，如“用陈妙曲，上助清欢，女伴相将，【调笑】入队”之类是也；散场多以一绝为放队词。汴宋之末，随着歌舞剧的衰歇，其体渐变，慢慢由队舞一变而为清唱。吴自牧《梦粱录》卷二十云：“在京时，只有缠令、缠达。有引子尾声为缠令，引子后只有两腔，迎互循环，间有缠达。”缠达，即转踏之音变，盖句队词樊为引子，放队词变为尾声。曲前之七言八句，亦变用新曲，故曰两腔迎互循环。元杂剧中的子母调，如【正宫】套之【滚绣球】【倘秀才】，【仙吕】套之【后庭花】【金盏儿】，都是两曲迎互循环，即由宋人缠达而出。

“转踏”变为“缠达”，再变为元杂剧中之子母调，已如上述，这已为学术界所公认。除此之外，还有一种情况为人们所忽视，即在金元歌坛上，当宋人歌舞剧消歇以后，作为“转踏”主体的，以诗、词合咏故事的演唱依然流行在民间，这就是金院本唱尾声四种中的“诗头曲尾”。既曰“唱尾声”，可知“诗头”部分仍然和“转踏”一样，是念诵的。这种情况，一直延续到入元以后。关汉卿杂剧《金钱池》第三折【醉高歌】曲，杜蕊娘举酒令曰：

“或是曲儿中唱几个花名，诗句里包笼着尾声。”唱花名，见于金院本“诗头曲尾”。以往，由于文献难征，诸家多未能详说。“诗头曲尾”进一步的发展，就是《玩江楼》话本中的“歌头曲尾”。至是，头尾皆变为曲，都能歌唱，在音律上当有不少进步，因而在民间广为流传，甚至到明代末年冯梦龙所编的《山歌》里，依然可以看到它的影子。如该书卷七为“私情杂体”，其《摆祠堂》曰：

万苦千辛结识子个郎，我郎君命短见阎王。爹娘面前弗敢带重孝，短短头梳袖里藏。袖里藏，袖里藏，再来检妆里面摆祠堂，几遍梳头几遍哭，只见祠堂弗见郎。

以下尚有《借个星》《吃樱桃》《船艄婆》三曲，兹略。这些曲子和话本《玩江楼》中的“歌头曲尾”相比，确实同出一源，都应该是宋人【调笑】转踏的变体。

北宋至明末，历时600余年，由【调笑】转踏变而为“诗头曲尾”，又由“诗头曲尾”变而为“歌头曲尾”，一个曲调，能有如此旺盛的活力，确实出于吾人想象之外。它说明什么问题呢？说明任何一种有生命力的歌曲在民间流传的过程中，总是处在不断地发展和变化之中；它还说明，发展并不是对母体的简单的摒弃，一切创新均由传统蜕变而出。这就是事物发展的辩证法，我们在古典遗产研究中应该充分尊重这个历史的法则。

（附表）

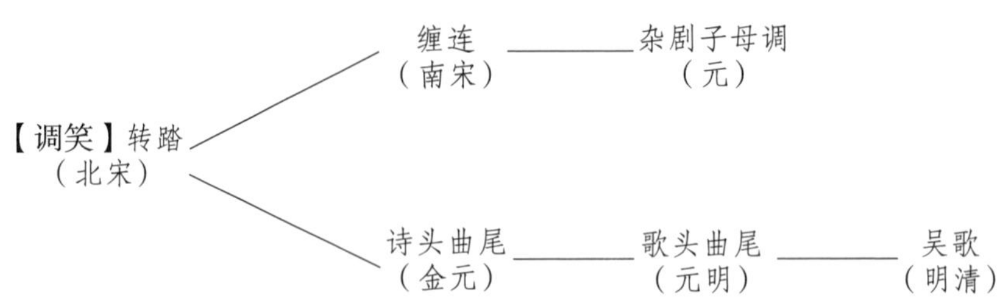

说“月子弯弯”

月子弯弯照几州，几家欢乐几家愁？

几家夫妇同罗帐？几家飘散在他州？

这是一首感叹人生聚散无常的吴歌，最早见于宋人话本《冯玉梅团圆》。说话人说：“此歌出自我宋建炎年间（1127—1130），述民间离乱之苦。”可见产生年代很早。

宋自靖康之变，金兵南下，兵火之余，百姓东躲西藏，流离失所，正如话本所说：“不知拆散了几多骨肉，往往父子夫妻，终身不复相见。”“月子弯弯”就产生在这个特定的年代里。短短四句，只就眼前弯月说起，接着三个忧伤感叹的问句，催人泪下。清梁绍壬评曰：“音调悲惋，闻之令人动羁旅之感。”确非泛泛之谈。

“月子弯弯产生以后，由于其感动人心，马上不胫而走，不仅流传于民间，而且为文人所重视，往往引为谈资。赵彦卫《云麓漫钞》卷九有这样一个故事：有彭祭酒者，善破经义，每有难题，人多请破之。一日，同僚请戏破“月子弯弯照几州，几家欢乐几家愁”二句。彭停思久之，云：“远于上者无远近之殊，形于下者有悲欢之异。”人益叹服。并说：“此两句乃吴中舟师之歌，每于更阑月夜，操舟荡桨，抑遏其词而歌之，声甚凄怨。”《云麓漫钞》卷首有作者开禧二年（1205 年）自序，去建炎之年未远，可以证明话本所说“月子弯弯”一曲产生的年代是可信的。

“月子弯弯”见于文人歌咏者，最早为南宋诗人杨万里（1124—1206），其《竹枝歌序》云：夜过丹阳，闻舟人及牵夫终夕讴吟，以相其劳。其词云：“张歌歌，李歌歌，大家着力齐一拖。”又云：“一休休，二休休，月子弯弯照几州。”其声凄婉，一唱众和。因而有感于怀，檃括其词，作《竹枝》7 首。其中一首云：“月子弯弯照几州，几家欢乐几家愁。愁杀人来关月事，得休休处且休休。”稍后，建安诗人朱继芳（1232 年进士）咏《吴歌》云：“雁影江潭底，秋声浦溆间。吴儿歌一曲，月子几回弯。”直以“月子弯弯”为吴地民歌之代表。元初，爱国诗人江元量有《竹枝歌》10 首，其三云：“黄陵庙前枫叶丹，黄陵渡头烟水寒。美人万里不相见，月子弯弯只自看。”按：宋末帝赵㬎，自至元十三年临安破后，被驱北上。至元二十五年十月被迫入土番为僧，号木波讲师。元量曾有诗云：“木老西天去，袈裟说梵文。生前从此别，去后不相闻。”以志其悲。《竹枝歌》10 首，则作于至元二十八年由湘入川途中。黄陵庙，在湖南湘阴县北。相传虞舜南巡，二妃从征，溺于湘水，故民为立祠水侧。见《水经注》卷三十八《湘水》。此处借“美人万里”“月子弯弯”，以写其念念不忘故君之苦。到了元末，诗人瞿佑往嘉兴，听故妓歌“月子弯弯”，又翻以为词云：“帘卷水西楼，一曲新腔唱打油。宿雨眠云年少梦，休讴，且尽生前酒一瓯。明日又登舟，却指今宵是旧游。同是天涯沦落客，休愁，月子弯弯照几州。”此词传唱颇盛，所以不久说话人把它取来，和民歌“月子弯弯”一起，作为话本《冯玉梅团圆》的入话，这自然是入明以后的事情。以上，略叙宋元时期“月子弯弯”对文人诗歌写作的影响。由于检索未遍，可能还有遗漏。入明以后，此歌传唱益广，除见于冯梦龙所辑之《山歌》外，其他小说、戏曲及笔记杂书亦多有所称引（详见叶德均《歌谣资料汇录》），这里不再细说。一首民歌，历时数百年传唱不衰，甚至到现在，依然有人演唱，这在文学史上恐怕也是一个少有的特例，故特为表出。

分三期刊于《中国古代小说戏剧研究丛刊》，
第 1 辑，2003 年 12 月，205~210 页；
第 2 辑，2004 年 9 月，157~168 页；
第 3 辑，2005 年 9 月，213~224 页。

影戏起源于唐代

关于影戏的起源，高承《事物纪原》卷九谓：“历代无所见，宋朝仁宗时（1023—1056），市人有能谈三国事者，或采其说加缘作影人。始为魏蜀吴三分战争之像。”是说影戏起源于北宋。孙楷第先生在《近代戏曲原出宋傀儡影戏考》一文中，则认为唐五代时，已有类似影戏之事，以《王昭君变文》上卷之末，有“上卷立铺毕，此入下卷”之过阶语，认为此处之“铺”字指图像而说，并引吉师老《看蜀女转昭君变》诗“画卷开时塞外云”句为证。此说，遭到周贻白先生的强烈反对，认为变文中的“铺”，当作“铺叙”“陈叙”解；而引吉师老之“面卷开时塞外云”，当与杜甫《咏明妃》“画图省识春风面，环佩空归塞外云”同一使事，指昭君不肯贿赂毛延寿，故被“图以丑形”，以至流落匈奴而说。认为影戏“仍当以起于北宋，比较可信”。(《中国戏剧与傀儡影戏》)

我认为，孙楷第先生所说，或有不够周密之处，但他认为“唐五代时已有类似影戏之事”的推想，仍应予以相当的重视，关键是能否找到比较确切的证据以证明此说。任半塘先生《唐戏弄》一书，于有唐一代之戏剧资料，网罗殆尽，可称浩博。唯独影戏，尚付阙如。该书第二章《辨体》，评王国维所说宋元真正戏剧的三个源头，“除滑稽戏王氏已溯自唐代外，其他小说与杂戏二源，实际亦无一不肇始于唐”。文中小注云：“其中唯影戏一端，在唐五代现有之资料中，尚无所发现。”[①]文献之难求也如斯！我在平日阅读中，偶得晚唐影戏资料一条，似可补任先生之所未及，说明影戏确实起于唐代。

《太平广记》卷一七五“幼敏”，言诗人韦庄，幼时侨居华州下邦县（今陕西省渭南市境内），多与邻巷诸儿会戏。广明乱后，再经故里，追思往事，但有遗迹，因赋诗以记之。《下邦感旧》诗曰：

> 昔为童稚不知愁，竹马闲乘绕县游。曾为看花偷出郭，也因逃学暂登楼。招他邑客来还醉，才得先生去始休。今日故人无处问，夕阳衰草更荒丘。

又，《逢李氏弟兄》诗曰：

> 御沟西面朱门宅，记得当时好弟兄。晓傍柳荫骑竹马，夜偎灯影弄先生。巡街趁蝶衣裳破，上屋探雏手脚轻。今日相逢俱老大，忧国忧家尽公卿。

① 任半塘著：《唐戏弄》，上海：上海古籍出版社，1984 年，第 462~463 页。

二诗均写幼年在下邦或京都（御沟西）与群儿游乐嬉戏之事，写小学生逃学、看花、趁蝶、探雀种种乐趣。特别“晓傍柳荫骑竹马，夜假灯影弄先生”二句，更有深入探讨之必要。儿童竹马之戏起源很早。《后汉书·郭汲传》：“行郡至河西美稷，有儿童数百，各骑竹马，道次迎拜。”后世小儿的竹马游戏，多跨竹马，执刀枪，作两军对阵之势，以资笑乐。延至元杂剧，武将交锋，亦用竹马，可见影响之深远。至于借灯光之影以“弄先生”，则指影戏而说。此处之“弄”，正如任半塘先生《唐戏弄》第一章所述“弄”之七义中之第三项，即“扮演某人，某种人，或某种物之故事，以成戏剧”者。如弄兰陵王，弄孔子，弄邵翁伯，弄假官，弄老人，弄醉人，弄婆罗门，弄师子等[①]。“弄”字，除扮演外，又有调弄、戏弄、玩弄之意，故此类戏剧，又多含有滑稽诙谐、调笑嘲讽的成分。影戏“弄先生”也不能例外。本来在学堂里，老气横秋的先生和天真活泼的学童，就有不少的矛盾：一个要严加管束，一个想自由自在；一个大讲悬梁刺股，一个不忘捉雀捕蝶。总之，时时处处，都显得格格不入。在这种情况下，处于弱势群体的学童，自然格外喜欢让老师吃点苦头的“弄先生”一类的小戏了。韦庄幼年时期和小伙伴在灯光之下，投影于壁，所扮演的“弄先生”，自然是模仿当日流行的影戏，这是可以想象到的。金院本中，有《闹学堂》一目；元杂剧中，赵善庆有《村学堂》一本，已佚。又，大学士王约［仙吕·点绛唇］散套，叙村童杂耍，有“一个扮老先生㑳敞敞衠寒脸，一个做小学士舌剌剌全胡念”之语，都是同类题材的儿童戏。

诗人韦庄生于唐文宗开成元年（836年）[②]。古代男孩子十岁出就外傅，开始读书识字。因此，其幼学之年，当在武宗会昌五年（845年）左右。这也就是他《逢李氏弟兄》一诗所回忆的“骑竹马”“弄先生”的岁月。

---

① 任半塘著：《唐戏弄》，上海：上海古籍出版社，1984年，第6页。

② 关于韦庄的生年，诸家多有异说，这里取夏承焘先生所撰写年谱之考订。

金院本《探花街》本事

金院本“上皇院本”十四种中有《探花街》一目。凡“上皇院本”，都和宋徽宗有着这样或那样的关系，这个剧本也不例外。

宋徽宗，北宋的亡国之君，在位二十六年改了六个年号，竭天下百姓之财富，极个人声色狗马之游乐。正如《宣和遗事》所说：“论朝欢暮乐，依稀似剑阁孟蜀王；论爱色贪杯，仿佛如金陵陈后主。”终于招致金兵南下，遭驱被掳，身死国灭。

《探花街》，当叙徽宗花街柳巷、青楼妓馆之邪行。《宋史·曹辅传》云：“自政和后，帝多微行，乘小轿子，数内侍导从。置行幸局。局中以帝出曰为有排挡。次日未还，则传旨称疮痍不坐朝。”宋亡以后，此类故事即在民间广为流传，甚至和早期的水浒故事也有某种联系。明初，朱有燉的《黑旋风仗义疏财》杂剧第二折，李逵有这样一段唱词：

[红绣鞋·幺]：莫不是护俺宋官家去李师师家游幸？莫不是护俺宋官家上元驿里私行？莫不是护俺宋官家黑楼子上听弹筝？莫不是护俺宋官家赵玄奴家开小说，杨太尉家按新声？即不是沙，却怎地唤恁黑爹爹不住程！

这里提到的李师师、赵玄奴（即“赵元奴”，朱有燉避其祖元璋名改），都是北宋末年东京汴梁的名妓，都曾得幸于徽宗。《靖康要录》卷一元年正月十二日，“御笔将赵元奴、李师师、王仲端，及曾祗应娼优之家，并袁陶、武震、史彦、蒋翊、郭老娘逐人家财籍没”，献给金兵求和。杨太尉，就是内侍杨戬，与梁师成、高俅等，都是诱引徽宗微行寻乐的祸首。正如上曲所述，他们或宿娼，或听弹筝，或开演小说，或按试新声（小唱），无所不为，荒淫无耻。这里面，自然以宋徽宗和李师师的风流逸事尤为人们所乐道。然而，把这种故事，编写成小说或剧本，无所顾忌地在勾栏瓦舍演出，却只能是入金以后的事情。

《探花街》剧本没有保存下来，然其本事则略见于《宣和遗事》亨集所录之话本“李师师”中。小说约分十回：

（1）叙徽宗宫居无聊，高俅、杨戬劝其出游，至“不因奸邪欺人主，怎得金兵入汴城？”

（2）徽宗遇上厅行首李师师，饮酒取乐，惊动地方巡逻官员，领着兵丁将李家围了，至“可怜风月地，番作战争场”。

（3）高俅会意，唱退兵丁，四人继续取乐。至晚，徽宗与师师同宿。说话人叹曰：“古来贪色荒淫主，那肯平常宿妓家！”

（4）次日临别，徽宗留龙凤鲛绡为信。师师旧日情人右厢都巡官贾奕上门诘问：适来去者何人？师师取出鲛绡，贾奕知是天子之物，一声长叹，气倒在地。师师取酒为之解闷，贾作［南乡子］小词以纪其事，末云：“报到早朝归晚，回銮，留下鲛绡当宿钱。”适高俅来探，见贾奕大怒，叫左右绑了，送大理寺问罪。至“才离阴府恓惶难，又值天罗地网灾”。

（5）幸亏鸨母诡言贾奕是师师哥哥，得解。徽宗来，偶于妆盒内见“留下鲛绡当宿钱”小词，知其讽己。然终是宠爱师师，不予说破。如是朝去暮来，两月有余。

（6）贾奕终是不舍，遂通过友人，将此事透露于谏官，引起曹辅上表进谏。至“只因几句闲言语，惹得一场灾祸来”。

（7）徽宗见表，虽内心有愧，仍将曹辅编管外州。谏议大夫张商英续谏，徽宗为之稍作收敛，数日不敢出外。

（8）徽宗不舍师师，遂派杨戬传送信息。师师佯醉，倒卧床席；杨戬再三抚慰，师师不理。忽于桌上见一小柬，乃贾奕密约相会之柬帖。至“风流丧命甘心处，恰似楼前坠绿珠”。

（9）杨戬回宫，将小柬呈上。徽宗大怒，派中使将贾奕拿到，喝问其为何私入娼家，造词诽谤！贾奕连称不敢，徽宗以“留下鲛绡当宿钱”为质，贾无词以对，乃下令推入市曹斩首。至“昨日风流游妓馆，今朝含恨入泉乡”。

（10）张商英闻天子与贾奕为争妓女李师师，轻施刑诛，上殿急奏，乃贬贾奕为广南琼州司户参军，赶离京城。又宣李师师入内，赐夫人冠帔，坐于其侧。商英见其言不入，愿乞骸骨。徽宗怒贬商英为滕州太守；册李师师为明妃，改李所居金线巷为小御街。此宣和六年事也。

院本《探花街》由于体制短小，其情节当然不像小说“李师师”那样的繁复和曲折，但其主要的关目，即围绕“留下鲛绡当宿钱”一词所展开的三角矛盾，当无太多的出入。这是可以断言的。

《查子店》本事考

元无名氏《小二哥大闹查字店》，见《永乐大典》杂剧目，由于没有剧本流传，所以本事不详，曲家亦未有论及者。

金元多神仙道化剧，其演王重阳者，有马致远之《王祖师三度马丹阳》，无名氏《王祖师三化刘行首》。至于本剧，我怀疑它是一本演述王重阳汴梁升遐之事的戏。“查子店”名号甚僻，金元文献中仅一见。元初无名氏《祖庭记》叙王重阳甘河得道后：

思忆丘刘谭中马，改名自呼王害风。
火焚茅庵辞秦地，别却东（终）南下山东。
三千里外得知友，九转成功入南京（汴梁）。
师召门人亲嘱咐，吾当归去赴蓬瀛。
大定十年庚寅岁（1170 年），五十有八寿命终。
查子店中升仙路，留下全真古家风。

（《鸣鹤余音》卷九）

以下叙重阳死后，为纪念其开创教派之功，其再传弟子尹志平、李志常等 18 人，于庚子年（1240 年）在陕西终南县重阳修真之地，创修万寿宫之事。这时已是蒙古太宗十二年，《祖庭记》当写于其后不久。

丘、刘、谭、马，即王重阳的四大弟子丘处机、刘处玄、谭处端与马钰。重阳携四子西归，卒于汴梁查子店。查子店，据金元人所记，指汴京磁器商人王氏之旅舍，且富神秘色彩。金宗室金源琦《全真教祖碑》云：

……先生一日告众曰："时将至矣，明日西行。"道友乞诗词，自旦至夜。留诗曰："登途路上不由吾，云雾相招本性更。万里清风长作伴，一轮明月每为徒。山青水绿程程送，酒白粱黄旋旋沽。今日一杯如有意，放开红烛照冰壶。"……明日，率马公等四人，径入大梁，于磁器王家旅邸中宿止。时遇岁除，与众别曰："我将归矣！"……枕左肱而逝。众背号恸，先生复起曰："何哭乎！"于是呼马公附耳密语，使向关中化人入道。至十年庚寅正月四日口授颂曰："地肺重阳子，呼名王害风。来时长日月，去后任西东。作伴云和水，为邻虚与空。一灵真性在，不与众人同。"颂毕，俨然而终。(《金文最》卷八十二)

这就是金末流传的王重阳汴梁升遐故事。姬志真《重阳祖师道碑》更进一步明确指出磁器王氏之旅舍，开设于汴京之岳台坊，即宣德门前天街西之第一坊。

那么，杂剧《查子店》中何以会有"小二哥大闹"的情节呢？原来，重阳西归，传道于汴梁逆旅。主人王氏不礼，反谤毁之。重阳曰："吾居之地，他日当令子孙卜筑于此。主人以为狂。未几，重阳登仙。后六十有四年，汴降，师（王志谨）挚其徒迹其地，不十数年，殿宇壮丽，气压诸方，识者知重阳之言始騐。"（王鹗《栖云真人尊师道行碑》）看来，矛盾起于磁器店主不识真人，"反谤毁之"。主人既无礼于重阳，店小二自然要看主子的脸色行事，更加放肆了。这样，就构成了"大闹"的戏剧冲突，有"戏"可看了。根据以上情况，本剧题目正名，似乎应该是这样两句，即："王祖师升遐汴梁城，小二哥大闹查子店。"

《错勘赃》话本与杂剧

元代前期杂剧家郑廷玉、纪君祥、武汉臣均有《错勘赃》一本，见诸本《录鬼簿》及《太和正音谱》。郑本题目正名为：“蒲丞相大断案，曹伯明复勘赃。”

另外，宋元南戏也有同名戏文一种，见《永乐大典》卷一三九七四戏文十。这些剧本虽然都没有流传下来，但其本事则见于《清平山堂话本 · 雨窗集》之《曹伯明错勘赃记》。

话本云：曹州东平府东关，客店主人曹伯明妻子死后，另娶妓女谢小桃。谁知小桃与旧日情人倘都军前缘不断。二人商议，欲陷害曹伯明，好做永远夫妻。一日清早，伯明出外迎客，大雪中拾得包袱一个，四望无人，回家后叫小桃保管。数日后曹州州尹接东平府文书，说曹伯明敲诈贼赃，被捉到官。伯明力辩并无此事，小桃却拿包袱上公堂出首。曹被判罪，解往东平府复审。问官蒲左丞疑其中有冤，提小桃到案，问出真情。原来是她与倘都军设计，命贼人宋林故意将赃物丢弃于地，待伯明拾去，然后又让宋林报官，说敲诈赃物。时宋林已死，蒲左丞判倘都军刺配三千里牢城，谢小桃入官为奴，伯明无事回家。

按照话本所叙，“曹州东平府”，应该是“东平府曹州”之误。曹州，北宋时又曰兴仁府，属京东西路四府之一，与郓州（东平府）并列，二者并无附属关系，入金以后，东平府始领济、徐、邳、滕、博、兖、泰安、德、曹等九州。其中曹州本隶南京，泰和八年（1208 年）来属，已是金代末年的事情，直到元世祖至元二年（1265 年）以后，曹州又直隶尚书省。以上，参见宋、金、元三史“地理志”。

根据上面所说地理沿革的变化，知曹州之隶于东平府，只有五十多年的历史，其时即在金末元初之际。现存的话本小说《曹伯明错勘赃记》，可能写定于金末，入元以后，在说话人的演说中，又有某些修改。以后，即为剧作家所采用，成为一本有名的公案剧。

平反冤狱的蒲丞相（蒲左丞）是谁？话本中没有明确的交代，诸家亦未见有论及者，然当实有其人。宋、金、元三史中，蒲姓任左丞而又出判外府者，只有宋神宗时蒲宗孟一人。据《宋史》本传，蒲字传正，阆州新井人。

仁宗皇祐三年（1051 年）进士。神宗时，历官著作郎、集贤校理。元丰二年（1079 年）知制诰，助吕惠卿定手实法。三年，升翰林学士。五年（1082 年），拜尚书左丞。帝尝以无人才为叹，蒲率尔对曰：人才半为司马光邪说所坏。帝不悦。次年，御史论其荒于酒色，又缮治府舍过制，出知汝州。历守亳、杭（元丰八年，1085 年）、郓（哲宗元祐二年，1087 年）三州，徙河中卒，年六十六。看来，蒲宗孟参加过王安石的变法活动，曾一度大红大紫；其由左丞出判外府，也是由于当日新旧党争所致；其出判郓州东平府，更是在变法失败以后。旧史对王安石变法多有曲笔，而话本和杂剧平反冤狱的清官，却是一个变法者，可见民间舆论之所向。

“绕口令”起于唐人酒令

“绕口令”是人们所熟悉的语言游戏。其法，取声韵相同或相近各字，连缀成文，要求比赛者迅速脱口而出，一气贯下，以口齿清楚，字字入耳为妙。如果吐字不真，或断断续续，就算失败。如儿歌《布补鼓》云：

墙上一面鼓，鼓上画老虎。老虎抓破鼓，拿块布来补。不知是布补鼓，还是鼓补布。

“布补鼓”，“鼓补布”，连起来说，十分拗口，所以叫“绕口令”或“拗口令”。又因为要求比赛者急速说出，所以又叫“急口令”。

“绕口令”由来已久，在传统曲艺演出中，如相声、滑稽戏中，多见其用，不少艺人都精于此道，积累了许多饶有趣味的好段子，为其演出增色不少。说到它的起源，由于绕口令纯属小道，往日论者多未涉及，不能不算是一个小小的缺憾。

“绕口令”起于唐人酒令。近年来披览群书，检得有关资料两条，略述如下：

（1）牛僧孺《玄怪录》卷二《刘讽》：谓竟陵掾刘讽，于文明之年（684 年）夜宿夷陵空馆。月下，忽有女郎设酒庭中，一女郎为明府，一女郎为录事，谈笑歌咏，音词清婉。一女郎起传口令，令曰："鸾老头脑好，好头脑鸾老。"传说数巡，至侍女紫绥，素口讷，但称"鸾老、鸾老"。女郎皆笑，曰："昔贺若弼弄长孙鸾侍郎，以其年老口吃，又无发，故造此令。"

（2）《全唐诗》第十二函八册纪唐人酒令：令狐楚与顾非熊赌改一字令。楚曰："水里取一鼍，岸上取一驼。将这驼来驮这鼍，足谓驼驮鼍。"非熊曰："屋里取一鸽，水里取一蛤。将这鸽来合者蛤，是谓鸽合蛤。"

以上"头脑鸾老""驼驮鼍""鸽合蛤"，皆出唐人酒令，可知"绕口令"的游戏当起于唐代。当然，唐人酒令很多，举凡藏钩、射覆、投壶、掷骰，乃至吟诗、歌咏，皆可以之入令，"绕口令"不过是其中一种而已。

为"神保天差"进一解

古时文字较少，《说文解字》一书，所收不过 9300 余字，为了解决著书立说使用字的困难，"古音通假"就是一个普遍的现象。即利用音同、音近的字，来代替本字。不了解这点，不求本字，而依假字为说，难免引起望文生义之讥。同样，历代民间写本文书"通假"之用，更是一个普遍的现象。以元曲而论，虽经历代学人校理，至今仍有不少这方面的问题，有待解决。兹举"神保天差"一语为例。此语见于元无名氏杂剧《小尉迟》（全名《小尉迟将斗将认父归朝》）第二折［鲍老儿］曲：

我老则老杀场上有些气概，岂不闻虎瘦雄心在。……

料应他衣绝禄尽，时乖运拙，月值（室）年灾。托赖着君王洪福，千秋万岁，神保天差。[①]

此曲，系唐初名将尉迟恭，听说北番小将刘无敌向已挑战后的豪言壮语。

① 徐征主编：《全元曲》（第九卷），河北教育出版社 1998 年，第 6677 页。

末尾三句，为了协韵，倒置成文。按照正常语序，应该倒读为："托赖着神保天差，千秋万岁，君王洪福"。因其为臣下对君主的颂祷之词，不可适于他人。"神保天差"一语，作何解释？如果理解为"神所保佑，天所差遣"，似也可通。但按照语法规则来讲，它和曲中"衣绝禄尽""时乖运拙""月窒年灾"，同为互文见义的词组，即用同义词或近义词互训以见其义。如"绝"之与"尽"，"乖"之与"拙"，"窒"之与"灾"，皆是。而"神保天差"中之"保"与"差"，则不可互训，元曲中又仅此一见，无他类似语例可资比较，定其是非。这样，势必要求之于他书以校之。

无独有偶，类似语例，却屡见于明代成化年间北京永顺堂所刊之说唱词话中，知其确为当日艺人演唱之常语。今据朱一玄教授校点本，转引如下：

1.《薛仁贵跨海征辽故事》："那里正然才待赶，佛保天差有救星。"[①]此叙唐太宗梦中征辽，被辽将葛苏文追赶，马陷游泥河，被白袍小将救出一事。

2.同上："也是天缘合对会，佛保天差有救星。"[②]此处叙现实生活中的征辽故事，唐太宗于危难中得薛仁贵救助之事。

3.《包待制陈州粜米记》开篇："四帝仁宗登宝殿，佛保天差罗汉身。"[③]

上述三例，均以"保""差"二字为互文，与元曲之"神保佛差"一语契合无间，足见文中并无错字。然二字义不可通，不可互训，则其中一字，必为假借，这是可以肯定的。究竟何字为假？词话中另有确切的答案，试看以下诸例：

4.《包待制断歪乌盆传》开篇："太祖太宗真宗帝，四帝仁

① 朱一玄校：《明成化说唱词话丛刊》，中州古籍出版社1997年版，第97页。

② 朱一玄校：《明成化说唱词话丛刊》，中州古籍出版社1997年版，第10页。

③ 朱一玄校：《明成化说唱词话丛刊》，中州古籍出版社1997年版，第126页。

宗有道君。四十二年真命主，佛补天差治万民。”[①]

5.《包龙图断白虎精传》开篇：“四十二年真命主，佛补天差有道君。[②]

6.《师官受妻刘都赛上元十五夜看灯传》开篇：“仁宗七宝真罗汉，佛补天差治万民。”[③]

7.《莺哥行孝义传》开篇：“唐王天子登龙位，佛补天差治万民。”[④]

8.《开宗义富贵孝义传》开篇：“有一豪家多富贵，正是佛补天差人。”[⑤]

上述五例，皆以“补”“差”二字，互训为文。“补”者，补授、补缺之义也。《后汉书·安帝纪》：“(永初二年)其明经任博士……公府通调，令得外补。”又，《郭伋传》：“选补众职。”“差”者，差遣，派遣也。二字皆旧时委任官员之术语，故可互训。

根据以上八例之比勘，可以得出这样的结论，即“神保天差”“佛保天差”之“保”字，均为假借，都应回改为“补”字，以免读者误解。

至于“保”字何以为“补”字之假，这里面还有一点小小的曲折。“保”字古通“堡”。《庄子·盗跖》：“所过之邑，大国守城，小国入保。”“保”，即“堡”，小城也。据此知上述曲与词话例句中之“保”字，实乃“堡”字之省借，而“堡”字又与“补”字同音，故得相假。

朱一玄校词话，用力甚勤，态度至慎。校者力图保存原本的真实面目，又改正了其中不少的错误，为研究者提供了一个比较可信的本子，这些都是应该肯定的。略感不足的是，校者于“假借”一项，似未深究，故于词话中

① 朱一玄校：《明成化说唱词话丛刊》，中州古籍出版社 1997 年版，第 159 页。

② 朱一玄校：《明成化说唱词话丛刊》，中州古籍出版社 1997 年版，第 252 页。

③ 朱一玄校：《明成化说唱词话丛刊》，中州古籍出版社 1997 年版，第 264 页。

④ 朱一玄校：《明成化说唱词话丛刊》，中州古籍出版社 1997 年版，第 289 页。

⑤ 朱一玄校：《明成化说唱词话丛刊》，中州古籍出版社 1997 年版，第 304 页。

上述诸例之“保”字，未加是正。又误改诸例中之“补”字为“辅”字。结果两者皆失，愈理愈乱。智者千虑，难免一失，惜哉！惜哉！

《清平山堂话本校注》读后记

程毅中先生惠赐大作《清平山堂话本校注》（中华书局），拜读之下，受益良多，些微拙见，集为几条。

P：16〔踏莎行〕词："马前唱道状元来，金鞍玉勒成行缀。"按：《古今小说》卷一1《赵伯升茶肆遇仁宗》引用此词，作"行隊"（hongduì），似当作"行对"，成行成对也。"缀（zhuì）""隊"二音通假，古书多有其例。如枚乘《七发》，叙江汹涌："蹈壁冲津，穷曲隋隈，逾岸出追。"《新方言·释地》引李善曰："追，古堆字"。又如《汉书》引司马相如《上林赋》："临坻注壑，瀺灂霣隊。"师古曰："霣即陨字。隊，直类反，亦既墜字也。"元曲中，如《任风子》《贬夜郎》之"画戟门开见隊仙"，均当回改为"醉仙"。南戏《错立身》第十三出："在家牙墜子，出路路歧人。"钱注不知"牙墜子"为假借，释为象牙雕的饰品，误。实则应回改为"牙推子"。因延寿马的父亲为开封府同知也。

P：39注〔四八〕"僧儿"，即《梦粱录》之"外出鬙儿"，极是。按《水浒全传》第十回作"酒生儿李小二"。电视剧《水浒传》编导，似不知"酒生儿"何解？故李小二年龄稍显偏大，一笑。

P：66 第二行："顶分两个牧骨髻，身穿巴山短褐袍。"似为"蘑菇""爬山"之假。"蘑"（mo）、"牧"（mu）；"巴"（bɑ）、"爬"（pɑ）通假，小说、戏曲多有其例，兹略。

P：114〔撒帐〕词：其西、南、北三首，见《事林广记》前集卷十，可校正话本一些错字。如撒帐西："输却仙郎捉带枝"。费解，《广记》作"好与仙郎折一枝"。又撒帐北："月娘苦邀蟾宫客。""苦邀"，《广记》作"喜遇"，似更好。

P：134 第二行："杖梨槊破岑头云"。"杖梨"校作"杖藜"，似当作"杖履"。

P：158 第五行："琼曰：兄何故如此。万事岂由人乎。""何故"，似为"何苦"之假。作"何故"，有点明知故问；作"何苦"，则情深意长。"gu""ku"通假，亦常见于古书。如敦煌《舜子变》之"苦瘦"即舜父"瞽叟"；又《晏子赋》："健儿论功，佇儿说苦"当作"说古"。元曲中《任风子》第一折〔鹊踏枝〕曲："他每苦脑争头，赤手空拳。"当作"鼓脑争头"。又第二折〔二煞〕曲："高山流水知音许，枯老苍烟入画图"，当作"古木苍烟"。成化本《白兔记》第五出《牧牛》〔夜行船〕曲："受苦度年时，无烦恼无是无非。"自然应该是"受顾"，指得李太公收留作工也。余例从略。可见自唐圣明，"gu""ku"通假，是可以成立的，故敢逞臆说，改"何故"为"何苦"，不知当否？请教指正。

P：182 第八行："高祖曰：卿，韩信、彭越、英布三人有怨寡人之心。""卿"下，似当据《张子房归山诗话》补一"知"字，作一句读，语意较顺。

P：183 第一行："八怕牢中展却难。"似为"展脚难"之误。

P：188 第十二行："怕死韩信剑下灾。""怕死"，亦通，似校作"怕似"更好。

P：248 第六行："乃密陈状请假。"原作"请暇"，此亦古音之遗。敦煌《维摩诘经讲经文》："幸有明珠一颗，积光之皎洁无假，但将放在池中，其水自然清净。""无假"，即"无瑕"。又《丑女缘起》："世间丑陋，生于贫下。”当作“贫家”。

P：318 第二行：“两边和气了”。当为“合气”之假，闹别扭、争论的意思。《金线池》第二折：“（韩辅臣上场白）……只为杜蕊娘把俺赤心相待，时常与这虔婆合气。”

P：329—334《错勘赃》之蒲左丞，为宋神宗时之蒲宗孟，元丰二年拜尚书左丞，后出知汝、亳、杭、郓（哲宗元祐二年）诸州，徙河中卒，年六十六。（2007 年，有拙作《〈错勘赃〉话本与杂剧》小文一篇，发表于《中国古代小说戏剧研究丛刊》第五辑）

P：391 第一行：“半日，闲对着那圣像。”似可不断。古书中“间”“闲”二字通用。“半日间”，即“半天间”。

P：393 末行：“大天明开了庵门，专等那老娘妇女。”即“待天明”。如“大诏”，亦作“待诏”。敦煌变文、元曲中多有此例。

P：413 末行：“坟陵一造筑墙栽树”。“一造”，即“一遭”，一周遭也，非“一道”。“cao”“zao”互假之例，略举如下。敦煌《破魔变文》：“眼如珠（朱）盏，面似火曹。”当作“火熥”，熥，音遭。《广韵》：“火余木也。”又《目连变》文：“道眼他（托）心，草知次第。”当作“早知”。元刊《老生儿》第二折〔呆骨朵〕曲：“往常我好贿贪财，今日却除根剪早。”当作“剪草”。《西游记》第三本第十一出〔六国朝〕曲：“白罩坡岩前出没，黑风山洞里藏遮。”当作“白草坡”。清咸丰年间甘肃陇东影戏抄本《征金川》第十五场：“红日坠，月渐高，百鸟归遭乱声叫。”当作“归巢”。

P：450 倒四行：“於山西成纪得一人，姓李名广。”当作“陕西成纪”。李广，陇西成纪人也。

P：463〔酹江月〕词，先生已据《花草粹编》比勘，但未据之改正话本之错字。如：

“小舟横截”，似以“横楫”为是；

“千堆苍壁”，也以“苍碧”为好；

“田野玄德”，当为六字句，《花草》作“田野犹谈玄德”，正合词律。

……

以上，大半摘自平日读“清平话本”时所作的一些札记，并无细考，托在相知，敢献愚见，可一笑置之也。

《全元文》标点失误举隅

近读江苏古籍出版社所出《全元文》，是书良工心苦，力索冥搜，给有元一代的文章来了个“合家欢”，其功德自不待言，但书中标点仍有钩舌棘唇，误会曲解之处，搜罗辑录如下。此举绝非是想找些岔子，拿人错儿，实为举一隅而以三隅反，通过解剖此样本，为比较“完美”的古籍标点工作起铅刀一割之功。

一、割裂语词致误者：

1.“礼，不敢齿君之路，马蹴其刍者有罚。”

按：“路马”，天子所乘路车之马。1/29/473

2.“年几强，任本道。提刑按察使陈节齐（斋）闻其名，贡诸朝。”

按：四十曰强而仕。“本道”二字属下。9/287/98

3.“德庸得此卷于燕之馆，伴者读之，欲不作蒯生废书状，其能乎！”

按：“馆伴者”，文天祥被拘大都时元廷所派陪伴之官吏。“读之”二字属下。14/489/475

4.“窃念先代与季氏世附女萝，而总管之子克兆，又属余之馆，甥谊至厚也。”

按：“馆甥”，女婿也。《孟子·万章》下：“舜尚见帝，帝馆甥于贰室。”19/593/86

5.“又请置国子监学官，增博士弟子员，优其廪，既学者益众。”

按：“廪既”，官府供给学校之粮食给养。既，通饩。19/597/233

6.“公号子广，出宝定李氏。少孤，茕大父母鞠养成立。”

按：“孤茕”，孤苦无依之人。5/158/466

7.“（陆）振之当袭爵，让于其弟。无几，微见于色。”

按：“几微”，如裂为二，则其义适反。

8.“贞初入□粟县，官□为洞真观。”

按：“县官”，指朝廷。此处言输谷米于官，得赐额为洞真观。1/25/424

9.“东邻之牛不如西邻之，祭实爱其福。”

按：“祭”宗庙四时之祭。1/22/357

10.“省臣方饮，至举金碗二，旌其功烈。”

按：“饮至”，古时盟伐既归，合饮于宗庙，谓之，“饮至”。此处，指行省大臣会饮庆功。25/801/411

11.“每攻城掠（略）地，常先登陷阵，最其功，籍至锡金符，长千夫。”

按：“功籍”，犹功绩、功勋，不可分裂。25/802/430

12.“其余赞成，均授乡里，名不能悉数。”

按：“成均”，指各级官学。全句为出掌官学之教，授徒乡里者，不可悉数。23/725/424

13.“二十八年，丞相桑哥败，上欲相完泽穆，卜之。”

按：“穆卜”，诚心向卜。《尚书·金滕》：“我其为王穆卜。”23/731/548

14.“朝议倒廪杨精，凿思几内卒，诸仓患之”。

按：“精、凿”，皆指细米。24/753/206

15.“在宋、金时，周廉访点，洎王著作绘学称表，表周氏居第……”

按:“表表”，卓立、独出之意。23/804/461

16.“大同宣慰臣扑，运岑北粮岁石以亿计，实不副直，肆为欺罔。”

按:“扑运”，私人纳钞承包运粮之事。此处指大同宣慰使法忽鲁丁。25/804/461

17.“分之以年，程之以日，俾其心力得以主一而整，暇先读一书。”

按:整暇，从容不迫也，不可割裂。22/686/147

二、不知名物制度致误者:

1.“先是，夫人秃忽鲁蒙赐侍宴这服，曰只孙昭，异数也。”

按:“昭”字属下。“只孙”，又作“只逊”“质孙”。元时宫廷大宴之服，非皇帝颁赐不得用之。9/295/259

2.“分命玄教宗师，总摄荆襄等路道教都提点，同集贤院商议道教事张留孙必阇赤，养呵奉诏。”

按:“必阇赤”，当属下。蒙古语掌管文书的官员。其在天子左右者，多为书写宣诏，处理重要文书的重臣。13/460/284

3.“世祖圣德神功，文武皇帝天纵圣哲……”，又“我世祖圣德神功，文、武皇帝受天景命……”

按:元世祖忽必烈死后谥曰:“圣德神功文武皇帝”，不应割裂。10/365/74716/573/362

4.“至大三年，今上皇帝仪天，兴圣慈仁昭懿寿元皇太后……”又“亦莫能以是施仪天，兴圣慈仁昭懿寿元皇太后命刻《大藏经》板于武昌。”

按:“仪天”二字均应属下，此为元武宗、仁宗之母皇太后尊号。详见延二年三月程钜夫《皇太后加上尊号玉册文》。16/535/33616/541/468

5.“诏以京兆分世祖教，杨惟中宣抚关中，公为郎中。”

又“明年，惟中罢教，廉希宪来使，登公副之。”

又“有旨，割怀孟益世祖教、公往治。”

按:以上三“教”字，皆独立成句。古代皇帝下达的命令曰“诏”，王侯下达的命令曰“教”。《文心·诏策》:“教者，效也。出言而民效也。契敷五

教，故王侯称教。”24/761/377

6.“故太傅、录国军重事、开府……秦国忠穆公。”

按：“国军”二字宜倒。见《元史》一二五卷《铁哥传》。14/493/596

7.“署合必赤千夫长，开府。万户史忠武公……”

按：千户无“开府”之例，当属下，谓史天泽。21/650/159

8.“……边境宴然泰定。戊辰冬”

按：“泰定”，年号名，属下。21/657/299

9.“奏充总管天成、怀安、宣平、威宁、鄂勒事。”

按：“鄂勒”，即“奥鲁”，管理出征军人家属及供应前方诸事。此处，误以“鄂勒”为地名。10/366/765

10.“皇帝福荫里公主皇后懿旨：道与卫州达鲁花、赤管民官、管匠人官每者。”

按：“达鲁花赤”，不可误断。1/6/124

11.“逮顺考生皇上储皇，诏公保育鞠视之。每席召见，则必左右兼抱之至前。”

按：“皇上储皇”，指顺宫答剌麻八剌之二子，即武海山与仁宗爱育黎拔力八达。不可误合为一。9/309/501

12.“凡僧道啰勒琨”。

当作“僧道啰勒琨……”伊啰……即也里可温。

三、不识地名致误者：

1.“淮西义士刘福以兵复黄州，复寿昌，军潭州……”

按：“军”字属上，“潭州”属下。湖北武昌县（今江夏区），宋置寿昌军。21/668/554

2.“寒光亭，在溧阳州西五十里梁城湖上，东闽、浙西、淮襄。”

按：末句当作“东闽浙、西淮襄”。12/424/296

3.“宋臣余玠弃平土，即云顶，运山大获，得汉白帝钓鱼青居，苦竹筑垒……”。

按：余玠守蜀，即长江、嘉陵诸岸，筑山城二十余座，其中云顶八城，号“防蒙八桂”。云顶（在今四川金堂南云顶山上）、运山（今蓬安县燕山寨）、大获（今四川苍溪大获山上）、得汉（今四川通江得汉山上）、白帝（今重庆奉节东白帝城下）、钓鱼（重庆合川东钓鱼山上）、青居（在四川南充之青居山上）、苦竹（四川剑阁县之小剑山上）。9/308/485

4.“秦之阿房，楚之章华，魏之铜台，陈之临春，结绮突兀，凌云者何限。”

按：陈后主筑临春、结绮、望仙三阁，并高数十丈。见《南史·张贵妃传》。11/371/46

5.“复合诸军围蔡河、南平。”

按：当作“围蔡，河南平”。4/132/3790

6.“假南郑道，道洋金牧，马唐、邓与王师会。”

按：疑衍“道”字。当作“道洋、金，牧马唐邓”之云。24/762/391

7.“洛水出京兆，灌举山东，流至熊耳……”

按：灌举山，在陕西商县西北一百二十里，洛水源此。熊耳山，在商县西五十里。16/543/52

8.“自京口下江入海至江阻，军以榜文告谕。”

按：“江阴军”，入元，改“江阴州”。2/62/288

9.“又于别峰之巅作亭，曰风雩大江，前横春台对峙。”

按：亭台“风雩”（在袁州府西北五里），台名（宜春），（在府城内东南路）。“大江前横”为一句。10/336/140

10.“堂有郑公众乐，台有莲花玩月。”

按：“郑公、众乐”，二堂名。“莲花、玩月”二台名俱在汝州。富弼曾为汝州太守，后封郑国公，有德于民，郡民因建郑公堂以纪念之。10/336/140

11.“燕京所属，有曰宝坻、芦台、越支，畴昔之盐场也。曰三叉沽，则未之闻。”

按：芦台、越支、三叉沽，宝坻县三盐场名，见《元史·食货志·盐法》。标点以芦台、越支俱县名，误。8/245/10

12.“以魏相为边陲元帅，完颜惟宏握兵开府于林虑。”

按：魏，大名府，治大名。相，彰德府，治安阳。“元帅”二字属下读。林虑，镇名。贞三年十月升林州，置元帅府。宣宗南迁，故以魏、相为边。5/155/399

13.“(宝岩寺)山形林影，似出黄华。天平右群峰撑空。”

按：黄华、天平，俱寺名。此处言宝岩实出二寺之上，应作“似出黄华、天平右。”5/138/32

14.“余来佐剡道，越见宣武将军、绍兴路镇守脱帖木耳。”

按：应以“道越”为句，即路过绍兴(越)。18/590/613

四、不识职官致误者：

1.“以两郡之竹妨其课利，请官有之，制国用。司为奏可，而禁之法密。”

按：至元三年，立制国用使司，总理全国财政。七年罢。“司”，字属上。9/323/716

2.“出同知晋州云南，行御史台都事。”

按：“云南”属下。至元二十七年置云南诸路行御史台。9/325/747

3.“岁壬子，尝置屯田万户府于邓，后易为都督府，又易为统军。司戍兵积谷，与襄掎角。”

按：“统军司”，职官名，不应割裂。9/305/643

4.“(阿合马专权，至元)五年，授公中书给事中、丞相，惟署制敕而已。”

按：“丞相”二字属下。此言由于阿合马专横，虽左右丞相，贵皆一品，仅仅署名于文书而已。9/318/643

5.“俄奉军前行，中书省檄摄万户。”

按：元制有征伐之役，立“军前行中书省”，以统事权。9/296/283

6.“(至元十一年)郢复州，招讨司以公世隶兵籍，辟为经历。”

按：元制于新收复地区或边陲，设招讨、安抚、宣抚等司。郢、复二州是年入元，立招讨司。24/776/653

7.“会部使者易释董阿、资政佥宪王公怯朝、奉政经历张公茂、承事知事赵深、郡太守王公敬夫、亚中议克协……”

按：标点误。易释董阿为资政大夫（正二）、王怯朝为奉政大夫（正五）、张茂为承事郎（正七）、王敬夫为亚中大夫（从三）。20/618/124

又：文末所列诸官误同。

8.“岁丙寅春三节，人有因斗殴相杀死者。”

按：“三节”属下。使臣所带吏卒称“三节人”。上节、中节为吏，下节为士卒。11/406/713

9.“幕属之由左选者，率以提举系衔刺史，州则系籍生附于京府，各有定在。”

按：“刺史”属下。金之学制，防御州（从四）置有学官；刺史州（正五）之生徒，则附学于京（京都、陪京）、府（大尹府）。1/22/352

10.“以经武郎、阁门宣赞、舍人权发遣袁州兵马钤辖，子孙遂居临江”。

按：“阁门宣赞舍人”不可分断。宋置阁门使，掌朝会礼仪诸事。宣赞舍人为其属官。14/492/563

11.“时江上有警，吴潜再相内都，知董宋臣主迁幸议。”

按：“内都知”，内廷主管官名。21/668/549

12.“唯胙邑，金末城宜村，渡行河，平军事以捍卫兵冲。”

按：“宜村渡”，地名。当作“城宜村渡，行河平军事。”《金史・地理志》：卫州，河平军节度，本治汲县。贞二年七月城宜村。三年五月徙治于宜村新城，以胙城为依郭。6/173/142

13.“又授少中大夫、总管江阴、吉州官、三转职，七迁。”

按：当作“官三转，职七迁。”三转者，由奉议大夫（正五）而朝列大夫（从四），而少中大夫（从三）；七迁者，由左侍仪使最后至江阴、吉州二处总管。详见原文。

五、不识书名致误者：

1.“雪窦《拈颂》，佛果评唱之《击节碧岩录》在焉。”

按：北宋僧人克勤，字无著，号佛果，著有《击节录》《碧岩录》二书。

今误为一书。1/11/222

2.“汝下戈唐佐集诸家《通监》成一书。……增入外纪、甲子、谱年、目录、考异、举要、历法及与道原史事问答、古舆地图、帝王世系、释音，温公以后诸儒论辨，若事类，若史传，终始括要……”

按：以上诸篇名，当标作《外纪》《甲子谱年》《目录考异》《举要历法》《史事问答》《古舆地图》《帝王世系》《释音》《事类》《史传终始括要》。1/19/299

3.“刻宋人题名及张相《天觉赋》、高欢《避暑宫》诗。”

按:《天觉赋》，误标。张商英、字天觉，大观中为尚书右仆射。2/63/336

4.“贺靖《成都录》：城中骸骨一百四十万，城外者不计。”

按：蒙古破蜀后，贺靖代朱孙为成都守，收录城内遗骨一百四十万具。23/731/543

5.“自版小学书《语孟或问》《家礼》……。”

又“又以小学书流传未广，教弟子杨古为沈氏括版，与近《思录》……散之四方。”

按:《小学书》四卷，见《宋史·艺文志》。旧题朱子撰实出其弟子刘清之手，为旧日流行的蒙学读本。9//314/575

6.“通国语於《尔雅》，去吏牍之繁辞。”

按：此处言撰修《经世大典》之儒臣，翻译蒙古文书为汉语，文字雅正。尔雅，非书名，误标。25/787/160

7.“忠简《请回銮》诸表奏，与诸葛忠武侯《出散关》二疏，皆执礼不回，发义激然，以其出於血诚故也。”

按：建炎元年，宗泽为东京留守，先后二十四次上书高宗，请回銮开封以抗金。又二疏指诸葛亮出师北伐时所上之前后《出师表》。请回銮，出散关，皆非书名号，当删。25/790/211

8.“尝节《素问》宣明论，补《名医录》行于世。”

按：金代名医刘完素，字守真，河间人，有《精要宣明论》诸书行

于世。申国祥节本当出此。19/609/544

又:“赵师渊与朱文募次《通鉴纲目凡例》《微言》《奥语》……”

按:师渊为朱熹弟子,朱曾与之商略校定《通鉴》,前后凡八书。9/297/291

9.“性学名淦,建昌南城人,世为《诗》《书》家。”

按:诗、书非书名,误标。16/542/487

10.“年二十四,始得《朱子集注章句》《四书》……诸书。”

按:当作“《朱子集注章句四书》”,不可误为二书。9/317/627

11.“《紫阳文公集》注《论》《孟》,载二范氏……”

按:其误同上。朱熹谥文,有《论语集注》十卷,《孟子集译》十四卷行世。25/789/190

12. 论宋朱所著《春秋群疑辨》:“观其所述大概,本《尊王发微》。”

按:昔人论《春秋》笔法,有“尊王发微”之说,即尊崇周王,阐发微旨,不可误作书名。25/788/167

13.“及异时见《东都事略中书侍郎侯蒙传》有书一篇,陈制赋之计云。”

按:当作“见《东都事略》所载《侯蒙传》”。5/139/71

14.“萧颖士依《春秋义类》作传百卷,逸矣。”

按:当作《春秋》义类。8/257/263

15.“余每爱《太史公序》,游侠抑扬开阖,理实甚重。”

按:当作“太史公序游侠云云。”10/337/149

16.“有《易述四书》《述梅西集》各若干卷。”

按:当作《易述》《四书述》《梅西集》。述:绍述。前贤成说而不自立新义。16/639/426

六、不识人名致误者:

1.“张甫、牛显、伊喇、仲格皆与公仇敌。”

按:“伊喇仲格”,即《金史》之“移剌众家奴”,又作“移剌中哥”,为河间招抚侠,填充河间公。2/62/270

2.“以此责郡守木八、沙侯及曹侯,宜奉行诏书,兴起学校。”

按：元制，诸路府州县设达鲁花赤以监之。此处指平江路达鲁花赤木八沙及总管曹某而说。25/812/571

3.“尤为伯颜、忠武王、阿术、武宣王所知。”

按：当作“伯颜忠武、阿木武宣王。”25/801/411

4.“平章政事张、闾公。”

按：当作“张闾公”，即张驴。16/529/154

5.“公之门人知观、自然、子冯、志真者。”

按：知观，道院之主事者。自然子，为冯志真之道号。13/443/23

6.“敬齐（斋）隘轩、韶溪玉峰。”

按：以上四人，皆出永嘉车氏，为理学世家。10/338/196

7.“宋之中叶，尚论世家，范氏最盛。高平，成都人，门炜奕角立相望。”

按：当作“范氏，最盛高平、成都，人门炜奕，角立相望。”25/789/189

8.“清淳、钓台，徐氏二女也。”

按：清、淳、徐氏二女名也。钓台，桐庐县也。16/535/319

9.“高凤翔，名家子，有贤孝之称。”

按：此处指徐玉之妻高氏，为凤翔名家之女。5/140/103

10.“宋绍兴间，尚书王山、汪公应辰通守是邦。”

按：汪应辰，字圣锡，玉山人。绍兴五年进士，孝宗时做过吏部尚书。10/336/139

11.“先世居洛阳。上程聚，西晋侍中，咸封上程侯。”

按：《大明一统志》二十九河南府古迹：“上程聚，在洛阳县，古程国，重黎之后。”其为地名无疑。又程咸，西晋侍中，封上程侯。13/442/14

12.“其先耀之，美原人，徒同官。”

按：其先为耀州美原县人。美原，至元元年省入富平。2/72/500

13.“公族姓李，讳仲美，原月山人。”

按：其误同上。8/247/53

14.“西轩先生泽人。”

按：王德兴，字载之，号西轩，高平人。见同卷《怡然亭记》。泽，汉县名，唐天宝初改阳城，属高平。8/266/479

15.“君讳聚世，为汤阳鹤山人。”

按：“世”字当属下读。5/158/454

16. 段恒“曾祖汝舟，祖恒生，克己，君（思温）之考也。”

按：“生”字属下读。稷山段氏世系如左：汝舟—恒—克己—思温。15/513/431

17.“田侯讳雄祖，金州人。……癸巳秋九月，以征讨有功，迁陕西五路总管。”

按：“祖”字属下读。全州，金属北京路（今内蒙古宁城西），承安二年置。参见《元史》一五一《田雄传》。2/52/110

18.“吾方外友闲闲吴师良，月七夜，梦与江东三名儒谈且赋联句。”

按：吴全节，号闲闲，又号广化真人。“良”二字非其名，当属下读。11/378/197

19.“去冬，有瘦马一匹，寄天台僧存。书记鹤，亦有书来取画，久之未报。今得此归丈室，如有数也。”

按：此龚开《天马图跋》。“存”字属下读，书记，寺院中掌书牍、文字之僧。瘦马，指其赠天台僧之《瘦马图》，极有名。5/139/73

20.“有江州知郡杨宜家，本忠南江望族。”

按：“家”字误连上文，杨宜降元，事见《元史》一六一《杨文安传》。22/696/334

21.“早年尝名正东，方之卦。”

按：“东”字属下。郑思肖之父原名震。震，即东方，见《易·说卦》。原文写作“正”讳言之也。10/363/714

22.“以公汉人，定名奉御实，与伊苏巴尔塔布岱扎固喇台，同列三人者，贵官勋臣也。”

按：奉御，官名，皇帝近臣。“实”字属下，“同列”二字属上。三人名为伊苏巴尔、塔布岱、扎固喇台。5/156/415

23.“父锡巴尔，母凌拉夫人，六额齐济彻辰伊苏塔海赵氏蒙古展。”

按：当以“夫人六”为句。以下六名似为“额齐济、彻辰、伊苏塔海、赵氏、蒙古展。”唯系臆断，俟再考。5/155/404

24.“然卓茂则止于密鲁，仲康则止于中牟。”

按：“鲁”字属下。卓茂，字子康，后汉平帝时为密县令。鲁恭，字仲康，后汉章帝时为中牟县令，以德化民，不任刑罚。1/22/360

25.“庆历四年，元昊归石、元孙，议赐死。”

按：石元孙，《宋史》二五〇有传。1/24/383

26.“洪提刑起，畏辟置类田，吏用事者言。”

按：“洪起畏”，人名；“田吏”，小职官名。18/584/211

27.“两夫人阿台、阿组氏。”

按：“阿台阿”，蒙古氏；“组氏”，乐亭儒士之女。（见后文）18/586/508

28.“举江南文学之士敖君，善姚子敬、陈无逸、倪仲深于朝，皆官郡博士。”

按：“敖君善”，人名，赵孟曾从受学。21/649/100

29.“处士之曾大父讳崇，大父讳镕，父讳熙，孙皆隐德弗耀。”

按：言其三世隐德弗耀。其父当讳“熙孙”。25/800/396

30.“公讳宣，字伯宣。”

按：元代名臣刘宣，字伯宣。《元史》一六八有传。15/510/351

31.“时召诸道医，悉欲于奉御。田阔将以君偕北，进尚医列。”

按：“奉御田阔”，名见《元史·食货四·惠民药局》太宗九年置局于燕京。

以上，拉拉杂杂撮录了《全元文》疑误之标点，于中可见，标点古籍，关键在于文意若有疙瘩别扭、伤脑筋之处，万不可胡猜乱测或者力跃而过，而应该“不辞冰雪为卿热”地下功夫查验核对，眼光于行墨处，当如指头掐字般，掐得一个是一个，不放一字滑过溜过，不让一词左支右吾，丁是丁，卯是卯，如老吏断狱，难更平反。古人云：“天下无难事，只怕慢慢来”，所以跬步不休，跛鳖千里。校点古籍，学识不济倒还是其次，最怕大刀阔斧，一过辄了，所谓“贪游名山者，须耐仄路；贪食熊膰者，须耐慢火；贪看月华者，须耐深夜；贪看美人者，须耐梳头。”想有一册完美的标点古籍，亦须这样一份“慢慢来”的细心和耐心。

《全元文》作者小传考补（元代科举进士部分）

元廷科举考试，自仁宗延祐二年（1315 年）起，至顺帝至正二十六年（1366 年）止，历时五十一年，除后至元间因蒙古贵族的反对，暂停两科外，前后总十六科，得士 1139 人①。照例，会试及第后，应有题名录，并立碑于国子监。唯年代久远，这些文献传于现在的，仅有《元统元年进士录》及《金石萃编未刻稿》所录之《辛卯（至正十一年）会试题名记》两种，实为一大缺典。我因研治金元文学，对元代史事也颇有兴趣。往日读书，凡有关元代科举制度、典故、人物者，皆随手答记，积累了一些材料，先后考得元代科举进士 479 余人；今读《全元文》，又得 40 余人，已过 500 之数，近元代科举进士之半。

在《全元文》作者中，出身于进士的，初步考出的就有 240 余人（暂不计乡贡）②。编撰者于各进士小传之写作，颇见功力，读后有不少的启发，获益实非浅浅。唯有关元代科举进士的传记资料太少，大多是零星词组，甚至互

① 见附表一。

② 见附表二。

相抵牾，给这样的人物写小传，自然困难重重，很难一次写好。因焉，有很多问题需要首先解决，诸如姓氏籍贯、登科岁月、初授官职，以及一生的升潜浮沉，都需下大力气去考定，才能解决。《全元文》中的进士小传，大多写得简要得体，可以考信，但也有不少人物，由于资料的欠缺而无话可说。当然，有些小传还有一些小小的失误。现在按照元代历次科举顺序，列名于下；其科第无考者，则缀之于后，提出自己的粗浅看法，以供编者参考。

（一）延祐二年（1315 年）乙卯

▲邹维新（37/32）[①]，“登延祐二年状元”。

按：当为延祐二年进士。此科左榜状元为张起岩，见《元史·仁宗本纪》二。邹维新实于此年登科，其《大成至圣文宣王加号记》自云：“乙卯春，仆释褐后归自京师，见莒学录诏文而刻之石”，可证。又明修《寰宇通志》卷七十五青州府科甲，列延祐二年进士，有“邹维新，益都人”之记载。

▲郭孝基（52/485），“进士，至顺元年任南台御史，后官集贤直学士”。

按：延祐二年进士。王礼《跋张文忠公帖》论及元代科举之盛，以延祐首科为最。说：“中外闻望之重，如张起岩、郭孝基；文章之懿，如马祖常、许有壬、欧阳玄、黄滑；政事之美，如汪泽民、杨景行、干文传辈，不可枚举。”可见其在时人眼目中的地位。

▲韩准（58/437），“字公衡，沛人。至正二十年进士，授承事郎、孟州同知”。

按：韩准（1295—1368）。延祐二年，20 岁时赐进士出身，授承事郎、孟州同知。见吴海《元故资政大夫江南诸道行御史台侍御史韩公权厝志》。

▲赵篔翁（58/177），“至正时在世”。

① 邹维新（37/32）：人名后所附数字号码，为见于《全元文》之册数与页码。以下均同。

按：赵赟翁，即（58/133）之赵贫翁，字继清，延祐二年进士，当并。

（二）延祐五年（1318 年）戊午

▲岑良卿（39/641），“延祐进士”。

按：当为延祐五年进士。袁桷《江陵儒学教授岑君墓志铭》为其父岑翔而作，谓“延祐五年，岑君良卿以诗义上礼部第二。桷时为殿试读卷官，定甲乙”。

▲偰玉立（39/644），“延祐进士”。

按：西域色目人。延祐五年右榜进士。黄溍《广东都转运盐使、资德大夫、河南江北等处行中书省右丞合剌普华公神道碑》谓孙男六人：“偰玉立，延祐五年进士、正议大夫、佥福建闽海道肃政廉访司事。”欧阳玄《高昌偰氏家传》亦有明确记载。

▲盖苗（39/646），“延祐进士，授济宁路单州判官，有善政”。

按：盖苗，《元史》卷一八五有传，云：“延祐五年，登进士第，授济宁路单州判官。”

▲祝尧（39/662），“登延祐进士，授南城丞”。

按：《四库至书总目提要》收祝尧所编《集古赋辨体》十卷，谓“延祐五年进士”。又同治《广信府志》卷九之二科第：“祝尧，延祐戊午霍希贤榜。”

▲霍希贤（39/667），“至顺间由翰林修撰出知郑州，有善政”。

按：延祐五年左榜状元，见《元史·仁宗本纪》三。又，《元诗选癸集》丙集小传云：“延祐五年戊午，赐进士第一。泰定间知威州事。”

▲忽都达儿（47/385），“托理忽都达儿，元仁宗延祐五年进士”。

按：蒙古捏古歹氏，延祐五年右榜状元，见《元史·仁宗本纪》三。“托理”二字当删。其生平俱见于黄溍所撰《嘉议大夫婺州路总管兼管内勤农事捏古歹公神道碑》。又延祐七年，忽都达儿奉旨代祀南海。作《代祀南海王记》自云：“叨职麟台，先朝大对魁天下，宠承明韶，典礼惟新，则必对扬天子之休命，途刻石以记。”此文今误系完颜谦（37/7）名下，当正。

▲刘复亨（52/369），“至正间登右榜，状元及第”。

按：元代科举状元无刘姓者，刘复亨非蒙古、色目，自不得策名右榜；

且其所作《法轮禅院重修善法堂记》明记至顺三年已为晋宁路总管府推官，则入仕已早，当如《寰宇通志》卷七十一所记济南府科第："刘复亨，棣州人"，与邹不刘汝翼、济南夹谷企，"俱延褚五年霍希贤榜进士"。

▲程栗（52/523），"延祐进士，官宁国路宣城县丞"。

按：其《泾县修学记》一文，作于延祐七年四月，自署"赐同进士出身，将仕郎、宁国路宣城县丞"。当为延祐五年登第后始授之官。

▲黄常（54/581），"曾任未州通判，延右时在世"。

按：字养源，临川人。延祐五年进士。虞集《送乡贡进士孔元用序》云："临川素号多士，前七举进士者，予弟仲常与黄养源同年。"虞盘（仲常），延祐五年进士。

（三）至治元年（1321 年）辛酉

▲刘震（36/290），"大德年间在世"。

按：刘字庚振，江西吉水人，中进士后，会知赵州，治《尚书》有名，世称苍筤先生，死于元末战乱（《宋元学案》卷六十七《九峰续传》）。明《寰宇通志》卷三十八科甲、光绪《吉安府志》卷二十一选举志进士，皆明注刘震为"至治元年进士"，可信。

▲蒲机（39/618），"官将仕郎，孟州判官。元至治三年在世"。

按：兴元人，至治元年以国子生举进士。虞集《孟州新修庙学记》谓至治三年，机修庙学成，求文记之，曰："蒲公由国子生举进士，而佐是府。"

▲崔瀣（52/396），"字彦明父，鸡林（一曰高丽）人。至顺初官前辽阳路盖州判官"。

按：至治元年赐同进士出身，授将仕郎、盖州判官。居官五月，移病东归，仕本国，历官至检校大司成。后至元六年六月卒，得年五十四。见李穀《大元故将仕郎辽阳路盖州判官……崔君墓志》。（43/530）

▲司廙（56/193），"与兄同举进士，时人异之，名其里曰双桂"。

按：司廙，至治元年进士。吴师道《辛酉进士题名后题》云：至正六年秋，某被国子助教之命。“时同年多在成均，司业王思诚致道，监丞司廙彦恭，典簿赵琏伯器”。可证。其兄司庠，则为延祐二年进士。

▲元光祖（58/249），“至正时在世”。

按：至治元年进士。光祖字起崇，号南山。祖籍河南，后居湖南常德路桃源州。李琳《重修州学记》谓其登延祐庚申（七年）甲科，授承事郎、常宁路同知。“庚申”，为湖广乡试之年，其登第当在次年，即至治元年。

▲伯笃定鲁丁（58/522），“字志道，蒙古（一说西域）人。至正中官赣州路达鲁花赤”。

按：即（48/5）之伯笃鲁丁，至治元年进士，当并。

（四）泰定元年（1324 年）甲子

▲王理（54/1），“登进士第，至顺二年官翰林国史院编修”。

按：泰定元年进士，授洋州同知。宋褧《同年小集诗序》：“天历三年二月八日，同年诸生谒座主蔡公于崇基万寿宫寓所。既退，小集前太常博士、艺林使王守诚之秋水轩……疾不赴者，前陈州同知纳臣，洋州同知王理，太常太祝成鼎。”以上诸人，皆泰定元年进士。

▲成鼎（54/15），“曾任翰林国史院编修”。按：泰定元年进士。见上宋褧《同年小集诗》。

▲林仲节（45/7），“举泰定进士”。

按：泰定元年进士。见《寰宇通志》卷四十五福州府“科甲”。

（五）泰定四年（1327 年）丁卯

▲陈润祖（39/412），“延祐间乡举第一，仕至昆山州同知”。

按：泰定四年进士。同治《湖州府志》卷七十五人物传：“陈润祖，字德先，乌程人。十岁通《孝经》《论语》，从牟应龙学，以博洽称。领乡荐第一。泰定四年成进士，为昆山州尹。”历官秘书少监，肇庆判官。

▲王世元（39/510），“恩州人，会任民甸副使”。

按：当作王士元，字尧佐。泰定四年进士，授将仕郎、棣州判官。《元史》卷一九四、《新元史》卷二五〇并有传。《寰宇通志》卷七十二东昌府“科甲”

入泰定四年。

▲龚继善（46/211），“至治三年进士”。

按：字善翁。泰定四年进士。陈举《新城县进士题名记》云：“泰定三年秋，新城龚君善翁以德行文章知名于时，由县而路，贡于行省，乡试为江西《易》魁。次年春，会试礼部，合天下中选者八十五人，而龚君第十有二。由是对策帝廷，圣天子亲擢赐同进士出身，授将仕郎、瑞州路录事。”

▲谢升孙（54/30），“建昌南城人，进士，历官翰林修撰、县尹”。

按：泰定四年进士。虞集《汪县尹墓志铭》为汪应辰作，云应辰子英，泰定丁卯赐进士出身。应辰卒，升孙往吊。“升孙，英同年进士也”。

▲郭嘉（54/106），“由国子生登泰定三年第，授彰德路林州推官”。

按：《新元史》小传作“泰定三年”误，是年无科举，当作泰定四年。

▲纳怜不花（58/287），“至正时在世”。

按：字文灿，号纲斋，北庭人。泰定四年进士（见苏天爵《盱眙县崇圣书院记》），赐进士出身，授承事郎，湘阴州同知。

▲徐容（59/426），“历官新昌县尹，余姚州同知”。

按：泰定四年左榜第三人及第，赐进士出身，授承事郎，新昌县尹。欧阳玄《喜门生中状元诗序》云：“泰定丁卯八月十二日崇天门传腊，赐进士右榜第一人阿察赤，左榜第一李黼，皆肄业国学日新斋，余西听授业生也。……榜眼刘思诚、探花徐容，尝因同年黄潜卿、彭幼元从予游，亦拜其侧……”

▲江存礼（59/472），“武昌人”。

按：存礼字学廷，江西建昌人。泰定四年进士。张以宁有《送同年江学廷弟学文归建昌》诗可证。张以宁是年三甲进士。

（六）至顺元年（1330年）庚午

▲刘性（54/568），“会试乡试皆第一，在南士中实第一，官旌德县尹”。

按：上文摘自欧阳玄《安成刘氏儒行阡表》，“会试、乡试皆第一”，原作“第二”。文末云：“余庚午科考试南宫，实余所得士。”于此，知刘性登第之确切科次。

▲卢希古（58/694），“至正间进士及第，授太常太祝”。

按：至顺元年进士，见《寰宇通志》卷八十平阳府“科甲”。又：至正二十一年《重修东岳庙碑铭》自署“赐进士出身、从仕郎、蒲县尹卢希古撰”。知为二甲进士。

▲杨抝（59/483），“生平不详”。

按：江西吉水人。“至顺元年庚午王文烨榜：刘性、杨撝、夏日孜、刘闻、李复登”，见光绪《吉安府志》卷二十一选举志“进士”。又，欧阳玄《袁州路缮修记》作于至顺二年十二月，文末云：“参军杨携，奉图走书，来求予文。”袁州参军，即为杨撝及第后所授官。

（七）元统元年（1333 年）癸酉

▲乌马儿（52/453），“后至元时任翰林国史院编修官”。

按：元统元年进士，字希悦，色目回回氏，居大名路。赐进士出身，授承事郎、翰林国史院编修官。

▲野仙（54/57），“赐同进士，元统三年官晋宁路解县达鲁花赤，兼管本县诸军奥鲁勸农事，并知渠堰事”。

按：即元统元年进士也先溥化，蒙古弘吉剌氏，居平阳县太平里。及第后赐同进士出身，授将仕郎。解县达鲁花赤，当初授之官。

▲张兑（58/251），“至元间进士，授茶陵州同知”。

按：后至元时罢科举，实为元统元年进士。张字文说，四川普州安居县人，住澧州路慈利州。及第后，授承事郎、湖南道茶陵州同知。

（八）至正二年（1342 年）壬午

▲傅贵全（52/466），“至正时在世，进士。会为将仕郎，庆元录事”。

按：字子初，鄱阳人。“至正二年进士，授将仕郎、庆元录事”。

▲虞执中（56/93），“后至元间乡贡第一，登进士第，授将仕郎，中兴路录事”。

按：至正二年进士。见《寰宇通志》卷十八安庆府“科甲”。又见康熙《安庆府志》卷十五“事业”上。

（九）至正五年（1345年）乙酉

▲徐观（56/66），“至正五年任铜陵县学教论，迁绍兴路学录”。

按：同治《广信府志》卷七选举进士表：“至正乙酉张士坚榜：上饶欧阳仪、玉山徐观。”又卷九之三文苑：“徐观，玉山人。至正进士，将仕郎、绍兴录事，升承事郎、浦城令。”

▲林彬祖（56/242），“至正间任从仕郎、福建行中书省检校官”。

按：处州丽水人。至正五年进士。宋濂《丽水二贤母墓志铭》谓其子林彬祖，“至正乙酉进士，累官江浙行省都事”。又见《寰宇通志》卷廿五处州府“科甲”。

（十〇）至正八年（1348年）戊子

▲傅箕（58/630），“豫章人，至正间在世。赐同进士出身，延不路录事”。

按：至正八年进士，见《寰宇通志》卷卅四南昌府“科甲”。同治《南昌府志》卷四十人物志作进贤人。

▲杜翱（58/648），“上都人，登进士第”。

接：字云翰，至正八年进士，授长山县丞。见张起岩《重修庙学记》。又，《寰宇通志》卷一顺天府“科甲”，谓大都人。

▲邹奕（59/188），“至正中登进士第，调饶州录事”。

按：字弘道，吴县人，至正八年进士。洪武《苏州府志》卷十三贡举题名：“（至正）八年廷试及第：邹奕，授饶州录事。”陈基《送邹掾史还江西序》：“弘道以贤能书荐于乡，寻与计偕上春官，与数十百人角胜负及天子临轩策士，弘道逐以进士擢高等，得官归江南。”

（一一）至正十一年（1351年）辛卯

▲何淑（59/513），“生平不详”。

按：至正十一年进士。光绪《抚州府志》卷六十九有传曰：“何淑，字伯善，乐安人。至正辛卯登进士，授武冈丞，蕲沔盗起，不果上。洪武辛亥，召为太子宾客，辞不就。六年，特召天下名士九人，淑居首，至京师，以老疾辞归”云云。

（一二）至正二十年（1360 年）庚子

▲王章（58/459），“元末明初人，会任元国子博士”。

按：当作“王彰”，字伯远，临川金溪人。至正二十年进士。王纬《送伯远王君序》谓其“擢庚子进士科，历京学提举、国子助教，入翰林为编修，复迁成均为博士，积阶五品”。《宋元学案》卷九十二《草庐学案》，谓彰字伯远，金溪人，“少从草庐先生学，除国子博士。元亡，归隐故山”。

▲杨子春（59/105），“至正二十一年官清湘县丞”。

按：所录《至正修城碑阴记》，作于至正二十一年十一月，文末自署“赐同进士出身，将仕郎，清湘县丞蜀郡杨子春谨记”，当为至正二十年及第后所授官职。

（一三）科第不明者，一人

▲罗允登（46/279），“至顺、至正间在世，官梁县尹”。

按：其所作《郭公重修庙学记》文末自署：“至正改元，前进士从事（郎）南阳府梁县尹兼管本县诸军奥鲁劝农事罗允登记。”则为进士无疑。

（一四）补元进士三人，文四篇

▲完迮溥花，汉名沙德润。蒙古蒙兀台氏，居南阳。泰定元年及第，赐同进士出身，授将仕郎、归安县丞。邓文原《湖州路归安县建学记》云：“泰定甲子，南阳完泽溥化擢进士第，明年，来丞兹邑。”其所作《重修广法寺记》，见《永乐大典》卷二三九三梧州府“文章”。《全元文》失收，兹节录如下：

> 至正乙酉秋，余以省檄遣海北督兵食，过藤，父老李仲福等进而请曰：吾邑大夫皇甫珍遗爱惠人也。知民之休戚，得抚摩鞠育之体。下车之初，理风俗，锄奸梗，新邮传，完城堞。学洋有师，子矜在席；医师有药，民鲜伤疾；社有坛壝，鬼神歆祀。……而又崇广佛宇，作大像，为国祝厘，以教化。吾侪鄙人，沐德尤厚，敢不质诸文笔，勒之金石，以耀其德而彰其懿哉！余嘉其固请，且矜尚义。……时至正五年岁在乙酉八月壬子朔。朝列大夫、平乐府达鲁

花赤秉管内劝农事、进士完迮溥化撰。

▲文允中，至正十一年为左榜状元，赐进士及第，授承务郎、翰林修撰秉国史编修官。本贯成都，后住延安路甘泉县。至正十二、十三年，两次代祀中镇、西岳。所作《代祀中镇崇德应宪王记》两篇，见《霍山志》卷五,《全元文》当补。

▲夏以忠，字尚之。袁州宜春人。至正十七年登第，赐同进士出身，授将仕郎、国史院编修官。见苏伯衡《夏倚之太史哀辞有序》。又《霍山志》卷五艺文志录其《代祀之记》，系至正二十三年代祀中镇所作,《全元文》当补。

（一五）误入元代科举进士者，七人

▲林谦（39/6），"进士，延祐年间在世"。

按：其《佑圣宫记》，作于延祐元年三月，时在元代科举之前，自云"前进士"，疑为南宋末年进士之入元者。

▲关思义（51/471），"新乐人，一说行唐人，寓居曲阳。至正间进士，五年为南台御史，十一年为辽阳别驾，转江东肃政廉访使"。

按：苏天爵《元故承务郎真定等路诸色人匠府总管关君墓碑铭》，谓新乐关氏宗族甚盛，散居真定，行唐、曲阳之地。有讳碧者，国初以百夫长戍颍州。其会孙思义，从太保刘公起朝仪，擢侍仪引进使，屡迁江东建康道肃政廉访司事，曲阳之族也。考刘秉忠起朝仪，定官制，在至元初年，则关思义入仕很早，当无中进士之事。

▲罗会（517/464），"以《石鼓赋》中至正二十三年乡举，以《古剑赋》登二十四年进士，授储司院山长，教授孔、颜、孟三氏子孙"。

▲姚庸（58/87），"累中书省科进士，授怀州学正"。

▲汤源（46/255），"至治四年进士，授临川路学教授"。

按：元制，礼部会试下第者，可授州县学官。故以上三人，均乡贡进士。

▲陈宗舜（59/512），"进士，生卒不详"。

按：号村民，江西太和人。至正十六年乡贡。刘楚《题辞陈宗舜作》称吾郡前进士村民陈先生，“时遭屯否，连两举以无成；疾抱聩聋，继三征而不起。”知其晚年以病废。刘楚为至正十六年乡贡，自称“年弟”，由是得知陈宗舜乡举之年。

▲张昌（59/591），“平阳（今属山西）人。进士。至正间在世”。

按：至正七年所作《光宅宫常住田宅记》，明署“前河东乡贡进士郡人张昌记”其乡为贡进士明矣。此碑现存临汾尧庙，《全元文》失收，当补。

我查了一下，上述种种错误不实之处，十之八九出于地方志。地方志，是传统史学的重要分支，举凡各个地方之生民利病，礼俗人情，建置沿革、士族名流，凡正史所略而不讲的，均有相当之记载，无疑是一笔宝贵的文化遗产。但无可讳言，地方志的编撰者多为乡土文士，局于见闻，下笔之际，每多传闻之辞，种种疏漏，自然很难避免。今天我们在利用这些材料的时候，应该首先做一番考证的工作，辨真伪，取精华，以免以误传误，这样，才能取信于读者，为学术事业做出更好的贡献。

2007 年 10 月初稿，12 月修订

附表一：

元代科举简表

1	仁宗延祐二年（1315 年）乙卯	取士 56 人
2	仁宗延祐五年（1318 年）戊午	取士 50 人
3	英宗至治元年（1321 年）辛酉	取士 64 人
4	泰定元年（1324 年）甲子	取士 86 人
5	泰定四年（1327 年）丁卯	取士 86 人
6	文宗至顺元年（1330 年）庚午	取士 97 人
7	顺帝元统元年（1333 年）癸酉	取士 100 人
8	顺帝至正二年（1342 年）壬午	取士 78 人
9	顺帝至正五年（1345 年）乙酉	取士 78 人

续表

10	顺帝至正八年（1348 年）戊子	取士 78 人
11	顺帝至正十一年（1351 年）辛卯	取士 83 人
12	顺帝至正十四年（1354 年）甲午	取士 62 人
13	顺帝至正十七年（1357 年）丁酉	取士 51 人
14	顺帝至正二十年（1360 年）庚子	取士 35 人
15	顺帝至正二十三年（1363 年）癸卯	取士 62 人
16	顺帝至正二十六年（1366 年）丙午	取士 73 人

说明：五十一年间，总十六科，取士 1139 人。其间，后至元二年（1336 年）丙子、五年（1339 年）乙卯两科暂停。

附表二：

《全元文》所收元代科举进士作者名录

延祐二年：22 人		
张士元（28/308）	黄潜（29/1）	偰哲笃（31/102）
马祖常（31/306）	干文传（32/67）	欧阳玄（38/383）
萧立夫（35/295）	张起岩（36/73）	邹维新（37/32）
王弁（37/92）	邱堂（37/148）	许有壬（38/1）
梁宜（39/123）	李朝瑞（39/286）	文礼恺（39/535）
李路（39/543）	杨宗瑞（52/35）	郭孝基（52/485）
孙以忠（56/159）	赵篔翁（58/133）	韩准（58/437）
王沂（60/31）		
延祐五年：15 人		
虞槃（28/561）	谢端（33/1）	李粲（37/8）
韩镛（37/179）	岑良卿（39/641）	偰玉立（39/644）

续表

盖苗（39/646）	林冈孙（39/658）	祝尧（39/662）
周仔肩（39/665）	霍希贤（39/667）	忽都达儿（47/383）
程栗（52/523）	刘复亨（52/369）	黄常（54/581）
至治元年：23 人		
林定老（28/593）	夏镇（31/152）	宋本（33/214）
蒲机（39/618）	吴师道（34/1）	刘震（36/290）
孟泌（39/265）	岑士贵（46/14）	高若风（46/1）
廉惠山海牙（47/50）	林以顺（47/324）	刘铸（47/387）
林兴祖（47/392）	黄雷孙（47/403）	李好文（47/421）
杨彝（51/49）	赵琏（51/368）	泰不华（52/64）
崔瀣（82/396）	董珪（54/43）	何贞立（56/84）
司廙（56/193）	伯笃鲁丁（58/522）	
泰定元年：20 人		
彭士奇（24/12）	吴暾（31/433）	程端学（32/139）
冯翼（39/139）	吕思诚（39/241）	王守诚（39/394）
宋褧（39/301）	林仲节（45/7）	史駉孙（45/75）
段天祐（45/131）	彭宗复（46/167）	曾翰（46/257）
赵时敏（52/1）	杨升云（52/20）	汪文璟（52/359）
赵公谅（53/605）	张复（53/609）	王理（54/1）
成鼎（54/15）	宋克笃（59/10）	
泰定四年：24 人		
萨都剌（28/318）	李质（35/318）	陈润祖（39/452）
刘文德（39/481）	王士元（39/510）	杨维侦（41/1）
俞焯（49/90）	方回孙（45/114）	周镗（45/130）
李黼（46/48）	龚继善（46/211）	索元岱（46/214）

续表

贺据德（46/535）	张以宁（47/449）	刘尚质（51/70）
谢升孙（54/30）	张敏（54/49）	郭嘉（54/106）
燮理溥化（56/151）	刘沂（58/172）	纳怜不花（58/287）
赵宜浩（58/509）	徐容（59/426）	江存礼（59/472）
至顺元年：25 人		
许有孚（36/201）	贾彝（37/112）	项棣孙（39/296）
贡师泰（45/140）	刘耕孙（46/34）	罗朋（46/35）
林泉生（46/66）	许元长（46/2）39	曾策（46/259）
归旸（51/106）	李懋（52/478）	李敬仁（52/489）
冯勉（52/556）	刘让（52/562）	郭性存（52/571）
方道睿（53/625）	杨俊民（52/564）	笃列图（54/54）
刘性（54/568）	王文烨（54/47）	黄昭（58/212）
赵承禧（58/233）	徐昺（56/63）	杨撝（59/483）
卢希古（58/694）		
元统元年：26 人		
张宗元（39/203）	宇文公谅（39/206）	陈植（39/244）
鞠志元（39/674）	李毅（43/428）	李祁（45/381）
张本（46/46）	韩兴（46/53）	邓梓（46/179）
李齐（47/407）	聂炳（49/31）	余阙（49/101）
张国干（51/46）	徐德祖（51/121）	朱彬（51/123）
罗谦（51/126）	程益（52/11）	张兑（51/55）
王充耘（52/69）	乌马儿（2/453）	囊加歹（54/18）
野仙（54/57）	宋梦鼎（54/74）	同同（56/260）
普达世理（58/97）	寿同海涯（59/344）	

续表

至正二年：8人		
孔旸（52/57）	卢琦（52/328）	傅贵全（52/460）
胡行简（56/1）	虞执中（56/93）	宋绍昌（56/163）
刘杰（58/561）	毛元庆（58/580）	
至正五年：6人		
高明（51/90）	徐观（56/66）	林彬祖（56/242）
练鲁（56/244）	张士坚（56/249）	何本深（58/167）
至正八年：13人		
董朝宗（37/84）	吴师尹（47/62）	王宗哲（58/267）
董彝（58/394）	许昌言（58/464）	辜中（58/507）
黄绍（58/576）	傅箕（58/630）	杜翱（58/648）
孔克表（58/655）	巴颜特穆尔（58/707）	葛元喆（59/100）
邹奕（59/188）		
至正十一年：10人		
吴裕（47/415）	钱宰（48/611）	李士瞻（50/125）
董渊（58/342）	潘从善（58/384）	颜贴穆尔（58/708）
张守正（59/107）	李国凤（58/749）	程国儒（59/70）
何淑（59/513）		
至正十四年：7人		
李穑（56/418）	曾坚（57/814）	陈麟（58/101）
李吉（58/423）	魏俊民（59/14）	杨子春（59/105）
陈高（60/805）		
至正十七年：1人		
李继本（60/924）		

续表

至正二十年：3人		
揭毅夫（58/435）	童梓（59/181）	王彰（58/459）
至正二十三年：1人		
宋讷（50/1）		
科第不明者：40人		
陶铸（35/311）	李天禄（39/433）	黄玭（39/457）
易汉懋（39/656）	刘士美（45/125）	罗允登（46/279）
张时髦（47/5）	谢应才（47/18）	杨淞（51/60）
张桓（52/63）	徐公迈（52/407）	李惟彦（52/469）
笃坚溥化（54/88）	叶恒（55/12）	周尚文（55/99）
张绅（55/120）	曾昺（56/89）	曹道振（56/189）
陈元明（56/198）	张俊德（56/202）	李德昭（56/224）
靳荣（56/227）	钱义方（56/316）	李俞（56/352）
张潜文（56/372）	冉聪（58/142）	张世昌（58/18）
赵晋（58/187）	陈衡（58/429）	海牙（58/440）
卢旭（58/538）	张澄（58/578）	吴元喆（58/641）
孙思庸（58/699）	施高（59/194）	皇甫本（59/222）
马之美（59/266）	李会（59/296）	李寔（59/300）
陈肯堂（59/505）		

以上，历科进士《全元文》共收204人，科第不明者40人，合计244人。各科进士，均参以本人新考，故与《至元文》之小传多有出入。